跨度小说文库

Kuadu Fiction Series

跨度小说文库
Kuadu Fiction Series

风雨九龟湖系列之三

第一时间

公常平 著

中国文史出版社

1

1987 年 6 月的一天，一场暴风雨袭击着九龟湖两岸。

在这场暴风雨中，邓远航在九龟湖北岸的石龟中学正辅导着高三学生备战高考，而他的妻子黄洁青则正骑着自行车从幼儿园接上儿子向家里奔。

空中像有成千上万的人用盆往下倒水似的，那雨水随着一阵阵狂风，一会儿从黄洁青母子的左边猛地袭来一盆，一会儿从他们的右边砸来一盆，砸得自行车左右摇晃，没一会儿黄洁青手中的伞就被砸走了。等她架好车子去抢伞时，伞已被风雨甩进了路边的河里。她只好再次跨上自行车顶着风雨艰难地向家里骑。这时，一道闪电裹着一声炸雷在他们前边炸开，把路边的一棵杨树齐腰劈断，吓得她连人带车跌倒在泥水中，泥水涂满了他们的全身，顿时母子俩都成了泥人，一会儿又被大雨刷回了原形。惊恐、无助，以及儿子的哭声，一起压向她的心脏，压得她的泪水如雨水般地唰唰流下。

到家后，黄洁青就给邓远航写了封信："遇到困难，我总是希望你第一时间出现在我们身边。你不管老婆、儿子的死活，老婆、儿子差点被雷劈死，被泥水呛死，滚到河里淹死……"写了一连串的气话后便下了最后通牒："你这次再不同意调回来，我就带儿子到省城工作，再也不回来了！！！"信的最后连打了三个惊叹号，以示她的决心。

接到信后，邓远航不知家里出了什么大事，便连夜骑自行车绕道走东边的漫水公路往家里赶。

邓远航和黄洁青大学毕业后都回到了九龟县工作。黄洁青在大学学的是土木工程，毕业时已分配到省建设厅，但邓远航留不了省城，她便随邓远航一起回到了九龟县，分到城建局工作。邓远航从省师范学院毕业后分配回九龟县文教局，报到时又被分配到了石龟中学任教。到石龟中学，他教初二(1)班语文，兼班主任。龟岛白丽红家的大凤、二凤和小凤都在他班上，待她们初中毕业时，他爸爸去找文教局局长请求把他调回县城工作,以便照顾家庭。局长也答应了,可新学期开始时,他没有接到调令,便又在石龟中学教高一,一教又是三年。没几天这一届高中生就要参加高考了,这正忙得不可开交,家里来了“最后通牒”,只好连夜赶回家。

刚跨进家门,妻子黄洁青就劈头盖脸地一顿数落:“你还晓得回家呀?我们娘儿俩死掉还不知怎么死的呢。你还回来干什么?你就在石龟猴一辈子吧,那里有你童年伙伴,有你初恋情人,还有三个漂亮的小凤,心里哪里还有我们娘儿俩,还有这个家!”

“不要光说气话。我的初恋就是你,没有别人。那三个小凤,大凤初中毕业就回家养鸭了,小凤初中毕业考上地区师范学校五年制大专班,在地区上学,只有二凤在我班上读高中,她是个学生,怎么能与你相提并论?”

“学生?学生跟老师恋爱的多呢。鲁迅不是的吗?难道你比鲁迅还伟大?”黄洁青继续说着气话。

“好啦好啦,是我不好,这几年真辛苦你了,风里来雨里去,又当妈又当爸的,你真是个贤妻良母。我已决定暑假调回县城,明天就请爸爸去找人。”邓远航一边说着一边走过去搂住妻子黄洁青。

“我也不是不讲理的人,我就希望你帮我搭把手。你不在家,我又要工作又要带小孩,你不晓得我一个人多难!”听邓远航答应调回来,黄洁青口气也缓和了下来,并拉着邓远航的手继续说:“你是不是觉得我这个人太自私,眼看你马上就要提教导处主任了,我硬要你上来做个教师,影响你前途了?”

邓远航摇摇头说:“影响前途?绝对没有。当干部不是我所要的前途。”

“干部都不愿当,那你要什么样的前途呢?”黄洁青仰头看着远航问。

“我这几年在杂志上发了几篇文章,今后还是想在教育教学研究上进一步有所建树,还要出教育专著,像陶行知、苏霍姆林斯基那样成为教育专家,这才是我要的前途。”邓远航答道。

“那好,你调上来,我一定支持你。”黄洁青表态说。

第二天一早,邓远航就跟爸爸说了要调到县城工作的事。爸爸邓仁礼听说叫他去找文教局局长谈儿子调动的事,便毫无把握地说:“你这调动的事,爸爸肯定要帮你,只是我已退下来好几年了,人家给不给你爸这面子,我就吃不准了。”

邓远航知道爸爸一辈子怕给人添麻烦，也不想为难他，便说："你先去说说看吧，要求也不高，县城不管哪个学校都行。人家给面子很好，不给面子，人家局长也不会当面刷你面子。到时我们再在别的方面想想办法。"

果然，如邓远航说的那样，人家局长话说得很好："现在乡镇有二百多人打报告要调县城，在乡镇工作二十年以上的就有一百多位，而县城今年只要六十多位，像你儿子这样年轻的语文教师上来是很难的，我们基本不考虑。不过，既然你老领导来了，我尽量想办法，能通融就通融，尽最大努力把你儿子调上来。如果今年实在不行，明年一定把你儿子第一个调上来。"

远航爸爸高高兴兴地回家把这话向儿子、儿媳做了传达，认为人家还是给面子的，并叫儿子、儿媳安心工作，等待好消息。

待爸爸走了，黄洁青问远航："你觉得局长说这些话到底什么意思？"

"什么意思？不是明摆着的吗？我这样的调县城很困难，但他看在爸爸这些新中国成立前参加革命的老同志的面子上，要尽最大努力把我调上来。如果今年实在不行，明年要调第一个就是我。"邓远航把局长的话解释给妻子听。

"恐怕没有那么简单。以前局长也跟我们说过这些话，结果怎么样？过了三年，你还在分场。"黄洁青觉得局长说的都是模棱两可的话，成不成还要靠自己，还得做些题外的事。

"那你说还能叫人家局长怎么办？总不能叫局长写个保证书给你吧。"

黄洁青在城建局工作，也见识了不少事，有的瓦匠头子尽拿大工程，还一个接一个做不完，有的瓦匠头子只弄点小工程做做，常常吃了上顿没下顿，她对那些瓦匠头子早做过分析，知道他们的路数，今天为了她丈夫能调上来，便把平时看到的瓦匠头子的一些方法推荐给邓远航："为了保险起见，我们还要分别做两件事。"

"什么事？"

"我去找我舅舅，你去买两条烟、两瓶酒送给局长。这样才能双保险。"黄洁青说。

"一个局长敢要一个离休老干部家里送的东西吗？再说，就是他敢要，我也不会送，也送不出去。"邓远航不高兴地说。

黄洁青晓得丈夫的脾气，他干什么都不愿去求人，只想凭自己的真才实学去达到自己的目的，因而她也不想为难他，便建议道：“我知道你不好意思去送礼，但你可以请一个人去帮你送。”

邓远航搞不懂，这送礼本身就是见不得人的事，难道也可以请人帮着做的？便问了声：“哪一个？”

“小秃子。”妻子答。

2

小秃子大名叫王石基，是邓远航小学同学，也是玩得来的小伙伴。那年他为给远航母亲补身体，偷杀了生产队的老母猪，造反派要判他刑，被洪光武、邓远航他们救下，便外出学了瓦匠。改革开放后，他召集一批瓦匠，又带了几个徒弟，成了瓦匠头子，到处承包工程，发了财。叫他去送礼肯定没问题，但他把礼送出去了，我就能调上来了？未必。更重要的是将来说起来，他邓远航调动工作是小秃子拿两条烟换来的，那他邓远航怎么见人？又怎么能跟小秃子平等相处？因而，绝对不能叫小秃子去替他送礼。邓远航想到这儿便随口问了一句：“为什么叫他去？”

“他最合适啊。从关系上讲，他跟你拜过弟兄，他不会出卖你；从经验上讲，你和我之间都没送过礼物，就更谈不上送别人了。小秃子现在人称‘王百万’，一个小瓦匠哪儿来的这么多钱？苦也苦得不轻，但送也送了些。凭我的感觉，好像他这个人要是肯送的话，什么样的人他都能送得下去，你就放心让他去送吧。送礼的钱我们给，不要他拿。这两天，你去找小秃子，我去找舅舅，双管齐下，保证你今年暑假调上来！”

听了妻子的一番话，邓远航觉得妻子已不是过去那个单纯的小姑娘，他想跟她辩几句，可一想，算了，妻子处心积虑为的也是把自己调上来，好好过三口之家的小日子。平时，她一人在家带孩子也辛苦，迫切需要自己回来帮她，现在不可再伤她的心了。因而他也就答应道：“好吧，你去找你舅，我去找小秃子。不过，我也有好长时间没见过他人了，况且人家现在是大款了，我这个分场的穷教师这下还不一定请得动他呢。”

“这倒也是，现在的人势利得很，你有权，有钱，后边就会像苍蝇盯屎一样地盯一大帮人。你这一说，我倒改变主意了。”黄洁青有了新的想法。

"改变主意？什么主意？有更好的办法啦？不要找小秃子啦？"邓远航一连串问了几个问题，巴不得不要他找小秃子呢。

"我看你调上来，不要做教师了，改行到机关工作。你看钟玉保多神气，也不过是才到县委办不久的一个小秘书，过节时到他家的人也还不少呢。"黄洁青说着自己的新想法。

"改行？我能干什么？不要一口想吃个胖子。这调上来做教师八字还没有一撇呢，不要想那么远。"邓远航不大愿意改行，便劝妻子先现实一点。

黄洁青也不想一下子把远航的思想做通，她知道给他做工作就得润物细无声，硬拗不行，因而她说："你说得对，我们现在也不要想那么远，还是现实一点儿，到什么山上唱什么歌，我们还是分头行动，你去找小秃子，我去找我舅。"

好长时间没看到小秃子了，邓远航也不知道到哪儿去找他。这天高考结束，邓远航送走了学生便回县城，一到家就拿了换洗衣服到人民浴室洗澡，一是想洗去这些天的劳累，二是想到浴室里静静地躺一会儿，想想到哪里找小秃子，找到小秃子如何向他开口。

他一进浴室，就见一个擦背工一丝不挂地在那里破口大骂："秃驴，刚才又是擦背，又是捶背，要全套服务，说好了上来付钱，一转眼，秃驴不见了。你个秃驴，克扣擦背工的钱，损德啊，我们苦的是汗水钱啊，我们一天要流几桶汗呢，你克扣擦背钱，回家去打棺材啊？"

听见这骂声，邓远航便一个浴客一个浴客地看，满浴室里没找到一个秃子，连头发短一点的小平头都没有。邓远航断定那秃子为了逃擦背费早溜了。心想，这个秃子真不是东西，擦背活又累又脏，苦这点钱不容易，你擦背的钱都能诈，你还有什么钱不能骗呢？正想着，他感到对面躺椅上正在穿衣服的一个人像王石基，但又不敢肯定，因为那个人有一头的黑发，不是秃子。一时也不敢认，便轻声地试探了一下："石基。"那人看都不看远航一眼，继续穿衣穿鞋，穿好后收拾起脏衣服便向外走去。

擦背的还在骂着："秃驴，逃老子的擦背钱，你出门就跌跟头跌死，就撞汽车撞死，反正你不得好死。"

邓远航观察了他收拾衣服的动作和走路的样子，断定他就是小秃子王石基，便走上去拍了一下他的肩膀喊道："王石基，你洗澡的呀？"

那人头也不回地径直走出了浴室。邓远航跟在后边又连喊了几声

“王石基、王石基……”那人还是一声不吭地走了。

邓远航感到很失望，小时那么要好的朋友，还结拜过兄弟，现在怎么就像陌路人一样呢？远航想不出他如何变成这样的，难道是钱作的怪吗？有可能！过去只是在一些文学作品上看到过这种现象，一些人为了金钱不顾亲情友情，不顾社会公德，现在在现实中终于体验到了，金钱真能把一个人变成鬼。这小秃子就是这样，他眼睛里只有钱，没有其他。连一两块钱的擦背钱你都逃，还算什么“王百万”，我看你是王八蛋。洁青还叫我请他帮着送礼呢，真是看错人了，这有钱人就不能跟他来往。

浴室里来洗澡的人很多，不少人在等位子。邓远航站在一个正在穿衣的浴客旁等位子，还没待那人穿好，一个跑堂打襍子的带着一个人过来，把正在穿衣服的那浴客的衣服从躺椅柜里拿出，把他带来的那人装衣服的包往里一放说：“许主任您脱吧，就在这里将就一点儿，下次来跟你留个包间，你先下去泡一会儿，我叫大丁给你擦背。”

邓远航正要上去指责那人为什么不按秩序来，旁边一人拉住他示意他再等右边一个。后来那人告诉他，那老许是县场部行政科许科长，那叫大丁的是人民浴室擦背头块牌子。

邓远航心情极不好，等了好长时间才等到个位子，便脱了衣服，下浴池草草洗了一会儿就不想再泡，出浴池也没躺下休息，穿好衣服走出浴室，开了自行车锁，跨上自行车就往家骑。刚骑没几步自行车被人从后边抓住。邓远航停车向后一看，正是那个长了头发的小秃子，是那个他喊了几声都不回头的小秃子。邓远航见是他，便又跨上自行车向前骑。可没骑几步就又被那人拽了下来。

“怎么？不认识我啦？”王石基问。

邓远航又欲骑车回家，王石基一边拽住他的自行车不放，一边继续对他说：“真的不认识我啦？我是王石基啊。”

听他说出自己的大名，邓远航没再做骑车欲走的动作，只是扶着车站在那里盯着王石基看。

王石基见他还是不认识自己的样子，便一把拽下自己的假发说：“这下认识了吧，我是小秃子哎。”

“小秃子？那我刚才在浴室里喊你，你为什么睬都不睬？”邓远航问道。

“那时我能答应你吗？那擦背的在骂人。我怕睬你露了相，被那擦背的逮着。”王石基解释道。

“我听说你现在是‘王百万’，怎么连擦背的这些小钱都想逃？”邓远航不屑地问。

“也不是想逃这个小钱，本来说好了的上来给钱，我也没走。我正想给钱，他却破口大骂起来。他已经骂了，我再给钱，不显得我这个人既没有用又不道德嘛。好，不说这些了，我们找个地方去坐坐，我喊几个人玩玩，边吃边谈。”王石基说着就拉着邓远航向前走。

“算了算了，下次我请你。”邓远航推辞道。

“你看你看，是不是刚才我没睬你，生我气了？我没睬你是不方便，你看我一直站在这儿等你个把小时了，我一个小时砌墙都要砌尺把高了，时间就是金钱，我在这破地方等你一个多小时，感情还不深啦？咱们是兄弟，还计较那么多吗？走，走，走，我赔不是。”

3

小秃子把邓远航带到城中河边上的“好吃一条街”。这里前两年就是一条河塝，不知是谁先开始在城中桥边搭了两间简易板房，开起了饭店，随后陆续有人自西而东顺着搭起了一间又一间的房子，都开起了饭店，有五六十家，形成了一条街，人称“好吃一条街”。

小秃子把邓远航带进一家叫“小蔡小吃”的小饭店坐下。刚坐下，老板娘便从后边拍了小秃子肩膀一下说：“死鬼，这么长时间……”还没等老板娘说完，小秃子便抢先说：“蔡老板，这是我最最最亲密的朋友，你把你最拿手的菜弄上来，我们要好好地喝两杯。”

“最最亲密？不对吧？”老板娘斜坐在小秃子和邓远航侧面的凳子上问道。

“噢，除了我老婆，你龙大嫂，他就是最最亲密的朋友。”小秃子解释道。小秃子说到的“龙大嫂”，是他的老婆，叫龙晓云，是石龟分场上龙皮匠的小女儿，是龙晓霞的妹妹。

“还有吗？”老板娘站起来把一只手搭到小秃子肩上问道。

小秃子拿下她的手，向她挤了一下眼说：“文明点，小心让你老公看到。快去炒菜，给我烧个野生甲鱼。”

老板娘见他一递眼色，便不再纠缠，顿时一本正经地说：“你们几位客人？”

“连你五个！”

待老板娘下去了，小秃子对邓远航说：“这老板娘漂不漂亮？”

“还可以，有几分姿色。”邓远航点点头说。

“其实，她比钟玉家漂亮多了，我那么追钟玉家，钱花掉一箩筐，她一点儿也不睬我，反而跟那个穷酸小子洪光武结婚了。你看这个漂亮的，她情愿倒贴钱，也要硬往你身上黏。你说钱吧，我也有一点儿，人家喊我‘王百万’，我其实有四五百万，正在向‘王千万’努力，可这么多钱，她钟玉家怎么就一点儿看不上呢？你说这感情跟钱有没关系？”小秃子摇摇头说。

“感情这东西跟钱有关系，也没关系，一时也说不清。你现在不是很好嘛，龙晓云也漂亮贤惠，又能持家，我看要不是龙晓云那么精明，你恐怕连‘王一千’都不是。”邓远航说。

“不谈这些了，有些情况你也不了解，说了也没意思。你打算怎么办？还在乡镇混？”小秃子改变话题问道。

“今年准备调上来工作。”邓远航说。

“早该上来了，你老头子是离休老干部，老婆舅舅是地区组织部长，我要有你这条件，当官，我就是县委书记了；经商，我就是九龟县的‘王千万’了。哎，你上来到哪个单位，做什么官啊？”小秃子问道。

“不做官，还到哪个学校做教师。”邓远航答道。

“你看你这个傻子，穷教师有什么做头。臭老九！改行！调到哪个部门做干部！多好的差事。”小秃子拍着桌子说。

“就这个教师还不晓得能不能调上来呢，做什么干部啊？我不喜欢，也没那个能耐去做那个干部。”

“你呀，就是个书呆子，做干部多好，你现在当个穷教师，调上来还要求爹爹拜奶奶。你要是做干部，人家就求你了。再说，教师是个吃力不讨好的差事，学生学得好，人家认为自己聪明，不承你个臭情；他要学得差，人家骂你一辈子，说你是个没水平的教师。你要弄个一官半职的，将来也让我们沾沾光，工程也更好接些哎。”小秃子竭力劝他改行。

“我学的就是做教师，我也喜欢做教师，再说学生也不像你说的那样，我的学生都很尊重我，我很有成就感。能调到县城来继续做一名普通教师，我就心满意足了，你不要再劝我了。”邓远航坚定地说。

“棉花店关门——跟你谈(弹)不起来。那你调到哪个学校有眉目了吗?”小秃子晓得他固执,便不再劝。

“不晓得呢,你不晓得现在办事难啊? 哪里这么快就有眉目啊?”

“现在办事难是难,但,难是难的人,要看什么人去办! 有的人办事就不难,关键是你要舍得下注!”小秃子指教他说。

“下注? 下什么注?”邓远航问。

“这个你不懂。你说,调哪个单位? 我来帮你! 我的大连襟,你晓得啊,田生富,他是龙晓霞丈夫,现在在县委办当副主任。你要调哪个单位,我找他。”小秃子拍着胸脯说。

正说着,又进来两个男的。小秃子把他们引到上席坐定,然后一一做了介绍。原来那两人,一个是县委办的徐秘书,小秃子喊他徐主任,另一个是城建局质检站的李副站长。

小秃子喊来蔡老板娘坐在那两位客人的对面,并对她说:“你今儿个要多下点功夫噢,这两位领导是我最最尊重的,你不把两位领导吃好、喝好、陪好,今儿个一分钱不得。”

“那我要陪好了,你就给两桌饭钱! 来,倒酒!”蔡老板娘说着拿过徐秘书面前的茶杯倒了满满一杯,又给李副站长倒满了一杯,来拿邓远航的茶杯时,邓远航早已把茶杯拿开,用另一只手拿着个小酒盅送到老板娘面前。老板娘看看邓远航,又看看小秃子,然后对邓远航说:“我能猜到你是做什么交易的?”

邓远航伸着小酒盅没收回也没吱声,只是盯着她看。

“你是个教书匠。”老板娘说。

“哎,你猜得有道理,教书匠又抠又酸,不爽气,不如小瓦匠。”徐秘书在一旁接着老板娘的话茬说。

“王哥,这一个陪不好,你不能怪我噢。”老板娘对小秃子说。

“他陪不好不怪你,他就喝小酒盅。”小秃子拿过老板娘手里的酒瓶给邓远航倒了一小酒盅酒,又分别把自己和老板娘的茶杯倒满。然后端起酒杯站起来对着上席两位敬了一口,就算开了席。

几口酒下肚,徐秘书开始发布消息了:“王老板,你们晓得啊,你那个大连襟,我们的田主任,最近忙死了,不晓得哪块儿这么多材料,全是他写。现在撤县恢复农场建制的批文也下来啦,他更忙了。”

“忙得好啊,把‘农场’恢复下来就好啊,大家都是职工,种田拿工资多好。我们马上不叫九龟县，叫九龟湖农场了，说起来洋气，也好听多了。”老板娘说。

“有什么好的，换汤不换药，换个名字而已。”邓远航说。

“这你就不懂了，那可真是不一样啊。原则上是暂时保留原体制，原来的部委办局机关一律先保留，哪个该派驻、该垂直、该撤销，以后再说。但不同的是九龟湖周边地区统统归农场，便于对九龟湖更好地保护、利用和开发，改变了过去那种各自为政滥开发、相互扯皮不保护的局面，更不同的是增加不少财政补贴、城市户口、岗位和商机的噢。县乡变农场，有户口指标，乡下人就变城里人了，工程多了，你‘王百万’就变成‘王千万’了；人多了，你‘小蔡小吃’就变成‘小蔡酒楼’啰。”徐秘书说。

“那你就是场委办徐主任啦。祝贺你，来，我敬你一杯，干了。”小秃子与徐秘书干了杯里的酒。

老板娘一边给他们倒酒一边说：“那我欢迎，到时你们要把县委，不，是场委阳书记请到我酒楼来坐坐，也给我酒楼增加点财气。”

“那你请不到了，那个阳书记走了，来了个刘书记。走了一头羊，来了一头牛。那头羊把九龟人民的草吃了，把自己养肥了，九龟人对他没好感，骂死他了！现在对这头牛倒蛮期待的，据说这个人还蛮正派的。”

4

邓远航很不适应这种场合的应酬，跟他们也说不上什么话，特别是那个县委办的徐秘书说是透露内幕消息，口若悬河，别人也插不上嘴。邓远航对他那种显摆的样子很反感，也不知他说的是真是假，既不想搭也不想听，吃的不知是什么滋味。酒席一结束，他就急匆匆地告辞回家了。

老婆到地区找舅舅早已到家，舅舅答应过几天等新书记到任再说这事。当问到邓远航找小秃子的情况时，邓远航才想起把这事忘了。他说：“小秃子倒说帮忙的，后来进来两个人一打岔，把这事给忘了。不碍事，他答应帮忙的，我明天再去找他。”

第二天，邓远航到小秃子公司去找，没见到他，公司里人说他到工地上去了。第三天，邓远航在县城几个工地跑了一遍，也没见到他人。第四天，他把公司、工地、人民浴室、小蔡小吃都找了个遍，小秃子鬼影子也没见到。后来,他索性不找了,心想老婆已跟她舅舅说过了,一个地区组织部长管那么多干部呢,把一个小教师从分场调到城里还不是小菜一碟啦?何必再让小秃子落个人情。

可到新学期开学前几天,文教局通知调动的教师到局里开调令时,邓远航并没接到通知。他去找局长问,局长说今年实在摆不平,叫他安心在石龟中学再工作一年,明年保证把他调上来。

黄洁青吞不下这口气,第二天一大早又乘客车到地区找她舅舅。舅舅一见外甥女来,连说不好,因为新书记已上任了,外甥女的事还没讲。这两天九龟县区划调整,将南部丘陵区域划归邻县,将九龟湖周边的几个农场合并,恢复过去的九龟湖农场。新上任的九龟湖农场场委书记刘济民、九龟湖农场场长方元根也才到九龟去,人家正忙着,他这两天还没跟他们说这事。这会儿看到外甥女,他立刻拨通刘济民书记的电话,跟他讲了邓远航调动的事。放下电话,他对外甥女说:“好,没什么问题了,你回去到场委找一下刘书记就行了。”

第二天,黄洁青叫邓远航和她一起去场委找刘书记,邓远航怕为自己的事去找领导干部,他想一个场委书记在他心目中是很大的干部了,也不是一般的人能随意见到的,再说今年暑期教师调动的事已定了,他书记就是帮忙,调动也是明年的事了。因而,他找了个借口,说儿子要到九龟湖滩上去玩,便带着儿子出了门。黄洁青只好一人来到书记办公室。

书记很热情,不但拿椅子请她坐,还叫秘书给她倒了杯茶,说的话更让黄洁青喜出望外。黄洁青回家把在书记那儿谈的情况都原原本本地告诉了邓远航。

“他先叫钟玉保给我倒杯水,在钟玉保出去后,他问我:‘黄部长说的这个邓远航是不是邓仁礼儿子?’我说是,他说你认识他,你猜他是谁?”黄洁青说。

“不是说是场委刘书记吗? 这还要猜。”邓远航问道。

“我知道是刘书记,我是叫你猜这个刘书记你是在哪里认识的。”

“他是场委书记,我没见过他,怎么能认识他?”

“你认识的,小时候,听大书。”黄洁青提了些关键词。

“小二刘? 是他? 他来九龟做场委书记了?”邓远航将信将疑地问道。

“嗯,他听说你是邓仁礼的儿子,就对我说:现在改为农场,人才很缺,我们办公室就缺秘书呢，你回去征求远航的意见，看他愿不愿到场委办工作，如愿意，过几天就把他调来。我说，他愿意，他愿意。他说，那叫他等几天来上班吧。”

“我不愿意！这么大的事，你怎么不回来征求我意见，就替我做主了呢？”邓远航很不高兴地说。

“这么好的事，人家想去还去不了呢，你为什么不愿意？”

“人家是人家，我是我，我不会当干部，自然就不愿意。”

“哪个天生是当干部的呀？刘书记在丁大妈家说大书、敲锣卖糖那时，哪个说他能当干部，而且是当场委书记呢？我认为你有这能力，适应一段时间肯定没问题。”黄洁青驳斥他又鼓励他说。

“我承认，我适应一段时间，那办公室秘书的事也能做下来，但是，我还是不愿意。你不知道，我最不愿意的是什么。”

“是什么？”

“其实你是知道的，钟玉保在那办公室当秘书，我最不愿意跟他在一起工作，我情愿在学校当一辈子教师，也不愿跟他在一个单位。”

“你这个观点我不赞同。九龟就这么大个地方，抬头不见低头见，你就是在一个学校当教师，也不要以为那就是世外桃源。假如有一天，钟玉保调到你那个学校当校长，调到文教局当局长，你往哪里调？什么事，躲都是软弱的表现，你男子汉大丈夫就应该勇敢地去面对。何况你们并没有到那种不共戴天、誓不两立的地步，还是可以在一起共事的。”黄洁青竭力地劝说着。

邓远航坐在那里没再反驳妻子，他知道再说下去两人就能吵起来。他不想跟妻子吵，他觉得妻子比他小不少，得让着她点。况且妻子也是为了自己好，便不再吱声，任妻子说。

黄洁青见他不吱声，便继续劝说道：“再退一步说，就是他想欺负你，二刘叔在这儿做书记，他也不敢把你怎么样！更何况你也是有两下子的，一般人还欺负不了你呢。”

一句话把邓远航说得“扑哧”笑了起来，他说：“看来，我在你眼里也是蛮凶的一个人呢。好像我也没欺负过你呀。”

“你没欺负我，但我也不敢欺负你呀。”

“还没欺负我呢，你都跟女皇一样了，擅自做主决定我的工作，不是欺负是什么？”邓远航态度软了下来，便随口开了句玩笑。

没想到这句玩笑却把黄洁青眼泪说掉下来了，邓远航见状连忙上去哄她："开玩笑的，不是欺负，是为我好。"

"我就那么恶，在你眼里的形象就是一个盛气凌人、飞扬跋扈的女皇？"黄洁青一边擦着眼泪一边说。

"不是不是，我是说，你是我心中善良美丽、聪明勤劳，受人敬仰、受人爱戴的女皇。"邓远航赶忙解释说。

"去你的，尽耍嘴皮子，凭你哄老婆这本事，你就能当好秘书。"

"哄老婆跟哄领导不是一回事噢。好啦，不说这些了。我已经决定去场委办公室工作啦，谢谢你帮好找了个好工作。"邓远航说。

"那你要好好干，还要跟钟玉保搞好关系。"妻子告诫他说。

"放心吧，我既然决定干这件事了，我就会想方设法把它干好。"邓远航向妻子做了保证。

没几天，场委办公室来人通知邓远航第二天到场委办公室去一下。

听到通知，全家人都很高兴。第二天一早，黄洁青替丈夫选了一套他最好的衣服让他穿上，嘱咐他上班第一天不要像平时一样乱说，关键是见眼生勤，多做少说，要给人家办公室主任一个好的第一印象。他爸爸也告诉他：下班时不要先走，等领导走了之后再走。

可是，邓远航去场委办时间不长就又回家了。

5

场委办通知邓远航去不是叫他正式上班，是告诉他不能直接调入场委办，而是要通过考试进入场委办。原来只有他一个人要调入场委办的，后来场委办要人的消息不知怎么传出去了，好些人找人打招呼要进场委办。邓远航熟悉的就有洪光武、董兴国、李晓阳等。

洪光武爸爸早已调回省高院任副院长，洪光武中师毕业后也分到石龟中学教书，第三年就又调回县法院工作。这回钟玉保听说邓远航要调县委办，便把场委办要人的信息到处散发出去，同时撺掇妹婿洪光武叫他父亲从省里打电话找刘书记。没有多少天找关系要调场委办的人就有二十多个。场委刘书记又不好把所有找关系的人都调进来，也不需要那么多人，但如果只调邓远航，不调其他人就要得罪好多领导，便决定通过考试面向全场选调一批人，以弥补场直单位一些岗位的缺额，其中场委办招两个人。以他对邓远航少时的了解，他认为他应该能考进来，如考不上调进来也没什么出息。

听邓远航把情况一说，黄洁青倒替邓远航担起心来了，同时自己也犹豫起来了，到底让不让邓远航报名去参加考试，她定不下来。

远航爸爸坚决反对他报名去考干部："两点理由，一个是考试只是个样子，走走形式，最后把他们想调的调进来，你还以为真是那人考得最好呢。九龟解放这三十多年，哪个见调干部考过试？不都是他书记说调哪个就是哪个。什么能用不能用，前任阳书记安插多少人到各单位啦？"

"爸，你也不要用老眼光看社会，现在是 1987 年了，那阳书记也走了，他是大老粗出身，由着性子办事，家长作风，现在人家刘书记、方场长都是知识分子，办事肯定比他要科学、公平。考试挺好的，有本事考上就去，考不上，不怨哪一个，只怨自己肚里货少。"邓远航为考试选调人员辩护着。

"就算你能考进去，你也做不下来。你爸官虽不大，也做了几十年了，你要干点事真不容易。那里边有些人专门管说不管做，专门谋人不谋事，知子莫若父，你这脾气跟爸也差不多，我认为你干不下来。这是我不同意你去考的第二个理由。"远航爸爸继续阻止儿子去考场委办。

在一旁听他们父子相互劝说的黄洁青心里一直有种担心：远航平时在熟悉他的人群中一直有很好的口碑，无论是人品还是水平，大家对他都有较高的评价。她担心场委办要求高，招考简章上"场委办"职位要求特地加了一句"要有相当文字能力"，他虽学的是中文，可场委办那些材料他也没写过，万一他这次考不上，他会很难堪，面子上也下不去。因而，她也有点不想让他考场委办。这会儿，听公公说这话，她便接着他的话说："爸爸说得也对，你学的是教育，办公室那些事你也不太了解，考场委办有一定的难度，不如你考你熟悉的。干脆就报考文教局，考你的本行，把握性比较大。考上了，搞你的本行，你又情愿又得心应手，不是两全其美的事吗？"

"这样也好，下午就去把名报了。"远航爸爸赞成说。

邓远航并不同意他们的意见，起初他不同意调到场委办，只想调上来做教师搞本行。后来被妻子说服，他已定下心来准备到场委办工作，既然定下来就不能因为要考试就打退堂鼓，否则人家还认为自己只能凭关系，不敢去考试呢。何况洪光武还敢考场委办，我为什么不敢考，钟玉保还能在场委办干下来，我怎么能干不下去？所以，不管他们怎么说，邓远航报考场委办已是张飞吃秤砣——铁了心。但是，他这会儿没跟他们硬顶，而是口气和缓地说："你们说得有道理，报名还有两天才结束，我现在先看看书，我们再看看情况，到最后一天再去报名也不迟。"

最后一天，直到下午四点邓远航才去报名。他想看看报名的情况，办事人员没给他看，他就直接交了钱和照片，报考了场委办。后来知道全场九个单位共招十六人，报考的有二百多人，其中场委办招两人，报考的有五十多人，竞争还比较激烈。

离书面考试还有二十天，此时，学校已经开学，他只得带着考试参考书到石龟中学边教学边看书复习。

考试卷是省里出，省里改，这对大家都是公平的。分数公布后，邓远航一家都很高兴，因为他的书面成绩是全场第一。一个星期后参加面试。邓远航对妻子说："面试考什么？怎么面试？哪个组织面试？都没通知嘛，也不知怎么去准备。"

"要不你今天到场委办去问问。丁和全、田生富都是场委办副主任，原来石龟公社的赵书记又刚调上来做一把手主任，都是熟人，你现在就去问问大致的范围。"黄洁青催远航说。

"不能这么急，也不能我去。我现在到场委办去，不管我是去干什么的，钟玉保看到，马上外面就会传出我是去找关系的。瓜田不纳履，李下不整冠，这时尤其要注意。"

"那我去吧。"黄洁青说。

"你也不能直接去场委办，钟玉保看到你跟看到我一样，一样会散布谣言。"

"那我晚上去丁和全家问。"

"也不用，你就现在到场团委找丁和美，请她去问一下她哥哥就行了。"邓远航对妻子说。

黄洁青按照远航的要求出去找了一圈回来说："放心吧，丁主任说是办公室出题，办公室主任主考，问几个问题就行。没有划定范围，不用复习，到时临场发挥就行了。"

"那就坏了，保不准考题会泄露出去，而且几个考官打分时也会有所偏向。六个人参加面试，只取两个，竞争还是蛮激烈的。"邓远航有点担心地说。

“那我再去找一下刘叔叔,请他把下边的人管严些。”

“去了也白去,没用的,场委书记顶多讲几句原则话,具体的事还是办公室人做。算了,听天由命吧,现在看来进不进场委办也无所谓了。”

“怎么又打退堂鼓了?”黄洁青不解地问。

“倒也不是退,我肯定要认真地对待面试这一关,虽说没有范围,我估计时事政治、九龟湖农场的发展、办公室业务这几方面应该会在面试出题范围内,我会准备的。我说进不进无所谓,是说不进也不要遗憾。”邓远航答道。

“不进怎么能无所谓?考全场第一,办公室进不了,肯定有人背后搞鬼,我就去找刘书记告状,非把这事扳过来不可。”黄洁青有点激动地说。

“也犯不着那样子,我说不进无所谓,是说现在场委的环境对我并不是有利的。”

“怎么不利?”

“钟玉保在那儿且不说,就说那办公室一把手赵主任,原来在石龟公社时,就跟钟玉保爸爸一派,跟我爸作对,我到他手下能有好果子吃?再说,这次如果洪光武再进去,他们子舅两个抱成一团,我哪一天能出头?”邓远航分析道。

“你也不要怕什么,有刘书记在,他们也不敢怎么你。到什么山上唱什么歌,你先准备面试,到时看情况再说。”黄洁青鼓励他说。

在他们夫妻俩准备招考第二关时,洪光武也正在岳父家找钟玉保商量着如何准备“面试”的事。

6

“哥,你帮我去问问面试考哪方面内容。”洪光武对钟玉保说。

以前钟玉保瞧不起这个“小要饭的”,也经常欺负他,后来妹妹钟玉家嫁给了他,“小要饭的”成了他的妹婿,他才对他另眼看待,再后来“小要饭的”父亲调回省高院,他对他就更高看一眼了。他从石龟分场宣传干事调到以前的县委办工作,还是“小要饭的”父亲帮忙的呢。

那是一年前,钟玉保想调到当时的县委办工作,他倒没考虑自己能不能搞文字工作,他考虑的是自己酒量大,适合在当时的阳书记身边工作。

因为阳书记也喜欢喝酒，他爸爸每年都要请阳书记到他家喝几次酒，本来感情就不错，如果再到书记身边工作，进步会很快。于是，他请爸爸钟大同去找阳书记。钟大同拎了两瓶酒、两条烟去找阳书记。满以为事情很快就要成的，可半年也不见动静，他想，大概是礼送少了，没送到位，但他也不愿家里出更大的血本。于是他到妹妹、妹婿家走了一趟，请妹婿洪光武爸爸出面，从上面压压看看。其实哪里需要"看看"，那是肯定会奏效的。果然，钟玉保很快就调进了当时的县委办。可没想到没几个月阳书记就调到地区去工作了，九龟县也改成了九龟湖农场，新书记、新场长也很快到任，他也随之失去了一座靠山。

现在妹婿这点小事找他，他当然义不容辞了："行，你放心，我去探听一下，保证把考试的范围给你搞清楚。"

"哥，你要上心去搞，这不是开玩笑的啊。六个人参加面试，我笔试是最后一名，邓远航是第一名，他只要正常发挥，保持在前两名是没问题的，剩下就我们五个人争了，我要上升四到五位才有可能调进场委办。面试成绩十分关键，它关系到我能不能跃升到前两位、合法调进场委办的大问题，你可千万马虎不得啊。"洪光武晓得他这个大舅老爷喜欢说大话，有时胸脯拍得砰砰响，可事情却办得拆烂污，因而他强调了又强调。

"你放心好了，包你满意。"钟玉保拍着胸脯说。

因为有钟玉保妹婿参加面试，场委办没让他插手招考工作，他没法接触到面试题的内容，因而第一天回家告诉洪光武的也就是丁和全转告给邓远航的内容。后来一连几天没有消息，但钟玉保确实是很努力，有事没事就去主任、副主任办公室，跟他们汇报、闲聊，但几位主任什么信息也没透给他。赵主任没透露什么，是因为他确实不知道题目，因为题目是丁和全与田生富两位副主任一起出的，并没给赵主任看。直到面试前一天下午下班时，钟玉保才逮到一个与面试题有关的机会：就是两位副主任叫徐秘书把一只封好的信封锁进了保险柜里。钟玉保心想，这下妹婿有救了。

下班时，钟玉保把徐秘书拖住，带到"好吃一条街"，找个小饭店，两人对饮了起来。这徐秘书就是上次在小蔡小吃与邓远航一起吃饭的那位。他其实是场委办机要科的，掌管着保险柜。保险柜里摆放着场委、场委办的公章和一些机密文件。这徐秘书与钟玉保性格差不多，喜好说大话、喝酒、交朋友。待酒喝得几分醉了，钟玉保提出看题目的事，徐秘书二话没说，只说道："走，跟兄弟走。"到办公室开了保险柜，拿出那只信封，他才说了句:“千万不要动封条噢,也千万不能告诉第二个人噢。领导要晓得了,小命没的了。”

钟玉保哪里听他的,只见他一手拿起信封,一手撕开封条,又把两只手指伸进信封,从里边夹出面试题便急吼吼地趴在桌上抄了起来。抄好题目和标准答案,把面试题塞进信封,裁了张纸条封好,再让徐秘书拿出公章盖好印,又把它锁进了保险柜。然后,他向徐秘书行了个军礼,怀揣着试题和答案跑进夜幕中。他一口气跑到妹婿家,递上他的“战利品”,向妹婿叮嘱了一句:“千万千万不要告诉第二个人啊。”

第二天上午邓远航去参加面试,在场委办见到洪光武,便跟他开起了玩笑:“这次面试你肯定拿满分、得第一了。”

听邓远航说这话,洪光武的脸顿时红透了,说话也有点抖了,就像一个做错事的孩子:“你晓得、晓得什么呀,瞎说! 怎么可能?”

“怎么不可能? 你把《资本论》读得烂熟,面试就考《资本论》,你还不是驾轻就熟拿第一嘛。”邓远航抖开了包袱。

“噢,你说的是这个呀,要考《资本论》就好了,但是,可以肯定地说没有一条跟《资本论》搭上界的。”洪光武见他说的是这个事,才恢复正常,又摆出一副无所不知的架势,谁知一开口又露了馅。

“你怎么这么肯定? 难道你看过题目了?”邓远航惊讶地问。

洪光武知道说漏了嘴,赶紧补漏:“怎么可能看到题目? 我是说现在是什么年代啦,《资本论》早过时了,谁还看它? 更不可能作为考题了。”

“那你是怎么复习准备的呢? 你大舅老爷在场委办,他肯定要帮你打听点内容吧?”邓远航问。

“他倒是问了主任,说没有范围,不要复习。我就是看看报纸,看看电视,考得怎么样全靠肚子里的老陈货了。”洪光武很平静地答道。

两人说着,已开始抽签了。邓远航抽到了个第一,洪光武抽到个第五。考场设在四楼会议室,邓远航第一个到四楼去面试,其他人在三楼的大办公室里等。

四道面试题答下来,邓远航觉得确实没法复习,大致的范围邓远航猜得也不错,有时政,有场情,还有办公室人员处理问题的实用题。看起来并不难,但要在很短的时间内答全了拿满分也不大可能。一道题满分四十分,邓远航四道题共得总分123分。考完的人可以坐在评委后边观看,并等最终结果。

邓远航一连看了几个，得分都差不了多少，加书面成绩，他的总分还是第一。可到最后两个人面试时，形势却发生了变化。

第五个面试的是洪光武，四道题答得滴水不漏，几乎跟评委手上的标准答案一样，完全可以得满分，但评委们商量后还是给他扣了两分，共得158分，而董兴国的分数竟然也比邓远航高，总分位列第二。很多人都为邓远航惋惜，叽叽喳喳地议论着。邓远航感到无地自容，坐也不是，站也不是，走也不是，留也不是，不知道要干什么。他完全没料到洪光武、董兴国面试发挥竟如此出色。

邓远航呆坐在那里，他根本不知钟玉保在背后做的手脚。钟玉保在抄题目和答案时，实际上是抄了两张，一张是四题全抄的给了妹婿洪光武，另一张抄了两题连夜送给了同学董兴国。他想，邓远航老婆舅舅是省农垦组织部长，要是让他进了办公室，那我还不被他踩在脚下啊。因此，一定要把光武、兴国的面试成绩提上去，进入前两名，把邓远航挤下来，让他进不了办公室，在分场做一辈子穷教师去。

办公室副主任丁和全宣布了成绩，最后丁主任对他们六人说了什么，邓远航一句也没听进去，只是强打着精神做出认真听的样子。

丁和全见邓远航没精打采的样子，待结束后对他说："不要失去信心，还是有希望的，前四名都会提交到场委会上研究，最后由场委会决定哪两个调进办公室，回家等通知吧。"

邓远航知道那是安慰他的话，等通知？见鬼去吧。前两名在政审时只要没有什么原则问题，就不可能把他们刷掉。他对进场委办已不抱希望了，第二天就骑自行车回石龟中学上课了。

7

邓远航回石龟中学才上一个星期的课，便又接到场委办的通知，叫他去办手续到场委办上班。

全场原计划招十六人，有一个岗位因没有合格人选而缺额，就把这个名额调剂给场委办，这样场委办就有了三个名额，邓远航、洪光武、董兴国便都被调进了场委办。

邓远航调进场委办，最高兴的还是妻子黄洁青。人调上来了，还进了一个重要部门，既有面子，又有里子。更重要的是家里有个帮手了，有什么事可以一起做，有什么想法也可以一起商量，总之，她的心情舒畅多了，脸色也红润了。她想，丈夫心里一定也跟她一样高兴，她便想分享丈夫心里的那份高兴劲儿。

这天，已是 1988 年春节放假的最后一天，黄洁青在家没事，突然想问问丈夫的工作情况，他到场委办半年多了，在那里干了些什么呢？她走过去把左膀子搭在正坐在写字台前看书的邓远航的肩膀上，用右手合起邓远航手上的书问："看什么书呢，这么入神？在办公室整天动脑子，回家还动脑子，不要把脑子动坏了，休息休息，跟我说说话。"

她见丈夫看的是外国人写的《成功之路》，又翻开丈夫刚才看的那一页，她发现丈夫在"我们迫切需要生活得有意义，对于能赋予我们生活以意义的机构，我们会乐于为其做出重大牺牲。同时，我们又需要自立，要感到自己好像是在掌握自己的命运，而且有能力脱颖而出，出类拔萃"一段话下面用红笔画了波浪线，便问道："哎，远航，在办公室应该比在学校有意思吧？"

邓远航合上书，扭头看着妻子说："也不好说哪个职业比哪个职业更有意思，关键看自己有没有兴趣。"

"我看你每天上班那么积极，你一定对办公室的工作兴趣大呢。"妻子说。

"好久没听到有人表扬我了，你表扬我工作积极，那我这半年没白干。"

"得到我的表扬有什么意义？关键是主任表扬，书记表扬。"妻子说。

"哎，有你的表扬就不错了，主任、书记日理万机，又管着几十万人口，个个都要他表扬，就算他们一天表扬一百人，也要二十年才表扬一遍呢。"

"又算账了，走题了，不说这个了。我就问你，你这半年在办公室做些什么事啊？"

"事很简单，每天接电话、打电话，收通知、发通知，邮递员车铃响了，赶快下楼拿报刊信件来分发，这些是主业；还有副业，就是按照上面的要求，到部门、企业、分场推销地产烟、地产酒、地产罐头，完成上面分配的任务。"邓远航把干的事点给妻子听。

黄洁青想：这些事要一个大学本科生做，不是浪费人才吗？便问道："这些事还要'相当文字能力'干什么？你就没写什么文字的东西？"

“有啊，通知、照转上级文件、信息、新闻稿。我上报的信息不多，但省农垦办公室都用了，几篇新闻稿地区日报也用了，洪光武几乎每天向省农垦报送一篇，但用的还很少呢。”

“没跟书记写过什么报告、讲话？”

“抄过报告。他们副主任把报告写出来，我们帮着誊清给书记看，书记改过再拿到场办的打字员那儿打印，校对、印好了，我们再拿来装订，开会时搬到会议室分发。一份报告出来也真不容易，两个副主任白天黑夜要写好些日子，但不少开会的人并不珍惜，有的人会一结束就丢在会议室，有的人带回去照本宣科传达一遍，就放到橱柜里，再也不碰它了，堆多了就当废纸卖了，也不值几个钱。你说可惜不可惜？”邓远航不想再跟妻子说自己的工作，便把话题引开说。

“那领导分工你干什么呢？”妻子黄洁青并没有被他的话题牵着走，还是死盯着他的工作问。

“分工？他们主任有分工，我们几个办事员没分工，跟过去在龟岛插队时一样，主任就像生产队小队长，哨子一吹，挨个点叫，叫你干什么，你就去干什么。主任还经常叫我到街上去给他买烟呢。”

其实那天丁和全倒是向赵主任提出过办公室人员分工的事，他对赵主任说：“现在办公室人手多了，不能就这么散着，还是要给他们明确分工。”

“怎么分呢？”赵主任问。

“现在书记、副书记多了，让他们一个人跟一个书记，到时候他们对各位书记分管的那一块工作都比较熟悉，写材料要好写一些。”丁和全说。

“不能分，你看场办分的，一个场长分一个秘书，现在怎么样？秘书只听场长的，主任、副主任都叫不动他们。再说，省农垦办公室也没分，我们也不要分。”赵主任这样定了调子，丁和全也不好再争，办公室仍旧这么乱着，大家也就这么混着。

听丈夫这么说，学理工科的黄洁青感到不可思议，一个系统没有明确的分工怎么运行？你们场委办就是司令部哎，司令部都这么乱，还怎么有序地指挥全场的工作？她想到他们办公室看个究竟，便问道：“那你办公室在几楼？几个人一个办公室？”

“在三楼，面对楼梯的一个大办公室。除了主任、副主任，我们七个人都在里边办公。七个人六张办公桌，光武、兴国他们俩报到得早，各占了一张空桌子,我报到得迟,没有办公桌了。平时,有人外出了,有空位子就坐一下,没有空位子就趴在放报纸的大长条桌那儿翻翻报纸,倒也看了不少东西。”

丈夫说得很平静,却把妻子的眼泪说出来了。她才知道丈夫这半年在场委办工作并不舒心,吃苦受累他并不怕,他怕的就是清闲、被忽视。她知道他不愿把工作中的不快跟家里人说,是怕家里人为他担心。她责怪自己,作为一名与他朝夕相处的妻子,竟然对丈夫半年的不顺心全然不知,还一直因丈夫在场委办工作感到自豪呢,不知道丈夫过得这么窝囊。

其实,还有事邓远航没跟她讲呢,比如春节前他被挤到“廉政办”的事,现在他正常在廉政办那边上班。那天,他没有一点心理准备,场纪委一副书记打电话问他:“赵主任说跟你讲过了,你怎么还不到廉政办上班?”他回答说不知道,没人告诉他要去廉政办上班。丢下电话,他去问赵主任:“赵主任,叫我到廉政办上班啊?”

赵主任“嗯”了一声。

邓远航又问:“没人跟我说嘛。”

“我现在不就是在跟你说吗?”

后来,邓远航知道,原来是叫钟玉保去廉政办公室的,钟玉保不愿去,才叫他去的。

黄洁青觉得自己过于考虑自己的面子,忽略了丈夫的感受,自己应该为丈夫摆脱目前的尴尬局面做点儿事。于是她对丈夫说:“远航,我也想通了,他们不要你,我们还不要他呢,我们不在他们这块儿干了。明天,我到地区找舅舅,把你调个单位,或是调到地区哪个单位,离开这个农场。”

8

“不要,不要,你不用替我担心,不要遇到一点困难就退缩,现在需要的是冷静、奋进,继续走自己的路,是块金子,就不怕发不了光。我这个人的脾气你还不全了解。”邓远航坚决地否定了妻子的决定。

“恋爱六年,结婚三年,你还有什么我不了解的?”黄洁青不相信地问。

“我在挫折的时候,你不用担心我,我会越挫越勇,当然能有你的支持会更好。我在得意时,你反而要担心,要经常提醒我不要得意忘形。”

“好吧,我知道了,支持你,现在千万不能急躁,情况会改变的,机会会有的。”黄洁青坚定地说。

到4月春暖花开的时候,场委办工作果然发生了变化。国家调整了粮、油、糖等部分农副产品收购价格,城市居民发放价格补贴,对此,场委刘书记要求办公室深入基层调查研究,了解基层干群有什么反应,写出有分量的调研报告供场委决策参考。与此同时,省农垦办公室要编辑出版一本书名叫“九龟湖畔”的书,分给九龟湖场委办三篇报告文学的任务,分别写三个过得硬的分场书记,再加上石龟分场书记向智勇多次邀请办公室同志到石龟调研,要求帮他总结总结、宣传宣传。任务繁重,人手又不够了,便把邓远航从廉政办叫回来,与钟玉保、洪光武一组,由钟玉保带队赴石龟分场调研。

洪光武很兴奋,他对邓远航说:“昨天赵主任说叫我给石龟分场写报告文学,我连夜想好了题目和小标题,说给你听听。题目就叫“九龟湖梦思”,小标题是:绿色的梦、白色的梦、彩色的梦。”

“这个好,太有文采了,跟赵主任讲,赵主任一定充分肯定。你说呢,邓小二子?”还没待邓远航搭腔,一旁坐着的钟玉保首先大加赞赏起来,他不愿尊重邓远航时,总是喊他邓小二子或小二子。

“好是好,不过好像写报告文学是先下去充分占有素材,再构思标题、结构、内容之类的,我们还没下去调研,不知道石龟的实际情况跟你的标题能否相扣呢。”邓远航从侧面否定道。

“小二子啊,你就是个书呆子。你不晓得天下文章一大‘吹’啊,哪个文章不是吹出来的啊? 还深入实际呢,说给三岁伢子听的啊?”钟玉保立即给予了反驳。

洪光武也即刻反对邓远航的观点,只是口气比较缓和:“远航,我知道你读了四年中文系,我只读了两年中师,外加在你们那儿深造一年,学的文学理论没有你多,但鲁迅、郭沫若、茅盾读过几年正规中文系的呀? 不都成了大文学家了吗? 到场委办来写材料千万不要有学究气、书生气。”

“对啊,我也是反对学究气、书生气的啊,我只是强调明天我们下去调研了再构思,是要在深入生活、调查研究、充分占有资料的基础上再构思动笔,这哪里就学究了、书生了?”邓远航解释道。

“还不学究呢? 为什么就不能反过来,先构思,再调研? 其实,报告文学主要的就是构思，我先把提纲想好，然后下去找材料往上贴、往里填，进行文学加工，不是一样写出精彩的报告文学来吗？”洪光武振振有词地说。

“对，条条大路通北京，我们的思想千万不能僵化。这样写，你要是写不出来，干脆我跟光武两人写报告文学，你把调研报告完成就行了。”钟玉保知道报告文学是省农垦办要的，影响会大些，还有稿费，弄得好被省农垦哪位领导看中了，把作者调过去也是有可能的。而写调研报告只不过是回来编发一期《九龟情况》，领导人看不看还未知，就是看了，领导人反感不反感也未知，弄不好就是吃力不讨好，因而他把写调研报告的任务分配给了邓远航。

邓远航也并不是不想写报告文学，只是对他们这种不正确的写作态度反感，这会儿既然钟玉保有交代了，他也不想去争那份功劳，也不想再跟他们多费口舌，便答应道：“那好吧，我完成调研报告！”

洪光武听钟玉保这样分配任务，心里就有点发虚。他心里有数，看起来他和玉保两人写报告文学，实际上就是他自己一人写，而他从来没写过这东西，怕完不成任务，便还是要拉上邓远航：“远航啊，你就是拈轻怕重，报告文学多难写啦？这样子，你也不能太轻松，调研报告，你照完成，报告文学，我写第一稿，然后你写第二稿，我再写第三稿，最后由玉保兄修改润色后交主任审阅。”

听了这话，邓远航感到有点好笑，这是个什么合作创作的模式？但也不想再跟他们辩这些理，到时再说吧，他们能受我就能受，便答应道：“好吧，明天下去看情况再说吧。”

第二天上午，他们三人骑自行车过轮渡到对岸的石龟分场。

对石龟分场，他们三人都比较熟悉，少年时期在这儿生活，青年时期又在这儿插队。改革开放后石龟街上的变化他们也都是知道的，因为钟玉保在分场里做过干部，邓远航、洪光武后来在这儿当过教师，但对分场里这两年的工农业生产情况、农民的生产生活等都不大清楚。现在的石龟分场与他们少年时期生活的石龟公社比变化还是很大的。分场场部搬到了分场北边的新址，并盖起了三层小楼，场部新址北边盖起了不少厂房。原来的场部所在地变成了一个农副产品加工厂，中小学还在原址，不过也盖了一幢三层的新教学楼。

石龟分场场委书记向智勇出差不在家，场长何胜浪和分场办公室文书小冯陪他们。他们一行先到与茧丝有关联的缫丝厂、丝织厂、刺绣厂等几个企业转了一圈，各个车间看了一遍。一圈转下来也快到吃中饭的时间了，就到缫丝厂会议室里听听何场长说说分场发展蚕桑的情况。

一坐下来，钟玉保先开口说话了："何场长，我们这次来是奉场委刘书记的指示，帮你们总结经验、宣传石龟的噢，材料是报省农垦的。弄得好，刘书记一高兴把你们向书记提拔到总场来，位子空下来，你们就可以一个一个向上挪来啦。所以你们要重视又重视噢。不是见我们来，他向书记就躲起来不见我们，叫你一个副书记来应付应付吧？你要知道，我们不是代表我们自己，而是代表场委书记来的噢。"

何胜浪见钟玉保这种摆谱的架势就不高兴，但没有表露出来，只是添油加醋地说着分场里对三人到来的重视："重视，重视！昨天听说你们要来，向书记在外面出差专门打电话回来，要我们按照最高标准认真接待好。他说你们是他插队时的朋友，我们也共过几天事，再加上你们都是司令部的，在接待上不能有半点儿马虎。所以，厂里昨天就派两路人外出采购，一路人到九龟城里去采购些好烟好酒，一路人到湖里去采购些土菜，保证叫你们满意。"

刚才钟玉保说那话，邓远航很不适应，什么代表场委书记？把自己拔得那么高干什么？不就是个办事员吗，吓唬谁啊？他心里很不满，便对何胜浪说："何场长，不要搞那么复杂，玉保是助理秘书，我和光武都是办事员，就是来听情况的。你场长接待我们就是高规格了，我们都不好意思了。你给我们说说情况就行了，中午随便弄点吃吃，下午我们还要听那些厂长们说说呢。"

"哎，情况要说，饭也要吃嘛。钟主任，你看离吃饭还有个把小时，要不我们先到食堂打两把牌，吃过饭再听汇报？"何胜浪征求意见说。

"你们看呢？"钟玉保问他们两人。

洪光武看看手表说："才十点多钟，现在去打牌也太早了些，不如听何场长先汇报吧。"

"那你就说吧，大概说说，不要太长，下午还有时间呢。"钟玉保说。

何胜浪先把全分场的基本情况做了介绍，然后说："我们分场怎么想起来发展蚕桑，走茧丝绸一条龙道路的呢？有两个人在这当中起到了关键作用：一个是我们的向书记，再一个就是我老婆。"

"提到你老婆，我倒想到一个一直压在心里的问题，就是你这个地地道道的泥腿子，怎么搭上我们一个知识青年的呢？"钟玉保又岔开了话题。

“这都不知道啊？早是旧闻了。”邓远航和洪光武异口同声地说。

9

那时钟玉保正在外地学习，回来时，他们已经结婚，此时见只有自己不知此事，便催何场长：“你这人不够朋友，就瞒着我一个人啊？快给我讲讲，怎么回事。”

何场长说：“不汇报啦？”

“吃过饭再汇报，你们的工作不汇报我们肚里也有数。而你这个人的事就瞒我一个，不地道，必须先跟我说清楚。”钟玉保还把何胜浪当他爸爸通信员那会儿一样地指使着。

“事情过去好些年了，他们也是后来从师范院校毕业后到石龟中学任教期间听人传的。那时他们俩还在师范院校读书，当时任石龟公社党委书记不久的赵庆虎，就是你们的赵大主任，见公社有三个大龄青年不找对象，成了老大难，便主动搞起了拉郎配。他先找向智勇，想把他与妇女主任董一芬撮在一起，他们都是省城知青，有共同语言。向智勇是最后一届工农兵学员，毕业时想留校没留成，回石龟当农技员。本来能留校就与包玲玲结婚的，现在又回到石龟，婚事只有摆摆再说了。赵书记找他时，他如实地告诉赵书记自己的恋爱情况。赵书记说：‘你有对象，应该早跟组织上汇报，不汇报，组织上安排错了，你自己负责。好，不谈了，抓紧把大事办了。’

“随后他又来找我，想把我跟丁和美撮合起来，因为他认为我们都是一个分场上的，都相互了解，也有共同语言，因而觉得能成。可他找我一提这事，就被我婉言拒绝了，我当时说：‘谢谢书记，谢谢书记，不过她是正科级团委书记，我是分场一个小人武部长，人家是县里重点培养的，将来前途远大，因为我这个没文化的拖了她的后腿，组织上是不会放过我们的。您要是关心人家，就给她物色一个有文化的，能帮她的，找我这个撑船出身的，是害人家啊。’

“赵书记骂我是嫌丁和美丑，配不上我这个长得英俊的汉子，还骂我忘恩负义等等，骂了一通后还是问道：‘那你想找什么样的人呢？’

“我也不好说得很具体，就说：‘帮七帮八，差不多，能过日子就行。’

"他立马就说:'那董一芬,董主任,怎样?'

"听赵书记提出董一芬,我还是不想谈,我觉得人家是大城市下来的知青,我是船民出身,怎么配得起来呢?但赵书记这么热心,再回绝他,将来怎么在他手下工作呢?再一想,就是我同意,人家省城的姑娘也不见得就同意呢,便说了个活话:'我这边没的说的,你书记做主。'

"赵书记去找董一芬,又遭到董一芬的婉拒:'书记,谢谢你,我现在还不想谈这事,待我想谈时,我主动请你帮忙。'她不想谈,除了有点嫌我是农村人没文化外,更重要的是,她还在想办法往省城调,如果现在跟一个当地人恋爱结婚,那这辈子就不要想回到她父母身边了。

"赵书记好心帮助我们,可我们没一个让他高兴的,这回见董一芬以'不想谈'为借口拒绝他,气更不打一处来,便抬高音量说:'不想谈不想谈,难不成你要到七老八十才想谈,谈了就进棺材啊?你三十岁了还不结婚,不光是影响你的前途,还影响我的前途,外边说我跟你怎么怎么的,上次组织上就来查过了,你还要不要我进步了?我告诉你,你不结婚,影响我的提拔,你就一辈子在石龟,哪里也别想去!'

"就这样,我与董一芬结婚了。没有你们年轻人那么浪漫。好,我继续介绍分场里茧丝绸一条龙发展的情况。"何胜浪讲完自己的恋爱故事掉转了话题。

"不急不急,一条龙不急。没想到你还真吃到了天鹅肉。那赵书记怎么又把向智勇与丁和美撮到一块的呢?过去我只知道他们结婚,不知道他怎么甩了包玲玲,又跟丁和美弄到一起的,你给我详细说说。"钟玉保要求道。

何场长只好继续讲道:"我们结婚后不长时间,赵书记发现向技术员不对劲,整天跟个软黄瓜一样,蔫头耷脑的,叫他干什么都没的劲。赵书记一问,原来是失恋了,恋爱多年的包玲玲在省城又有新对象了。

"赵书记把他喊到办公室,严肃地对他说:'向智勇,我今天是以一个党委书记的身份跟你一个党委委员谈话的,你要是听,就当我是你的书记,你要不听,就当我这个书记是放屁!'

"赵书记这开场白把向技术员震得心里忽上忽下,连忙说:'书记,你的话就是最高指示,保证执行不走样。'

"'那好,我给你们牵个线,你马上跟丁和美把婚姻关系确定下来。'向书记一听这话,连忙说:'赵书记,我就是再找不到人,你也不能把没人要的搭配给我呀。’‘什么？搭配给你？向智勇！’赵书记说到这儿猛地拍了一下桌子继续说道：‘搭配给你？你做梦吧，人家黄花闺女原来不是这石龟街上数一数二的美人啊？她脸上的疤是哪里来的啊？是为救集体财产留下的疤哎！那是光荣的疤、英雄的疤！你嫌弃她的疤，就是嫌弃无产阶级革命精神！’

“向书记见赵书记给他上纲上线了，便连忙说：‘赵书记，我从来就没嫌弃她的革命精神啦，相反我还仰慕她这种精神呢。’

“‘这就对了，革命同志的结合，第一位的是精神的结合，既然你仰慕她的精神，就算你们俩成了，选个日子结婚吧。’

“‘赵书记，我没答应跟她结婚呀。’

“赵书记又拍了一下桌子说：‘向智勇，你今儿个答应也得跟她结婚，不答应也得跟她结婚。要不跟她结婚，我马上跟县委书记说，取消你石龟副书记的提名，取消你石龟党委书记后备人选资格。’

“向书记权衡再三，最后还是跟丁和美结婚了，现在两口子过得也很好，还生了个儿子。他本人也一步步地从技术员到副书记、到书记，今后还要上，既是他本人的努力，也有丁和美给他带来的福气啊。”何胜浪笑着说完故事，便觉得瞎扯，把时间浪费了，情况没汇报，他们给向书记的报告文学写不起来，那自己就有罪过了，因而收起笑容说：“瞎吹了，瞎吹了，这些你们可不能在向书记面前说啊，被他听到了，我就没皮了。刚才把你们时间浪费了，净说些没用的，下面汇报正经事儿。”

“也不能说没用，会用的话，它会是写报告文学很有用的细节素材。”邓远航为了减轻何胜浪的自责便说了一句。

“你那叫什么报告文学，你那叫爱情小说。我们来写报告文学要突出向书记的高大形象，把这些落后的逼婚的东西写进报告文学，你不是存心要往赵主任、向书记脸上抹黑吗?”钟玉保叱道。

“一块白布无悲喜之分，但你把它裁剪成婚纱，就成了喜；你把它裁剪成孝服，它就成了悲。关键看你怎么去剪裁。”邓远航回他说。

“你就知道剪，你写文章就靠一瓶糨糊、一把剪刀。”钟玉保继续数落着邓远航。

邓远航知道他根本分不清剪贴和剪裁的区别，便故意说：“钟秘书，你要是说出剪裁和剪贴的区别，我就承认你就是场委办一个写文章的，你要是说不出来，你在场委办充其量就是一个剪文章的。”

钟玉保眼睛朝邓远航看了好大一会儿，才一边比画着，一边说："剪……剪是用剪子，裁是用刀子，贴是用胶水。"

10

洪光武见大舅老爷瞎扯，便上前救驾道："远航，我们到基层调研，你不要拿书本中的名词来为难基层干部，他们可能会写一手好文章，但不一定知道写作理论。"

何胜浪看他们你一句我一句，声音虽不大，但气氛也不大对，便插上去说："我看还是抓紧点儿时间，我把情况跟你们汇报汇报吧。"

"不急。我说你们这两对，你这一对还可以，娶个漂漂亮亮的省城知青，他们那一对日子怎么过呢？哎，两人睡觉那个时，面对面看到疤痕不恶心吗？"钟玉保自己受不了那疤痕的刺激，便想问问人家是怎么能忍受住的。

"这你就不懂了。脸上有疤，身上又没有疤，还是白白净净的，睡觉时想身子不想脸不就行了嘛。哈哈哈……"何胜浪开玩笑地说。

"笑什么呢？这么开心？看来你们谈得不错啊？不好意思，出差刚回来，怠慢你们了。"大家正笑着，向智勇风尘仆仆地进来了。他一进来，大家一下都忍住，什么声音也没有了。向智勇见此，又说："继续说啊。"

还是钟玉保应付自如，他一抬手腕，看了下表说："哎呀向书记，你这么急着赶回来干什么？何场长跟我们谈了你不少好思想、好做法呢。你来了，时间也不早了，不如我们先吃饭，吃过饭，我们再聆听您书记大人的教导。"

就餐安排在缫丝厂食堂。几人坐下，钟玉保就假装客气地说："还拿酒呢？算了吧，下午还要听情况呢。"

向书记拿过酒瓶，一边开酒一边说："哎，无酒不成席嘛。再说，今天是什么人来啦？都是在龟岛一起战天斗地的老'插子'啊。何场长虽不是'插子'，但他是管'插子'的，都是一起战斗过的，也难得凑这么齐，还能不喝酒啊？哎，老何啊，你家董厂长呢，她可是正宗'插子'，又是东道主，怎么没见她出面呢？"

"厂里原料接不上了，她出差搞原料去了。来，书记酒瓶给我，我来倒吧。”何场长一边回答着一边拿过向书记手里的酒瓶给钟玉保倒酒。

待每人酒杯里斟满酒后，向书记端起酒杯站起来说：“看到你们，我就想起了在龟岛与天斗、与地斗、与人斗的日日夜夜，来，为了我们在龟岛的友谊干杯。”

“哎，我们一起插队的数你最有出息，官最大了。想当初，你是石龟的支部书记，我是副书记，你被推荐上大学后，我接任支部书记，是股级，这多少年过去啦，我还是个股级小秘书。”钟玉保放下酒杯说。

向书记拿过钟玉保的空酒杯一边递给何场长倒酒一边说：“你呀也不用着急，老鼠拖木锨，大头在后边呢。在总场领导身边工作，你就等着提拔吧。”

“话是这么个话，但是文凭很重要啊。你们都是大学生，提拔得肯定比我快啊。”钟玉保接过斟满了的酒杯说。

“也不一定，人家远航学历最高，还只是个办事员，级别比你还低呢。来，喝酒。”向书记说着干完了第二杯。

提到邓远航，钟玉保端着第二杯酒一边往嘴边送一边向邓远航的酒杯瞄了一下，然后放下满满的酒杯对向书记说：“向书记，你不能老包庇邓小二子。在石龟插队时你包庇他，我们就不谈了，现在你还包庇他，就叫我们不好说了。”

“怎么啦？怎么啦？这左右主宾的位子人家都让给你们子舅俩坐了，怎么说包庇他啦？”向书记知道他是攀远航酒没喝完，但又不想让他跟远航计较酒量便故意把话题岔开。

“你看看他的酒杯，第一杯酒还未动呢。”钟玉保指着邓远航的酒杯说。

“毛主席还说一个人的能力有大小，你怎么就不听呢？你一定要我跟你一起齐步走的话，先把我跟你一样定为正股级秘书，以后你提一级我就提一级，从此以后，你喝多少，我喝多少，绝对奉陪。”邓远航并不示弱地说。

向书记赞成邓远航的话说：“这也好，你大保子可以挑选一样。今天，我们这么多人做证，选定了就不要变，以后任何场合都不得攀比。”

钟玉保想了一下，端起第二杯酒，脖子一仰，把酒倒了下去，端着空酒杯对着邓远航说：“好，大家做证，以后喝酒，我多你少，我不计较你，在提拔上，我先你后，你不能嫉妒我，你要跑到我前头，那我决不放过你。”他心想，喝酒，你喝多了难受，我喝少了还难受呢。提拔，你有文凭，你老婆舅舅又是省农垦组织部长，你还不提拔得比我快啊？现在限定你在我后边，那真求之不得呢。

听他这话有点偏了，向书记便说：“哎，你把远航的话理解得有点偏。远航的意思是，在喝酒上，他喝多喝少，你不要计较，在提拔上，你提快提慢，他不计较。要我说啊，我们之间，不管哪个提拔，大家只能高兴祝贺，不得背后拆墙搞小动作。来，干掉这第三杯。”

钟玉保端起第三杯一饮而尽，然后吃了口菜说：“好，就这样，一言为定，哪个变哪个就是这碗里的乌龟王八。”说着向那装甲鱼的大碗里指了一下，然后又接着说：“还是有文凭好啊，你看你刚才概括一下多清楚。唉，现在提拔人怎么光看文凭不看酒量呢，要是看酒量，小二子你永远提不到我前边去。”

“你放心，就是不看酒量，我也提不到你前边，除非你像兔子一样犯错误。”邓远航低调地说。

“真的吗？那好。不过我文凭不如你们也不行，不是说知识就是力量吗？其实，对于我们来说知识就是位子。我也要拿文凭，我要拿中央党校的研究生文凭，争取超过你们。为了表示我说话算数，我给向书记、何场长你们分场里的五个人一人敬两杯酒，共十杯，表示我决不说空话。”钟玉保说完真给以向书记为首的石龟分场的五个人各敬了两杯酒。

你来我往地敬酒，一直吃到快两点结束。三个来调研的人，钟玉保喝了有斤把酒，洪光武也喝了有六七两，头脑都不很清楚了，只有邓远航是一杯到底，基本没喝酒，最清醒，因而他说：“我们抓紧时间到会议室，请书记场长跟我们谈谈吧。”

“不忙不忙，现在大脑也不清爽，听了也白听，我们先玩一会儿牌，等酒醒些再听书记教导。”钟玉保说着坐到一边的牌桌旁。

洪光武有点儿着急，大舅老爷自己不写，又不让邓远航写，最后的任务自然落在他头上。上午半天只是看了一圈儿，正要听何场长说说情况，大舅老爷又要听人家的恋爱故事，到现在分场里的情况还没听到多少。就是有“九龟湖梦思”的提纲，一点影儿没有，报告文学也吹不起来啊。他想去听汇报，但又不敢得罪大舅老爷，因而他只好说：“那我们就打一个小时，三点钟我们到会议室听听情况。”

“那也好，我还有点儿事，先去处理一下。何场长，你陪他们打两把，我三点钟过来。”向书记说。

邓远航不想打牌，正要找借口推辞，董一芬进来了，他便说：“你们打吧，我来听董姐谈谈情况吧。”

“那好，等我扒口饭。”童一芬说着，拿着空碗从桌上大饭盆里盛了一碗剩下的饭，找个位子坐下，就着他们吃剩下的菜，大口大口地往嘴里刨饭。

坐在一旁看着的邓远航觉得心酸，一个省城来的女知青，在石龟二十年，什么也不嫌了，残羹冷炙竟吃得这么香。他关切地说：“饭菜都凉了，到锅上热一下再吃吧。”

“冷菜冷饭好啊，正好弄两杯烧酒中和一下。小二子，你给她倒两杯烧酒，也让她尝尝我们男人的味道。”正打着牌的钟玉保插上来说。

他这一说，却把董一芬厂长的眼泪说掉了下来，饭没吃完，她便把碗放桌上一蹾，筷子往碗上一掼说：“走，到会议室。”

11

来到会议室，董厂长边倒茶边说：“插队那会儿我就讨厌他，这人对人居高临下，尖酸刻薄。你看他是来调查研究啊？他是调查烟酒呢。我没想到你转来转去，怎么还跟他在一起工作？以前欺负你还不够啊？”

“他就是这种人，跟他计较不起来。他欺负我是他的天性，但要欺负成，他的命还皱着呢。”邓远航不屑地说。

“这种人，你还是要防他一手的。”

“你放心，我记得呢。董姐，我看你刚才流泪了，是不是搞企业很苦？”

听邓远航问，董厂长的泪花又冒了出来。她一边用手擦着眼泪，一边坐到旁边的椅子上说：“要说搞企业那确实很累很苦，但最累最苦的不是企业内部的事，而是去求人。刚才，钟玉保叫我喝酒，我流泪了，为什么？提到酒我伤心！厂里的蚕茧就要断顿了。我前天就到九龟供销社协商购些干茧，转了一天没有眉目，昨天我找老书记，我的媒人，你们场委办赵主任，他一个电话打过去，供销社主任倒是答应了，可到茧棉购销公司花经理那儿又卡住了。又去找赵主任，他叫我去饭店安排一桌晚饭，人员由他约。晚上，他把人都带来了，你们办公室来了三个，供销社来了三个，花经理那儿来了三个，连我和厂里的小石，共十一个人。开场大家一起两杯酒后，我给他们客人一个人敬两杯，一圈下来就是十八杯，总共二十杯，将近七两酒，姐这二两的酒量你是知道的，超量三倍多，喝完我就出去吐了，再回到酒桌上已头昏目眩。本以为我这么卖命，又有赵主任的面子，他花经理至少把我二十吨干茧，我节节凑凑可以用到新茧上市，你猜他一张嘴我多少给？”

“不给二十吨，至少也要给十五吨吧？”邓远航猜度道。

“狗屁噢，他两眼色眯眯盯着你，把一根手指竖到我面前说‘给你十吨茧’，我听了差点没晕过去，我礼也花了，烟酒也花了，命也卖了，到头来你还像打发要饭花子一样对我。我当时真是火冒三丈，真想一把把桌子掀了。可此时，那花经理笑嘻嘻地对我说：‘剩下的十吨茧，看赵主任的面子，可按半价给你，但有一个条件，你必须跟我喝酒，一杯酒半吨茧。’”

“你还能喝吗？赵主任没替你说话？这样喝，不喝出人命来吗？”邓远航担心地问。

“我也以为他会出来制止，谁知，花经理话音刚落，他就带头起哄，和大家一起鼓掌哄了起来。”

“那你怎么办？喝吗？”

“喝！十吨茧按一半价格付，我要少付大几万元，相当于我两个月的利润呢。喝！拼老命也要跟他喝。又跟他喝了二十杯，喝最后一杯时，我一屁股坐到了地下。小石把我扶到小旅社，到旅社苦胆都吐出来了。一觉睡到第二天上午，今天早饭没吃，中饭没吃，起来就奔渡口回厂，刚坐下来才刨口饭，被那钟玉保一说，真恶心想吐。到现在胃子还疼呢，你说苦不苦？唉……”董一芬说完叹了口气。

“我说你今天脸色怎么这么难看的呢。你跟他拼什么酒啊？他是钟玉保表哥，‘文革’时是造反派头子，酒量大着呢。”邓远航说。

“噢，难怪他那么痞呢，原来是一家子啊。”董一芬点着头说。

“你原来在公社做妇女主任，公社有那么多男的不能派，赵书记怎么想起来把你一个女同志派来办厂呢？”邓远航问。

“不是他派的，是我自己要来的。”董一芬平静地说。

“啊？那时你不是刚结婚吗？为什么要来吃这份苦呢？”邓远航不解地问。

“是刚结婚,结了婚也就这么回事,不想天天蹲在家里,就想出去工作。当然想得更多的还是挖空心思找机会往省城调啊。那时,我大哥和向书记姐姐都是省霞光缫丝厂的副厂长,他们要淘汰六十台旧缫丝机,是我们去磨过来的。他们同意帮我们把厂建起来。我就想通过建厂有功将来能把我从分厂调到霞光缫丝厂回省城去,可后来才知道完全不是那么回事。人家是国营企业,我们是社队企业,连大集体都不是,两厂之间人员的流动是不可能的。”

“既然不可能调动,那就还回公社,让向书记去筹建吧。”

“那不行,既然是自己坚决要求来的,那就硬着头皮干下去呗,插队几年就养成了我们这点脾性。”董一芬笑着说。

“那苦是不会少吃了。”

“吃死了苦。筹建时四个人,我一个女的,他们三个男的,在一片荒地上白手起家。几个人小茅草房一搭,吃住全在工地。下石子和钢材,挖地基平地,建工棚水塔都是我们自己干。家里离工地不到一公里,一个月最多在家半天,我原来一百一十六斤,三个月下来,只有八十斤。八个月建成投产,后来又逐步加大投入,到现在已有一百八十台立缫机。我们的效益和质量全地区第一。”

“真是太佩服你这种吃苦干事业的精神了,太让我感动了,我这一阶段有点萎靡不振的感觉,干什么事都既没劲又被动,你就是我的榜样,我再不振作起来,就枉为男子汉了。”邓远航激动地说。

“我也没什么,我只是想对得起自己的良心,让人家看到我们这些接受过贫下中农再教育的人都是能吃苦的人就行了。你跟我不一样,你应该抓住在领导身边工作的好机会,争取有大的进步。只是,你跟他们子舅俩在一个单位,预示着你今后的发展一定会有很多障碍,会碰到很多困难,你要多长个心眼儿。”董一芬关切地说。

“这我倒也不很担心,光武骨子里不会跟我作对。我自己也会抱着与人为善的态度跟他们相处,退避三舍。我也不攀比别人、不嫉妒别人,只干好自己的事,他们应该不会掀起什么风浪来的。”邓远航向董一芬表明了自己的处事态度。

“你不嫉妒人家,人家还嫉妒你呢。”向书记说着走了进来,走到远航旁坐下继续说道:“现在一些人的心态太差,真正是武大郎开店,你就不能超过他,你就不能冲到前面。就我们分场来说,十多个分场书记,你年轻的、资历浅的，在会上发言，你就得往后退退。报数字时，你得瞒着报，你报多了，超过比你资历老的书记，你在书记圈子里就吃瘪。也好，我们可以把厂里留得殷实些。你像她缫丝厂，去年利润近一百万，我们只上报了四十多万，就这样还超过九龟缫丝厂，春节后他们厂长看到我还把我一刺，说马上全场的官都给我一人做呢。像这样下去，干部不敢冒尖，群众不敢冒富，你这个地方还怎么发展？但是，在我管的范围里，我不允许出现这种情况，我鼓励下面干多、干快、干好。"

"你怎么鼓励呢?"邓远航问。

"一个字，就是奖。你干在前的，我重奖。像董厂长，去年我就奖励他们全厂五万元，奖励她个人一万元。"向书记举例说。

"你奖是奖了，我可没拿那么多噢。"董厂长插话说。

"我奖你一万元，那你拿了多少?"向书记问。

"工人拿一百元奖金，你说我敢拿是他们一百倍的奖金吗?"董厂长反问道。

12

"你到底拿了多少?"向书记追问道。

"我拿了一千元，剩下的九千元放到厂里的账上了。"董厂长如实说道。

"你看你看，该她的她都不敢拿，你说这是什么问题?"向书记没想到自己大张旗鼓发下去的奖金，受奖的人居然不敢拿。

"是不是得红眼病的人太多了?"邓远航试问道。

"红眼病呀？只有何场长是红眼病，他一直输到现在，输红眼了。"钟玉保一边说一边跟着几个打牌的走进了会议室，走到向书记旁边的椅子上坐下，看到邓远航与董一芬坐在一起，便又说道："小二子，我们打牌，你跟董厂长促膝谈心几个小时，不是把董厂长的豆腐吃了，晚上何场长没的吃的了。"

"老大姐了，你拿她开什么玩笑嘍，哪个还敢动老大姐心思啊?"何场长责怪他说。

"老大姐他就不敢动啦？关红琴不也是老大姐啊？不是照样有人动

她心思啊。”钟玉保说着朝邓远航瞟了一眼。

他这句话很阴毒，邓远航要是辩解的话，钟玉保会说：“我又没说你，我说的是黄满仓强奸关红琴的事，你多什么心？”邓远航要是不辩解的话，就会让大家感到他是动过关红琴心思的。

邓远航正无计可施时，向书记帮他解了围：“那是黄满仓作的孽，害得关红琴现在快四十岁了都不愿结婚。这黄满仓前几年就刑满释放了，回来干个体，贩运水产品，倒发了大财。正好时间也不早了，快四点钟了，我把我们分场发展茧丝绸一条龙的情况跟你们汇报一下。我们的发展思路是‘围绕工业办农业，办好农业促工业’，五年规划三年实现，确保实现‘万亩桑、万担茧、万……’。”

向书记正谈着分场里的发展情况，钟玉保、洪光武的鼾声已响了起来。向书记没受他们的干扰，还是坚持把石龟分场这两年工农业的发展情况、采取的措施和经验教训以及自己的体会倒了个遍。邓远航在笔记本上整整记了二十页。向书记讲结束，他们两个也醒了。钟玉保一睁开眼便叽里咕噜说了一通话：“嗯，很好，继续讲。你们不要以为我睡觉了，我听着呢。几点啦？天都黑了。哟，六点多了。我们回去了。”

向书记哪里让他们走，又留下喝酒。酒宴结束，钟玉保坚决要回去。这么晚渡船早已停开了，而骑自行车走漫水公路要绕几十里路，天黑，他们又喝过酒了，向书记不放心，便执意留他们。

董一芬则不想留钟玉保，便把明天的事提前到今天安排了。昨晚喝酒喝来的二十吨干茧，明天要去办手续调回，她今晚就安排厂里的吉普车送小石和会计过去，正好车上还有空位，问他们哪个想回去的就跟吉普车走，自行车放这儿，明天厂里卡车去拖干茧时带过去。

听说有空位子，钟玉保马上说：“我今天一定得回去，赵主任明天找我有事，你们俩在这儿，晚上再聊聊，多了解些情况，材料好写些。”说着往副驾驶位子上一坐。

“我也非回去不可，我跟你们挤挤，明天还有事。”洪光武说着也走到车门旁。

邓远航感到占有的材料还很少，离写成报告文学还差得很远，特别是缺少生动的细节，因而他便对光武说：“素材还不够呢，我们俩留下来明天再调研一天吧？”

“够了，文章就靠吹。这样子，报告文学不要你烦了，我负责，你把你的调研报告弄好就行了。”洪光武一边回答邓远航，一边又对向书记说：“向书记，我们回去写好初稿来给你们看，因为我们还要添油加醋地吹些东西，写文章不吹不行。拿给你们看时，你们就看有没有影子，有影子就行。再见！”说着坐进车里，砰的一声关上了车门。

他们走后，向书记把邓远航带到分场场部安排个房间让他住下，并要陪他聊聊或是找人陪他打牌。邓远航对他说：“你们事情多，我刚才听小冯说，你们晚上还开会？”

“是的哎，我出差几天，家里什么事都没跟上，田间管理落后，企业审计没完成，党建工作没抓。晚上开个会把各项工作促一促。”向书记埋怨说。

“那你忙你的，我在这儿不用你问，石龟我熟悉，我随便走走。”

“那也行，我去开会了。我马上交代冯文书，你要到哪儿，叫他带你去。”向书记说完便急急忙忙去开会了。

邓远航一人走出分场场部院子，想到原来住的老街上看看。经过学校时，见学校灯火通明，便走进校园。走不多远，就听有人喊“邓老师”，邓远航正循声望去，两个学生打扮的女孩推着自行车已到他的面前。

“邓老师，不认识我们啦？”其中一个女孩问道。

“认识认识，你是小凤，她是黄翠香。你们不是明年毕业，现在怎么在这儿呢？”邓远航起初并没分清是几凤，只是看她和黄翠香在一起，估计她是小凤，因为她俩初中毕业时一起考上地区师范学校专科班的。

“我们一个组来见习一个星期，今天刚结束，正准备走呢。”黄翠香说。

“那你们小组其他人呢？”邓远航问。

“他们下午已坐客车回地区了，老师放我们两天假，我们就没跟他们一起走。咦，不是说你考到场委办公室去了吗？怎么又到学校来啦？”小凤说。

“场委？到场委当干部去啦？”黄翠香还不知道邓老师已调场委办，便有点儿惊奇地问道。

“当什么干部啊？小兵蛋子一个，当班主任还能管你们五十几个人呢，现在个个都能指派你。”邓远航跟她们开玩笑地说。

“那你跟他们不是一伙的啊？”黄翠香追问道。

“对，我不跟他们一伙，我跟你们一伙。”邓远航继续开玩笑地说。

“哪个跟你开玩笑啊,我是跟你说真的!”黄翠香有点急了。

“我也是跟你说真的呀?”邓远航觉得黄翠香像是有什么事要说,便不再跟她们开玩笑。

“真的,我有个事告诉你。”黄翠香说着停下来看看老师的反应,想如果老师想听就讲,老师不想听就不讲。

“噢,那你说给我听。”邓远航认真地说。

小凤则在一旁不耐烦地对黄翠香说:“有什么周正事啊?不要拿些鸡毛蒜皮的事烦老师。你当学生时,把老师还没烦够啊?”

“没事的,你让她说。”邓远航对小凤说。

“我告诉你,你不能说是我说的噢。”黄翠香小声地要求着。

“绝对保密。就是坐老虎凳老师也不会交出你的。”邓远航看她神秘兮兮的,便忍不住又开了句玩笑。

黄翠香前后望望,然后压低声音说:“街上几百号人要去你们场委上访呢。”

13

“上访?为什么事啊?”邓远航感到事情比较大,便想问个清楚。

“为户口!为定量户口!”黄翠香说。

“这有什么闹的呀?原来是定量就是定量,原来是农场户口就是农场户口,闹,就能闹到啦?”小凤不理解地说。

“我也是这么想的。但是他们不这么想。这次县改农场,他们不知从哪里听说有一批转定量的指标,说他们街上人过去吃过国家粮,现在应该给他们落实政策,把这批指标给他们。”黄翠香说。

“你是怎么知道这事的呢?”邓远航觉得这是个重要信息,但又怕是虚假信息,因而又追问道。

“我这几天在石中见习,天天回家住宿。每天晚上都有好些人在我家商量这事。”黄翠香答道。

“那他们准备哪一天去上访呢?”邓远航又问道。

“这我没听到,要不我家去问问我爸?”黄翠香说。

“不要特意去问了。上访也是他们的权利,只要不瞎闹,不做违法的事，去反映群众意见和困难，是可以的。行了，你们回去吧。”邓远航知道她回去问她爸能把事问坏了。她爸那性格他是知道的，是河边的石头又硬又滑。她爸爸就是街上远近有名的剃头匠黄师傅，人称黄麻子。是个老初中毕业生，古书古戏也看了不少。一般的人，说说不过他，吵吵不过他，打也打不过他。插队时，钟玉保说他跟龙皮匠对暗号要破坏无产阶级专政，把他腿打断了，他也没说出什么名堂。后来，还是钟玉保爸爸钟大同到他家去看望并赔了礼，黄麻子才忍下了那口气，否则，钟玉保现在也不会安宁的。现在一些人在他家商量上访的事，绝对不会太简单的。因而，他叫她们回去，自己好赶快回到分场场部把这信息跟向书记通报一下，好让他们先做些调查研究，看符不符合政策。

“噢，那老师再见。”两人答应着跨上自行车便向校外骑。

“停下，停下。”两人骑不多远又被邓远航喊住。他紧走几步赶到她们面前对小凤说：“黄翠香家住在街上不远，可以回家，你家在龟岛，那么远，天又这么黑，你一个女孩子不能回去。”

“不是一个女孩，是两个女孩呢，她跟我一起到我家玩儿呢。”小凤无所谓地说。

“两个女孩更不行。一个女孩出事就是新闻了，两个女孩出事就是大新闻了。要不你跟黄翠香回家先住一晚，明天天亮再回龟岛。”邓远航说。

“不行不行，我也不想家去，三间破屋，每天晚上那么多人在那块叽里咕噜，还满屋烟味，呛得人喘不过气来。”黄翠香直摆手说。

“那怎么办呢?”邓远航自语道。

“老师要是不放心，那老师就送我们到龟岛，像以前到我家家访一样，下了晚自习送我跟大凤、二凤回家。”小凤歪着头对邓远航说。

“哎，老师不是最关心学生吗？你不能看着两个美女掉进狼口啊。”黄翠香调皮地说。

“哎，明天《新闻联播》头条新闻就播出来了：邓老师见死不救，致两美女学生落入虎口。”小凤也跟着说。

“好，你们在校门口等一会儿，我回宿舍拿个包就来。”邓远航本来准备明天到分场里的其他几个厂调研的，这下干脆就改成到龟岛调研吧。

他到分场场部把黄麻子等一些人商量上访的事告诉向书记，请他关注一下，然后喊上分场文书小冯一起与两个女生到龟岛去。这小冯也是邓远航的学生，在班上是语文课代表，去年高考落榜后到分场里当文书兼通讯报道员。

四个人借着微弱的月光，各人骑一辆自行车在九龟大堤上向龟岛前行。大概是有男同学加入的原因，两个女生也矜持起来，谁也不讲一句话。邓远航见大家都不吱声，便逗他们讲话：“你们胆怎么这么小，被黑夜吓得大气都不敢喘一下？全哑巴啦？”

“哪个害怕啦？那我问老师一个问题行不行？”小凤说。

“问老师问题还不是天经地义的事嘛。没有学生行不行的问题，只有老师答得对不对的问题。”邓远航回道。

“那我问你，你们考场委办是真考还是假考？”小凤问。

“那有什么怀疑的啊？都是真枪实弹干的啊。”邓远航答道。

“有人说考试是样子，你们进去的都是干部子女。”小凤说。

邓远航从她这话里听出基层群众对场委办这次招考工作人员有不少不良反应，但又不好多做解释，解释也解释不清。因而他只反问了一句：“别人靠没靠关系我不管，但你们认为老师是靠关系的人吗？”

“不是。不过有人说，哪个哪个靠老子关系，哪个哪个花钱买的，指名道姓说得有鼻子有眼的。”小凤说。

“是的，我听李晓阳老师也说过那些话。”黄翠香说。

“他是你们场委办钟秘书的舅老爷，那里边的内幕他知道，他还说他到年底就到场委办上班了呢。”文书小冯也插上来说。

“他一个学物理的，再加上场委办现在又不要人，他凭什么到场委办上班？你们不要听见风就是雨，要多长个心眼，对一些话多分析分析，不要轻易地跟风走。当然，不可否认，现在社会上是有些人靠关系、靠金钱办事，但，不管什么时候，真才实学都有用。说到这块儿，我倒要问问你们在学校学得怎么样呢。”邓远航不想再跟他们谈社会上的不正之风，便把话题转到他们的学习上。

“多数学生学习是没有放松的，只是一些学生情绪不稳，对前途感到渺茫，对学习也产生了不良影响。”小凤如实地说。

“都有些什么情绪呢？”邓远航问。

“多呢。像教育投资问题。上次省城的一个教授到我们校搞讲座，讲到教育投资时直骂省里领导。我们省经济在全国是在前列的，可教育投入才占国民经济收入的百分之一。我们以后都是要当教师的，同学们见省里对教育这么不重视，都觉得没什么希望。”

小凤还没讲完，黄翠香又抢上来说："教育投入不涨，物价倒拼命地往上涨。原来学校发的钱够我们女伢子吃的用的，现在只够吃的，用的钱还要跟家里要。大家都有不少怨言。"

还没等他开口，文书小冯先说话了："你们那叫什么怨言啊，你们听听农民说的，那才叫怨言呢。"

14

第二天的座谈会上，果真应验了小冯的话，农民们确实吐露了不少心声，说出了不少怨言。

座谈会上午十点开，共来了三名队干部、四位农民。邓远航以为人数少，又都是农民，不会有多少话说，估计个把小时会就能结束，便与小凤约好十一点一起到大凤的养鸭场去看看，然后就在她那里吃中饭。

邓远航先说了个开场白："我今天回来一是看看各位老乡亲，二是跟各位随便聊聊。恢复农场体制了，现在的农村政策怎么样，干部群众对调整产业结构有些什么想法，农民生产、生活上有些什么问题，对场部工作有什么希望、建议，都可以聊，想到什么说什么，我会把大家的想法汇报上去。"

支部杨支书首先发言："现在调整产业结构是斧头打凿子，凿子入木，一级压一级，到我们这一级是上边压下边怨。今年分场给我们结构调整任务是五百亩，其中蚕桑三百亩，到现在能落实的才六十亩。什么原因？我们先对老百姓讲话不算数了，就像口头上的酒席，嘴上摆摆的。就讲粮油挂钩这个事。合同定的是农民卖定购粮给国家，国家把计划柴油、化肥给农民，可到分场供销社就不兑现了，说计划油没有，要用就买议价油。群众说，你跟我的合同不兑现，我跟你的合同也不兑现。我们这些基层干部不得办法解释。"

李会计接着说："结构调整，到底种什么？群众问到我，我自己也不懂。现在市场活得很呢。今年这样东西值钱，明年就不一定值钱。今年上面压三百亩栽胡桑任务，今年春蚕行情好呢，价格高，到处设卡堵，到处抢着收，已是蚕茧大战了。按理说，不是正好叫老百姓调胡桑吗？不然，农民问到我，你们叫我栽胡桑，明年能不能包我像今年这样赚钱？明年蚕茧要不值钱,农民骂死我呢。种棉花吧,前年一块二左右,去年最好的才一块钱,农民又困惑了。农民跟我一样,像只没头苍蝇,不知种哪行是好。”

白丽红抢着说:“种哪行好?什么都不种最好。农民种田只能糊个二寸半,老把式还能把脚裹住,但遇到特殊年份也是湖面上画花纹,白搭了。农民种田发不了财。今年中央把粮棉油价格调上去了,农民还没得到利,水涨了,船又涨起来了。现在农本多大?水、电、化肥、柴油、机耕费哪个不涨,农民负担又重,一个人口要上缴百十块钱。伢子玩蚂蚱,大腿玩掉得了,上了天了。二百斤稻子换两包化肥,还要贴两块钱,两包化肥也增不了二百斤稻子。长一季麦子,四五百斤只能保本,一季稻子,一亩田也就赚个百把块钱。不如不种田,抛荒,跟老头子养鱼养鸭子去。”

杨支书接着她的话茬开玩笑说:“哎,其他人田能荒,你那个田不能荒,你那个田要是荒了,那要饿死好些人呢。”

“去你的!尖嘴猴拉稀,满肚子坏肠子。我说的是真的,农民最苦,渴起来,盐卤照喝。”白丽红说道。

“我也是说真的,你要养鱼,养鱼也不赚钱哎。育鱼苗,去年只能保个本,养成鱼,又卖不掉。多少年,农民就这个习惯,只要把东西弄出来就有钱,现在打不到底了,搞出东西不得地方卖去。我跟领导提个要求,就是价格要一致,你买农民的是定购价,你卖给农民的也要是计划价,你卖给农民的是议价,那你买农民的也要是议价。另外,要帮农民解决农业技术、信息、市场等等问题。”杨支书又补充说道。

接着其他几个人也分别发了言。

听了他们的发言,邓远航觉得农村问题还是不少的,应该写篇农村问题的调研报告以引起场委、场部的重视。为了写好调研报告,他又问道:“杨支书,我想问一下,我们队有多少抛荒田,队里对这些田准备怎么办?”

“我们队这两年抛荒田有一百来亩,对这些抛荒田,我准备采取三个措施:一个是以组承包,搞经济作物;二个是以组包下来的,以队招标,队组干部带头参与;三是抛荒的,五年内不要想要田。别的不得办法想。”杨支书答道。

一些农民听说场里来人开座谈会听意见也来看热闹,会没结束门外已围了不少人,外边的人一边听还不时地插上一两句,说什么“上面是压,我们是轧，他们队组干部没法”“我们农民就像烂泥，随他们捏”“农民心想小康，想发大财发不起来”“全省各地为老百姓讲话的很少”等等。邓远航见他们有话想说，虽然已十一点半了，还是说了句：“外边的乡亲还有什么话想说，可以进来说。”

话音刚落，一个穿西装的中年男子边向里挤边说：“什么没的办法？办法多呢，看你们干部水平高不高、能力强不强呢！干部水平高、能力强，土里就能长钱，老百姓就发财，干部水平差、能力差，老百姓就抱着金饭碗要饭吃！”

来人满头的黑发盖着耳尖，一副墨镜遮着双眼，身上穿着件蓝色西装，脚上套着双黑色皮鞋，显得与周围群众大不一样，但看上去西装质料很一般，上边有不少皱褶和污点，皮鞋上也有不少破损和灰尘，像是穿了不少天了。邓远航见他的样子和听他讲的话，觉得这人像是个分场队干部，说话也还在理，便对他说：“来，坐下说。”

那人也不客气，走过去往邓远航坐着的长凳子旁边一坐，摘下墨镜说：“再说农民。农民认为种田吃饭，苦钱无能。我看想赚钱也不难，关键是要换脑筋，就是要把旧思想、旧习惯、旧方法、旧风俗换掉，一句话还是要破‘四旧’。你看看站着的这些人。”他指了一圈门外的人继续说，“哪一个离得开老婆，外去两天，生怕老婆在家偷人。”门里门外一阵哄笑。“真的，你们不要笑，农民就是有一种恋家思想，三天不能离家门，一天到晚抱住烟囱转，满足温饱，哪谈得上到外边抓信息和找致富的门路啊？队里也没的办法引导。杨支书，你不是说对抛荒没的办法吗？我跟你表个态，老百姓抛多少，我要多少，队里的抛荒田全部由我负责解决，不就是一百多亩田嘛，一百多亩田的钱粮上缴全由我负责。我只有一个要求，就是把这些零散的田调到一起，调到队里最洼、长粮产量最低的地方。”

“那好，一言为定，秋后就调给你。”杨支书说。

门外有人插嘴说：“这下万元户要成地主啦。”

“乡亲归乡亲，光嘴说不行。明儿个我跟你签个合同，不要到时候有人害红眼病把我这一百多亩田平调归大队了。”那穿西装的说。

门外又有人插话道：“你把我们看成你啦，整天跟个苍蝇一样盯着那几个臭钱的啊？”

邓远航对这人的装束和说话的口气并不喜欢，头发虽黑，但太长，像是多少天没理发了，西装革履虽时尚，但陈旧质次，像个暴发户。但他对他说话的思路和魄力还是肯定的,特别是他对抛荒田的态度,队里把它当成叉针枝子,虽可当柴烧,但弄不好也会戳了手;他则把它看成发财树,一把揽在怀里。他到底有什么好方法让这些抛荒地变成宝呢? 想到这儿,邓远航问道:"你拿这一百多亩抛荒田准备种什么呢?"

"我什么也不种!"那穿西装的回道。

15

"我什么也不种,我开挖鱼塘养鱼。"那穿西装的补充说。

"那要投入的,你有资金准备吗?"邓远航插队当小队长时挖过鱼塘,那还是大集体的时候,集中了全大队的劳力才搞起来的,现在一家一户挖一百亩鱼塘要不少资金投入呢,因而他十分关心地问道。

"他是万元户,不缺钱。"外边有人喊道。

"你不认识我啦? 我就是被你跟洪光武弄进局子里的黄满仓啊!"

邓远航这才知道坐在他旁边的是强奸关红琴的黄满仓,听他先前说的话,邓远航觉得这人还不错,现在说这话,邓远航便觉得这人心有不服,便严肃地对他说:"你这说的什么话? 是我们把你弄进去的? 你要知道,是你自己把你自己弄进去的! 你自己要做得正,任何人也不能把你弄进去!"

"你进去也不吃亏,现在头发长起来了,腰包也鼓起来了。人家红琴一辈子抬不起头了。"白丽红插完话便走了出去,她想到远航他们马上要到鸭棚去吃中饭,便早点去帮大凤搭个手。

"他呀,腰包是鼓起来了,但头发还是长不出来,你们看,还是无法无天。"外边一个人走到黄满仓身后说着一把摘下他头上的假发放到了桌上,屋里屋外一阵哈哈大笑。

黄满仓一把抓过假发说:"做什么呀? 规矩些个! 我这个头发几百块钱呢,弄坏了,把你老婆卖得了都赔不起。"

"还叫人规矩些呢,你看你多规矩啊,规矩到局子里去了。你要不进去蹲几年,还不晓得有多少奶牛们要遭殃呢。"那人又顶了他一句。

"我就跟她睡个觉,她又没损失什么,就要我去受几年挨饿挨打的罪啊?"黄满仓诉苦道。

“怎么人家没损失什么？你害得人家还轻啦？人家一辈子都被你害了！有好几年人家一想起这事就不想活，到现在快四十岁的人了都不敢结婚。”邓远航指责他说。

“没结婚好啊，那请你做媒，叫她跟我结婚啦。我现在有钱了，养两个老婆养得起。”黄满仓笑着说。

“你以为你有那几个臭钱就不得了啦？就可以违法犯法啦？告诉你，共产党允许你发家致富，绝不允许你无法无天！我还告诉你，你那几个臭钱还抵不上关姐一个零头呢。”邓远航严厉地说。

“无法无天？我们老百姓无法无天就进局子，干部子女无法无天就能逍遥法外，这叫什么法？”黄满仓阴阳怪气地说。

“黄满仓你说清楚些，你这话什么意思？是对社会主义不满是不是？”邓远航问道。

“我没有那个意思，我是觉得不公道。”黄满仓说。

“怎么不公平啦？还冤了你呢？”邓远航问。

“不是吗？不怕人笑话，我跟她睡几分钟，就进去坐几年，有人跟她睡一夜，一点儿事没有，落得个快活，还当干部。”黄满仓斜着眼看着邓远航说。

“黄满仓！你不要捏造事实！你强奸女知青的事是铁板钉钉的事，你翻不了案的。你说我的事，公安局和组织上当时就查清了，证明了我的清白。你以后再这样造谣，诬我清白，我可以到公安局去告你诬陷罪，照样让你再到班房里坐坐！”邓远航正告道。

一提再进班房，黄满仓浑身汗毛直竖，那个不是人过的日子，他想起来就害怕。他心想，这个邓远航场里有人，那个洪光武老子又是省法院的，随便找个理由就可以叫你到班房里坐坐，这不是说了玩的，哪个屁股是干净的呀？千万不能得罪他们，小鸡刨食，不得不低头。于是他掏出一包九龟牌香烟抽出一支笑着递给邓远航：“兄弟，抽支烟，我是跟你开玩笑呢。我哪能不服呢，我早就服法认罪了。我现在是响应场部号召勤劳致富。”黄满仓边说边把烟散给周围的群众，待一包烟散完了，他又继续说：“我致富不忘本，刚才答应的一百多亩抛荒地我保证弄好，我还要捐一千块钱给队里的小学校。”

“好……”“泰器！”“爽快！”屋里外的人又喊了起来。

待大家的声小下去后，邓远航说：“你看，群众的眼睛是雪亮的，你做坏事,群众不会饶了你,你做一点好事,群众也不会忘记你。人,还是要走正道。"

原以为十一点会就能散的,没想到群众有那么多话要讲,直到十二点多才散会。邓远航觉得群众对他寄予了很高的期望,他这个小办事员反映的情况能否引起场领导的重视呢?正想着,已等了很久的小凤她们催他了:"快走了,鱼骨头都烀烂了。"

他们来到九龟湖边时,天上下起了小雨。雨点儿不大,但很密,湖里泛起一个个小小圆浪,此起彼伏,布满了整个湖面。邓远航本来想到滩上去看看那里的鸭群规模,被白丽红喊住了。她说:"你大老远地来就看鸭子,不看养鸭的人,要让你蒲大哥、大凤他们难过死了呢。来,饭好了,先吃饭。"

几个人便走进了鸭棚。大凤和妈妈已把饭菜摆了一桌。邓远航一看,与他们那年高中要毕业时来龟岛劳动在她家吃的有点儿一样。那次是吃的面棍,这次是一人一碗苋菜汤,喝汤吃饼。饼是发好的面贴在煮杂鱼的锅边上的,也叫小鱼锅贴。菜也有好几种:煮杂鱼、炝黄瓜、韭菜炒螺蛳、双黄咸鸭蛋,这次还多了一大碗红烧长鱼段和一大瓦盆红烧老鹅。

"看到这桌菜,我联想到两件事。"邓远航坐下说。

"哪两件?"小凤问。

"一件是十五年前,我们来劳动那年夏天的事。"

还没等邓远航说下去,白丽红就抢着说:"噢,那年啊,要不是你,二凤、小凤早到外奶奶家吃肉汤饭去了。哈哈哈,多亏远航跳下水救你们,还害得人家得了一场大病呢。小凤,这辈子你都不能忘记你邓叔叔。"

"我不是说这个,你不要老叫人家感恩感恩的,已经感过恩了,就不要老背着个沉重的包袱了。我是说那天在你家第一次看到她们三个还没有这小桌子高,一人手里拎个小篮子,在小路上飞来,真像三只可爱的小鸟。一晃长这么大了。"邓远航说。

"那我们现在长大了就不可爱啦?"小凤调皮地说。

"你们二凤、小凤越长越可爱,只有我像个老太婆,不可爱了。"大凤抢着说。

"你最可爱了,你现在是富姐了,是我们家的骄傲。昨天妈妈还说呢,说媒的人踏破了门槛,注意不要挑花了眼噢。"小凤跟姐姐开起了玩笑。

"哎,这话使我想起了要说的第二件事,就是今天比那天多了这两道大菜。这说明什么？说明你家的生活条件大大改善了，已超过了温饱阶段了。这个改变靠的是党的政策，也靠你爸爸、妈妈和大凤的努力呀。”邓远航说。

“邓叔叔，我想有更大的改善。有一个事，我想问问你，就是现在允许不允许我们找几个人帮我们做事，我们给他工资？这算不算剥削？”大凤问道。

16

跟二凤、小凤比，大凤要比她们俩黑得多，但也健壮得多。这些年湖风湖浪把她锻炼得踏实、坚强了许多，她对发家致富有许多想法，一直没有透露出来，今天刚好邓叔叔来，便想把一些问题搞清楚。

对雇工的问题，邓远航有许多事也不是搞得很清楚的，特别是文件上规定雇工不能超过八人，怎么算出八人是最高标准呢？超过八人会怎么样呢？社会主义性质就会变吗？他听说深圳特区就没有这个限制，不知九龟这个地方什么时候能突破。但他回答大凤的话则很简单：“当然可以啦。你想搞什么呢？”

“我啊，想搞的多呢。我想做变蛋、腌双黄鸭蛋、做盐水鸭，我还想到石龟街上或是九龟城开小饭店，卖小鱼锅贴，你说我这锅贴好不好吃？”大凤说。

“好，开饭店，我帮你，我明年毕业就帮你开店。”小凤说。

“你不要黄鼠狼戴草帽——充能了，你该是安稳地做个教师，我们家就出你一个吃皇粮的，你给我捧好了这个铁饭碗，什么也不许瞎想。你姐造尸你随她造去，反正不准你摔掉铁饭碗。”白丽红坚决压制着小女儿的异想。

小冯和黄翠香也附和着白丽红的说法数落小凤：“人家脑袋削尖了要捧铁饭碗吃皇粮呢，亏你想得出来的。”

“我就是觉得我姐说的好玩，都是我们小时候做的、吃的，我做起来得心应手，又自由，没人管，自己想干什么就干什么，不想干就息息，不像学校里一天到晚有人催着、查着你。”小凤说。

“本来你摔掉铁饭碗，回家养蛋鸭的精神还让我十分佩服呢。现在也有不少敢于做第一个吃螃蟹的人,摔掉铁饭碗下海创业。你要是学他们的创业精神也未尝不可。但你刚才说出这种想法我就不赞成了。其实,刚才大凤说的几样事都可以做,在现在这种形势下,只要勤勤恳恳地坚持干,大凤一定会干出名堂来的。但不管干什么都要守规矩,都要受人管。你就说大凤腌双黄鸭蛋卖,她不能把单黄蛋冒充双黄蛋,不能把臭鸭蛋混到好鸭蛋里卖,还要接受工商部门的管理等等,并不是绝对自由的。"邓远航说。

"是的,你现在的任务是好好学习,明年毕业当个教师,给我找个当干部的女婿,让你老娘也能像个大白鹅一样的,头昂起来走路。"白丽红仍教训着小女儿小凤。

平时没有多少话的老蒲也憋不住了:"你们今天好像都灌了满肚子的西北风一样的,一个个都飘了起来,怎的都说起了浮话了? 还大白鹅呢,不要变成呆头鹅噢。小凤不教书我不赞成,大凤说的那些事,我也不赞成。我们每年就养千儿八百的鸭子,够几个姑娘吃用就行了。你动那个脑筋,产品卖不出去,摆家里臭掉烂掉,一文不值。再说你要真发起来了,队里人看着你眼红,偷你的抢你的,场部政策一改,风向一变,没收你的财产,再给你戴个坏分子帽子,你朝哪里翻身?"

他这话一说,立即成了大家攻击的活靶子。白丽红首先发力:"你个死老头子就配一辈子是个穷老头子。黄满仓这些坐过牢的人都大把大把地抓票子,我们凭自己劳动挣钱致富,怎么不能干?"

"你这就说得不对了,黄满仓这些坐过牢的人都在发大财,这还是共产党天下吗? 政策不变能行吗? 你那个时候分自留地,县里也有文件,后来不是照样被当成资本主义尾巴割掉啦。现在的政策就像这个天一样,说下雨就下雨,还会越下越大的。"老蒲指着外边说。

外边的雨确是比先前大了。看着从屋檐上快速滴下来的雨水,邓远航觉得群众有致富的热情,但缺信息、缺技术、缺资金,还担心政策会变,得赶快回去抓紧时间把调查材料写出来,让场里领导知道大队的真实情况和农民的真实想法。

邓远航正想着,就听小凤说:"爸,这你就放心吧,不会变的,共产党鼓励让一部分人先富起来,街上还贴着'谁富谁英雄,谁穷谁狗熊'的标语呢。邓老师你说是不是?"

"对,你在总场,晓得政策,你说说。"白丽红说。

“小凤说得对，现在的政策就是鼓励群众发家致富，政策只会越来越好，不会变的。你有什么致富的路子就赶快搞吧。不过路要看准了走，否则，钱投下去就像这雨下在九龟湖里，不见影子。刚才大凤说的几个项目，还要看看市场，像腌鸭蛋卖，就要考虑卖到什么地方。我们这个地方家家户户都喜欢买鲜鸭蛋自己在家腌，你就要考虑卖到单位去。就是说要开动脑筋找出路。其实，我倒觉得我们龟岛除了鸭业可搞外，更应该把龟业搞起来，这才更符合我们九龟湖的特点。不过这只是想法，慢慢来，以后大凤要出去走走看看，我再帮你找些书让你读读，学学别人的好经验。今天就不跟你多谈了，时间不早了，我得回去了。”邓远航放下筷子说。

“早呢，才两点多钟，雨又下这么大，不要走，晚上还住我家去。”白丽红劝道。

“今天周六，明天周日，我要在这两天把我看到的听到的写出来，放到他们领导办公室，让他们周一早上一上班就能知道你们的情况。以后我会常来的，你们不嫌烦就行了。”邓远航说着站了起来。

大家也跟着站了起来。白丽红见邓远航执意要走，便说：“那好，你公务在身我不留你。只是要问一句：你怎的又跟钟玉保那小子搞到一起去了？那家伙可是个坏种噢。那年为了查顺口溜，他往死里折磨我，到现在一变天，我就腰酸背痛，我恨死他了。你跟他在一起，不是在豺狼旁边睡觉吗？”

“没事的。整你那会儿他年轻气盛，现在成熟了。再说，我们都在领导身边工作，大家都受到约束，谁也不敢轻举妄动的，你放心吧。”邓远航回答说。

“也是。不过，你也不要怕他。他要是欺负你，我去帮你整他。他那年整我，后来为了息事宁人，他写了个东西给我，我到现在还收在家里箱子里呢。”白丽红说道。

“妈，那上面写的什么啊？我怎么没看过啊？”小凤问。

“你们那时都很小，妈不想让你们晓得妈受辱的事。他给我写了个保证，说他打了我，如果有后遗症，他负责到底。”白丽红答道。

“那有什么用啊？顶多你腰疼，他给你看病，你能整到人家什么呀？”小凤又问。

“没用啊？有用！他打贫下中农、侮辱贫下中农就是罪，到时，他要爬到远航头上,我就到场委大门口闹,把他名声闹臭,名声臭了,他还当什么干部?"白丽红说。

邓远航很感激白姐愿意帮助自己,不过那样她自己的名声也受到损害,这是他不愿意看到的。因而,他说:"白姐,谢谢你。过去的事,就让它过去吧,不要再去揭过去的伤疤了,揭一次自己的心就痛一次。还是好好过日子,跟大凤一起把家发起来,日子红红火火,自己开开心心,这是对打人者最好的惩罚。走了,小冯我们走吧。"话音未落,他已骑着自行车冲进了雨中。

17

邓远航一到家就坐下来写材料,可坐了好长时间却写不出一个字。后来觉得材料还是不够,要硬写也只能写出一篇肤浅的东西,因而,他索性搁笔不写,帮妻子做家务。到周一,他又骑车下分场,到其他场队再去调研,一到周六,又跑了三个分场、五个队,开了八个座谈会,走访了十五户农户。

周六下午一到家吃过晚饭就坐下来写材料。妻子一觉醒来,见丈夫还在写,便走过去说:"睡觉吧,你不是答应儿子,明天带他出去玩的吗?"

"噢,你先睡,我还有一会儿就好。"邓远航头也没抬地说。

说"一会儿",一下又写了几个小时,直到第二天天亮,他才写好材料,躺到床上睡了一会儿。吃过早饭,他就到场办公室去找打字员,因为场委办没有打字员,场办打字室是为两办服务的。可周日没有人上班,他到打字员家去喊,打字员又不在家,他把材料送到了街上的打字社去打印。回来骑自行车带儿子到九龟湖大堤上骑一圈,算是带儿子外出了一次,然后便到打字社校对材料。

邓远航原打算把这十天在石龟等四个分场调查的情况写成一篇调研报告,后来考虑到调研报告围绕一个专题深入地写较好,而石龟干群想向场委场部说的话较多,他又急于把农村的这些情况转达给场领导,因而干脆就写成一篇情况反映,题目就叫"当前我场农村的八大问题及其化解思路"。文中所述问题有:胡桑发展中的服务问题、企业厂长承包奖金兑现问题、壮大分场大队集体经济问题、扶持农场个体户发展问题、减轻农民负担问题、农业生产资料的供应和价格问题、抛荒田问题、担心农村政策变化问题。讲每个问题时都写三个部分，先讲问题的基本情况，再分析产生问题的原因、背景及问题的影响，最后提出解决这一问题的建议。最后又写了一条总的建议：建议场委抽调机关干部及农口事业单位人员组成工作队分赴分场队组，宣传党的农村政策，帮助队里寻找壮大集体经济的思路，帮助农民理清致富路子，并在资金、技术、信息等方面搞好服务，指导农民科学种田等等。

他用《九龟情况》的刊头做封面，写了编者按，还在封底加上了责任编辑邓远航。印刷、装订结束，他找机要科值班人员开了领导的办公室，把材料分送到各位领导桌上，把发剩下的一沓材料放到自己的办公桌上，待明天上班时再分发邮寄。

在邓远航这些天骑车下分场调研、写情况汇报的时候，钟玉保也没闲着，他在家里正为自己的政治前途忙碌着，根本没注意邓远航的动向。那天晚上从石龟分场回来，他听说场委办的人事要做新的调整，便立即请老父亲钟大同出面，父子俩一起去赵主任家。

临出门时，钟大同问："乖瓜，带家伙了没有？"

"那个不要你烦，我有数。"钟玉保答道。

"乖瓜，毛主席讲的不打无把握之仗，你两手空空，家伙都没带，还怎么打胜仗呢？"钟大同还是不放心地提醒儿子。

钟玉保从口袋里掏出个东西递到父亲眼前说："现在哪能像你们那时候，拎两瓶酒，夹两条烟，大老远的左邻右舍就看到了，人家哪还敢收啊？这个这么小的东西哪个看到啊？"

"金龟？你还藏着呢？嗯，儿子比老子有用了。"钟大同夸奖道。

他们来到赵主任家，赵主任不在家。听他老婆说刘书记叫他陪上级领导去了。他们便坐下喝茶，与赵主任老婆拉拉家常。一杯茶还没喝完，赵主任回来了。

"哎呀，老领导，你来，早应该叫保子通知我一下，我就不出去陪客，弄两个菜陪你老人家弄两杯了。"赵主任一见钟大同便客气地说。

钟大同站起来说："哎，你公务在身，身不由己。我们什么时候不能喝啊？不能耽误了你的公务，影响了你的前途。我今天就是来祝贺你的，祝你步步高升，我们给你……"

还没等老子说完，钟玉保就掏出金龟，双手捧到赵主任面前说："这就是给你的贺礼。”

赵主任见此连忙把钟玉保的双手推回去，他心想，过去都是我送礼给你，现在你老领导来送礼给我，我敢收吗？再说这龟是个爬得慢的家伙，把这东西送给我，不是咒我在仕途上爬的速度慢、不得进步吗？不能要，绝对不能要！

“这是纯金的，预示着你的前途金光灿烂。你不能拒绝。”钟玉保又把双手送过去说。

“保子啊，在你爸面前，我喊你兄弟，我们又不是外人，兄弟之间有话就说，哪需要这么俗气呢？快点收起来。”赵主任又把钟玉保的双手推了回去。

在一旁看着他们推来推去的钟大同心里明白赵主任心事，他是送礼的老手，有办法叫赵主任收下这只金龟。他说道：“小赵啊，你说得对，你们是兄弟，兄弟之间不要俗气。可这只金龟是脱过俗的啊。”

“脱过俗的？怎么讲？”赵主任觉得他话里有话，便问道。

“昨天礼拜日，我到省城去拜望老领导，顺便去找了一位高人给你们兄弟俩算了下子。你晓得他怎么说你的官运的？”钟大同故意地问。

“怎么说的？”赵主任急切地问。

钟大同拿起茶杯看里边茶水已见底便放下杯子，赵主任赶忙拿来水瓶给钟大同的茶杯倒满水说：“老领导，你喝口水再说。”

钟大同喝了口水，放下茶杯，把身子朝赵主任面前凑凑，小声地说：“高人说：岁月留不住，副处到副处。”

“啊？难道……”他想起省农垦组织部有人透露他这次可能调任宣传部长，确实是副处到副处，这是绝密信息，他们怎么知道？真是高人？“岁月留不住”什么意思？难道我这一辈子只能永远是副处了？看来还得请教老领导了。他声音有点颤地说：“老领导，难道就没有破解的秘诀？”

“有啊！高人给我两只龟，一只金的，一只铜的。金龟给你，铜龟给大保。”钟玉保伸出两个手指头说。

“那金龟给大保，铜龟给我就行了。”赵主任不想说但又不得不这样说。

“不行！高人说，不能弄反了，级别不一样。金龟是处级的，铜龟是科级的。高人说，金龟会保你一两年到正处，铜龟保他一两年到正科。不能错了呢。拿着,要放到自己房间的东北角。”钟大同说着从钟玉保手里拿过金龟递到赵主任面前。

赵主任恭恭敬敬地用双手捧过金龟送进了卧室。从卧室出来,他想起刚才钟大同说的正科的事,便主动地说:“老领导,保子先弄个副科再说,两年后正科就顺理成章了。”

“对呀,怎么弄呢?”钟大同问。

“我跟你透露个消息,保子外面不要说。办公室这两天就要动人。保子副科的事,我跟刘书记提了,他说不急,下次等邓远航一起提,我……”

赵主任还没说完,钟玉保就插上来大声说:“凭什么要叫我等他一起?我比他早进办公室,又是正股,他连股级都不是,凭什么攀着我?”

“你不要激动,我明天再到组织部去推荐一下,但老领导恐怕还要找刘书记说一下。”赵主任说。

钟大同晓得他也只能这样了,便和儿子告辞了。

18

父子俩从赵主任家出来,直接又来到钟玉家那儿。两人把来意一说,洪光武讲道:“保哥你的事就是我的事,我现在就写信,明天一早就寄给我爸,叫他写封信给刘书记。”

“不行!不行!等你爸信来,黄花菜都凉了。你现在就跟我到办公室去打电话。”钟玉保强烈地要求道。

第二天洪光武爸爸就跟九龟湖农场刘书记通了电话。洪院长的电话来得很及时,刘书记正在与组织部的同志研究干部调整方案。没几天,九龟湖农场委根据省农垦对各农场干部的变动情况并结合本场情况完成了本场的干部调整。涉及场委办的有:赵主任到宣传部任委员部长,丁和全任场委委员、办公室主任,田生富调省农垦办公室任副主任,钟玉保任场委办副主任。

邓远航星期一早上上班时还不知道办公室的人事变动,他头脑中只想到领导们看到他写的情况汇报的反应,他认为书记们看到那材料即使没有赞许,但也不会有什么不好的评价;办公室的领导和同事看到应该会有好评,无论是材料反映的问题、提出的建议,还是语言表达、材料编印都是办公室近年来所没有过的，至少同事们会对他数日走单骑、为农民说话的精神而感动吧？他这样想着走进了大办公室。

办公室的同事看到他并没有什么特别的表情，也没说什么。难道他们都没看到他编的这期《九龟情况》？他向各人办公桌扫了一眼，除了钟玉保不在外，其他人都坐在位子上，他们手上并没有《九龟情况》。他走到自己办公桌前，整理起桌上翻乱了的一堆《九龟情况》。他故意把材料弄得“咔嚓、咔嚓”地响，希望引起同事们的注意，来跟他要材料看。没有人注意他，他便问道：“今天怎么这么规矩起来了？钟玉保怎的没上班，是不是病啦？”

“你才病了呢？人家现在是办公室副主任了，办公室搬那边去了。”洪光武说。

邓远航这才知道办公室领导变动了，大家都等着新领导给他们开会呢。邓远航听光武说了办公室人事变动后喜忧参半。他想，丁和全当主任肯定比“赵”对他有利，这是好事。只是钟玉保当副主任可能对他不是好事，但也不用担心，无非是自己多吃点儿苦，多注意自己的言行，事情也不会坏到哪里去。

正想着，副主任办公室那边传来了钟玉保的喊声：“邓远航，邓远航。”邓远航便向那喊声处边走边想：到底当副主任不一样了，知道尊重人了，过去都是喊“邓小二子”或“二子”，今天知道说大名了，看来他也是往好里变的。

钟玉保现在的办公室原来是丁和全、田生富两个副主任的办公室，丁和全搬到主任室，田生富调地区了，这就成了钟玉保副主任一个人的办公室了。因为是新提拔的副主任，而副主任一般是直接为一把手书记服务的，他怕刘书记一早有事找不到人，便早早地来到办公室了。到办公室首先看到的就是邓远航桌上一摞《九龟情况》。他拿起一份翻看起来，觉得内容不错，确实办公室这些年很少出这样好的情况反映。便在心里说道：“确实很好，得赶快送一份给刘书记，让他感到场委办公室新班子的新气象，也让他觉得提拔我钟玉保没有错。”于是，他拿了一份《九龟情况》快步来到东边第一间办公室门口，在门外一看刘书记正在跟丁和全主任谈事，便要往回走。

“小钟，有事啊？”刘书记看到了他，便问道。

“没事，送一份才出的《九龟情况》。”钟玉保边说边扬着手上的《九龟情况》走了进去。

“噢，是这期啊，我有一份了，我才瞅了个题目，题目有点诱人，等会儿我看一下。”刘书记说道。

钟玉保红着脸退了出来，心想是哪个这么要表功、越权抢在他前面把材料送到了刘书记手里？他回到自己办公室，又仔细翻起了《九龟情况》。翻到封底，他气得把《九龟情况》横过来从中间一撕两半，又把它们叠在一起再从中间撕成两半，扔进了废纸篓。他居然写上责任编辑邓远航，我是副主任，不给我审核就算了，至少也要加上我的名字啊？不光是因为我们一起到石龟的，更重要的我要对《九龟情况》负责哎。他坐在椅子上气了一会儿，见大办公室那边还没有人来，便又到大办公室邓远航桌上拿了一份《九龟情况》看起来。

这会儿他喊邓远航过来时，他已对《九龟情况》研究好一会儿了。

邓远航兴冲冲地走过来说：“祝贺你啊，主任！找我有事啊？”

“有事啊？事还不小呢！你看你这弄的什么东西啊？还亏你加个责任编辑，要不出这么大的事，还不知是哪个搞的呢。”钟玉保坐在椅子上像训斥小学生一样地训道。

邓远航心里一惊，是不是刘书记发什么话了，说这期《九龟情况》有政治问题？但仔细一想也未必，如果有政治问题，一把手主任丁和全应会找来，还摊不上他来训我啊？于是，他平静地说：“是啊，我加责任编辑，就是想，如果有什么问题，领导怪罪下来，责任全部由我承担，不能让你们主任背黑锅啊。”

“责任？这个责任你承担得起吗？刚才刘书记说了，你这题目就迷惑人！九龟湖农场农村八大问题，你意思就是我们九龟湖农场农村全是问题，没有一点成绩？你把九龟农村看得一片漆黑、一无是处，是全盘否定九龟湖农场委、场部的正确领导，否定场委的正确领导，就是否定刘书记！你说这个责任你负得起吗？”钟玉保坐在椅子上眼睛盯着邓远航继续训道。

“钟主任，我觉得你对这期《九龟情况》有误解，我并没有把九龟农村说得一无是处啊？”邓远航辩解道。

“我误解？可你这个材料从题目到内容就是这样把人引入歧途，叫人否定九龟农村的一切啊！”

邓远航感到莫名其妙，不知道他会从哪里去看出否定农村的一切。

他觉得没法跟他辩解,便说:“钟主任,我看不会有人这样理解这份材料。这份材料只是说了些在改革发展中农村、农民迫切希望解决的问题。钟主任,‘编者按’你没看吧?里边首先肯定了我场农村这几年的大变化、大发展。”

没等邓远航把话说完,钟玉保就抢着说:“你说没看?没看我敢批评你?你看我给你改的,这个字应该是‘魔’,这个字应该是‘道’!好好看看,错别字连天!”说着他把他改了的《九龟情况》甩到邓远航面前。

邓远航一看,他在“道高一尺,魔高一丈”上改了两个字,在“道”字上画了个圈,一条线连到纸边,写了个“魔”字,在“魔”字上画个圈,一条线连到另一边,写了个“道”字。他看了后火了起来:“到底是谁错了?就是‘道高一尺,魔高一丈’,这是成语!”

“我没学过成语啊?就你懂成语?还有这句话也不能说。”钟玉保说着翻到后边“关于壮大队集体经济”的部分,指着他画横线的“一个财务混乱的队是不可能有好的发展的”那句话说:“这句话也不能说,这样说就带有普遍性,说我们九龟八十多个队财务都是混乱的!”

19

邓远航把他画线的那句话反复地看了几遍,不知他钟玉保从什么地方看出那个“普遍性”,他更不知道平时不大愿看别人材料的他,今天怎么对这份材料这么感兴趣。他搞不懂,也不想再跟他辩下去,实在觉得无聊,便扭头走了。

一上午,邓远航的心情都不舒畅。坐在自己办公室前,看着那堆《九龟情况》不知是分发寄出,还是封存销毁。

中午下班回家,妻子黄洁青弄了一桌好菜说要慰劳他。黄洁青说:“这些天你下分场调研,又熬夜搞材料,太辛苦了,多吃点菜把身体补补。大家对你的材料反映还不错吧?刘书记应该会有批示吧?说给我听听,让我也替你高兴高兴。”

“批示?能不批判就不错了,还批示呢。都是些官僚主义!”邓远航应道。

“怎么啦?书记批评啦?”妻子关切地问。

“没什么！吃饭！”邓远航不想再说材料的事，也不想把办公室的不快带回家影响家人。于是他只是默默地刨着饭，也不搛菜。妻子夹什么菜到他碗里，他就吃什么菜，待碗里的饭菜吃完，他把碗筷收到水池旁，便走进房间躺到了床上。

妻子看丈夫这样，估计他辛苦十多天写的材料并没得到好评或重视，很可能还遭到了贬损。因而她收拾过锅碗便来到丈夫旁边，坐到床边对丈夫说：“萝卜白菜，各有所爱。一篇材料不一定个个都喜欢，这个书记看不中，另一个书记可能看中。不要计较一两句批评的话。”

“谁计较什么啦？没有的事。”邓远航把身体侧向里边说。

黄洁青把邓远航身体拉仰过来问：“那怎么把脸沉着啊？对我们娘儿俩有意见啊？菜烧得不好吃啊？”

“没有的事，好吃！跟你们无关，是我自己的问题。”

“自己什么问题？”黄洁青追问。

妻子在这儿穷追不舍，邓远航不想讲也不行，他便吐了四个字：“敝帚自珍！”

“敝帚自珍？什么意思？”

邓远航觉得躺在那儿说，显得对妻子不尊重，又不是妻子造成自己心情不好的，因而，他坐起来对妻子说：“这是我们这些小秘书的弱点。你看我们绞尽脑汁，像绣花一样弄出一篇材料，觉得这也好那也好，自鸣得意，满心以为会得到领导的赞赏和采纳，其实，人家看那东西，也就是几张白纸上印了一大堆方块字而已，随处可见。谁能从那一大堆方块字中看出你雨中的车辙、深夜的灯光？谁能看出那堆砌的方块字中包含的农民的心声、写者的心情？看来只有作者和作者的妻子了。”

“有的，肯定有的！不要着急，耐心等待，这样的人会有的。我都能看出来了，那些比我高明的领导还看不出来吗？心急吃不了热粥，来日方长，心定下来，还是像这样子多搞点调查，多写点东西，坚持下去，不要管人家怎么看，妻子相信你，肯定会有结果子的时候。”

跟妻子把话说了，邓远航的心里也轻松了许多。下午上班时准备找丁和全主任请示一下，请他决定这期《九龟情况》发还是不发。

丁和全主任下午上班布置钟副主任下午跟刘书记下分场后，就拿着这期《九龟情况》来喊邓远航了。

他把邓远航喊到自己办公室，将手上的《九龟情况》往邓远航桌上一放说:“这期《九龟情况》搞得不错,你先看看刘书记的批示。”

邓远航把书记批示的那份《九龟情况》摸正过来,看到刘书记在封页左上方的空白处写道:“此调查很有分量,实事求是地反映了当前农村的实情,表达了农民的心声,提出的措施既有针对性又具有可行性,因而,我建议:一、‘两办’的同志要从中受到启发,多深入基层,多接触群众,转变浮、浅、虚的作风,改变假、大、空的文风。二、请史书记牵头,召集农口及相关部门逐一研究,广泛听取意见,拿出我场‘加强农村工作的意见’的讨论稿下月汇报。三、请张部长拿出向分场队派驻工作组的具体方案,下月一并汇报。”

读完书记的批示,邓远航的泪水已在眼眶里向外浸了,心里高兴得难以言表。他在竭力地控制自己,暗骂自己太没出息,上午钟副主任说几句批评的话就心灰意懒,现在书记写几句赞赏的话又心花怒放,不能这样太情绪化!

邓远航正沉浸在书记的批示里,丁主任说话了:“刘书记这还是第一次对《九龟情况》做出这么详细的批示。我上次就说过,你的文字基础好,理论素养高,目前‘两办’人员中数你的功底最好。但你的性格跟我也差不多,老实,不吹、不拍,不喜欢托关系、攀高枝。这个星期打算先解决你股级秘书问题,然后在办公室干个三四年就出去,不要在办公室蹲得太长,蹲得太长,一个把自己闷掉了,另一个你也玩不过他们。这次很好,但不要沾沾自喜,扬扬得意。要知道勤勤恳恳、踏踏实实是根本。好,你去吧,先把这期《九龟情况》分发掉,下一步,你还要考虑到工厂企业搞个调查。”

邓远航回到大办公室见钟玉保副主任夹个皮包在那里晃,便主动地跟他打招呼:“钟主任开会呀?”

“开什么会呀?马上陪刘书记下分场。我跟丁主任碰过了,你下午把《九龟情况》分发下去吧。”钟玉保已知道刘书记在《九龟情况》上做了批示,想阻拦也没用了,便顺水推舟地给他下达个任务。

“嗯。”邓远航也不管他有没有跟丁主任碰,只是答应一声便喊在办公室的洪光武、董兴国一起到自己的办公桌前,来帮忙往信封里放《九龟情况》。

“你这次材料切入点非常好。其实,我家是农村的,我们回家时听到不少这方面的反映。当时,自己就没想到把农民这些意见整理出来,向领导反映。”董兴国说。

“你要整理起来，书记不是就给你写批示了嘛。那过几天又该喝你的喜酒了。到基层，我倒也到基层调查的，不过我没时间写，领导一定要我把报告文学写起来，这不，报告文学刚脱手，正准备写调查报告，他老兄的已抢先出来了。”洪光武说。

“你不要吹牛了，你就在石龟缫丝厂一天，能写出这样符合农村实际的东西来？”董兴国反问道。

“这你不要怀疑，他会写得比这个更好。只要他到基层听情况时不要眯着眼打呼噜就行。”邓远航跟他开玩笑地说。

“这一点你还真不要说，我们平时也确实对基层的情况不了解、不熟悉，写出来的东西还是比较空的。你看我们每天向省农垦办发的信息，不是根据会议拆分出来的，就是自己在办公室吹出来的，上边还当个宝，不但给我们考评发奖，还拿它做决策，能不失误吗？”洪光武说。

夹着皮包等陪刘书记下分场的钟玉保一会儿出门看看，一会儿在大办公室来回踱步，听到妹婿说这话，便很不耐烦地说：“你们瞎嚼什么蛆啊？尽说些不负责任的话，说到领导耳朵里，皮没的了。”

他们三人便不吱声地干着活儿，不一会儿装好、封好，又写好地址。邓远航用绳子捆扎好，放在那儿由收发的同志寄出。钟玉保还夹着皮包在那儿踱着，邓远航便坐下考虑到工厂企业调研的事。刚拿出笔和本子，门口刘书记喊：“小邓，走，跟我下分场。”

20

听刘书记喊小邓跟他下分场，夹着皮包踱步的钟副主任刹住脚步，站在那儿用两眼瞪着邓远航。

邓远航则从座位上站起来看了一下门口，想跟刘书记解释一下，说丁主任安排钟主任跟您下分场的。可话还没说出，刘书记早已下了楼梯。他又转过来看了一下钟玉保，觉得他眼里有一种怒气向他喷来。见此状，邓远航二话没说，拿起桌上的笔和本子，一路小跑地跟了下去。他本来看钟玉保夹着皮包兴冲冲地等半天了，便想让钟玉保跟去，并请钟玉保告诉刘书记说他另有事了。可他见钟玉保那一脸的凶相，便改变了主意，不做任何解释地跑出了办公室。

见邓远航一句歉意的话不说,也不做一点解释,夹着皮包的钟玉保从腋下抽出皮包,啪的一声掼在洪光武的办公桌上,嘴里骂道:“妈的,什么东西!欺负到我头上来了,不就靠他那个小臭娘儿们吗?什么本事?”

“大哥、大哥,走,消消气、消消气。”洪光武见大舅老爷在大办公室发这么大火很不以为然。在这场所这样骂人撒泼既有失他的身份,又易被其他领导听到造成不良影响,便上前连劝带拉地把他拉到了他自己办公室。

到自己办公室关上门,钟玉保火气未减,仍大声叫骂着。大办公室这边仍听得清晰,像是吵架似的。董兴国到东边书记、主任办公室看了一下,还好,领导都不在。但这样吵,楼下其他机关同志听到影响也不好,便也走过去劝说。

董兴国过去果然有效,不一会儿钟副主任办公室吵声听不到了。只听到门开了,董兴国出来又回到大办公室。他走到电话机旁,拿起话筒拨通了电话:“喂,一建公司啊,我是场委办公室,请喊王石基经理接电话。”

过了一会儿电话那边传来王石基的声音:“你好,我是王石基,请问是哪位领导?”

“什么领导不领导的,我是兴国。哎,保子高升了,他今儿高兴,你安排祝贺一下。”

“我听说啦,正准备跟你们联系呢,你们一直忙,也插不上。那晚上到小蔡小吃,我安排好。”电话那边说。

“哎,现在就没事了,现在就安排。”

“那好,我到湖滨浴室等你们,先泡澡,泡过澡玩两把牌,玩过牌再喝酒。哎,你能不能把赵部长一起喊上?”王石基听说文化局要建幢楼,正想请赵部长打招呼呢。

“一句话啦,保证叫他晚上到。好,我们现在就去了。”董兴国放下电话来向钟玉保回报:“定了,现在就走。”待他们一起出来,董兴国又把钟玉保拖到大办室电话机旁,边拨赵部长办公室电话边说:“你也算给赵部长送个行吧。”说着把话筒递给钟玉保。

“赵部长啊,我是保子,晚上六点半,请你到小蔡小吃,我爸说要敬你两盅,感谢你呢。”听到那边说“客气啦,好吧”,钟玉保放下话筒说:“搞定了,走吧。”

“慢着。”洪光武又拿起话筒说，“再给老泰山打个电话，告诉他地点啊。”

钟玉保拿过话筒往话机上一放说：“傻样，我也没说我爸晚上去。”

“你刚才不是以爸的名义请赵部长的吗？”洪光武问。

“我是说我爸要敬他两盅。”

“是啊，爸不来怎么敬啊？”

“我代爸敬两盅不是敬吗？”

三人说着关上门向楼下走去。走到楼下大厅见一群人正向厅里涌来，钟玉保赶忙把二人一拉躲进了东边一个办公室里。“好像是石龟分场上的人，看看他们到几楼，到二楼就没我们的事。”

“是石龟分场的，我看见黄麻子他们几个在里边呢。他们到二楼了，我们走。”出去看情况的洪光武进来说。

三人便悄悄出来向外走。

“不好，他们又都上三楼了。我得去看一下，给他们登个记，跟领导汇报一下。你们先去，我马上就来。”在场委办负责信访工作的董兴国说。

钟玉保一把拽住他说：“走，这么多人，没有场领导出面是解决不了问题的，你一个小兵蛋子去屁用没的，他们二楼有场长在家呢，我们走。”

王石基早已在浴室门口等着了。三人泡完澡，三点多钟就来到了小蔡小吃玩起了牌。

此前，邓远航早已跑到楼下上了“一号车”，坐在了副驾驶位上。车上连驾驶员三人，刘书记坐后排。邓远航在车上不敢讲话，两眼看着前边的路，两耳则听着后边的动静，生怕刘书记有什么指示被他漏掉。

“小邓，你不认识我啦？”刘书记打破了沉默。

这是什么问题？你是场委一把手书记我怎能不认识？噢，不对，他肯定是指人家喊他“小二刘”那会儿。邓远航想到这便回道：“认识，你就是那时说大书给我们听的小……”不行，人家现在是场委书记，再喊“小二刘”会给小鞋穿的，连忙改口为“小秀才刘教授”。

“那时好像就喊我小二刘，没人说我是小秀才吧？”刘书记一边抽烟一边问。

不好，露相了，只好硬着头皮圆下去了：“那时，我们几个伢子知道你是大学教授，都羡慕你，背地里都喊你秀才。”

“也不是什么教授，刚留校当助教。”

邓远航心里一突，又说错啦，再问看对不对："听说你是被打成右派才出来收废品的。"

"也不是什么右派，到你们石龟那会儿我刚从学校离开，那时因为我发表的一篇小说，被说成毒草批斗我，我才躲到石龟的。"

心里又一突，还是错了，邓远航不再问是不是的问题，干脆跟书记探索起来："那你那个时候还敢给我们说那些大书，当时不都是大毒草吗？"

"那时啊，年轻志高，总想把自己在大学里学的东西传授给别人，特别是你们这些缺少教育、缺少文化的农村孩子。你们那时那么小还熬夜在那儿听，我能不讲嘛，大不了被公社发现了，我再到别的地方去。那时听的大书，对你们还有用没用啊？"

"用处大呢！我就是那时听你说的大书对文学感兴趣，后来坚决要读中文系的。现在如果说有一点文字功底，你的影响是最大的。"邓远航不知自己是不是有点拍马屁的嫌疑，脸也有点红了。

"从去年考试，和这次编写的《九龟情况》，都能看出来你有历史文化的影响，也看得出来你跟别人不一样，在文字、思想等方面你确是高他们一筹的。应该说，你的基础素质是不差的，做好办公室工作，你绰绰有余，但要真正把办公室工作做出色，你还要比领导多几个方面，就是要做到'六多'。"刘书记说着停下吸了一口烟。

"请刘书记多指教。"邓远航诚恳地说。

21

刘书记把烟吐出继续说道："哪'六多'呢？就是要比领导多读书，要比领导多跑路，要比领导多了解情况，要比领导多思考问题，要比领导多想几条路子，还要比领导多耐得住性子。小邓啊，你是聪明人，不用我详细解释，你会理解的，好好努力！"

邓远航本来觉得他一个小办事员，难以与一个场委书记畅快地交流，没想到书记主动提到"说大书""小二刘"，拉近了他们间的距离，让他没什么顾忌地与领导交流了一路。

他们从分场回城时已近六点。车进场委大院时，邓远航从前窗看到三楼阳台上站满了人，便对刘书记说："刘书记，你直接回宿舍吧，楼上有集访的人，我先去看看情况，然后再跟你汇报。”

车转弯向宾馆去时，刘书记也看到了楼上的群众，他说：“怎么这么多人，一下午都没有人向我汇报，办公室的人都到哪里去了？”

邓远航想：哪里知道他们哪里去了，但也不能说“不知道”啊，书记才在车上叫你比领导多了解情况，还没下车就忘得一干二净怎么行？便说：“估计联系了，没联系上我们。我先去看一下，有情况我跟你汇报。”

邓远航下了车，一人从宾馆走过来。上到办公楼的二楼时，见楼梯上都坐着人，他只能找空隙慢慢地踏上去。在楼梯上踏时，他已认出了这都是石龟街上的人。上了三楼，见厅里、走廊上都是人，估计有一百多人，便开了大办公室，让领头的进来谈。

门一开，上访的群众就一拥而进，挤满了一屋。邓远航先给机要科值班员打个电话，叫他通知石龟分场向书记立刻赶来。然后拿出本子对上访群众说：“各位乡亲，大家都认识，也不用客气，想反映什么问题先跟我说。”

大家七嘴八舌，一阵闹哄哄。邓远航不知他们讲的什么，便说：“请各位慢慢讲，一个一个地讲，最好选个代表讲。”

这时，一个满脸麻子的人挤到前面说：“大家不要吵，听我说。”

“噢，黄师傅啊，好啊，有什么事你先说吧，没说到的大家再补充。”邓远航见是黄麻子，怎么也想不到他能把大家召集起来上访，因为他在石龟街上脾气大，名声不太好，人们是敬而远之的，所以邓远航加了后一句话。

“我一个人说，用不着他们补充。你瞧不起我啊？我跟你讲，你们办公室的人在我面前都是小学生，都什么水平啊？狗屁不如，没有一个能超过我，都在后边给我拎草鞋。你不过是个小办事员，要不是看你是我姑娘的老师，在龟岛插队时没欺负我，我还不跟你谈呢！”黄麻子说着昂起头。人群中一阵附和，且有人拍着桌子。

邓远航心想，今天刘书记、丁主任都说他文字功底“两办”最好，现在他黄麻子则把他们办公室贬得一文不值，心里很不平衡，水平再差也不可能都比你黄麻子差啊。你黄麻子什么东西，不错，是个“文革”前的老初中生，头剃得也不错，骨揉得也可以，可你来写个调研报告，写个领导讲话看看嘛，真是恬不知耻。便想把袖子一甩走路，你水平高，我水平低，那我就不问你们，你找水平高的去谈去。可又一想不能，不能跟他怄气，刘书记“六多”中就有一条“要比领导多耐住性子”，不能走。要不跟他辩几句，打打他的嚣张气焰，让他知道什么叫水平？也不行，跟他辩了，自己痛快了，但把大家的情绪辩激愤起来还怎么平息这起集访呢？这个时候不能为个人的心情愉悦而坏了大事。再说，你跟一个剃头的比水平高低，就是比赢了，又有多大出息呢？该忍的一定要忍！于是，他拿起笔，轻咳了两声对黄麻子说："你讲吧，我一边听一边记。"

"我们的第一个要求，就是把我们石龟分场街上的两千一百多人的户口恢复成城镇定量户口。理由是 1962 年我们有七百多人当时在公社吃食堂的，说明我们吃的是国家供应粮，其余的人都是婚进和子女。这是七百多人吃食堂的证明复印件。你记下来啦？"黄麻子扳着一个手指边说边把复印件递给邓远航。

"嗯，记下来了。"邓远航收下复印件看了一会儿又问，"还有什么？"

"我们的第二个要求，是要求场委彻查我们上访几个小时没人接待的问题。特别是我们来时，钟玉保他们三人看到我们就躲到一边，之后又出了大门，为什么这样对群众不理不睬？我们要求处理这些不问群众冷暖的庸官！记下来啦？"黄麻子又扳了一个手指说。

"嗯，继续说。"邓远航回道。

黄麻子按下第三个手指说："我们的第三个要求，是要求见小二刘，叫他出来跟我们对话。"

"对，叫小二刘出来！"上访的群众又敲着桌子喊道。

"嗯，还有呢？"邓远航沉住气问。

"三点要求，没有了。"黄麻子把弯下去的三个手指竖起来说。

"有，第四个要求，尽快答复，答复后派船把我们送回去。""还有，不能叫我们饿肚子，烧晚饭给我们吃。"屋里的群众喊道。

"还有吗？"邓远航又问。

"没有了。""先说这么些，想起来再说。"群众又喊道。

正说着，向书记和何场长气冲冲地挤了进来。向书记大声喊道："闹什么闹？在家里不是给你们答复过了吗？闹能把户口闹出来？"

"哪个闹啦？我们是正当要求！""他解决不了，不跟他谈！"屋里的群众哄了起来。

邓远航对向书记说："向书记，你先跟他们慢慢谈，我去打个电话。"说着挤出去，到机要科给刘书记打了个电话。他向刘书记汇报后，刘书记问他有什么建议。他刚听上访群众说要求时，就对每条要求想好了应答的办法，只是没向领导请示汇报，他无权表态答复，这会儿刘书记问，他便胸有成竹地汇报道："我想能否请史书记晚上七点三十分来跟他们见个面，明确表示光凭当时吃食堂的存根是不能证明他们当时是定量户口的，但答应场里再把情况调查一下，调查后再向上级请示，下周一上午九点在石龟分场场部答复他们。这期间场委办查清为什么没人接待来访群众，查处后一并答复。另外，请石龟分场安排每人两只馒头给他们垫垫饥，再请交通局安排渡船八点钟送他们回石龟。"

"好，你就这样安排。另外两条：一是告诉他们下周一我亲自去答复，二是叫向书记就在招待所安排晚饭，稀饭、馒头加小菜。史书记电话我来打，晚饭和渡船的事你安排好。"刘书记在电话那边说。

放下刘书记的电话，邓远航按照刘书记的要求又分别给招待所长和交通局长打了电话，传达了刘书记的指示，安排了晚饭和渡船。

打完电话回到大办公室里，向书记已和他们吵成一团，谁讲话也听不清了。向智勇在石龟分场当书记一直就是以知青的脾性，铁腕治场，大家都认为分场最难管的石龟街确也被他治得服服帖帖、有模有样。那次邓远航告诉他群众要上访的事，他非常重视，亲自找黄麻子等几个挑头的谈了话。但令他气愤的是当时几个人都表示不再挑头，才过了一个多星期就带这么多人到场里来闹事，让他颜面扫地。所以，他仍想以知青的脾性把他们镇住，然而，这次他寡不敌众，却没能镇住他们。

22

嗓子喊破了也镇不住他们，向书记便一把勒住黄麻子的手腕，不断地加劲，勒得黄麻子直叫"哎哟，哎哟，打人了"。

人群听到这边叫，都静了下来，并开始向这边涌动，邓远航见状，担心有大事出，便一下冲过去大喊："各位乡亲，对不起，对不起，我刚才挤得急，一脚踢到了他，对不起，对不起。现在我宣布几个事。"说到这儿，他站到了椅子上，大家把目光全对准了他。他继续说道："第一件，大家马上到东边的招待所一楼大餐厅吃晚饭。第二件，吃过晚饭，七点半钟在小会堂集中，由史书记就有关问题进行回复。第三件，八点钟左右安排渡船送你们回去。第四件，下周一刘书记到石龟与你们见面。现在先去吃饭，走！"

人群“噢”的一声向外涌去，只有黄麻子还退在后边。向书记一手抓他手腕，一手搂住他的脖子说：“在龟岛，你戴着坏分子帽子那时，我没欺负你吧？我在石龟做书记没少照顾你吧？马上你女儿师范毕业要安排工作了吧？我告诉你，你正当上访我欢迎，你要是无理取闹就没有好结果！”

黄麻子想了会儿说：“那是、那是，保证、保证。如果，我要是有理呢，也不准我上访啊？”

“有理你照上访，但也不能瞎闹！”向书记说着跟他握握手，和他一起下楼追赶上访的人群。

直到晚上八点三十多，邓远航才把上访的群众送上渡船，向书记叫何场长陪上访群众回石龟，自己要邓远航陪他去刘书记宿舍做检讨。

走到场委大院，邓远航说：“别急，我们先到办公室打个电话，看他什么态度再说。”

到办公室，邓远航拨通了电话说：“刘书记，人都上渡船了，何场长陪他们回去了。”

“那向智勇呢？”电话那边问。

“他说要去当面给你做检讨呢。”邓远航答道。

“算了，这么晚了，告诉他，下周一我去石龟时再说。这次，你处理得不错，你也回家早点休息吧！”电话那边说。

邓远航挂上电话对向书记说：“你都听到了。现在也回不了石龟，你就回家吧。”

向智勇确实听到了刘书记说的话，他对刘书记的话打不到底，他想跟邓远航再聊聊，同时也感谢一下他在化解这次集访过程中给予的帮助。于是，他说：“我肚子饿着呢，走，陪我去吃点东西。”

“刚才喝粥吃馒头，你没吃啊？”

“吃什么吃啊？你看他们抢的，我能上去跟他们抢啊？我只喝了一碗粥。”

上访群众吃晚饭时，邓远航就站在那里看，连一碗粥也没喝，他这会儿就觉得渴，一点饿的感觉也没有。本想回家煮碗面条汤喝喝，他既然提出来了，那就陪他吧，不然他还以为自己怕花钱呢。但他一摸身上，口袋里一分钱没有，他便说：“走，我骑车带你去饭店。”

两人骑到小吃一条街时，邓远航对向书记说：“你先到小蔡小吃叫他们先烧菜，家里没有电话，我到现在没回去，怕老婆担心，回去说一下就来。”说着掉头向家里骑。

向智勇步行快到小蔡小吃时，却见钟玉保、洪光武、董兴国、王石基四人说笑着从里边出来，他赶忙躲进旁边的一家饭店，待他们向西走过去了才出来。

这四人下午在小蔡小吃打牌，至晚上六点半，赵部长一来就开席了。开席不久，赵部长见老领导钟大同没来，不想跟他们四个小的喝酒，便对四人说：“刘书记还有个客人叫我去陪，这样子，我一个人敬两杯酒我就过去。”说着敬了一圈酒，八杯酒喝完放下酒杯说：“保子、各位，下次再聚，我先走了。”说着起身便走。

钟玉保一把拉住他说：“兄弟啊，坐下、坐下，我爸托我敬你的酒还没敬呢，我代我爸完成这个任务。”

赵部长对这个钟玉保是又爱又恨，爱的是他有事能朝前冲，善搞关系，广结朋友；恨的是他头脑简单，无良策，没大没小，还会埋汰人。这会儿见他把老头子扛出来，只好接受两杯，两杯结束，站起来又要走。

钟玉保再次抓住他说：“伙家，委员归委员，理还要讲。你不能不尊重人哎，我父亲大小也是个离休干部，他敬你两杯，你就屁股一抬走啦？”

赵部长没法，就站着端着酒杯对着钟玉保：“我敬老领导两杯。”手一抬喝完两杯酒。放下酒杯见钟玉保两杯酒没动，便说：“保子啊，这两杯酒你应该喝掉。”

“这个酒我不好喝，部长敬老领导的，我是他的老部下，我不好喝。要喝我敬老主任两杯。”钟玉保说着干完了两杯。

赵部长见他两杯酒喝下去了便转身向外走，还没离桌又被钟玉保拉住：“我敬老主任的酒，你还没喝呢。”

这时，王石基上来拉开钟玉保的手说：“老大、老大，部长有重要客人等在那里呢，这两杯酒我来喝掉。”他把赵部长的两杯酒喝完说：“你们继续，我代表你们送送赵部长。”

把赵部长送到门外，王石基从裤兜里掏出报纸包着的一卷东西拿出来说：“需要用钱说一声，这个先花花，下次再拿。”说着把那卷东西塞进赵部长的裤兜里。

赵部长推了两下，见那东西还是被塞进去了，便问：“有事吗？”

“文化局砌楼的事，还有四寡妇的小儿子李晓阳想调场委办。”王石基小声地说。

“行,我问一下。”

王石基送走赵部长进来时,钟玉保正一边喝酒一边骂着:“你个秃驴做好人,拍马屁,代部长喝酒,你以为他官大是吧?”

“老大、老大,我敬你两杯酒。我喝四杯,你喝两杯,不是等于替你代了两杯吗?”喝完四杯酒,王石基头有点晕了,他左右看看问道:“邓远航怎的没来啊?”他知道邓、钟两家有点矛盾,但并没撕破脸皮,在一起吃饭还是可以的,既然一个单位的同学、老乡,这三个来了,那一个也没理由不来。

钟玉保听他提邓远航便把酒杯往桌上一掼,骂道:“你个秃驴,不提邓小二子我不来气,一提他我八肚子来气。人家是什么人?人家是书记的高参、狗头军师,是坐一号车的人,能跟你秃子一起喝酒?不要跟你喝酒时,从背后捅你一刀你都不知道怎么死的。”

“他哪里是这种人啦?他不会的,来喝酒,光武,你也要敬敬你大舅老爷。”小秃子不知钟玉保下午生气的事,便随口替邓远航说了句话。

“不是那种人?你晓得个屁。你要晓得下午这事,你就相信了。”

见钟玉保要说下午的事,洪光武站起来说:“大哥,下午的事已过去了,没的说头了,来,我敬你一杯酒。”

钟玉保坐在那里端起酒杯与洪光武碰了下酒杯,喝完酒继续说:“不说啦?不说不便宜他啦?说出来也让秃子放掉幻想嘛。下午丁主任安排我跟刘书记下分场……回敬你一下。”说到这儿,他又端起酒杯与洪光武碰了一下,喝完酒,钟玉保把下午的事说完后问道:“你们晓得为什么发生,原来该我坐一号车,却变成了他坐一号车的这种变化?”

三个人都摇摇头。

23

“是因为他那个骚婆娘!她去找了刘书记,刘书记才变化的。要像这样子,我们下次也叫老婆打扮得漂亮些去找书记!”钟玉保说着又端起酒杯与董兴国碰了一下喝掉。

“这种事,哪能劳驾主任夫人呢?下次你有事找书记,我给你去。”端饭上来的蔡老板娘开玩笑说。

洪光武看他说得离谱了，便拉拉钟玉保说："大哥，不说了，吃饭，吃饭！"

小秃子也觉得钟玉保说过了，便接着说："对，吃饭。吃过饭叫小老板娘陪我们去吼一气。"

邓远航回去说了声又拿了些钱过来时，桌上已放了四个菜，倒好了两杯酒。

"来，坐下，你知道我刚才看见谁了？"向智勇问。

"城区你熟人多呢，看见谁都正常。"邓远航说。

"保子他们四个，刚从这饭店出去。"向智勇说。

"我骑车过来时也看到了，他们拐弯进北边的龟心歌舞厅了。"

"你说钟主任、王经理他们啊？他们'四人帮'三点多就在我这儿打牌了，打到六点半，赵部长来才开席。才走没的多长时间，说是去唱歌，还拖我一块堆去呢，我老公不准去，他们才放手。"蔡老板娘本来还想把钟玉保说他的事告诉他的，后来一想，没敢说，她庆幸今天丈夫在这儿，那四个人没叫她喝酒，要是喝了酒，这会儿非把钟玉保那话告诉邓秘书不可，那就出大事了。想想后怕，她赶紧把手上的盘子摆到桌上到厨房去了。

"来，我们哥俩儿喝一杯。"向书记喝完杯中酒又说，"我俩还是在龟岛面对面喝的酒，一晃十多年过去了。那次喝酒我是金榜之喜，你是金榜之悲；今天刚好反过来，你是仕途之喜，我是仕途之悲。真是桑田沧海啊。来，再喝一杯。"说完又干了一杯酒。

"没这么极端吧？"邓远航喝干酒说。

"刚才刘书记在电话里说的，我都听见了，对你我的两种态度，我已感觉到了，明显就是冰火两重天。"向智勇说。

"没那回事，不要被自己的影子吓住了。既没你说的那么严重，也没你说的那么轻松。书记那就是随口说的话，书记也是人啊，并不是每句话都刻意地去表明什么态度，隐藏着什么含意，不可能句句都是警言哲语。放心吧。"邓远航极力打消着他的顾虑。

"场委书记也跟我们一样，说话也能不算数啊？"向智勇问。

"不是说话不算数，关键是看书记在什么情况下说的话。书记一辈子说的话多呢，句句话都要算数不把人累死啦？他也有开玩笑的时候，开玩笑都算数，那还叫什么玩笑？他也有今天说的话，下次忘掉的时候，那可能这些话都不大重要。他又对一些话记得非常牢,像他布置的任务、提出的要求,干部群众反映的问题等等。”

“那这次就是群众反映问题,他不是记住我了吗?”向智勇担心地问。

“他不是记你,他是记着要回复解决这个问题。”

“不管怎么说,这次感谢你,帮我们处理了集访事件。来我敬你两杯酒。”向智勇诚恳地说。

邓远航喝了两杯,又倒了两杯说:“我回敬你两杯。”两杯喝完后说:“你不要感谢我,这事完全是刘书记在指挥,还有你的努力,你应感谢他和你。这样子,我敬他和你一杯酒,你要喝两杯,把刘书记一杯也喝掉。”邓远航开玩笑地说。

“两杯就两杯,听你这么说,喝下去也高兴。”说着把两杯酒喝了。

邓远航喝完这一杯继续说道:“玩笑归玩笑,事情还要认真做。这次集访远还没结束,下次的答复是关键,更关键的是答复前的群众工作。可以肯定地说,如果没有新的证据,光凭那份吃食堂的条子,是不可能认定他们原来是定量户口的。也就是说,下周一刘书记去答复是不会达到上访群众的要求的。这样会场上可能出现两种情况:一种情况是群众激愤,围攻书记,继续到场、到地区上访,甚至于会到省、进京上访;另一种是,群众认可,但提些别的易解决能解决的要求,请场分场帮助解决。到那天到底出现哪种情况,关键取决于你们分场这几天如何做街上群众的工作。刘书记说下周一到石龟再说,我理解就是他对你是褒是贬到下周一在石龟定夺。”

“谢谢你的提醒,敬你两杯,有情后感,我现在就回去安排。”向智勇说完连夜赶回石龟分场做群众工作了。

而钟玉保虽然打了一下午的牌,喝了一晚上的酒,唱了一夜的歌,但第二天仍然早早地就上班了。他刚走上三楼,就听到了大办公室的电话铃声。他便连忙跑过去拿起电话:“喂,请问找谁?噢,刘书记啊,请指示。”听完电话,他猛地把手及话筒往下一摔,将要碰到桌子时,手又缩了回去,拿着话筒狠命地勒了一会儿,像是要把话筒勒断似的,听到电话那头“咔”的一声,他随即把手上的话筒往机座上一扣。“妈的!晦气!”说着向自己办公室走去。

过一会儿,钟玉保又返回站在门口说:“邓小二子,到宾馆去,跟刘书记下分场!”

邓远航想:钟玉保刚才接的是刘书记电话,如果刘书记叫他下分场,钟玉保放下电话就会跟他讲。可他放下电话只是骂了一句便走了,可能刘书记说的是批评他的话,并没说叫他下分场,因而他认为他是在开玩笑,就没动。

见邓远航没动,钟玉保把脸一摆说:“小二子,我不管说什么话,你高低不听是吧?不管你听不听,我反正说过了,书记等急了,你自己负责!”

恐怕是真的,这下邓远航没有多想,拿起笔和本子一路小跑下楼了。

这边,丁主任把钟玉保、洪光武、董兴国一个个地喊到他办公室。没有费多大劲就把他们三人昨天下午的轨迹搞清楚了。丁主任叫周六下午在办公室全体人员会上,钟玉保做书面检查,洪光武、董兴国做口头检查。

待丁主任下楼后,钟玉保把他们两人喊来劈头盖脸地先骂了一通:“你们真他妈的是软骨头,这要在敌人面前不都是叛徒啊?贪生怕死、出卖同志,都是你们这些人干的。”

“不能怪我,我一进去,他就说,董兴国都说了,你再说一遍你们三人昨天下午的事,那我还不赶紧交代得清清楚楚啊?”洪光武辩解说。

“也不能怪我,我还没坐下来,他就问:你们三人昨儿个玩到什么时候的?我想,他都晓得了,我还不抖得干干净净吗?但晚上去歌厅的事我一点都没吐。”董兴国委屈地说。

“妈的,是哪个特务告密的呢?”钟玉保自语道。

“会不会是小秃子?他跟邓远航关系好,吃饭时,他还问邓远航怎么没来的。”洪光武猜测着。

“我看他不会,我了解他,这个人嘴还是蛮紧的,再说他也不敢得罪钟主任啊。会不会是蔡老板娘呢?我们讲话,她在旁边岔七岔八的。”因为是董兴国叫小秃子安排吃饭的,所以他不想把责任推到小秃子身上。

“不管是不是,打个电话问一下小秃子。”说着,钟玉保便起身到大办公室打电话。正要拨电话,史副书记过来说:“叫个人跟我下分场。”钟玉保安排了洪光武跟史副书记下分场,然后拨通了小秃子办公室电话。

24

“你个秃驴,跟老子玩起阴谋诡计来了,设个套子给你老子钻啦?你要害老子就明白地讲,站出来跟老子真枪真刀地干,老子不怕你。老子最瞧不起你这种脚下使绊子,背后捅刀子的人。”钟玉保骂了一气,停下来一听,电话那边传来的是“嘟、嘟、嘟……”的声音。“妈的,秃驴,敢把老子的电话挂了,你等着,老子有好果子给你吃!”

钟玉保挂上电话回到自己办公室,往椅子上一坐,准备抽根烟顺顺气。他抓起桌上的烟盒拿烟,一看烟盒里边是空的,便把烟壳揉成一团扔到桌上,然后站起来两手从上到下摸遍了身上的所有口袋,没有一支香烟,又把办公桌每个抽屉翻了一遍,也没有,便往椅子上一坐生闷气。

突然,他使劲拍了一下桌子,霍地站起来骂道:“秃驴,你给老子告黑状,你还有脸来啊?你说这事你打算怎么解决?”

刚才,王石基接电话听他骂得难听,干脆挂了电话,耳不听,心不烦,由他骂去。可一想,坏事,把他电话挂了,那还了得?得罪了这个大爷那以后还怎么在九龟混呢?他们子舅两个都在场委办,将来都要做大官的,光武爸爸又在省里做官,更重要的是他弟弟钟玉卫在运管所工作,其实就是黑恶势力的头子,你要不把他进贡好了,在九龟你路都不要想走。想到这儿,他有点怕了。他赶紧拿了条头等的九龟湖香烟,用报纸裹好放进包里,骑上摩托就奔场委办。

王石基来到钟玉保办公室,刚一推门,才伸进去个头,就被钟玉保“秃驴、秃驴”地大骂了一顿,骂得他赶紧关好门,掏出一包烟,抽出一支塞到钟玉保手上,打起火凑过去给他点烟。点着了烟,又打开拎包,拿出那条九龟湖,拉开办公桌靠外边的抽屉,把烟放进去关上,退到旁边的椅子上坐下说:“怪我,怪我。不是有眼不识泰山,而是有耳不识泰山。”

“真是你啊?你个秃驴!设陷阱让老子朝里跳的真是你啊?我抽死你!”说着摔掉手上的烟,冲过来举起手就要抽王石基。

王石基忙架住钟玉保的手问:“大爷,什么陷阱?你说清楚,就是死,也要让我死个明白啊。”

“好,老子就让你死个明白。”钟玉保坐到椅子上,把丁主任审他们并叫他们在会上检查的事,向王石基说了一遍,然后又骂道:“你说你这个秃驴该不该死?该不该抽?”说着过来又举拳欲打。

王石基再次架住钟玉保的手臂说:“大爷、大爷,不是我,我没向任何人吐一个字,我跟你赌咒,哪个要是说这事的,叫他祖宗八代都死光!跟你这么多年了,你不晓得我这个人吗?我是九龟湖里的瘟龟,死不开口,是个什么事都闷在肚里不朝外讲的人。”

“那你是不是无意中告诉了邓远航?”钟玉保态度缓和了许多。

“绝对没有,我都多少天没见到他的鬼影子了。”王石基说着又递上一支烟,再次揿开打火机,“噗”的一声打着,给钟玉保点上烟,然后把打火机放到他手上说:“我也不抽烟,放在口袋里也累赘,它还是跟着你有用。”

“这回就相信你一次。不是你,那肯定跟邓远航有关,或是昨天他的朋友看到我们告诉他,他到丁主任那儿告密的。”钟玉保一边玩着手上的打火机,一边抽着烟,一边像是自语地说。

星期六的会上,钟玉保、洪光武、董兴国三人先后做了检查,之后就是丁主任讲话。他的讲话大致是这么几个方面:一是宣读场委组织部的文,任命邓远航为场委办秘书。二是宣布分工,钟玉保分管综合、财务,邓远航为一把手书记服务,洪光武为分管农村农业的副书记服务,董兴国为分管党务的副书记服务。另外,场委很快就要配一名分管工副业的副书记,因而办公室还要进人,但这次不采用考试形式,直接选调。三是要求大家学习邓远航的工作态度和精神,吸取这次脱岗的教训,把办公室的服务水平推上一个新台阶。

散会后,钟玉保的心情极不舒畅,一个人关着门在办公室里抽闷烟。董兴国知道老同学心里不快活,便推开他的门问:“要不要去散散心?”

“去!必须去!不能被一次小小的检查就打趴!看光武在不在,一起喊上!”钟玉保坚定地说。

“他被史书记喊走了。”

“那去把邓远航喊上!”钟玉保想了一下说。

“他?”董兴国站在那里,两眼盯着钟玉保。

“你看你个傻样子。对,就是要请他一起来喝酒。”钟玉保肯定地说。

“噢,我晓得了,我们个个敬他酒,把他灌醉,叫他以后晓得你的厉害。”董兴国说着就开门准备出去打电话。

“站住!你看你个傻样子,哪个说要把他灌醉啊?我们是真诚地跟他祝贺,请他以后对我们多监督、多指导!去吧,去联系吧,你跟邓远航就说我晚上为他祝贺,请他吃饭。”钟玉保正儿八经地说。

董兴国又疑惑了。你们不是针尖对麦芒吗?你不是从来都瞧不起人家的吗?怎么现在乖乖地向他低头啦?你该不是玩的黄鼠狼给鸡拜年吧？他没有再问钟玉保，而是赶快去大办公室，一个是与小秃子联系叫他安排饭店，另一个是通知邓远航，说钟玉保晚上请他吃饭。过了会儿，他又到钟玉保办公室汇报："小秃子不在九龟，他办公室人说他到省城去出差了。邓远航也不在办公室了。"

"那刘书记、丁主任他们在不在？"钟玉保问。

"一个都不在，整个办公室都只我们两个了。"

"他妈的，都去喝酒了！你们以为不喊我，我们就没的酒喝了？不行，今晚一定要喝酒，还要喝好酒！我来打电话。"钟玉保说着起身来到大办公室，拿起话筒拨通了表兄、茧棉公司经理花凌阳的办公室："哥，我是保子。晚上办公室几个人到你食堂玩玩，弄点好酒给我们喝喝。"

"保子啊，我早准备好啦，你怎么还没来的啊？"电话那头的花凌阳说。

"我就到。"钟玉保挂了电话对董兴国说，"准备好，看看机要科徐秘书，把他一起喊上。"

很快，钟玉保等三人来到茧棉公司。他们一进院子看到有一辆地区的车和刘书记的一号车停在里边，赶忙往后缩，一直退到大门外。钟玉保伸头向院里看看，车子没有动静，便叫徐秘书去经理办公室把花经理喊到门外来。

"保子、保子，进来嘿，躲在外边干什么呀。"花经理一边向外走，一边喊。

见花经理喊那么大声，钟玉保连忙向他摇手，示意他不要喊。可花经理完全把他的意思理解错了，仍然喊道："不来啊？人又不多，怎么能不来呢？"

这时，刘书记陪着地区的客人从会议室出来向餐厅去，听花经理喊，他以为是刚才开座谈会的两个缫丝厂的厂长，便说："叫他们来吧。"

听书记这么一说，花经理跑到门外喊："刘书记叫你们来呢。"

25

花经理到门外时，钟玉保等三人已跑得不见踪影。他只好回到院里，去把自己办公室的门锁起来。正要离开去餐厅，里边电话又响了。

电话是钟玉保从小蔡小吃打来的:“哥,你想害我啊? 是什么人在你那里啊?”

“今个省供销社主任来开座谈会,刘书记来陪他吃晚饭,你们办公室的丁主任、邓小二子都来了。我心里想你是副主任,在邓小二子之上,他一个办事员都来了,你还能不来嘛。”

表兄不这么说他还不来气,这样一说,他肚里的气又直往上涌:“哥,他们要问到,你千万千万不要说是我们,我们就在这块吃点儿安稳些个。哥,账记你的噢,喏,你跟蔡老板娘讲下子。”说着把话筒交给了蔡老板娘。

钟玉保又叫各人喊来了各自的老婆,他还喊来了二弟钟玉卫。七个人在小蔡小吃共度周末,几家子你敬我,我敬你,酒喝到一半儿,董兴国还是憋不住问了一直闷在心里的那个问题:“钟主任,你一向对邓秘书不快活的,今天怎么想起来请他喝酒,跟他祝贺啊? 你这是唱的什么戏啊?”

钟玉保一反常态,突然发起了感慨:“兄弟,你傻啊? 人家现在是书记身边的红人,刘书记、丁主任都信任他,你说我能跟他硬扳吗? 人家是吉星高照,马上一些局长、书记盯在他屁股后面的多着呢,而我呢? 我正在交华盖运,喝水塞牙,放屁打脚后跟。你刚才看到了,人家小秘书周末都有酒喝,我一个堂堂的主任周末差点没的酒喝。人在屋檐下,不得不低头啊。”说完端起酒杯谁也不敬,独自干了一杯。

啪的一声,钟玉卫站起来一巴掌拍在桌上,声音不高但十分强横地说:“哥,你说,哪个挡你道,我去卸他一只手一条腿来见你。”

听他说这话,钟玉保立即大声斥责道:“坐下! 胡说八道! 你卸人家一只手、一条腿,解恨是解恨了,我们钟家也就跟着完了! 现在什么年代? 改革开放十来年了,‘打砸抢’那一套行不通了! 爸爸二十年前就教育过我们,现在闯社会靠拳头已经不行了,要靠拳头上面那部分。”

“拳头上边那部分? 什么东西?”几个人把拳头伸出来左看右看,看不出答案来。

钟玉保像当年他爸爸教导他那样教导着他们:“对,拳头上边那部分,就是‘手腕’。在这个社会上你要会玩手腕,要玩得灵活。这就要动脑子,不要用蛮劲。所以,小卫子,你要给我记住,在你那个圈子里,你们小朋友玩玩我不反对,你要是动机关事业单位任何人一根手指、一根汗毛,不要怪我到时候六亲不认、大义灭亲!”

“这个我记住,我绝不动他们。那你怎么办呢? 也不能一辈子蹲在皮球里过日子，尽受窝囊气啊？”二弟钟玉卫替哥哥担忧地说。

“二十年前，爸爸还告诉我，拳头缩回来再打出去，比直直地打更有力。我现在就是向后缩拳头。刚才，兴国问我为什么请他吃饭、为他祝贺，这就是把拳头缩回来的一步。”钟玉保说。

“噢——”大家似受到很大的启发，都一起站起来敬钟玉保酒。

待敬过酒，钟玉保妻子李晓星说：“我很赞成你把拳头缩回来，我更希望你缩回来就不要再伸出去。邓远航也是我们插队时的战友，不应成为对头。我妈妈也跟我说过，世上的路多呢，不要跟人抢路走，驴子拉磨牛耕田，各走各的路。现在是他那条快了，你祝贺他，你这条慢些，大家一起想办法帮你。”

“话倒是说得不错，但是你们女人头发长见识短，能有什么高见？你能把伢子带好就不错了。”钟玉保说。

“你这是大男子主义。你听过这句话啊？我记不得是哪个名人说的，他说，一个女人抵得上一个精锐师。”李晓星说。

“乖乖，你多狠啦。我请问你，你拿什么去抵挡一个师的真枪真炮？你不会是‘小刀会’吧？几句咒语一说，就刀枪不入了。哈哈哈。”钟玉保说着自己先笑了。

“你不要笑，有些事，我们出面绝对比你们出面强。”李晓星说。

钟玉保隐约觉得李晓星有什么手段似的，想再深问下去，又怕桌上人多泄露了天机，便不再追问，而是端着酒杯站起来说：“来，我敬你们三个女人一杯。今后我对你们要刮目相看了。我以后用得着你们的时候，你们可不要推辞噢。”

散席回到家，钟玉保才问妻子：“刚才在酒桌上，你好像有什么办法能帮着我似的，说说看。”

“有，倒是有，但一时还不一定有用，要慢慢来。”李晓星说。

“是哪个人的路子？”

“方场长。”

“真的？你怎么够上他的？”

“他跟我们九龟中药厂彭厂长是校友，常到我们那儿吃饭。彭厂长安排晚饭时老喊我们去陪酒。”李晓星没敢把陪唱歌跳舞的事说出来。

就这样钟玉保说话已发酸了：“原来，好几次你回家那么迟，是做陪酒女郎的呀？”

“不要说那么难听，在一起喝酒，有什么事？你要不同意我去，我以后就不去呗。”李晓星说。

叫老婆去陪男人喝酒，从心里讲，他不愿意，可陪的那人是场长，这个关系他又舍不得放，场长都是要做书记的啊。沉默了片刻，他对老婆说：“吃饭你照去，正常的社交活动我不反对。但你要注意些，酒要少喝，不能喝醉了。你要是做出什么出格的事，就不要怪我不客气了。”

“你就不相信你老婆，你看我什么时候喝醉过的呀？什么时候做了出格事的呀？除了跟你做过！再说，人家场长也是老牌大学生，素质很高的，哪里就愿意碰你老婆啦？”

不过，过了一段时间后，李晓星却小试了一把身手。

她弟弟李晓阳在石龟中学老早就放话出去，说下半年调场委办，可快到 11 月份了，连个影子也没有。上半年，他找姐姐、姐夫，请姐夫帮忙。姐夫钟玉保说：“我只不过是个副主任，又不管人事，说也没用。”

其实，钟玉保就是不愿帮这个忙。他十分讨厌见到这个小舅老爷。因为他早已听到外边人传，说李晓阳是他爸爸钟大同的儿子。起初他骂那些散布他爸爸不实之词的人。后来，他仔细观察了李晓阳，他的宽脑门大耳朵，跟钟家的宽脑门大耳朵如出一辙。他才开始相信外边传的话是真的。不认为是真的还好，一确定是真的后他对这个小舅老爷、小弟弟更加反感、更加厌恶，这小舅老爷的任何事，他不但不帮忙，还从中作梗。

所以，后来李晓星托同学王石基帮忙，忙也帮了，赵部长也跟丁主任说过了，丁主任也答应调，可几个月下来了就是迟迟不动。因而，那天趁场长又到她们厂里吃饭时，她为弟弟做了一下努力。

26

方场长来中药厂在食堂里吃饭时，李晓星总是被安排在方场长的右首，这给她向方场长说弟弟的事提供了方便。可是今天感觉彭厂长好像老是盯住他俩，她刚跟方场长说两句话，彭厂长就岔上来说：“李晓星啊，你不要光顾跟场长说悄悄话，你看你的嘴都要咬到场长的耳朵了。敬酒、敬酒！马上到歌厅让你们交头接耳的机会多的是。你现在的任务是把场长的酒敬好。”没法，几个人都看着呢，确实也不好说，好歹到歌厅还有机会,这会儿就收敛一些。

到歌厅确实机会很好,灯光昏暗,有时还全黑几分钟;人员少,就方场长、彭厂长、她和厂里另一女孩,还有个厂办主任在管灯光、音乐,一般不进舞池。李晓星在寻找着机会,当场长邀她跳第二支舞时,机会终于来了。这时厅里的灯全黑了,她被方场长搂得紧紧的。她顺势把自己的脸贴上去,嘴对着场长的耳朵说了弟弟的事,说完又把嘴移向场长的嘴,紧紧地贴了上去。

过了两天,场委办丁主任布置:钟玉保、董兴国到外贸委把侯鸣放情况了解一下,准备调他到办公室;邓远航、洪光武到石龟分场把李晓阳的情况调查一下,准备先调他到机要科。

两组人马分头行动。邓远航、洪光武他们两人先到石龟中学,找了校长、主任和几位教职工分别了解李晓阳的思想素质、个人品德、业务能力、写作水平等方面的情况,又到他家所在队了解了他家庭的情况。下午调查结束,在回来的船上,两人根据调查的情况,商量后给李晓阳写了总的评价:交际能力强,工作表现、工作能力和个人品德都一般,作风不太好,喜欢吹牛,没有写作基础,其爹爹做过伪保长,因而他们的结论是这个人不适宜调办公室或机要科。

其实,洪光武知道李晓阳是大舅老爷的小舅老爷,按理说他应帮李晓阳说好话,但调查下来看,这个人确实不适合调到场委办,自己虽说不上大公无私,但最起码也要对自己的信誉负责。更重要的他感觉到大舅老爷平时对他这个小舅老爷并不怎样,这次下去政审,大舅老爷也没交代他要关照什么,所以,他跟邓远航的意见高度一致,就是认为这个人调其他部门可以,但调场委办不适宜。

船到南岸,他们刚上九龟湖大堤,自行车就被人拽住了。回头一看,是小秃子。

"走,去弄两杯,给你祝贺一下。"小秃子说。

"算了算了,下次吧,到办公室去还有事呢。"邓远航说。

"多大屁事啊,下班时间已到了,有什么事明天不能做啊?不要一升官就跟我们工人阶级拉开距离了,把我们穷瓦匠忘了。"小秃子说着酸话。

"什么升官不升官的,只不过是个小秘书,哪里抵得上你这个王百万啦?我真有事,晚上要把李晓阳的政审情况写出来,明天要向丁主任汇报。"邓远航还是不愿去喝酒。

“一个小政审材料还背得住你这个大笔弄啊？那还不是小菜一碟，几分钟的事啊？你不要跟我在这儿扯了，走！”说着拉着他们就走。

来到小蔡小吃，钟玉保夫妇、董兴国、徐秘书四人已在那儿打牌。

“你们早结束啦？”邓远航问他们。

“我们这个简单，人家原来在省外贸工作，表现就很突出，因为父母没人照顾要求调回来的，我们的政审材料都写好了。秃子，人有没有到齐？到齐了就开始吧。哟，秃子，你今儿个犯了个错误。”钟玉保说。

“我在你眼里就没好过，一做事就是错误。”小秃子笑着说。

“真的，不跟你开玩笑。你今儿个没把我弟媳妇小黄喊来。去，现在就去，骑摩托把我弟媳妇带来。”钟玉保命令道。

邓远航一把拉住起身要走的小秃子：“算了算了，她不喜欢出来吃饭，况且她还要带伢子呢。”

“你就是大男子主义，只允许自己在外喝酒，不允许老婆出来吃饭。那好吧，时间也迟了，下次再请吧。开席。”钟玉保说。

邓远航坐下来满桌子一看，心里有种感觉：今天像是鸿门宴。

今天的晚饭实际上是李晓星打电话叫秃子安排的。她知道远航和光武去石龟搞他弟弟的政审材料了，这个材料很重要，如果写得不好，她弟弟就调不进场委办。光武是家里亲戚，肯定没问题。远航是同学，按理也没有问题，但远航这个人做事太顶真，万一他顶起真来，弟弟的事就黄了。因而，她想就此跟远航打个招呼，让他笔下留情。另一个想法就是以钟玉保名义跟邓远航祝贺，让他们的关系缓和些，融洽些，不要整天你算计他、他算计你的，那样活得太累。

她今天特地选择坐在邓远航的旁边，亲自给邓远航倒了一杯酒。酒倒好后，没待钟玉保、小秃子发话，她端着酒杯站起来先开口了：“保子，我们今儿个改革一下，不要大家一起喝两杯再开始敬酒了，我跟你一起先敬远航一杯酒，向他表示祝贺。”说着喝完杯中酒，放下酒杯，撕下一根鸡大腿放到邓远航的碗里，又拿起他的碗舀了两勺鸡汤。

钟玉保虽对老婆站起来抢他风头，对邓远航那么热情不快活，但也不能在这么多下属面前丢了领导的风度，便站起来附和老婆干了两杯酒。

邓远航站起来谢过后也喝了两杯酒。两杯酒下肚，他不仅感到心肠热，而且觉得桌上的气氛更热，尤其是钟玉保两口子对他的热情有点异乎寻常。李晓星对他，除了在龟岛插队想跟他谈恋爱时这么热情过，今天是第二次；钟玉保平时喊他连大名都很少用，今天居然称兄道弟了，这一切大概都是为了李晓阳的政审材料吧？你等着吧，李晓阳的姐姐、姐夫，姐夫的妹婿、同学等等马上都要为李晓阳说话了。

果然，酒过三巡，李晓星又说话了："老同学，今儿个你们下分场辛苦，来，再把这只腿吃掉。"说着把盆里另一只鸡腿拿到邓远航碗里。

邓远航知道她下边要讲她弟弟李晓阳的事了，便拿起碗里的鸡腿边往洪光武碗里放边开玩笑地说："我吃过一只腿了，这只该光武吃了。吃什么，干什么，我们就是一跑腿的，腿跑完了，也就没有我们事了。"

"哎，你这就不对了，刚才在大圩上你还说要回家写什么政审材料呢，现在怎么又说没事啦？哎，我还要问你，现在什么年代啦？调个人还像'文化大革命'那时内查外调，把人家的祖宗八代查得清清楚楚啊？"小秃子问。

"对呀，远航，你们去石龟是不是搞我弟弟材料的呀？不会把我们家祖宗八代都翻个底朝天吧？"李晓星问。

邓远航知道她是明知故问，便也不戳穿她，只是说："对呀，都是你家钟主任他们领导安排的，政审材料明天交给他们领导，我们跑腿的任务就结束了。"

"真是调查小阳阳的呀？哎呀，这个伢子是个好伢子，尖聪鬼，算账比算盘还快，说话跟说书一样。远航，阳阳要是跟在你后头学徒，不要三年，肯定满师。"小秃子敲起了边鼓。

"你以为学瓦匠的啊？办公室各人都要独当一面的，一年半载不适应就该淘汰了，还等你三年啦？"邓远航对小秃子说。

"哎，远航，王百万他是说我们家数阳阳最聪明，也最有出息，这个我做姐姐的最了解，他反应快，有头脑，有魄力，在不少方面跟他姐夫像得很呢。我看他要到场委办绝对是一把好手。光武，你看呢？"她夸过了，又把皮球踢给光武，意欲先逼光武表态赞成，最后再攻远航。

洪光武本来是认为他不适合的，但老婆的嫂子逼上门来了，哪里还能说不好的话呢？何必当面把嫂子还有大舅老爷得罪了呢？大舅老爷到现在一声不吭，再怎么样，他也不可能当面撕破老婆的脸吧？想到这儿，他便说道："还不错，如果有高手带，调教调教，还是能适应办公室工作的。我个人意见，可调场委办。我认为……"

"放屁！我不同意！"洪光武还想再为李晓阳说几句赞赏话的，不料被一声怒骂打断了。

27

这骂人的不是别人,正是李晓阳的姐夫钟玉保。他站出来反对,让全桌人都感到意外,而最意外的还是邓远航。他搞不清钟玉保葫芦里边卖的是什么药,也不知道这夫妻两个唱的是什么戏。他没有立即发表意见,而是跟众人一样继续听钟玉保讲话。

“你们都是要饭的烤火,只顾往自己怀里扒。场委办就为你一家开的?位子全给你家人?两条:第一条,远航、光武,你们要抱着对党和场部高度负责的态度,实事求是地把政审材料写出来,一是一,二是二,绝不要顾及哪个亲戚朋友的面子,如果发现你们在政审材料上弄虚作假,那处理你们;第二条,政审材料出来,如果他不适合调场委办,那很好,如果也可以调,我也坚决反对他调入场委办,场委办统共十来个人,我和光武是子舅,再来个跟我子舅的,场委办不要叫场委办了,就叫钟家子舅办吧。”

听了钟玉保这一番话,邓远航肃然起敬,他几乎要改变一向对他不是太好的评价。他心想,这真要有点勇气呢,面对着自己妻子,坚决反对妻弟调场委办,这是真正的高风亮节、大公无私,这是多么高的境界啊!

钟玉保见大家都不吱声,以为大家都在怀疑他,他便拿过酒瓶往自己碗里倒了满满一碗酒,端着这碗酒仍站着对大家说:“我刚才有点激动,如有不对的地方请各位包涵,但这都是我的真实意思,我连干三碗,向你们证明我说的是真心话。”说完连倒了三碗酒一饮而尽,待最后一碗酒下肚,他撑着桌子慢慢坐下,本来以为屁股已经坐在凳子上了,便把撑在桌上的双手松开,这一松,整个人跌坐在了地上。

几个人一齐上去,有的拉,有的扶,有的抱,好不容易把他扶站起来。他则说:“不动,不动,我再敬远航兄一碗。”

“结束吧,结束吧。不要再喝了。”邓远航劝说道。

“喝,喝,喝!”钟玉保仍说着。

李晓星沉寂了一会儿,她刚才对丈夫的表演就不快活,这会儿见丈夫这种丑态,心里更气,但又一想也好,正好他也可以闭嘴了,因而她便对洪光武、董兴国说:“你们把他先送回去,我跟远航说个事。”待大家都走了,李晓星对远航说:“你看,就这种人,天天喝得醉醺醺的,回家就跟我闹,跟我吵,还不准我喝一点儿酒。我恨自己那时不主动,要是主动不是跟你一家子了吗?远航,你说是吧?”话没说完眼泪已掉了下来。

邓远航想:你再主动,我们也不会成为一家子的,我们哪有这个缘分呢?但邓远航并没把他想的说出来,而是说:“你跟钟主任很般配的,他这人很好,对人热情、爽气,现在又是领导,比我强多啦。今儿个这事也不是常发生的,你还是要谅解他一点的。”

“这个倒也能受,我最受不了的是他六亲不认。你看,李晓阳是我亲弟弟哎,你不帮忙就不帮吧,他还帮倒忙,你看他那话说的,他还是人吗?”李晓星一边擦着眼泪一边说。

“从他做领导的角度讲,他说的那些话真是太好了,是真正的胸怀坦荡、大公无私。”邓远航说。

“他哪是大公无私啊,他是不公有私!你晓得他为什么反对李晓阳调场委办啦?你可能也听说了,说起来难为情呢,好歹你是自己人,说也不要紧。李晓阳是他弟弟,现在不但不亲,反而成了死对头。”李晓星有点不好意思地说。

“那你们夫妻俩也是兄妹俩啦?”邓远航其实也早知道这些事,只不过是为不伤她的面子,才故意这样问的。

“我跟他没血缘关系,他跟小弟有血缘关系。血亲又有什么用?还不如你这个老同学呢。远航,我爸去世得早,钟玉保又指望不上,我弟的事只有求你了。远航你帮个忙吧,我晓得你这个人是个正派人,送钱不要,送礼也不要,我也不晓得怎么感谢你,反正以后你叫我做什么我都听你的,啊!”李晓星说着抓起邓远航的手摇着,任泪水滴在他们俩的手上。

这事让邓远航很为难,但也不能跟她在这儿耗下去。他怕再这样谈下去,李晓星会做出让人想不到的事,也怕李晓星回去晚,钟玉保怀疑他们,得赶快结束。于是他抽出手站起来说:“其实,这个事你找我,真是到九龟寺里要肉吃——找错门了,我真正就是个跑腿的。不过,你既然找我了,我肯定要帮你,到时尽量帮着说好话吧。”

李晓星要的就是这句话,其他事她早安排好了,所以,邓远航一说“帮着说好话”,她就破涕为笑了。

与李晓星分手后,邓远航走一路就想一路心事,刚到家,洪光武也到他家门口了。“这么巧的啊?我正要找你呢。”

洪光武是被李晓星支来的。李晓星走在回家的路上还是不放心，路过姑子家时，她又进去叫洪光武去跟邓远航一起把政审材料弄好，明天早上就送给丁主任。

“这个事怎么弄呢？叫我违心地去为一个人说好话，我还没学会。光武，你辛苦一下，你把李晓阳的政审材料写好直接交上去吧，随你怎么写，我也不看了。”邓远航想了半天，想了这个一推了之的办法。

“你想逃避是逃不了的。我们这组是你负责的，而且两人都要签字，你即使不写不看，你也逃脱不了责任。其实，要我说啊，我们也不要把自己的作用看得太大，就像你说的，我们就是跑腿的，政审材料写好写坏有多大作用？你以为我们一份政审材料能决定李晓阳的命运？怎么可能！我们这些人最大的弱点就是太看重自己，好像自己是救世主，掌握着单位的命运，掌握着别人的命运，单位的声誉、他人的声誉全仰赖我们。我们有那么大能耐吗？没有！我告诉你，他李晓阳进不进场委办，不是我们两人能左右的，而是由书记、部长、主任说了算的，肉食者谋之，又何间焉？单位的声誉、他人的声誉关我们屁事啊？你就放心地写好话吧，与良心无关！”

洪光武走后，邓远航还是没法写。妻子看他为难，也来劝他：“水至清则无鱼，人至察则无徒。你也不能一根筋到底。我看这样，你也不要睁着眼睛说瞎话，空口说白话，有影子的事，你就拔高一点儿，跟我们烧菜一样，多加点儿油，多加点儿佐料而已。”

几千字上万字的材料，邓远航也没有这么为难过，这几十个字也让他熬了一个通宵。他最后确定把政审材料分成三块：一块是李晓阳的基本情况，包括年龄、学历、家庭成分等；第二块是从调查对象中，摘录出对李晓阳好、中、差的三种评价；第三块是对李晓阳的现实表现简单地归纳几句。在这一块，他采取了个办法，就是在原来的小山丘上加些土，把小山丘变高些，把原来的小土坑就当成平的忽略掉，在原来较深的坑里加些土，使它变浅些。就是把他的长处多说几句，比如把他原来的“交际能力强”，写成“交际能力强，善于对外打交道，会做学生工作，头脑灵活，口才好”；把原来的“工作一般”，写成“工作态度认真，做事勤快，办事麻利”等等。同时，把原来的“作风不太好，喜好吹牛，没有文字基础”都去掉了，对他是否适宜进场委办避而不谈。

第二天洪光武看了很满意，连说了几个“高，实在是高”。两人签了字后,一起去向丁主任汇报。拿着这份政审材料到丁主任办公室门口时,邓远航顿觉不好意思起来,有一种在大人面前说谎话的孩子的那种感觉。

28

丁主任正在办公室与赵部长、机要科沙科长谈着什么。

邓远航见场委办新老主任都在那儿,心里觉得有点慌,就好像自己欺骗了主任、欺骗了组织一样。他刚想退出,被丁主任喊住了:“李晓阳情况怎么样啊? 来,材料给我看看。”

丁主任看过材料又把材料递给沙科长看,自己则皱起眉头不说话,也不知怎么办,思考了好长时间后,他问沙科长:“怎么样啊? 能进啊?”

“机要科肯定进不了。现实表现倒无所谓,就是这个历史问题。”沙科长摇着头说。

“能否先向省农垦机要科汇报一下,去个主任做做工作呢?”在一旁的赵部长插话道。

“没用的,去就要挨批,家里三代不是‘地富反坏右’、没有‘管关杀’,这是硬杠子。”沙科长解释道。

“小邓,你们去调查的,他的文字能力怎么样呢?”赵部长问道。

邓远航听到问他,他浑身冒汗,这个李晓阳明显没有文字能力,但现在怎么能说呢,想了会儿他才说:“我们没看到他写的东西,也没叫他写,不清楚他文字能力怎么样。”

“你们这是怎么调查的? 他平时在学校总结什么的没写过吗?”赵部长面有愠色地问。

这让邓远航很不高兴,便没好气地说:“要知道他水平很容易,出个题目让他写一篇文章,很快就知道他的写作水平了。”

“也不要那么烦了,等我先跟方场长汇报后再说吧。”丁主任说。

就这么巧,他们这儿正说着李晓阳的事,方场长就进来了。他看到桌上的政审材料,不屑地问:“还搞这个呢?”

机要科沙科长把省委办公厅关于选调机要人员的有关规定和要求向他做了汇报。方场长一边听一边指着对李晓阳做不好评价的那个人名说:“这个于春生是什么人? 是不是嫉妒噢。”

"那些都不是问题,关键卡在他爹爹是伪保长上。"丁主任又强调说。

"现在还谈这个呢?真是'文革'遗风!机要科进不了,那到办公室干别的就是啦。"方场长最后做了交代。

到11月底,李晓阳和侯鸣放两人一起正式调进了场委办。

李晓阳调来后,钟玉保心情很不好。一个原因是为李晓阳,他虽竭力反对,但这家伙还是调进来了,这让他很不爽。同时也让他感到自己虽是办公室二把手,但意见不被重视,说话没有用。还有一个原因,就是他要求到石龟分场任党委书记没如愿。石龟分场的向书记因上次有效地处理了群众集访事件及分场企业发展迅速,深受场委刘书记赞赏,经他竭力推荐,向智勇跳过好些人一下成了九龟湖农场分管工业的副书记。这样,石龟分场党委书记的位子就空下来了。正感到自己在办公室受冷落,干得力不从心的钟玉保听到这个消息,便开始四处活动起来,大有不把石龟分场书记这个宝座拿下决不罢休的架势。他请他父亲出面到地区去找老领导,再找老部下赵部长,请他向刘书记推荐;又和妹婿洪光武专门去了趟省城,拿回洪院长给刘书记的亲笔信。他甚至还卑躬屈膝地把邓远航喊到自己办公室郑重其事地请他帮忙。

"兄弟,大哥这些年虽然没有直接让你看到我对你的好,但我背地里还是在许多地方支持你、关心你、帮助你的。这些,我既然以前不公开,现在也不想在你面前表功。大哥现在遇到难题了,别人都指望不上,只有你能帮忙!大哥知道你是我们九龟最善良、最乐于助人的人,是九龟第一大笔,又是第一大好人,大哥这个忙,你肯定会帮的!"钟玉保为什么肯低下头来求邓远航帮忙?就是他认为:邓远航妻子黄洁青舅舅原来是省农垦组织部长,现在虽已不在任上了,但也刚退二线,余威还在,如果他老人家肯出面说个话,那就有八九分把握了。他还认为:邓远航虽无职无权,但他是书记身边的红人,今年以来书记的讲话、学习心得、发表的文章等等所有材料都是他一个人包的。且又天天跟书记在一起,他在书记面前帮他说几句好话,要抵别人说千句万句呢。他亲眼看到不少科局级干部跟他套近乎呢。

听他这么一说,邓远航浑身汗毛直竖。他在九龟从来没听过任何人当他面这么夸奖过他,乍一听感到浑身不自在。便说:"钟主任,你说这么多,我还真有点听糊涂了,你到底有什么事能用得着我的呢?"

"兄弟,这样子的,我呢也不胜任这个副主任的工作,我想到石龟去做书记。一是继承我们父辈的遗志,更重要的是把这个位子腾出来,让位给你,你才是这个位子最适合的人选啦。”钟玉保虔诚地说。

“那你赶快跟丁主任、刘书记提啊,跟我说,不是三加二减五,等于零吗?”

“等于零也行,只要不是负数,我就感谢不尽了。我想,一个呢,你看看能不能请你老婆跟她舅舅打个电话,二一个呢,你能不能跟书记下分场时在车上向书记推荐推荐?有情后感,有情后感!”钟玉保开口道。

邓远航觉得又是个为难事,他自己的事都不愿找妻子舅舅,更不用说为你钟玉保的事了,况且她舅舅退二线了,说话用处有多大,还要打个问号呢。至于在刘书记面前推荐他也不易。自己只是个为书记服务的秘书,办公室的人事只有丁主任向他汇报,我一个小秘书怎么随便到书记面前谈人事呢?顶多在书记问时才能说几句,这要看机会。于是他对钟玉保说:“钟主任,你的事,只要我有机会,一定帮你。但你要真正达到你的目的,恐怕不能只依赖我,你还要想想别的路子。”

“兄弟,大哥现在也没别的路可走,我就依赖你了,我做不做石龟书记,就看你帮不帮忙了。”钟玉保加大了压力。

邓远航知道他还有其他路子,因而他说:“你真的不要给我这么大压力,我自己的分量我知道,我尽力而为。”

钟玉保觉得邓远航答应得很勉强,像是不大肯帮忙的样子,回家又找了老婆,想让她出面。其实,邓远航就是这样的人,他不会跟人打包票,也不会答应自己力所不能及的事,他帮人忙总是当面答应的少些,背后做的多些。

下班时间刚到,钟玉保便急忙往家里奔,一到家就跟妻子说:“邓远航这个家伙不够意思。”

“又怎么啦?”李晓星问。

“我那么恭恭敬敬地请他帮忙,乖,他哪瞧得起我啊?把我甩得远远的,那个头昂的啊,就像我是丫鬟,他是皇上。”钟玉保悻悻地说。

“应该的!他那样还算好的。像你平时那样对人家,要是我非叫你跪下不可。”李晓星开玩笑说。

“我就差跟他磕头作揖了,把头已经低到裤裆了,我堂堂男子汉,你见我什么时候这么低三下四过?”钟玉保说着眼泪已掉了下来。

“哎呀哎呀,保子哥啊,从来都是我在你面前掉眼泪,哪里见过你在我面前掉眼泪的呀？你是堂堂七尺男子汉啊！看来，你真受委屈了，有什么话跟我说，我替你去解气。有什么事，你说出来，我去替你摆平。”李晓星边说边帮丈夫擦着眼泪。

29

“你一个妇道人家能帮我什么忙？”钟玉保抽泣着说。

“你想叫我怎么帮？”李晓星问。

“你能怎么帮嚜？”钟玉保根本不相信她有多大的门路，他只想叫她去再找一下邓远航，让他完成他说的两条就行，但现在觉得妻子像是有大能量似的，便问了这么一句。

“为了我丈夫，我豁出去了。我去找刘书记、方场长。”李晓星说。

钟玉保想，你是说气话呢，书记、场长的门朝哪里你还不晓得呢，你就不要安慰我了，你说低些，我还好受些，你吹这大牛，是往我伤口里揉盐哎。于是，他说：“你也不要把我吓着了，你就帮我去找下邓小二子吧，其他事你不要管。找他两条，一是叫他老婆打电话给她舅，二是叫他在刘书记面前推荐一下。”

“就这事还用你眼泪一把鼻涕一把地跟我说啊，小菜一碟哎。我吃过晚饭就去远航家，包你心想事成。”李晓星信誓旦旦地说。

李晓星来说钟玉保的事，邓远航感到不可思议。他们是不是昏了头，把我当成场委书记了？否则怎么夫妻俩一起在我身上下功夫呢？我对他这事也只能是到书记那儿问问情况，根本没有他们想象的那种能耐啊。

这事搅得邓远航心事重重，他心想，你钟玉保也太官迷心窍了，在办公室当副主任已对得起你了，就这样做下去，很快就到正科了，你偏要到石龟去做书记。你去做书记的目的大家都清楚，就是进场两套班子，因为这些年石龟的书记都是提拔的。你提拔归提拔，叫我天天噎住这事，总要找机会完成这个任务，弄得我一头心事，天天要找机会帮你完成任务，真不是人过的日子。一天，邓远航终了逮着机会说这个事了。

那天，他陪刘书记下分场。在车上刘书记问石龟分场工业 1 到 11 月产、销、效情况，邓远航回答后问书记：“刘书记，石龟分场向书记到总场里来了，场委会不会从总场里派人去做书记？”

“不会的，人家何场长干得很好，为什么不让他做书记呢？关键是石龟的分场工业规模在全农垦处在前列，这么重要的分场，主要领导要保持连续性，场委用人要对一个地方的发展负责啊。看来，石龟分场书记再不宣布，不光有人跑省了，马上还有人进京呢。你到石龟记住打个电话给办公室，通知明天上午开场委会。”

下午从分场回来，钟玉保早在那儿等他了。李晓阳打电话通知明天开场委会，他听到了，他想，刘书记肯定会在车上说到这事，多少能透出个一鳞半爪来，因而邓远航一回来，他就把他迎到了自己办公室，倒了杯热茶端到邓远航面前：“兄弟来，外边冷，弄杯热茶暖和暖和。”

邓远航知道他想探听刘书记配石龟分场党委书记的意向，从下午刘书记那话中的意思已明确看出钟玉保已没戏了，其实这让他很欣慰，因为他觉得刘书记顶住了压力，避免了九龟第一分场在钟玉保手上衰败的可能。但他这种情绪不能在钟玉保面前表露出来，同时，他也不好直截了当地把他没戏的事说出来。他坐下来喝了口茶，说：“这茶好香啊。”

“兄弟啊，你够品位，这么好的茶你一口就喝出来了，绝对够品位。这是特级绿茶，是我表哥花经理孝敬我父亲的呢。这茶你看它的色香味真与众不同呢。”钟玉保夸奖说。

“这么尊贵的茶给我喝，那不是拉肚子吃补药，白浪费嘛。”邓远航一边跟他瞎扯着一边在想着怎么跟他说正经事。

“唉，兄弟，看你话说的，怎么说白浪费呢？我们自幼一起长大，上学是同学，插队是战友，现在是同事，这么亲密的关系，你不喝还有哪个有资格喝啊？”

“哎呀，钟主任……”

“什么主任啊？喊我保子哥，亲热点。”钟玉保打断他说。

邓远航继续说：“既然你这么真诚待我，我也就跟你说心里话了。其实，你的仕途，我觉着眼前有三条路你都可以走，一条是留在办公室，等丁主任提拔了，主任位子自然是你的，谁也争不去。”

“恐怕危险，刘书记、丁主任眼里根本没有我。”钟玉保插话道。

“还有第二条，你如果实在想做党委书记，可以要求到其他分场去，这样把握性大些。”

“不行不行，其他分场谈都不谈，连喝杯酒的钱都作难，我去干什么？我去代人还债去啊？”钟玉保再次打断邓远航的话。

“还有第三条，如果你实在要去石龟分场，你可以从场长做起，做个一年半载的自然升为书记，那多好。”

“更不行，我去做个二把手，替人作嫁衣裳，当龟孙子，我才不干呢！你是不是怀疑我的能力？这我告诉你，石龟一把手书记要让我当，三年三大步，从场里跨到省里，保证全省第一。”钟玉保竖起三个手指坚决地说。

邓远航心里说：“就吹牛的本事，不自量力，还三年三大步呢，三年三退步吧？”他一点儿都不相信他有当石龟分场书记的能力，他要有这能力，办公室个个都能当场长了，哪个不比他强？因而他还是劝他现实一点：“一把手也是从二把手锻炼过来的，台阶还是要一个一个地上，上过了头会出大事的。实际上，你要是经历过场长这个台阶锻炼，再做一把手，就会有更多的经验和办法，做事抓工作就更老到，更得心应手。”

钟玉保突然觉得跟他谈这些东西是嘴里撒石灰——白说！但又一想，他今儿个说的来头也不一般，如果是刘书记的意思，那石龟分场书记的位子肯定不是姓钟了，因而他紧张起来了，赶忙问道：“你刚才说的是不是刘书记的意思？”

“不是，这都是我心里的想法。”邓远航实事求是地说。

钟玉保先愣了一会儿，然后把脸一摆说：“不是刘书记说的，你跟我摆什么谱嘍？”说着拿起邓远航喝的茶杯，转身把里边的残茶倒进痰盂，“当”的一声把茶杯蹾在桌上说：“下班，下班！”

第二天场委会上决定何胜浪由场长改任石龟分场书记。

这之后，钟玉保情绪坏到极点，经常在办公室发脾气，看到哪个不顺眼就训。再加上李晓阳调到办公室后除了接打电话外，整天在办公室晃来晃去，要么就缠着人吹牛，这让他对李晓阳更视如芒刺。

邓远航看到办公室老不给李晓阳分工定位觉得对人家太不负责任，既然已把人家调进来了，就应该给人家事做，因而，他硬着头皮去跟钟玉保说：“钟主任，你们主任也要关心关心人家，给人家分配点事做做。”

“哪个不关心啦？他能做什么？你们就知道拍马屁，调进一个草包，我拦都拦不住，现在事做不起来怪谁？你说，他能做什么？说出来我向丁主任汇报。”钟玉保坐在那里头也没抬地说。

“向书记才调来，分管工业，没个秘书服务，要不叫李晓阳先跟他跑跑？”

“好啊，你这个建议很好，马上就接受，就按你说的办。李晓阳真要感谢你为他说话呢。但要加上一条,他就交给你管,你要像带徒弟一样把他带好,他的成绩就是你的光荣,他的失误就是你的耻辱。还有一条,他给向书记写的所有材料必须由你把关!没有你把关,不能交向书记,你答应吗?”钟玉保抬起头用一种诡异的眼神看着邓远航说。

30

邓远航知道钟玉保那眼神背后的意思,那意思就是:你不是想做好人吗?那你就好人做到底,叫你把李晓阳这个包袱背住,压得你喘不过气来。邓远航被他这种眼神盯得无路可退,只好说:“我答应。”

答应下来简单,答应之后真把邓远航忙得不可开交。刘书记平时的讲话材料,除了重要会议材料如场委扩大会、党代会等会议的报告,由分管文字综合的副主任带几个秘书起草外,其余的都由邓远航写。而向书记这一块的材料,李晓阳是什么讲话也写不出来,向书记开会或是参加活动的讲话,只要向书记有布置,李晓阳总是请邓远航操刀。

就这么邓远航带他将近一年,李晓阳在文字上一点长进没有,反把邓远航累病了,不得不到医院挂几天水。

邓远航挂水的第二天,向书记召集“两办”、场企业局布置下星期召开全场工业大会。场委办准备刘书记的讲话和大会主持词,场办准备方场长的讲话和会场、食宿安排,场企业局准备现场和典型发言材料。

是钟玉保去接受这个任务的,“主持词”肯定没问题,关键是刘书记的讲话叫谁写,得赶快落实。

他先喊来洪光武说这个事。

洪光武其实好长时间没写什么材料了,此前开了几次农村方面的工作会议,都是刘书记讲话,因为是谈农村工作,邓远航叫他帮着一起弄刘书记的讲话,他都推得远远的:“唉,刘书记那讲话我们可写不出来,我们只能写史副书记的讲话。”越不写也越懒得写,因而他见大舅老爷来派任务,便添枝加叶地说:“哥啊,我跟你商量商量,你让我喘口气。最近没得一天闲的,天天写材料,常常写到深更半夜,你妹都说马上找你,要办公室补贴电费呢。再说,你把人家邓秘书的饭碗抢吃得了,人家不找你算账啊?”

他又喊来董兴国说这个事。

董兴国则说:“钟主任,你要是说下个星期叫我写,我半句话都不多说,我马上坐下来就写。党务工作会周六开,刘书记等几个领导的讲话在我手上呢,我脱不了身。等我脱手了,周六开过会,周日我来加班帮你写。”其实,这个会布置有二十多天了,刘书记的讲话是邓远航写好了请他拿去打印校对的,其他几个材料分别是纪委、组织部、宣传部起草的,只是汇集到他这儿,也早已完成了,他这会儿也正没有事。

还喊谁呢?邓远航在医院挂水,侯鸣放被抽调在廉政办,李晓阳是一个字也写不出来,只有自己动笔了。可两天过去了,他自己也一个字没写,他这个时候也不知道刘书记在讲话中应该讲什么。他看着前两次邓远航起草的刘书记在分场工业会上的讲话,心想,总不能把以前的讲话再抄一遍吧?不行,不能再等了,再等时间来不及了。于是他喊道:“李晓阳,把邓远航喊来。”

“他在医院挂水呢。”李晓阳回道。

“我晓得挂水哎,挂水一天二十四小时连续挂的啊?”钟玉保不耐烦地问。

“没有,估计到下午四点多钟结束。”李晓阳答道。

“是的嘛,不动脑子,我叫你通知他挂完水来办公室。”

拔掉针头,邓远航就赶到了钟玉保办公室。

“兄弟啊,这两天你受罪了,办公室忙又没捞到去看你。来,坐下来喝杯热茶。”钟玉保说着把一杯热茶端到他面前。然后又继续说道:“不好意思,生病了还喊你来,实在没办法,办公室其他人也忙得屁颠颠的,时间又紧,不得不请你出马。”接着,他向邓远航说了叫他起草分场工业会议上刘书记讲话的事。

听了钟玉保前后情况的说明,邓远航心里十分不快。领导牙痛,你们忙前忙后,又是找医生,又是拿药,还买水果鲜花去探望,我们一个小秘书生病挂水不指望你们去关心一下,但也不至于拔了针就叫来写材料啊?何况还有两天水要挂。他喝了一口茶,还是去年那香味,还是去年的特级绿茶,但应该不是去年的陈茶,因为泡出来的茶水是淡绿的。放下茶杯,他说:“真叫我写吗?你看我这满头的虚汗,浑身没劲呢。”

“恐怕是你刚才跑急了点儿,汗出来了。来,你擦下汗。你写,我负责拿去打印校对,晚上请你喝酒。”钟玉保一边说,一边拿来毛巾递给他。

“你看我这身体能喝酒吗？再说，我这些天没下分场，也没进企业，头脑里也空得很呢。”邓远航如实地说。

见邓远航一再推脱不肯写，钟玉保真想还像去年那样，把茶倒掉叫他滚蛋，但他真滚了这刘书记的讲话也滚不了啊。他耐住性子说：“兄弟，这样子吧，写就不要你写了，你说说吧。”说着点上一支烟，一手拿烟，一手拿笔坐在那儿听。

邓远航听他这么说也没有再推辞，便一声不吭地思考着，不时地端起茶杯喝上一口。

钟玉保拿着笔等他说些什么，笔悬了半天不见他说话，却见他不住地把茶杯端起放下，不时地发出吸水声，他恨不得上去夺下那茶杯掼到地下，但他还是忍住了，茶杯掼掉了，刘书记的讲话掼不出来哎。因而，他只好再忍：“写什么呢？”

“十三届五中全会刚开过，会上做出了《中共中央关于进一步治理整顿和深化改革的决定》，在刘书记的讲话中要讲。”邓远航被他催得也不能再沉默了，便开口说话了。

“嗯，把文件精神整个传达一下，紧跟形势，这很有必要！”钟玉保点头说。

“不是传达整个文件精神，还没到那个时候，学习贯彻会议精神下次会专门召开会议，这次是分场企业工作会议，不需要讲那么多。”邓远航说。

“那怎么讲呢？”钟玉保问道。

“先讲讲目标意识。一年快结束了，要让大家对照一下年初定的目标，看看还有多少差距，怎么确保完成全年任务；今年是八十年代最后一年，明年就进入九十年代了，因此，还要要求大家尽早思考明年的目标和思路。这些，刘书记都要从领导的角度提提要求。”邓远航按照刚才自己思考的路子说着。

“嗯，目标意识算一条，这个说得正是时候。还写什么呢？”钟玉保一边听一边记，一边记一边问。

邓远航心想，你这几天写材料，写的什么呀，不能全靠问我嘛，你分管文字的副主任应该把提纲拿出来让秘书写，现在怎么反过来跟我们小秘书要提纲了？

钟玉保见他又不吱声了，便再催道：“还写什么呢？”

被他催着，邓远航想再说一条，到此为止，便开口说道："深化改革也是要谈的。这部分就要结合我场企业的实际，把十三届五中全会的精神贯穿其中，提出适合我场企业的改革路子，比如企业出租、出售，或租售结合的问题，又比如企业股份制，或售股结合的问题，可以提出来，在一些地方先搞试点，鼓励各分场探索适合本地实际的改革模式。"

"嗯，这一条更重要，也算一条。还写什么呢？"钟玉保又提起笔问道。

31

见钟玉保还问，邓远航很不爽，才挂过水按理应回家休息休息，你却像个年年得瘟病的公鸡一样，成了"问神"了。现在以一个"问神"的面貌站在面前，让人头晕，叫人体虚，他实在不想再坐下，更不想再说下去，便竭力使自己露着笑容说："几天不见，你成了'问神'了，就像九龟湖上下雨一样，全是纹（问）。你不要在这里白问了，也不要在这里审我了，更不要在这里空想了。你还是去跟刘书记谈谈，看他想讲什么。也可能他不要我们写成稿子，他在会上就说说自己这些天看到的、听到的和想到的就行了。因为方场长做主报告了，他就不要说得那么全面了。"

邓远航说这些话时，钟玉保的脸已冷下来了，邓远航还没讲完，他已经把笔往桌上一摔站起来了，待邓远航一说完，他便拿起邓远航喝的茶杯将残茶倒进痰盂，"当"的一声把茶杯往桌上一掼说："下班，下班。"

钟玉保"哐"的一声带上门，把邓远航一人撂在门外，自己拿着笔和本子向东找刘书记了。

"小钟，有事吗？"刘书记正在看分场企业报表，见他来，便问道。

"下周分场企业会，我想问问书记要讲什么，我好给你写讲话稿子。"钟玉保站在那里说。

"噢，讲话就不要写了，我到时提几点要求，就这么讲讲。"

"那我走了。"钟玉保一身轻松，但心里却对邓远航有一肚子气。

"噢，小钟你等下子，正好你来，还有些事要跟你说。来，坐下来。"

听刘书记叫他留下来谈事，他是既高兴又紧张。高兴的是，自从他提副主任，邓远航跟书记服务以来，刘书记从来没找过他，也没跟他交代过什么事，去年他争石龟书记没争到，书记连一句安慰的话都没说，让他压抑了一年多。他一度怀疑是邓远航搞的鬼，是他在其间做了什么手脚。今天书记亲自单独跟他谈事，他自然高兴，内心激动不已。紧张的是，他刚摆脱一份书记讲话，千万不要再布置一个更重要的会议讲话，布置下来没人写，特别是那个邓小二子，自我当副主任后就没听过我的指挥，没听进过我一句话，你书记要是真叫写讲话材料你还是直接向他交代吧。钟玉保正想着，看到刘书记从烟壳里拿烟，连忙掏出自己的烟递过去，又拿出小秃子的打火机给刘书记点烟。点完烟把烟盒和打火机放进口袋。

刘书记见他自己没抽烟，便拿出桌上的烟递过去说："你也抽一支。"

"你抽，我今个嘴苦不想抽。"钟玉保小心地说。

"小钟啊，这段时间忙，一直想找你来谈谈，没有机会。什么事呢？还是去年石龟分场党委书记空缺那事。当时吧，我也想考虑你，但又考虑到你刚提副主任，时间太短，不宜立刻又到正科的位子。"刘书记说着抽了口烟。

钟玉保心想，什么刚提拔，什么副主任时间短，都是假话，规矩都是你定的，为什么对德才兼备的人就不能提拔？关键还是我的人没有何胜浪找的人硬正，听说他妹妹何萍浪公公是个什么大官，你当然听他的啦。再说，这次一分钱没送，这也怪我疏忽大意，何胜浪不知送你多少呢。心里这么想，话没敢这么说，他只是附和道："书记我不怪你，用人也有用人的规矩，我在领导身边工作，这些我都知道，我绝对没有一句怨言。"

"那就好，千万不要因此闹情绪。"

"绝对没有，你看这一年办公室的工作就晓得了，大家团结一致，争着做事，领导们满意，基层也有良好的评价。"钟玉保自我赞扬起来，以为刘书记会因此认为这都是他没有受影响的证明。

刘书记摆摆手，顺势弹了一下烟灰说："这些让别人说，我要说的是，你不要急于离开场委办，一有机会就会考虑你，你要经受得住考验。"

"书记你放心，我保证不辜负您的期望。"钟玉保到底当了几个月的兵，听到书记讲这话，立刻站起来向书记表决心。

"今天就有一个重要任务布置给你们，你们几个一定要高质量地完成好。"

这时，钟玉保已不怕刘书记布置任何材料了，已完全没有那种对写材料的厌恶和恐惧了。此时是信心百倍，他想，不管领导布置多么重要的材料，我就是四十八小时不睡觉，都要保证以最高的质量完成它。因而，还没等刘书记话讲完，他就表态道：“书记放心，我一定不折不扣，保质保量完成任务！”

“你去把丁主任喊来一起商量下子。”刘书记继续说道。

这又让钟玉保有点失望，看，还是不信任我，多大的事不能交给我一个人负责，偏又要把他喊上。但也没法，只好去把丁主任喊来。

待他们坐定，刘书记说：“后天下午，省委分管农垦的林副书记到九龟农场来视察工作。你们要把准备工作做细做好。线路、视察点和食宿都由方场长他们负责了。你们这边就负责个汇报材料和汇报的会场。重要的是汇报材料，小邓这两天挂水，你们要精心安排好。”

钟玉保心想，机会来了。这是九龟湖农场委办再重要不过的材料了，这个汇报材料哪个也抢不去，就我一个人独立完成。到时汇报时，林副书记看中了，一高兴说把写这个汇报材料的人调到他身边工作，那是多么幸运的事啊，退一万步说，林副书记听得高兴，即使不把我调到省里，刘书记至少也要重用我吧？

而丁主任想的是这个汇报材料由谁来写最合适，交给洪光武，或是董兴国，他们都只了解他们分工的那方面工作，不了解全面工作。交给钟玉保，他最不放心，钟玉保当副主任以来很少像邓远航他们深入分场队、企业认认真真调研，即使下去，也是蜻蜓点水，喝顿酒就算结束，肚里货太少。

因而从刘书记办公室出来，他把钟玉保喊到自己办公室商量这事。

“你想好了，汇报材料叫哪个跟你一起搞？”丁主任问。

“哪个一起搞啊？病的病，忙的忙，歇的歇，办公室还有哪个愿意出来弄材料的啊？只有我们这些老皮呆子。”钟玉保摆出一副自己临危受命，不得已而为之的样子。

“办公室哪个再忙，也必须停下来为这个材料服务，这是我们办公室当前的中心工作，任何人不得例外。”丁主任说。

“任何人不得例外啊？其他人不例外可以，你看他邓远航，他不例外才怪呢。”钟玉保轻蔑地说。

丁主任觉得他话中有话，便问道：“他怎么能例外？这次就叫他配合你写汇报材料，挂水也不行。”

“他呀，自从跟刘书记服务后，他就是场委二把手、场委办的一把手，只有刘书记能指挥得动他。你叫他配合我呀,我只不过是个小副主任,我配合他差不多。你问问他,我能不能叫动他?叫不动哎,头昂着呢,不听你指挥哎。你叫他配合我,饶了我吧。人家有病,还是让人家歇歇,这个汇报材料就不麻烦他了,我一个人完成。”

“你一个人能行吗?要不叫光武、兴国配合你?”丁主任问。

“不用,他们俩手上确实有材料,也急着要呢。我一个人行,丁主任,你放心,到后天还有四十八小时,我就是四十八小时不眨眼,也要保质保量完成。”

32

钟玉保回家吃晚饭时就跟老婆李晓星交代:“吃过饭你带伢子出去散步,散累了回来睡觉。我晚上要写材料,不要影响我。”

李晓星心想,哪天看到丈夫把材料带家来写的呀?没有过啊。看来这个材料很重要。因而,吃过晚饭,李晓星就带着儿子外去散步了。她想待儿子有睡意了就带他回家睡觉。可儿子今天很怪,在外边很兴奋,平时散步到晚上八点,他就要睡觉了,今天已九点多了,他还没睡意。她索性带着他继续走下去,迟点回去也好,也许那时丈夫的材料就完成了。街上的行人逐渐地少了,店面也陆续熄灯关门了,气温降了许多,已感到冷风飕飕的了,她还带着儿子在寒夜里逛着,为了丈夫能安安静静地写材料。直到十点多钟,她才带着儿子往回走。

而此时,钟玉保正趴在那本空白稿纸上做着美梦呢。他梦到了汇报的会场:场委刘书记正在铿锵有力地汇报,省委林副书记频频点头,还不时地在本子上记着。待刘书记汇报一结束,会场里掌声雷动。待掌声一停,林副书记问汇报材料是谁写的,刘书记答是钟玉保写的,这时,邓远航从门外走进来说是他写的。会场里出现了两种声音,多数人说是邓远航写的,大家根本不相信他钟玉保能写出这么好的汇报来。邓远航还上来揪住他的耳朵骂他恬不知耻,林副书记拂袖而去。他一气猛地抓住邓远航的衣领,举起拳头骂道,你妈的邓小二子敢跟老子抢功,拳头还没落下,只听“啊”的一声,把他惊醒了。

原来,老婆回来看他趴在那儿打鼾,抽出压在下边的稿纸一看,只有

“汇报材料”四个大字,便揪他的耳朵,让他赶快醒来写材料,没想到被他一把揪住了领子。见他醒了,李晓星说:“你把我们支外去,原来一个人好睡觉啊?”

“哪个睡觉啦,我在构思呢,你不懂,去,睡觉去,不要打扰我。”钟玉保把老婆推到一边说。

第二天天亮,李晓星在床上一摸,旁边没人,心想丈夫熬了个通宵,材料应该写好了,便下床到小房间里看看。丈夫趴在稿纸上睡得正酣,她抽出稿纸一看,丈夫已写了个开头:“各位领导:我们九龟湖农场是 1987 年撤县恢复农场体制的,农场现有总人口二十二万,耕地九十万亩。建场两年半来……”

丈夫一宿没睡也就写了半张稿纸,李晓星替他着急:“一夜就写这么点东西,还不得你儿子裤裆里的小鸡子长呢,到哪天能写好啊?”

“你这不是老鼠啃砖头,白磨牙嘛。我还没着急,你着什么急?你不知道这个材料要求多高,得慢慢弄,急不得。”

钟玉保一天没上班专在家写汇报材料。晚上有人喊他吃晚饭,他看看材料也快写完一半儿了,便答应去吃酒了。

在酒桌上开始还蛮注意的,说少喝些,晚上还要写重要材料。可几杯酒下肚,便忘了材料,跟人家拼起酒来。

酒席结束回家时头脑还有意识,叫老婆带伢子睡觉,自己又到小房间,坐到了写字台旁。不一会儿,酒劲儿上来,头脑一片空白,往桌上一趴便昏昏睡去。

李晓星第二天起来一看,丈夫仍未在床上,连续两宿未上床睡觉了,他这夜熬的真够水平了,材料该完成了吧?她过去一看,材料没多一个字,赶忙把丈夫推醒。可钟玉保只睁眼看了一下,便又趴下睡了。

上午,丁主任叫李晓阳去通知钟玉保,告诉他,林副书记下午到九龟,先看点儿,晚上七点听汇报,刘书记叫晚饭前把汇报材料给他。一上午,钟玉保坚持坐在那儿写材料。可是昨晚灌的酒还未消,头昏沉沉的,心中急得想赶快动笔,可笔下不知写什么。就这么一会儿在那儿打盹,一会儿在那儿发愣,心想这省里领导也太廉政了,下基层不跟基层干部喝两杯也不是好干部,容易脱离群众。今晚喝点儿酒,跟基层干部加深感情,晚上好好休息一下,明天听汇报多好啊?偏要这么急急忙忙吃过饭就听汇报,你不休息,我们基层干群不要休息啊?不是哪个伟大人物说过的,不会休息就不会工作吗?

直到吃中饭时,钟玉保头脑才清醒。吃过中饭,他拿上那半截材料,骑上自行车就直奔妹妹家。

“光武,光武。”车子没架,人还没进屋就大声喊了起来。

“怎么啦? 出什么事啦?”光武和家家赶忙开门出来。

“光武,走,快跟我一起到办公室,把材料弄下子。”钟玉保站在那里说。

“什么材料这么急? 等我把饭吃完噻。”洪光武说。

“还吃什么饭啦? 晚上请你喝酒。为省委林书记来视察的汇报材料还没完成,等不及了,走,快走!”钟玉保急切地说。

“啊? 你到现在还没弄好,你什么时候打印,什么时候给刘书记看啊?”洪光武吃惊地问。

“没时间啰唆了,走! 快!”钟玉保说着已踏上自行车在前走了。

到钟玉保办公室,洪光武看了大舅老爷写的那半截汇报,拿起笔在上边修改起来,有的删掉,有的颠倒,还加了不少,直到下午三点多钟才改好他写的那半截,钟玉保拿去打印,洪光武写后半截。

下午快六点时,省委林副书记看点儿结束,进房间洗漱一下,然后到餐厅吃工作餐。刘书记惦念着汇报材料,趁省领导进房间时他便乘一号车到办公室来拿材料。

“小钟啊,汇报材料打印好了吗?”刘书记问。

“还有一点点,快了,马上就好!”钟玉保低声答道。

“到现在还没好,七点钟汇报来得及吗?”刘书记不快地问。

“主要是打字机不行。书记,你放心,保证在你们晚饭结束前送给你。”钟玉保信心十足地说。

“丁主任,一个打字机不行,赶快叫两个人同时打,办公室全体同志来帮着校对、装订。印刷纸质要好一些。”说完去陪林副书记一行吃晚饭了。席间,刘书记自觉汇报材料不能准时印出,便向林副书记建议道:“林书记,七点钟汇报是不是有点早了,刚吃得饱饱的就坐那儿动脑筋,食物不易消化,对健康不利。我们宾馆后花园很漂亮,不如吃过到那儿散会儿步。”

林副书记也是个随和人,何况这不是什么大事,便说道:“哎,你这说得对。饭后百步走,活到九十九嘛。好,听你的,推迟半个小时。”

吃过晚饭,刘书记随林副书记一行到宾馆后花园。林副书记见刘书记、方场长都跟着,便对他们说:“哎,散步就不要你们陪了,你们去忙你们的,让我们自由一下。”

刘书记巴不得林副书记赶他们走呢,听林副书记发这话,便和方场长顺水推舟地出来了。出花园一看已七点多,材料还没送来,便对方场长说:“老方,你去看一下会场,我去看看材料。”说着上了一号车直奔打字室专等。

丁主任及办公室全体人员都在这儿。邓远航挂完水也被叫来了,他见从宾馆到办公室虽只有五六分钟时间,刘书记还开车过来,觉得问题很严重。钟玉保一再向刘书记说快了快了,还有一点点,还有一点点。可邓远航知道,到八点钟,汇报材料都不可能打印出来,办公室这次纰漏捅大了。

33

11 月中旬的气温已经很低了,在外边散步已感到冷风扑面,这时天又下起了雨,虽然不大,雨点随风扑到人脸上像是雪花一样。在后花园散步的林副书记一行便回宿舍,拿了公文包来到会议室,到会议室抬头看钟已七点二十。

这边打字室里刘书记一会儿看看打字机,一会儿看看手表,一会儿狠吸几口烟,一会儿又掏出手绢擦汗,坐也不是,站也不是,急得不知要干什么。不一会儿,他走到打字员面前说:“就拿草稿去汇报吧,来不及了。”

钟玉保连忙把草稿收到一起,翻数了一下递给刘书记。刘书记接过草稿翻了一遍,往地上一摔说:“乱七八糟,怎么看啦?把校对稿拿来!”

钟玉保吓得心里“扑通、扑通”地快速跳着,跳得他感到气喘不过来。这时听刘书记要校对稿,他又连忙把散在几处的校对稿收集起来,手带点颤抖地递给刘书记。刘书记猛地从他手上拽过校对稿,把钟玉保吓得像触电一样,两手下意识地往后一缩,心脏直往喉咙跳蹿。

刘书记拿过校对稿一看,递到钟玉保面前说:“你自己看看,颠三倒四、涂涂改改,这是人看的材料啊?”说完又猛地往地上一摔。几张校对稿纸慢慢地飘落到钟玉保脚下,虽无声无息,但在钟玉保看来,那就是晴天霹雳，炸得他心惊肉跳，魂飞魄散。他声音颤抖并带点打结地说："马、上、就好……马、上就好。还有一点点、一点点。"

他不说话还好，一说话把刘书记的火燎起来了："马上，马上，已有多少个马上啦？一点点，到八点钟还有一点点，九点钟还有一点点，领导睡觉休息了还有一点点，你这辈子就这点儿出息了，到死也还有一点点！没有能力完成这个任务，你拍什么胸脯？整整两天时间就完成这么个东西，你要不信誓旦旦地左保证右保证，我就叫邓远航搞了，昨天就装订得整整齐齐发到领导手里了。你现在搞的，省里领导拿不到材料，我汇报也没的材料，你早说弄不起来，我思考一下，就是再没的水平，也能把工作汇报好啊。现在省里林书记早已坐在会议室，会场里一屋子人就在等你这个材料，你这下把九龟弄出名了，省委林副书记都知道九龟湖农场委办了。污点！难以抹去的污点！办公室要好好整顿！"说到这儿，材料还没出来，急得刘书记满头大汗，气得恨不得砸了打字机，但毕竟自己是书记，不能失了风度和身份，因而他冷静下来又坐到椅子上等，坐了一会儿感到闷热，又出去坐到车子上打开凉气。

刘书记坐到车上，看着车灯射处，雨丝一会儿斜着一会儿竖着落到地上。他想不通办公室怎么能出这种事，材料到时间拿不出来，前所未有。办公室写材料顶多存在个水平高低、质量好坏的问题，再怎么说在规定的时间范围内你要捧出个完整的材料来啊。外边的雨打在车顶、前挡风玻璃上滴滴答答地响，刘书记一看车上的钟，已经七点半了，他已无力向办公室喊，叫驾驶员向里边喊，还是去把校对稿拿来。

钟玉保正在发愣，其他人听到喊声，连忙催他："快，刘书记叫拿校对稿。"钟玉保一听这话，赶紧拾起地上的校对稿，冲进风雨中，从车窗塞了进去。他站在雨中看着一号车开走了，才转身回打字室。一进打字室即转过身来，对着刚才刘书记坐的椅子狠命地踢起一脚，那椅子一下滚到了门外的雨地里。

气归气，领导在那儿开会，还得去听。于是，他又随办公室其他人一起来到会议室。到会议室，他选了个昏暗的、刘书记视线看不到的角落坐下，心里下着决心，以后再给刘书记写材料，就叫自己断子绝孙。

好歹省委林副书记人很随和，对材料要求并不严格，因而刘书记也就没照稿子读，而是结合平时自己掌握的情况随便说说了。

但汇报之后林副书记的提问又让刘书记和在座的九龟领导很尴尬。

林副书记问:“现在你们农场有哪些企业产品销路好,流动资金又能有保障的?”

刘书记一边翻着钟玉保的“校对稿”,一边思考着如何去回答,翻到最后也没这方面的数字,便说道:“大概四十个吧,向书记,你分管工业的,你说是吧?”

准确的数字,向书记也没调查过,心里也没数,但他想,这个数字本身是不断变化的,说个准数到时候即使查出来也好解释,于是大声说道:“嗯,这样的企业共有四十二个。”说了数字还点了几个企业的名字。

“嗯,还有哪些企业产品有销路,但因流动资金缺乏而要停产的?”林副书记又问道。

刘书记答道:“大约有三十吧?”

还没等刘书记问,向书记已喊道:“三十六个。”又点了几个企业的名字。

此后林副书记又问了些问题,刘书记他们也有回答不上来的,但多数就这么含含糊糊地混过去了。

这件事对场委办的声誉影响很大,丁主任、钟主任两人写书面检查,先交刘书记审阅,再在办公室全体人员会上宣读,更重要的是办公室人员职务晋升受到了限制,半年多时间,办公室没有一个人的职务得到晋升,直到九十年代第一年的夏天,这个限制才被邓远航打破。

这年夏天,九龟湖农场连续阴雨,且雨量特大,外水压境,内河猛涨,内涝外洪历史罕见,境内所有有记录的河湖闸坝的水位都是双超,超历史最高水位,超警戒水位,超的量也很大,一般在一米左右,多的达两米多,全场各湖河沟渠全线告急,还有多处小圩倒塌。全场上下干部群众已与洪水猛兽拼搏了二十多天,洪水还没有退去的迹象。

这天一早,邓远航随刘书记乘小汽艇在九龟湖上先巡堤,后到石龟分场检查指导抗洪。巡堤巡了一半,邓远航口袋里的大哥大响起来了,邓远航赶紧掏出大哥大,递给刘书记接。

这时九龟湖农场的“大哥大”刚上市,要两万元钱一部。为了便于了解抗洪情况,下达抗洪命令,场财政拿钱给几个指挥、分指挥一人配了一部。因为又大又重,像块砖头一样,刘书记就把大哥大放在了邓远航身上。

刘书记接完电话说:“我们赶快回去,省委书记下午四点钟左右到九龟,看一下九龟湖大堤,晚上在这儿吃晚饭,吃过晚饭听汇报。小邓,你一回去就到办公室写汇报材料,晚饭前给我。”

邓远航在汽艇上就打电话回办公室叫侯鸣放、李晓阳在办公室等,他一到办公室就给他们两人分了工:侯鸣放收集九龟湖农场当前抗洪救灾、工农业生产、人民生活等几方面的典型事例归纳出简要的文字打印出来;李晓阳则负责收集这几方面的数据,如果没有确切数字的请有关部门估算一下,并根据这些数据绘制成几张表格打印好,然后把场办两个打字员督促到位,邓远航写一张,他就负责拿下去打一张。他自己则从九龟湖农场洪涝灾情以及九龟湖农场委、场部抗洪救灾的做法、经验、体会、下一步打算等几个方面开始起草汇报材料。

34

到下午三点,一份完整的汇报材料已交到刘书记手中,让他先看一遍,看他有什么意见,邓远航他们再做修改。

刘书记拿到材料已很高兴,至少不会出现上次那种在打字室等材料的情况了。翻阅材料后,他更高兴,整个汇报思路清晰、重点突出,简洁明了又内容丰富。汇报材料分汇报和参阅资料两部分,看起来很厚一沓,实际上前边的汇报很短,刘书记读完也就在四十分钟左右。领导听了汇报,对九龟湖农场抗洪救灾这段时间的工作、灾情、工农业生产和人民群众的生活情况就基本清楚了,后边还写了请求省委解决的问题和建议。参阅资料又分两部分,是汇报的补充和深化,就是把汇报中涉及和没涉及的各类典型和各种数据汇总在一起,让领导看了后对九龟湖农场抗洪救灾有一个立体的印象,同时,刘书记在回答领导提问时从中也可找到参考答案。刘书记小改了几处后问了一个问题:“在抗洪形势严峻的时候,向省委提出要户口指标的事合适吗? 下次提吧。”

“从情理上讲有点不合适,但他省委书记好不容易来一次,不给我们解决点儿问题也太轻松了。下次就无处提了。全省百十个县市和农场,他在书记任上到九龟来一次就不错了,下次来,他退休了,提也没用了。再说,这个也可跟抗洪联系起来,县改场后,群众有买户口的积极性,指标主要优惠卖给抗洪积极的人,卖户口所得可以弥补场财政和部分群众在这次洪涝灾害中的损失。”

晚上七点半听汇报，邓远航他们七点就带着打印好的材料来到了会场。可开会的时间到了，省里的、地区的、本场的领导一个都没到。后来才知道，省委张书记临时决定：吃过晚饭沿九龟湖南堤看一圈儿再听汇报。

外边的雨还在下着，省委张书记一行冒雨上了九龟湖南堤。到了南堤他就打着雨伞下车察看。他走进一个有光亮的工棚，里边四个民工在玩牌。他问道：“你们吃过晚饭了吗？这个工棚住几个人？”

“吃过了。”“等于没吃。”“八个人。”“七八条枪。”四个人七嘴八舌地答着。

“我刚才听哪个说等于没吃，怎么讲？”张书记问。

“就是没的肉吃，光喝粥吃馍头顶不住饿，巡堤一趟回来，就鸡毛掉到火上，燎啦。”后边那个高个子说。

“这么艰苦，你们有没有人跑回家不干的？”张书记问。

“跑回家？我们这里还没有，我是退伍军人，水情就是命令，我们在这里保堤，也是保自己家啊，大堤倒了，小家也保不住啊。”高个子答道。

“跑回家，他老婆也要把他骂回来。”旁边一个人开玩笑说。

“你们八个人管多长的堤？还有人吗？”张书记又问。

“我们管十华里，我们四人一组，他们四人一组，现在他们一组在外边巡堤呢。”

“你们四人是一人包一段，还是一起巡？”张书记继续问。

“两人一组，一组在北坡，一组在南坡，巡到头儿交换，再巡回来，就换我们。”

“噢，那你们辛苦了。”

从工棚出来，他们下坡向前察看。走一段路后，果然见到前边有两点光亮，走近一看一个拎着马灯，一个打着手电，正是刚才那个工棚的。张书记与他们握握手，问了些巡堤的问题，便又继续冒着雨踩着泥泞的坡路前行。

省委书记这样跑了几个工棚，然后乘车在南堤转了一圈，回到城区又拐进两家企业看了看，快十一点时才到宾馆会议室听汇报。

刘书记汇报时，省委张书记不时地点头，或用笔在材料上画着。汇报一结束，张书记带头鼓起了掌，便连说了两个“好”字。

刘书记请省委张书记做指示，张书记说："没什么指示，也没什么问的。你这个汇报很好，指示和要问的都在里边。没有指示和问题，我倒有几点感想想说说。"会场里响起了整齐响亮的掌声，对张书记的谦逊表示赞赏。

省委张书记见大家拿出笔和笔记本，便说："不要记，真是感想。我是第一次来九龟，短短几个小时，我首先想到的一个字，就是'实'。就从这个汇报材料说吧，讲工作，讲灾情，讲经验，讲体会，也讲困难，讲问题，不夸大什么，也不隐瞒什么，没有套话、空话，没有花架子，把一个实实在在的、处在抗洪救灾中的九龟捧在了我们面前，这是一种勇气和智慧，是一种品德和精神。我在一些地方听汇报，有时会觉得那材料很空很虚，除了写材料人的水平、人品不一样外，还有一条就是汇报的跟我看到的大相径庭。今天则不一样，我看到的正好印证了材料上说的。你看雨夜里的工棚，那工棚里群众乐观的坚守和质朴的语言，那是演不出来的！再看那深夜里的工厂，那机器轰鸣的车间，那认真操作的工人，是摆不出来的。这样扎扎实实地干下去，九龟大有希望！"

张书记一共讲了四点感想，感想讲完后，针对汇报中提的请求和他看到的问题，又对省和地区来的领导提了些具体要求。诸如：新闻单位要派人来采访，宣传抗洪典型，弘扬抗洪精神；调集柴油、石块、木桩、草包等抗洪物资支援九龟湖农场抗洪救灾；组织一批猪肉、蔬菜等食品慰问抗洪一线的干群；至于户口指标的事等抗洪结束后再说，群众和场财政的损失，省里可先拨些款补助一点。

会议结束时已是深夜十二点半，人都走得差不多了，张书记说："我现在是真正理解那个说没肉吃的高个子民工了，跑一圈下来，肚里真空了。"

刘书记赶忙说："小邓，你们去看看，给张书记弄点什么吃的。"

邓远航和李晓阳走出会议室时，省委张书记的秘书特地向他们交代：书记喜欢清清亮亮的，千万不要搞那种糊汤浑水的。

两人出来，雨还下着，向宾馆餐厅那边一望，已漆黑一片。他们打着伞走过去，门已上锁，敲旁边的窗户，无人应答。再到前院的宾馆办公室，也没有一间亮灯的。他们想，肯定有值班人在里边睡觉，便一间一间办公室敲，从东头敲到西头，没有一人应答。

"看来没戏了，再到街上看看吧。"邓远航说。

"夜这么深，又下这么大雨，街上的店也早关门了，就是小摊子也摆不住啊。”李晓阳说。

“死马当成活马医，看还是要看一下的，否则，空手回去，那省委张书记这一辈子都忘不了九龟了。”邓远航说着就往宾馆大门走去。

“忘不了好啊，也记住你的汇报材料啦。”李晓阳说着也跟了出来。

“什么你的我的，以后不能这样说噢，那是刘书记的。材料不管谁写的，署谁的名就是谁的。”邓远航说着已到宾馆大门口，站在门口向左右望去，空无一人，只有雨还在不厌其烦地一遍又一遍地清洗着九龟。他又向前走几步，走到街边向东看去，在九龟供销大厦的门堂里还有一个小吃担子。邓远航连忙奔过去，真是像沙漠里行走的人看到了绿洲，有希望了。走近了才看清是下馄饨和面条的，旁边还有一锅茶叶蛋，主人是个女的。

走到面前，一看那女的，让他大吃一惊：“二凤？大凤？”邓远航因分不清是大凤还是二凤，便这样惊叫着。

35

“大凤，老师，我是大凤。”那主人笑着说。

“大凤，怎么做起这生意？”

“上次说要进城做生意，先拿这个担子练练，看我能不能丢得下这个面子，是不是做生意的料。”大凤说。

“那你一个女的，这么迟不回去也太不安全了。”邓远航关心地说。

“平时回去得早，这些天不是抗洪嘛，深夜里经常有人要吃东西，我就看看能不能抓住这个机会。来，正好，我请你们尝尝我的手艺。”大凤说着准备往锅里下馄饨。

“正好，我们要下好几碗呢。不过，你先把锅盖揭给我看看再下。”邓远航拦住她说。

“老师什么意思啊？连我都不相信啦？难不成里边有鸦片啦？你看，干干净净。”大凤笑着揭开锅盖。

说是锅也就是两个大一点的汤罐。邓远航往里一看，里边已成一锅面汤，便说：“这么浑浊，不能吃！”

“哟，老师当干部了，什么时候这么讲究啦？我妈做的那面棍比我这馄饨脏多了，你还吃呢，现在变化怎的这么大？再说，这是下馄饨，馄饨下好了不用这个汤，是用这个里边的骨头汤！”说着一手盖起小锅盖，一手揭开挑子另一头的铝锅盖。

“不是我讲究，是有人讲究，我们要端到宾馆里给别人吃呢。那个骨头汤，他更嫌荤了。你茶瓶里有没有开水，有就把这锅里水换一下。”邓远航说。

“我从下午下到现在，茶瓶里早空了。”大凤说。

“要不到宾馆里放罐自来水重烧。”李晓阳在一旁插话道。

“不行，我这炉子火也烧不开那么多水了，要不就回去拿煤炭。”大凤说。

“确实不行，时间来不及了。这样你们等着，我回去拿些鸡蛋和白糖，用你的锅打蛋撇子给他们吃。”邓远航跑回宾馆拿来自行车直往家里奔。

不一会儿，邓远航拎来一篮子鸡蛋，叫大凤打蛋撇子。大凤在忙着，邓远航对李晓阳说：“你把白糖先送到会议室楼下，再到会议室拎两瓶开水下来，并把侯鸣放喊来一起帮着把蛋撇子端过去。”吩咐了李晓阳，又对大凤说：“你一只碗里盛三个蛋撇子，就是干的，用漏勺盛，一点汤都不要盛进去。”在等大凤煮蛋撇子时，邓远航又问：“你又是挑子，又是茶叶蛋炉子，怎么弄回去啊？”

“这好办，把茶叶蛋放在挑子这头，一担挑回去，炉子把火灭掉，就放这儿，一个破炉子也没人要。”大凤一边忙着，一边答道。

“那你这么迟回去，回哪儿啊？”

“到二凤那儿住。她住宾馆后边小河对过宾馆的宿舍里。”

“二凤？她到宾馆工作时间不长，就有单人宿舍啦？本事不小嘛。”

“她神通还真不小呢，听说我们石龟何书记还找过她呢。”

“这么大本事啊？”其实邓远航也听说了些，只是不好说出来，便故意问了句。

“你要是主任还当不到，你就找她看看瞧。”大凤说。

闲谈着，六碗蛋撇子已煮好，他们两人也来了。邓远航叫李晓阳给大凤十元钱，大凤说：“你们抗洪救灾，叫我帮这点儿忙，我再收钱不是骂我嘛。不要！”

“拿着，还有三碗馄饨钱呢，你下好了，我们马上来吃。”邓远航说完和他们俩一人端两碗蛋撇子走了。

省委张书记他们在楼上会议室等吃的。邓远航他们并没有把鸡蛋直接端上去，而是端到会议室楼下进行再加工。他们在每只碗里加一勺白糖，再从茶瓶里倒满开水，这样一碗清清爽爽的蛋撇子便出来了。

省委张书记他们确是饿了，一个个很快把三个蛋吃了，连汤也一起喝了。

第二天早上，刘书记送他们走时，省委张书记对他们说："有生以来吃的最有滋有味的一顿饭，就是昨夜的蛋撇子，以后你们可以注册个商标，叫'九龟湖鸡蛋撇'。"说完自己先笑了起来。邓远航在后边也露出了开心的笑容，他心里说："那有滋有味也是出于浑浊的汤里面呢。"待大家笑完，张书记把省农垦童书记拉到一边交代："九龟湖农场的经验要好好宣传，刘书记这样的干部要培养重用。"

后来，这句话不知被谁传了出去，弄得九龟各种议论都有。有的说："刘书记马上到省农垦当组织部长了。"也有人说是做副局长，还有人说调到省委办公厅当副秘书长。抗洪结束后，省农垦组织部来考察过，可考察完就没下文了。又有人说是因为一封人民来信，反映刘书记有历史问题，"文革"前写过大毒草，还有作风问题等等。总之，刘书记这次没提拔成。

他自己没提拔成，但他还是积极坚持在这次抗洪救灾中表现突出的同志里提拔了一批干部，邓远航也在其中，他被提拔为场委办副主任。

邓远航当场委办副主任，最不爽的还是钟玉保。首先他分管的空间被压缩了，原来丁主任管全面，办公室其他大小事等都是他分管，现在他只分管秘书科和信访科，另外分管机关办实体和后勤，后勤一块中有实权的批发票却又分给了邓远航，剩下来就是跑腿卖力气的活儿。再说，现在两个副主任，一旦主任位子空缺，又多了个有力的竞争对手。还有一个不可告人的不爽是他写了告刘书记的那封人民来信。本来，他写人民来信是想报上次刘书记当众批评他又叫他写检查的仇，解一解心头之恨，没想到刘书记调不走对他更不利。他一辈子不离开九龟，他就一辈子被压在这儿，只有看邓远航一路飙升的份儿了。他也恨丁主任，一是不向刘书记推荐他，二是把他批发票的权剥夺了，使他请客送礼受到了限制。当然，他最恨的还是邓远航，认为自己一切不好的命运都是他造成的，认为他在刘书记面前说他坏话，致使刘书记对他印象很差；同时认为他不听他的指挥，不帮他写材料，致使他遭到刘书记的严厉批评……总之，是邓远航挡了他的路。

不行！绝不能向命运低头！低头认熊不是我钟玉保的性格！必须从深坑里爬上来！两条路先走，一是到省城去请洪院长出马来九龟一趟，当面跟刘书记交流；二是做好分管的工作，绝不把话给别人讲。好歹机关办实体叫我管，这是个新生事物，办好了，既有名又有利，更重要的是有资本请客送礼，可以广交朋友，亲近领导，还能博得基层好感，打好群众基础。

赚钱的机会终于来了。李晓阳不知从哪儿弄来三千瓶"九龟"牌洗涤净，向钟主任汇报可以销出去："这东西十三元一瓶拿进来，二十元一瓶卖出去，出售一瓶可得七元钱，三千瓶全卖出去办公室可赚两万多元钱，够我们办公室一年吃喝招待的花销了。"

"晓阳啊，你虽是我舅老爷，但你以前做的事没有一件让我夸奖的，今儿个办的这事还算上我心想。这样看来，你其他方面不怎样，经济头脑还有点儿。你好好给我把这事办好了，让我从此改变对你的看法。"钟玉保拍着李晓阳的肩膀说。

"那是，我写材料不行，算账还可以。姐夫你放心，我尽全力给你做好，给你增光，还望姐夫多支持呢。"李晓阳表态道。

"那是自然的，我不出面，光靠你一个人也不可能完成。不过这个事得跟丁主任汇报一下，他点头了，我们就可以用场委办的名义去推销，那不要说三千瓶，就是翻一倍照样给它销掉。"钟玉保说着把手上的烟头插到烟灰缸里摁灭。

36

当他们俩在钟玉保办公室谈推销洗涤净时，小秃子来找邓远航了。他听说邓远航提为副主任了，特地来请他，要跟他祝贺一下。

邓远航办公室没动，还在大办公室。他见王石基进来便站起来说："哟，王总，用上大哥大啦？"

"嗯，联系业务方便些个。哎，以后有事打我大哥大，我把号码写给你。"王石基写好号码，抬起头说："来请你的哎，晚上跟你祝贺一下。"

"别别别，不要请我，你先去请他再说。"邓远航指着钟主任办公室的方向说。

"我单独请你的，请他做什么啊？你愿意跟他一起喝酒？"王石基知道他们两个有矛盾,不太喜欢在一起喝酒,近年来他总是分别请他们,今儿个这邓远航怎么啦?提了副主任,心胸也宽阔啦?

"愿意!你不要再问了,你先过去请钟主任,就说专门请他的,再请我作陪。"邓远航吩咐他说。提副主任后,邓远航明显感到钟玉保对他更不快活了。他觉得两个人不应该把矛盾扩大下去,应该化解过去的不快,共同把办公室的工作搞好。他想,其实两人本就没有什么利害冲突,平时只不过是一些误会引起的矛盾,没有什么大不了的事,两人只要加强沟通,相互理解,相互尊重,应该会成为好同事的。以后我应多尊重他,并主动与他沟通,消除隔阂,增进友谊。

不一会儿,王石基过来说:"同意了,晚上你陪他,在老地方。"

钟玉保也想找机会与邓远航交交心,他想跟他改善一下关系,不要总是这么疙疙瘩瘩的。这想法是如何产生的呢?源于他周日到老街上去了一趟钱瞎子"钱半仙"家,花了三百元请他算了一下。回家后他把算命的事告诉了妻子李晓霞。

李晓霞当即说:"我早就说过这些话,叫你不要老跟人家远航作对,你不信,花了三百元钱才相信,早信我,三百元钱给我买衣服,我要感谢你几个月呢。真的,我早盼你们俩和好呢。保子,这个事,我看你应主动,不光是你岁数比他大、比他早提拔,最重要的是人家很少主动跟你闹,常常是你先起卡头,脚先伸出去想把人绊倒。"

妻子的话虽然听起来让他不舒服,但事实就是这样,他现在不得不冷静下来思考一下自己的昨天和明天。他认真分析了钱瞎子的话和自己所处的环境,自己目前正是处于钱瞎子所说的"潜龙"时期,这时期正如钱瞎子写的那箴言一样,"云上于天,需;君子以饮食宴乐",说我现在不是有作为的时期,叫我不要有所为,而要吃喝玩乐,等待机会。钱瞎子算得很准,现在周边都是邓远航的人,不准我有什么作为。再加上现在就分管后勤接待,管的就是吃喝玩乐,真是与钱瞎子算的高度一致。因为他想改善与邓远航的关系,王石基一说请他吃饭又请邓远航作陪,他即刻应允了。

王石基走后,他去向丁主任汇报销售"九龟"牌洗涤净的事,丁主任叫他通知正股以上干部下午四点钟开会,就这个问题研究一下,看看大家的意见。

下午开会时,李晓阳举起桌上的两瓶洗涤净,先向大家介绍了"九龟”牌洗涤净产品的情况。这“九龟”牌洗涤净是石龟分场企业九龟日化厂生产的产品，在华东地区小有名气，销售旺季时产品还时常供不应求。他李晓阳能组织到三千瓶也不是易事，况且销出去能为办公室创收两万多元，也是可观的。大家都纷纷表示同意做这笔生意。

在大家讨论停顿的时候，钟玉保说：“我现在向大家宣布一下机关办实体的有关政策。第一年，创造的利润由单位与创利者五五分成，第二年六四开，第三年及以后七三开。也就是鼓励个人为单位创利，谁创利谁有利。这次场机关办实体领导小组给各部门都下达了指标，年底还要考核，因为今年还剩两个多月了，大家指标都少，我们的指标是三万元利润。我们丁主任是领导小组副组长，各位要为领导争光啊。”

大家情绪高涨，纷纷表态支持办公室办好实体，主动积极找门路为办公室创收。

董兴国说：“我有个亲戚在徐州煤矿，我明天跟他联系，看能不能搞些煤炭，不过，下户要你们领导找了。”

“这好办，只要你搞到煤炭计划，我包卖，有多少卖多少。你明天先电话联系，联系好，我亲自跟你去跑一趟。”钟玉保拍着胸脯说。

洪光武也说：“我什么时候到省里去一趟，看能不能批点钢材计划。不过到时货款你们要准备好。”

“好，我陪你去。钢材计划转手倒卖就是钱，根本不要货款，更不要运回来。这下我们办实体明年的创收任务都不烦神了。”钟玉保兴奋地说。

“大家热情很高，只要大家齐心协力，就没有完不成的任务。远航，你还有什么意见？”丁主任问。

他没参加机关办实体动员会，他对这项工作不理解，他更不赞成场委办公室到企业去推销洗涤净。他觉得弄点煤炭、钢材到九龟来销售还可以，因为这些物资还比较短缺，销售到企业，企业欢迎。但洗涤净则不一样，那是要发给职工一家一户用的，有的人家喜欢用，有的人家不喜欢用，再说这东西并不短缺，哪个地方都能买到，推销下去会引起企业的反感。但这热闹的场面，这么高的兴致，自己怎么说呢？说反对的话，无疑是在他们高热的身上泼了一盆凉水，不是让他们个个都要打寒战吗？大家都不对，就你一个人能？不是无端地把自己放到与大家对立的位子上吗？更重要的是，才想跟钟玉保改善关系，现在又对他分管的工作说三道四，又要得罪他，那要到哪一天才能跟他改善关系呢？还是少说一点吧。因而,丁主任问他时,他便说了些冠冕堂皇的话:“受大家的感染,我也要想办法为办公室创收出点绵薄之力,为办公室快创收,多创收。当然,在创收的同时,我们要维护好场委办的形象,顾及企业和分场的感受,特别是目前在企业负担较重的情况下,多做他们欢迎的生意,少做或不做他们反感的生意。”

“远航说得对,我们办实体,不能像鬼子进队扫荡一样,让企业产生敌对情绪,也不要像地主老财一样,去榨干人家,要让人家感到,我们的目标和利益都是一致的。”丁主任强调说。

听了邓远航的话,钟玉保从心里反感,说这些官话谁不会说?弄到白花花的银子才是真本事哎。你那话意思明显是反对我们到企业销洗涤净嘛,却又不明说出来,就是那种阳奉阴违。要在平时,我早揭开你的画皮了,今天,大爷不跟你吵,不陪你玩了,我要按照钱瞎子说的去做,要忍得一时之气。于是,他也表态道:“丁主任、邓主任的提醒非常及时,机关办实体是一个新生事物,我们要在摸索中前进,在前进中创收,在创收中维护好办公室的形象和企业的利益。”

散会后,邓远航主动到钟玉保办公室喊他一起去赴王石基的宴请。他一到钟玉保办公室,钟玉保便主动地站起来拿出那特级绿茶要给他倒茶。他按住钟玉保的手说:“就走了,不倒了。”

“那好,走。”钟玉保正要锁门跟邓远航走,却被丁主任喊去了。

37

钟玉保被丁主任叫去,邓远航等了一会儿他没出来,就留下董兴国等钟玉保,他跟洪光武几个先走了。

他们来到小蔡小吃,王石基早在那儿等了。

“钟主任呢?”见一群人中没有钟玉保,王石基问道。

“被丁主任喊去了。”有人答道。

“该不是又出什么岔子,被丁主任拉去训了?”王石基说。

“不要瞎说,人家什么时候老出岔子啦?你尽咒人家。”邓远航说。

“兄弟哎,你折我寿呢,饶了我吧,你就是给我十条命我也不敢咒他啊。哎,我们是等他,还是不等他啊?”王石基说。

“主请的不到,我们作陪的先开始,不是叫你难堪吗?我们先玩会儿牌等他,不着急。”邓远航说。

“我主请的可是你噢,他那主请是你说的。哎,现在你也是副主任了,跟他平起平坐,你跟刘书记走,比他硬气,这上席位子今儿个你坐。”王石基说。

“不要瞎说!他是老主任,上席当然是他坐。秃子,我看你口袋里的钱再多,西装穿得再好,意识还是土匪意识,到哪块把位子看得很重。”邓远航说。

“兄弟,这个我接受批评,但你能说你不在乎‘位子’吗?”王石基顶他说。

邓远航一时语塞。是啊,在这条路上走的人,说自己不在乎位子的人也许有,但他还没见过,包括自己也不会明白地大声对人说“我不在乎位子”。这山看着那山高,到了这个位子,就谋那个位子,看到与自己差不多的人上了那个位子自己心就痒痒的,把自己位子搞后边去了,心里恨恨的,只有到最后自己已无力再上那个位子时,才说那个位子上有钉子,会把自己屁股戳了,因而不在乎那个位子。也许,哪一天能真正地达到科学定位,人们也就不这么看重位置了。

“你说啊?不敢说了吧?我告诉你,你不要以为我是小瓦匠出身,我可把人看透了。世界上只有五种人:一种人是为食活着的,这种人就生活在灶上,或饱食终日,或花天酒地;一种人是为色活着的,这种人就生活在床上,或寻欢作乐,或荒淫无度;一种人是为钱活着的,这种人就生活在账上,或追本逐利,或攫金索银;一种人是为名活着的,这种人就生活在嘴上,或急功近名,或钓誉沽名;一种人是为权活着的,这种人就生活在位上,或趋炎附势,或贪权窃柄。我是第三种人,你们这些人就是最后一种人,哪个不想那把交椅?”王石基向大家述说着自己的观察和分析。

“我看你不光是第三种人,你也吃肉喝老酒,你也好色玩女人,你是三种全会的人了。”李晓阳把他的短一揭,引得满堂哄笑。

“哎,小阳子,你真是把扫帚颠倒摆了,没大没小的,你姐在这儿就要打你嘴了。我这是跟你们谈人生总结呢。我告诉你,没有这五条,我就永远只能是个小瓦匠。”小秃子满脸涨红地说。

“哎呀,几天不见,小瓦匠变成哲学家了嘛。”洪光武说。

“什么狗屁哲学家啊?他就是把他心里阴暗的东西归纳了一下罢了。

不过，现在社会上你说的这五种人确实不少，但这不是主潮流，顶多是一股暗潮。其实，你说的食、色、钱、名、权是每一个人都会想的，从心理学上讲，这些都是人的需要，就是人的欲望，人只要通过正当渠道获得，在规律、法律、纪律、道德的范围内满足，没有什么不好的，而且还有利于人和社会的健康发展，但如果达到了你说的那样，就过分了，就会使人走向反面，走向深渊，走向灭亡。”邓远航对王石基的说法进行了纠正。

“是哎，物极必反，小秃子哎，我告诉你，《资本论》上早给你们这些人下了定论，赚钱赚到你不能控制的时候，你就完蛋啦！”洪光武吓唬他说。

“是哎，钱赚那么多没用的，赶快把钱拿出来请我们喝酒，一个星期至少请两次。”李晓阳也跟他开玩笑道。

正当大家闹笑时，钟玉保和董兴国到了。

“开席、开席，老板娘上菜。来，钟主任请上座。”王石基指着上席位子喊钟玉保。

“哎，今儿个这个位子请远航坐，我们今儿个是来祝贺他的。来，远航，你来坐这个，我坐你旁边。”钟玉保说着坐到主人席位旁边的位子上。

“你不要跟我客气，我们两个人，不管什么时候，这个位子都必须你坐。”邓远航说着把钟玉保拖到了主席的位子上。

“恭敬不如从命，远航客气，叫我坐这个位子，我就要对得起这个位子。哎，你们晓得不晓得坐这个位子人的责任？”

“这个哪个不晓得啊？主席就是主人，责任就是请客付账。”李晓阳觉得姐夫的问题太简单，便抢先答道。

“就知道你答不对！请客付账的是我对面的位子，就是秃子坐的这个位子。以后学些个，不要瞎插嘴。”钟玉保指教道。

“那是什么？”大家问道。

邓远航只知道他那个位子是主人位子，是主陪，是主人中最尊者坐的，在九龟一般不分主宾，时常把桌上最尊者安在这个位子上。坐这个位子还有责任，他没听说过，也没想过。

“不晓得了吧？我要是不管后勤，我也不晓得，我也是才晓得的。来先喝两杯，开了席再说。”钟玉保说。

两杯酒喝完，钟玉保又说：“坐我这个位子的人有两个责任：一个是把全桌人的酒喝好，桌上的人酒喝不好，坐这个位子的人要负责；一个是照顾好左右手边的客人，特别是右手这个位置，今儿个就是远航兄弟这个位置。他要能喝酒，就要把他的酒喝足；他要不能喝酒，就要让他多吃菜，酒我帮他代。”

“那我们也要坐这个位子，菜有人搛，酒有人代，多快活啊。”洪光武说出了自己的想法，其他几个人也都表达了这个意思。

邓远航端着酒杯，拿着筷子站起来说：“坐在这个位子，我有点头晕。来，哪位要坐这个位子，我来跟他换。”

钟玉保把他按坐下：“今儿个这个位子非你莫属，他们还没一个有资格坐这个位子呢。来，我先敬你两杯。”

今天钟玉保对邓远航这态度，大家都有点诧异，都停住筷子在那里看着他俩。钟玉保看大家的神情似有疑问，便直截了当地说：“我晓得你们不动筷子是什么意思，是想看我们俩好戏呢。我告诉你们，我们两个从小卵子拖塘灰就在一起玩了，上学时是同学，插队时是战友，现在是同事。你们在座的没有比我们两个关系亲密的，我们是好同事、好朋友、好兄弟。”

邓远航被他这一说也激动起来，端起酒杯站着说：“保兄，以前我们是好兄弟，以后我们要做更好的兄弟，要做无话不说、有事沟通的好兄弟，要做最真诚、最掏心的朋友。来，我敬你两杯。”

钟玉保夺下邓远航的一杯酒自己先喝了下去，然后把空酒杯还给邓远航说：“你喝一杯，我喝两杯。”喝完酒，钟玉保又上去拥抱了邓远航。大家报以热烈的掌声。邓远航心想，既然这样已冰释前嫌，下午有关推销洗涤净的事应该提醒他一下，以示做朋友的真诚。

38

又是敬酒，又是美言，又是拥抱，让邓远航真感到他们两个的关系已经改善，已进入一个友好的时期。他想，人和人相处还是要交心，要沟通，要以诚相待，平时相互尊重，相互交流，相互协商，相互提醒，相互补台，这样才能做好兄弟、好朋友、好同事。这会儿他觉得，他最应该的是提醒钟主任：推销“九龟”牌洗涤净的事实际上是有问题的。下午的会上，他没有说什么，当时考虑到要与他改善关系，不便刺激他。现在关系已改善，已很融洽，这个时候如不提醒，看着人家犯错误，就对不起人家，也谈不上是好兄弟、好朋友、好同事。于是，他对钟玉保说："保兄，我有件事还是要提醒你一下。"

"看，这才是好兄弟呢。尽管说，我洗耳恭听。"钟玉保轻轻地拍了一下邓远航肩膀说。

"是啊，保哥正开门纳谏呢。"洪光武插话道。

见他这样想听，邓远航便真诚地说："就是推销'九龟'牌洗涤净的事。我跟刘书记到企业去时，现在许多企业都在喊企业负担太重，这个时候到企业去推销洗涤净不太适宜，最好不要到企业去推销。"

邓远航说这个事时，钟玉保脸上已显出不快。坐在邓远航右边的侯鸣放看出来了，他在桌下用脚踢踢邓远航，示意他不要再讲了，可邓远航还是把话讲完了。待邓远航讲完，钟玉保的脸色已非常难看了。大家都看出来了，可邓远航并没觉察到。大家预测一场暴风雨就要发生，就要摧毁刚才他们才萌发的友谊花朵。

要在平时，是会有一场暴风骤雨，但今天钟玉保忍住了，尽管对邓远航当着大家的面指教他让他很不悦，特别是对他把刘书记的牌子打出来很反感，但他还是忍住了，他不能马上就打自己的嘴巴，不能违反钱瞎子的箴言。因而，他平静地对邓远航说："很感谢你的提醒，我一定把你的话记在心上。我们在推销时会选择企业，对那些会向上叫的企业，我们不去。再一个，就是到企业去，我们不强迫他们买，纯靠他们自愿。姜太公钓鱼，愿者上钩。来，我敬你两杯酒，感谢你的提醒。还是刚才那样，我喝两杯，你喝一杯。"

"是的嘛，周瑜打黄盖，一个愿打，一个愿挨嘛。"洪光武说。

喝完酒，邓远航并没停止他的提醒，他又说道："哎，保兄，我们跟别的单位还不一样啊。以场委办名义去，企业不自愿也得自愿啊。就如你以场委办钟主任名义到企业去，跟你以龟岛钟队长名义去企业，自愿不自愿是不一样的啊。弄不好，损害的是场委办的形象啊。"

侯鸣放又在桌下踢邓远航，他还是没打住。大家以为这下暴风雨真的要来了，但大家再次失望了。

钟玉保今天确实表现出了惊人的克制力，他略带一点激动，但仍属平静地说："我晓得不一样，我会注意的。好歹场里对创收有政策在那儿，我们对办公室的同志也不要过于限制，一人做事一人当。哪个为办公室创收了，按政策奖励，哪个创收出了问题，哪个负责到底。"

“可是……”邓远航还要说，被侯鸣放桌下一脚、桌上一拉制止住了。同时，侯鸣放又把话题岔开了：“可是，我还没敬酒呢。我来敬钟主任两杯，问一个问题。”

“我们今儿个不是聚会，倒是记者招待会了。问吧。不过你这两杯得先敬远航兄弟，然后再敬我，这是酒桌上的规矩。问题我照答。”钟玉保说。

侯鸣放遵命喝完酒问道：“刚才，你来迟了，是不是有什么重大事情啊？”

“还是你猴头聪明，还真有重大事情呢。刚才你跟远航的两杯酒喝掉了，来，趁势，我跟你两杯喝掉再说。”钟玉保端着酒杯对侯鸣放说。

“什么重大事啊？”大家问。

钟玉保喝完酒说：“卖户口！”

“卖户口？怎么卖？多少钱一个？”大家纷纷问。

“省里给了一批户口指标，属地方定量，场里准备卖一些。六千元一个。场里成立了领导小组，由史书记挂帅，下设户粮办公室，场办主任任主任，我、场办一个副主任、公安局一个副局长任副主任。具体怎么卖，明天我们户粮办还要研究。”钟玉保说。

他这么一说，大家纷纷向他敬酒，都对他提出：“钟主任，得给我留个指标啊，我乡下亲戚要买呢。”

“哎，一个个敬，一个个说，你们这样，我受不了。你们放心，只要我参与这事，包你们一人一个户口指标。但有个条件，大家用小碗倒满酒，我敬你们一碗酒就行了，包你们有户口指标了。不过远航老弟你例外，你小杯子就行了。”钟玉保看到大家倒好酒，便带头喝掉手中的一碗酒，其他人也一个个地把自己的一碗酒喝了。

第二天大街小巷都在议论卖户口的事，一些在城里有亲戚的农村人也纷纷上来打听消息。邓远航回家时，家里也来了农村的亲戚。他姑姑用手绢裹着一卷钱递给他说：“这六千五百元给你，帮你表弟买个户口。”

“六千元就够了，你多带五百元干什么？”邓远航问。

“伢子啊，现在做什么不要花钱啊？买个户口不要花钱啦？五百元钱是给你打点的钱。”姑姑说。

“不需要，不需要。这次是公平公开地卖，不需要其他费用。”邓远航说着数了五百元钱给姑姑。

“我听人说指标紧，要开后门呢。伢子啊，这五百元钱你还是拿着，把它花了，买户口就稳当些。你要把我这五百元钱省下来，户口买不到，我到黑市上买，还要多花更多呢。”姑姑说。

在一旁的黄洁青说：“不是什么都有黑市的，户口黑市上是买不到的。姑，你家一年收入能有多少啊，还有钱买户口啊？”

“我一家四口，一年收入也就是三个巴掌，幸亏从去年开始养点蚕，还多点儿收入，要不还拿不出这么多钱呢。”姑姑把巴掌竖起来，正反翻了三下说。

“哎呀，姑，一家子辛苦几年就买这么个户口，要这户口有什么用啊？趁早把钱拿回去！”黄洁青劝道。

“伢子，你不晓得啊，定量户口好啊，安排个工作，月月拿工资，多享福啊。再说，我不买，亲家也催着我买啊。亲家说了，给他闺女买个户口，彩礼就不要了。我想也对，答应买，我还跑到我闺女婆家，叫他家给我闺女也买个户口，我们也不要彩礼了。他家也答应了，也带着钱在城里找人呢。”姑姑说。

“弄到现在不是给你儿子买，是给你没过门的儿媳买呀？这不是赔本的交易嘛。”黄洁青说。

“伢子啊，不是赔本的交易，是赚钱的交易啊。你想啊，儿媳转了户口，我家带进门了，添一个孙子，我就赚六千，添两个孙子，我就赚一万二，买媳妇一个定量户口，能生几个定量户口，这是赚啦。”姑姑用手比画着说。

“要是你媳妇户口买到了，工作又安排了，她嫌你农村的儿子了，不跟他结婚了怎么办呢？六千元钱不是撂下水了吗？”

39

邓远航姑姑愣了一会儿说：“哎，伢子啊，也没办法啊，就跟打彩一样啊。打中了，我就赚个六千；打个空门，那就真是赔了夫人又折兵啊。”

“小姑啊，六千元钱我先代你收下来，买不买到我还不敢打包票，要是不紧张，不找我，你也能买得到；要是紧张，你买不到，我也买不到。”如按昨晚钟玉保说的那样，他可以从钟玉保那里弄一个买户口的指标。但从他跟钟玉保打这么多年交道看,如果他没有真改变的话,那昨晚的话就是酒话,不见得算数,因而他只能对姑姑说个活话。

“哎,伢子啊,你千万千万要给我打包票,你不给我打包票,户口买不到,媳妇就不肯过门。你表弟好不容易找这么个媳妇,再拉倒了,那我的罪就大啦。伢子啊,姑姑求求你,千万千万要打个包票。”姑姑说着又把包好的五百元钱解开来递给邓远航。

邓远航把五百元钱又替姑姑包好,放到她手里说:“你收起来,我到办公室去看看。”

邓远航到办公室听他们一讲,觉得比较难了。总共只卖一千个户口,据说现在已进城想买户口的有一万多人。邓远航没看到钟玉保,他想在办公室等会儿,但已没时间,刘书记又喊他到企业了。

从企业回到办公室已过下班时间,可洪光武、董兴国、李晓阳还在办公室坐着。奇怪,他们在等什么呢,难道是户口消息?这也是他急切想知道的。于是,他问道:“你们有没有听说户口怎么卖?什么时候卖?”

洪光武说:“没听说。”

董兴国说:“不晓得。”

李晓阳觉得这两人有点阴缺,明明刚才姐夫来说过了,他们现在却装聋作哑,但邓主任平时对我比我姐夫对我还好,我不能骗他,因而便说道:“邓主任,刚才我姐夫来说过了,明天上午八点钟开始卖,先在大门口拿缴费通知单,后凭缴费通知单到宾馆缴钱拿户口证明,再到公安局办理定量户口本。”

他这一说,洪光武、董兴国在心里直骂他,把他们两人卖掉了。两人先是假装在那儿看杂志,后来,越听头垂得越低。待李晓阳讲完,洪光武不好意思地抬起头说:“噢,你问这个啊,这个刚才我们就听钟主任说过了,我还以为你问卖多少天的呢,这真没听说了。”

董兴国见又被出卖一次,索性把事情全说了:“钟主任刚才来场委办拿公章,他们正在缴款通知单上盖章呢。叫我们在这儿等,说给我们一人弄一张呢。”

邓远航心想那就等吧,也许钟主任来能弄个计划指标,正好利用这个时间,把刘书记下午在中药厂调研的情况整理一下,明天发个快报。快报写了一半儿,钟玉保手里拿着几张条子过来说:“来,给你们分……”见邓远航坐在那儿,赶忙收起条子,也收住话。他走到大办公室中间,对他们三人说:“邓主任在这儿写材料,你们不要打扰他,你们三人到我这儿来帮我把票分一下,明天好让人家领。”

“票?什么票?钟主任,是不是买户口的票?能不能分一张给我?”邓远航抬头问道。

“是缴费通知单,一千张,都有编号的,叫我保管,明早一张不少地交给他们在大门口发呢。”钟主任说着走出大办公室,洪光武三人也跟着过去了。

见他们过去,邓远航心生疑问,便站起来透过窗户向外看,钟玉保正给他们一人一张条子呢。他没有过去,他知道,人家既然背着你,就是不想给你。如果这时过去,自己不但得不到条子,还会黄了那三个人的事,因而他继续坐到位子上写材料。

不一会儿,李晓阳过来对邓远航说:“邓主任,刚才我向他说了你要的,他说他给你,要不我这张先给你。”

邓远航婉谢了李晓阳的好意,回家叫姑姑明天一早去排队拿缴款通知单。

一家刚吃过晚饭,王石基来了。他一进来就开门见山地说:“兄弟,给我弄张缴费通知单。”

“一张没有,我姑还在这里要呢。”邓远航说。

“保子已给我一张了,你怎么没有?真没有就算了,明天要有打我大哥大。”小秃子知道他这个人没的大保子活套,便也不再强求。

第二天天亮,邓远航准备先去排队,等上班时,叫姑姑去换他。可他到外屋一看,姑姑床上的被已叠得整整齐齐放在那儿,看来姑姑早已去排队了。

确实如此,姑姑一夜未睡着,心里惦记着儿媳妇的户口。睡不着,干脆起来去排队。实际才三点多钟,她也不知是几点,起来也没梳洗,便前往场委大门口。到那儿一看,队已像长龙一样从大门口的传达室伸到广场,从广场伸到街上,在街上拐了个弯向西延伸下去。姑姑也不管前边有多长了,紧走两步,排到了队尾,很快身后又向西站了不少人。

邓远航来到场委大门口看到姑姑站在队里,便向前数起了人数,一直数到传达室门口,共八百二十二人,也就是说按顺序发,姑姑能拿到缴款通知单,他就放心地回家吃早饭了。到家后,他忽然感到不安。姑姑之后的队伍也已很长,人数已远远超过一千,而且不但人还在陆续地来,周围未排队在转悠的人还有不少，一千张一旦发完会出现什么情况？大家哄抢起来怎么办？他不敢多想，急急忙忙刨了几口饭，便骑车来到刘书记宿舍。

他向刘书记汇报了他的担忧。

“你怎么想的?”刘书记站在镜子前一边刮胡子一边问。

邓远航站在刘书记后侧方，看着镜子里的刘书记说：“我有两点不成熟的想法，请书记指教：一个想法是看能不能请公安局安排一些民警去维持秩序，第二个想法是一千个太少，能不能多些?”

“你现在拨通公安局李局长的电话，我来说。”刘书记放下刮胡刀，一边洗脸一边说。

邓远航拨通电话，把话筒拿到刘书记耳旁。刘书记对着话筒说：“李局长吗？你马上派些民警到场委大门口维持秩序，你亲自带队。要快，越快越好。”邓远航放回话筒，刘书记洗脸并清洗刀具。清洗完，刘书记一边往盒子里放刀具一边又说：“数量增不增加，看看再说，现在不着急定。如果要增加还要开委员、场长联席会议研究。”

从刘书记那儿出来，他又到大门口转了一圈，人更多了，队更长了，已看不到队尾在哪里了。公安局人还未到，但秩序还不错，大家有说有笑在耐心地等待着。邓远航想，也许自己多虑了，九龟民风一向淳朴，买任何东西都很平静，买到就买到，买不到也不会怨天尤人，迁怒于人。因而，他便到办公室继续整理昨天刘书记到中药厂的快报。

不一会儿，大家陆续来到办公室。又不一会儿，前边大门口的嘈杂声大了起来，估计已开始发条子了。这时，前边的吵闹声越来越大，并伴有妇女哭喊和砸门窗的声音。邓远航他们办公室的人都站起来，跑到南边的窗户向大门口望。不好，大门口已黑压压的一片，长龙般的队伍早已盘成了一团，挤压着传达室，并向后边办公大楼这儿蠕动。忽然，盘龙像爆裂了一样，滚滚人流向场委办公大楼涌来。

40

刘书记来电话，叫通知场委委员、场长、副场长到四楼开紧急会议。

开会的领导陆续到了四楼会议室，还缺史书记，他是户粮改革领导小组组长，他不来自然会也不好开。钟玉保、邓远航、侯鸣放从四楼会议室一起下楼准备到史书记办公室看看他在不在，一出会议室就见三楼已挤满了人，嘈杂杂，闹哄哄。邓远航姑姑也在其中，他姑姑见到他，挤过来说：“伢子啊，没拿到。快到我时，轰的一下，队伍挤破了，人挤得要死，五百元钱也被小偷搭走了。”

“你不要在这儿，你先回去，这下我包你买到。”邓远航估计领导开会是要研究增加卖户口数量的问题，而且既然要增加，就不会像挤牙膏一样一点一点地增加，这下要增加，至少要满足现场的群众需求。因而他才向姑姑打包票，把她支回家。姑姑走了，他和侯鸣放便向史书记办公室挪。

这时，史副书记打开办公室，从里边向厅里走。刚走到大办公室东门口，进入厅里时，被买户口的群众团团围住。其中一个皮肤黝黑、头发花白的人上前将自己的臂膀一绕，箍住了史书记的脖子。

史副书记被钩住脖子，脸色已变，他向周围看看，周围几个民警在人群中，一时也没法解救他，他又竭力向后勾起脖子朝大办公室里看，大办公室里无人出来。邓远航循着史书记的视线向大办公室里望去，大办公室里洪光武、董兴国、李晓阳聚精会神地坐在那里看报刊，两耳不闻窗外事。他再向身后看，钟玉保已掉头走进四楼会议室，并关上了门。邓远航想，这些昨晚一人揣了一张缴款通知单的人，今天怎么一个个无动于衷、默不作声了？人各有志，不管这些了，上面等着史书记开会，得赶快把史书记解救出来。

邓远航挤到史书记那个圈子外，对那钩史书记脖子的人严厉地说：“请你把手拿下来，如果有人钩住你脖子，你怎么想？请你把膀子拿下来。”

侯鸣放见邓远航上去，也跟了来，现在听邓远航叫那人把膀子拿下来，他便上去掰那人的手。

“你不动，我没钩他脖子，我只是圈住他，叫他给我们解决问题。”那个钩史书记脖子的人一边把手松了松一边轮着眼睛说道。

邓远航并不示弱，他仍严厉地说：“你眼睛轮那么大也是要解决问题，这些群众到这儿来也都是要解决问题的。但是你把史书记箍在这儿，那就解决不了问题，不但影响你，你还影响这么多群众。现在领导开会，就是解决这个问题的，你把史书记箍在这块，会就开不成，问题就解决不了，问题解决不了，那就叫这些群众跟你要户口！还不放下来，让书记去开会!”

直到九点多钟,四楼的会才开起来。开始,大家意见很不统一。有反对买卖户口的,认为违法;有同意卖,但要控制的,卖多了,这些人到城镇要吃、要喝、要住、要工作,怎么解决?有赞成放开了卖,只要有人买,就卖足了的,把这次省里给的县改场的政策用足。

会议一直开到中午近一点钟,做出的决定不发文、不通知,由史书记口头先向在场的群众传达,下午再向各分场传达。会议决定:户口指标增加到一万个,到下周二为一阶段,共六天时间,保证需要定量户口的人都能买到。

群众听了这个决定很快便散去了。史副书记这次既受了惊,也受了辱,他唯一收获是重新认识了场委办的人,他原来觉得邓远航材料写得不错,这次他感到他还有一股正义感,有一种大无畏的精神,不像有些人那样临阵脱逃。

放开了卖,人们反而无所谓了。卖了半个多月,也就卖了一万三千多个户口,总收入七千多万元,相当于九龟湖农场当年财政收入的三倍。场财政突然收入这么多钱,怎么花,又成了刘书记头疼的事。

这些天,来找刘书记的人特别多,有分场的,有部门的,还有企业的,基本上是来磨钱的。有的要修路,有的要买设备,有的要修办公楼,有的要建公园,有的要建体育场,有的要搞农业开发,有的工资发不出,有的要还债等等很多,都找出许多理由想那笔钱,当然都是借。但刘书记一笔钱也没让动,有几笔钱方场长已同意了,刘书记也没松口。

这天,邓远航随刘书记到石龟分场时,石龟分场党委书记何胜浪也提出这个问题:“刘书记啊,我们日化厂现在销售形势好得不得了啊,外边的采购员坐在厂里要货,就是来不及产。”

“那是好事啊,抓紧组织生产啊。”刘书记说。

“缺资金,原料跟不上哎。”何书记说。

“小何啊,这我就要批评你了。你们做书记干什么的?就是要帮助企业解决困难的,这个时候你还坐得住?你应该去跑银行啊!”刘书记批评道。

“哎呀,跑啦,腿都跑断啦,行长的门都被我跑破了。一句话,大人穿小伢子的鞋子——前(钱)紧。结果是一个子儿都没贷到。书记啊,你那卖户口的钱,不能先挪个三五百万给厂里救个急啦?我保证三个月里连本带息还清。”何书记一边诉苦，一边打场财政的主意。

“小何啊，你不要打那个钱的主意，那个钱一个子儿都不能动。小邓，你把工行安行长电话给我接通。”刘书记说。

邓远航拨通安行长的电话，刘书记拿过大哥大说：“安行长，产销两旺的企业，你们都不贷款，你们想把钱贷给谁啊？你负责，立即给石龟日化厂解决二百万元流动资金，三天内到账。”

刚挂了电话，日化厂万厂长来了，手里还拎着两瓶洗涤净。

“哎，巧了，刘书记也在这块儿，正好有个事向两位书记汇报一下。”万厂长一跨进门便说道。

“你不要说了，书记已给你解决了，明天你就到场工行去找安行长，把二百万元贷款做回来。”何书记说。

“那感谢不尽，不过我不是来找书记要贷款的。”万厂长说。

“那你来干什么的？”

“我是来请书记到我厂里看看，顺便在那儿吃个晚饭的。”

“小万的嘴也学油了，你怎么知道我到石龟的啊？”刘书记问。

“我看到你的车子走我厂门口过去的。”

“好，那走，到你厂里看看去，我也有好些日子没去了。你上我车子，正好有些情况问问你。”刘书记说。

“我也正好有事跟你汇报呢。”

“什么事？说。”

“现在我的产品供不应求，市场上就出现了假冒我厂的产品。你看。”万厂长竖起手上两瓶洗涤净继续说，“这瓶是假冒的，这瓶是我厂产的正牌货。”

坐在副驾驶位子上的邓远航拿过两瓶洗涤净，左看右看也没看出哪个是冒牌的，哪个是正牌的，便问道：“你们怎么看出来是假冒的？”

41

“这好分哪，我们在商标上做了记号，假冒的人不知道。你看假冒的商标印得非常正确，一个字不错，我们正牌的商标上故意留了一个错别字。你看下边那行小‘九龟’的‘龟’字，‘刀’字头下边，我们写成了

‘电’,是专门刻的字,他那个不是。”万厂长指给他们看,然后又补上一句说:“我这个说的是绝密啊,你们可千万不能泄露出去啊!”

“查到是在哪里假冒的了?”邓远航问。

“查到了,是李晓月的男人在湖东分场生产的,我跟书记汇报,就是想请书记指示他们去查封呢。他们又不要什么成本,就弄几口大缸,弄些颜料和和,群众买家去不但不去污垢,还容易把衣服染上色,败坏我厂声誉,还扰乱了我们产品的市场,危害大得不得了。”万厂长说。

“小邓,通知公安局、工商局、商业局、分场局、法院、湖东分场主要负责人,明天上午上班时间到我办公室开协调会,万厂长正好明天要去做贷款,把这东西带上,明天先去参加会。”刘书记交代道。

吃过晚饭,在回来的路上,邓远航试探地想问刘书记一个问题。这个问题在他肚里憋了好些天,几次在车子上想问又缩回去。他不理解平时刘书记是挺会算经济账的,也十分支持企业技改投入,为什么现在像葛朗台一样死守卖户口的那笔钱呢?

“刘书记,那些来借钱的,有些不是可以借吗?像日化厂形势这么好,时间短,有保障,又可以生息,能保值增值,多好啊。”邓远航终于向刘书记说出了这个问题。

“小邓啊,不当家不知柴米贵啊。城区一下子增加一万多人,就是一万多张嘴,这些人要吃饭吃菜吃鱼吃肉,就要增加蔬菜田,要扩大养殖业;要喝水用水,自来水厂要扩大;生病要看病,医院要扩大;小孩要上学,学校就要扩大;成人要工作,财政要付工资等等,这些还靠原来的城区是容纳不了的,那笔钱必须用在这些方面。再说,一些部门、分场来借钱,看起来是有利可图的,但是那些人都不是想还钱的,都是做儿子的想谋老子两个钱用用的。”刘书记说。

“不是借的吗?肯定要有凭证的。”邓远航说。

“儿子跟老子借钱,千年不赖,万年不还。当然,真正有诚信,又有效益的,该投的还是要投的,钱放那块儿不动,就是浪费,就是损失啊。小邓啊,你是不是有这方面的想法了啊?”刘书记问。

“刘书记,我有两个想法,不知道该说不该说?”邓远航试探地问。

“小邓啊,在我面前什么时候也拘束起来啦?嗯,你说给我听听看。”

“我想能不能到省城去投两个一千万元?”邓远航说。

“嗯,地方是对的。怎么投?投给谁?”

“一个一千万投给省理工大学动力系和无线电系,支持他们搞研发,研发出来的专利产品优先转让给我们场的企业;另一个一千万投给省‘关姐’机床厂,厂长叫关红琴,原来在石龟插队的,也可请她到九龟来,我们跟她合资建一个机床厂。”邓远航头朝后向着刘书记说着他的想法。

“嗯,可以考虑。但如果合资建机床厂,不需要一千万,那个要看对方投多少,要去谈。理工大学那一千万怎么投进去呢?你认识里边的人啊?”

“找何萍浪,她爱人在省教育厅,她老公公是省里领导。”

“噢,对了,我把这个事都忘了。那你联系一下,联系好了,我们去一趟。”刘书记交代说。

邓远航把刘书记送回宿舍后赶忙来到办公室,拿起李晓阳桌上的洗涤净一看,两瓶都是假的。坏了,要出大事了。李晓阳弄来的洗涤净肯定是从他二姐夫那儿弄来的,不知他们已推销了多少瓶,要不要问问他们呢?问吧,查封他二姐夫加工点的消息可能会泄露出去,不问吧,以后钟玉保知道了又要记恨于我,更会增加两人的隔阂。先向丁主任汇报后再说吧。于是他拨通了丁主任家的电话,把假冒洗涤净的事向他做了汇报。丁主任叫赶快通知钟主任和李晓阳一起到办公室,他马上就到。

李晓阳最先到办公室的,他像是有种预感似的,一来就问邓远航:“邓主任,是不是出什么事啦?”

邓远航没有直接回答他,而是问他:“洗涤净,你们已销了多少?”

李晓阳听到问这个,更加肯定是出事了,便如实地说:“就剩桌上这两瓶,其他全送到企业去了。出问题啦?”

邓远航仍没回答他的问题,而是继续问:“都送到哪几个企业的啊?”

“就是茧棉公司、轴承厂、柴油机配件厂、汽车配件厂、油化厂五个厂,都是我姐夫打电话给他们厂长,是我送去的。”李晓阳眼睛直勾勾地盯着邓远航说。

“是啊,不是我打电话,凭你这熊样,你能把三千瓶送进厂里?门都进不了。哎,远航,这么晚,丁主任喊我们来什么事啊?”他们正谈着,钟玉保跨进来说道。

“恐怕就是为这事吧。”邓远航说。

李晓阳听到这话已感到不妙,脸色也发白了。钟玉保还蒙在鼓里,问道:“为这事?给我们论功行赏啊?我已把办公室的创收任务完成了三分之二还强呢。”

“论功行赏啊？还没到那个时候呢，先看看你个屁股怎么揩吧！”丁主任走进来说。

“啊？我个屁股？我个屁股有什么啊？”钟玉保打不到底地问。

见大家到齐了，丁主任说：“开会，开会。邓主任，你先把假冒洗涤净的事跟他们说一下。”

邓远航便把石龟日化厂万厂长发现有人假冒“九龟”牌商标，制造伪劣洗涤净的事叙述了一遍，但没提李晓阳二姐夫的名字。不过，就这么一说，李晓阳的脸色已由白变红了，像个喝醉了酒的人。他虽不知道二姐夫生产的洗涤净是劣质的，但假冒人家的商标是肯定的，看来，这次要出大纰漏了。

钟玉保还没感到问题的严重，他问道：“市场出现假冒伪劣洗涤净找工商局查啊，跟我们有什么关系？我们销的是正规厂家出来的正规产品，没有问题。再说市场上出现假冒伪劣我看也正常。现在是市场经济，什么东西没的假的啊？人家外地的一些小商品市场、服装市场，哪个不是从假冒伪劣做起的啊？先让人家做起来、发起来，慢慢再引导嘛。我看，我们的思想要解放，要保护我们的家庭工业，不要轻易地就查封、就打击。那样，我们九龟永远也发展不起来。”

邓远航觉得他说得不上道了，其实这是两码事，不是思想解放不解放的问题，你假冒发财了，人家正规企业的声誉被破坏了，市场萎缩了，投入撂下水了，市场秩序被搞乱了，更重要的是消费者受损害了。他没有用这些想法去驳斥钟玉保，他怕一说出来，马上两人就会像火药桶一样炸起来，为了避免与他发生冲突，他选择了沉默。

丁主任则发话说：“跟你们怎么没关系？你们推销到企业去的洗涤净是冒牌货，还是正品？”

42

“原来，你们怀疑我们销的是假冒伪劣啊？乖，现在正是事难做呢，领导号召办实体，这才起步，就有人脚下使绊子，难不成我们为办公室创收，还创出罪来了。”说着走到李晓阳办公桌旁拿起一瓶洗涤净伸给他们看：

“你们要看出来这个是假冒伪劣的,我马上就把它喝下去。”

“我看不出来,你给邓主任看。”丁主任说。

“邓小二子啊,”他这时喊起了邓远航的绰号,“邓小二子啊,你四只眼要看出来这是假冒伪劣的,我连瓶子吃下去。”

邓远航心想,我要当面戳他,一是泄露了人家厂里的秘密,二是让他钟玉保下不了台,记恨他一辈子,因而他推说:“这个要他厂里专业人员看呢,我也看不出来。”

“你们带我玩呢,把我们虚得来,屁事不得,看我们拿些个辛苦钱,眼红啊?”钟玉保说着酸话。

钟玉保说的话带有挑衅味儿,要在以前邓远航早撕破他的脸皮,把他驳得体无完肤了,但现在他不想在同事中把这个对立面扩大,当然也不能让他太不知深浅的,因而,他说:“钟主任,不是假冒伪劣,确认一下,又没损失什么。再说,这样丁主任心也放下来了,你的心也放下来了,不是很好吗?明天刘书记开这方面的协调会,石龟日化厂的万厂长也来,明天叫他把这两瓶鉴定下子,大家就更放心了。”

“没的损失?把我心脏病都吓出来了,你赔啊?再说他万厂长鉴定就是假的,那也是他们厂自己造的假,跟我们有什么关系?我们这三千瓶都是从他厂里拖出来的,李晓阳你说是不是?”钟玉保的嘴仍然很硬。

李晓阳坐在那里一直没吭声,心里想着这事怎么办,大姐夫问他的话他也没听进去。钟玉保见他没答,便喊了声:“李晓阳!”

李晓阳猛地站了起来,两眼直愣愣地望着钟玉保。

“望什么望啊?你说,三千瓶洗涤净是不是你从石龟日化厂拉回来的?”钟玉保再问道。

“嗯,是,嗯,是从……厂里……拉回来的。”李晓阳说话有点打结。

“真的假不了,假的真不了。好了,今天就到这儿,回去吧,等明天万厂长来了再说吧。”丁主任让他们回家了。

一说回去,李晓阳第一个冲出去说:“我先走了,我老婆在街上等我有事呢。”说着,咚咚咚下了楼,不一会儿骑上摩托一溜烟出了大门。

他在街上骑了一圈,进了好几个店,好不容易在大闸下边一个店里看到了“九龟”牌洗涤净。

“你这个洗涤净是真的假的啊?”李晓阳指着“九龟”牌洗涤净问。

“瞎说呢,哪块来的假的啊?你到全城其他店看看哪家有这个卖的?

脱货多少天了,我个亲戚在他厂里做副厂长,下午才送来五箱子。你看日期,1990 年 12 月 12 日,今儿个才生产的。”售货员指着日期给他看。

“真的就行,管他驴年马月产的啊,来,拿两瓶。”李晓阳买了两瓶“九龟”牌洗涤净,骑上摩托又回到办公室。他拿出才买的洗涤净,与放在邓远航桌上的两瓶“九龟”牌洗涤净比对了一下,一个字一个字地看,看了足足有十分钟,自语道:“爷儿两个比家伙,不是一个样啊?”虽看不出来区别,但他还是把原来那两瓶洗涤净放进自己办公桌抽屉里锁上锁,把才买的两瓶“九龟”牌洗涤净放到了邓远航的桌上。

随后,他又拨通了二姐家的电话,把明天上午开查封假冒伪劣洗涤净协调会的事告诉他们,叫他们把事情做干净些。

第二天,他故意来得迟一点儿,等大家都到了,他才走进办公室。他进来时,丁主任喊万厂长在那儿看邓远航桌上的洗涤净。万厂长拿在手上看了一下说:“这是我厂里出的。”

“那我就放心了,我就怕,办实体办出问题来。”丁主任说。

“你放心,我倒不放心了,我就怕你听人家背后的一面之词,把脏水泼到我们身上。”钟玉保含沙射影地说。

邓远航听出来,他这是明显冲着自己来的,身正不怕影子斜,随你说去,到时候自有公认。他只是想不通,一夜过来,假的怎么又变成真的了?他拿起桌上的洗涤净又仔细看了一下,真的,确实是的,但昨晚看的确实是假的啊。

“你眼睛里有毒啊?我不相信你能把真的看成假的。”钟玉保话中带刺地说。

邓远航没搭理他,他只是把头抬起来看了一下李晓阳,见李晓阳一接触到他的目光就把头转向了一边,他心里有数了。他再次仔细地看手上的洗涤净,看了一会儿,又把另一瓶拿起来看了看,终于在生产日期上发现了问题。这两瓶是昨天才生产的,而钟主任他们那三千瓶早在半个多月前就搞来了,肯定是李晓阳昨晚在他们走之后做了手脚。他这时完全可以叫钟玉保他们闭嘴低头,但他没有揭穿他们,而是说:“我想看看,万厂长到底从什么地方凭什么看出真假来的。”

“凭什么?凭自己的良心!心里是真的,看的就是真的,心里有鬼,看的就是假的。”钟玉保似乎恶气没出完,仍然意有所指地说。

邓远航只想找机会单独问李晓阳,因而仍未当面揭露他们,只是说:

“世界上事物的变化不是以人的意志为转移的,不是说你心善它就不变,你心恶它就变的。走了,开会啰。”

协调会很快结束了。刘书记布置:由工商局长牵头,其他几个单位配合,开展打击假冒“九龟”牌商标的行动。下午分两路人马行动,一路直插湖东分场,捣毁制假老窝,一路分赴各商场店铺查封假冒“九龟”牌洗涤净。

下午的行动,到商场的一路收获不小,查封了两万多瓶假冒洗涤净。到东湖分场的一路则是空手而归。他们到东湖分场找到制假的小化工厂,就是两间民房,门锁着,里面空无一人,就几口大缸和一堆塑料瓶。他们找来在信用社上班的李晓月,问其丈夫到哪儿去了,回答说出差了。开门进去查看,缸是空的,塑料瓶也是空的,上面也没有贴商标。两间房子角角落落都找了,没找到一瓶洗涤净,没找到一张商标。

但丁主任下午接到了好几个举报电话,有厂里职工打来的,有厂长打来的,说的都是一个事:你们场委办把假冒伪劣洗涤净推销给工人,有的人家的白衣服都染上了色,要求场委办赔偿。后来又接到税务局的电话,说有人检举场委办偷税漏税。

“通知,晚上七点钟,股以上干部来开会。”丁主任气冲冲地吩咐道。

晚上,大家都集中在大办公室。

丁主任把桌上的洗涤净拿起来往桌上一掼说:“你们说,你们到底是卖的真的还是假的?”

“是不是又有人背后告我们黑状啦?万厂长都说是真的,这还有什么怀疑的?要假也是他厂里造的!”钟玉保并不示弱地说。

43

“钟主任,你不要嘴硬了,下午我已经接到几个电话了,都是告你们向企业推销产品,还卖假货,税务局又打来电话说我们场委办偷税漏税。现在不是研究假不假的问题,而是怎么处理好这件事,使群众和办公室受的损害最小。大家说说意见。”丁主任严肃地说。

办公室里鸦雀无声,谁也不愿带头发言。两个当事人,李晓阳不是股级干部,没来参会,钟玉保就坐在面前,态度又那么横,哪个做这个恼人的交易呢?

见大家不开口,钟玉保等不及了:“税没缴,我承认,但我们也不是故意偷税漏税。领导开机关办实体动员会时说过,第一年免税的。我们这也是执行领导的指示。”

“也是,机关办实体是上级大力支持和提倡的,动员会以来,场委办积极响应上级号召,落实上级指示,丁主任对这项工作大力支持,钟主任更是一马当先,忙上忙下,亲自打电话、送产品,基本完成了场里下达给我办的创收任务。当然,任何新生事物都不是一帆风顺的,总会出现一些不可预料的问题。这些问题是前进中的问题,只要我们加以重视,采取有效措施,我们的实体一定会有更好更大的发展。”洪光武觉得这个时候得为大舅老爷说几句话,引到大家从正面去说,避免把会议开成批判会。

“没有啦?”邓远航问。

“没有了。”洪光武答。

“问题怎么解决?”邓远航又问。

“让他们先说,我再想想。董秘书你说说。”洪光武说。

董兴国见点他发言,他便说道:“我赞成光武的意见。事是个好事,为办公室增加收入,我们发福利的时候就会想到钟主任、李晓阳,是他们的创收给我们带来的福利,因此,我完全赞成光武的意见。”

“赞成光武的什么意见?”邓远航问。

“就是他刚才说的我都赞成。”董兴国说。

邓远航不想再问了,这开什么会?歌功颂德啊?这个会就是开到明天早上,也解决不了任何问题啊。

“远航,你说说。”丁主任也觉得这样说下去无疑是浪费时间,便点邓远航说说意见。

“也确实,大家都是好心做事,钟主任也确实不知道那个是假冒伪劣产品,要知道是假货,打死他也不会去做的。但现在也确实出了问题,应该说场委办的声誉在一定程度上受到了影响,这个事后边怎么发酵还不知道。因此现在就必须立即采取补救措施,使各方的损失降到最低。我想,现在可做的有这样几条,最后请丁主任定。第一条,立即通知拿洗涤净的几个企业,还没发给职工的不要再发,已发的,请他们通知职工不要用,全部收回,或换正品,或退钱,已用的如有损失的要予以赔偿。第二条,叫李晓阳把这个事情的来龙去脉说清楚,以便领导根据实情采取进一步措施。第三条，向分管机关办实体的向书记汇报一下，以赢得主动。第四条，与税务局沟通一下，如有免税政策跟他们讲清楚。不成熟的意见，请领导定。”邓远航一口气说了四条意见。

刚说完，钟玉保就急不可耐地说：“我不同意退款和赔偿，你怎么认定他是用我们洗涤净造成的损失啊，到时候他随便拿件破衣裳就叫你赔，把办公室卖掉也赔不起。我也不同意第三条，办公室的事办公室自己解决，书记不知道，你去汇报，不是自坏家门嘛，你以后还要不要我们在办公室混了？”

最后丁主任综合他们两位副主任的意见，在邓远航说的四条中去掉了钟玉保不同意的部分。

但事情的发展比他们想象的还快。

第二天一早几个工人就拿着几件染了色的棉毛衫把刘书记堵在了宿舍里。刘书记当即打电话布置丁主任和场纪委李书记调查处理这事。

上班后，场纪委李书记先把钟玉保喊到纪委了解情况，叫钟玉保谈一下前后经过。钟玉保把责任推得一干二净。他说：“这次销洗涤净是按照场委机关办实体的要求，根据丁主任的指示做的。产品全是李晓阳从石龟日化厂进的，日化厂万厂长还做了鉴定，确认是他们家生产的正牌货，我作为办公室分管机关办实体工作的副主任，按照丁主任的要求，联系几家企业，但都是征求他们意见，没有任何强行推销的意思。”

从纪委一回来，钟玉保就把李晓阳喊到自己办公室，关上门对李晓阳说：“现在我们要统一口径，上面就说是丁主任要求做的，产品进销的事你要全承担过去，不要说我做了多少事，包括钱的事，你就说全在你那儿呢，我一分钱没拿。”

“为什么？这不是叫我说假话吗？”李晓阳不解地问。

“这都不懂，我是你姐夫吧？姐夫有事，你不保姐夫保谁？更重要的是我是领导干部，你是小兵蛋子，要处理起来，肯定是我重你轻。你主动承担，就不会处理我，我保住了，以后就有你翻身的日子，这叫留得青山在，不怕没柴烧，晓得不？”钟玉保教育着小舅老爷。

“原来你玩的是丢卒保车啊？”李晓阳说。

“你头脑真笨，这也不是丢卒，我还是要保你这个卒的，只是要先保住我这条车，才能保你这只卒，晓得不？”钟玉保继续说理给他听。

很快有人通知李晓阳，叫他到纪委去一趟。走在路上，他就想，以前从来不帮我,我调办公室时还阻止我,这次卖洗涤净拿到钱了才对我客气些,这才好两天,一有事你做姐夫的不担当,叫小舅老爷全担过来,这是哪门子理?不错,我是小兵蛋子,但处理起来有时比你们领导还重呢。你们领导还有职务可处理,我们一点职务没的,万一把我这个小兵蛋子开除了,我找谁保去?还是见机行事吧。

纪委两个科长找他谈话。一坐到他们面前,李晓阳就竹筒倒豆子,倒得干干净净,不但没有任何隐瞒,还把整个责任推给了姐夫钟玉保。

最后查下来,纪委得出结论:丁主任教育管理有欠缺,负领导责任;钟玉保高于市场价强行向企业推销产品,且把销售所得的大部分放进了自己的腰包,负主要责任;李晓阳进货不把关,致使假冒伪劣产品流入市场,负一定责任。并建议分别给他们以纪律处分。处理意见已经报给了刘书记。

钟玉保获知这个信息后又急又恨。急的是在这个关键时刻受处分将没法与邓远航争场委办主任这个位子了。最近,九龟湖农场干部中又流传一些消息,说刘书记要调省城去了,方场长要做书记,丁主任要做宣传部长,场委办主任的人选,邓远航的呼声还比钟玉保的呼声高些。因而,在这个节骨眼上,自己再弄个处分,哪还有资本跟邓远航争主任宝座?只有把主任白白让人!他恨的是李晓阳,这个不争气的东西,跟他说得好好的,叫他把责任全背过去,先保我再保他,他不但不听,还把屎往我身上扣,李晓阳,你他妈在我眼里你算是完了,从今往后,你只要落在我手里,我保证六亲不认。这些先不谈,眼下急的是如何大事化小,小事化了。看来只有去找妹婿出马了,叫他明天陪着去一趟省城。

44

第二天,钟玉保向丁主任请假,说肝部疼痛要到省人医检查一下。准假后他立即跟表兄苋棉公司花经理借了辆小车,与洪光武一起直奔省城。

到省城后并没去省人医,而是直接到了洪副院长的办公室。

“哟,小钟,你们车开得蛮快的嘛,不到三个小时就到了。来,这边坐。说说,这次有什么任务?”洪院长说。

“没什么事，我们是专程来看叔叔的，好几年不见了，叔叔还是老样子没变啊。”钟玉保面带微笑地说。

“老了，再干一两年也要退了。退了也好，我正好可以搞这些字画、古玩什么的。”洪副院长指着边上的橱柜说。

钟玉保这才注意观察洪副院长的办公室，周边墙上挂了不少字画，橱柜里有书，还有瓷器、青铜器一类的古玩。看到这些，钟玉保立即掏出口袋里的一只金龟递给洪院长说：“叔叔，我们这次来得匆忙，也没带什么东西孝敬你，我这儿有只祖传的金龟，不知能不能配得上你柜子里那些东西。”

洪副院长接过金龟看了看，又打开自己的抽屉拿出一只一模一样的金龟说：“它们是兄弟，我在九龟下放时，看过老的《九龟县志》，这种金龟应该是九只。你是从哪儿弄来的呀？”

“这是‘文革’破‘四旧’时，在石龟塔拾到的。叔叔要是喜欢，我回去再到群众家去找找，看能不能帮你把九只全找到。您近期如果有空亲自去一趟最好了，你识货，你不去亲自鉴别，我怕把假的给弄上来。”钟玉保说。

“好，春节前后准备去一趟。刘书记还在那块儿吧？上次你到石龟当书记的事他没办，后来他到省城来开会，我专门请他吃了一次饭，他主动说下次考虑的，怎么样，现在还是副主任啊？”洪副院长问。

“还是副主任。我倒没什么，光武跟邓远航一起考进场委办的，人家副主任都做一年多了，光武还是股级呢。”钟玉保埋怨说。

“不光是副主任噢，他这次很可能跟保哥争主任呢。”洪光武告诉爸爸说。

“好像是有点不公平噢。行，下次为你们的事我专程到九龟去一趟，当面抵住他。”洪副院长说。

“那个等你去了再说。现在你恐怕要先打个电话给刘书记，保哥有个急事呢。”洪光武对他爸爸说。

“什么急事？”洪副院长问。

“领导叫办实体创收，下边的人进了一批洗涤净，万厂长鉴定是真的，卖到职工手里是假的，现在书记把我当成替罪羊，要处分我。”钟玉保轻描淡写地说。

“这怎么能处理你呢？这是领导和下面人的责任啊。这些基层领导，工农干部多，水平差，做事都不按规矩办，想干什么就干什么。好，我来给你们刘书记打个电话。”洪副院长说着拨通了九龟湖农场委刘书记的电话，把这事说了一下，便提了要求，最后还说春节前后要跟省监察厅汤副厅长去九龟看看。

场委办推销假冒伪劣洗涤净的事终于结束了，卖出去的货全部退回还钱，对造成损失的给了适当的赔偿，没表扬一个人也没处理一个人，就这么平息了。

洪副院长他们也兑现了自己的承诺，第二年春节过后的三月份，他和省监察厅汤副厅长带上省农垦一位领导专程来到了九龟湖农场。他们来看了九龟的纪检和政法工作，对九龟湖农场的工作和发展变化都做了充分肯定，表示回去要把九龟湖农场大好形势向主要领导报告，争取他们来九龟视察工作。最后顺便把钟玉保和洪光武的事说了一下。

对洪副院长和汤副厅长交代的事，刘书记想了好多天，心里很矛盾，洪光武提副主任的事好办，下次人事变动时就可以考虑；但让钟玉保当场委办主任，刘书记是一百个不愿意，也不同意。他觉得如果从对九龟负责的角度去讲，下一任办公室主任的人选应该是邓远航，他有这个素质和能力。而钟玉保材料写不好，管理缺能力，品德还有问题。这样的人当主任，如何让全场干部信服？他也跟方场长、张部长沟通了，他们都不赞成钟玉保当场委办公室主任，而且方场长态度十分坚决，坚决不同意钟玉保做主任，他说他在“文革”中是打革命干部的凶手，没惩处他就算照顾他了，绝对不能再提拔。

这次省农垦调整了九龟个别干部，分管党务的蒋副书记调外场任场长，宣传部赵部长任党务副书记，丁主任已调任宣传部长。刘书记暂时没免丁和全办公室主任的职务，想再看看。

钟玉保见丁主任已调任新职，但办公室主任的位子却迟迟没丢，便知道如果不给刘书记一定的压力，主任的位子他是得不到了。除了请光武爸爸再打个电话给刘书记外，他又找了招待所的蒲副所长。

这蒲副所长就是龟岛的三胞胎中的老二二凤，原来是宾馆大堂副理，因模样俊俏，逗人喜爱，被领导调到小食堂当负责人，才提为招待所副所长，因招待所与宾馆是一套班子两块牌子，她又兼任宾馆副总经理。外边传她跟某个场领导有男女关系问题，但谁也没抓到事实。不过她从大堂调到小食堂，从小食堂负责人提为副所长的确是比较快的。

钟玉保不好到招待所办公室去找二凤，他怕被书记、场长看到对他不利，因而他在星期六晚上把她约到了小蔡小吃，他知道周六晚上住在宾馆的刘书记、方场长这些外地干部都回家了，不会找她有事。

他早早来到小蔡小吃，先把一只甲鱼给蔡老板娘叫她煨汤，然后躲到一个小房间里等二凤。这时，蔡老板娘叫妹妹蔡小花进来问他有几位客人。钟玉保并未回答，而是看着她说："来了就晓得了，不要多问。你怎的还在这块儿鬼混啊？"

正说着，蔡老板娘进来接上茬说："她高中毕业没事做，只有在这块混呗。能不能请钟主任帮她找个工作呢？"说着把一只手搭在钟玉保肩上。

"好说好说，看她服务得怎么样。另外，没事也去学个什么，比如写美术字、打字什么的，这样好找些。"钟玉保说。

"你客人没到，一人心焦，叫小妹先陪你说说话。"老板娘说。

"下次下次，今天不用，今天我有贵客。"钟玉保虽想但还是婉拒了。

天黑了好一会儿，二凤才推门进来。她一看就钟玉保一人坐在那儿，便问道："还有哪些人？"

"就我和你，专门请你一个人的。请坐。"钟玉保站起来说。

这让二凤很警觉，她边把提包放到旁边的凳子上边问道："钟大主任今天怎么想得起来单独请我一人吃饭啊？"

"没什么事，一个是受丁主任的委托，他调走了，叫我单独请你一下，感谢你这么多年在安排吃饭、住宿上，给予我们场委办的大力支持；另一个是今天我龟岛的朋友给我搞了一只野生甲鱼，听说你最喜欢吃老家的甲鱼，而且这龟岛的甲鱼最能滋阴养颜，我想来想去，只有你最有资格享受它了，所以我叫老板娘煨汤给你喝，让你更精神、更漂亮，领导看着高兴，我们看到也高兴。呵呵。"钟玉保笑着说。

"到底是场委办主任噢，现在这么会嚼白舌头噢。感谢我什么啊？我只不过是为领导效劳。"二凤也笑着说。

"副主任，副的，不要把这个'副'字忘了。"钟玉保正好抓住话题往他要谈的正事上引。

"什么副不副啊？像你们在书记身边工作，副的变成正的，那还不就是跟她家这个饭店一样，小菜一碟啊？"二凤轻松地说。

45

“妹哎，你是小菜一碟，我就像炆母猪肉噢，难啊。”钟玉保摇摇头说。

“那有什么难的啊？现在位子不是空下来了吗？你屁股朝上一移，不是就坐到那个位子上啦？”二凤开玩笑地说。

“你不晓得哎，现在有人跟我争呢，人家上面有人，又是跟刘书记服务的，压住我呢。”钟玉保诉苦道。

“你是说邓远航跟你争？不过他确实也能做。”二凤不经意地说。

二凤一说邓远航也能做主任，这让钟玉保心里咯噔一下，坏了，不应该提邓远航，她再为他说话，我这顿客不是白请了吗？赶快采取更得力的措施。于是他拿起包，拉开拉链，正要把里边的东西拿出来时，老板娘推门把菜送上来了。他见此便从包里拿出一包烟放到桌上，拉起了包的拉链，又把它放到了一边。待老板娘出去关上了门，他又从桌底下拿出一瓶茅台酒。

“哎呀，这么高档的酒不要开了，我又不怎么能喝酒，浪费了。”二凤不好意思地说。

“没事，这是光武他爸上次带来给我爸爸的，也不要我花钱，不喝白不喝。再说，虽有高级菜，没有高档酒，怎么能配你这高贵的人呢？少喝两杯，这是省城带来的，绝对正宗，尝尝吧。”钟玉保一边说一边开酒倒酒，倒好酒又给二凤舀了一碗甲鱼汤放到她面前。

“‘三高’啊，亏你会总结。我看凭你这张嘴就能做主任，死人也能被你说活了。邓主任没有你这么会说，一天到晚冷着个脸，他做老师时，我们都怕他，不像你亲和。哎呀，这汤真鲜。真是老家的甲鱼。”二凤一边开玩笑地说一边喝着碗里的汤。

“纯野生的，绝对是龟岛的。你多喝些，马上出去，回头率立刻提高到百分之九十九，还有一个没回头的那是个瞎子。来，敬你两杯。”钟玉保端起酒杯站起来说着喝了酒。

“呵呵呵……把我肚子都笑疼了。哎，你家不是也有人在省里吗？怎么说争不过邓主任呢？”二凤只是笑着说话并没喝酒。

钟玉保晓得她平时跟书记、场长那些场领导喝酒时才肯喝两杯呢，跟他们这些小干部只是端端杯，平时只有他钟玉保敢逼她喝两杯，但今天是求“姑奶奶”，哪敢逼她喝酒呢，只能由她自便。他并不计较，只顾编着故事给她听：“没有他硬正哎。哎，我昨天做了个梦：爬到山上已经很累了，忽然前边出现一把太师椅，就要走过去坐，只有几步，就是走不过去。这时，天上有个长者说‘你等着，有贵人相助’，果然不一会儿，一个仙女一手捧着只金龟，一手搀着我，把我一直搀到了那椅子上。你说神不神？醒来时，我觉得这个仙女像一个人，你晓得像哪个？”

“像哪个？”

“像你！长相、穿着，连笑的神态、走路姿势都跟你一模一样。来，我敬你两杯。”钟玉保继续一边编给她听一边站起来喝酒。喝完酒，他再次拿过包，拉开拉链把里边的金龟攥在手里。

二凤端起酒杯只是舔了一下，然后放下酒杯说：“我有那么大本事吗？我也没有金龟啊？”

“有啊。我能不能当上主任，坐上主任这把交椅，全靠贵人相助了。你就是搀我到座位上的那个贵人，那个仙女。你当时把那金龟放到了我手上，现在我把她还给你。把你的手伸过来，闭上眼睛。”钟玉保一边说着一边拉过二凤的手，把自己手上的金龟捂到了她手上说：“睁眼吧。”

二凤睁眼一看，眼睛一亮，手上的金龟闪着金光，两只眼睛炯炯地望着她。她暗暗吃惊，真有这么神吗？也不知是木炭烧的烟熏的，还是被钟玉保那梦闹的，她的头有点晕乎乎的。但她心里很清楚，这个贵重的东西太烫手，必须还给他。于是她一边把金龟递过去一边说：“我欣赏过了，这么金贵的东西，我受用不起，你还给你梦中的仙女吧。”

钟玉保两个手上去迎着她的手，一只手握住她的手腕，一只手把她的手掌推成拳，让那只金龟躲在她的拳头里。他说：“妹哎，其实我对你没有什么意图，我平时心里就一直把你当仙女，这个金龟不与你这个仙女在一起，那它就一钱不值，只有金贵的人才能配金龟啊。你先留在身边吧，它会保佑你以后荣华富贵的。灵得很呢。”

听他这么一说，二凤把手缩回来，一边把金龟往自己的拎包里放，一边说：“那我先代你保管几天。其实，你应该把它留在身边几天，等保佑你坐到主任那个椅子上了，再保佑保佑我多好呢。”

“那不行，我在山上坐上那把椅子，这金龟就在仙女身上的，现在物归原主，我才能坐到位子上啊。噢，你把包拿过来，一夜过来，金龟还生了不少蛋呢。”钟玉保拿过她的包，把自己包里的一沓钱放进了她的包里。

他把钱放到她的包里拉上拉链后，并没有把包还给她，而是把她的包放在了他包的旁边她够不到的地方，他怕她把钱拿出来，推来推去的被人看到不好。但二凤看到他放进去的是钱，并说：“金龟我收下了，我一定帮你这个忙。但是，你把钱拿回去。”

“也没的多少钱，就五千元钱，就算哥给妹买几件衣服穿的。你穿得越漂亮，领导看着越舒坦，领导越舒坦，我们这些为领导服务的也就越安心啦。来，再喝碗甲鱼汤。”说着拿过二凤的碗，又帮她舀了一碗甲鱼汤。

一个星期后，场委会召开，动了一批干部。场委办动了几个，其中有：钟玉保任场委办主任，场委委员职务由九龟湖农场打报告向省农垦推荐，邓远航兼任场委政策研究室主任，洪光武、侯鸣放任场委办副主任，董兴国调石龟分场任副书记、副场长。

钟玉保上任第二天就开了办公室全体人员会。他似乎很激动，讲了很长的话。在邓远航听来，他讲的许多话都带着刺，而且所刺对象正是他邓远航，他有一种预感：他和钟玉保相处的这段蜜月期就要结束了。邓远航边听边想，终于听到钟玉保的讲话收尾了：“‘人间四月芳菲尽，山寺桃花始盛开’，人跟花一样，有的人因阳光普照，早早开花，提拔重用，但花期一过，也就走向了衰败。而有的人阳光虽不惠顾，但通过自身顽强奋斗，花朵更加鲜艳、更加长久。光武、鸣放，你们就是这种奋斗的典型，现在你们跟我一样都是领导班子成员，要大胆工作，拿起主来做。下面，让我们以热烈的掌声欢迎两位新主任讲话。”

钟玉保的讲话约有一个多小时，通篇没提到邓远航一个字，但却让邓远航心里感到有一股潜浪正在向他扑来，意欲把他掀到一个荒无人烟的孤岛上。他思考着马上两个新副主任讲完话，摊他讲话时，他讲什么。还是表一表态吧，就说自己今后如何根据钟主任的要求做好分管工作，如何配合光武、鸣放工作，共同保持好办公室团结协调的老传统。

可两位新副主任讲完话，钟主任即宣布了“散会”，完全无视邓远航的存在，根本没让他讲一句话。不谈别的，就是他这次也提了一级，兼任政策研究室主任，也应该让他讲几句话啊。算了，不讲话就不讲话吧，不要想得太多了，不要过于计较，也许他才当主任，没考虑那么多吧。

大家正纷纷站起来离开座位，钟玉保又喊道：“等一会儿等一会儿，还有个事忘了。”

46

大家把目光对着邓远航，并没有对着喊他们的钟玉保，他们似乎猜到了钟主任忘掉的事，就是还没让邓主任讲话。

邓远航也是这么想的，把大家喊回来还要他讲几句。他心想讲不讲也无所谓了，散了就散了吧。因而，他说道："已经散会了，就算了，下次再讲吧。"

一听这话，钟玉保马上把脸一拉说："你说得倒轻巧呢，下次，下次哪儿来这么多时间啊？办公室就一天到晚给你开会，不要为领导服务了？不要为全场改革发展服务了？坐下，坐下，还有个事忘说了。昨天下午机关党委打电话，说我们场委办党支部有几年没改选了，叫我们趁新班子到位改选一下。我看我们办公室选举也不要搞那么复杂了，再复杂也是形式主义，我最反对形式主义，我看支部书记就由洪光武同志担任，大家有没有意见？"

会场一片沉默。邓远航也不知说什么好。你要是说不同意，他会说你想争这个支部书记的位子，马上把你损得一钱不值。但这确实不符合党内生活原则，包括候选人的产生、选举的形式都不符合党内选举要求，甚至于在开会的人中，像李晓阳这些还不是党员的人也在会场里坐着，这是什么党支部改选，简直是一场闹剧。但邓远航和大家一样保持了沉默，好歹洪光武支部书记也不是不能当，说他干什么？说了，肯定就要跟新任主任发生冲突，他才上任第二天，你就跟他发生冲突，在他眼里你就成了他的死敌，在外人看来你是小心眼儿，没当上主任就在这儿挑刺闹矛盾。

见大家都不讲话，钟玉保又说："大家没意见，就这样通过，洪光武当选为场委办党支部书记。好，场委办支部改选圆满结束，邓主任把材料整理一下报到场机关党委。最后再强调一下，我做办公室主任，大家有话放到桌面上讲，会上不讲的，会后绝对不允许讲。散会。"

开了一下午的会，终于提到了邓远航，让他整理支部改选的材料报场机关党委，还好，还能记住我的存在，还没把我打入冷宫，我就应竭力维护好和他的关系，坚决避免发生正面冲突。

邓远航不想跟钟玉保发生正面冲突，可钟玉保已在摩拳擦掌，磨刀霍霍了,已把目标对准了邓远航。

昨天下午书记跟他谈过话,他晚上又到钱瞎子家去了一趟。钱瞎子又给他写了《易经》上的一句话:“雷电皆至,丰,君子以折狱致刑。”并给他又写了几句解释:“盛大亨通,喜中有忧;明察秋毫,公正执法;亲仇不论,赏罚严明。”钟玉保给瞎子五百元后,回家又跟妻子李晓星说了。

李晓星说:“人家的说明不是很明显吗?还是在提醒你:提拔当主任了是喜事,但在喜事中不能冲昏头脑,要公正地对待每一个人,不管是你的亲友,还是跟你有过矛盾的,你都要一视同仁。特别是邓远航,你还是要像没当主任时那样尊重人家,齐心协力把工作做好。”

“你这种理解不正宗,理解偏了。这里的喜你说得对,说我做主任了。这里的忧很清楚,是刘书记还在这里没走,他这个太阳还照着邓远航。你不知道这次他实际上是想让邓远航当主任的,后来让我当主任,他也是不得已而为之,是被逼无奈的。所以钱大师叫我明察秋毫,见机行事。叫我一旦机会允许,拿出自己的威严,不管亲仇,一律以法罚之。”在他心里还有两个解释没有对李晓星说,一个是对“机会”的解释,他想,刘书记调离九龟湖就是他的机会;另一个是对“亲仇”的解释,他认为钱瞎子这里说的亲仇是有所指的,亲,是指李晓阳,仇,指的是邓远航。不管他理解得对不对,他是坐等这个机会到来了。

然而,第二天中午刘书记带邓远航和财政局张局长去省城,没带他这个新科主任,他只有下楼送行的份儿,心里既失落又气愤,看着一号车冒烟的屁股,他气得把牙咬得咯咯响。

关红琴接待他们,中途何萍浪把省理工大学的副校长带过来看望他们,因她晚上有演出任务,没陪他们吃晚饭。事情谈得很顺利,关红琴与九龟湖农场合资办机床厂的事已经谈妥,只待她们到九龟去选址签协议。与省理工大学合作的事也基本敲定,下面的任务是把协议拟定好,下次由理工大学校长带动力系和无线电系两位系主任到九龟湖农场签字。

两个项目合作前景非常好,机床厂建起来,不光是可以为九龟湖农场财政增加不少收入,更重要的是它可以带动九龟湖农场机械行业中小企业的发展;与理工大学的合作,等于替九龟湖农场建立了一个技改项目库,为九龟湖农场工业上台阶、上水平、上规模创造了非常优越的条件。然而,这两个对九龟湖农场经济发展有较大促进作用的项目,却因九龟湖农场的人事变动搁置下来了。

一个多月后，刘书记调离九龟湖农场。

他调离九龟的前两天把邓远航喊到办公室，一是找他谈几句，二是叫他把没处理、没批转的“人民来信”烧掉。

“小邓啊，这些年感谢你对我工作的大力帮助和支持，你吃了不少苦，用了不少心，我非常感谢你。”刘书记说。

“刘书记，你不要这样说，感谢的应该是你。我这些年的进步和成长都离不开你的关心，我从心里感谢你。”邓远航有点激动地说。

“哎呀，一晃又是几年过去了。二十多年前在九龟卖麦芽糖说大书，人称小二刘，没想到二十多年后到九龟来当第一任场委书记。这么多年我知道，你是不会算计我的一个人。在丁大妈家说大书时，那时你还小，我就觉得你这个小孩不一般，这些年我一直给你找机会，想把你提到更高的位子，但这次没能如愿。哎，我正要问问你，你之前怎么一次都没找我，也没托人找我，难道你不想当这个场委委员、办公室主任？”刘书记也有点激动了。

“想还是想的，有这个条件的人，都会想主任这个位置。”邓远航说。

“那你为什么不争取一下呢？难道到我这儿你都怕说出心里想的？”

“也不是怕说，主要是怕你为难。因为有两条我有点担心，一个是副主任的时间短，比不过人家，另一个担心是考察时有人会不实事求是。”邓远航答道。

“你担心的也有道理，在主任空缺的这段时间，我收到两封写你问题的‘人民来信’，反映你自高自大、不尊重领导、搞小团体、要阴谋、乱搞男女关系等等，我自然是不信啦，信也就没转，在那堆没批转的‘人民来信’中，等会儿，你去把它们一起烧了。不过，这自高自大，你虽没他说的那么严重，还是有一点儿的，不少人说你的脸过于严肃，走路不跟人打招呼，瞧不起人。以后这方面还是要注意的。你跟人微笑，自己不损什么，久而久之，还会得到意想不到的回报。”刘书记一边抽烟一边说着。

说他不苟言笑，邓远航也承认，但说他不跟人打招呼，瞧不起人，他觉得有点冤枉他了，由于自己是近视眼，看不清来人，等人走近了、看清了，未及打招呼，那人也走过去了，往往造成别人的误会。但这会儿他没有去解释，只是说：“嗯，我以后注意。刘书记，还有什么，你尽管给我点出来。”

47

刘书记又点上一支烟，继续说道："也没什么了。其实，人啊，说人容易，说道理也都懂，但自己真要做起来也是很难的。说实话，场委办主任空缺，来自各方面的压力是很大的。但这次我是想顶住这些压力，让你当场委办这个主任的。我想在临调走前再解决这个事情，所以就一直拖着。但最后在种种压力下，还是安排他做了。这个社会上啊，许多人和事你是想象不到他的能量的，也有许多压力你是扛不过去的，你不得不被这个压力顶着走。好了，不说了，你还有机会，书记、委员们对你印象都不错，我也跟张部长说了，他会关注你的。好了，你去把这堆几年来没法批转处理的'人民来信'销毁掉吧。我们下午到省农垦谈话，这封信是石龟中学教师写的，你下午去处理一下。"刘书记说着把另一封信交给邓远航。

邓远航拿着一包"人民来信"来到楼下垃圾池处，他蹲下一手抓着包口，一手拎着包底，把包倒过来，将抓包口的手一松，只听哗啦啦，二三百封"人民来信"都散落到了垃圾池里。看着这堆"人民来信"，邓远航想得很多。他在场委办帮领导转送过不少"人民来信"，也受领导的指示调查或处理过一些"人民来信"，他知道，写"人民来信"，都是人们有话要跟领导说。他没写过一封"人民来信"，不是因为他没有话要跟领导说，而是他说话的渠道是畅通的，他有什么建议和意见，他要反映什么问题和困难，会直接向领导说，因为他几乎天天与领导在一起。但那些生活在基层的干部群众哪有这样的机会？他们有话向谁说？只有依赖这"人民来信"。

寄这种"人民来信"成本并不高，过去八分钱，现在两毛钱，也就是一个烧饼钱，但它给国家、集体或个人挽回的损失或造成的损失却可能是巨大的，因而，他对写"人民来信"不同的人便怀有不同的感情。

他钦佩那些为九龟湖农场的发展写"人民来信"的人，这些人对九龟湖农场工农业的发展，对九龟湖农场文化、教育、卫生事业的进步，对九龟湖农场农村和分场企业的改革，对九龟湖农场群众的生活，对九龟湖农场党的建设等等各个方面提出了自己的建议和想法，他们是真正关心九龟、支持九龟的人。

他赞赏那些因揭发、检举个别干部违纪违法写“人民来信”的人，这些人疾恶如仇，痛恨贪官污吏，维护社会正义，为九龟干部队伍的纯洁，为九龟党群、干群关系的密切做出了努力。

他同情那些为解困、申冤、鸣不平写“人民来信”的人，这些人已被困境、冤屈、不平压得喘不过气来，不得已才写信给领导，期望领导能伸出手来帮他一把，让他有个喘气的机会。

他痛恨那些为泄私愤、为抹黑他人写“人民来信”的人，这些人为一己私利，每在别人关键时刻，便用“某单位广大干群”的名义，或编一假名，捏造事实、诬陷他人，造谣惑众、打击报复，如一把砍刀斩人于死地。钟玉保便是这种人。

刚才刘书记说有他两封“人民来信”，他就断定是钟玉保写的了。现在信都在这里，他想把那两封信翻出来，看看他丑恶的嘴脸，拿回去摔到他的脸上，当场戳破他的伪装。

然而，他刚翻了几封便停下手来，好像大楼里所有的人都站到了窗前看着他。这时他想到了做秘书的职业道德，不该看的绝对不看，不该说的绝对不说，不该问的绝对不问。领导要你销毁这些“人民来信”，那就是绝对相信你不会看一封，不会留一封。更何况刘书记已明确告诉你这个事了，你还有什么必要再去看那两封信呢？想到这儿，他划着了火柴，点燃了那堆“人民来信”。

看着那堆慢慢燃起的“人民来信”，他在想，这里到底是哪里的“人民来信”？烧掉的又是什么？是希望，是等待，还是怨恨？但随着那堆“人民来信”逐渐化为灰烬，他心里有点坦然了，随着写他的那两封“人民来信”在火中消失，他想让他与钟玉保之间的恩怨情仇也随着这把火灰飞烟灭，从而在今后进一步尊重他的领导、维护他的威信、支持他的工作，主动与他改善关系，增进两人的友谊。

然而，情势并没如他想的那样发展。

下午，邓远航喊侯鸣放与他一起去石龟处理刘书记交办的最后一封“人民来信”。他刚跟侯主任说好这事，钟主任说：“侯主任马上要跟洪主任写新书记、新场长的表态讲话，你叫别人去吧。”

“那李晓阳，你跟我下去吧。”邓远航喊道。

“他也不能走，下周一省农垦来宣布新班子，他马上要发电话通知。这两天办公室其他人都要在这儿待命，不能走远，按道理你也不能走，你自己看着办。”钟玉保说着出了大办公室。

邓远航心想，有多大事？不就是换班子嘛，要这么多人在这儿待命？看着办公室里满屋的人竟然一个人派不出，他轻轻地叹了一口气，然后拿着那封信一人出了办公室。当他走出大楼、骑上自行车时，天上飘下了小雨，小雨挂到他的脸上，渗进一丝丝凉意，使他连打了几个寒战。

到石龟时，他先到中学开了座谈会，了解了分场向教师集资的事实，之后到分场场部想跟分场里领导沟通一下意见。到分场里，冯文书说：“书记到场里了，场长出差了，只有董书记在家。”

“董书记也行啊，他是副书记、副场长，三把手，你去告诉他，说我在这里等他。”邓远航想，分场里向教师集资的事刚好是他负责的，他下到分场里来，我还是第一次来看他，正好一弓搭两箭，看看老同事，把事情再跟他沟通一下，看能否把老师的集资减少点儿，或干脆就免掉。

邓远航以为董副书记不一会儿就会丢下手上的工作来见他，因为以前，他不管到哪个分场，只要听说他来，分场的书记、分场长都很快会来，至少先跟他打个招呼，因为他们知道他是场委刘书记身边的人。今天不谈别的，就冲着一室工作多年的老同事，再忙他也会尽快来的。然而，他等了好长时间，董副书记并没有来。隔了好一会儿，冯文书来说：“董书记说他也不在分场里，他上九龟城里了。”

“到场里了？刚才不是说还在的吗？”邓远航问。

“嗯。他说，他刚才，才走的。”冯文书回答得有点不顺畅。

“那就算了，我把事情跟你说一下，等何书记回来时，你向他汇报一下，同时把刘书记批示的这封‘人民来信’转交给他。”邓远航便把这封“人民来信”的内容、他调查的情况，以及他对这个事处理的意见向冯文书说了一遍，最后又交代：“一定要叫何书记重视处理这个事，下个星期把处理结果反馈给我们办公室。我就回去了。”

“老师，你怎么能走呢，马上快五点了，就到吃晚饭时候了，学生请老师吃晚饭，晚上喊小凤她们陪你。”冯文书挽留道。

“噢，她不是在石中当教师吗？”邓远航问。

“嗯，听说她要到你们场委办工作了。”冯文书说。

“噢？她到场委办？没听说。好，你代我向她问好，下次来吧，这次场领导班子变动，钟主任叫我们回去有事呢。”说着就走出办公室。

48

外边的雨比先前大了许多,地上也已下湿了。冯文书拿了把伞赶紧出来送邓远航。他打开伞替邓远航遮着。邓远航推开雨伞说:“没那么娇贵,这点雨下不湿的。”

冯文书收起了伞,一边走一边发起了牢骚:“现在的领导要都像老师就好了。他们只晓得叫你干活儿,一下子不把食给你吃,他们自己吃饱喝足玩牌,叫你耕田打耙,最后连草都挂得高高的,只让你看看,就是不让你吃到。”

邓远航知道他说的是职务问题,便问道:“在办公室几年啦?现在是什么职务?分场办公室几个人?”

邓远航跟冯文书说着出了大门,上了街,刚要上车骑走时,远远地看到董副书记红着脸从对面的饭店里出来了。

冯文书也看到了,他把声音降低了些说:“还几个人呢,办公室就我傻人一个,分场十几个领导,个个都能叫你写材料,你要不给他写,就不得好果子吃。1987 年毕业后我就来了,马上四年了,前后两任书记都说跟我定秘书职务,但是你人干死了,他们一个也没跟你定,听说何书记又要提了,他屁股一拍,我又得陪第三任书记了。”

“事情还是要干好,牢骚也不要多发,勤勤恳恳地干,踏踏实实地做,会有收获的。任何时候都不能急,要耐得住。我见到何书记帮你问问吧。”邓远航站在大门口一边说着一边朝马路斜对面看,他想,他们肯定看到了自己这边,也许他们马上会过来。

马路斜对面,董兴国和另两个人一起从场部对面的饭店出来,都是脸红红的,站在一辆上海轿车旁边。邓远航不知他们是中饭吃到现在,还是已吃了早晚饭。他已认出和董副书记一起的两个人是总场组织部的一个科长和一个办事员。董副书记为他们撑着伞,在那儿闲谈着。

“唉,今儿个酒没喝好,不要走,我们换个地方再喝。”董兴国一手打着伞,一手拉着那位科长说。

“算了算了,天又下雨了,让我们回去吧。”被拉住的那科长说。

“上次你们去考察我,为我说好话,你们不能不让我感谢你们哎。”董兴国仍拽住他说。

“书记、场长不在家，你也忙，刚才不是有人来说，场委办邓主任在这儿吗？”那科长说。

“我今儿个哪个也不接待，我就专门接待你们。他那个人不抽烟不喝酒，你也接待不了他。其实，他一出场委大门，我老大的电话已到了，叫我要么一口酒不给他喝，要么把他灌醉。走，还是我们玩得来。”说着三人一起拱进了上海轿车，一溜烟向东开走了。

邓远航过了河，回到办公室身上已湿透了。他见办公室里已空无一人，便拿起办公室里的毛巾把头上的雨水擦擦干。这时，电话铃响了，是刘书记在地区打来的，叫通知下周一下午开两套班子会。丢下电话，他赶紧到处找李晓阳，结果在机要科把他找来，叫他通知两套班子。

“邓主任，下周一下午几点啊？”李晓阳问。

对啊，几点啊？好像刘书记也没说时间啊。不行，打个电话再问一下，刘书记的手机已打不通。“哎，你去看看钟主任在不在，向他请示下子。”

“不在，他带他们几个在湖泉浴室洗澡呢，叫我在这儿值班的。”李晓阳说。

邓远航考虑到如果不定个时间，两套班子领导肯定都要问，而且还会瞎猜，以为发生什么大事了，那样弄得满城风雨反而不好，于是就说：“那就通知下午三点吧。”下周一早上刘书记从家里来，如果这个时间不合适，再调整也来得及。

李晓阳便按照这个时间通知了。通知有三分之二的人了，突然一个炸雷似的声音从门口向办公室里滚来：“停下！哪个叫你们通知的？说不要通知时间，不要通知时间，怎么又通知时间啦？哪个叫你通知的？说！”说着人已进来，是钟玉保。

李晓阳一个电话才讲了一半儿，被他这一炸，拿电话的手悬在那儿，红着脸，一声不吭地望着钟玉保，只听电话机里“喂”个不停。

邓远航见钟玉保气势汹汹像要吃掉李晓阳的样子，心想不能叫人家一个无故的人受罪啊，便对钟玉保说：“是我叫他通知的。”

“你有什么权力叫他通知？”钟玉保又凶神恶煞地对着邓远航。

邓远航心想，我一个副主任怎么就没权叫人发一个领导交办的通知呢？他不想跟他争，便如实地说：“刚才刘书记打电话来叫通知的，想跟你汇报请示的,你不在。”

“我没有 BP 机啊,不能呼我啊?再说现在听方书记的,他叫不要通知时间的,就得听他的,你们负责给我改过来,再通知一遍,取消时间!”钟玉保手一甩出去了。

邓远航感到不理解,为一个没有什么影响的小小电话通知何以发这么大火?是他要发出严格要求、铁腕治办的信号,还是因为没向他请示汇报,有失他的尊严?不管他,随你是什么原因,作为场委办一个堂堂大主任这种态度,显得太没素质!见李晓阳用疑惑的眼睛看着他,他果断地说:“继续通知三点钟!有问题下周一上午请示刘书记后再纠正!”

周一下午三点钟开两套班子会没改。只是会前先开几分钟场委会,将邓远航确定为场领导班子后备干部。几分钟后,开两套班子会,会上就是通报一下九龟湖农场领导班子变动情况,正式宣布要等明天下午省农垦书记来开全场干部大会。刘书记调省委党校任副校长,方场长任场委书记,史副书记任场长,何胜浪任副场长。通报后,刘书记做告别讲话,讲到激动时竟抽泣起来。会不长,很快就结束了。

散会后,钟玉保把笔记本往桌上一掼,坐在那儿抽烟。他气刘书记不但没把他的场委委员弄下来,临走还把邓远航确定为场领导班子后备干部,是不是还要让他更好地跟我竞争,爬到我前头?用心险恶!正想着,场委组织部干部科季科长拿着“场领导班子后备干部推荐表”来让他填写盖章。

他接过来一看,说:“他的家庭情况什么的我哪块晓得啊?你先叫他填,填好了我来填单位意见,我来盖章。”说着随手往桌上一扔。

季科长拿起表格到大办公室给邓远航填,填好后又交给钟玉保:“钟主任,你慢慢填,我隔一个小时来拿。”

“哪里这么快啊?我不要开班子会研究个意见啊?我一个人说了算啊?填好了我送给你。”钟玉保说完见季科长走了,便开始填表格。其实,他只要写个“同意推荐”就行了,但他没有,他在单位意见栏里写了好一会儿才写完。然后,他来到大办公室,对管公章的李晓阳说:“把场委办公章拿给我。”

邓远航看他来要公章,便知道,钟玉保是为他的推荐表来盖章的,但也没看到他手上拿表格,他又有点疑惑。只见他从李晓阳手里拿过公章到自己办公室,在推荐表上盖了章,把章送过来,然后下楼到组织部去送表格了。

49

邓远航觉得这里边有问题，正常的盖章都是由管章人在材料上盖，一般不会给别人把公章拿出去盖，公章是必须跟着管章人走的，而且盖过章的材料一般也应由办公室其他同志送，也不必要让他大主任亲自跑一趟。他估计他在推荐表的单位意见上做了手脚。

果然不出所料，第二天上午邓远航见到张部长时这个猜测得到了证实。上午上班，邓远航帮刘书记整理办公室时，刘书记说有两本书是组织部张部长的，叫他还过去。

他拿着书来到场委组织部张部长办公室。

在组织部张部长办公室一坐下来，张部长就对他说："刘书记对你很负责，临走交代我对你多关心，昨天把你确定为场领导班子后备干部也是他的安排。但是你们办公室太不像话，场委会通过了，他签个'同意推荐'就行了，要他签一大堆屁话干什么？什么此人阳奉阴违不可重用，媚上压下不可大用，你说不能重用就不能重用啦？他不签同意，我们就不向省农垦报啦？照报！哎，是不是这个人品德上有什么毛病啊？"

"也没什么大毛病，他可能就是嫉妒，因为他的场委委员没批下来，他有点急。"邓远航帮钟玉保找借口说。

"没弄下来，耐住性子等哎，像他这样捣啊戳的，还真不想下力气给他弄那个委员呢。"张部长气呼呼地说。

邓远航心想千万不能，要真因为我邓远航的事，张部长不给他向省农垦推荐场委委员的职务，那他钟玉保知道了就把我当死对头了，还是在张部长面前帮他说几句好话吧。

于是，他对张部长说："他平时对我还是不错的，过去我们是同学、邻居，插队又在一起，人做事还是认真的。昨天可能是刚开完会，他在气头上才这样写的，要今天让他签就不会那样写了。"

"好，我就再考验他一次。季科长，拿张空白表到场委办重填，就说填错格子了。"张部长吩咐季科长道。

钟玉保见又来重新填邓远航的推荐表，心里有数了，肯定是邓远航又去找人做过工作了,他气得还想写昨天那两句话,但忍住了。他想,刘书记还在这儿,也抗不过他们,何况这只是一张推荐表,到正式用也还不知什么时候呢,不如现在大度点,签给他,以后再作理论。最后他签了个“同意推荐”,喊邓远航拿到大办公室盖章,盖过章叫李晓阳送到了场委组织部。

场委办新班子运行两个多月,虽有周折,但总体上还算运行正常。现在的场委书记方元根行事方式与先前的刘书记完全不同,方书记临时想起个什么事马上就要做,往往使办公室措手不及,穷于应付。

这个方书记是石龟学校原方校长的大儿子,六七届大学毕业参加“文化大革命”运动,七十年代初在外县下放劳动。“文革”期间他父亲挨批斗、受迫害的事,后来他都听他父亲说了,尤其是钟玉保踢他父亲胸口的那一脚,至今让他父亲隐痛不已、咳嗽不止,再加上与他两个弟弟一起插队时欺负他们、压制他们,致使他们与家里失去联系十多年,直到今年才联系上,一个在香港,一个在深圳。因而,他从外县一调回九龟工作就想报复他,把他打下去,后来因看在他老婆李晓星的面子上,就放弃了把他打下去的念头,但心里对他就是不快活,也绝不想提拔他。所以,此前刘书记征求让钟玉保做办公室主任时,他坚决不同意,后看在二凤和李晓星的面子上才勉强同意的。他对邓远航的印象倒不错,他父亲邓仁礼也是挨批受冲击的,并且在艰难的环境中还敢于保护他父亲方校长。所以,当场委书记后,他是想关照他的。

那次,钟玉保拿着办公室几个主任重新分工的安排表给方书记看。

方书记看到办公室人员的分工是:钟玉保、洪光武为方书记服务,侯鸣放为赵副书记服务,邓远航为向书记服务。看完,他把表给他说:“我才上来做书记,不要给人家造成一朝天子一朝臣的印象,原来怎么分工,还怎么分,不要急于变,等观察一段时间后再说。”

钟主任没法,只好维持过去的分工不变。

这天是7月一个周日的下午,雨下个不停,且很大很急,路面的积水已来不及排出。方书记把钟玉保喊到办公室说:“打电话问一下气象局,看看天气变化趋势。”

打过电话,钟玉保汇报道:“明天雨止,但近期还有中到大雨。”

“那你安排办公室通知明天周一上午八点钟开两套班子会,前一段时间干旱,近期又是多雨,防止旱涝急转。通知到委员时告诉他们会后开场委会,通知水利局来汇报防汛方案,另外场委、场部联合排一个汛期值班表,七天一转,包括领导和办公室人员。”

钟玉保接受了任务后,先写下通知的内容,然后到机要科对值班的徐秘书说:“你把明天上午两套班子会通知一下,不能漏掉噢。”

“是,保证一网打尽,不漏一个。不过,钟主任,你把书记、委员都划掉了是什么意思?”徐秘书拿着通知表问。

“那个你不要烦,划掉的我来通知,因为还有些话要说。”钟玉保回到办公室坐下来先点一支烟,然后打了个电话给洪光武:“明天上午来早些,开两套班子会,你上去记录。”

洪光武知道两套班子会议,办公室不管哪个去记录都可以,场委会因为有时有些保密的事项,办公室记录是固定的,过去就是邓远航,因而他便从电话那边问道:“场委会也是我记啊? 那邓远航呢?”

“他要是死掉了,场委会还没人记录呢? 以后都是你记!”钟玉保一听他那话就来气,说完话把烟往烟灰缸里用劲一拧不抽了。他拿出纸和笔排值班表:周一,方书记,办公室钟玉保、洪光武;周二,史场长,场办两人;周三,赵书记,侯鸣放,场办一人;周四,向书记,邓远航,场办一人……正排着,方书记从他办公室门口经过时问:“通知安排了吧? 晚上没事跟我去陪个客去。”

“全安排好了,没事,没事。”说完拿上伞,关上门随方书记下了楼。

外边的雨小了些,但还能把衣服打湿。钟玉保见方书记没打伞,便紧跑两步撑开伞遮住方书记。走到一号车旁边,他又赶快上前拉开后车门,待方书记上车,关上门,他才坐到副驾驶座位上。坐在车上他想,终于坐上了一号车,这个位子过去都是邓远航坐的,以后我争取坐到后边左手的位子上,这个位子让给光武来坐,把邓远航从这个位子上挤走。

车子开到了九龟中药厂,厂长和李晓星都在那里。还有几个客人,钟玉保不认识,但其中有一个穿米色西装的人认识他,一见他便喊道:“大保子,里好啊? 佛认识我啦?”一口的南方话。

钟玉保笑着上去握手说:“您好您好,欢迎欢迎! 您是……”

“不认识我了吧? 我们一起在龟岛插队……”那米色西装又用九龟话说道。

50

“噢,你是元正还是元本?”钟玉保仍握着他的手说。

李晓星见丈夫傻乎乎的样子,生怕怠慢了人家,便说:“老朋友都不认识了,是元本哎。”

“对,系元本啦!”那米色西装说。

“哎呀,不敢想不敢想,你变化挺大的,我真不敢认了。你好你好。”钟玉保心里有点发毛地说。

“哎,邓远航、洪光武,还有你妹妹几个怎么样?都好吧?能不能把他们一块叫来吃个饭?大家叙一叙。”方元本问道。

“算啦,现在不早了,雨又下这么大,人家也都在家里吃晚饭了。这样子,明天钟主任陪元本到公安局去一趟办个手续,我已跟李局长说过了,你们明天直接去找他。晚上,钟主任安排,你们同学、插子什么的一起聚一聚,我就不问你们了。”方书记安排道。

第二天早上钟玉保、邓远航、洪光武上班都比较早。钟玉保、洪光武是因为知道开两套班子会来得早,有些事要检查、安排。邓远航平时上班都比较早,他上楼时才听说今天有两套班子会,因而他一步两个台阶地很快到办公室,准备会议记录本。他进门时,已见洪光武站在那里,桌上放着本会议记录本。

洪光武见他进来便说:“马上开两套班子会,领导叫我上去记录呢。”

邓远航心想,他是在告诉我呢:今天我记录,你就不要上去记录了。我记录是领导安排的,不是我要抢你饭碗。

正想着,钟玉保也到大办公室来了。一进来,他就对着洪光武说:“光武,今儿个你上去记录,去看看会议室安排得怎么样?我上午有事,开会时,领导有什么安排,你全权负责。邓主任,你把这个材料改一下,看能不能发一期‘九龟情况’。”说完把手上的材料扔给邓远航便出去陪方元本吃早饭了。

两套班子领导陆续上楼了,方书记也早早地坐到会议室的正位上。可是已过了开会时间,场委班子中除了方书记、史场长准时到了,其他的副书记、委员都没到。洪光武下楼叫李晓阳赶快给委员们再打一遍电话,自己则到东边看看赵副书记、向副书记在不在。一看两人都在,他告诉他们开会的事,向书记听了拿个本子上楼了。洪光武再喊赵副书记走时,赵副书记说:“我不去,没人通知开什么会啊?两套班子会就这么随随便开的啊?我跟人家约好了下分场去的,人家都在那儿等呢,你叫我怎么回人家?”说完仍坐在那里抽烟。

洪光武没法又上楼汇报,方书记只好亲自下楼来请,赵副书记这才上楼,过了半个多小时,开会的人才陆续到齐,好几个委员确实已下分场,半途又返回来的。他们进会议室都感到惊奇,不知出了什么事,这么紧急地开会。

大家坐定,方书记一看手表,会议已迟开了四十多分钟,他火从心起,把本子往桌上一拍说:“办公室做什么的,吃干饭的啊?是哪个通知的,好好查一下,这是严重的政治事故。赵书记,你分管办公室的,这个事由你负责,一查到底,严肃处理,决不姑息。”

在三楼大办公室的邓远航感到有点惆怅,跟一把手服务的,两套班子会是必须要列席的,否则对一些情况不明,写领导讲话时难以抓住重点。刘书记在这儿时,在九龟湖农场范围里,只要是刘书记到场的会,他邓远航也是能在场的。今天弄个破材料叫他改,他一看是城关分场发展工业的总结材料,又不急于用,这明显就是不让他列席两套班子会。今天这安排是方书记的意思,还是钟玉保自己一人的主张呢?看看再说吧。今天会议通知把书记、委员们忘了,确实是场委办的重大失误,他不知昨天是谁通知的。

楼上会开起来后,就剩邓远航和李晓阳在楼下大办公室了。邓远航坐下来看钟玉保交给的材料,李晓阳则坐下来倒杯水喝。

李晓阳把自己茶杯倒满,又拿着水瓶来给邓远航加水。他一边加水一边说:“邓主任,我看今天有人要倒霉了。”

“那不一定,问题可大可小,恐怕要看是什么人出的呢。昨天是不是你发会议通知的?”邓远航问。

“要是我啊,那就倒八辈子霉了。”李晓阳一边去放下茶瓶一边说。

“不可能吧,要真是你,问题就变小化了喽。你怕什么啊?到时候你大姐夫会救你的。”邓远航说。

“不得他还好些,有他非把我往死里整不可。他哪是我姐夫啊,他是我老子哎,一不顺眼,就骂臭你。”李晓阳愤愤地说。

“正因你们是亲戚关系,他才对你严格要求。这是他大公无私的表现。”

“邓主任啦,不要笑死人了,他要大公无私,世界上就没有人不大公无私了。他几斤几两我还不知道吗?你说我到场委办多长时间了?你们三个来的第二年我跟侯主任一起进来的,不瞒你大哥说,我进来,也是花了票子的。现在怎么样?你们四个都提拔了,我到现在连个党都入不了。”李晓阳诉苦道。

“那你送点票子给你姐夫瞧瞧看,看他给不给你入党呢。”邓远航跟他开玩笑地说。

“你以为有用啊?屁用不得!他是老虎机,是专门吞票子的,有多少吞多少。哪次逢年过节不给他进贡啊?麻木啦!”

“那你有没有找你姐劝劝他?”

“找啦。我姐在他面前要不提我,日子还算安稳,要一提我,马上翻脸不认人,跟我姐能几天不讲话。”

“那找个比他大的官跟他说说看呢。”

“也找了,我姐找了,人家答应了,但人家说你先把党入了。邓主任,这些年你帮我不少,为我说了不少话,我都记在心里呢。我看得出来,在办公室,就你敢讲话,你帮我说说吧。”李晓阳央求道。

这几年邓远航确也帮他说了不少话,都是出于公心,每次为他说话,不是自己落下更繁重的任务,就是落个钟玉保的冷脸。说实话,李晓阳确实不适合在场委办工作,但既然来了就要发挥人家的作用啊。这些年,后勤这一块儿跑上跑下,跑里跑外,基本上是他做的,也做了不少事。刚来时,为创收也出了点岔子,但他钟玉保也有责任,况且人家后来把事都泥平了。按理说,入党的事也可以摆上桌面上说说了,但他钟玉保为什么把自己小舅老爷压住呢?邓远航未明原因,不敢贸然表态,便说道:“你自己也要找找自己的原因,不能全怪别人。你要把自己的一些不足、一些不良习气逐步改掉,同时,没事时加强学习,提高自己,有事时一丝不苟地完成,千万不要出类似今天这种把人通知忘了的差错。到时,我有机会帮你说说。”

“那就磕头谢谢了,我八辈子忘不了你的恩情。”李晓阳双手作揖着说。

“不要八辈子了,你调出办公室还能记住就不错了。”邓远航说着笑了起来。

51

钟玉保陪方元本吃过早饭,便坐一号车到公安局办事。

在车上,钟玉保便问道:“这些年,你跟你哥都在什么地方混的啊?怎么一点音讯都没有啊?”

“我在深圳,我哥在香港啦,他现在是香港人啦。”方元本说。

“他怎么就变成香港人了呢?”

“那年,我们辗转来到深圳,那里当时还是个小渔队。在那里蹲了个把月,才有一条渔船答应我们上船,帮他们打鱼混口饭吃。渔船出海,我们白天在船上帮他们拖网,夜里就想着怎么偷渡。有一天,我们的渔船开到了靠近香港的附近,我们看清了香港的高楼大厦,便决定偷渡。夜深人静的时候,我们哥儿俩悄悄地从船上下到海里。也不知是海水凉,还是紧张,浑身感到紧绷绷的,我游得慢在后边,他游得快在前边,突然一阵喊叫,几束灯光,几声枪响,我只好往回游,游了一会儿又被那家渔民救上了船,上船一看,左臂被子弹擦破了,上了点药,一边养伤,一边找我哥。渔船来回划了几趟,找了两天,始终未见我哥踪影。”

“那后来找没找到你哥?”钟玉保问。

“要找到就不好了,找不到是喜事啊,说明他过去啦。后来才知道,那边人打灯光射击时,他已经到岸边的草丛里了。他在水里躲了一个多小时,等那些警察走了他才上岸。”

“你们真是命大。”钟玉保说着陷入了沉思:他今天到公安局来干什么呢?来投案自首的?是不是他大哥方元根当了场委书记后大义灭亲,劝说他回来自首的呢?那我得好好看住他,防止他反悔劫车逃跑了,这家伙鬼得很呢。

“还是你命大哎。我戳那么狠,你都没死,你命真够硬的。”方元本说着,车已到公安局门口。公安局李局长带着两个民警正站在那里等呢。

钟玉保看到这情形,心里放了下来,他这下跑不掉了。他想:你说我命硬,我就是专门克你的,我看不到你坐牢,我怎么能闭眼呢?下车后,他紧盯在方元本的身后,两手时刻准备上去擒住他。

公安局李局长和两个民警迎上去与方元本热情地打招呼："方老板，你好你好！"

钟玉保站在那里愣住了，李局长不叫两个民警把他铐起来，反而热情地跟他握手打招呼，还喊他"方老板"，这是干什么？敌我一家亲啦？他是杀人犯哎，你还是不是共产党的李局长啊？

"钟主任，走啊，要陪陪到底啊，走，到接待室坐会儿。"李局长喊道。

他见方元本已走在了前边，便向李局长招招手，示意他等会儿。待走到李局长旁边，他低声对李局长说："他是杀人犯，又是偷渡犯、叛国罪，你怎么不给他戴上手铐？"

"钟主任，你这是不是方书记的意思？如果你是传达方书记的话，我立即逮捕他。"说着做出要冲上去的样子。

钟玉保一把拉住他说："且慢，且慢！反正他现在跑不掉。"公安局李局长要上去抓，他又吃不准了。人家大哥是场委书记，他当真能把自己亲小弟往虎口里送吗？再说，改革开放也这么多年了，新中国成立前身上有事逃到台湾去的，现在回来都夹道欢迎了，他这个案子是不是也不追究了呢？

公安局接待室里放着鲜花、水果。乖乖，跟接待贵宾一样啦？是接待我们的吗？正想着，方书记电话打到了公安局，叫钟玉保接电话。钟玉保接过电话过来对李局长说："签字，签字，快把东西拿来给我签字。"

一位民警拿出一份案卷递给钟玉保。钟玉保大致看了一遍，是那年在龟岛上发生的杀人案的内容。这上边写的已跟当初的材料完全不同了。现在的认定是钟玉保弟兄和方元本弟兄为琐事发生口角，继而发生斗殴，并发展到两人拿出刀子互捅，结果无意中双双受伤，方元本弟兄被赶来帮忙的人打跑，这完全是一起由小事引起的知青打架斗殴事件，双方都有受伤，双方各负百分之五十的责任，事后双方均已谅解，现予结案。

看完案卷，钟玉保倒吸了一口凉气。弟兄俩被捅伤的这仇就这么一笔勾销了？不勾销怎么办？谁叫你头削尖了，去做人家大哥的办公室主任呢？低头！勾销！签字！

两人签完字，方元本主动地过来与钟玉保拥抱。李局长和两个民警看到这情景都热烈地鼓起掌来。

见两人分开了，李局长上去与他们分别握手祝贺，握到钟玉保时，李局长说:“看来你习惯握手,不习惯拥抱啊,刚才搂得没有方老板紧啊。”

“他呀,他不习惯跟男人拥抱的啦,要是女的,他抱得可紧的啦。”方元本一句话把大家引得哈哈大笑,钟玉保也跟着摆出了一种尴尬的笑。

整整一天,钟玉保就陪着方元本。从公安局出来又乘渡船到石龟,到石龟后,方元本叫钟玉保到分场场部去,让他一人去原来住的石龟学校、现在的石龟小学去看望父亲。他父亲一直住在石龟小学。父子多年不见,也是百感交集,两个男人竟都洒下了泪水。

到分场场部去的钟玉保开始很乐意,他感谢方元本主动提出不要他去看那个国民党团长。他怕看到那个老头子,他总是觉得那老头子会从背后给他一家伙。到分场场部,他就来到董兴国办公室。

董兴国虽还是副书记、副场长,但已是二把手,已主持分场工作,他一见钟玉保突然进来,十分惊喜:“哎呀,大哥,真是有缘啦,才想你呢,你就到了。快请坐! 不,坐我这位子,你来了,我哪敢坐这块儿呢。”说着把钟玉保拉到自己位子上坐下。然后打开橱柜拿出一条烟放进钟玉保的包里,又从自己上衣口袋里掏出一包烟,抽出一支递给钟玉保,再从裤子口袋里拿出打火机,啪的一声打着火,伸到钟玉保嘴边,给他点着了烟。

“咦,你这个打火机蛮新鲜的嘛,手枪形的啊?”钟玉保说。

“我也是才从人家手里讹来的,大哥要是喜欢,就给你用。”董兴国说着把打火机递到了钟玉保手上。

钟玉保把手枪打火机拿在手上打了几下,然后往口袋里一掼说:“你们书记不在家啊? 到现在连个面都不见一下子啊,我可是开着一号车来的噢。”

“书记到场里去了。大哥有什么指示?”董兴国问。

“什么屁指示啊? 你跟我还用得上这么客套啊? 我是奉方书记之命,陪方团长家方老三来的。”钟玉保说。

“方家老三人呢?”

“到学校去看他老头子了。”

“不得了,大哥哎,犯大错啦,走,赶紧走。”说着又打开橱柜的门,从里边拿出两瓶酒、两条烟,放进包里,拖着钟玉保就往外走。

“干什么? 干什么? 一个臭老头子家什么去头啊? 方老三马上过来了。”

52

“不行啊，大哥，他过来就晚啦。你想想看，你看的不是方老三父亲，而是方书记父亲啊，他让你把一号车开过来什么意思？就是要你代表场里去看他父亲啊。你要是不去看，方老三告诉方书记，你还有好果子吃吗？走，赶紧走。”董兴国一手拎着东西，一手拉着钟玉保说。

这时，钟玉保才如梦初醒，猛地从座位上站起来就往外走。是啊，那是方书记的父亲啊，你办公室主任不去看怎么能行？你讨厌那个国民党团长，可你不能讨厌方书记父亲啊。

两人来到方校长家，拿出酒和烟对方校长说：“老爷子啊，学生来看望老师了，祝老校长健康长寿！”

“谢谢了。我也能教出你们这类学生，也真不知我老朽怎么教的噢。哈，哈……”方老校长说着自己竟发出一种奇怪的笑来。屋里的人也随着笑了起来。

钟玉保觉得并没有什么好笑的地方，但他觉得方书记父亲方老爷子笑得开心，便也跟着笑了起来，只是笑得有点像在公安局笑的样子，颇为尴尬。

从石龟回来天已黑了，钟玉保一边指使驾驶员把车直接开到小蔡小吃，一边对方元本说：“哎，元本，你在深圳肯定是大鱼大肉吃厌了，我今天带你到一个小饭店吃点野的土的。”

“吃嘛，无所谓的啦，主要是看看老插子、老同学，叙叙旧情的啦。”方元本说。

他们到小蔡小吃时，不少人已到了。方元本一眼就看到了钟玉家，上去就给她一个拥抱，弄得钟玉家满脸通红，不知说什么是好。满屋子的人也都欢呼起来，笑的笑，拍手的拍手。然而，洪光武则把脸拉了下来。方元本为了不给钟玉家难堪，他跟屋里其他几个人李晓星、洪光武、王石基、董兴国都拥抱了一下。最后到钟玉保时，钟玉保主动上去说：“你们看我的，我们这是第二次拥抱。”说着上去与方元本紧紧地搂抱起来，还学外国人那样，左边的脸贴一下，右边的脸贴一下，引得屋里又是一片欢呼。

一圈下来后，钟玉保请方元本就座。方元本没有动，他看看四周说：

"还少人的啦。"

"噢,少二愣,他办了个小厂,正好这两天外出推销产品去了。"钟玉保说。

"不对,还有远航呢?"方元本问。

"他好像说有什么事吧?"其实,钟玉保就没通知人家,他现在已不像当副主任那会儿,什么事都想喊邓远航参加,现在做了一把手后,能不让他参加的就不让他参加,尽量排挤孤立他。

"什么事也得来一下子呀? 他不来,我们吃不下去的啦。"方元本站着说。

钟玉保见方元本不肯就座,便对王石基说:"小秃子,你骑摩托到他家把他拖来。"

"你也真是,还是旧情忘不了啊。"李晓星话里有话地说。

"补充一下,是旧情旧友都忘不了。说实话,出去这么多年,最忘不了的还是自己的家乡,家乡的同学和朋友。"方元本说。

不一会儿,小秃子把邓远航带了进来。方元本一见,又上去一个拥抱。邓远航从他的搂抱中挣出来说:"你没多大变化啊,除了这身西装,面相一点儿没变,这么多年没见,我一眼就认出来了。哎,那年,你们躲在什么地方的啊,那么多人就没抓到你们?"

"要抓到,这世界上就少了两个老板喽。我们那时就站在水中的芦苇里,整整三天三夜,吃芦苇,喝九龟湖水,一直等他们松懈了,我们才乘夜潜水逃走的。他钟玉保哪是抓人的人啊。哈哈哈……"方元本笑着说。

"他没抓你,他那时在医院呢。不过,他那时却抓过我一次,叫光武看住我,四五个人,愣是在他鼻子底下也没抓住我,他确实不会抓人。哈哈哈……"邓远航也笑着说。

"都不要显摆了,小心什么时候被我抓住。来,坐吧坐吧。来,元本坐右手边这个位子当仁不让,左手边这个位子就给分场的同志坐吧,光武你坐我对面,你签字买单,其他人随便坐。"钟玉保安排大家坐下。

方元本到钟玉保的右手边坐下了,董兴国也不谦让正准备到钟玉保左手的位子坐,被钟玉家拦住了:"你也不谦让一下,抢什么噻,你坐这块儿,人家远航坐哪里啊?"

董兴国红着脸站到了一边。

邓远航见状赶忙上去把董兴国拉到钟玉保左边,把他按到那个位子上说："这个位子也非你莫属，不光是分场的同志，你还是我们这么多人的父母官呢。我坐你旁边，正好跟你交流交流。"两人坐定，邓远航对他说："上次到你那儿去，想看看你的，先说你在，后来说你下大队了，再后来看你陪着组织部一科长、一办事员从饭店出来，唉，你们分场的人也真是太忙了，整天在陪人吃饭呢，也累死了。"

"什么累呀？我看他就是拍马屁。不过你拍错了，幸亏远航不是那种人，要不他到张部长那儿给你上烂药，你场长做不成，不要以为你这么神气。"钟玉家仍维护着邓远航说。

"妹啊，我知道了，不能再说了，再说，我就找个缝钻进去了。"董兴国已满头冒汗了。

"你这个家伙不可交，小人。我不是用九龟话骂你，你这一套是我们做生意常玩的，我不想见的人，就叫秘书说我不在家，但老朋友我绝不怠慢，只要你们到深圳去，我就是再忙，其他都推掉，保证陪你们。你这个做得比我们商人还辣呢。"方元本用九龟话替远航打抱不平地说。

"老同学老同学，求求你们不要再说了，我错了，我无地自容，我满满倒两杯酒，先以酒赔罪。邓主任，对不起！"董兴国说完把两杯酒喝完。

大家坐定后，方元本叫秘书把包拿来，一人发一个小礼物。方元本把打火机、香烟、茶杯、钢笔、钥匙扣、纪念章等十多种东西放到桌上让大家挑。在大家挑礼物时，他又把一只小盒装的东西塞进坐在他旁边的钟玉家裤兜里。钟玉家感到裤兜被人动了一下，便伸手去摸，摸到是个小盒子，刚要掏出来看，被方元本压住了手。钟玉家脸一红，随便挑了个钥匙扣坐下了。

他们这一连串的动作早被洪光武瞄在眼里。他心里气大舅老爷把他安在副主陪的位子，你安排人家远航多好呢，人家按职位在我之上，他坐这个位子顺理成章，你把我安在这个位子，得罪人家不说，我还不高兴。更可气的是非要叫钟玉家坐在方元本旁边，这些南方来的大老板哪个不是色狼啊，你为了你自己跟他搞好关系，把你妹往狼嘴里送哎。你看，你看他那样子，对家家动手动脚的。看到这儿，他便说了一句："哎，大家注意啦，方老板这带的都是好东西啊，你们看看口袋有没有洞啊，防止灌口袋里漏掉了，丢了人家的一片好心啦。"说完自己先笑起来，笑得嘴都有点歪了。

"没事，丢了没事，下次到深圳去，把更好的给你们。"方元本回道。

53

“好啦,大家把酒倒满,一起举杯,为元本荣归故里干杯。”钟玉保发话道。

大家连敬了两杯后,邓远航端起酒杯走到方元本后边说:“元本,我敬你一杯,恭喜你短短十数年做出了骄人的业绩。”

“你们不要文屁冲天的噻,就说恭喜你发了大财,多好听。”钟玉保在一旁说。

“你还不要说,保子,你武气不少,但你我都还真缺他这点文气,要有他这种文气,我们也不会发生那件事了,来,我们一起敬远航一杯。”方元本说。

“不不不,我敬你们,我要向你们两个学习,学习你们那种在困境中找出路的精神。”邓远航说。

“哎呀,你们也不要文啦武啦的,不能光你们三个人喝,还不如我们在一起插队的六个人喝一杯。”钟玉家也端着杯子插上来说。

待六人喝完酒,方元本说:“你们歇一歇,现在让我来表示表示,我一个一个地敬,一个人敬两杯,玉保、远航你们等一下,我先从右边开始。来,我心中的小美人,先敬你两杯。”

“家家不要喝,喊的什么乱七八糟的,不跟他喝!”洪光武不高兴地喊道。

洪光武一喊,全桌的人都呆住了。

方元本到底是见过大世面的人,他倒没有被洪光武的喊声吓住,也没有显得不高兴的样子,而是仍然彬彬有礼地端着酒杯对钟玉家说:“小美人,敬你一杯。我先干为敬。”说完将杯中的酒一饮而尽。

“喝什么喝?不怀好意。”洪光武仍在一边指责着。

“光武,喝杯酒没有什么,人家喊‘小美人’也是夸奖家家长得漂亮呢。家家喝掉吧,人家站半天啦。”邓远航一旁劝道。

钟玉家端起酒杯正要喝,洪光武又喊了一声:“那他喊你老婆‘我的小美人’,你老婆喝不喝?”

“光武,人家跟大妹就喝杯酒,又怎么啦?家家,喝!”钟玉保看得不耐烦了,站起来对他们说。

钟玉家朝洪光武看了一眼后喝完了杯中酒,大家一起喊了声“好”。

方元本看洪光武表现如此之差,便故意要气气他。于是他又端起一杯酒对钟玉家说:“九龟人敬酒敬双,我今儿个就按家乡习惯再敬你一杯。这杯酒是赔礼酒,为十几年前英雄救美的事我自罚一杯,你不要喝,什么也不要说。”说完干了手中端的酒。

“罚一斤酒也抹不掉你那罪恶的过去。”洪光武愤慨地说。

方元本又站起来正要说话,被王石基抢先道:“方老板,你等一下,你跟家家喝了杯酒,我还要跟她喝两杯酒。其实,她在我眼里比在你心里更漂亮。来,家家,我敬你两杯酒。”王石基心想,你是大老板,我这老板也不比你差,你插队时对她有意,我上学时就对她有情了,比你还早呢,你敬她一杯,我敬她两杯,非压倒你不可。

“秃子,你凑什么热闹,家里人等一下敬,让人家客人先敬。”钟玉保赶忙制止住王石基,生怕洪光武再跳起来。

方元本一圈敬完后再次站起来,端着酒杯走到邓远航旁边说:“远航,我再敬你两杯酒,我要感谢你们父子俩对我们父子的关心和帮助,我二哥在香港给我一打电话就告诫我,忘记那些年的那些怨恨,但千万不要忘记那些年的那些恩情。他特别提到你的老父亲,明天我要专门去看望邓老爷子,感谢老爷子在那个年代敢于保护我父亲,替我父亲讲话。来,这一杯敬你老爷子。”

“行啦行啦,你少喝些,中午你在董场长那儿也喝了不少,把你喝多了,方书记要批评我们了。”钟玉保觉得叙旧就叙旧,叙的是同学情,你把他家老头子搬出来干什么啊?便想把他岔开。

但方元本并没听他的,他又倒满一杯酒对邓远航说:“远航,这杯酒敬你。不光是感谢你在龟岛时关心、同情并不歧视我们哥儿俩,还因为我差你一顿酒呢。”

大家听他这么说,头脑里都打起了问号:“这怎么讲?”

邓远航也莫名其妙:“别瞎说了,差我什么酒啊?”

“差,绝对差!你不知道,那年夏天熬薄荷,第一天晚上,我叫二愣喊几个人到我们宿舍喝酒,他把那几个都喊去了,就少你邓远航一个,我们在那儿大酒死喝,喝倒了几个,光武就是其中一个。但是你一个人在那儿烧锅熬薄荷。我欠你一顿酒,我今天先敬你一杯,明天我请你,在座的作陪。”说完干了杯中酒。

邓远航也喝完了杯中酒，喝完酒，他把方元本送到座位上说：“其实，那个年代就是那样，大家只能跟着时代走，只不过在走的时候，有的人会扶别人一把，有的人则会踩别人一脚，各人都有理由，谁也不欠谁的，只是两眼向前看就行了。明天也不要你请了，我来请，你也不要争，等我们到深圳了由你请。”

“那是肯定的，你们到深圳，用车，吃喝玩乐，我全包了。”方元本拍着胸脯说。

“吃吃喝喝，我答应，你要带他们去玩乐，我就不让他们去。”李晓星说。

“嫂子，你也不能把男人管得太死，女人也要学会放手。你们只要把钱管住就行了，别的你想管也管不住。像你家保子这么强壮的身体，他不找点乐子，他的精力往哪儿放啊？现在的人，既要会挣钱，还要会花钱。你们没听说吗？三等男人会想钱，二等男人会苦钱，一等男人会花钱，不会花钱不是好男人。所以，嫂子，你要让保兄学会花钱啦。家家，你也是噢，也要给光武松松绑，让他学会花钱噢。”方元本说。

“她呀，反过来噢，光武要给家家松松绑噢。”王石基接着他的话茬说。

“你个秃驴，你敢在太岁头上动土，大爷今天就跟你喝。来，把这两个茶杯倒满，我跟秃驴一人一杯。”洪光武把上衣袖子一捋说。

“大爷大爷，饶了我吧，我告饶。他也说你的，你不敢跟他叫板，就拣软柿子捏，你的本事啊，是蚂蚁的靴子——就是有也不大。”王石基一边向方元本递眼一边哈哈大笑起来。

大家说说笑笑，吃吃喝喝一直到晚上十点多才结束。

洪光武在路上就跟钟玉家扳了起来，埋怨她滥喝白酒。到家后，钟玉家脱裤子时忘记了裤兜里的小盒子，手一甩，小盒子从裤兜里掉了下来。小盒子在地上翻滚了几下，竟滚到了洪光武的脚下。

钟玉家先是一愣，后反应过来，边上去拾边说：“方元本叫给我哥哥的，我都忘了，快看看是什么东西，估计也是个纪念章什么的。”

洪光武先前在酒桌上就怀疑家家跟方元本鬼鬼祟祟、动手动脚的有什么玩意头，这会儿见从她口袋里滚出个东西来，更加证实了他的怀疑。于是，他在钟玉家来拾之前抢先一步把那只盒子拾了起来。

钟玉家见盒子被丈夫抢先拾去，并不气恼，而是显得一副好奇的样子倚过去说："快打开，看看是什么东西。"

54

"什么东西啊？先要问问你们两个是一对儿什么东西？玩的是什么鬼把戏？"洪光武借着酒劲儿一把将老婆推到一边说。

被推到一边的钟玉家把脸一沉说："你什么意思啊，什么你们两个一对儿啊？你今儿个不给我说清楚，你死不掉！"

"你少跟我装蒜，你以为我不知道啊？在桌底下他把你的手握得紧紧的，你以为我没看到啊？"洪光武气愤地说。

"你知道什么？他是拽住我的手了。那是他把这盒子放进我的口袋，我以为是给我的，我怎么能要他的东西呢，我就往外掏，往外掏时他按住我说，不要给人看到，这是单独给你哥哥的，我就没掏。就这么简单，你说你叫我怎么做？我把这盒子拿出来放到桌上，让大家都知道他送我哥的？那人家方老板和我哥脸往哪儿搁？你把你老婆想哪儿去了？"钟玉家生气地说。

洪光武见她生气也只好软下来，便嘟囔了一句："谁叫你不肯坐到我旁边，偏要坐到他旁边，不是把话给人说吗？"他边说边打开盒子。盒子打开一看，他傻眼了，里边躺着一只闪亮的金戒指。

看着盒子里的金戒指，两人都愣住了。但还是钟玉家反应快，她说："赶快给哥哥打个电话，看他怎么处理。"

"看他怎么处理啊，我先看你怎么处理！你把我真当傻子啊？什么人才送金戒指啊？情人哎！英雄送美人哎，怪不得喊得那么亲热，还'小美人'呢，'小美人'你说，你说，你跟他什么关系？"洪光武气到了极点，他用两个手指捏住钟玉家的嘴巴说。

钟玉家用劲挣脱洪光武的手说："洪光武，你不要没事挑事，我跟他什么关系你不知道啊？'英雄救美人'的事你也不是不知道，我没有一点对不起你，你这样到底要干什么？"

洪光武再次上去捏住钟玉家的嘴巴说："没有对不起我啊？你跟邓远航谈恋爱，跟方元本谈恋爱，还跟小秃子谈恋爱，你乱到极点了，最后没人要了,甩给我了是不是,是不是?!”他的喊声把伢子吓得也哭了起来。

钟玉家这次没有挣脱,也没有辩解,只是两眼看着自己的丈夫,泪水直往下流。她怎么也没想到自己的丈夫竟说出这么多诬蔑妻子的不实之词,这难道是自己朝夕相伴的男人吗?他的内心怎么到了如此阴暗的地步?

洪光武捏了会儿,见妻子没有反抗,且泪水直流,觉得没趣,便松手把她推到一边说:“贱货!”

钟玉家踉跄了两步站定,又走了两步抱起伢子,拉开门跑了出去。

洪光武起初没动弹,心想她只不过做做样子吓唬吓唬我,哪里敢真跑?后来,听外边没有动静了,赶忙出去看看,她的自行车已不在了,母子俩早没踪影了。这下不得了,无论是回娘家,还是到大舅老爷家,我都没皮了,赶紧去找。

到岳父母家,说家家母子没来。到大舅老爷家,大舅老爷连门都没开,说睡觉了,有什么事明天再说。洪光武只好一人回家,还没到家,他忽然想起了上午两套班子会上布置的任务一件没落实:后天上午开“纠风治乱”工作会议,方书记的讲话没安排人写,文件未安排人起草,会场未安排人布置。他又掉过头,到大舅老爷家跟他汇报,请他分配任务。

再到大舅老爷家,敲门,还是那句话:“睡觉了!”

“有事呢!”洪光武在外边喊道。

“有事也睡觉了。”大舅老爷在里边答道。

“真有事,上午两套班子会布置的任务向你汇报呢。”洪光武执着地喊着。

“汇报明天再说,睡觉了。”钟玉保不厌其烦地答道。

里边的灯熄了,看来真睡觉了。洪光武这才往回走,回到家才感到房子虽不大,但没有了老婆小孩却是空荡荡的。两套班子会的任务十万火急,大舅老爷堂堂的办公室主任居然不闻不问,睡觉了!他不问我不能不问啊便拿出纸和笔起草方书记在“全场纠风治乱工作会”上的讲话。拿起笔一个字没写,眼前尽是妻子的泪水,耳里全是儿子的哭声。不得了,一个字写不出来怎么得了?想了半天,他拨通了邓远航家的电话:“哥啊,你看在当年‘小要饭的’情分上,无论如何这次帮兄弟一把,马上我们到办公室,一起写方书记的讲话。”

邓远航接到他的电话,从心里拒绝去写方书记的讲话,一个原因是任务不是布置给他的，他自然没有必要深更半夜爬起来去写这个讲话，还有一个原因是他没参加两套班子会，没听领导的讨论，对情况不太熟悉，便不想写。但他从电话里听洪光武以“小要饭的”名义来求他，他心便软了，就骑车来到了办公室。

“怎么这么急急忙忙的，跟催命鬼似的啊?”邓远航问已在办公室的洪光武。

“上午两套班子会上就定下来了，下午，钟大主任鬼影子没看到一个，晚上那氛围一闹，早把事忘得一干二净的了。”洪光武不好意思地说。

“那怎么深更半夜地又想起来，跟周扒皮似的把人喊起来?”邓远航觉得他今天喊钟主任的口气有点不大对，就没触动他那根神经，而是只说与他相关的事。

“风一吹，酒醒了，要不我还醉生梦死呢。酒醒了，才想起兄弟，患难的时候还是你帮我，那些什么亲戚狗屁朋友，都是他妈的势利眼。”洪光武诉说着。

“哎，你不要捧我，我这个人经不起捧，不要把我捧到半空中，手一松，把我弄个空心跟头。”邓远航开玩笑说。

“不是跟你开玩笑，我说的是真心话。自我当‘小要饭的’那个时候开始，我就觉得你这个人可交，他那个人不可交。现在你看我跟他好像关系好得不得了，其实不然，只是因为亲戚关系穷于应付。你不相信？我举个例子给你听。你就说他对你吧，现在他得势了，想排挤你，什么不让你参加两套班子会，不让你上场委会去记录，不让你跟方书记接触，排汛期值班把我跟方书记排一起，等等，机关算尽，最后怎么样，人家方书记还是要你服务，办公室分工还不是汉承秦制啊？不过，你相信我，我在这当中，顶多是挨不过他的面子，附和他几下，绝对不做对不起你的事。”洪光武依着生气，借着酒劲，随口说着心里的想法。

邓远航想，他今天是怎么回事？酒喝多了吗？深更半夜把人喊起来写材料，又不说写什么材料，却在这儿说顶头上司、办公室主任、他大舅老爷的不是。还是依酒三分醉，假装来帮大舅老爷来套我话的？邓远航抬头看看洪光武，觉得他不但有醉意，还有醋意，好像心里愤愤的，受了什么委屈似的。话也说回来了，平时，他确实也没做对不起我的事，有时迫于他大舅老爷的压力，他不得不说一些话，也多是模棱两可的、不伤人的话。因而，邓远航相信他今天说的还是真心话。因而，他接着他的话茬说：“这我绝对相信你，道人不吃荤，我心里也有数。其实，同事之间完全没有必要搞那种雕虫小技，既伤人也伤自己，多数情况下，米撒下去了，鸡却没偷成。实际上，场委办公室已是一个非常好的平台了，在领导身边工作，学习的机会多，升迁的机会也多。同事之间应和谐相处，八仙过海，各显神通，你可以凭你的本事向上走，但有一条最起码的底线不能跨越，就是你不要踩着人家的头往上爬。”

55

“不谈了，有人不踩着人家的头，他就爬不上去！我那大舅老爷就是一个，这块急着跟他汇报两套班子会的任务，他睬都不睬，要睡觉。他屁事不管，就管自己往上爬。你说他是能想还是能写？想，他为场委决策提过什么建议？写，他为领导写过什么讲话？没有！不说了，不说了，说到‘讲话’，我们‘讲话’还没写呢。这样吧，远航兄，我搞文件和安排会场，你把方书记的讲话写下子。明天下午就要。”洪光武说了一些气话后终于刹住了车。

“能不能调下子，你写讲话呢？我倒不是推，关键是我今天没参加会，情况不了解。”邓远航说。

“这好办，有省农垦的文件、省农垦领导的讲话，这里还有会议记录，关键是结合我场实际部分难点写。无论如何请你完成这篇讲话，帮兄弟这次忙，兄弟有情后感。兄弟这次落入了感情旋涡，一个字都写不出来了。”

“什么感情旋涡？说得这么文绉绉的，是不是你想把家家甩啦？”邓远航问。

“我甩家家？说笑的噢，我能甩她？她把我甩了！带着儿子不知跑哪儿去了，我又成‘小要饭的’喽。”洪光武说着竟呜咽起来。

听他这么一说，邓远航拉着洪光武说：“哭什么哭！走，我跟你一起去，赶快去找家家。”

洪光武止住呜咽，把膀子一甩说：“你急什么急？在大舅老爷家呢，跑不掉，死不掉。”

“光武，我不是说你，你这个人真是‘小要饭的’脾气，要的时候，你是拼命地要，要到手，你又不好好地珍惜。”邓远航数落道。

“是我不珍惜，还是她不珍惜？你看她昨晚在桌上那疯样子，跟方元本又是喝酒又是捏手，不就是看上他几个臭钱，看上他哥哥是场委书记嘛，她不要忘了，他还是个杀她哥哥的杀人犯呢，认贼作父，贱女人一个。”洪光武又是噼里啪啦一通气话。

“光武，你还是‘小要饭的’脾气。按照我的观察，家家昨天并不疯，也就是跟方元本喝了一杯酒，这并不过分，是你多想了。”邓远航继续数说他。

“我多想了？你不要夸她了，你越夸她我越多想了。人家都把戒指塞到她口袋里了，还我多想呢。要是我送个戒指给你老婆，你怎么想？”洪光武反问道。

“真有此事？我们怎么没看到？”邓远航有点怀疑。

“要让你看到，那还叫偷情！”洪光武气愤地说。

“如果真送戒指，那就有问题了。”

“你说要摆在你身上，你能承受吗？哪个男人也承受不了啊！”

“但是你也不要急于把自己老婆骂得那么难听。事情还是可以搞清楚的，比如方元本塞到她口袋里，她不知道，不能怪她；或者她知道了，她表示以后退给他，不能怪她；或者是他托她送给别人的，更不能怪她。”邓远航分析给他听。

“我知道你跟我老婆尿尿和烂泥时就有感情，她维护你，你也尽为她说好话。她是说方元本叫她送给她哥的。”洪光武酸溜溜地说。

“是的呗，你这样把她赶跑，就是你的不对了，赶快去赔礼道歉。”邓远航催他说。

“你就心疼她，不能让她受一点委屈，你什么时候心疼过我啊？我一个外地人离开父母来为你们九龟献青春、做贡献，你们也不能叫我总受委屈哎。我去过了，他一家子地头蛇似的那么横，哪个受得了啊？”洪光武诉苦道。

“你不要看他们横，他们对自家人还是十分关照的，不信你明天看，保证对你一副热心肠。”邓远航劝他说。

他们弄了一夜材料，办公室其他人谁也不知道，第二天早上照样去上班。洪光武把邓远航昨晚写好的材料拿到楼下打字室打印，邓远航就到办公室安排李晓阳发明天会议的通知。通知写好后，邓远航叫李晓阳把通知表拿过去给钟主任批。不一会儿，钟玉保拿着通知表过来对邓远航说："你又没参加两套班子会，就乱发会议通知，发错了你负责我负责？等光武来！"

这时，方书记过来说："办公室哪个跟我下分场看看？"按理说，办公室分工未变，仍由邓远航为一把手书记服务，就应该叫邓远航去，但钟玉保没有说话，而是赶快跑出去，追着方书记说："书记啊，邓主任家里有事，叫洪主任跟你去好吗？""随便哪个。"

于是钟玉保回到大办公室喊道："喊光武跟方书记下分场。"

又过一会儿，分管党务的赵副书记来说："哪个跟我到石龟去？"

"侯主任，你陪赵书记到石龟。"钟主任立刻喊道。

再过一会儿，分管工业的向副书记来说："叫个人跟我到几个企业看看。"

"李晓阳，你跟向书记到企业去。注意记录，回来要发信息。"钟玉保交代道。

"那，那还是邓主任去吧，我怕记不下来。我还是在家发通知吧。"其实李晓阳不是怕记录记不下来，而是怕回来叫他搞领导讲话，他搞不起来。过去，有邓主任一起去的，回来后材料都由他代劳了，现在叫他一人去，他担心了。

"窝熊！一天到晚发通知，哪一天能发起来啊？去！"钟玉保训斥道。

李晓阳夹个本子出去后，分管农业的副书记也来要人下分场，钟玉保看了一圈后说："我陪你去吧，去看看农村新面貌。"走出去又转回来，把手上的通知表丢给邓远航说："邓主任，你安排人通知一下！"说完一溜烟跑下了楼。

邓远航看着空空如也的办公室，拿起会议通知表揉成一团，往废纸篓里一摔说："安排个屁啊！"摔完后也"嗵嗵嗵"地跑下楼。到打字室一看，场办一个秘书在那儿看着，打字员把方书记的讲话放在一边，打着场办的讲话。

邓远航对打字员说："你赶快把方书记讲话打起来，书记等着要看呢。"

"你老拿书记唬我们，以为我们傻啊，一号车早出去了，我还以为你也在一号车上呢，所以才叫打字员跟我们打的，我们场长也等着要呢。"那秘书说。

场办秘书的话明显刺他，他也无话应对，只好对着打字员发火：“我们的你不是已经打了，怎么你把它撤下来了呢？”

“你们也是主任，他们也是主任，你叫我听哪个的？我只有两只手哎，我只能一篇一篇地打哎。你要等不及，你们场委办也买一台机子，也招个女打字员去陪陪你们啊？要不然只有把场办的打好了，才能打你们的，谁叫我吃场办的饭呢。”女打字员一边打字一边说。

女打字员的话把邓远航噎在那儿半天说不出一句话，怎好跟他们计较？走，上楼！孺子不可教也，不跟他们一般见识。上楼时已没有下楼时那样有力，只是一步一个台阶慢慢地朝上爬。到了办公室往椅子上一坐，然后侧过身，左手在废纸篓里翻了两下，拿起那团纸，放在桌上用两手把它抹平，拿过电话机发起了电话通知。

56

一上午，邓远航一百多个电话打下来，喉咙里直冒火。各部门、各分场全部通知结束后，他才觉得李晓阳平时在办公室做那些杂事也真不容易，由此他又想到了那女打字员，当时幸亏没跟人家吵，人家也不容易，还骂人家“孺子不可教也”，好像自己多高尚似的。人啊，往往把自己看得过于高大、过于了不起，似乎什么好事都应由自己先挑、先得，似乎别人总是不如自己，必须在自己之下、之后。难道只有你才有资格给书记服务，别人就不能？难道只有你的材料必须第一个打，别人的材料就不行？封建意识！今后一定要在自己头脑里减少这种思想杂念，平等地看待别人，平静地对待与自己有抵触的事情。

场办打字员在下午还是把方书记的讲话打好了，邓远航校对修改后，在方书记下分场回办公室时交给他看了。洪光武回来后一边去检查会场，一边通知打字员晚上加班印方书记讲话。

今天的晚饭是由王石基安排请几个同学陪方元本，邓远航吃到中途说要印材料便出来了。到打字室一看打字员没来，等了会儿，还没来，他便到宾馆后边的宿舍去找打字员，这一找，让他踩上了人生途中的又一颗地雷。

九龟宾馆后边有个后花园，后花园北边有一条小河，小河北边是宾馆的宿舍,住着宾馆的服务人员,场办女打字员也住在那里。这小河上有一座廊桥,两头有门关着,平时白天开着,方便宾馆工作人员进出,晚上九点以后两边的门就锁上了,门锁上后再有人员来往只能从宾馆前门出去绕道过去了。

这时才晚上八点多,邓远航便从后花园的廊桥过去找女打字员。他走路很快,不一会儿到了后花园廊桥的南门。他推开南门,跨进一步,只听一个女的“啊”的一声尖叫。他循声望去一个男人趴在一个女人身上,那下边的女人又是一声尖叫,邓远航赶忙退后夺门而逃。

不得了,不得了,好像是二凤。察见渊鱼,不得了,不得了。“察见渊鱼者不祥,智料隐匿者有殃”,要倒大霉了！他一路狂奔,一口气跑到了办公室。进了办公室,心还扑通扑通地直撞。

邓远航逃走后,廊桥里的男的问:“看到什么啦,大惊小怪?”

“看到一个人。”女的说。

“谁?”男的问。

“嗯、嗯,好像、好像……”女的吞吞吐吐不想说。

“你说出是哪个,我才能把这事处理好,你不说,我们俩都完蛋!”男的说。

“嗯、嗯,好像是邓主任。”女的终于说出了她看到的那个人。

“他？邓远航？你看清楚了?”男的问。

“像是他。”女的说。

“是他就是他,不是就不是,绝对不能有半点差错。”男的说。

“你偏要到这个鬼地方,人来人往,人家紧张死了,哪看得那么准啦?”女的要哭的样子。

“我把两边的门都锁上的,他怎么推开的呢？好,行啦行啦,什么时候了还哭！这样子,你明天约他晚上吃饭,试探试探他。记住试探两点:一是试探今天来的是不是他,如果是他,再试探他有没有看清我。”男的交代说。

“那不是把我暴露出去了吗？我在老师面前怎么做人?”女的哭丧着说。

“丢车保帅吗,有我在,就会保护你,按我说的去做,不要怕。走,你先走,看前边有没有人,如没有人,拨我手机响一下就行。”那男的又交代道。

第二天上午,邓远航早早上班和李晓阳一起去会场,在门口放张桌子发材料。会场里边吵吵的，他们见钟玉保、洪光武他们进去了，也就没过问里边的事。待主持人宣布会议开始时，有开会的人出来说会标写错了。他们赶忙进去一个字一个字地读，果然写错了。“纠风治乱”写成了“纠风制乱”，不是“治理”，而是“制造”了。可是现在换已来不及了，会已开起来了。这时钟玉保他们也过来了，李晓阳告诉他们会标的字写错了。钟玉保看了半天没看出哪个字错了，洪光武已看出来了，凑到他身边说“制”错了。钟玉保抬头再看一遍，然后小声对洪光武说：“不就是这个‘制’吗？”“不是！应该是三点水的‘治’。”“你确定啦？”“确定！”

钟玉保确定那“制”字写错后马上对着邓远航说：“今天我们都下分场了，你一个人在家，会标怎么写的？这么大个错字你也能出？你能干就干，不能干趁早说，不要在这块死撑活挨的。”

洪光武赶忙又凑过去说：“不怪他，怪我，会场是我负责的。这两天情绪不好，我也没注意看。”

钟玉保又朝会标看了几眼，然后说：“噢，这个字也不能算错，也能用噢。‘控制’嘛，纠正不正之风，控制‘三乱’嘛。”

“可是中央当下要求的是治理‘三乱’，而不是控制‘三乱。’你不能随意就跟中央的精神过不去啊。”邓远航刺他说。

钟玉保又要辩解，二凤从会场里走了出来。她冲着钟主任说：“错就是错了，还死不承认，会场里哪个不指指点点啊？”

“哎呀，我的蒲所长，我的姑奶奶，你不要说了，我知道错了，你可千万不要在领导面前给我上烂药啊！”钟玉保请求道。

“还要我上烂药啊？会场里那么多人的唾沫星子不把你淹死啊？我看你刚才对人家邓主任嘴凶着呢，怎么对洪主任一句批评的话都没有啊？也不能这样子看人兑汤啊！邓老师，不睬他们，我跟你说句话。”说着二凤把邓远航拉到一边。

钟玉保以为二凤要把他找她说情的事说出来，便有意提醒道：“小龟恐怕要生蛋了吧？”

二凤转过身来说：“滚蛋噢，还生蛋呢，早到九龟湖里放生了。”

“什么小龟不小龟的，你们对暗号呢？”邓远航问道。

“什么暗号啊，上次不晓得他在哪儿逮个小龟，放在我桌上养，后来我到九龟湖里放生了。老师，我跟你说个事。走，我们到你办公室说。”二凤说着又把邓远航朝办公楼方向拉。

“哎，说个话也不能那么亲热嘛。”钟玉保在后边喊着。

“他是我老师，我就搀着他，不要你问！”二凤嘴上说着，手却放了下来。

“找我什么事？”邓远航边向办公楼走边问道，其实他心里隐约感到她是来说昨晚那事的，但她没提，他是不会主动提的。

“没什么大事，今晚请老师吃饭，请你赏个光。”二凤说。

“请我吃饭？为什么？有什么喜事啦？”邓远航站住问。

“什么事都要个理由，哪块那么多理由啊？没什么喜事，就是想请老师了呗。”二凤说。

“没什么喜事就不要请，把个钱浪费了干什么？”邓远航说。

“我有喜事呢，我提副所长还没请你呢，还有你过去救过我，我还没感谢过你呢。你一定得答应我。”二凤找着理由缠着邓远航。

“那是哪年的陈谷子烂芝麻了，更不要请了。”邓远航拒绝道。

“那时我小，没有钱请你吃饭，现在我拿工资了，有能力感谢你了，我心里一直放不下这个事，老师，你不能让我背一辈子感情债噻。”二凤说服着邓远航。

57

她这样一说，邓远航倒不太好推却了，他知道今天要不答应她，她是不会罢休的。他猜测她肯定是为昨晚的事请他吃饭的。她想干什么呢？堵他的嘴？没必要哎，你不了解老师吗？老师是绝对不会传出去的呀。向他解释？更没必要哎，不解释倒好，有些事情他还不清楚，一解释反而让他对这事知道得更多了。

二凤见邓远航不吱声，便说：“老师答应了？那就这么定了，晚上在小蔡小吃等你。”说完一转身走了。

二凤晚上早早地就来到了小蔡小吃。蔡老板娘一看她来便迎上前去：“哎呀，蒲所长，贵客贵客，快里边请里边请。”

“小房间安排过了吧？”二凤问。

“早安排好了，你上午电话一来，我就安排好了。”说着把二凤引进小房间。

这个小房间就是上次钟玉保请她吃饭的那个房间，她进来往上次钟玉保坐的那个位子上一坐说："把菜安排一下吧。"

"您几位？"老板娘问。

二凤告诉她："就两位。"

蔡老板娘退出来想，难不成还是钟主任？难不成他们有一腿？这女人本事真不小，年纪轻轻的就搭上办公室主任这么大个官，不像我就搭个小秃驴，唉，人比人气死人喽。正想着，邓远航推门进来了。"邓主任？你们办公室今天没在我家订餐，你跑错喽。"

"没错吧？蒲所长没来？"邓远航问。

"噢，来了来了，在里边。"蔡老板娘一听，起忙又把邓远航引进小房间。

"老板娘，我们人到齐了，上菜。"二凤说道。

蔡老板娘退出来上菜，她心想：怎么是他？他这个人一本正经的，平时跟我们连一个玩笑都不敢开，他也偷腥？能噢！老实的驴子偷麸子吃嘛，哪个男人不偷腥啊？只不过是档次不一样呗，他不会要我们这些端盘子的。蔡老板娘有点自惭形秽。不过还是佩服这个小女人有本事，把他们办公室几个主任都搭到了手。我倒要听听他们说什么话。

她借端菜的机会在推门进去、关门出来时，故意放慢速度竖起耳朵偷听他们谈话。

"老师，今天请你要感谢的意思太多，都感谢不尽。你看老师的救命之恩要感谢的，老师的教育之恩要感谢的，老师关心我们全家要感谢的，老师支持我的工作要感谢的，真数不过来了，你对我们家的恩情太多、太重了，我今天就是谢师宴。"二凤看出了老板娘的心思，便故意说上一大堆话给她听，让她打消心里的阴暗想法。

果然奏效，蔡老板娘出来就改变了看法：噢，原来是师生关系啊，她是感谢老师的啊，这小姑娘还真是个有情有义的人呢。也错怪人家邓主任了，我说的嘛，正正派派的邓主任怎么会干那种偷腥的事呢。不过，邓主任啊，你要注意噢，那可是个小狐狸精噢，我们都是女人，我看透了她的心，你得注意又注意，不要上她的钩噢。

邓远航也在想：谢师宴啊？不是鸿门宴就不错了，还谢师宴呢，只怕是解师宴、吓师宴、审师宴噢。

见二凤开酒，邓远航制止道："二凤，不要开，不喝酒！你也不能喝，我也不能喝,开下来不就浪费了嘛。”

“我平时不喝什么酒,今儿个为我的老师、我的恩人,我要喝两杯。”二凤没听邓远航的,仍坚持把酒瓶打开了。“来,先给老师倒一杯。我自己也倒一杯,我敬老师,感谢老师这么多年的恩情。”

喝完酒,邓远航说:“二凤啊,你客气什么呀,非要吃这么一顿不可?不请不吃就不是你老师啦?”

“不对,老师,我再敬你一杯再说。”二凤喝完杯中酒继续说道,“老师,我妈老跟我们仨说,天下人都能对不起,你们不能对不起邓叔叔。但我有对不起老师的地方,我要敬杯酒向你赔礼。”说着又喝完了杯中酒。

“对不起我? 二凤,你说笑话呢吗?”邓远航边喝完杯中酒边问道。

“是的。老师,当时丁主任调走时,你为什么不去找刘书记呢,你要去找他,主任就不是他钟玉保的,而是你的!”二凤说。

“就认为我没去找刘书记,可是这跟你‘对不起我’也不搭界啊? 来,老师也敬你一杯酒。”邓远航觉得这里边好像是有什么问题,便问道。

二凤喝完酒答道:“我对不起你,是因为在主任位子空缺时,我没帮你,却帮了钟玉保。他当主任,是我帮他找的刘书记、方场长。这个你晓得就行了,千万不要跟别人说啊。”

“噢,这没什么,他做副主任比我早,主任空缺,首先应该由他补上去,我没什么遗憾的。”邓远航平静地说。

“屁! 不是我去说,他凭什么当上主任? 外边人都认为你能当主任,他连副主任都不能当,你看他办公室管得什么样子! 其实,今儿个不光是会标错了,文件也印错了,会场里议论大了,我刚才就是没说罢了。”二凤说话时显出一副很瞧不起人的样子。

“文件也错啦? 不会吧?”邓远航问。

“真的,我不骗你,喏,你自己看,两个大桃子摆哪块去了。”二凤从包里拿出文件递给邓远航。

邓远航拿过文件刚看个第一页,就发现两处错误:大标题上一处,就是二凤说的大桃子摆错了,把“三乱”印成了“三”乱,把“乱”字放到大桃子引号外边了;正文里还有一处,把“乱收费”印成了“收乱费”。

“我晓得这些肯定是他负责的,不然出不了这么多差错。这个人在群众中的口碑差得不得了。我真后悔帮他说话了。哎,老师,你的威信就是高,你当老师那时在学生中的威信就比别的老师高,你是怎么做到的呢?”

二凤在捧着老师。

“二凤啊,你知道哄死人不偿命,所以这么捧我。你能不能不要都说好听的话,说说我还有哪些要改变的吧。”邓远航保持着清醒的头脑。

“来,再喝两杯酒。”二凤敬了两杯酒后说,“你有个习惯,我觉得不能再保持下去了,必须要改掉。”

“什么习惯?我倾耳细听。”邓远航觉得她能说出老师的不足也是需要勇气的,便鼓励她说出来。

“就是你做教师那会儿,老是跑到宿舍查我们,特别是下晚自习后,查我们熄没熄灯,睡没睡觉,我们害怕。”二凤想把话题引到她想说的上面。

“也没有常去,男生宿舍,我是天天去,女生宿舍很少去。”邓远航说。

“你去一次,我们就总以为你天天站在门外看着我们。老师,你到现在好像还有这种习惯呢。”二凤直接把话题引到自己想问的上面。

“啊?我现在还有这种习惯?我好像没觉得嘛。”邓远航说。

58

“有啊,好像昨天晚上你还跑到宾馆后花园去查房的嘛。”二凤说着两眼盯着邓远航,想从他的反应中看出什么。

真正的话题出来了,邓远航知道她昨晚看到他了,隐瞒也没有意义了,便直接承认道:“我昨晚是到宾馆后花园去了,我想去喊打字员赶快过来印方书记的讲话和场委文件的。”

“那你昨晚没碰到方书记?”二凤直截了当地问。

她这一问,反而让邓远航推测昨晚那廊桥里的男人正是方书记,但他没有问这些事,而是尽量说些让她宽心的话:“没看到方书记,下午已把一份讲话给他了,我就没再找他。”

“那你没看到我?”二凤又迫不急待地问。

“没有,连个鬼影子都没看到。”邓远航说。

“我跟你开玩笑的哎,我在家呢,你到哪里看到我啊?不过,早上听值班保卫的人来汇报说,看到你昨晚去后花园了,那么晚,到后花园干什么?难不成,老师有约会?老师吃菜。”二凤一边自己吃菜一边搛菜给邓远航,一边说话一边看着邓远航,说话时还故意一字一顿地把话说得很慢。

邓远航知道自己没有退路了,已被逼到墙角了,不能再被她牵着鼻子走,再这样下去老师就被学生制服了,得主动一点儿了。他眼里的二凤原来不是这样的,做学生时是个非常清纯的小女孩,从来没有什么坏心眼儿,也不会用心计,现在才毕业几年,好像很老到了。不能再跟她兜圈子了,得打断她再纠缠昨晚廊桥那个事的念头。于是他说:“唉,不谈了。昨晚碰到鬼了。我去印方书记今天的讲话,可是等了好长时间,打字员没来,我就跑到她宿舍去喊她。走到后花园的廊桥,门一推,你知道我看到什么啦?”邓远航端起酒杯跟二凤的酒杯碰了一下,示意敬她一杯酒。

二凤端起酒杯,手抖抖的,酒杯里的酒洒在手上,顺着那纤细的手指滴到了桌上。她放下酒杯,再倒满,又端起酒杯,还是抖,便说:“不好意思,我有点儿发酒寒了。”

邓远航看看她,脑门上、鼻尖上冒着汗呢,于是说:“好了,酒到此为止,我们都不要喝了,喝多了不好。”

“老师,你刚才还没讲完呢。”二凤追着老师把事情讲出来。二凤心想,只要他讲出昨晚那事,他的政治生命就结束了,到时我也救不了他了,人家肯定要自保啊。老师,我也不情愿看到这一幕啊,但愿不要出现这一幕。

“噢,你知道我看见什么啦?晦气,看到一对小青年在那里谈恋爱,我一吓,撒腿就溜,一口气跑到办公室。”邓远航说出昨晚的所见。

“没看到是什么人?”二凤头向前伸伸问。

“老师这近视眼你不知道嘛,再加上天黑,又紧张,根本看不出是谁,只晓得是年轻伢子,反正不是熟人。”邓远航想让她放心。

“我是说要是我们宾馆的伢子,我就要说说他们呢,不能在那儿谈情说爱,夜深人静的,要是把哪个领导吓出病来,这个罪就大了。不过,就这个事,老师也不要外传了,毕竟是我们宾馆,传出去不光有损我们宾馆的声誉,还有人会瞎怀疑领导,你说的小年轻的,别人再传一遍,就会变成场领导,再传,说不定就变成方书记和谁怎么的,这就给方书记脸上抹黑了,到那时,方书记肯定不会放过谁的。”二凤说得很随便,但话中透出杀气。

“老师的脾气你不了解嘛,老师就是一座大坝,什么水到老师这块就不再往下流了,就全被堵回去了。”邓远航心想,你以为老师是被吓大的啊,不知道老师吃软不吃硬啊?当然老师也不会去没事找事做,弄个虱子在头上搔,因而,还是说了些让她宽心的话。

“老师，我只是说了玩玩，我一个小副所长哪能管得那么宽啦，我自己的事还烦不了呢。大凤马上要结婚了，我妈就催我了。你说烦吧?”二凤把话锋又转了下来。

“对呀，你也该考虑个人的事啦。在石龟上学时，谈恋爱倒蛮积极，现在该谈了怎么就不谈了呢?”邓远航开玩笑地说。

“老师又不代我帮忙，我能碰到什么人啊?”二凤嗔怪道。

“这话也是，你上高中时，老师帮你拆掉了一对，现在老师应该帮你成功一对。哎，你说，要什么样子的?”邓远航问。

“就要老师这样子的。”二凤看着邓远航说。

“我跟你说真的呢。”邓远航说。

“我也跟你说真的呢。你说我们原来在石龟，没见过世面，只要是个男的都愿谈。现在吧，接触的都是领导，一般的男人，我们又看不上眼了。老师您有职位、有品位，更重要的是找老师这样的人踏实，有安全感。”二凤说着理由。

“不要折煞我了，我是范进中举，半大老头子才弄个一官半职，你再怎么着也不应看上我这个半大老头子啊?”邓远航反驳说。

“邓主任，你现在要是单身，我马上就跟你结婚，你信不信?”二凤不喊老师改口叫主任了。

“好了好了，我帮你物色物色，不要笑谝老头子了。说不定我们办公室又要进年轻人了，到时我帮你看着点。”邓远航赶快岔开话题。

“你们办公室是要进人了，不过进的是女的。”二凤说。

“噢，你消息这么灵通? 是谁?”邓远航问。

“小凤。”二凤说。

“她? 她来干什么?”

“老师，你有时也有点傻。有人叫她来，就有用，还能没的事做吗?”

第二天早上，方书记把赵副书记、钟主任喊到他办公室。

“办公室最近出了一系列的差错，赵书记你是分管领导，你先说说怎么办。上次我叫你查的会议通知的事查得怎么样了? 一起说说。”方书记说。

上次两套班子开会把副书记、委员通知漏掉的事，赵副书记早已查清了，责任完全在钟玉保。正是因为钟玉保的责任，赵副书记就一直没向方书记汇报这个问题。他跟钟玉保也商量了，开始想弄个替罪羊了事。钟玉保先选了邓远航,赵副书记否决了,因为报到方书记那儿,如果要做出处理,邓远航一申辩就露馅了。又选了李晓阳,钟玉保跟他沟通时,遭到他坚决抵制,死也不肯接受。最后没法,一个字,就是“拖”,决定延迟汇报,方书记不问就不去主动汇报,说不定他就把这事忘了。哪知钟玉保不争气,办公室连连出差错,又提醒了方书记,把这个事拎了出来。怎么回答呢?钟玉保两只眼睛睁得大大地盯着他,他反而不敢直视他。看来这事还不能如实汇报。于是,他说:“这个事,你交代的第二天就查清了,你一直很忙,也没来得及跟你汇报。这个事是这样的,要说通知了,也算没通知,要说没通知,也都通知了,主要都是大酒喝多了,都记不清了。就是这么回事,当然责任还是办公室负,你不能叫那些领导负责嚜。”

59

“你这是什么话,重新查,与这次会标写错、文件印错一起查,好好整顿!还有,办公室同志,晚上不要到处乱窜,有事没事朝宾馆跑干什么?外边人都怀疑,你领导身边的工作人员晚上跑宾馆是给领导送礼的,还是找宾馆小姐的?败坏领导声誉,败坏办公室声誉!没事蹲在家里,多读几本书,提高业务水平和政治思想水平。这个事就交给你们,办公室再出问题,服务水平再得不到提高,我拿你们是问。”

两人从方书记那儿出来又进了赵副书记办公室,商量着如何整顿办公室作风问题。

这儿,邓远航正等着去找方书记去汇报事情。他刚才接到省城两个电话,分别是关红琴和工业大学打来的,说这两天要过来签正式协议,关红琴还要选地,确定开工日期。

看他们从方书记办公室出来了,邓远航便走进去说:“方书记,上次两个项目,人家要来签正式协议,你看放在哪一天?”

“签什么签?不签!”方书记抬起手向后一挥,甩了一句。

方书记这样的回答、这样的态度,让邓远航愣在了那里。方书记转过来看他还站在那里没走,便又说道:“怎么没听懂啊?不跟他们签了,就说场委会上大家意见很大,没通过!”

邓远航不知道是怎么走回自己办公室的,到办公室往那儿一坐,浑身酥软，两眼直直地看着桌面，头脑不停地闪现着一句话，就是：伴君如伴虎。过去人家跟他说这句话时，他还不相信。因为他在伴刘书记的几年中，刘书记也发过火，但从来没向他发过火。他想不通，从来没对他发过火的方书记，今天怎么不问青红皂白向他发这么大火的，难道二凤到他面前告了黑状？不会的呀，昨晚与二凤谈得不是很好吗？我向她明确传达了我不知道那对谈恋爱青年是什么人呀，她怎么会告老师的黑状呢？

他更想不通，刘书记在时，明明在场两套班子会上早已通过了这两个项目，他方书记，当时的方场长，发言时还把这两个项目的重要性说得比哪个都好，他还清楚地记得，方书记那时说的十分精彩的两句话，他说这两个项目是九龟经济发展的加速器、扩大机，将给九龟经济带来翻天覆地的变化，谁不支持这两个项目，就是对九龟人民的犯罪。这才多长时间，他难道会忘得一干二净？他怀疑他的政治品德有问题，他甚至有点相信钟玉保曾经骂过他的话了，他骂他是国民党团长的儿子，有军阀作风。他也觉得真有点像了，说话不算数，前说后赖，说变脸马上就变脸，说发脾气马上就发脾气，不是军阀作风是什么？

想不通归想不通，这两个电话怎么回呢？真按他说的场委会没通过吗？屁用！上次两套班子会上通过后已经打电话告诉他们了，人家早已知道了，现在又告诉人家没通过，哄三岁小孩子呢？唉，也怪我，催得不紧，要催得紧一些，在刘书记调走之前签掉，项目也就成了。协议签了，他方书记总不能撕毁协议吧。算了，还是暂时不回复他们吧，等想好合适的理由再回复他们也不迟，也许等两天他方书记情绪好了又同意签了呢，过两天再请示一下，如果他还是这态度，那就没办法了。

“哎呀，不得了，邓老师，你想问题还是那么专注啊，我站你后边半天了，你连动都不动一下啊？”一个女声从他后边传来，打断了他的思绪。

邓远航抬头向后一望，连忙站起来说：“哟，二凤，蒲所长，请坐请坐。”

“二凤二凤，眼里就只有二凤，眼睛睁大了看看，我是几凤？”那女孩说。

“无非还有大凤、小凤，不要叫我猜了，我心里烦着呢，你自己说是几凤吧。”邓远航不耐烦地说。

“邓老师，你什么意思啊？我一来你就烦，那我这以后的日子可怎么过啊？我还指望老师带带我呢，看来也指望不上了。”那女孩说。

那女孩这么一说，他突然想起昨晚二凤说小凤要调来的事：“哟，对不起，对不起，你是小凤，我刚才不是冲着你的，是我自己材料想不出来，心里烦。不好意思，不是对你的。怎么，今天就来上班啦？”

“把我吓一跳，我以为我才来就引你生气了呢。嗯，我今天来报到上班，有什么要注意的吗？请教老师。”小凤说。

“先到那边第一间钟主任办公室去报到，看他说什么，然后再跟你交流。”邓远航指着西边说。

小凤从钟主任那边过来对邓远航说：“邓老师，钟主任叫我先看些材料，熟悉熟悉情况。说马上要调来个女副书记，叫我给她服务。让我就坐在你们办公室，坐董场长原来的办公桌。”

“也只能坐我们办公室，你总不能跟书记、主任一个办公室吧？除了他们的办公室就剩下这一间大办公室了，副主任以下的都在这里，董场长的办公桌就我前边这一张，你坐吧。”

“太好啦！跟老师靠在一起，方便我请教问题。邓老师，这下你要告诉我，我应该注意什么了吧？我得拿个笔和纸记下来，认真按照你的教导去做。”小凤把屁股掉过去，面对着邓远航说。

邓远航把小凤的笔一拔，拔出后放到一边说：“不要跟我假正经了，这些以后对领导用。我这儿没有什么要记的。今儿个就说两条：第一条，以后不要再喊邓老师，必须把口要改过来，不改，人家会认为你是我的人，而对你有所戒备。记住，到这里，对什么人都要喊人家职务，只能喊高了，不能喊低了。”

“那我就喊你邓书记、邓场长。”小凤调皮地说。

一听她这么喊，邓远航赶忙直摇手：“我的妈呀，你要害我啊？”

小凤把舌头一伸，头一缩：“怎么啦？不是叫我喊高一些吗？”

“也不能喊得太高，喊得太高很可能永远都达不到那么高。”邓远航说。

“为什么？”小凤问。

“喊得太高，领导讨厌你，同事嫉恨你，群众讥笑你。有了这三个方面的攻击，你还能爬高吗？”邓远航分析给她听。

“那怎么喊啦？”小凤又问。

“简单地说，人家是正的，你不能喊成副的；人家是副的，你也不能喊成副的；人家几个职务，你要按人家最高的喊；你把人家喊低了，人家以为你瞧不起他，他就会记恨你。”邓远航说。

“噢，我知道，我就挑人家最喜欢的喊。”小凤似有所明地说。

“也不全是。有的人喜欢的多呢，高了，他得不到，还是那句话，你喊了，他就可能永远得不到。”邓远航说。

“我知道了，我注意就是了。还有第二条呢?”小凤继续请教道。

“第二条就是你要改变这发型。”邓远航说。

60

“发型？这里边不准留长发?”小凤惊讶地问。

“不是不可以留，也可以留，但你最好不要留。要么盘到头上，要么剪个运动头。”邓远航说。

小凤抬起一只手摸着自己的长发说：“为什么我不能留?”

“为什么？为了区分你俩。二凤、小凤，我这个熟悉的人都分不清，你叫人家领导怎么分得清?”邓远航说。

“领导要分清我们干什么?”小凤疑惑地问。

“分不清，领导怎么吩咐你们做你们各自该做的事呢?”邓远航解释给她听。

“老师，你说得绕来绕去的，把我都绕糊涂了，我还是不清楚领导为什么一定要把我们分清楚。”小凤歪着头说。

“注意噢，又喊老师了，再不改口就要打嘴了。搞不懂就算了，你就记住领导需要准确地认清二凤就行了，其他就不要问了，照我的话做就行了。”邓远航正指点着小凤，方书记已站到了门口。

他冷着脸说：“邓远航，你瞎嚼什么啊？蒲所长你没有自己的工作啊，跑到这块就在这儿听他瞎嚼?”

“方书记，她不是蒲所长，她是蒲所长的妹妹蒲星凤，刚调来的，今天第一天来上班。”邓远航说。

“方书记，我不是二凤，我是二凤她妹妹小凤。”小凤也跟着解释道。

方书记这才面带温和地说：“噢，我知道了。到底是妹妹啊，比二凤更水灵些。嗯，既然来上班了，就要全心全意为领导服务好啊。你才来还是要知道办公室的一些规矩，平时，没事不要乱串门，不要乱议论，不要乱交朋友,不该问的不问,不该看的不看,不该说的不说。要听领导的话,领导叫干啥就干啥,一句话,就是一心为领导服务。邓远航你个老同志,不给人家带好头,在这块瞎嚼,能嚼个好秘书出来?这样吧,小蒲,你到我办公室来,我亲自跟你谈一次话。”

半个小时后,小凤从方书记那边过来,脸红红地对邓远航说:“本来我以为天下所有的地方要数学校的规矩最多了,没想到你们这块比学校的规矩还多呢,这样下去,我还不晓得能不能蹲下来呢。”

“不用担心,也没有多大规矩,你也不是不守规矩的人。我知道,书记找你谈,核心一条就是听话,工作上的事你要绝对听话,其他事,你自己注意把握。另外,平时哪位主任下分场、进企业、到部门,你跟着跑几趟,熟悉熟悉,慢慢就上路了。”邓远航宽慰她说。

“哎,邓主任,方书记这么关心,我要不要给他送点什么?”小凤问。

“回去问二凤去。好了,头掉过去,领导看到,又说我们瞎嚼了。”邓远航带气地说。他心里很不舒服,不知为什么方书记对他突然发生了一百八十度的大转弯。下班回家,妻子黄洁青看他没精打采、似有所思的样子,便知他心里有事。妻子再三询问,邓远航不愿说,他不想妻子跟他一起烦恼。

黄洁青仍坚持问他:“是不是你的什么建议领导没采纳?”

“不要提了,还建议呢,都靠不上边了,还提什么建议?”邓远航说。

“怎么靠不上边?不要你在那儿干啦?你说给我听啊。”妻子着急地说。

邓远航这才把早上发生的事说给妻子听。

听完丈夫的叙述,妻子问:“无风不起浪,你有没有从你身上找找他这样的原因呢?”

邓远航说:“我上午也想了好长时间,我猜测可能有三个方面:一个是钟玉保在他面前上我烂药、说我坏话,让他逐渐对我反感。”

“不大可能,一个人老在领导面前说别人坏话,领导首先反感的是说坏话的这个人,然后才是被说的那个人,不要把领导当傻子。背后说人坏话实际上是双刃剑,他不能不顾忌的。你也不要老怀疑人家背后会对你怎么样,一个人如果老在背后搞人,他会累死的。再说,你有什么坏话让他说的?这一条,肯定不是主要的。第二条是什么?”黄洁青不认同他说的这一条。

“第二条，无非就是一朝天子一朝臣呗。刘书记在时，我肯定跟刘书记走得近哎，也许他在这一点对我不快活。”邓远航继续分析道。

“这有一点，但也不足以让他对你这么生硬。如果是因为前朝的原因，他顶多找机会把你调走，也不至于看到你就像汽油遇到火，一碰就着啊。这也不是主要的。第三条呢？”黄洁青继续否定道。

“第三条，你肯定又不认可了，我自己还是又相信又不相信呢。”邓远航说。

“什么事？你说噻。”黄洁青催促道。

“也该我倒霉，前天晚上鬼使神差地去喊打字员，结果碰上了那事。”邓远航把前天晚上在宾馆后花园廊桥上看到的事，包括昨晚二凤请他吃饭的事，完整地向妻子讲了一遍。最后还说：“其实，我都跟二凤讲清楚了，我看到的是一对青年男女在谈恋爱，完全打消了他们的顾虑，但他今天还是冲着我来了。”

“方书记跟你发火，大概就是因为这个事了。不管你说你看到的是谁，他方书记已经知道是你闯进了廊桥，你坏了人家的好事，还让人家担心你把事情传出去，你还指望人家对你有好脸色，怎么可能呢？”黄洁青分析道。

“我是无意撞到的，又不是故意去捉他们的。而且我没向任何人透露过这事，你也是第一次听说，总不能把我当成出气筒吧？”邓远航委屈地说。

“你也不要觉得委屈了，你不是知道‘卧榻之侧岂容他人酣睡’这句话吗？你掌握了人家的秘密，你就是人家的眼中钉、肉中刺，人家怎么能容你？要不找舅舅来跟他说说，把你调个单位？”黄洁青说。

“不能急，再等等看，好歹我还没有什么把柄抓在他们手里，他总不可能弄个‘莫须有’的罪名治我吧？”邓远航说。

“那你这几年要夹着尾巴，低调做人喽，小心又小心，人家发再大的火，你要忍着，千万别出什么岔子。”黄洁青嘱咐道。

“你放心，我会小心的。”邓远航说。

两人在家谈着，外边正风起云涌、电闪雷鸣，不一会儿黄豆大的雨点砸到房上、地上，噼里啪啦地响，继而狂风裹着暴雨，一浪一浪地冲撞着九龟大地，很快在地面留下了大量积水，挟带着树叶纸屑又一波一波地奔向湖河沟渠，使全场所有湖河沟渠水位迅速上涨。

办公室其他主任、副主任、秘书都跟书记、副书记下分场检查指导抗洪排涝工作了，剩下邓远航、小凤两人在办公室值班。

小凤下午到办公室时已有所变化，头发扎成了小把子翘在后边，与二凤烫过披在后边已有所区别。装束上也改变了，原来和二凤一样穿着连衣裙的，现在改成了职业装，上身一件粉红短袖衬衫，下身一条黑色西裤，与二凤比起来小凤显得更端庄些。

“这么快就发生变化啦？真是雷厉风行啊，不错，有前途。”邓远航夸奖道。

“变个发型、换套衣服就有前途，那我就天天变、天天换，看你能把我提到什么位子。”小凤调皮地说。

61

“天天变就没前途了。刚才说你有前途，是因为你听话，你从善如流，这样的品质，再加上你天生的资质，哪个领导不高兴呢，领导高兴了，你还能没的前途吗？”邓远航解释给她听。

“噢，原来如此，那我要不听话就不行？”小凤问。

“肯定的！”邓远航答道。

“哎，邓老师，噢，不对，邓主任，中午我问过二姐了，她也是这么说的。她说不用给方书记送礼，好好工作，听领导话就行了。那我调到你们场部机关，什么都听领导的，这辈子不就卖给领导了？多痛苦！”小凤说。

“单位的事听领导的，个人的事自己把握。你接电话。”邓远航正说着，办公室电话响了，他便叫小凤接电话。

小凤放下电话说：“钟主任打来的，叫通知办公室所有人员，晚上七点半到办公室开会，是不是下边的洪水很大，都要去抗洪？”

“相反，下边的洪水不大，上边的洪水要来了。”邓远航说。

“邓主任，我发现你不给我们当老师以后，尽说些深奥的话，让人听不懂。什么下边的洪水、上边的洪水的，我听不懂什么意思。”小凤说。

“我那是回答你问是不是下边洪水很大的话。”邓远航说。

“他们都没上来，你怎么知道下边的洪水不大呢？”小凤问。

“你想啊，下边的洪涝要是很严重，办公室全体人员就没有闲时间开会了,那就会去忙场里的会了,什么两套班子会、抗洪排涝指挥部会、各部门分场负责人会,或者要跟领导下分场了,这些事都没有,办公室全体人员能闲下来开会,说明下边的洪涝并不严重。你看,外边的雨已停了。”邓远航分析给她听。

“邓主任,这都是学问啦,我哪一天能有你这头脑呢?”

“蚁知水,鹊知风。在一个环境中留心观察,坚持积累,你会行的。”

“那你刚才说上边的洪水就要来了什么意思?是不是上游的九龟闸要放水了?”小凤又问道。

“这个洪水是办公室的洪水,是晚上开会要发的,看来也不大。你来之前,办公室出了些差错,晚上可能要整顿作风了,那些出差错的人要做些检查,领导批评几句,大家再说说,表表态,今后工作时更加认真负责,共同把办公室服务质量提高一步。”邓远航说。

晚上七点半,办公室全体人员会议在大办公室准时召开。赵副书记参加会议,钟玉保主持:“今天赵书记亲自参加我们的会议,说明场委对办公室工作的重视,赵书记最后还要做重要讲话,让我们对赵书记的亲临会场表示热烈的欢迎。”待掌声过后,他继续说道:“今天的会议就是办公室的一次整风会议,是一次让一些人痛改前非、洗心革面的会议,我们所有同志都要像今天下午这场暴风骤雨一样,把我们办公室的垃圾冲刷得干干净净。各位同志要勇敢地站出来,与坏人坏事做坚决的斗争、无情的斗争。下面哪个先发言。”

乖乖,不对头呀。邓远航想,“文革”那种口气啦,难道针对哪一个人的吗?不会呀,此前那几个差错都是他们子舅两个造成的,难道他会对自己开那么猛烈的炮?绝对不会的!但其他人也没出什么差错啊,即使出这点差错,也犯不着“做坚决的、无情的斗争”啊。

钟玉保见大家都低着头不吱声,便又说道:“邓主任,你职务比他们高,你先做个自我检讨,前一阶段你有什么问题,造成了哪些危害,根源是什么,谈深刻些,给其他人放个样子。”

乖乖,真是“文革”遗风,突然袭击,邓远航一点准备都没有。谈什么呢?这一段时间,办公室是出了一些问题,但我没出什么问题啊。他们出的那些问题与我有关吗?领导责任?没有啊,领导是他钟玉保,我不负责办公室全面工作,而且那几件事都不是我分管的,我没有领导责任。直接责任?更没有,那次“通知委员”的事我不知道,是钟玉保亲自通知的;那次“会标、文件”是洪光武亲自负责的，我负责的是会议讲话，“会标、文件”出差错肯定怪不到我啊。邓远航想不出自己要说什么，大家又都等着，尤其是小凤直接把头掉过来看着他，像是在说，老师讲课那么顺畅，今天怎么怯场啦？

卡在这儿也不是个事，随便说说吧：“要说办公室的工作，这一段时间大家都很辛苦，工作做得也很出色。特别是钟主任领导办公室工作以来，办公室的服务水平和服务质量都有了较大的提高。当然，在服务过程中也出现过一些小差错，这些都是很正常的，而且都已纠正过来了，这就很好。我自己也有主动性不够、积极性不高的问题。因而，我觉得我们现在最要思考的是今后怎么做的问题。我在这里表个态，今后我要更主动、更积极地工作，团结同志，相互协作，和大家共同努力，使办公室的服务水平上一个新台阶。”

钟玉保早就不耐烦了，待邓远航讲话一结束，他就说：“乖乖，你这是场委书记跟我们讲话呢。要说你恬不知耻呢，你肯定不高兴，但不说你呢，你确实也不知耻。你不晓得你自己的问题，只有我来跟你点了。”

“敬请主任指教，我洗耳恭听。”邓远航心有不快，便话中带刺地说。

钟玉保接着说：“你不要孔夫子放屁，文气冲天的。不要你洗耳恭听了，你洗手不干就行了。我来说说你的责任：‘通知’的事你有没有责任？有！星期天人家都到办公室看看有什么事，你这一天鬼影子都不见一个，不来与大家分担任务，其他人因任务繁重而出差错，你能推卸责任吗？”

邓远航心里想道，你真会找理由啊，牵强附会到何种地步了！但他任他说，并没有争辩。

“再说‘会标、文件’的事，你的责任更大。前一天晚上你故意跟光武喝酒，把人家搞醉，他差点把开会的事都忘了。幸亏他责任心强些，深夜跑到办公室写材料，你作为分管综合的副主任，不主动搞书记讲话，光武找你还推三阻四，牵扯了光武大量精力，你说你该负什么责任？再说，开会前一天，光武跟方书记下分场，你在家没事，你应该把会议的事全承担下来，你却只管你写的材料，把会标、文件放在一边不闻不问，你这是团结协作啊，你这是等着看相的哎。再说，晚上印材料，你跑到宾馆后花园，把女打字员约到那块儿不知干什么，结果女打字员回来乱打一气，把文件打错了，你说你该负什么责任？你好好说说，必须做出深刻反思。”钟玉保唾沫星子乱飞地说了一通。

待他说完，邓远航已满脸涨红，他真想站起来臭骂他一顿：强词夺理、颠倒黑白、混淆视听、一派胡言。但他想起妻子中午叫他夹起尾巴的话，便没有站起来骂钟玉保，而是坐在那儿慢慢地说道："前一段时间办公室出了一些差错，大家心情都比较沉重，为了让大家心情舒畅一些，刚才，钟主任讲了一大堆不会睡觉怪床歪的笑话，你们怎么不笑啊？"

62

邓远航这么一说，大家真哄的一下笑了起来。待大家笑完，他又说："'通知'出错的事机要科徐秘书知道，'会标、文件'出错的事光武知道，下面请他们把真相讲给钟主任听听，免得以后再当笑话讲了。"本来他还想说"后花园的事方书记知道"的，但他还是忍住了。他知道钟玉保既然能说出后花园，那肯定是方书记在他面前提的，因而他想，既然方书记在后花园的事上歪曲事实，他也豁出去了，把他"廊桥"的事给抖出去算了，但是妻子中午的话让他忍下了。

"徐秘书，你就先说说，'通知'出错是怎么回事？不要有什么顾虑，知道什么全说出来。"钟玉保按照邓远航的要求先叫徐秘书说，他不怕他会说漏嘴的，因为会前他已跟他交代过了。

徐秘书平时随便说说还能说几句，在这种正规场合，又要当着人家邓远航的面说人家根本没做的事，嘴就更加笨拙。他嗫嗫嚅嚅地说道："那、那天，钟、钟主任，叫我……叫我通、通知，我、我通、通知了，别的，我、我就、就不知道了。"

"什么不知道、不知道的，你自己做的事就不知道啦？胆小鬼，会前你怎么跟我说的啊？结结巴巴，怕什么怕！没出息！光武你说！"

洪光武听喊他发言他就很不高兴。他对这个大舅老爷挺讨厌的，其实办公室这几次差错全是他造成的。"通知"的失误，责任全在他。"会标、文件"的错误，他也脱不了干系。那天晚上老婆带着儿子跑出去就躲在他家的，我去敲门，他要开门互相劝劝，我第二天的心情也不会那么糟，心情不糟，会标、文件绝对不会错。错就错了呗，也没什么大不了的事，自己承认错误，以后改正不就行了嘛。可他恶就恶在自己不承认错误，还要把屎盆子往人家身上扣。你扣在呆子身上，人家不会争辩，扣就扣上去了,可是你扣在邓远航身上,你能扣得下去吗?扣到最后没把人家扣脏,自己倒扣一身臭。他气他不让人家邓远航听两套班子会,这完全没有道理,开两套班子会办公室所有秘书都可以去听,也不过就是为了了解情况而已,根本与政治待遇不相干。你叫人家分管文字综合的不去听会、不跟一把手书记走,将来书记报告、讲话叫谁写?不要指望我写,我才不愿意写那个劳什子呢。

“光武,干什么?打瞌睡啦?叫你说呢。”钟玉保催促道。

邓远航见他迟迟不开口,觉得他是在犹豫。他了解洪光武,他骨子里是有良心、有正义感的,但如果来自一方的压力比较大,他一般会顶不住压力,而被那个压力压着走,虽不会把白的说成黑的,但也能把白的说成灰的。总体上,他是跟着压力走,压力小,他就向白的靠,说的颜色就偏淡,压力大,他就向黑的靠,说的颜色就偏深。因而,他不得不说两句,以平衡一下钟玉保给他的压力。他学着《红灯记》中李奶奶给铁梅讲故事的口吻说:“天,也是这么黑,夜,也是这么深,我和光武探讨什么是感情。你说……”

“你啰唆什么?哪个有时间听你在这块儿背散文啊?让光武说!”钟玉保打断邓远航的话,再次催促洪光武说。

邓远航的话虽没说完,但对洪光武还是起了作用,让他下了决心自己要承担责任,绝不把自己犯的错误推给别人。于是,洪光武清了下嗓子说:“‘会标、文件’出错,也算是办公室的大事故了,这个事故的发生给场委办的声誉造成了非常不好的影响,也应该有人出来为这个事负责,承担这个责任!”

“对,说得对,必须有人出来承担责任,犯了错不能跟个乌龟一样的,缩在那里。”钟玉保十分赞赏洪光武的话。

“事实上,这个事故也就是这两天才发生的事,我们办公室的人都还没有得老年痴呆症,没有哪个能把刚发生的事记错了,或忘得一干二净。”洪光武接着说道。

“对,大家都是聪明人,谁犯的错谁还不晓得?想推是推不掉的,想赖是赖不掉的。”钟玉保边插话边看着邓远航。

“我要说,‘会标’出错、‘文件’出错,都是我的错,我负完全责任!”洪光武这话一说,大家唰的一下把目光由邓远航转向了洪光武,赵副书记和钟玉保刹那间成了冰雕,也一动不动地盯着洪光武。

洪光武继续说道："现在再说酒喝多了，再说跟老婆吵架心情不好的理由都是苍白的，造成这次事故的原因就是自己工作不仔细、不认真。责任是我一个人的，与其他任何人都无关，我向大家检讨，我愿向大家保证，今后一定踏踏实实工作、认认真真做事，确保不再出现工作上的失误。请领导和同事们监督我。我讲完了，谢谢大家！"

"哗——哗——哗……"洪光武一讲完，办公室内立即响起热烈的掌声。这掌声是大家对洪光武勇于承认错误、敢于承担责任的一种赞许，是大家对那种捏造事实、推卸责任、诬指他人行为的一种蔑视。

掌声停了好一会儿，赵副书记、钟主任还没有反应，也没说一句表态的话。

邓远航见大家都不说话，场子冷在那里，便说道："我很佩服光武主任的勇气和真诚。其实，犯错并不可怕，可怕的是有错不知错，知错不认错，认错不改错！在这件事上，我也要向大家检讨，这个事我也有责任，我的责任是工作不够主动，如果那天能主动地去过问一下，也许这起事故不会发生，因而，我也向大家检讨，并表态，今后要更主动积极地工作，更主动与他人配合和协调，共同把办公室工作搞好。"

大家又是一阵热烈的掌声。

这完全打乱了钟玉保之前的安排，到这种地步，他已不知道下一步怎么收场是好了，只是嘴动了两下，就说不出来了。

还是赵副书记老到一些，他见钟主任已不知所措了，便说道："好，时间也不早了，明天大家还要上班。今天这个会议开得很好、很成功，特别是洪主任勇于站出来自我批评，让大家感到，场委办是一个非常诚恳而又负责任的集体，是值得场委信赖的一个集体。我深受教育，也深受感动。我代表场委感谢你们，也希望你们多读书，多学习，多下基层，提高素质，提高水平，提高能力，团结协作，继续为场委、为全场提供优质服务！下面，我还想代表场委征求一下大家的意见，看有什么困难和问题需要我帮助解决的？"

大家一阵沉默。

邓远航觉得既然赵副书记代表场委征求意见，那是认真的，不说就把机会浪费了。于是，他说："我想提两点：一个是要关心办公室同志的进步，徐秘书、李晓阳这些同志到办公室已多年，工作也不错，到现在什么职务也没有，应该给予关心。"

“你倒会做好人呢。”邓远航就好像是钟玉保话匣子的钥匙，他一说话，好长时间没开口的钟玉保也开始说话了。

63

邓远航又说：“我只是遵照赵书记的指示说说个人看法，没别的意思，不对的你可以批评。第二个想法是，办公室能否买一台先进的打印机，招一个人，建立个打字室，省得每次打印材料跟场办闹矛盾，有时还不得不上街打，多花钱。”

“哎，对，必须买打字机。”“这个好，赞成。”“同意。”邓远航第二个意见一说，引起了大家的共鸣，因为他们平时不怕写材料，就怕打印材料。材料好不容易写起来，还要求爹爹拜奶奶到场办打字室打印，弄不好还要吵架，有时急起来拿到街上打印，发票还报不了。

钟玉保平时不写材料不去打印材料，自然不赞成，他说：“你们说得倒轻巧呢，钱呢？”

“钱可以这样解决：请赵书记协调财政解决人员工资，设备的钱由大家投，最后按收入发利息给大家。”邓远航建议道。

“你就想个钱哎，哪块为办公室工作哎。”钟玉保说。

“打印设备要多少钱？”赵副书记问。

“要一万多元钱呢，到哪块弄这么多钱噻？”钟玉保说。

“部队没有武器叫什么部队？我到现在还不知道你们办公室打印材料这么欠气。买，一定要买，我支持你们买！”赵副书记的话还没说完，掌声就“哗哗”地响起来了。

“书记啊，你支持买，你叫我到哪儿弄钱啦？财政局长看到我就像黄世仁看到白毛女他爹一样，一个子儿都不想给。”钟玉保两手一摊说。

“这个大家放心，我看刚才邓主任说的也是一条路子，你们先筹钱，我同时也帮你们到财政谈，至少把打字员的工资解决，另外财政钱给得多，你们就少筹点儿，钱给得少，你们就多筹点儿。玉保啊，你尽快把这事安排一下，及早把场委办的打字室建起来，软硬件一起抓，尽快提高办公室的服务水平。”赵副书记说。

“那好，那就这样子，这个物色打字员的事我来负责，筹钱买打印设备的事由邓主任负责。每个人不管多少都筹一点，我带头投钱，明天一早我就缴两千元过来。大家早投早得利，多投多得利，少投少得利，保证高于银行利率，另外还分红。说办就办，邓主任，明天把钱筹到位，后天你就到省城去买打印机。”在赵副书记的支持下，钟玉保也来劲了，也正好有个现成的人叫他找工作呢，因而，他也乐意尽快促成这事。

“行，我负责筹款和买设备，我还有个小事不知你是否同意，就是我不经手钱，筹集的钱由李晓阳记账，小蒲收款。后天到省城购买设备时，他们也一起去。”邓远航本来不想接受这个任务，怕别人利用这个事再抹黑他，但又没有什么适当理由拒绝，便接受了任务并提出要求，以防一些说不清的事。

“好，我同意。晓阳、小蒲你们全面听从邓主任指挥。其他人也忙，正好我这里根据方书记、赵书记的指示，把办公室人员重新分工的安排宣布一下：邓主任，我不在九龟时受我委托，负责主持办公室工作，同时分管调查研究和文字综合；洪主任分管办公室党务，同时为方书记服务；侯主任为赵书记服务；李晓阳为向书记服务；蒲星凤等齐书记来为齐书记服务。大家没有意见吧？”

“我有点儿小意见。”邓远航举起右手说。

“你哪儿来这么多意见的啊？说！”钟玉保有点不耐烦了。

“‘文字综合’，实际上就是为一把手服务的，洪主任为方书记服务了，‘文字综合’能不能由洪主任分管？”邓远航已有思想准备，可能不让他跟一把手书记跑了，他此前已想通，跟一把手服务政治上有前途，脸上有风光，但也很苦，光是讲话材料就把人写死了。不跟一把手书记服务也好，正好把讲话材料这一块脱掉，落得轻松轻松。可现在，他钟玉保则把体面的事分给洪光武，把干活的事分给他邓远航，自然叫人难以接受。更重要的是前者是后者的源头之一，不跟书记接触要写每一次的书记讲话，那真是笑话了，所以他提出这个要求。

“邓主任，我也知道分管文字综合要与跟一把手服务捆在一起，之前我也充分考虑了你刚才的意见，我是把你的分工原封不动地捧给方书记看的，方书记把跟他服务的人由你改成了光武，这我也没办法。还是这样先运行一段时间再说吧，也许光武不适应方书记的要求，又把他换成你呢。”钟玉保解释道。

一般来说，邓远航对他说的话不大相信，对方书记把他的分工改掉了，他倒有点相信，从方书记的人品以及今天方书记对他的态度看，他觉得方书记改分工是有可能的，或者即使他没有亲自改，他也很有可能对钟玉保有交代，因而，他相信钟玉保的话。但对他后来说还会改过来的话，他完全不信，也根本不指望。但他还是想争取把“文字综合”这一块拆分一下，因而他说：“要不这样，把洪主任也加一块‘分管文字综合’，平时方书记的讲话材料由他写，扩大会等比较大的会我和他一起弄。”

“那你就甩大袖子算了，全交给光武算了。我老实跟你说，这次分工，我也对得起你了，为了弥补你不跟一把手走的损失，我让你在我不在家时主持工作，是常务主任的位子，二把手了，还要怎样啦？他们副主任都没有这个待遇哎。”钟玉保说。

“邓主任，算了，这样分工呢是有点问题，但目前也只能这样了。你也不要再说了，先按这个分工运行一段时间再说，如果有不协调、相冲突的地方，到时再调整、再完善。”赵副书记劝道。

邓远航心想，你们不写材料，不知道写领导讲话的苦衷，不跟一把手接触，不知道他的思路、想法和特点，不参加两套班子会，不知道其他领导的意见，不了解上面的精神和全场的情况，你怎么去写领导讲话、会议报告？但是不能再推了，赵书记也说了，不得不这样了，就这么朝前走吧，走到哪里是哪里了，船到桥头自然直。于是，他答应道：“好吧。就这样子吧。”

回到家，妻子黄洁青问邓远航：“会开到现在，开什么内容啊？”

“没什么，就是总结这一阶段工作，然后宣布新的分工。”邓远航随口答道。

“你的分工变没变？”妻子问。

“没大变，小变化。”邓远航答道。

“什么变化啦？”妻子又问。

“叫我多问问办公室全面工作和文字综合工作，因为这些任务比较重，就不安排我跟某一位领导跑了。这样也好，自主权大一些，自己也可搞些自己感兴趣的东西，说不定不要为他人作嫁衣裳了，自己能出点成果。”邓远航平静地说。

“也就是说，你不跟方书记跑了？”妻子问。

“是的，一朝天子一朝臣嘛，换人跟他跑很正常嘛。”邓远航说。

“你不要说了，别人不了解你，我还不了解你吗？我知道把你换下来，你心里是不快活的，但是我也知道你会挺过去的。”黄洁青说着一把抱住邓远航，趴在他的肩上抽泣起来。

邓远航等妻子抽泣了一会儿，对她说：“没什么事的，你哭什么？”

“我替你伤心！那么忠心耿耿，那么没日没夜地卖命，到头来，人家说一脚把你踢开，就一脚把你踢开了。”妻子呜咽着说。

64

邓远航把妻子扶坐到床上，拿来毛巾帮她边擦眼泪边说：“我没什么，我心里已有准备。你放心，我会很好地度过这道坎。这条路走不通，我会迅速选好另一条路走下去。现在看来这里的前途这条路也到头了，官也就这么大了，正科级也可以了，全场二十万人正科级干部也就百十人左右，也不容易了。下边，我就准备走业务这条路了，看看业务上能不能出些成果。”

“我相信你会的。”妻子说。

“噢，还有一件事，办公室人要集资买打印设备，高于银行利率给利息，还分红。我们副主任以上的要集两千元呢。”邓远航对妻子说。

“开打印社肯定赚钱，除非管理不善才亏本。投吧，家里抽屉两千元钱我正准备存银行的，你明早带去吧。不过高于银行利率很不准确，现在各大银行竞相吸储，有的银行利率已到一分五了，这个要定下来，不然到时扯皮。”妻子提醒丈夫说。

第二天上午买打印设备的资金就筹集了一大半。钟玉保昨晚表态一大早来缴两千元的，到快下班时还一分钱没缴，邓远航、洪光武和侯鸣放各缴了两千元。洪光武和侯鸣放缴钱时，一起要求邓远航向钟玉保提出把利率确定下来，不能含糊地只说“高于”。

洪光武首先说：“邓主任，现在银行正在开展吸储大战，我们这些钱可是能赚大利息的啊，你不能让我们讨小便宜吃大亏啊。”

“是啊，拿着这些钱一走到街上，同时就能有几个银行争。人家银行你知道采取什么手法吗？”侯鸣放问。

“什么手法？”邓远航问。

“九百算一千，银行利息照算。就差动手抢储户的了。”侯鸣放说。

“就是抢，现在银行到处抢储户、抢存款。”洪光武说。

“那你们说，我们这个集资利率应该定在什么位子上合适呢?”邓远航问。

洪光武看看侯鸣放说：“你说，你是搞外贸出身，你对经济形势看得准，你说应该定在什么位子上。”

侯鸣放眼睛看着天花板想了想，然后对着他们两人说：“我看，我们应该缴七百五十元算一千元!”

“对，应该！我赞成！邓主任，你应该就按照这个比例跟我们集资。”洪光武对邓远航说。

“你们有没有搞错啊？我跟你们一样也是个送钱来的，我哪有权决定这个事啊?”邓远航说。

“你怎么没有？昨晚会上就明确你负责这个事的，你就有权处理这个问题。再说，昨晚玉保已任命你为二把手，这也有权啊。”洪光武说。

“看，又跟我开玩笑了，你说的这两个‘职务’，就有权做你大舅老爷的主啦？做梦呢。”邓远航说。

“那你有权去向他建议啊。”侯鸣放说。

“这你说得对，这个权我倒有，不过你们同样也有这个权啦。”邓远航说。

“那你意思是我们三人一起找他去说?”侯鸣放问。

“一起去就一起去，这也不是为哪个个人的事，是为大家的，怕什么?走，现在就到他办公室。”洪光武说。

三人来到钟玉保办公室，他已下班，三人约定下午一上班就一起来找他。

下午上班，钟玉保并没到办公室。到下午四点多钟，除了钟玉保没缴款外，其他人多少都已缴了款，买打印机的钱也够了。

这时洪光武见钟玉保门开了，就把邓远航、侯鸣放一起喊到他的办公室。三个人到钟玉保办公室谁也不说话。

钟玉保问：“有什么事快说，我有事马上要出去了。”

邓远航心直口快，最看不惯他们心里有话不说，便先开口了。当然他这次也学乖了，没有开始就提意见，而是先汇报工作：“钟主任，在你安排下，大家筹资的积极性很高，到现在买打印设备的钱已够了，你看什么时候安排人去省城把设备买回来?”

“去买啊，明天去，你带队，晓阳、小蒲跟着。还有什么事？等会儿我接个电话。”钟玉保一边整理桌上的材料一边说一边接电话。

待钟玉保接过电话，邓远航问：“你看，你准备投多少？”这个问题，邓远航知道问也不是，不问也不是。问吧，他会说“怕我不缴钱啊？催命鬼似的”，不问吧，以后拿利息、分红，他拿不到，又会怪你当时为什么不跟他要。后来想到，下一个有关利率的问题牵涉到这个问题，如果他投钱才好说利率的事，如果他不想投钱，那利率的事就不能提，所以他才向钟玉保提出了上面的问题。

“投两千啊，这不是定下来的事吗？噢，我这两天手头紧，你先把我的两千记下来，我一有钱马上就填上去。就这样办。还有什么事？”钟玉保说着做出要走的样子。

原来他叫我们把钱拿来，他自己却是空头支票，想无本取利啊？这时，洪光武见钟玉保要走，便说道：“邓主任，你刚才还有什么话要跟钟主任请示的呢？”

侯鸣放也附和道：“哎，邓主任快说嘛，钟主任有事呢。”

本来邓远航想等等让他们说，现在洪光武又把他推到前面，他只好说：“钟主任，办公室工作辛苦，人也清贫，平时福利少，有人建议这次集资缴七百五十元算一千元，有利另外分红，让大家多增加些收入。”

钟玉保一听，脸色陡变，把手上的材料往桌上一掼说：“你们想钱想疯啦？想疯了也不能这样想哎。不得钱花跟我说嘛，我把几个钱给你们用用。出这个馊主意，以为大家谋福利之名，行为自己谋私利之实，你哪里是为场委办着想哎，你是想肥自己腰包，挖社会主义墙脚哎。”

洪光武、侯鸣放吓得慢慢蹩出了门外。

邓远航心想，我就是来跟你探讨的，谁也没定下来这个标准，你同意就同意，你不同意好好说嘛，也没必要发这么大火，说这么损人的话嘛。因而他也生气地说：“你要这么说，我把两千元退出，我不想得这个利了，我这两千元钱还是给老婆去买皮衣去。看我是不是为那点蝇头小利奔命的人！”说着也退出他的办公室。

钟玉保见他们都出了办公室，便跟出来一边关门一边说：“你这人怎么跟神经病一样的哎，情绪波动怎么这么大，要么就蹶上天，要么就摊下地。叫大家集资买设备是你，现在要退款的也是你，跟个伢子似的，好像不是个正常人所作所为。缴不缴、退不退，你自己看着办！”说着甩袖而去。

钟玉保这些话说的,像让邓远航吃了个大鱼刺卡在喉咙口,吐不出来,吞不下去,难受至极。

65

钟玉保的话让他如鲠在喉,而方书记的一番话又让他如锥刺心。

钟玉保走后,邓远航想到明天去省城会见到关红琴她们,肯定要问项目的事,怎么答复?还是再向方书记请示一下吧,万一他改变主意了呢。

他慢慢向东边方书记办公室靠近,走到赵书记办公室门口看到方书记的门虚掩着。嗯,运气不错,人在呢。走到方书记办公室门口,听到方书记正在打电话,且不时发出爽朗的笑声。嗯,运气太好了,他今天高兴着呢,两个项目有希望了。他没有推门进去,而是趴在外边的阳台栏杆上等候。邓远航看着场部大院的中心路上有几个上访的人在跟场办的一位副主任纠缠着,不知是为什么事,不一会儿来了几个警察把他们赶走了,大概是叫他们到信访局去吧。但上访的人到信访局往往解决不了问题,本身信访局只能起个上传情况的作用,情况汇报上去,如果碰上个不负责任的领导,问题就成了皮球被踢来踢去了。他正想着,被后边的厉声吓了一跳,他赶忙转头,是方书记训他呢。

“趴在这儿干什么?监听领导打电话呢?现在是不是专门分管监视领导啦?不像话!”方书记厉声说道。

邓远航心想,监听?那是钟玉保说你爸爸的,怎么用到我身上来了?便赶忙解释道:“没有,我就是看着前边吵架的,什么也没听到。”

“没听见,谁相信啊?邓远航,你最近做的一些事,让我不得不怀疑你有没有在场委办公室再蹲下去的政治品德了。”方书记冷着脸说道。

邓远航脸被训得红红的,心被训得突突的,腿被训得抖抖的,眼被训得湿湿的,口被训得塞塞的,站在那里,一句话说不出来。

“不是偷听的?说,做什么事的?”方书记也觉得这样对一个副主任有点过了,便缓和一点口气问。

“我、我想请示一下,省、省城那两个……项、项目签不签协议?”邓远航有点打结地说。

“你是有健忘症，还是什么？告诉你不签，你一再追这个事什么意思？是不是吃了人家的，拿了人家的不好交代了？我再次告诉你，这两个项目，我们一个都不签，告诉他们，我们没钱了，钱我们马上盖办公大楼、盖宾馆呢。”方书记说着进了自己办公室，关上了门。

邓远航站在阳台上长长地叹了一口气，心情沉重地离开了方书记的门口。

当然，难受归难受，邓远航还是没有把那两千元退出来。第二天一早，他和李晓阳、蒲星凤带着大家的集资款，乘从场办行政科借来的小车去省城购买设备了。

昨天邓远航就跟关红琴、何萍浪联系过了，说他们今天去买设备，顺便再把两个项目的事跟她们说说。

邓远航坐在车上看着窗外的景色，从九龟到省城两个多小时没说一句话，任凭李晓阳开小凤的玩笑，他不插嘴也不笑。直到买好了设备到饭店看到关红琴、何萍浪才展开笑颜，愉快地与她们交谈起来。

“哎，远航，九龟现在发展得不错啊，你们办公室也买这么现代化的打印设备啦。肯定这两年财政收入不错，也肥起来了吧？”关红琴问。

“怎么说呢，还可以吧，在我们那个地区还是第一。但是你要从这设备上看九龟财政，那就正好相反，是打肿脸充胖子了。”邓远航说。

“关姐，也是，你还说肥呢，我看远航比上次来都瘦掉了。”何萍浪提醒说。

“不会的吧？才多长时间，哪能瘦得你都能看出来了呢？就是吃‘减肥灵’也不会这么快啊！”邓远航开玩笑地说。

“哎，远航，刚才我没仔细看，萍浪这一说，我看你还真有点瘦了呢，你看，你的眼睛发红，好像还凹下去不少，是不是工作太累了？”关红琴关切地说。

“没有的事。眼睛凹，近视眼都这样；眼睛红是昨晚没睡好。”邓远航往好里解释给她们听。

“怎么没睡好觉，与小黄吵架啦？”关红琴问。

“嗯，吵了。”邓远航故意说。

“你看你，人家小黄是多好的女人，要才有才，要貌有貌，又贤惠，你还跟她吵什么呀？”何萍浪埋怨道。

“是啊，为什么吵的啊？”关红琴问。

“也没什么，就是不准我上省里来。”邓远航说。

“这就是她的不对了，你是工作哎，怎么能拖你后腿呢？”关红琴批评道。

“是不是她身体不好，或是家里小孩没人带？”何萍浪再为黄洁青找着理由。

“都不是。”邓远航说。

“那是为什么？”关红琴和何萍浪异口同声地问。

“吃醋，我来看你们，她吃醋。”邓远航说着自己先“扑哧”一声笑了起来。

关红琴、何萍浪这才知道上了当，跟着也笑了起来。何萍浪边笑边说：“你利用我们善良的心，欺骗了我们的感情，让我们为你白担心一场。”

笑完后，关红琴又回到开头的话题：“是的，把刚才的话题都忘了。你把刚才说的‘打肿脸充胖子’什么意思，跟我们说说。”

“也没什么意思，就是不要以为一个人开着奔驰就认为那人是个富翁。我们买的这打印设备是办公室各人自己投的钱呢。”邓远航说。

“又负担不起，那你们不能买差一点、便宜一点的嘛。”何萍浪反对道。

“萍浪，这个我倒赞成远航的做法，他有头脑。不管什么时候，干什么，只要有条件，工具这东西，一定要用最好的。看起来价格高，实际算总成本，远低于档次差的工具。”关红琴赞成道。

“关姐到底是办企业的，不愧是企业家，什么事都讲个成本。又是哲学家，知道工具是生产力，最好的工具，就是最新的生产力。你说她的工厂能不发展壮大吗？”邓远航说。

“你不要先夸我了。我问你，既然财政还可以，为什么买这么高档的设备，场财政一分钱不拿？”关红琴问。

“吃饭财政、开门财政，能保吃饭、保开门就不错了，哪还有闲钱给你买设备啊？不瞒你们说，一些分场不单给农民打白条，给干部发工资也是打白条呢。有的部门办公经费不足，电话都不敢打，用一把锁锁起来只发挥它来电的功能。当然，这也只是一时的，场委、场部正在抓发展呢，会好的，面包会有的，牛奶也会有的。”邓远航说了一些不足，但并不悲观，最后还学着电影《列宁在一九一八》上的句式说了两句正面的话。

“我知道了，这样吧，把设备的发票给我，我捐一套打印设备给你们。”关红琴认真地说。

在一旁的李晓阳、小凤听到这话相对看看，都伸了下舌头。

“不要不要，不能让你捐。”邓远航拒绝道。

66

邓远航说“不要不要”，这可急坏了李晓阳和小凤，他们在一旁直向邓远航挤眉弄眼，示意他不要拒绝，可邓远航不睬他们。他们想，邓主任今儿个大脑是不是生病啦？来的时候，一声不吭，冷着个脸看着窗外；一到她们这块，又呱啦呱啦、手舞足蹈地说个不停；现在人家要送大礼，他又坚决拒绝！真病了！

何萍浪则劝他道：“关姐既然说捐给你们，你就收下嘛，何必推掉了关姐的一片好心呢？她这是冲着你的啊。”

“关姐的心我知道，但这次这个大礼不能要。今年经济形势并不好，办一个企业非常不容易，获取一点利润也很难，我知道，她们也是在负重前进。这样子，关姐，等经济形势好转了，我会来求援的。”邓远航说着拒绝的理由。

何萍浪还要劝他，关红琴拦住她说：“萍浪，我们都了解远航，就按他说的办吧，也不要再劝了，我们开席吧，边吃边谈。”

关红琴往中间一坐伸出右手喊道：“来，远航你坐这边，萍浪你坐左边。”

“不，那个让他们客人坐，我就坐这边，靠远航坐，好跟他说说话。”何萍浪说着坐到了邓远航的旁边。

“哎呀，你们从小就喜欢坐一起，现在还是分不开啊？好，就让你们亲近亲近。那李科长坐这边，我们厂办的小袁陪李科长，小凤坐袁科长旁边。好，服务员请你把那瓶酒开下来。”关红琴吩咐道。

“不要开了，你们都不喝酒，我也不怎么能喝，这么好的酒开下来浪费了。”邓远航制止服务员开酒。

“开下，开下，今天我带了四瓶酒，我们开一瓶，剩下的你带回去替我送给你老父亲。这一瓶酒，我来分配一下：我跟萍浪一人五钱，再不喝酒，我们跟远航一人要喝两小杯;下边,小凤一两,远航、小袁各二两,剩下来的都是李科长的。”

“我真不会喝酒,我也五钱吧,一两,我实在喝不下去。”小凤央求道。

“你先倒着,喝不掉,叫远航跟你代,这点酒他还能喝。来,我们开始,按照九龟的规矩,我和萍浪先以茶代酒敬你们两杯,算是开席。”关红琴说。

开席后,关红琴问远航:“上次,你们刘书记来谈的两个项目是不是不做了?”

“是啊,人家工大也问我呢。”何萍浪也关心着这事。

邓远航在车上一声不吭就想着这事,他知道他不说,她们也要问,因而此时她们问,他就按在车上想好的答了:“也不是不做,这么好的项目,对九龟的发展太重要了,必须做!这里我要特别感谢你们的大力支持,我先敬你们一杯,这是感谢酒,你们上上嘴就行。”说着站起来喝完了杯中酒。

“不行,萍浪,我们也喝完。”关红琴喝完酒又说,“远航,酒是喝了,可我们还是不知道这两个项目做还是不做啊。”

“做肯定是要做的,只是现在没有条件做了。你看我们财政就这状况,领导说我们没钱了,卖户口的钱用去发工资了。”邓远航解释道。

李晓阳几杯酒下肚,胆子也大了,听邓远航说到卖户口的钱便插嘴道:“不是,没有拿去发工资。我听说卖户口的钱,场里马上用来砌场部大楼的嘛。”

“你酒喝多了,不要瞎说。我再敬两位姐姐一杯,这两个项目让你们费心了。”说完又喝了一杯酒。

“慢着慢着,萍浪什么时候又成了你姐姐啦?我怎么不知道啊?叫错了要罚酒啊。”关红琴说。

“我这姐做得比你还早呢。‘文革’期间,他爸妈受冲击时,我们俩,还有家家、小秃子四人认的兄弟姐妹。”何萍浪解释道。

“难怪你们俩这么亲呢。那这杯酒我来敬你们俩。”关红琴端着酒说。

“也不要那么生分了,来,远航,我们姐弟仨一起喝一杯吧。”何萍浪提议后喝完了杯中的酒。

三人喝完酒,关红琴向桌上一扫,看看饭也吃得差不多了,桌上的酒喝得也差不多了，大家基本喝光了，只有小凤大酒杯里的酒没怎么喝，便打算叫她把酒敬完，就结束酒席了。

李晓阳见关红琴盯住小凤的酒杯看，便抢先说道："小凤，他们都是你妈妈的朋友，你不能一杯酒不敬啊。你架子也太大了，酒杯里还留这么多酒。"

"我确实不会喝酒，那好吧，我先敬关姐一杯。"小凤站起来说。

"哎，你不能叫姐，你应该叫关姨。"邓远航说。

"噢，关姨，我敬你一杯。"小凤改口说。

关红琴端起酒杯抿了一口说："好孩子，长得这么美，那下边就敬邓叔了。"

"他是我们家里的，最后敬。我再敬何阿姨。"小凤又喝了一口酒。

何萍浪喝了一口酒说："他是你家里什么人啊？说得蛮亲热的嘛。远航，怪不得黄洁青吃醋噢，她不是吃我们醋，吃的是小凤醋噢。"说完呵呵地笑了起来。

大家也跟着笑。小凤制止着大家："你们不要笑啦，我要满满地敬他两杯酒。第一杯敬老师，我先干为敬。"干完杯中酒，小凤又继续说："第二杯敬恩人。"

"慢着，慢着，他怎么成了你恩人啦？"何萍浪问道。

"他是我救命恩人，不是邓主任就早没有我了，哪里还有在这里喝酒的小凤？就是喝醉，我也要把恩人敬好。"说完又喝干了杯中酒。

"远航尽做些英雄救美人的事啊。远航，你救这个小美人，我怎么没听说你的事迹啊？你还救过哪些美人啊？"何萍浪带点开玩笑地问。

何萍浪正说着，邓远航用腿在下边碰碰她示意她不要再说了。何萍浪转头过来看到关红琴眼泪直掉，感到很诧异，不知触动了她哪根神经，让她伤心落泪。何萍浪与关红琴在省城交往还算密切，次次都很高兴，从来没看到她在饭桌上当着众人面流泪的。她不知如何是好，便又用腿碰碰邓远航，示意他哄哄她。

"好了，酒喝多了，大家也酒足饭饱了，最后，我们一起喝完，感谢关姐、何姐的款待。好，你们把东西先拿下去在车上等我，我马上到。"邓远航边说边把一张餐巾纸递给关姐。

待其他人都出去了，只剩他们三人时，邓远航扶着关红琴说："关姐，到沙发上坐一会儿，喝口茶解解酒吧。"

邓远航把关红琴扶到沙发上，让她斜靠在沙发扶手上，又端一杯茶放到她边上说：“你平时不喝酒的，今天喝得太多啦。喝点水，休息一下就好了。”说完又端杯水给何萍浪，然后坐到一边的沙发上说：“唉，这个酒不是个好东西，伤感情伤身体。”

“远航，你是不是最近酒喝得多了，身体才这么憔悴的？”何萍浪问。

“是啊，远航，其实开始我就发现你瘦了，问你为什么，你开个玩笑遮掩过去了，现在萍浪问这个事，我倒觉得你身体是不是有什么病啦？要不下午我带你到省人医查查去？”关红琴坐起来说。

“身体没有问题，谢谢关姐、何姐的关心。唉……你们不要问啦。”邓远航说着长叹了一口气，眼睛也有点湿润了。

67

关红琴、何萍浪听邓远航一声长叹，又见其眼里闪着泪花，断定他心里一定有难言之痛，便劝他把心里的不快说出来。

“远航，你有什么事不跟其他人讲可以，怎么能不跟我们说呢？你是不是把我们当外人啦？”何萍浪逼着他说出心里事。

“是啊，远航，你不能再叫姐替你担心了，有事不跟姐说，姐怎么能放得下？你说出来，我们也好帮帮你啊。”关红琴也在催他说。

在她们两人再三催逼下，邓远航把现任书记和主任对他排挤、打压的事一五一十地向她们述说了一遍。

“下边这些小官僚就是这样，小人得志，可恨至极。”关红琴气愤地说。

“远航，我和关姐想法帮你，你不要怕。”何萍浪说。

“对，萍浪找个人去把那两个狗官僚给下掉，看他们猖狂到几时。”关红琴接着何萍浪的话说。

“关姐，何姐，我感谢你们的关心，我把心里话说给你们听，不是要你们插手这个事，至少目前还不需要你们出马，我还能挺得住，我有信心跨过这道坎。你们放心，我不会趴下的。”邓远航宽慰她们说。

“要不，我那项目我独资去做，表示对你的支持。”关红琴说。

“不用了，关姐，现在九龟的环境不适宜你去投资，等环境好些了，我来请你。今天，就到这里，你们也忙，不耽误你们的时间了，我回九龟了。”邓远航起身跟她们告别。

“远航，你记住我们是你姐，需要我们时写封信、来个电话，我们二话不说，绝对帮助你、支持你。”关红琴说。

待把邓远航送走后，关红琴对何萍浪说：“远航这个人我了解，他反对靠关系去从政，他只想靠自己的努力去争取。我觉得他的环境很险恶，我们还是要想办法帮帮他。”

“我也了解他，他性格太直率，易吃眼前亏。他现在的处境确实比较艰难，我一定找机会帮他一把。”何萍浪表态说。

邓远航他们在回九龟的路上话多起来了，特别是李晓阳，酒喝得多，话也多。

“邓主任，我算真正看到你的面子大了。拿茅台酒给你喝，茅台酒什么酒啊，国家招待外宾喝的哎，就是方书记来，人家也不会拿茅台给他喝的。这么好的酒，小凤还不喝呢。小凤，以后有好酒你叫哥给你代酒，一滴多少钱呢啊，不能浪费哎。邓主任，我们今儿个连吃还带，一个人还带件衬衫，关厂长太大方了。邓主任，跟你沾光了……”李晓阳的话跟井喷似的直向外冒。

邓远航阻止道：“你多喝点水，少说点话，这些话回去不准说了。”

“好的好的，邓主任，我绝对听你的，其他任何人的话不听，也要听你的话，百分之百。”李晓阳喝了口水继续说道。

“那钟主任的话也不听啦？”小凤抵住他说。

“他算什么东西？他只能给邓主任拎草鞋。他虽然是我姐夫，对我跟个仇人似的，到现在把我入党的事压住，就是不办，要不是看我姐面子，我就把他骂得见不了人了，把他检举到检察院，起码判他五年。这些年，他以为他捞钱我不知道啊？只有邓主任你有点傻，不捞钱。”李晓阳越说越激动。

“李晓阳，不要瞎说，尽说些不上道子的话！”邓远航制止他道。

“好，好，我不说了，我不说了。我问个问题行不行？”李晓阳说。

“什么问题？”邓远航问。

“刚才人家关厂长要把打印设备送给我们，你怎么不要啊？我跟小凤又是向你挤眼睛，又是跺脚的，生怕你犯傻不要，结果还是没要。”李晓阳说。

“你们也不要有这种吃大户的念头，人家有钱，凭什么要捐设备给你办公室，她有钱去看看穷人，也没必要把钱捐给场委办啊？再说，现在经济滑坡，人家一个女人赚点钱也不容易，这种情况下要人家拿出那么多钱于心何忍？更重要的是人家将来会到九龟投资，现在送贵重物品给场委办，以后会有闲话的。”邓远航给他们分析了拒绝人家捐助的原因。

“噢，我们晓得了，这里还有这么多道理呢。邓主任，刚才我敬你酒，何姨说到‘英雄救美人’时，关姨怎么流泪啦？”小凤问道。

这个事只有邓远航和关红琴心里清楚，何萍浪一直在部队也不知道。刚才在酒桌上，一看到关姐流泪，邓远航就知道触动了她在龟岛的伤心事，所以，当时，他只说她喝多了，把话题岔开了。现在自然是更不能说了，这是永远的秘密，于是他对小凤说：“酒喝多了。她平时滴酒不沾，她今天喝得太多了。你刚才喝一口酒不是也眼泪汪汪的啊？”

“是的，刚才我第一杯酒下去，辣得我眼泪直冒。”小凤说。

“那说明你能喝酒，以后还要防住你一点儿呢。”李晓阳说。

“尽瞎说。凭什么说我能喝酒？”小凤说。

“不能喝酒的是喝最后一杯酒掉眼泪，能喝酒的是喝第一口就掉眼泪，这是放之九龟而皆准的真理。你说你能不能喝？”李晓阳笑着说。

“尽嚼白舌头。邓主任你说有这回事吗？”小凤问邓远航。

“你不是说他嚼白舌头嘛，他跟你开玩笑呢。”邓远航说。

“这下真不开玩笑了，邓主任，我晓得你在办公室威信最高，最肯帮助人，我有件事想请主任给我帮帮忙。”李晓阳请求道。

“你不用给我戴高帽子，有什么事就说，只要我能帮的，我肯定不会惜力气的。”邓远航回应他道。

“还是上次跟你讲的，入党的事哎。进办公室三四年了，党员老被卡住，将来没法在党办工作呢。请主任给我代代言。”李晓阳说出了所托。

“那我也没入党呢，我也请邓主任帮我说说。”小凤也岔上来说。

“要饭的怕个并邦联，你就是打岔的本事，你等我这个事办了，再提也不迟，你着什么急噻。”李晓阳不高兴地说。

“我怎么不着急？你在办公室都是亲戚，俗话说穷帮穷，亲帮亲，再怎么说，他们也会帮你，他们早代你一碗饭盛在那儿好好地等你呢。我呢，我举目无亲，人生地不熟，我不指望邓主任还能指望谁？”

“屁噢，我那些亲戚能算亲戚啊？都是只顾自己朝前爬的乌龟王八蛋！再说你怎么举目无亲？你家一个二凤要抵几个钟玉保呢。”李晓阳又说得不上道儿了。

“邓主任，你看他这嘴里喷的，屁话连天的，还能入党啊？”二凤向邓远航求援。

“怎么啦？我又没说黄话，更没说反动话，凭什么不能入党？你也不要神，大姑娘不出嫁，二姑娘也别想嫁！我入不了党，你也别想入。”李晓阳还没等邓远航说话，就抢先反击。

“哼，你等着瞧，那也说不定呢。”小凤也不示弱地说。

68

邓远航见两人拌起嘴来，便制止道：“你看你看，酒还是不好。”

“不，酒是绝对的好酒。”李晓阳插嘴道。

“好，你少讲几句。你看，就多喝了几杯，一个个就控制不住情绪了，都说起醉话来了。我跟你们讲，其实，在办公室只要好好表现，按理说入党不是问题。你进办公室时间确实也不短了，这么长时间入不了党，首先要找找自己原因，看看自己身上到底有哪些不足，你只有把自己的不足多弥补一些，平时的表现更好些，别人才好替你讲话。小李，你说是不是？”

“是，是，我保证按你说的做。”李晓阳谦恭地说。

“当然，你的情况还是比较特殊的，外部环境对你也是有阻碍的，等回去我跟他们几个问问，看看怎么办，尽我的能力，去帮你说这个事。”邓远航说。

“那感激不尽，感激不尽！”李晓阳双手合在一起不住地向邓远航作揖。

“至于小凤，你不要心急，李晓阳要是入党了，办公室就剩你一个非党，指标不成问题，你只顾自己好好工作就行，牛奶会有的，面包也会有的。”邓远航对小凤说。

“嗯，我听你的。”小凤回应道。

在他们去省城忙着购买设备的同时，钟玉保在家里也忙着物色打字员和准备打字室的事。

昨天下午他就接到王石基的电话说晚上请他吃饭。王石基的消息不知怎么这么灵通的，前天晚上办公室开会说的事，今天上午他就知道了。一知道消息，他就问蔡老板娘："是否愿意让你妹妹去？"

"哎哟喂，我亲妈妈，还'是否'呢，那是肯定的，场部里挑水的还是个科长呢，何况打字员呢？去，肯定的！你赶快找人，不要夜长梦多，这么个好位子被人家占了先。"蔡老板娘催着说。

"那要花这个的啊。"王石基边说边用拇指在食指和中指上来回滑动着。

"花呗，她不是你小姨子啊？为小姨子花点儿也值啊。"蔡老板娘说。

他们商量过后，下午王石基就约钟玉保晚上吃饭。那时，正是邓远航、洪光武、侯鸣放三人跟钟玉保谈集资的事。他训过邓远航拂袖而去，去的正是小蔡小吃。下楼时，他看天上下起了雨，便又回头拿了把雨伞。

今天晚上来订饭的，都被蔡老板娘以"客满"为由回掉了，今个她这个饭店就接待钟主任一个人。

钟玉保一到小蔡小吃，蔡老板娘就把他引进那个小房间，那个他曾在里边请二凤吃饭的小房间。进去一看，只有蔡老板娘的妹妹蔡小花独自坐在里边。不一会儿王石基也走了进来。菜上齐了后，蔡老板娘也坐了下来。

小房间不大，只摆一张小方桌，四面四张木椅子。钟玉保坐面朝门的位子，蔡小花坐他里手南侧的一面，蔡老板娘坐他外手靠门的北侧一面，王石基坐在他对面也靠门的西侧一面。

坐定后，王石基说："今个我们喝酒采取新方法，分组包干，钟主任跟小花一家，我跟老板娘一家，一家一瓶，慢慢喝，反正外边雨下得还不小，一时也走不掉。"说着，王石基叫老板娘一人发只大玻璃杯，两瓶酒正好倒四杯。

"哎哟，秃子鬼点子多，行，就按你说的办！小花，你同意不同意？"钟主任看着四人都倒了半斤酒，不知蔡小花酒量如何，便很谦卑地征求她的意见。

"行，我听大哥的，跟着大哥不吃亏。"蔡小花回道。

"好，我喜欢，上次跟她喝酒时，我就看她不一般，不但人长得漂亮，话也说得漂亮，看着、听着都叫人高兴。"钟玉保夸奖说。

"钟主任，小花这个伢子不光是漂亮，心还好，会体贴人，你要把她弄到你身边做事，保证叫你天天跟喝蜜一样子，心花怒放。来，我们先喝一口，不要干噢，这一大杯干下去，我命不得了。”王石基说着端起玻璃杯抿了一口。

“我也想她去啊，不晓得她符不符合条件呢。她最近学了什么？”钟玉保喝了口酒问。

“你叫的呀，她就学打字啊，花几千块钱去学的，这个伢子尖聪呢，没几天就学会了。钟主任，我和我妹一起敬你。”蔡老板娘站起来提请说。

钟玉保伸出左手捺着小花的肩膀说：“你坐下，没有你，我们两个一家，我跟你姐喝。”喝完一口酒又说：“这个事我有考虑，但到时还要比比打字速度的噢。”

“哎，那不得话，打字速度她已超过她师傅了。来，我代表我妹再敬你一下。”蔡老板娘再次站起来说。

钟玉保又喝了一口酒，举着玻璃杯说：“秃子啊，你看我得喝掉一半了，你到现在还满满的呢。”

“这个不碍事哎，我们一家我满的，你们一家小花也是满的，不输不赢哎。酒我肯定喝，我就担心小花的事成不了。”王石基说道。

“这个事我保证没意见，不过到时不是我一人说了算噢。”钟玉保说。

王石基脚踢踢老板娘说：“我上个茅厕，马上来跟你喝酒。”

老板娘会意，见王石基带上了门，便从裤子口袋里掏出一只信封揣进钟玉保的口袋说：“我晓得这个事难办，要请客要花钱跟我说一声。来，我再敬你一下。”

“好，老板娘爽气，我跟你干一杯，我们把杯中酒干掉。”钟玉保说完干了杯中酒。

这时，王石基推门进来说：“钟主任，每次跟你在一起喝酒就是喝个快活，我这下敬你一下。这样子，我们两人各喝一半儿。”说着端起酒杯就要往钟玉保杯子里倒。

钟玉保捂着杯子说：“不行不行，你们是一家的，你倒给老板娘，我们是一家的我倒小花的。”分完酒，钟玉保又说：“在喝酒之前，我跟你说个事，不要酒喝多了忘了。你明个一大早就带人到我那块，把我办公室隔一块起来，给小花做打字室。”说完喝了杯中酒。

“好，一言为定。喝完这杯酒我还要先走一下，建设局几个人在我那儿，我得去陪他们一下。”王石基说完也干了杯中酒。

“什么鸟建设局的人啦？不去！他妈的这些人就知道到建筑公司吃

拿卡要，马上到书记面前参他们一本，看他们神不神！”钟玉保带点火气地说。

“大爷啊，大爷，你留碗饭给我吃吃吧，不能得罪他们啊，我去敬个酒就来，就来。”王石基说。

“你要个秃子陪你有什么意思啊？我们两个陪你还不舒坦啊？你走吧，快去快来。”蔡老板娘说着把王石基推出了门外。

这时，蔡小花端着酒杯站起来走到钟玉保面前说：“钟主任，你现在就是我的大恩人，就是我家里人。我也要敬你一杯。”说着抬起酒杯就要往嘴里倒。

钟玉保赶忙站起来一把抓住小花端酒杯的手说：“不能叫你喝这么多，我们是一家的，我给你代些个。”说完拿过小花的酒杯倒了大半到自己酒杯里。

蔡老板娘见状，站起来说：“我看看还有什么菜。”说着走出去关上了门。

69

蔡小花和钟玉保干了杯中酒后又把她姐姐的酒杯拿过来，一只手搭在坐着的钟玉保的肩上，一只手把酒杯端到他的眼前说：“他们家人被我们打败了，都逃走了，我们把这点酒喝掉，我们家来个满堂红。”

她的手搭在钟玉保的肩上，让他感到一股热流向身体内传导，然后又由内向外扩散，浑身燥热燎心。这时，他一把抓住他肩上那只温柔的手，一手拿过她手中的酒杯又往自己酒杯里分了一大半酒，把手中的酒杯递给小花，看着小花喝下杯中酒，然后端起自己的酒杯一饮而尽。喝完酒，他放下酒杯坐下，一把将小花带进了自己怀里，猛地在她脸上狂吻起来。

外边的雨淅淅沥沥直往饭店的门窗上打，打到窗上，在玻璃上不着停留，迅速往下奔去。蔡老板娘在空无一客的大房间里一会儿来回走上几趟，一会儿到窗前看看外边的雨。这雨下个不停令她心烦意乱，这个小花，下午跟她讲了，叫她虚晃一枪，点到为止，她却到现在不传信号出来，她想去推小房间的门又不敢，不推又不甘心，她还是个黄花闺女呢，万一那姓钟的兽性发作怎么是好。不行！得去推门，心里想推那小房间的门，但她推的却是饭店的大门。谁知她这一推,一阵大风刮进,小房间的门也被风刮开了。小房间的门一开,里边才传来小花的暗号:“上饭,上米饭。”

第二天一早,王石基就带几个瓦匠来到场委办。钟玉保叫他在自己办公室先量下子,是在北半边隔个打字室,还是在南半边隔。他自己则跑到大办公室征求意见:“瓦匠来了,你们说打字室隔在你们大办公室哪个方位,今晚邓主任他们买的打印设备到家了总要有个窝啊。”

大家环顾四周,办公室里除了办公桌就是档案柜,怎么还能隔出个打字室呢?钟玉保见大家不说话,便点道:“鸣放,你什么看法?”

“钟主任,我们已经上无片瓦,下无立锥之地了,还要在这大办公室隔打字室,那除非把我们的办公桌像双层床一样地叠起来,我们搞个双层办公桌。”侯鸣放笑着说。

“那邓远航最快活了,一会儿在小凤上边办公,一会儿在小凤下边办公。”洪光武也笑着说。

“跟你们说正经的呢。光武你说什么意见?”钟玉保问。

“我看有没有可能把南边的墙打开,向前边伸一块出去筑个打字室。如果不行,只有隔你自己的办公室了,只有你办公室还有一块自留地了。”洪光武说。

“只要钟主任不嫌吵的话,只有这样了。”侯鸣放附和道。

“说实在话,哪个不喜欢清静一些?但是人也不能太自私,我一人一间办公室已经有好些年了,你们也受挤了这么多年,我现在哪还忍心再挤你们?我也不能太自私了,接受你们的意见,就这么定吧,把我那一亩三分地贡献出来。秃子,秃子,赶快开工!”钟玉保吩咐道。

那边开工了,蔡小花也来了。昨晚他就跟她说好了,叫她今天早上来一下,让另外两个副主任看一下。这时,她来了,钟玉保把她带到大办公室对洪光武、侯鸣放说:“咱们充分发扬民主,光武、鸣放,你们看看这个人做打字员怎么样?她是蔡老板娘的妹妹,叫蔡小花,这你们都晓得的。现在你们考考她,考不合格就不要,将来是你们用得多,最后由你们定。我到那边看看小秃子怎么隔的。”

钟玉保丢下蔡小花去了自己办公室。这让洪光武、侯鸣放很尴尬,不知从哪里考起。倒是蔡小花蛮大方的,走到他们面前说:“洪老师你不认识我啦?你在我们学校做过老师。”

洪光武应道："对对对，你是邓远航班上的，长得不丑，石龟中学的校花。"

"她酒量也不小啊，我跟她吃过饭。"侯鸣放也说道。

"那你们就考考我吧！"蔡小花请求道。

"考什么？"洪光武问。

"酒量啊？看我酒量能不能过关。"蔡小花说。

"耶，你不能瞎说噢，有打字任务时是不准喝酒的，喝酒要误事的，你如果到我们这儿打字，可千万要记住这一点。"侯鸣放教育她道。

"噢，我记得了。其实我一滴酒都不能喝，我敬你们酒都是拿水敬你们的，那时你们喝多了都看不出来了。我发现你们跟女的喝酒就兴奋，就像公牛看到红布一样。嘻嘻嘻。"蔡小花说。

"哎，这也不行噢，打字员必须一是一，二是二，千万不能跟我们玩假噢，玩假要砸饭碗的啊。"洪光武也教育她道。

"噢，我记得了，下次你们去我保证跟你们喝真酒。那我考合格啦？"蔡小花问道。

"我们考什么啦？我们没考你呀。"洪光武问。

"是啊，我们考她什么呢？"侯鸣放问洪光武。

"打字机要是到家了嘛，叫她打一篇材料看看速度和正确率呢，现在什么又不得，考什么啊？"洪光武也不知怎么考。

蔡小花看他们两个大眼瞪小眼地对望，便自己请战道："那我读篇文章给你们听听，读好了不就合格了嘛。"说完也不管他们同意不同意，拿起洪光武桌上一本杂志，翻了一篇文章就读了起来。

蔡小花的文章读了快一半，钟玉保又过来了。他问："怎么样？还可以啊？"

"还可以。"洪光武说。

"还不错。"侯鸣放附和道。

"那好，今天这两件事也算我们班子研究决定的。鸣放你把会议记录补一下，等邓主任回来给他过个目，也顺便征求一下他的意见，并把他的意见也补上去。那蔡小花你回去吧，明天早上准时来上班。"钟玉保安排道。

邓远航他们晚上到家时，直接把新买的打印设备搬进了钟主任办公室里边隔起的打字室里。第二天上班时，场委新来的女副书记齐书记来上班了，小凤去忙她的事了。新的打字员蔡小花也来上班了，从此场委办也不再为打印材料与场部闹矛盾了。

过了一段时间，钟主任陪方书记一行到广东出差，出差前在大办公室说了一声："我明天跟书记到广东出差了，要近十天时间呢，你们在家把各自负责的工作做好，严格要求自己，注意维护办公室的形象，千万不要出什么纰漏噢。"他并没有委托邓远航临时主持工作，但邓远航还是想利用这个机会解决李晓阳入党的问题。

事实上，此前，机关党委就把一个入党指标分到场委办了，洪光武向钟玉保请示让李晓阳填表的事，他因为上次推销假洗涤净以及后来的几件事心里不爽，至今记恨在心，便对这事一直未置可否，事情也就一直搁在那儿。

第二天邓远航从早上到下午分别单独找了办公室的党员沟通李晓阳入党的事，找下来看，大家对钟玉保的压制做法都非常反感，都同意李晓阳入党的申请，因而，他心里有数了，最后找到洪光武谈李晓阳的事。

70

洪光武是上次所谓支部改选时，钟玉保提名任命的支部书记，没有他支部书记同意，开不了支部会，支部会开不了，李晓阳入党的事自然无从谈起。因而，这天下班前，邓远航带着一本《党章》，最后找洪光武沟通一下看有没有可能。

邓远航没绕弯子，一开始就谈李晓阳："光武，你觉得李晓阳这个人怎么样？"

"还可以啊，平时工作还是很努力的，不管大事、小事，苦活、累活，只要布置给他，完成得还是不错的。问题是管不住嘴，有时会瞎讲瞎说。哎，你不要说了，我晓得你意图，是谈他入党的事。机关党委给一个指标，两个非党，那个女的是才来几天，名额肯定给他这个男的哎，我也是这么想的，可那天请示钟主任，他没吱声，你叫我怎么办？我想给他入呢，上边也催着报，我也着急哎。"洪光武也直截了当，他说破了邓远航的来意，又推脱了自己的责任。

"你向钟主任汇报时，钟主任有没有说反对意见？"邓远航问。

“没有!”洪光武说。

“这就对了。也就是说他不反对李晓阳入党,因为他们是子舅关系,他要回避,所以他到广东去出差了,躲得远远的,以免让人说闲话。由此,我认为,他是让你在家把他舅老爷这个事办了。”邓远航开导他说。

“话是这么说,可一把手没说,我也不好开支部会呀。”洪光武心里有所松动,但还存顾虑。

“你完全有权决定召开支部会,而不必征得他的同意,你看这里,《党章》上写得清清楚楚。”邓远航把《党章》递给他说。

洪光武看过《党章》后说:“行,我们按《党章》上说的做,喊李晓阳来把表格拿去,晚上填好,明天上午开支部大会,下午上报前跟钟主任再通电话请示,他同意就上报,不同意就不上报。”

第二天上班时,洪光武主动找到邓远航,打起了退堂鼓:“远航,我昨天想了一夜,觉得这个支部大会还是不能开。我这个支部书记实际上也是个影子,当这个书记这么长时间也没开过会,钟玉保他不在家,我突然召开个支部大会,那他回来,我这个日子怎么过?”

“你这个人现在骨头怎么这么软?完全不像你在石龟分场那时那么有骨气!党员们都知道八点半开会,一会儿都要来了,等大家到齐,听说因为你怕你大舅老爷而取消了会议,大家不笑你一辈子才怪呢,你修的一世英名也就此了结!”说到这儿,邓远航停了一会儿,让他有个思考的空间。他看他有所触动的样子后又继续说道:“其实,你也并没有不尊重钟主任,事先你向他请示了,他没反对,这次开过会上报前,还要向他请示,最后把关权、决定权还在他钟主任,难道对他还不尊重吗?”

“开!”洪光武拍了一下桌子说。

“哎,这才是真正的洪光武呢。”邓远航赞赏道。

支部大会开得很顺利,通过了李晓阳入党申请。下午,很快把所有材料都搞好了。最后由谁打电话向钟玉保请示很伤脑筋。几个副主任一个都不愿给钟玉保打电话。邓远航不愿打的理由是:他一打电话给钟玉保说这事,他准反对,那样反而坏了事。洪光武、侯鸣放不愿打的理由是:他们一打电话给钟玉保,他准发火,怕被他臭骂一顿。最后选来选去,确定由机要科徐秘书打电话,他是党支部组织委员,有理由给钟玉保打电话汇报这事。

在徐秘书拨电话前,邓远航先找他进行了沟通:“你打算怎么跟钟主任说?”

徐秘书胸有成竹地说:“我就说机关党委催着要开支部大会,说上午洪主任打电话跟他请示没打通,我们只好就开会了,然后把支部大会通过的情况告诉他,再问他同意不同意,还要说机关党委今天就要报上去,不报,名额就浪费了。这样说你看怎么样?”

邓远航竖起大拇指连说:“高手,高手,这样说,他还不同意,那天王老子也没办法了。”

徐秘书拨通了钟玉保的大哥大。徐秘书使用了免提功能。电话一拨通,话机里边就传来了夹生的广东话:“里们好哇,里们辛苦啦,我在鸡里快活快活的啦。里们有话快说的啦,话费好贵好贵的啦。”大家一听,他似乎心情很好,便示意徐秘书快讲。徐秘书赶快抓紧时间按事先想的全部向他倒了出来。当徐秘书问他是否同意时,电话那边传来了九龟土话:“你们是逼宫哎,我还能有什么说头,报吧,报吧。”咔嚓挂断了电话。

等钟主任从广东回来时,李晓阳已获批为中共党员,预备期一年。这事让钟玉保十分恼火,又不知跟谁发,见到哪个都不快活,哪个跟他汇报事情他就跟哪个发火,对邓远航更是如此。

这天下午,几个人在邓远航面前叽咕:“明天中秋节了,我们什么动静也没有,人家场办发月饼,发鱼,还发菱角,邓主任,你不能跟钟主任提提啊?”

“叫我提啊? 说,我不怕跟他说哎,就怕你们风险冒得太大。”邓远航说。

“怎么的啊?”大家问。

“我不讲,他说不定还能发一点儿,我一讲,恐怕连月饼渣子你们都吃不到了。”

“我们不信。”

“不信你们看着,我来向他提。”邓远航说。

不一会儿,钟玉保从方书记那边过来喊道:“光武,你去陪方书记接待省农垦来的客人,你现在就跟方书记去路上接,我等会儿直接到餐厅。”

等洪光武走了,钟玉保不说话了,邓远航根据大家的提议对钟玉保说:“钟主任,明天就是八月半了,弟兄们都忙得辛辛苦苦,能不能每人发点月饼呀、鱼呀什么的福利?”

“你倒会做好人呢嘛,钱呢? 我也想做好人哎,靠一张嘴说,能把月饼说到嘴？要做哎。不要一天到晚不得事尽出鬼点子，尽想做好人，收买人心！你说下子不费劲，人心都向着你了，我们要求爹爹拜奶奶，拿个热脸去贴人家的冷屁股，还吃力不讨好，背后被人卖！”钟玉保脸挂多长地说了一通，然后甩袖而去。出了门，他又转过头喊道：“鸣放、晓阳、星凤，你们三人来一下。”

三人跟钟玉保来到他的办公室，听他交代道：“你们马上到宾馆去，把你们各自服务的书记的节日礼物拿了送到他们家或宿舍，送完回来，你们去小蔡小吃一人拿一份节日礼物，注意，这个只有你们跟书记服务的才有，你们拿了直接回家，就不要对别人说了，有人问，就说自己买的。去吧！”待他们都走了，他又走到里间的打字室说：“小花，明天中秋节，不得材料早点下班吧，你也到你姐那里拿一份东西孝敬你妈吧。”说着在小花的脸颊上抹了一下，出去到宾馆接待客人了。

大办公室这边平时人扰扰的，这会儿则空荡荡的。现在邓远航经常一个人在这儿值班看电话，显得很无聊，他觉得不能这样下去，得把时间利用起来，一定要多读点儿书，多下基层了解情况，多写点儿东西争取多在报刊上发表。

正独自沉思着，李晓阳拎着一个纸箱来到邓远航面前。

71

李晓阳刚才从钟玉保办公室出来，心里就骂自己姐夫：尽做这些见不得人的事，做得也太不像话了，简直不像人做的，几个副主任、秘书都有了，就差人家邓主任一份啦？什么金啊银的，能值多少钱啊？我倒要看看，他给我们发的什么金贵东西。

他送完向书记的那份后，跑到小蔡小吃，一眼就看到几个纸箱子放在那里呢，也看不出里边是什么。李晓阳拿过一份，打开一看，也不过是十块月饼、五斤菱角、五斤莲藕、五斤鱼。就这点儿东西，你这个鸟姐夫做的什么人，独独把人家邓主任落下？不行，你落下，我不能落下人家，我把我这一份给邓主任。说着，把纸箱往自行车后一夹，骑上车便走。快到场部大门口时，他又拐到旁边供销商场，买了两瓶酒，放进纸箱里。他心想，你钟玉保怠慢人家，我还要加倍感谢人家呢。

到办公室，他看邓主任一人在那儿看书，便把纸箱放到他椅子南边靠墙边上，然后站起来说："办公室发的八月半的福利，我给你拿来了。"

"八月半的福利？不是说没钱发的吗，怎么又发啦？"邓远航问。

"还是你说话有用，你说过后，他有压力了，就叫人弄了。"李晓阳说。

"你的呢？"邓远航问。

"我的送回去了。"

"什么东西啊？"邓远航又问。

"也没什么，就是月饼、菱角、藕、鱼，几样头。"李晓阳说道。

"这些东西哪里这么快就弄好了？打开来看看。"邓远航说着解开纸箱上的绳子，打开一看，心里有数了，这是李晓阳送的礼。于是，他说："李晓阳，你赶快扎起来拿回去。你我相处这些年，你还不了解我的脾气吗？拿回去！"

"别别别，邓主任，不要被人家看到。我这个人也不是不讲情义的人，什么人对我坏，什么人对我好，我看得清，也记得牢呢。你是我的大恩人，我永生不忘。我只不过是表达我的一片心意，也不是什么贵重东西。你就拿着吧，要不我给你送家去。"

"没有商量的余地，你赶快拿走。你要不拿走，我们以后就不处了，我也不再问你的事了。"邓远航有点动怒地说。

"好，好，我拿走，我拿走。"李晓阳只好拿走了那只纸箱。

李晓阳走了不一会儿，小凤又拎着一个纸箱过来说："邓主任，办公室发的福利，我帮你带来了。"说着也放到了李晓阳先前放的地方。她也是从钟玉保办公室出来就对钟玉保很反感的，明明已准备了福利，可邓主任向他提时却把邓主任训了一通，发就发呗，还鬼里鬼气的，独独就瞒住人家邓主任一个人，太小家子气，哪里像个主任干的啊？因而，当她从小蔡小吃拿到这纸箱时，便毫不犹豫地拿到了办公室。

"又来一个骗人的，赶快拿走，你以为我不知道啊？"邓远航说。

"老师，你知道啦？你怎么知道的啊？是不是钟主任告诉你啦？"小凤惊讶地问。

"嗯，他说过了。"邓远航含糊其词地说。

"我还疑惑呢，他怎么只把我们几个喊到他办公室，只告诉我们说发福利呢，这么大的事，还能不告诉你嘛。你拿过啦？"小凤问。

"嗯，拿过了。"邓远航回道。

“拿过,我这一份也给你,我姐那边有,我又不回家,拿多了放在这儿也坏掉了。你那份在哪儿呢?我给你一起送你家去。”小凤说。

“已送家去了,我本身就拿了两份,你这一份你赶快拿走,看你姐怎么处理,不拿走放这儿真坏掉了。去,快去。”邓远航把小凤骗走了,自己也准备下班回家。刚要走出办公室,电话铃又响了,他又回来接电话。

电话是王石基打来的,他问:“还没下班啊?还等人家送东西呢啊?”

“我要下班了,你的电话哪个接啊?再说,我等到现在,还真等来了你一个送东西的。”邓远航说。

“东西不是送去啦?十个大箱子放在了宾馆,十五个小箱子放在小蔡小吃,我估摸按级别,你应该拿个大箱子回去了。”王石基在电话里说。

“嗯,大的,拿了,就是样数少了。”邓远航故意套他。

“不少啊,月饼、鱼、螃蟹、菱角、藕,还有两瓶酒,一共六样,不少了,就这八月半送个礼,也花掉我大几千元钱呢。”王石基说。

“好,你也不容易,谢谢你了。还有什么事吗?”邓远航问。

“正经事还没说呢,我这块临时碰到税务上几个人,打电话给钟主任,他又忙起来了,说跟方书记接待地区领导呢。所以我想请你出个面来陪他们的,请你无论如何给个面子。”王石基说。

“哎呀,不好意思,秃子,今儿个实在没法子,你看明天中秋节了,上边来的人多,都晓得九龟湖的螃蟹好吃,我正准备去陪客呢。不好意思,对不起了。”邓远航说完挂了电话,骑车回家了。

邓远航走到院子里就闻到一股螃蟹香,过节日,不知哪家蒸的螃蟹,满院子飘香。他想明天八月半,也去买几斤九龟湖螃蟹给父母和儿子尝尝。打开家门,螃蟹香味原来是自家传出的,儿子正坐在桌旁啃螃蟹呢。

“怎么手空空的啊?正好,你回来,跑一趟,送几只螃蟹给你爸妈去尝尝。”妻子黄洁青一边从锅里往钵子里装螃蟹一边说。

“哎呀,好大的螃蟹,这螃蟹买得不丑,肥肥的,在哪儿买的啊?”邓远航一边夸奖一边问。

“哪里是买的啊?街上能买到这么大的?人家从湖荡里弄过来的。”妻子说。

“人家?哪个人家?”邓远航继续问道。

“你不认识,一个瓦匠头子。”妻子答道。

“王石基,小秃子啊?”邓远航追问道。

“他呀？他还是你同学，跟你称兄道弟呢，什么时候吃过他一只螃蟹爪子的啊？”妻子埋怨道。

“不是秃子，那是哪个啊？”邓远航坚持问到底。

“你今天怎么啦？像审犯人似的。”妻子有点生气地说。

“不是这样的，小青，我不问清楚，这个螃蟹我吃不下去，我心里会不安的！”邓远航说。

“那我告诉你是老家的，石龟建筑公司的江总送的，他特地从湖荡里买来的。你心安啦？”妻子反问道。

“给钱了吗？”邓远航避开她的问题继续问道。

“邓远航，你今天是不是被书记、主任批评了，气没处撒，跑老婆这儿出气了？给钱还叫送吗？”妻子生气地说。

72

邓远航并没有理会妻子生气，而是说：“小青，要么明天把钱给人家，要么把螃蟹退给人家。”

“你是二百五啊？螃蟹烧熟了怎么退给人家？你自己没本事，中秋节一块月饼、一条鱼没的，伢子眼巴巴地盼你回家带点什么给他吃呢，堂堂的场委办副主任过节了空手而归，你到路上看看，今天哪个上班的人，不管男的女的，老的少的，下班回家手里不拎东西？只有你，两袖清风，全场少有。”妻子数落着他。

黄老师听女儿跟女婿杠起来了，便连忙上前制止自己的女儿：“小青，有话好好说，不许这样。”

邓远航刚要冲妻子发火，听岳母说妻子，便又刹住了车，停住了争辩。过了一会儿他拿着妻子放到钵子里的螃蟹开门出去，骑上自己车去给父母亲送螃蟹了。

这边妻子看到他拿了螃蟹走了，还在后边说：“不准人家送，怎么又拿着人家送的螃蟹去送父母啦？”幸亏丈夫没听到，否则不知会有什么事发生呢。

但黄老师没有放过女儿，她批评道：“小青，不许这么刻薄。远航说的还是有道理的，等他回来你好好跟他说，你们夫妻工资也还可以，不在乎这几个螃蟹钱，钱不够妈贴你们。”

“妈，这不是钱的问题，这是面子问题。好歹我们都是国家干部，平时不朝家里拿也就算了，这过年过节的哪个不往家里拿东西？你看哪有啊？”黄洁青说。

“他单位没有，你不能叫他变啊。”黄老师替女婿辩护道。

“哪里是没有啊？我看到他们单位打字员还拿一箱子什么回家呢，他好歹是个副主任呢，还能没有他的？要么是他人缘不好，人家不带他发，要么就是发了送给哪个小女人了。”黄洁青向她母亲说着她看到的想到的。

“不要瞎说！远航不是那种人！你要心平气和地听他讲，他说的总有他的道理。”黄老师教育女儿说。

不一会儿，邓远航从父母那儿回来了。儿子吃饱了已在那儿看电视了，他们三个大人便一起坐下来吃晚饭。黄洁青给母亲和远航一人拿了一只螃蟹，邓远航把面前的螃蟹拿了放到妻子面前说：“你吃，我这两天肚子不好不敢吃。”

“是真生我气啦，不肯吃？”黄洁青边问着边又拿了一只螃蟹放到他面前，说：“吃吧，明天我负责把钱给他，放心啦？你老婆不会给你抹黑的。”

“不是给我抹黑，我坐到这层干部也对得起自己了，我什么也不想了，人家也不会谋我了。小青，我是担心你。场委是把你作为党外干部培养的，如果一步走错，可能就会前功尽弃。再说，你是监管建筑质量的，这些瓦匠头子送你东西，就是他的工程没有质量问题，你也难以摆脱监管疏漏的嫌疑，一旦出现质量问题，你就是有十张嘴也说不清的。”邓远航语重心长地说。

“小青，远航说得对，跟你的前途、工作、家庭比，这几斤螃蟹算得什么啊？”黄老师对女婿的话表示赞同。

“好啦好啦，我不是说过了，明天把钱给人家了嘛，你们放心好了，我平时对那些瓦匠头子还是注意的，多少瓦匠头子要送我东西，我都没拿，只有这个老江，说是跟我们是老乡，是家里捕的蟹，我才收的，下次天王老子送的东西我都不收。”黄洁青表态道。

“小青，我下边的话不是说你，是跟你探讨。你跟瓦匠头子打交道也不少年了，你觉得这些人怎么样？”邓远航边吃边跟妻子闲聊起来。

“你是说哪方面?”黄洁青问。

“拉关系这方面。”邓远航点了个题目。

“不同的人不一样。但从总体上来说,瓦匠头子是‘头最尖’的人种。你只要有一点缝,他就能钻进去,可以说无孔不入。”黄洁青说。

“还有呢,瓦匠头子,当然还有其他搞工程的,都是心理学家,他把那些掌权的性格爱好研究得透透的,到时给你对症下药。”邓远航补充道。

“还有,他们都是模范‘户籍警’,把你家祖宗八代都了解得清清楚楚,需要时轮番请他们出马。”黄洁青也补充道。

“我再给你们补充一个,他们是属牛皮糖的,黏上你,你就跑不了的。”黄老师也跟着说了起来。

“所以说,蛮可怕的,许多领导都是被他们拉下水的。所以,你不要怪我跟你小题大做,因为你天天要面对他们,你是公务员中的高危人群,不防不护,是一定会生病的。我替你担心啦。”邓远航深情地说。

“放心吧,我会注意的,我好歹也是九龟中学的尖子生,好歹也是重点大学的毕业生,我不相信我能被那些文盲、小学毕业、初中肄业的人打败。其实,我也担心你。自从刘书记调走,方书记上任后,你经常拉着个脸回家。到家不跟我说话,不知道你到底出了什么事,我真替你担心。”黄洁青望着邓远航说。

“怎么说呢? 过去刘书记在时,他也太关照我了,我也太风光了,现在方书记上任,我只不过是恢复到了常态,我到这个位子,我已很知足了。”邓远航说。

“我担心的是你受人家排挤、压制,怕你经受不住,破罐子破摔,学坏,走上邪路。”黄洁青说。

“噢,这个你放心,我绝不可能到那种地步,我越压越精神,可能一时会没有什么成绩,但仍然会想办法积累,今天不出成绩,总有出成绩的时候。我以后是要改变改变自己的形象了,要学会微笑,回来帮你做事,多跟你说话。”邓远航表态。

“还有,明天跟你上街去买衣服,让你穿得精神些。”黄洁青说。

第二天,黄洁青真打电话给石龟建筑公司的江经理,叫他上来把螃蟹钱拿回去。对方答应什么时候到局里去办事时顺便到她那儿把钱取回来。可是黄洁青等了好长时间也没见他来,虽又打了几次电话,他还是那句话:等顺便上去到她那儿拿。

转眼间1992年春节快到了，又是一个送礼的高峰期即将来临，邓远航催黄洁青赶快把螃蟹钱处理掉。黄洁青有点无所谓了，她说：“几只螃蟹也不是大不了的事，已经过了这么长时间了，要出事，事早出了，不出事也就没的事了。况且我也多次打电话给他叫他来拿钱，他不来不能怪我的。”

邓远航再次给她做工作，他说：“千万不要有侥幸心理。要是其他人这点儿螃蟹，又多次催他，他不来，我也就算了。可瓦匠头子的东西你一点边都不能沾，你跟他们是有直接管理关系的，这些事就要当作会出事来放在心里想，不处理掉就不行。”

黄洁青没法，按当时的市场价把螃蟹钱从邮局汇到石龟分场建筑公司，这才了却了他们一件心事。

可邓远航在办公室的烦心事仍然不少。在很长的一段时间里，他的工作环境都没有变化，都是在被轻视、被挤压下工作的，起草报告、讲话等材料，也都是在不跟书记接触、不参加重要会议情况下艰难完成的。忽然有一天，方书记喊他去办公室，他感到有点奇怪。

73

因为好长时间没去过方书记办公室了，平时看到也只是说句“书记早”“书记好”的问候，也没说过几句话，写好了报告、讲话也都是洪光武拿给方书记看，他跟方书记几乎没有什么交往，因而，方书记喊他去办公室，他感到奇怪。他想象着方书记会找他干什么。他首先想到的是可能叫他搞个什么重要的材料，比如到省农垦的交流发言，或是省委办公厅的杂志跟他的约稿，因为，其他人可能不知道办公室的报告、讲话是他搞的，他方书记肚子里是清楚的，他也会看到他邓远航这段时间在报刊上发表的一些文章，因而，喊他来完成一个重要的材料。

再一个，他想到的是可能要把他调出场委办，事先来跟他沟通一下，因为毕竟他在场委办这么多年了，不得功劳有苦劳，最后给他安排个什么地方安度他政治生活的后半生。他只是想不到方书记会把他安排到什么地方，在他手里他也没有过多的奢望，因为现在他重用的是洪光武，而不是他邓远航。

这次洪光武父亲和省农垦的一位领导又来了一次后，没过多少时，方书记就把洪光武提拔为机关事务局长，正科职兼场委办副主任，为他接替钟玉保铺好台阶。后来，他还听外边人传，说在讨论洪光武职务时，方书记还特地强调了一句并要求记录在案：这个人将来要重用。以至一些分场、部门、企业的领导对洪光武是趋之若鹜。

因而，邓远航想，方书记不会给他安排多好的位子的，那些财税金融部门想都不要想，无非是中等偏下的部门里边挑一个了事。

在去方书记办公室前，他就想如果他提出的是这两个问题，他怎么回答。他想，如果他叫他写重要材料，不管多难写的，他都立即应允，而且要以最高的质量、最快的速度交到他手里。这次可以亲自当面交到方书记手里，而不要通过洪光武这个二传手转交了，因为这次是方书记直接向他布置的。如果是第二个问题，他想，随他安排到哪个部门，随他安排什么职务，到哪里不是人过的啊？人家能过，自己就能过，总比在这块儿天天看人脸色过日子强。

想好了，他便挺直腰杆、抬起头，信心十足地走进了方书记的办公室。一进去，他想，久违了，这间过去几乎天天进的办公室现在真太陌生了。

方书记叫他坐。还挺客气的，脸不像平时看他那么冷，多少还带点笑容，他觉得有戏。

"邓主任，你认识省委办公厅的文主任啊？"方书记问道。

果然不错，肯定省委办公厅跟他约稿的事，他问这问题明显就是找人家上文章嘛。于是答道："文主任啊？熟悉。"

"你跟他关系怎么样？铁不铁？"方书记问。

"还可以吧。"邓远航打不到底了，问"铁不铁"什么意思？在他们的杂志上发表文章一般关系就可以啦，也不需要那么"铁"啊。

"我说呢，他前次打电话来问到你的，叫我关照关照。"方书记说。

"噢，我没跟他说我的事啊。"邓远航不解地问。

"那我知道了，你没跟人家说，人家主动关心你，说明你们关系不一般啊。"方书记说。

"关系嘛，怎么说呢，反正这人很客气吧。他是跟省委一把手跑的，一点架子都没有。"邓远航知道自己跟他也就是一面之交，就是有一次开会时，他送份材料去认识的，别的也没深交。一面之交，他还能跟方书记说我的事，这个文主任真是个好人。

“远航啊。”方书记喊道。

方书记喊这一声让邓远航很吃惊，怎么用这么亲热的称呼啦？难不成有好事了？调财税金融这些实权单位当一把手？

“远航啊，有个事，你看你能不能去找文主任一下，看他能不能帮个忙？”方书记看着邓远航说。

邓远航从来没有这么窘促过，感到方书记两只眼睛里射过来的是炽热的射线，射得他浑身发烫，心神不安。到底什么事呢？大事肯定帮不了，在他们办公厅办的杂志发表一篇方书记署名文章应该是能办到的。

邓远航见方书记眼睛盯着他，像是等他的回答，便赶忙说：“噢，文主任蛮热情的，一般的事，他能帮还是帮的。”

“这个事说一般也一般，说不一般也不一般。就是我儿子今年大学毕业嘛，找了个单位，一把手还没同意，想请文主任打个电话给他说说。”方书记说。

乖乖，进人啊？这现在是天大的难题啊！一面之交，能给你办这事？方书记啊，你不是带我玩吧？设个陷阱让我往里跳？先叫我办力所不能及的事，办不成正好有借口一脚把我踢得远远的。方书记啊方书记，还是钟玉保看你看得准啊，说你是国民党团长的儿子，手段辣着呢。怎么办呢？九龟湖里抱住个树桩，随浪淌吧，也许能淌到岸边呢。于是，他问：“哪个单位啊？”

“省财政厅。”方书记说。

邓远航一听，头不觉摇了一下，心里又咯噔了一下：乖乖隆里冬，这个单位是一般人能进去的吗？乖，他是想整我了，出这个难题，肯定是要整我了。

方书记见邓远航的头摇了一下，觉得他不够坚定，便对他说：“儿子进省厅后，我也想考虑你去我们财政局做局长，可以跟我儿子上下拉好关系。”

我才不当那个局长呢，我是学中文的，要是把钱管少了，或是在我手里钱不能增值，我就是对九龟人民的犯罪，我为什么要占这个位子而把在这方面更有能力的人排挤在外呢？我不做财政局长！慢着，你不做财政局长可以，可你眼前这个事，你得把他搪过去啊。于是，他只好表态道：“方书记，我实话对你说，这个事我不能跟你打包票，我只能去试试看，但我保证尽力。”

“行了,有这话就行了。你的为人我了解,你不像钟玉保那种天大的事都能跟你拍胸脯打包票的人,你是从来不说满话的人。你这样说,我知道事情已有九分把握了。这样子,你要是去省里,直接叫一号车跟你去,要用钱,直接跟我的驾驶员说,由他去处理。好,就这样,我要到宾馆去接待个客人。”方书记把邓远航送出了办公室。

邓远航从没对自己接受过任务感到力不从心的,而这次,他感到从他记事以来,他第一次接受了他完不成的任务。找文副主任？哪里那么容易！自从他调到场委办工作以来,他总共去省委办公厅九次,见到文副主任就一次,还是文副主任召集部分场县办公室分管文字的主任会上见到的,就这一面,就能叫人家给你安排个人？而且指定要到省财政厅！

下班回家,他对妻子说:“我可能要出大事了。”

“啊？你不要吓我噢。怎么啦？出什么大事啊?”妻子担心地问。

“今天,方书记找我了。”邓远航有气无力地说。

“这两年,你不是一直盼着书记找你吗？你说只要他找你,你一定能赢得他的信赖。怎么今天如愿了,又说要出大事了呢?”妻子不解地问。

“他找我,给我压任务了。”邓远航说。

“压任务好啊,你正好通过出色地完成这个任务,使他改变对你的看法和态度,不是很好的事吗?”妻子分析道。

74

“他压的是我完不成的任务。”邓远航对妻子说。

妻子黄洁青更加疑惑,心想丈夫干事一直都是信心十足,非常自信的,从来没有在任务面前畏难过、退缩过,这次方书记找他压任务虽不是千载难逢的机遇,至少也是这两年仅有的,他不乘势而上,反而在任务面前畏首畏尾,他这是怎么啦？难道这两年受轻视、受排挤,把他武功给废了吗？她不相信丈夫真的被废了,她必须鼓励他,把他的斗志激发起来。于是,她对丈夫说:“远航,你知道当初你的哪一点吸引了我吗?”

“我不知道,哪一点?”邓远航问。

“是你任何时候都显示出来的那种自信的神态。”黄洁青说。

“怎么有闲情谈这个?”邓远航问。

“因为我希望看到当年的你,我希望看到你在任务面前战胜一切困难的斗志。你要把方书记的任务作为一次锻炼成长的机会,不折不扣地去完成它!”黄洁青说。

“我没有变啊,我还是当年的我。我仍然可以自信地完成办公室范围内的任何一项任务。可你不知道他交代的是什么任务啊!”邓远航说。

“什么任务?”黄洁青问。

“把他儿子安排到省财政厅。锻炼人吧? 能把我锻炼到省里去。”邓远航说。

“那你怎么跟方书记说的?”黄洁青听说这任务便带点儿担心地问。

“我说我尽力而为,但不敢打包票。”

“这不就行了嘛,那你去试试看啊,能完成很好,不能完成他也不会怪你呀,你担心什么呢?”黄洁青想,事已至此,只有继续鼓励他。

“我是担心你们哎,说实话,这个事十有八九是完不成的,我担心他整我,你们跟着受罪啊。”邓远航说出了心里话。

“你放心,我不怕,这个事完不成不是你能力问题,更不是你品德问题,即使被整,总有一天会有翻身机会的。哎,要不要找找舅舅,他省里有老领导、老战友。”其实,这个时候黄洁青已想到可以找一个人了,那就是何萍浪。听说她老公、老公的父亲都是省里干部,找她准行。可丈夫过去跟她关系不一般,还是让他们少接触,因而只说叫他找舅舅。

“你舅都退下来几年了,他那些老领导、老战友比他退得还早呢,早已换了满朝人了,谁还睬他们啊? 这又不是跟财政厅要几个钱用,是安排个大活人进去哎。”邓远航说。

“那……那你找哪个呀?”黄洁青试探着问他。她想最后万不得已也只有叫他去找何萍浪了,不能眼睁睁地看着丈夫挨整噻。

“还能找哪个? 只有找那个见过一面的文主任呗,只有硬着头皮去试试看吧,也许运气好,人家就肯帮忙呢。明天我先打个电话到他办公室联系看看,然后再去省里找他。”邓远航说。

“人家要是不帮忙怎么办呢?”黄洁青担心地问。

“那回来就把脖子伸长一点儿放到他办公桌上呗。”邓远航说。

“干什么?”黄洁青问。

“等着挨他的刀宰呗。”邓远航说。

“那你不能去找找何萍浪啊?”黄洁青无可奈何地说。

“哎,对呀,这也是一条路子啊。你怎么不早说的呢？害得我把脖子伸给人家了。”邓远航开玩笑地说。

“我就想让你尝尝挨宰的滋味。”黄洁青边说边用手在丈夫的脖子上剁了一下。剁得两人呵呵地笑了起来。

第二天,邓远航上班看见钟玉保在自行车棚那儿放车子,便把车子骑慢点,不想与他走到一起。谁知钟玉保锁好自行车站在那儿边等边喊道:“邓主任,快点,怎么跟个老奶奶似的,慢慢踱啊？有事跟你说呢。”

邓远航心想真出鬼了,要不得人找,你就像被遗忘了一样,要是有人找,又跟九龟湖行洪似的,一浪接着一浪。他边想边加快车速,骑到钟主任面前说:“噢,钟主任,找我？什么事？”

“车子锁上,边走边说。”待邓远航锁好车子,钟玉保又说道:“马上场委要开个加快九龟经济发展方面的会议,方书记有个讲话。这个会是方书记提议要开的,省农垦、省委近期没开过这类会,光武最近太忙、太累,这个讲话你帮助他一起搞,我叫他主动找你。”

他们俩正边走边谈,方书记从宾馆那边过来了。钟玉保赶忙丢下邓远航迎上去喊道:“书记,早啊!”

邓远航也见到了,他就站在原地喊了声:“书记早!”

“早,远航,那个事没联系吧？”方书记撇开钟玉保走过来问邓远航。

“今天先打电话联系一下,看他在不在家,在家就去一趟,不在家就等他回来。”邓远航边说边跟在方书记后边走,钟玉保随后也跟了上来。

“噢,不急,时间服从质量,以办成为目标。”方书记对着邓远航交代。

到三楼,方书记向东到他办公室,邓远航、钟玉保一起进了大办公室。两人脚刚跨进门,钟玉保就说:“九龟湖上刮台风,浪又兴起来啦？乖乖,今个门没开好,方书记不睬我,跟你又亲密起来了呗？什么鬼气啊？”

“不是很正常吗？他也跟你打招呼了,他向你笑了一下,你没看见。哪儿来那么多鬼啊？不要疑心生暗鬼就行了。”邓远航说。

“书记找你什么事啊？什么质量不质量,神神秘秘的。”钟玉保问。

邓远航不可能把方书记说的事告诉他的,但他在这儿问又不能说没的事,如果这样说,他反而会疑神疑鬼,他刚才不是说要写书记讲话吗,对,就拿这个事搪塞他。于是,他说:“也就是你先跟我说的给他写讲话的事。”

“他怎么说？”钟玉保问。

“跟你说的差不多，叫我协助光武把他这次讲话的质量弄好些。”邓远航说。

“那好，光武，我这就做交代了，你跟邓主任一起把方书记讲话起草好。听到的啊？方书记交代了，这次讲话质量要高。去吧，你们现在就到四楼会议室去碰提纲去。”钟玉保对两人布置道。

邓远航听他这么一说，什么也没拿即转身上楼。洪光武拿了一本稿纸随后也跟了上来。

“我现在一听说写讲话，头就大了，头脑里空空的，不知道写什么。”洪光武把稿纸往桌上一摔，坐到邓远航旁边说。

“你天天跟方书记走，你先说说他对这个讲话的要求。”邓远航说。

“他有什么要求啊？他从来不就讲话内容说什么，只说你们把讲话稿写好些，写长些。他妈的，现在的讲话一个比一个长，越写越长，落得卖纸的和收废纸的快活死了。”洪光武发起了牢骚。

“噢，忘掉个事，我下去打个电话就来，你先思考着。”邓远航说着下了楼。

75

邓远航下楼一是真想给省委办公厅文主任打电话，二是他看洪光武这个主笔人一点想法还没有，不愿在这儿跟他闲耗，便想先离开一下，让他有个思路，再来与他讨论。

邓远航按照省委办公厅通讯录上的号码拨了电话，没人接。他连续拨了七八次都是这样，肯定是不在办公室，跟领导外出了，等会儿再拨吧。放下电话他坐下来思考方书记的讲话提纲，大概想了几条，便再次上楼。

再上楼时，他远远看到洪光武那本稿纸上写了不少，且还在写着，心想这下他把提纲列得差不多了，也不用烦多大神了。走近一看，原来他不是写提纲，而是在练字呢。稿纸上写满了“邓远航、钟玉保、侯鸣放、李晓阳、蒲星凤”等他熟悉的人名字，其中“蒲星凤”写得最多。

看到这儿，邓远航说：“你多写几个蒲星凤，讲话稿子能从她肚里冒出来。”

“不写怎么弄嘛？等你呢。”洪光武说。

“你是跟方书记服务的哎，等我能把书记讲话等出来？”邓远航问。

“远航，我不是那个意思。其实，我对你一直是很尊重的，上次李晓阳入党的事我不折不扣地配合你，后来还被玉保剋了一顿呢。我等你也是对你的尊重，因为我在这儿想死了也不如你想的好，我想也是白想，你一来我就有主心骨了。这样子，你只要把提纲说详细一些，剩下的事我来完成好不好？好，同意了。那你说，我来记。”洪光武说着把稿纸的第一页撕了，做出要记录的样子。

“你也不要抱太高的期望，我好长时间不参加有关会议了，我说的只是个人看法，你觉得与上面精神和方书记的想法不符的，你尽管按照他们的意思写。讲话还是要分三大块，第一块提高认识、增强紧迫感和第三块解放思想、加强领导，我就不说了，我主要讲第二块发展措施。九龟经济要加快发展，我想是不是这几个方面必须要抓的：

“首先是企业改革必须要突破。前一段开展完善企业承包经营的工作为全场经济发展起到了促进作用，但随着经济形势的发展变化，仅仅是完善承包制已经不适应了，必须深化企业产权制度改革，比如出租、出售、租售结合、售股结合以及合作、合股、公司化等等，只要能促进企业健康快速发展的就可以试。

“其次是抓项目建设、抓技改投入。全场上下要为项目建设、技改投入开绿灯，并对实施项目、技改投入的企业给予税费减免、贷款贴息、优先供应计划物资等方面的优惠政策，对这方面有贡献的厂长、科研技术人员要给予精神和物质奖励。

“再次是制定优惠政策、大力支持发展个体私营经济。我们党最拿手的是搞群众战争，真正把广大群众发展经济、发家致富的积极性调动起来了，九龟的经济一定会走上快车道。同时鼓励机关干部下海领办或自办企业，让优秀的人、有经济头脑的人去办企业。

“第四是下大力气外出招商引资。不是几个人开辆车子走马招商，到哪里都是蜻蜓点水，一掠而过，回来只记得名胜古迹，不知谁是客商。要驻点招商，选一批干部到发达地区长期驻扎，至少两个月以上。好啦，我只能想这四条了，你自己完善去吧。”

洪光武觉得最后的一点讲是要讲的，但实施起来较难，因而他说：“你说的这四条太好了。真是听君一席话，胜读十年书啊。我马上分给他们几个人写去。只是有一条，我还想跟你商榷一下。你叫选人驻点招商，一住两个月以上,有人愿意去吗?人生地不熟的不说,家庭也没法照顾啊。我们就退一步说,假如要选你到浙江、到广东,一个人在那儿住两个月,你愿意去吗?"

说到自己头上还真有点犯难呢,去还是不去呢?去确实有很多困难,自己苦点儿还能忍受,老婆一个人带伢子可就辛苦了,确有实际问题。但是如果给些鼓励的政策,还是可以吸引一部分人出去的,重赏之下必有勇夫嘛。因而,他对洪光武说:"虽然说到自己,我有点犹豫,但可以制定一些鼓励政策,如加大出差补助,对招到商的给予现金奖励、给予提拔重用等,这样肯定可以选到一批人去驻点招商。"

"好,就按照你说的写。要真重奖、重用,我心里都痒痒的了。"洪光武跃跃欲试地说。

"你真想去啊?真想去,如果组织部来征求人选时,我们就推荐你去,到时家家抱住你的大腿哭,你不要后悔噢。"邓远航逗他说。

"只要跟我兑现副场级,我绝不后悔!"洪光武坚定地说。

"那你在方书记讲话中写上啊,今后凡没有驻点招商经历和没有招商实绩的一律不向省农垦推荐副场级人选,反之优先推荐。"邓远航说。

"好的,我就把这内容写进方书记讲话,这样才公平呢。"洪光武说。

两人从楼上下来也快下班了,洪光武又把侯鸣放、小凤喊上去,各分一部分给他们写。

邓远航则又在那儿打电话。一直打到中午下班,文副主任办公室都没有人接。下午来继续打,只到下午下班时才拨通文副主任的电话。邓远航一做自我介绍,对方就知道他了,便问:"有什么事吗?"

"你明天在家吗?明天找你有个事。"邓远航并没说有什么事,他怕告诉他什么事,他会在电话里就一推了之,不让他去了。

"什么事啊?"对方还是问了。

"没什么大事,就是去看看你。"邓远航还是没说什么事。

"行,你过来吧。到时打我办公室电话。"对方挂断了电话。

邓远航挂了电话后很高兴,虽一面之交,但人家很热情,没有阻止他去,至少可以当面把事情跟他说了。于是,他立刻到方书记办公室汇报这事,方书记听了也笑了:"嗯,开了个好头,电话里不讲是对的,只有当面把礼物交给他,再跟他讲事,事才能成。"

"那我明天就去了,不用你车子了,我跟行政科要一辆车就行了,你车子随时要用。”邓远航说。

“不，还是用一号车，一个可以直接进省委大院，再一个文主任看到也会感到我们很重视这个事。另外我叫蒲所长跟你一起去，你这个人太老实，有时话说不好，容易坏事，她一张嘴可以比你会说些，这样子事情更容易成。你等下子，我来给她打个电话。”方书记说着过去拨电话。

邓远航心想，原来我在你心里就是这么一个不中用的人啊，是一个不会说话、容易把事情办坏的人啊？唉，随你怎么想吧，我也改变不了你。也好，他跟个心腹去，一是礼品送没送去，有人证明，不要我一个人去事办不成，还被怀疑把礼物私吞了；二是她去，事情主要就由她讲，事情办不成怨不了我。

“小蒲啊，昨天跟你说的那个事，明天早上七点半，你跟办公室邓主任一起去，你现在赶快落实礼品。”挂了电话，方书记又过来说：“行了，明早在家等吧。”

76

第二天早上，邓远航和二凤坐着九龟湖农场的一号车去省城为方书记儿子落实工作。在车上，起初邓远航不愿跟二凤讲话，眼睛一直看着窗外。外边田里呈现出一大片一大片的金黄色，农民们正在一块一块地剪切着那秋天的色彩。他想，自己的灰色环境不知什么时候也能一块一块地被剪切干净，但是至少现在还看不到剪除的迹象。他想，这个灰色环境的形成跟坐在身边的这个天生丽质的女孩、曾经的学生有密切关联，肯定她在方书记面前没说他好话，给他抹黑，害得他这两年被方书记打入冷宫，抬不起头来。

二凤知道老师心里怨她，但她是有苦说不出。她并没有在方书记面前说他的坏话，她只是把邓远航那天说的原话跟方书记讲了，应该是有利于邓远航的，谁知方书记还是容不下他，她又不好在他面前过多地替邓远航说话，那样他又会怀疑她跟邓远航怎么样了。好歹，马上有机会改变他对邓远航的冷落了。只要这次能成功地把他儿子的工作落实好，方书记对邓远航立马就会由冷脸变成热脸。现在正好有机会跟他传达些什么。对，把她没在方书记面前说他坏话的事给他暗示暗示。于是，她开口道：

“邓老师,你说我们这个角色正难做噢。”

“怎么的啊?”邓远航只是用简短的语言应付她。

“常被人误会,是个受气的角色,简直像穿了几十年的旧棉袄,里外都不落好。就说那次厨师烧菜,那厨师鬼使神差地把几个菜的盐都放多了,中午吃饭时几位领导都说咸死了,我当时批评了他几句,并没说要向上汇报处罚他。可是过了两天,所长知道了,扣了他半个月的奖金。他一直就怀疑是我告诉所长的,从此不跟我讲话,跟我闹了一个多月的别扭,说我是告密者,打小报告的人。后来,他才知道是一位在那儿吃饭的领导闲谈时说出来的,此后才改变了对我的看法。有时人就这样被误会着,还没法解释,有时越解释,对方越不相信。”二凤用一个故事去暗示给邓远航听,试图改变邓远航对她的猜疑。

“身正不怕影子斜,白日没做亏心事,深夜不怕鬼敲门。只要你自己做得正,你管他怎么误会啊。你又管不住人家的头脑,你还能不让人家想吗?”邓远航虽有点儿相信二凤不是那种背后说人坏话的人,但还不完全排除二凤一点儿没有在方书记面前说对他不利话的嫌疑。

“邓老师,我们姐妹三人,你做班主任带我带了五年,时间最长,其实你最了解我。你回头想想看,我在学校是不是喜欢到老师那里打小报告,告同学状的人?”二凤用回忆过去的法子,试图让邓远航从她的为人上去消除心中的猜疑。

“在学校你倒没有这种情况,这我可以证明,但学校跟社会是两码事。在市场经济冲击下,每个人都会有所改变,谁也不能避免,只是变化的方向、程度不同而已。你哪些方面变化了,你自己还不是一肚子清楚啊。”邓远航了解她的过去,若从过去看,她是不会在方书记面前打小报告的,但他对她在招待所那种环境里的变化把握不准,因而还是心存疑惑。

“邓老师,其实我们受你影响蛮大的。从小你看着我们长大的,后来又做了我五年班主任老师,让我从你身上学到了许多东西。在市场经济冲击下,我保不准在某些方面可能会发生变化,但我从老师身上学到的为人正直、待人真诚,是永远不会变化的。”二凤竭力为消除邓远航心中的猜疑寻找着说辞。

“对,蒲所长这个说得对,江山易改本性难移嘛。”驾驶员小居也插了一句话,支持着二凤的话。

“好,既然居师傅都帮你说话了,那我就认输了,我也就相信你没有到所长那儿去告厨师的状了。”邓远航把头转过来笑着说。

二凤深深地出了一口气，看着邓远航，也笑着说了句：“绝对的。”

“人家前边就说过，厨师后来已经晓得不是蒲所长告的，我早就听出来了，邓主任平时大家都说你很聪明，你今天怎么啦，辩到现在才相信啊？是不是害了美丽综合征喽？”居师傅又插话说。

“美丽综合征？还有这个病？”二凤问。

“那是小居臆造的病，专门用来笑谝人的。”邓远航说。

“不骗你们，真有这病，我在一本书上看到的，书名字我已记不得了。它上面就说过‘美丽综合征’。这个病的症状就是一个人看到美丽的东西时，比如美女、美食、美景等等，他的智力、情绪、力量，甚至于视力等等会发生改变，或高于或低于平时正常水平。像邓主任刚才就出现了智力障碍。”小居笑着说。

“怪不得你今天车子开得趺趺冲冲的，原来是二凤坐在车上，让你得了美丽综合征啊！”邓远航也笑着说。

三人在车上说说笑笑，很快车子已开进了省委大院。邓远航和二凤上楼到省委办公厅找文副主任，经值班室时，值班人员告诉他们：文副主任刚跟书记出去了，叫他们等一会儿。

两人在值班室的椅子上坐下，值班员又给他们各倒了一杯水。大楼里很静，两个人大气都不敢出，更不要说讲话了。两人就这么大眼瞪小眼地干坐着。

二凤这是第一次进省委大院，觉得人家这才是真正办公的地方呢，安静得真是一根针掉地下都能听到。我们九龟那是什么臭办公室，整天人扰扰的、声吵吵的，好像天下就数九龟湖农场委办公室最忙了，人家管着一个省几千万人呢，也没像我们办公室那么忙得团团转，看上去乱七八糟的。唉，这辈子要是能在这地方工作，也就是神仙过的日子了。

邓远航跟她想法不一样，他来过几次了，印象也就是一般。他想，要在这里工作，非把人憋出病来不可。大步不敢走，大声不敢发，大气不敢出，在我们那小九龟谁能憋得住。

两人各自想着自己的心事，忽然电话铃响了，是文副主任打来的：说中午回不来了，叫值班员拿餐券给他们先去就餐，下午上班时到他办公室。值班员放下电话，撕了两张餐券给他们：“你们过马路，到对面的那个饭店吃工作餐。”

“我们三个人呢，还差一张呢。”二凤一边接餐券一边说。

值班员前后望望说：“不就是两个吗？你以为我人老眼花啦？”

“还有个驾驶员呢。”二凤说。

“噢，把开车的忘了。”值班员说着又撕了一张给他们。

走出大楼，二凤还说：“你看，这人多坏，你要不跟他要，他就给你两张，我们还要贴一个人的饭钱。”

“人家就是忘了，你也不要想多了。我倒觉得人家这种给下边来办事的人发餐券的办法倒是个好办法。你看我们九龟，太没有人情，上边人下去，人家是大酒招待，喝得人仰马翻，可下边人上来，没地方吃饭，没地方休息，让下边的人感到心寒。我觉得，我们九龟也要学这种方法，下边上来办事的人凭餐券到你们宾馆吃饭，到时你们宾馆跟财政局结算。这个事，我们回去跟领导建议一下，也花不了多少钱。”邓远航说道。

吃过饭，二凤要买衣服，三人一起又到街上转了一圈儿。一圈儿过来，文副主任还没到办公室。

77

他们又在值班室等，一直等到下午四点多钟，文副主任才到办公室。

“哎呀，邓主任，怪不得你面色红润、精神抖擞的啊，原来天天身边跟着这么个大美女的啊！”文副主任一边给他们倒茶一边开起了玩笑。

“文主任，不晓得省委办公厅还要不要个倒茶抹桌子的？”二凤问。

“怎么啊？”文副主任问。

“把我调到你办公室，天天给你扫地抹桌子，也好让你满脸红润、精神抖擞啊。”二凤笑着说。

“那邓主任面黄肌瘦、精神萎靡，九龟人民就要到省委来上访喽。哈、哈、哈……”文副主任笑个不停。

“文主任，蒲所长调您身边工作，我保证九龟人民不会来上访，我就怕嫂子来上访噢。”邓远航说着也笑了起来。

“说笑了，说笑了。哎，说真的，你来有什么事还没说呢。”文副主任说。

“没什么大事，就是来看看你。”邓远航说。

“我们方书记还顺便叫我们给你带点土特产，我们带了四份，你看放到哪里？”二凤说道。

“哎呀，你们来看看就行了，看到这么个大美女我就心满意足了，东西就不要了。什么东西啊？”文副主任推辞说。

邓远航答不出来，因为他一直没问二凤带的什么东西。二凤答道：“也没什么，就是几只九龟湖的螃蟹、野生甲鱼和野鸭。”

“一个个长得也很漂亮呢。”邓远航开玩笑道。

“那我更不敢收了，看了九龟的美女已是大不敬了，再吃九龟的美物，那还得了啊？”文副主任说。

“文主任，你不够怜香惜玉噢。”二凤说。

“怎么啦？”文副主任问。

“你叫一个女人大老远的，跑几百里路把东西背过来，你不留下，还叫我们背回去，你想把美女累死啊？”二凤说。

“哎呀，你这一说，我不收下，就是对九龟人民的犯罪啦，好，听美女的，收下。”文副主任边说边拨了个电话。

不一会儿，一个年轻秘书进来了。文副主任叫他到停车场找九龟的一号车把东西拿到他车上。

“哎，真的，邓主任，真没有什么事啊？有事就说，不要客气噢。”文副主任认真地说。

邓远航正要开口说出方书记儿子的事，被二凤抢先说道：“大事真没的，小事还是有的，只想请文主任打个电话。”

“什么电话？”文副主任问。

“给财政厅厅长打个电话。”二凤说。

“干什么？要钱啊？这个好办，你们写个报告，我打个电话给个副厅长，给你们批个几万元钱。”文副主任问。

“文主任心里就想钱，怎么就想不到人呢？”二凤说。

“噢，是不是你又想调到财政厅去啦？”文副主任问。

“正是玻璃瓶里装清水，里外全被你看透了。就是想个人进去。”二凤说。

“是你还是别人？”文副主任问。

“要是我怎么样？别人又怎么样？”二凤问。

“要是你有较大难度，要是别人提都不要提。马上就要进行机构改革了，现在人事基本冻结，进人怎么可能呢？”文副主任说。

“你打个电话看看呗，没有用我们又不会怪你的。”二凤说。

文副主任这下没吱声，似乎在考虑打不打电话的事。

邓远航在一旁就是看着、听着，一直也插不上一句话，这会儿见他们都停下来了，便也帮二凤说：“文主任，你拨个电话说说看，说不成不怪你。”

“远航，你是知道的，一些小事，我们打个电话还是能办成的，像这种省级机关进人的事，又是机构改革将试点的时候，以我们这名义是没有多大用的，只有领导说了才有用。”文副主任说。

“那你就以领导名义打电话给厅长嘛，就说书记叫打电话的不就行了吗？他又不知道书记叫没叫打。不是有句名言吗？不管黑猫白猫，逮到老鼠就是好猫。”二凤说。

邓远航在一旁为二凤说出这种话而感到羞愧，这话能说吗？这事更不能做啊，做了，政治生命也就结束了。在办公室工作的同志这点素质没有，到处假领导名义说话办事，那他是要栽大跟头的。

邓远航正在想着时，文副主任又开口了：“蒲所长，你没在办公室工作过，你不知道办公室的规矩，领导没交代，以领导名义打电话是绝对不允许的。这样吧，我就给你们打个电话吧，没用真就不要怪我了。你们把要进去的人名、毕业学校、专业写在这纸上。”

“叫方千里，学的是船舶制造……”二凤正说着写着，文副主任打断她说：“专业还不对口，难度系数又增加了。好，不管怎么说，我给你们把这个电话打了。”说着他拨通了财政厅长的电话。

电话拨通后，文副主任按下免提讲话。他对着话筒，把要进财政厅的男孩情况跟厅长说了一遍。

听了文副主任的话，厅长那边沉默了片刻后说：“主任，你很少打电话叫我办事，按理说，我应该给你面子。但是，文主任，不是我不给你面子，人事已经冻结了，现在进人除非真是省领导打电话呢，否则人事厅那边是办不下来的。你要是其他任何事，我都可以帮你办，就是这个进人的事现在办不成，要真正想进，那就等解冻吧。主任，你看这事怎么办呢？要不叫那孩子等几个月？”

“再说吧。谢谢你。”文副主任按下电话的免提键又对他们说：“看，你们都听到了，我没骗你们吧？你们看，是等一等，还是回九龟找工作？”

文副主任说。

“等要等多长时间呢?”二凤问。

“这个没的数了,也可能三四个月,也可能半年多。你们就是回九龟安排工作也还要抓紧些,因为省里机构改革结束,就搞你们场县的,到时你们那儿人事也要冻结了。”文副主任说。

“那能不能请主任找哪位省领导,请他打个电话呢?”二凤缠着说。

邓远航心想,二凤真有韧劲,脸皮也厚,也幸亏她来,要是我一人来,他开始一说,电话我都不会叫他打了。

“美女啊,你这就为难我了,你们自己找可以,我找不行哎。”文副主任说。

78

二凤还想再纠缠,被邓远航劝住了:“好了好了,文主任已说到这份儿上了,他说不好弄,那确实就难弄了。”

文副主任也顺着他的话说:“是啊,邓主任是了解我的。今天不好意思,这样子,事没办成,酒照喝,晚上留下来,不要走,跟美女喝两杯。我来打电话。”说着拿起话筒就要拨电话。

邓远航拦住他说:“主任,等一下,等一下。蒲所长,你说个话,留还是不留。”邓远航一边说,还一边向二凤递眼色,示意她说不要留。

二凤根本不懂邓远航递过来的眼色是叫她说留,还是说不留,她也不管了,只管按自己的想法做。她说:“留下来也没意思,事情没办成,酒喝得也不香。”她是想通过这句话试探一下,他如果说“喝酒照喝酒,那个事再想办法嘛”,那就留,如果他还是说“这个事我确实无能为力,但不影响我们喝酒”,那就坚决不留,拍屁股走人。

“哎,你们不是说来看我的吗?既然来看我留下来喝杯酒总是应该的吧?”文副主任不想再在那事上跟她纠缠,便避开那事只谈喝酒。

这句话出乎二凤的预想,他根本没提那事,这叫我如何回答?看来他这块儿真没戏了,算了,不留了。于是她说:“文主任谢谢你,实在不好意思,我今天八更八点都要赶回去,我爸生日,我得回去给他磕个头。下次一定跟你喝两杯。”

“下次到九龟喝吧。”邓远航说。

“那好，一言为定，下次到九龟跟美女喝两杯。”文副主任说，说着送他们到电梯口，等电梯到了，他又说：“哟，一个事忘了，蒲所长你先下去，远航跟我来拿个材料。”

邓远航跟他回到他办公室，文副主任对他说：“上次有领导叫我打电话给你们方书记，怎么样，还可以吧？”

“还行，基本跟以前差不多。这不，因为你的电话，他才叫我们来找你的。”邓远航回答说。

“你那个书记蛮滑的嘛，不行，下次我们去一趟，抵着他的面说。哎，他儿子的事你是真想替他办，还是不想替他办，我看刚才你都不说什么话，都是蒲所长在着急嘛。”文副主任说。

“我当然希望能办成啦。办成了，我的生存环境肯定会好些，办不成，我顶多还这样吧。”邓远航说。

“你要真想办成，你就去找你认识的那位领导。”文副主任说。

我认识的那位领导？哪位领导？省委、省场部领导我认识不少，可他们都不认识我啊。这是什么人呢，背后关心我？噢，想起来了，肯定是何萍浪公公，大概是何萍浪在背后帮我的。但我跟这位领导互相不认识，现在去找他，太冒失，要找是要找的，但只能通过何萍浪。于是他对文副主任说：“今天就不去了，事先没联系，又是空手，去不太好，下次吧。我就走了，你下次一定要到九龟去。”

“那好，不留你了。”文副主任边说边走到橱子前，拿了一些办公厅几份杂志和几本新年挂历给邓远航，把他们送走了。

在车上，二凤对邓远航说：“这个主任也是个滑头噢。”

“还可以吧，人家也帮忙了，电话也打了，我们都听到了，他就这么个权限，也没办法，除了扛着领导的旗号去说呢，但领导没授权，那是绝对不能的。”邓远航为文副主任辩护道。

“反正这个事办得不爽，你我回去都没法交差。老师，你我都要有心理准备，可能日子不会好过的。”二凤说。

“什么好过不好过啊？这两年，我日子就这样，再差也不会比这还差吧？再说，领导也要理解我们吧，权力不在我们手上，我们无权决定他进不进省财政厅，就我们的能耐说，我们也尽力了。”邓远航说。

“反正我心里噎住呢，等着回去挨板子吧。”二凤说。

“你要怕挨板子，那就找个公用电话亭，我再打个电话试试看。”邓远航说。

“刚才当面不跟他说，现在打电话还有个……”二凤正要说还有个“屁用”的，一想这是在老师面前，不能说脏话，便改口说：“还有个什么用啊？”

“不是打给他，是打给何萍浪。”邓远航说。

“何萍浪？就是那个省军区演员啊？都什么时候了，找一个演员有什么用？难道她是老师的初恋？”二凤问道。

“你个小孩子尽瞎说吧。她是我同学，如果找她还没用，我就再也没有一点儿办法了。小居，靠边停下，有个电话亭。”邓远航说。

邓远航下车到公用电话亭里给何萍浪打电话，办公室的电话、家里的电话都打了，都没人接，且一连打了几遍都还是没人接。他没办法，又拨了关红琴的电话，问她是否知道何萍浪到哪儿去了。关红琴见是邓远航打来的电话便问他在哪儿，他告诉她今天来省城办事的情况。

关红琴一听他今天来省城且还没走，便有点生气地说：“你来为什么不告诉我？赶快过来，到我这儿吃过晚饭再走！”

“不了，我们要赶回去有事，你告诉我何萍浪到哪儿去就行了。”邓远航说。

“不行，你不来我不告诉你。快来，我在厂里等你！”关红琴说完挂了电话。

邓远航到车上向二凤说明情况，问她是否愿意留下吃晚饭。

二凤说：“关红琴？我晓得，就是那个在我们龟岛插队的女知青，外边也传说跟老师有关系呢，去就去吧，通过老情人去找初恋情人呗，呵呵、呵呵……”

到关红琴厂里，关红琴埋怨说：“到省里来就必须到我这儿来，不来就生分了，说明你对姐疏远了，下次不允许了。哎，你怎么老把小凤带出来啊？别人看到不会说你闲话吧？”

“这是二凤，不是上次那个，上次那个是小凤。”邓远航说。

“换了也不行，换汤不换药，都是美人坯子，人家看到会嫉妒的。哎，找何萍浪干什么事啊？”关红琴问。

“我在家里就打电话了，到这儿来又打，打了不下几十次都没人接，她怎么啦？到哪儿去了啊？”邓远航说。

“打了几十次电话，就是一次不打给姐，你早打姐一次电话，也不会跑冤枉路了。她呀，她参加国家组织的歌舞团，到非洲去巡回演出了，前天才到北京报到，估计还没出国，你想见她现在到北京去见她，也许能见上面，去迟了，人家可就上飞机了。”关红琴笑着说。

“那她什么时候回来？”邓远航问。

“估计一个多月以后吧。说真的，你找她到底什么事？我能不能帮得上忙？”关红琴问。

邓远航把帮书记儿子安排工作不顺的事告诉关红琴，并说：“想找她，看她有没有办法。”

“远航，你现在也学会拍马屁了。不过这个事确实要找她呢。”关红琴说。

79

“关姐啊，我哪是拍马屁啊，我是帮人做好事，行善哎。”邓远航说。

“你啊，我就担心你这点，只怕你对人家善，人家对你未必善噢。还是要注意一点噢。”关红琴说。

在一旁未说话的二凤插上来说：“关姐……”

“哎，你应该叫关姨。”邓远航纠正她说。

“噢，关姨说得对，他这事办不成，人家恐怕真不会善待他呢。关姨，你要是有办法解决这事，也是让邓老师回去好交差啊。”二凤抓住机会就谈正事。

“有倒是有，就是他对工作不能太挑，只要不挑工作，留省城没问题。”关红琴说。

“那能安排他什么工作呢？”二凤问。

“大的国有企业，我还是能帮他安进去的。”关红琴回答道。

“关姨，那谢谢你了，等我们回去跟领导汇报后再跟你说，到时少不了要麻烦你。”二凤说。

他们在关红琴这儿吃了晚饭便往回赶。在车上邓远航问二凤：“今儿这个事怎么跟方书记说呢？”

“怎么说啊，实事求是呗。要是他还要进省政财厅就要等，可能要等几个月后省级机关人事解冻了才行，至少要一个月后等何萍浪从非洲回来再说，即使她回来，也未必马上就能进。要不想等，就进国营企业。明天，你先看到他，你先说，我先看到，我先说，我们口径要一致地按这个标准答案汇报。”二凤把要汇报的话叙述了一遍。

“这样说，按道理他不会有什么意见吧？”邓远航问。

“我想，他不会有什么意见。我们也尽力了，而且路子并没堵死，还有进去的可能。这次你就不用担心了，至少我可以给你做证。”二凤说。

他们往回走时，方书记还在宾馆接待客人呢。酒一直闹到十点多钟才散，送走客人，方书记觉得有些晕乎乎的，好像酒喝多了，便准备回宿舍休息。

他在宾馆院里转了几圈，像是在散步锻炼身体。几次经过二凤宿舍时，他都想进去，看看路灯太亮，他又继续绕圈子。他想她该回来了，儿子的事不知他们办得怎么样了，应该进去问问她。好不容易转到路灯熄了，他赶快早早掏出钥匙，紧走两步跨到二凤的门前，把钥匙插进锁眼一拧，推开一点门，扁着身子蹩进去，轻轻地关上门。

关上门隐约看到床上有人睡觉，心里骂道：死丫头，早回来了，也不到餐厅跟我照个面，把消息告诉我，好让我放心啊！他愤愤地走过去，猛地把被一掀说：“死丫头，早回来了，也不告诉我！”被子一掀见“二凤”穿着裤头背心，露着白嫩的大腿，便一下扑了上去。口里还喊着：“二凤、二凤，你辛苦啦。”

他身下的人并没有像平时那样给他相应的回报，而是乱蹬乱踢乱打，口中还说：“我不是二凤，我不是二凤。”

“你就是二凤，你今天辛苦一天，坐车子坐晕了，连自己叫二凤都忘了。二凤，你放心，你不要踢，我会加倍回报你的。”方书记仍然用力去扑她，抱她。

突然身下的人啪地给他一巴掌，把他打得愣了一下。那人从床上滑下跑到门口说：“我不是二凤，我是小凤，你这个书记是怎么当的？”

“你是小凤，不在集体宿舍睡觉，跑这儿干什么的？还不穿好衣服，滚回你宿舍去！”方书记低沉而严厉地说。

小凤一听这话，赶忙套了衣裳夺门而逃。出了宾馆大门也没回宿舍，而是一直跑到场部大院，上了三楼，进了自己的大办公室，趴在办公桌上抽泣起来。

邓远航他们坐的一号车晚上十点多才到城区，车直接开到宾馆门口。二凤和邓远航一起下车后，二凤进宾馆回宿舍，邓远航则到办公室要把材料放下去。

邓远航打开办公室的门，就听到黑暗中一个女孩在抽泣。他打开电灯一看，是小凤。他赶忙放下材料走过去问："怎么啦，小凤？"

小凤仍趴在那儿抽泣。邓远航便又问："出什么岔子了？是不是钟主任骂你了？还是跟领导没服务好？说给老师听，老师帮你。"他就像当年在石龟中学哄学生一样地哄小凤。

可小凤仍没抬头，只是抽泣的声音小了些。邓远航觉得劝得有效，便又继续劝道："是不是家里出了什么事？有事不要怕，老师帮你去面对。"

不提家里还好，一提家里她却哭出了声。这下把邓远航吓住了。这深更半夜的一个女孩在大声哭，一个男人在旁边哄，不用编，明天一早关于两人的故事就出来了。他一吓赶紧关了灯，在黑暗中拍拍她的肩膀说："小凤，不能这样，这样明天社会上会有许多闲话的。"

"我怕什么？我不怕说，大不了不在这儿干了！"小凤带着哭腔说。

"怎么想起不干了？难道办公室有人欺负你了？"邓远航问。

"书记欺负我了！什么屁书记，简直是流氓！"小凤不哭了，但声音很大。

"哎哟，小凤、小凤，声音小点，机要科那边有人值班呢。到底发生了什么事，说给老师听，老师替你解决！"邓远航说。

"你也解决不了啦！"小凤说。

"多大事啊，我还解决不了？你放心，老师可以帮你的。"邓远航又问。

"唉，跟梦魇一样。"小凤把头发理了理，然后把刚才在二凤宿舍发生的事向邓远航简述了一下。

邓远航沉默了一会儿说："这个事，你也不要过于伤心。首先这是不幸中的万幸，应该说他伤害了你，他很可耻，但幸运的是在你的反抗下，他没给你造成更大的伤害。你应该很快从这次阴影中走出来，走好以后的路。"

"明天上班，我怎么见他？天天碰面，我在这里还怎么待得下去？"小凤说着又抽泣起来。

"这又不是你的错，难道有错的人倒能趾高气扬，无错的人却只能低三下四？不要管那一套，你挺起腰杆做人，不用怕什么。再说，书记也不是在这块打万年桩的，三五年就要换人了，他已经有两年了，再有一两年，他还不走吗？你年轻，等两三年怕什么？”邓远航劝说道。

小凤听他这么劝说，心里稍微平静了一些，但对姐姐二凤又埋怨起来：“都是二凤作的孽，做这种见不得人的事。”

“她是有错，但是也不全是她的错。你也不能全怪二凤，她有时也是迫不得已，身不由己。”邓远航替二凤辩护着。

“我不相信，我不愿意吃饭，他真能掰开我的嘴把饭给我搋里去啊？”小凤愤愤地说。

“他不会愚蠢到用手去掰你的嘴，那是没头脑人干的事。他会用一些方法让你自己张开嘴，让你自己去吃饭。”邓远航说。

“再怎么着，二凤也不应该把宿舍钥匙给他啊！”小凤仍生气地说。

“这也不是二凤所能控制的。”邓远航说。

80

“钥匙在她手里，愿给谁给谁，怎的她不能控制？我跟她要一把钥匙，还花了好大力气才要到的呢。我们是同胞姊妹哎，那个人算什么？”小凤问。

“他呀？他是你姐宿舍的‘房东’！你想，她们宾馆的职工都住在后花园廊桥北边的宿舍区，你也住在那里四人一间的集体宿舍里，她是副所长，充其量给她一间单人宿舍，也不可能把她安排到交流干部的那排宿舍中，这就是‘房东’的权力，‘房东’给她这间房子，还能没有这间房子的钥匙？”邓远航分析给她听。

“你不要尽替她辩护，反正苍蝇不叮无缝的蛋，堡垒是先从内部攻破的，房客没问题，房东怎敢动房客的心思？”小凤仍对二凤不满。

“你说得对，苍蝇会叮有缝的蛋，但‘有缝的蛋’她也是蛋，苍蝇总不会去叮有缝的石头吧？我跟你说个比喻，这个‘蛋’就好比美女，那个‘石头’就好比一般的女人，实际上，不管她们有缝无缝，苍蝇叮的总归是蛋而不是石头。这人长得美是一种资源，这资源有时会得到正常的开发，但在现今的多数情况下，这资源总是遭到哄抢、遭到掠夺式的开发，在这种情况下，这些资源也身不由己啊。”邓远航进一步分析给小凤听。

“老师，你总是讲这么多道理，那按照你这个道理，像我们这些人只有听人摆布的份儿了？我不能赞同。”小凤说。

“也不一定，这完全要看你们自己了。”邓远航说。

“自己怎么决定？那么多苍蝇在等着掠夺你呢。”小凤说。

“最重要的是美女自己不要把自己的美丽当成一种资源！”邓远航说。

“怎么讲？”小凤问。

“一个女人把自己的‘美’当成一种资源的时候，她就会认为这个‘美’是有价的东西，是可以用它换取等价东西的，这样，那些等待掠夺的苍蝇们就会捧出许多你喜欢的东西，诸如拿着票子、位子、房子、车子等等，像洪水一样一浪一浪地涌来，来跟你换‘美丽’，到那时，有多少美女不就范呢？”邓远航一直跟小凤讲道理，帮助她愈合心中的创伤。

在邓远航与小凤谈心时，方书记正在与二凤生气。

“你把钥匙给小凤也不告诉我，害得我吃她一巴掌不说，她现在跑出去是死是活暂且不谈，她要在外边乱讲乱说，我看你怎么交代！”方书记气冲冲地说。

“你昨晚才在这儿的，我又不晓得你今晚要来。不过，你放心，我妹妹我了解，她顶多跑到什么地方哭一气，哭过了她就会回宿舍睡觉，从小就是这样，准得很呢。”二凤说。

“她要说我强奸她怎么办呢？一个堂堂场委书记的脸面不就扫地了吗？”方书记担心地问。

他说这话，倒引起了二凤的警觉，莫非他把小凤也给那个了？要是他真那个了小凤，我绝不饶他，我绝不可能让我们姊妹俩成为他的玩物。于是她问：“你是不是已经把小凤那个了？”

“没有、没有，绝对没有。我只是酒喝多了，以为你睡在那儿，就去抱她，被她一巴掌就打过来了。”方书记解释道。

“只要没那个她就没事。”小凤说。

“没那个她，绝对没那个她。你们今天事办得怎么样了？”方书记问。

“还可以吧。”二凤按与邓远航统一的口径，把事情向方书记叙述了一遍。

方书记听完二凤的汇报马上又把脸拉长了，他对二凤说：“还可以呢，这叫还可以啊？不是等于什么事也没办吗？”

“还是有进展的，进财政厅还是有希望的，就是要等。”二凤辩解道。

“等，那都是领导人的推脱之词、缓兵之计，都是不算数的。我跟你说，你只要肯等，到时任命你为副场长，你相信啊？我到时候调走了，你跟哪个要副场长去？呆相，这些都不懂，这是政治手腕！”方书记不快地说。

“那不愿等，进企业也可以留在省城啊。”二凤说。

“进企业？我儿子只配进企业？你也太不把我这个书记当回事了，难怪你们办事不力呢。”方书记愈加不快地说。

“大企业也是不错的，我们想进还进不了呢。”二凤说。

“你以为我儿子跟你一样的啊？就是搭上‘企业’这两个字，你顶多是个进企业的，而他必须是个管企业的、办企业的。”方书记昂着头说。

听到这话，二凤很不高兴，明显就是瞧不起我们这些农民的子女，她想骂他一顿，然后叫他滚出去，但还是没骂出口，毕竟在人家翅膀下生活呢。她只是嘟囔了一句：“我们也努力了。”

“你们？你跟他能放在一起？你，我相信是下功夫了，可他呢，他就是当面满口答应，背后跟我敷衍了事哎，我不会给他好果子吃的！”提起邓远航，方书记更加生气。

二凤觉得再谈下去一点意义也没有，她怎么也想不到，一个坐在主席台上冠冕堂皇的场委书记，此时的心理竟如此阴暗。因而，她有气无力地对方书记吐了一句：“我累了，想睡了，你走吧。”

场委这次加快九龟经济发展的专题会议开得很好，全场干群反响比较强烈。大家感到这次会议比较实在，提出了一些实实在在的措施。受到好评，方书记也颇为得意。得意之余，他又想起了儿子工作的事。他想，等，肯定是陷阱，绝对不等！进企业又太委屈儿子，干脆让儿子去办企业，就这么定了。于是，他喊来钟玉保，想把这事交给他。他认为钟玉保在这方面头脑要活得多，又善于交朋友拉关系，更重要的是他领会了领导的意图后，能创造性地、超标准地完成领导交办的任务。

钟玉保一来就说：“书记，我安排好了，晚上请你吃饭。”

就是不一样吧，我请他办事，他请我吃饭，你说他这头脑够用吧？他故意问道：“好好的，请我吃什么饭啦？”

“为这次会议向你祝贺啊。”钟玉保说。

“不就是开个会嘛，有什么祝贺的。”方书记摆出一副无所谓的样子。

“不一样啊，书记，这次会议反响之烈、反映之好、评价之高，前所未有。不祝贺不足以表达我们基层干群的心愿啊。”钟玉保说。

“好，你安排。讲话是哪个写的，一起喊上。另外我跟你说个事。就是我儿子今年大学毕业，他不想进机关工作，就想创业。你跟老三联系一下，看看有什么项目适合儿子做的，然后在省城注册个公司，交给儿子搞去，看他有多大能耐。”方书记交代说。

“一句话，书记啊，小菜一碟，包在我身上了，保证一个星期内给你满意的答案。”钟玉保拍着胸脯说。

“哎，你这么拼命地拍胸脯干什么啊，我相信你会出色地完成这一任务，才把这事交给你的，别人我是绝对不敢交的。哎，这次外出驻点招商，我想叫你们场委办带头，你打算叫谁去啊？”方书记又转了个话题。

81

“我打算推荐洪光武去。”钟玉保见方书记问到这事，便记起他在大会上讲的话：科级以下的干部驻点招商并有实绩的提拔一级，正科级干部去招商并有实绩的，优先向省农垦推荐副场级人选。他想这个机会必须给洪光武，让他能尽快走上副场级岗位，因而才向方书记推荐洪光武的。

“怎么叫他去？他在办公室表现不好？”方书记问。

“让他去招商，不是让他多个上副处的机会嘛。”钟玉保说。

“谁说他不去招商，就没有提副处的资格啦？”方书记问。

“你讲话里不是提出：不外出驻点招商的，一律不得作为副场级人选向上推荐嘛。我觉得这是给光武一个提副场级的机会啊。”钟玉保答道。

听了这话，方书记心里想笑。他想，你这个傻子，那都是讲话里说说的，说给基层干群听的，只是政治上的需要，有时是不能真正兑现的。但这些话他不能对钟玉保说，只是告诉他：“洪主任不能去，他去了我这块服务谁负责？再说，光武这个人我是要重用的，你们不能瞎派。”方书记说。

“那书记看叫哪个去呢？”钟玉保吃不准方书记的意图，不知道他想叫谁去，因而便把皮球踢给了他。

“叫邓远航和蒲星凤去！”方书记说。

“他们俩？”钟玉保不甘心把这么好的机会给他们俩，便又说道：“他们俩能力有限,恐怕招不到商。”

方书记又要笑了,真是个傻子,哪里是叫他们去真招商,他们招不到才好呢,才有理由整他们呢。这些话当然也不能对钟玉保说,因而他说道:“正因为能力有限才让他们外出招商,那样才能进步嘛。好了,时间不早了,你把那个写讲话稿的一起喊着,我们走。”

“写讲话没的别人,只有洪光武哎。”钟玉保说着去喊洪光武了。

到大办公室,钟玉保把洪光武喊到自己办公室说:“马上和我一起,陪方书记到中药厂食堂吃饭。哎,我问你,这次外出驻点招商,你什么想法?”

“我写血书,坚决要求到招商前线。”洪光武笑着说。

“真的假的? 你不要跟我开玩笑噢。”钟玉保问。

“除了写‘血书’是假的,坚决要求去是千真万确的。”洪光武说。

“你不要凭一时冲动,那不是个好交易。一个人在外人生地不熟的,不谈招商了,就是生活下去也不容易噢。再说,你走了,方书记的服务怎么办? 家里交给谁? 趁早打消这个念头,把工作做好,副场级的机会是有的。方书记说要重用你呢。”

第二天,钟玉保先把他大弟钟玉卫喊到办公室。

“养兵千日,用兵一时。”钟玉保也想在弟弟面前显示一下场委办主任的水平,开口就用了一句成语,接着说:“哥也到用你的时候了。你能不能出点儿钱以方书记儿子方千里的名字注册个企业或者公司?”

“可以,哥,你找我就对了,我保证去办成。”钟玉卫信心十足地说。

“慢着,太小的公司不行,要稍微大一点的。这样注册资本就要大些,你注册的钱哪儿来?”钟玉保问。

“这你放心,小鸡不尿尿,各有各的去路,我保证完成。”钟玉卫把胸脯拍得啪啪响。

钟玉保知道弟弟会走黑道,怕他为筹集注册的钱弄出人命来,因而又采取了些保险措施:“这样吧,你拿一部分,我再叫表哥赞助一些,叫方元本出一些,最好注册一个港资公司,这样可享受不少优惠政策。”

“行,就这么办。哥,公司名字叫什么?”钟玉卫问。

“名字啊? 名字……叫什么呢?”钟玉保思考着。

“这还不好办啦? 就叫‘方钟’吧,双方投资的,他家取一个字,我们家取一个字。”钟玉卫提议说。

“不行，不能带‘钟’字，钟家是帮人做事的。有了，这样吧，就用他儿子的名字，公司名号就叫‘方圆千里’吧。”钟玉保说完便叫弟弟抓紧时间办。

接着，钟玉保又把邓远航、蒲星凤喊到他办公室。

待他们坐定后，钟玉保对他们说：“这次场委经济工作会议开得空前成功，上下共欢呼，干群齐歌唱。会后方书记要求场委办在落实场委会议上起模范带头作用。那天一散会，办公室就有好几个同志报名要出去驻点招商，有的还写了决心书，洪光武还要写血书表明态度，被我拦住了。我没法确定谁去谁留，只好把报名人的名单全部给方书记审定，结果他圈定了谁，你们知道吗？”

“肯定是洪光武呗，他在讨论写讲话时就有外出招商的心愿了，政策这么诱人，他又准备写血书了，不让他去说不过去。”邓远航说。

“不对。方书记圈定的是你们俩，看得出来方书记对你们的厚爱，把最好的机会留给了你们。”钟玉保说。

“我们？我没有报名要去招商啊。我现在就愿意把这个名额让出来，把这个机会让给洪光武。”邓远航虽有心理准备，但还是感到有点突然，觉得暴风雨来得太快了些。

“我也没报名，我也愿意把好机会让给别人。”小凤带点火气说。

钟玉保并没顺着他们的话意说下去，而是继续按着自己的思路走：“我当时问方书记，怎么选他们两人去啊？方书记说这次主要还是以培养人为目的的，他们一个老同志，一个新同志，一个男的，一个女的，结构比较合理，这次锻炼的机会给他们，更有说服力。你看，方书记对你们寄予厚望呢。”

“我感谢书记、主任的关心，但我家有点困难，爱人最近身体不太好，我想明年第二批出去，这次还是让光武去。”邓远航推辞着。

“你们也真会安排，我一个姑娘家，你叫我一个人外出招商，也不怕被人家卖掉啊？我不去。”小凤也推辞着。

“你们早说嘛，早说我就把你们名单划掉了。现在方书记已定下来了，名单都报到组织部那儿了，明天下午开欢送会，后天就出发了，是场委决定了的事，你们怎么能临阵脱逃呢。再说男女搭配，干活不累嘛，只要邓主任不卖你，你怎么会被人家卖掉呢？”钟玉保劝说道。

“反正我不去！”小凤坚决推辞。

“我反正都已给你们交代了,听不听是你们的事。组织有组织的纪律,你们不服从场委的决定,在我这儿,也许一时可以把心里的气发了,但是组织处理下来,心里可能会鼓出更多的气来,到那时可就后悔莫及了。”钟玉保说。

两人先后回到大办公室,小凤眼里噙着泪花,一低头泪水就会滴下来。邓远航想面带点微笑,不想给人家看到哭丧个脸,但怎么笑也笑不出来,装出来的微笑,让人感到很好笑。

洪光武发现了他这种说不出来的表情,便说道:“看来有喜事了,祝贺你啊,获得了升副场级的大好机会。我跟你讲噢,我听说驻点招商没有我,我跟站在冰窟窿里一样,从头凉到脚噢。”

82

“这样子,我现在把你从冰窟窿里救出来,放到热炕上。走,你跟我到组织部去,我们两个把名单换一下子。”邓远航上去就要拉洪光武向外走。

“不动不动,等我把话讲完噻。你不去,我一个人去,肯定不行,至少有个人陪我噻。”洪光武甩开邓远航的手说。

“这也好办,刚好小凤不愿去,她那名额给你,我们俩一起出去驻点。”邓远航抵着他说。

“这也不行,你原来是跟小凤一起去的,有个美女陪你,就是到南极洲去驻点也是快活的。你现在叫小凤不去,我们两个光棍去,还有什么意思?必须要有个美女陪着,我才去。”洪光武找着托词。

“洪主任,你明知道我不愿去,你拿我做筹码不觉得有点不地道吗?”小凤泪眼蒙眬地看着洪光武说。

“是啊,其实他根本就没有一点诚意要外出招商。洪主任你看你说到现在,为的是什么?你不是为响应场委的号召而去的,是为美女而去的哎!”邓远航揭了他的老底。

这一揭,洪光武倒急逗起来了,他冲着邓远航大声说道:“邓远航,你要有本事叫小凤去,我要不替你去就不是人,否则,你就不是人。”

“你急逗什么,再急,不还是一回事啊?就摽住人家小女孩算什么本事?”邓远航刺他说。

“我今天就摽上了,她去我替你,她不去你就自己去,就这样,你有本事就把这事摆平吧。”洪光武昂着头说。

“洪主任,你说话算不算数啊?”侯鸣放在一旁问。

“噢,弄到现在你们不相信我的人格啊?不相信,这块手表丢你那里,我要说话不算数,这块手表就是邓远航的。喏,拿去。”说着从手腕上抹下手表递给前边的侯鸣放。

侯鸣放两只手指捏着表带,把手表在空中来回晃着说:“这手表蛮高级的啊,是进口货呢,是不是钟玉家送给你的定情物啊?进口手表哎,哪个要噢!”

侯鸣放正一边喊一边晃着手表,小凤走过去一把夺过手表说:“我去!邓主任这个归你了。”说着把手表递给邓远航。

全屋的人都把目光转向小凤,审视着她,似乎要重新认识她。洪光武更是张着嘴巴盯着小凤,不知说什么是好。

只有侯鸣放超然物外,头脑最清楚,他拿起桌上的订书机快速地往桌上一拍说:“成交!”继而故意站起来走向话机说:“我赶快给组织部打电话换人,由洪主任替邓主任。”

洪光武一步冲过去按住电话说:“哎,老兄老兄,且慢且慢,事情我承认,关键是我们这个赌法效用有多大,你总不能把民间的打赌凌驾于场委的决定之上吧?再怎么弄,你也得请示一下钟主任然后再打电话啊。”

“乖乖,你这么一说,帽子也太大了些了。洪主任,你去不去,完全是你的自愿,赌不赌,只不过是表示你的决心,你血书都想写了,到这个份儿上,你还能打退堂鼓吗?倒赌,大家是要耻笑的噢。”邓远航拿着手表说。

“耻笑不耻笑我不在乎。邓主任,你忘啦?我这个人就是在耻笑中长大的。耻笑我不碍事,关键是场委的决定不被耻笑就行。我看这事还是要请示钟主任后再定。”洪光武故意把声音说得很大。

“你们这边吵什么?书记那边不要办公啦?”见这边吵声很大,钟玉保跑过来制止说。

“钟主任,你赶快到组织部把我名字换成洪主任,他吵死了坚决要去驻点招商。”邓远航对钟玉保说。

钟玉保看看邓远航,又看看洪光武,最后问小凤:“小凤,你说,他说的是真的假的?”

“真的!千真万确,还送人一块手表,叫人家把外出招商的机会让给他。”小凤把头上的小把子一甩说。

钟玉保再次看着洪光武,看了有分把钟,然后说:“你神经病啊?这么想当副场级啊?人家资格比你老,你跟人家抢什么抢啊?人家是方书记亲自定下来的,你抢就抢到啦?不要说你一块手表,你就是十块手表也买不到这个机会。你实在要去,你现在去找方书记,我等你半个小时,半个小时内,方书记叫改成你,我马上就到组织部去改,半个小时后,人家把文件印起来了,我就没办法了。”

洪光武站在那里没动,钟玉保边向他递眼色边大声喊道:“去啊!”

洪光武只得外去向东边办公室走去。邓远航知道他们是演双簧给他看的,他早知道名单是不会改的,只是看不惯洪光武那种得了便宜还卖乖的样子,故意逗他玩一把而已。

可小凤不信这个邪,偏要跑出去看着洪光武是不是进方书记办公室了。洪光武没法,只好硬着头皮走进方书记办公室。

洪光武进去问方书记:“方书记,明天欢送会要不要给你写个讲话稿?”

“不要,时间不长,随便说几句就行了。”方书记回道。

从方书记那儿回来,洪光武还故意耷着个脑袋,低声说:“书记不同意!”当他抬头看办公室里时,邓远航、小凤已离开,那块进口手表已躺在他的桌上。

邓远航是想早点回家把这事告诉妻子,好让她有所准备。他下楼走后,小凤也跟着下了楼。在路上,小凤对邓远航说:“邓老师,你不要不高兴了,我决定陪你去,两个人相互也好有个照应。”

“你不要瞎决定了,你坚决不能去!”邓远航十分肯定地说。

“老师不要我去?”小凤问。

“我怎么能不要你去呢?老师也是人啊!一个男人带着一个美女到浙江海滨生活,是多么惬意、多么幸福的一件事啊!只要是男人,谁不愿意?”

“那我愿意跟你去过这惬意、幸福的生活。”

“但我们不能有这种生活!”

“为什么?”

“你想,叫其他农场或市县的任何一个领导安排,他也不会把一个壮男与一个未婚美女安排一起出去驻点招商。但,我们九龟的领导这样安排了,意思十分明了。”邓远航分析给小凤听。

“什么意思?方书记的报告里不是说为了锻炼干部吗?你回来可以提副场级,我回来可以提副科级,这都是方书记在大会上讲的啊?”小凤说着自己的想法。

“你真相信方书记会给我们兑现这些职级吗?”邓远航反问道。

“嗯,有点相信。当然,前提是我们要招到商。”小凤答道。

邓远航看着天真的小凤真不知说什么好。

83

看了小凤好一会儿,邓远航才说:“对别的人,是那么回事,是锻炼干部,也是要兑现政策的,对我们就不那么简单了。”

“怎么不简单,还能两种政策啊?”小凤问。

“政策是一种,只是我们还没享受到政策,人家就把我们两个搞臭了,让我们在九龟政坛上永远抬不起头、翻不了身了!”邓远航向小凤说出领导这样安排的目的。

“啊?有这么毒?我们身正不怕影子斜,他能把我们怎么样?”小凤说。

“你想,从九龟到浙江开车要两天,坐客车就不知道转多少次车、跑多少天了。我们在浙江清清白白,但九龟早已风言风语了,等你忙回来解释,人家已给你办成‘铁案’了。所以,你不要傻,你千万千万不要去,你也绝对不可以去。”邓远航劝她说。

“那名单已定下来了,不找方书记怎么改得了呢?”小凤着急地说。

“那你赶快去找啊!”邓远航催她说。

“我都打过他一个嘴巴了,他怎么可能理睬我呢。”小凤说着眼泪又下来了。

“别哭别哭。这样子,你赶快去找二凤,叫她找方书记,找个身体不好的理由就行了。”邓远航给小凤出着主意。

邓远航回到家并没有马上跟妻子说要驻点招商两个月的事,而是等吃过晚饭,给儿子洗漱完毕,由外婆陪着他上床睡觉后,他才对妻子说:“我们出去散会儿步吧。”

妻子黄洁青看着丈夫说:“今天怎么啦？吃了什么欢喜团子啦？多少年不带老婆散步了,今天怎么想起来要带老婆散步啦?”

“没什么,就想出去走走。走吧。”邓远航对妻子说。

两人好久没来九龟湖大堤了,结婚前后那段时间两人几乎天天晚上来散步,后来妻子生产了,两人就没有一起来过。

今天天气很好,一轮明月映照在九龟湖上,洒下一片闪闪的银光,银光里点缀着扑闪扑闪的渔火,像是镶嵌在湖水里眨着眼睛的星星。

“哎呀,今天来得也正是时候,月亮虽有缺,但透心亮,也是湖上赏月的好时光啊。记得那年高考复习,你写过一遍《九龟湖赏月》的作文,作为范文印发全校学生学习,县广播站还播出了,我当时真是羡慕得五体投地啊。其实,要说起来,你的文学水平比我还强呢。”邓远航夸奖着妻子。

“那时为写那篇作文,我一个人在中秋节的晚上坐在这儿一个多小时呢。”妻子说。

“那你怎么不喊我来陪你啊?”邓远航开玩笑说。

“那时才多大啊？要喊你一起夜赏九龟湖,那不是那篇作文印发全校,而是闲言碎语传遍全校了。”妻子说。

“你文学基础好,现在也还可以写些东西嘛。”邓远航鼓励妻子说。

“现在不行了,不比那时喽。那时还有点文学冲动,后来你读文科,书读得多,我读工科,文学书刊读得也少了,就文学上来说已远远落在你后头喽。一晃多少年过去了,也好久没有时间来欣赏九龟湖月色了。你看有了家庭,人都被绊住了,失去了许多兴趣爱好。”妻子说。

“这都怪我自私,偏要让你回九龟,说为家乡建设做贡献,把你的事业耽误了。”邓远航看着湖面说。

“还说这些干什么？什么事业啊？我现在的事业就是让你进步,让儿子成长。我们一家和和睦睦比什么都好。”妻子说着把头靠到了丈夫的肩上。

“小青,我想让你还到省城工作。”邓远航搂着妻子说。

“我不去,夫妻分居两地,我不愿意。”妻子说。

“我也去,我辞职到关姐那儿找个事做做。”邓远航说。

妻子推开丈夫搂着她的手,又把头从丈夫的肩上移开,两眼望着丈夫问:“怎么有这种想法？干得不顺心?”

“场委叫我到浙江去驻点招商两个月,我不想去,也没办法改变他们的决定，只有辞职下海。”邓远航又把妻子搂过来说。

妻子没再说话，也用手搂着丈夫，两眼看着湖里破碎的月亮。不一会儿她的眼中也出现了碎银似的闪光，并连着一线伸向大堤。

“远航，我想好了，你还是去吧。辞职是‘逼上梁山’，是万不得已的事，目前还没到那一步。不就是两个月吗？我们咬牙坚持一下。何况不是你一个人，人家能去，你就能去。还要抬头挺胸走路，展现饱满的精神，要把驻点当作一件光荣的事、幸运的事，自己要坚信你们是从九龟千百名干部中百里挑一挑出来的，别人想去还去不了呢。千万不要把驻点当流放，退一万步说，即使是流放也要斗志昂扬地去面对。自古以来，仁人志士、英雄豪杰遭流放的难以计数，但他们许多人照样谱写着自己的辉煌，我相信你！家里你放心，我妈在这儿帮着我呢。”妻子说完更紧地搂着丈夫。

“谢谢你的鼓励，我去！”邓远航也把妻子更紧地搂在了怀里。

第二天下午场委召开欢送会，从来没戴过大红花的邓远航，穿着妻子上午才买的西装，坐在主席台上也戴了一回大红花。小时候最喜欢唱的两句歌词就是：“骑马要骑大红马，戴花要戴大红花。”自小以来，邓远航也有几次戴大红花的机会，但都失去了。最早一次是“文革”初，选“学‘毛选’积极分子”，戴大红花到县里开会，邓远航没争得过钟玉保，没戴上。第二次是选红卫兵代表到天安门受毛主席接见，又没争过钟玉保，也没戴上。第三次是省军区招小兵，仍没争过钟玉保，还是没戴上。第四次是上山下乡，那天县里欢送时，他因下水救二凤、小凤生病住院，后来是自己悄悄插队到石龟去的，也没赶上戴大红花。坐在主席台上，他回顾着自己与大红花的缘分，觉得好笑。他想这一次幸亏钟玉保没争，他要是争，这辈子还不知道到什么时候能戴上大红花呢。

全场第一批外出驻点招商的共十人，其中一人因病请假，就是小凤。她是跟二凤商量后，由二凤去找方书记的。方书记怪她说迟了，文件都印发了。最后还是方书记叫二凤到医院帮她写个病假条，请病假算了。

九个人一色的男性，其中到上海、福建、广东以及本省省城各两人。邓远航去浙江，本来也是两人的，因小凤请假，浙江就由他一人去了。

欢送会的第二天由各单位自行安排车辆把驻点人员送到目的地。

场委办把赵书记的五号车借来，由钟玉保主任亲自送邓远航去，随行的还有侯鸣放、李晓阳。

第一天晚上赶到浙江湖州。昨天侯鸣放就与湖州的一个大学同学联系好了,吃住都安排在湖州宾馆。

晚上,侯鸣放的同学在湖州宾馆安排了一桌十分丰盛的晚餐,有些菜,邓远航不要说吃了,就连见都没见过。

“邓主任,这是我们跟你吃的最后一顿晚餐了,你看鸣放同学在这么富丽堂皇的厅里设宴,你可要放开肚皮吃、放开肚皮喝啊!今晚坐在这里是富豪,明天到宁波你就要做穷鬼了。”

84

“钟主任,这里是比我们家里发达,否则我们干吗要到人家这儿招商呢?不错,我们都是欠发达地区出来的人,但到了发达地区,我们也不可能都变成了穷鬼,也不至于像刘姥姥进大观园那样吧?我们是来招商的,是你情我愿的事,不是来要饭的。”邓远航对钟玉保“穷鬼”一说很不高兴,觉得作为一个主任,送下属出来招商,不期望你说些鼓励、祝福的话,你也不应该当着人家主人面说这种晦气的话啊,便回了他几句。

“你这个嘴就是不让人,你这辈子就吃这个嘴的亏。吃饭哎,要这么上纲上线干什么啊?还有,你不要说人家刘姥姥,只怕你到浙江连刘姥姥还不如呢。”钟玉保训诫道。

钟玉保的话也不是完全没有可能。过去,邓远航跟刘书记服务时,还没有跑多少地方,不像现在的方书记经常带钟玉保他们天南海北地跑,见的世面要比邓远航多多了。浙江这地方,邓远航来是来过一次,那还是在师院读书时,几个同学仰慕鲁迅等几个浙江籍的文学家,暑假中自费到绍兴、余姚等地跑了一圈,那时住的是大通铺,吃的是街头小吃,不像他们出来住大宾馆、吃山珍海味。

开席后,待一道道菜不断往上送后,邓远航与钟玉保在饮食知识上面的差距就显现出来了。酒席上上了不少海鲜,有一些东西,邓远航连名字都叫不上来,更不知道怎么吃了。

而钟玉保则不同,上来一个菜,他不光能说出名字,而且能说出是渤海的好、黄海的好,还是东海的好,并能指导九龟来的同志怎么吃,还不厌其烦地给他们做示范。连生在当地长在当地的主人都自愧不如,连称“美食家、美食家”。

果然有一道菜上来让邓远航大伤脑筋。服务员上这道菜，不是一大盘或一大碗上来的，而是给每人面前放了一小盘。

在他们忙着互相敬酒时，邓远航仔细地观察了面前的这盘菜：一块椭圆形的东西蹲在盘子中间，上边浇着酱红色的卤汁，周边放着两根绿色的小青菜。邓远航在揣摩这到底是什么，好像是一大块的红烧肉，不是猪肉，可能是牛肉红烧的，不对，仔细看看像猪舌头的前半段，但又比猪舌头大且粗，大概是红烧牛舌头吧，反正没吃过。怎么吃呢？看看其他人，他们都没动，干脆先把两棵小青菜搛吃掉，然后再学人家怎么吃。于是，他放慢速度，搛起一根小青菜送到嘴里嚼半天，边嚼还边瞄着别人。别人仍没有吃，他便把嘴里的青菜吞下去。又搛起一根小青菜放嘴里嚼半天，看看四周，仍没有动筷的，便再把青菜吞下去。两根小青菜吃掉，其他人仍忙于敬酒，他便用筷子蘸了点卤汁放到嘴里咂了咂，哎，味道好香、好独特啊，便又蘸了点卤汁放嘴里咂咂，最后决定吃掉这盘子中间的肉。

邓远航正要吃时，只见钟玉保端着满满一杯酒，竟然从自己位子上下来，跑到他面前来敬酒，这令他未想到，便连忙端起酒杯站起来说：“我敬你我敬你，感谢你们一路相送。”

“不，这杯我敬你，祝你马到成功，希望你为办公室争光，在全场第一个完成任务，早日回去跟我们并肩战斗！”钟玉保说完把一杯酒喝了个底朝天。

邓远航看着手中足有二两的酒杯有点发怵，这是人家浙江人喝红酒的杯子，他钟玉保还偏要像在小蔡小吃一样用来倒白酒，这一大杯白酒怎么下得去。正在犹豫，钟玉保端着空酒杯像个手电筒一样地对着他，且说：“你这个不喝掉就辜负了我们一番心意，伤了我们的心了。”

邓远航听他这么一说，便端起酒杯一饮而尽。大家见他喝完酒那痛苦的样子，便叫他赶快坐下来吃菜。他也不客气，也确实需要用菜来消除那酒的辣劲。因而，他一坐下，便拿起筷子搛起先前“考察”了半天的那块“肉”，送到嘴边就咬了一半到嘴里，只嚼两下，感到味道非常美妙，于是三下五除二把嘴里的那半块嚼咽下去，又把筷子夹住的半块放到了嘴里。

“邓主任，你真是刘姥姥坐席，出洋相了。怎么能跟穷神一样的，把鲍鱼两口就吞了下去呢？”钟玉保皱着眉说。

鲍鱼？这就是鲍鱼？邓远航见过“鲍鱼”这词，那是在“久处芷兰之中不闻其香，久居鲍肆之中不闻其臭”古句中见到的。他在石龟中学教高中语文时跟同学们讲过这句话，解释过“鲍肆”的意思，也知道“鲍鱼”就是臭咸鱼，长得就像“带鱼”那形状，根本不知道“鲍鱼”是这圆形的。邓远航口含着那半段鲍鱼，红着脸看着钟玉保。

“吃鲍鱼哪个像你那样跟吃红烧肉一样啊？这样子吃哎。”钟玉保回到位置上边说边用左手拿起叉子戳住盘子中的鲍鱼，用右手拿起刀子把鲍鱼切成一片一片的，然后用叉子叉起一片，在卤汁中蘸蘸送到嘴里。吃完鲍鱼片后，他又把桌上的一小碗饭倒进盘子里拌了拌说：“这叫鲍汁拌饭。出门在外，不懂不要装懂，要多看、多问、多学！千万不要做丢人现眼的事。”

那个卤汁叫“鲍汁”？还可以拌饭？邓远航仍含着半段鲍鱼想着。

“这是大菜哎，尊贵的客人来才上呢，要细嚼慢咽哎，你看看，一桌子哪个像你那样狼吞虎咽的哎。邓主任，人家可算尊重你了，上这么贵重的菜，你知道这一盘要多少钱吗？”钟玉保问。

邓远航摇摇头。

“说出来把你吓死呢，一盘菜就抵我们那边一桌饭钱呢，比你一个月工资还高呢，要二百元钱一份呢。”钟玉保说。

邓远航把脖子伸伸，吞下嘴里的那半段鲍鱼，只说了声“我的乖乖隆的冬”，便不吱声，低头也学着大家的样子把一碗饭倒进盘子里拌拌吃了起来。嗯，味道还真不错。然而他口里是有滋味，心中却不是滋味。觉得自己真是欠发达地区来的，经济不如人家发达，难道脑子也欠发达？把家乡人的脸丢尽了。为什么不等人家先动筷子后再动筷子呢，那么急着动筷子干什么呢？饿死啦？自作聪明！以后无论如何要吸取这次教训！在吃不准的情况下，干什么、说什么千万不能抢先，必须左右看看再干、再说。

钟玉保见邓远航不吱声也不敬酒，便说道：“邓主任，人家为你安排这么豪华的宴席，你一下不感谢人家啊？至少敬一杯嚜。”

邓远航心想人家哪里是为我安排的呢，为大家的哎。你无非是叫我喝酒哎，喝！现在哪个来都喝，今晚喝醉为止。于是，他站起来敬主人，主人只让他喝半杯，他就喝了半杯。

“还有半杯，你也感谢一下鸣放吧，他同学安排这么好，也是他们的交情好哎。”钟玉保指教着。

邓远航又喝掉剩下的半杯酒。

“李晓阳,这么多年邓主任一直带着你,马上分别了,你不敬你师傅一杯啊?”钟玉保又指教道。

邓远航又跟李晓阳喝了一杯。

“伙家,大老远的,我送你来,我敬你一杯,你不回我一杯啊?”钟玉保说。

邓远航又站起来,端着酒杯走下位子,晃晃地走到钟玉保面前说:“祝你步步高升,前程似锦。”说完干了杯中酒。

85

邓远航不知酒席是怎么散的,也不知道自己是怎么回到房间的,第二天早上醒来头还晕晕的。他早饭也没吃就跟他们上路了,中午几人在路边一小饭店吃饭。钟玉保又点了血蛤、麻婆虾等几个海鲜,总共一百多元钱,还没有昨晚一只鲍鱼贵呢,大家也吃得饱饱的了。

再往前赶,邓远航看着车外一栋栋农民的楼房,感慨家乡几时能赶上这边的发展啊。看到这儿,他忽然又想起昨晚的鲍鱼。他当时是那么自责,那么不好意思,但现在完全改变了昨晚的想法。他认为,世界上的知识浩如烟海,一个人不可能什么都懂,他钟玉保熟悉鲍鱼,但他知道“鲍鱼之肆”吗?他不知道!所以一个人不要因有不懂的东西而羞赧,但一个人应该为自己的目空一切而羞愧。他还认为,那些以为会吃几个如鲍鱼、鱼翅的高档菜,会喝几口如咖啡、白兰地的洋饮料,会玩几种如桥牌、拉丁舞的小游戏就自以为了不起、就自以为很高贵的人是十分可笑、可悲和可怜的,因为他们只是一具空架子、一堆臭皮囊,因为他们根本不知道世界有多大、知识有多广、道理有多深!

很快,车子到了宁波,停在一个也不知是什么区县的地方,只是旁边有一个临海宾馆。这时已是下午四点多钟,钟玉保他们还要赶到杭州附近的一个地方,侯鸣放联系好了,他的另一个同学在那里等呢。

一下车,大家就感到空气中有一股咸味,估计离海边不远了。这时,刮起了大风,天空中也已飘下来不小的雨点儿。钟玉保他们下车与邓远航匆匆忙忙打了招呼便驱车向杭州方向奔。

当他们的车子“吱溜”一声开走时，邓远航的眼泪险些掉下来。昨天还大家有说有笑，大鱼大肉大酒地吃着，宾馆高级房间住着呢，转眼间一个人孤零零地站在街角了。

他右手拎着一只黄色帆布旅行包，左手提着一只黑色公文包，看着远去的轿车，久久地站在那里没有离开。

这时风越刮越大，树上的黄叶一片一片地随风飘下，路上的树叶一飘一飘地向前翻滚。邓远航站在落叶中看着绝尘而逝的轿车，久久地不知离开。突然倾盆大雨随风而下，斜砸着邓远航，瞬间打湿了邓远航的衣服和行李。他并没因此仓皇躲避，而是一步步地走向那个临海宾馆。

当他在临海宾馆总台登记完毕，拿钱缴押金时，发现放钱的公文包不知什么时候被划了个口子，里边放钱的信封没有了。那信封里是妻子放的钱和从单位借的差旅费，那是足够邓远航在浙江生活两个月的钱。这一下没有了，让邓远航愣在了那里。

许久，服务员说：“要不要打110？”

邓远航摇摇头：“打有什么用？偷钱的人还在这儿等着警察来抓吗？”

服务员摇摇头说：“不会的。那你这个房间开不开啦？”

“不用开了，我在那边坐一会儿就走。”邓远航拎着帆布旅行包和被划破的公文包到厅边的一只沙发上坐下。唉，怪谁？还是自己的问题！我这个人什么性格？平时总是清高、清高，自以为了不起，总是瞧不起人。孔子说：“三人行必有我师。”路上行走的人，哪一个没有你学习的地方啊！现在，你出来，吃，吃出洋相；住，住成问题，你不能趴门槛子哪。

外边的雨肆虐地打着宾馆的门和窗户，不时地随风发出一阵阵的啪啪声。邓远航向窗外望去，原来看到落叶翻滚的街道，现在已经被积水淹没。

宾馆里外已没有一人在走动，更没有人来登记住宿。

不一会儿，服务员在总台那边问邓远航：“要不帮你找个打工的工厂，那样既可以有一笔收入，又可以有地方住了。”

“那谢谢你，请你帮助联系一下。”邓远航求助道。

得到邓远航的首肯，服务员便开始打电话联系，可是一连拨了几个电话都没拨通。

邓远航坐在那里，没看到宾馆里外有一个人在行走，远处也看不到是房子还是田地，因为窗外早已被雨帘遮蔽了。他原以为九龟湖的雨已经很大了，根本没想到这沿海地区的雨竟比家乡的雨大很多。这时他才真正算理解了“山外青山楼外楼”这句名言。人啊，千万不能把眼睛长在头顶上啊，不要以为会吃个鲍鱼就老子天下第一了啊。

服务员又在那边喊道：“刮台风，线路都刮断了，电话打不通。这样吧，雨如果一直下，你就在这儿坐，如果雨停了，不好意思，就要请你另外找地方了。”

“好的。谢谢！”邓远航本来很讨厌这雨下个不停，盼它停一停。现在却希望这雨一直下下去，至少下到明天凌晨，好让他在这沙发上过一夜。

天已黑了，雨还在下着。他转过头来看看总台旁站着的那个女服务员，又看看她旁边的那黑色的话机。想打个电话给妻子，让她汇点钱来。可刚才服务员说了，电话线刮断了，宁波场区电话都打不通，还怎么能打通长途？再说就是能打通，你在这里又没有个固定地址，说不定马上雨停了，你就得离开这儿，还不知道今夜落脚何处，你叫妻子往哪汇款？即便这两条都可以，他现在也不想打电话回家了，他不愿意让妻子为他担心、为他忧伤。

他又把目光转向窗外，外边漆黑一片，没有一盏路灯发光，大概又是哪里的线路出问题了。路上没有一个行人，但不时有车辆通过，车上射出的灯光照亮着街道，铸出一道道斜雨的光柱，激起一层层积水的银波。

他再次把目光转向女服务员，他想跟她交流交流，以赢得她的同情，让她即使在雨停的情况下允许他在这儿坐一夜。他嗫嚅几次，也不知怎么开口。先跟她说什么呢？跟人家套近乎，万一被人家怀疑有不轨企图怎么办呢？那不要说让你在这儿坐一夜了，很可能立马就把你逐出门外，让你与暴风雨共度“良宵”了。但不说也不行，在这儿两个月呢，如果话都不敢跟陌生人讲，那还招什么商？不管后果是什么，就把这当成一次招商的实习活动吧。

他对开口的第一句话怎么说足足想了有五六分钟，然后终于鼓起勇气开口道：“你要吃晚饭了吧？”

女服务员低头看着书，对他的话没有任何反应。

是我说的声音太小，还是外边风雨声太大，使她没听到我的讲话？不对，也许她听到了我的讲话，她没以为是跟她讲的，因而她没回应。不对，这厅里就是我们俩，我不是跟她讲的，还能是对风雨讲的吗？也许是她听到了不想搭理，这发达地区的人头真昂，连服务员都不愿搭理人。不对，也许她真没听到，她被书里的情节吸引了，入神了，确实没听到。对，我再试一下。

邓远航掉头看看窗外漆黑的风雨街道，又转头过来看看女服务员，然后向前走了几步问道："你要吃晚饭了吧？"

86

"噢，你问我啊？"这会儿女服务员真听到了，她回应了："马上饭堂有盒饭送来，你要不要叫他们送一份过来？五元钱一份。"

"啊，行，谢谢你，你帮我订一份。"邓远航上衣口袋里还有些零钱，吃几顿盒饭是没问题的，便请她带一份。

女服务员拨完饭堂电话订了饭，放下电话对他说："你这人是做什么的，注意力那么集中，包被人割这么大口子都不晓得？"

"唉，那就不提了，该到我头上，躲也躲不掉了。哎，刚才我听你讲话，有的地方怎么像我们家乡话啊？"邓远航觉得这倒是个切入口，如果在这里要真是碰到个老乡，那比找到丢了的钱还高兴呢。

"你从哪里听出来的啊？"女服务员笑着问。

"你刚才讲'做什么的''不晓得'，我听着就是我们家乡话。"邓远航说。

"呵呵呵……你眼睛还真蛮毒怪的，我就是九龟人，是石龟分场的，我姓钟，叫钟玉莲。这话更像了吧？其实你刚才登记时，我看你是九龟湖场委办的，我就晓得我们是老乡了。不然，这么个雨夜我怎么敢把你留在这儿呢？"女服务笑着说。

"哎呀，怎么这么巧啊？真是碰到老乡了，比丢钱还难呢。我也是石龟的，我姓邓，叫邓远航，噢，这个刚才登记时你知道了。哎，你是什么时候到这里的呢？"邓远航有话谈了。

"我 1984 年在九龟中学高中毕业，高考没考上，就出来一路打工，几乎平均一年换一个城市，1989 年到宁波，遇到我这老公便结婚了，他父亲是个小老板。去年这个宾馆出售,我们就把它盘下经营了,现在就我在管理。”钟玉莲说。

“那应该喊你钟经理了。你们私人搞这么个宾馆也不容易了。”邓远航说。

“什么经理呀,就做个小生意。我们这里家家户户都有经理老板。我们的宾馆旅社基本上没有国营的,都是私营的,我们这个算小的了,大的那才叫豪华呢。”钟玉莲说。

“哎,你刚才说你叫钟玉莲,那你跟我们办公室主任钟玉保应该是亲戚了。”邓远航说。

“春节回去时,听家里人说过,我们那个队姓钟的多呢,他们家是干部,我们家是农民,那时也穷,也攀不上他们。哎,你这么大老远的一个人跑来做什么的呀?是不是犯错误啦,办公室不要你了,出来找事做的?”钟玉莲问。

“哎,可不是犯错误噢,我们是全场几千名机关干部中选拔出来招商的噢,是千里挑一噢。”邓远航自我夸耀道。

“你到这里招商我看是选错了地方,宁波这些年忙着招港商、外商,这里的条件好,来了不少客商。但我们这里的人怕出去,这里到我们老家坐车要两三天,交通很不方便,人家怎么去投资?再说我们九龟那什么条件?人家不愿去的!你要真想招浙江人,你就到温州去,温州人胆大,他们到处都能去。”钟玉莲向邓远航提议。

“你说得很有道理,没想到你对这方面研究得这么透,真是太感谢你的指点了。哎呀,人还是要出来啊,既锻炼人,又能学到好多东西。”邓远航说。

“这样吧,今晚我先开个房间免费给你住,反正客人也不满,闲着也是闲着,老乡来了嘛,免费给你住我也高兴。明天我借两千元线给你,你回家寄给我,或是春节我回家时你还给我,我相信你。然后你到温州去招商,那里的商容易招些。”钟玉莲说。

“太让我感动了,太谢谢你了。我都不知道说什么好了。”邓远航被感动了。

“这没什么,哪个不得个一时的困难啊?你不晓得呢,我们在外打工的人,像你碰到的这种困难真太多了,有时候能被一分钱逼死了。我们也得到过好心人的帮助。在家千日好,在外一时难啦,在家靠父母,在外靠朋友嘛。”钟玉莲说。

“那，钟经理，如果你同意的话，就这样，我想在这里住几天，一是打电话叫家里汇钱来，我要在这里等钱到，二是我一边等家里汇钱一边出去找点事做，看能不能挣点钱，住宿的钱不要免，我反正回去要报销的，你先把账记着，钱一到我就还你。然后我再到温州去，你看行不行？”邓远航向钟玉莲征求意见道。

“这样也行，但你不要跟我客气，家乡人，有什么困难跟我说。我们这地方，只要肯出力，钱还是能苦到的。像到工地上去打小工，到码头上去搬货，到处要人呢。噢，饭来了，吃晚饭吧。吃过晚饭你就住 305 房间。”钟玉莲说着把房间钥匙递给了邓远航。

吃完盒饭，邓远航跟钟玉莲打了招呼，提着行李上楼进房间了。

房间里两张床，有卫生间，有电视机，条件跟九龟宾馆的房间差不多。邓远航去拉窗帘时，看到外边的风小了，雨也小了。他想，要不是碰到这热情的女老乡，这时该拎着行李夜走宁波了。唉，同样也姓钟啊，怎么人跟人就这么不一样呢？是不是姓钟的男人都冷漠，女人都热情呢？

邓远航拉起窗帘，打开电视，躺在床上一边看着电视节目，一边想着明天的事。他想了好多自己能做的事，但人生地不熟的，也不知道这些事到哪里才能找到。不管了，明天到处先逛逛再说，边逛边熟悉情况边找事做。

第二天早上起来，风也停了，雨也停了。钟玉莲对邓远航说：“你先去吃早饭，吃过早饭叫我老公陪你出去找事做。”

“谢谢谢谢，不用不用了，你们这地方人都忙，不能耽误了他的事，我自己出去找就行了。”邓远航说。

“那好，你记住，面前这条街一直向南走，就通向场中心了，那里可做的事多，但工钱不是很高。向北走就到港口了，那里的事也不少，工资也不低。你不管在哪儿做事，晚上还回到这里住。”钟玉莲说。

邓远航答应了钟玉莲的要求，吃过早饭便向北走去。他觉得既然那里工资高，在那里早点把丢掉的钱赚回来是最有可能的。吃过早饭往北走，可走得太长了，直走到十点多钟才走到港口。

那港口在邓远航眼里就一个乱字，他不知道哪是头哪是尾。他想，这地方找工作也许好找，但找谁去安排呢，他不清楚。他觉得下面一个头戴钢盔、口吹哨子的，一定是管事的。他便绕了几条路转下去，去找那吹哨子的人。

好不容易等那吹哨子的停下了,邓远航上去说:“师傅,我能在你这儿找点事做吗?”

那吹哨子的看看他说:“你怎么进来的?要不我这哨子给你吹?”

邓远航感到他明显是在刁难自己,但这又怎么办呢?这哨子怎么把那些物品从轮船上吹到岸上,他一点都不知道,那怎么办呢?只有看着人家轻视你,因为你确实这哨子就吹不来嘛。

“师傅您这是技术活儿,我哪能吹得来呢?师傅看有什么体力活儿,我去帮着做一下。”邓远航说。

“你呀,戴副眼睛,在这么大的港口,你除了吹哨子,你别的能干什么呀?”吹哨子的问邓远航。

87

“师傅,我插过队,下过分场,我什么都能做,我能扛呢,我一次能扛一百多斤呢。”邓远航说道。

“兄弟啊,你看你瘦得像刀螂一样的,你要能扛一百多斤,那我就能扛一千多斤呢。小伙子啊,看你这瘦的,就不要逞能啦。”那吹哨子的说。

“师傅,我就是想找个事做做,你不信,让我试一下。”邓远航说。

“兄弟呀,我们都是混饭吃的,请你不要在这打扰我了。我要出了差错,你也赔不起啊。请你赶快走吧。”那吹哨子的再次说服邓远航离开。

“你让我试一下,我不要你工钱,还不行吗?”邓远航说。

“不行!看你戴副眼睛,又瘦骨嶙峋的样子,你能扛什么嘛。你要想试,你自己去扛一包不就得了嘛,你跟我吵什么?”那吹哨子的说。

说到这份儿上,邓远航再磨下去也没意思。他站在那里欣赏一会儿港口的繁忙便离开了,沿原路向南走。他想,这怎么办呢?想干体力活儿,人家看你这身材、看你戴副眼睛,又不要你,那我能干什么呢?

向南走了很远,也曾进过几个店铺,问要不要售货员,人家都说我们不要账房先生,要女售货员。一天跑下来很累,什么收获也没有。晚上回宾馆,老板娘钟玉莲见他没找到工作,便对他说:“实在找不到事,要不先在我后边的饭堂打打杂。”

“再说吧，明天再向南跑一天看看，要是还找不到事，就去吧。”邓远航说。

“电话打通了吗?”钟玉莲问。

“打了，这些天家里就汇钱来了。”邓远航并没打电话回家，他怕妻子听到担心，但他不说打了电话，又怕老板娘担心，便说了句假话。说完这句话，回到房间还挺过意不去的，觉得对不起老板娘，人家对你这么好，你还对人说假话。躺到床上又想着工作的事。他现在觉得找个工作很重要，不光是因为钱被偷挣点钱弥补一下，最重要的是在浙江立住脚，然后逐步熟悉周边的人，再寻找认识经理、老板的机会。他想明天找工作要围绕自己的特长去找：早中晚学生上学、放学时到学校门口，看有没有为小孩找辅导老师的，其余时间跑些工厂，看有没有工厂办公室要人的。想到这儿，他从床上起来，从被划破的包里拿出信笺，用笔在上面写下两行大字：辅导阅读、辅导写作。写好看了几遍，觉得还缺点什么？想了一会儿又在下面加上“水平提高，两月见效”这才满意地躺下了。

第二天，他起得很早，问了老板娘哪里有小学校后，便按照老板娘指的路直奔学校。到校门口一看，牌子上是“第一实验小学”，邓远航觉得有戏，能进这个学校的一般也能请得起辅导老师。就在这儿蹲一天，看能否如愿。他向前边的路口走了一段后站到路边。这儿很开阔，是个小广场，不少家长把小孩送到这里就回头了。家长有用自行车送的，有用摩托车送的，也有用轿车送的。

邓远航把手伸进上衣口袋，准备把那张纸拿出来，但手碰到纸后停住了。他看看前后左右，有卖小饰品、小玩具、文具和食品的，但没有做广告的。他手捏着那张纸没有把它掏出来，有点像电影上的特工把手伸进怀里掏枪的样子。不掏不行，人家知道你干什么的呢？掏出来又难看，会不会遭人笑？会不会有管理人员来赶你走，并把那张纸抢去撕了。他就站在那犹豫不决地耗着，很快学校的上课铃响了，广场上既没有家长，也没有学生了。邓远航这才把捏着那张纸的手拿了出来。心里骂了一句“太没用了”，便去找工厂。找了两个厂，人家都说不要搞文字的，只要搞技术、跑销售的。

很快又到中午放学时间了，他又折返回来，再次站在那里。这次，他涨红了脸掏出那张纸，展开，两手拿着靠在胸前。他这种样子，让他感到自己有点像“文化大革命”那时站在台上，挂着牌子挨斗的“走资派”。他想起,那时虽小,但有一次因公社大院里标语被撕了,被钟玉保揪起来批斗,后来造反派发现是他钟玉保家白母鸡撕的,反而把他爸爸钟大同抓了起来。想到这些,他直摇头。

一些家长、学生跑到他面前看看,但都没问什么,便走了。有个戴眼镜的小女孩还没看清那上面写的是什么,远远地撂一元钱在邓远航脚下便走了。邓远航心想,她一定是以为我有什么不幸的事来求助要钱的。于是他用脚踩住那一元钱,以免其他小孩看到,再学她的样子撂钱过来。

直到广场上学生走完了,没有一个人跟他询问些什么。他只好再向其他地方走,跑了两个厂,人家都下班了。又折回学校,在广场上买点小学生吃的东西充饥。待学生多起来时,再次举着那张纸站在那儿。上课铃又响了,仍然无人问津。他想是不是这地方的家长不重视学语文、学写作,而只重视学技术、学赚钱?晚上再来一次,不行就换一所中学看看。

下午遛了几个工厂,只有一个工厂叫过几天再来看看,等请示老总后才能定,不管怎么说,总算有点希望了。他再到实验小学门口时,学校还没放学,广场上已集了不少家长。他想这次改变一下方式:他一手提着那张纸,放在侧面,然后走到那边停轿车的地方,一辆车子一辆车子地走过去,走过驾驶室时还把那张纸伸到车窗处,让他们能看得更清楚。

走过了十几辆车子没有一个人叫他停下来的,前边还有五辆,走到底看看吧。当他走到第三个那辆白色车子时,驾驶员打开了车窗把那张纸拿过去看了起来。驾驶员是个女的,大概是小孩的妈妈,邓远航想。

“你能保证两个月有效吗?”那女的问。

“实事求是讲,语文水平、作文水平的提高是一个长期积累的过程,两个月时间短了些,但也可以让他有进步。”邓远航老实地说。

那女的觉得这眼镜先生还算实在,便又问道:“你怎么就定个‘两月见效’而不是半年、一年呢?”

“这是根据我的时间来的,因为我只能在这儿两个月,两个月后家里有事,我要回去。”邓远航如实地说。

“那你怎么辅导法?是小孩到你那儿,还是你到小孩家里?”那女的问。

“都可以,看小孩怎么方便。”邓远航答道。

“你在这儿有住房吗?”那女的问。

“没有,住旅店呢。”邓远航答。

“那你是否愿意吃住到小孩家,不光负责辅导小孩,还要接送小孩上下学?”那女的继续问道。

“这样更好了,当然愿意。”邓远航心想:还有这等好事?巴不得的呢,还有什么愿意不愿意的?

“那你怎么收费?”

“随你给多少,你们满意就行。”

“你这人真滑稽,随我给,我一分钱不给你也愿意。”

“愿意!有吃有住就可以了,更重要的是认识几个朋友。”邓远航说。

“你这人真怪。你有身份证吗?”那女的问道。

88

“有。”邓远航一边答应一边掏出身份证给那女的看。

“妈,我放学了。”一个小男孩背着书包走过来喊了声,拉开车门上了车。

那女的把身份证递给邓远航,对儿子说:“儿子,妈给你找个辅导老师,每天接送你,你愿不愿意?”

“谁?”儿子问。

“就是他。”那女的向车外一指说。

那小男孩打开车窗向外看了看说:“随你吧。”

“上车,先到我家认个门,然后你到宾馆拿行李。”那女的说。

邓远航先愣了一下,继而说了声“谢谢”,拉开车门跨进了车。

“儿子啊,他姓邓,以后你就喊邓老师。我叫许媛,以后就直接叫我名字。”那女的边启动了车子边对邓远航说。

“邓老师,人家都喊我妈许总。我叫李子杰。”那小男孩说。

“我可跟你说好了,我先用你一个月,一个月后,我觉得满意,就留,不满意,你就自便了。”许总一边开车一边说。

“妈,一个月,林老师不是来了吗?”那小男孩说。

原来,他有个辅导老师。看来,这必须得下点苦功夫了,否则,一个月也蹲不下来。邓远航想。

“到时就看你满意不满意了,你满意哪个就留哪个。”许总说。

“我要都满意呢?”小男孩说。

“那就都留。”她想好了,要是儿子都满意,林老师就主做家教和接送,邓老师只辅导作文,同时到厂里帮着做做事。

不一会儿就到了许总家。一看她家住宅,邓远航觉得这肯定是个大户人家了,三间三层楼,外边还有个大院子。

“你先去把行李拿来,我叫王妈把你的房间整理一下。”许总说。

“许总,你能不能借我二百元钱,我去把旅店钱跟人家结一下。我把身份证押你这儿。”邓远航说着把身份证递给许总。

“怎么?你出来一点钱没带?”许总边问边掏出二百元钱给他。

邓远航也不好意思说钱被人家划走了,只是含糊地“嗯”了一声。

“身份证你自己保管着。快去快来,等着你吃晚饭。”许总把邓远航的身份证还给他说。

邓远航来结账取行李时,钟玉莲很替他高兴。她说:“哎呀,你的运气真不错,找到个大老板家。她是做服装的,家里厚实着呢。她一高兴,说不定就到我们老家去办个分厂了,你的招商任务也完成了。”最后还嘱他常来走走。邓远航则叫她回老家时,一定要去找他。

邓远航用许总家一辆自行车接送李子杰。放学后,他先督促他做完作业,然后带他研读名著,看漫画,周日则带他出去游玩,跟他讲知识,教他说片段。一个月时间带他读了《西游记》《水浒传》,看了卜劳恩的漫画,写了十多篇作文和片段,阅读和写作能力确有提高。

平时,李子杰上课时,邓远航也跟许总到厂里转转看看,有时还跟她或她老公李总去陪一些客人。一个月下来,邓远航对他们夫妻俩办的服装厂的生产经营情况也知道了不少,还认识了不少老板。

一天,许总问:“马上过元旦了,你打算带小杰到哪里去玩啊?”

“许总,其实不光是小杰需要出去游玩,你们也要休息休息,不能天天这样满负荷地工作啊。”邓远航想,已一个多月了,再不带些客商回去看看,两个月就完不成任务了,要带客商到九龟去,只能请许总带头,今天是个好机会,所以他才提出让她休息的话题。

“你看厂里这么忙,哪里歇得下来啊。”许总说。

“许总,其实钱是赚不完的,人没有必要不顾一切地去赚钱。”

“我没有啊,我还是花时间和儿子在一起的啊。”

“但你没花时间在你自己身上啊。你看你才三十多岁,再不注意休息，天生丽质也会消退的噢。”邓远航这话说出就有点后悔了，如果人家不能理解，会想到反面去。

“啊？真的吗？我老了吗？不会的吧？”许总像是问自己，又像是问邓远航。

“你现在看上去还很美，但你正在变化，因为你给自己的压力太大。”

“好，你不要说了，这次陪儿子去玩几天。你说吧，这次准备到哪里？”

“有一个美丽的地方，你们从没去过，到那儿吸一口空气、喝一口水能让你年轻几岁呢。”邓远航带点夸张地说。

“哈哈哈，那我住几天不就变成小孩子了嘛。”许总大笑起来。

“也不是这么变的。它只把人变到最美丽的时候，就不再变了。”

“什么地方这么神奇？”

“九龟湖！我的家乡。”邓远航自豪地说。

“名字倒蛮好听，行，去，顺便把你也送回家看看。哎，你们那里能不能帮我招些熟练的缝纫工过来？”许总问。

“你看，三句不离本行，又说到厂里的事了。能！你要多少，我帮你招多少。不过，这不是很划算的。”邓远航说。

“怎么不划算？”许总问。

“没有在九龟办个分厂划算。工人在我们那儿工资比这边低，这要省下一块；如果货是北方或是我们周边几个城市订的，运输费用又比从这里发货省下一块；再加上我们那边的优惠政策，比这边又多得一块，这样算下来，到那边招工人不如到那边设厂划算啦。”邓远航分析给许总听。

“你说得有道理，但到一个新地方办厂也不是那么容易的，人生地不熟，光手续就把你头跑大了。”许总说。

“这些都不要你烦，一切都有我帮你把手续办齐了交给你，你只要派个得力的人在那边管理就行了，条件允许，也可以用那边的人帮你管理。”邓远航说。

“你说得我有点心动了，只是现在决定不了，必须去看了以后才能做决定。”

“那是的，先到我们那边看看，也不要马上就做决定，如果那边不行也不要强求自己。你们是去投资，不是去扶贫的，只有看到了实实在在的利益才能下手决定。”邓远航说。

1992年的最后一天，邓远航和许总一家三口乘一辆奔驰轿车直奔九龟湖农场。林老师和许总夫妇轮流开车，从早上六点半出发，至晚上六点半到九龟湖宾馆，整整开了十二个小时。

晚上，史场长、赵副书记、向副书记、钟玉保、洪光武、侯鸣放等人作陪，方书记因接待其他客人，中途又过来敬了酒。本来，许总夫妇对不太方便的交通状况颇有微词，后来见九龟人这么热情，拿茅台酒招待他们，又见儿子连吃了两只九龟湖大闸蟹，心里又开始有点喜欢九龟了。

89

“哎呀，这么大的大闸蟹真很少见呢，而且味道特别香。我跑的地方也不算少，各地方的螃蟹也尝了不少，没有你们九龟湖螃蟹个头这么大、味道这么好的，我看就是阳澄湖大闸蟹也不见得能超过九龟湖大闸蟹。”许总的老公李总夸道。

“也不能贬低人家，我们这儿的螃蟹也不都是这样。听说你们来了，今天这螃蟹是史场长亲自为你们安排的，都是经过挑选的。你看公蟹都在六两以上，母蟹都半斤以上，而且个个都是实实在在的，确实也代表九龟的水平。”邓远航说。

“你一个月不在家，家里情况都不晓得了。我们九龟湖螃蟹都是这样的，都这么大、这么肥，就是全国一流，全国没有超过我们九龟湖螃蟹的。来，李总，我们拿大杯子干一杯，让你再看看我们九龟人的豪爽，也不比这大螃蟹差。”钟玉保也不管人家同意不同意，话一说完便干掉了满满一大杯酒。喝完酒站在人家后边，还拿着个空杯子照着人家。

“你太豪爽了，真跟这螃蟹一样，长得壮实，脾气也不差。但我真的不胜酒力，我只能喝一小口儿。”李总说着端起酒喝了一小口儿。

“不行，按照九龟的规矩，你得喝掉。”钟玉保螃蟹的横劲上来了，他就站在李总后边不肯走。

“钟主任，他真不能喝酒，你让李总把螃蟹吃掉，酒不要把人家喝多了。”邓远航说。

“你倒会做好人呢。那你好人就做到底，你代他喝掉。”钟玉保说道。

邓远航没法，走到李总面前，把李总的酒杯拿过来一饮而尽，两人才各自回到自己座位。

“好，玉保，酒不要闹了，让客人随意喝，叫客人多吃些菜。哎，远航，明天怎么安排的啊？”史场长问。

“明天乘交通局的小汽艇在九龟湖上转一圈，中午在龟岛大凤家吃饭，让他们尝尝原汁原味的渔家菜。下午回来看看县城的服装厂。后天他们就回去了。”邓远航向史场长汇报道。

“那明天请向书记陪一下，晚上方书记有时间方书记陪，他没有时间我还来陪。”史场长交代道。

第二天早上吃过早饭，他们一行登上小汽艇。

小汽艇迎着初升的太阳破浪而行，像是要把九龟湖劈成两半，掀起浪花向两岸拍去。一群沙鸥在天空中追着汽艇飞翔，当它们超过汽艇时，并不再向前飞去，而是突然在汽艇前面拐了个弯飞向他方，像是在向汽艇炫耀一下自己的实力。引得李子杰举起双手跳起来，大声地向着它们欢呼，像是要它们再表演一下它们高超的飞技。鸟儿飞走了，再看湖里的鱼。李子杰指着前面一片闪耀的湖面兴奋地喊着：“妈妈，看那一大片鱼。”“孩子啊，不对，那是太阳光照到湖上，水面发出的粼粼波光。”“妈妈，不对，看，看，鱼跳起来了。”李子杰又是一阵雀跃欢呼。李总、许总看到儿子高兴便觉不虚此行。

小汽艇靠上龟岛，李子杰近乎狂欢了。他一下艇便往芦苇丛里钻，因为他在艇上就看到许多小鸟在芦苇尖上飞来飞去，所以他刚下来便迫不及待地去寻找小鸟。他爸爸、妈妈跟在后边追，都没追上，害得大家在芦苇丛里找了十多分钟才把他“揪”了出来。

到大凤的鸭棚，李子杰看到什么都兴奋。看到鸭群，他冲向鸭群，吓得正在吃食的鸭子张开翅膀飞奔；看到龟池，他扑向龟池，吓得缩在石头上的乌龟迅速往水里钻。

看着李子杰在尽情地玩耍，许总和李总比赚钱还高兴，许总把邓远航拉到一边说：“远航，到九龟投资是肯定的了，我们的决心已下了，只是在城区投服装项目，还是到龟岛这里投个什么养殖项目还没定。”

“不急于定，下午到城区看看再说。其实你说的两个项目都可以投，只是一个是近期，一个是中期的问题。服装是近期就可以上的项目，这个项目你驾轻就熟，干起来会得心应手，马上就会见效。养殖只能作为中期目标去考虑，这不是你的优势，隔行如隔山，只有等你第一个项目见效了，正常运行了,你对龟岛也更了解了,你的团队对龟岛养殖投资方案也拿出来了,那时投比较好。"邓远航向许总谈着自己对两个项目的看法。

"你分析得很对,我也想先投服装,但你这地方交通确实太不方便了。"许总直接说出了她的心结。

"这确实也是,是个大障碍,但这是一个暂时的、可以改变的障碍,而且就在明年将要改变了,明年省里一级公路通车,出行就方便了。"邓远航介绍道。

"好吧,初步定下来先办个服装厂,是买个厂,还是建个厂,到城区看了再说。"许总对邓远航说。

中饭在大凤家的鸭棚吃。说是鸭棚,那是沿用过去的老名字,如今的鸭棚经大凤建设改造,变成一个院落了,挂起了"九龟湖养殖业基地"的牌子。这里既是养鸭、养龟基地,又是品尝渔家小吃的饭庄。对于浙江来的大老板来说,他们整天面对高楼大厦,不缺山珍海味,但在这湖荡中、芦苇间吃饭那还是第一次。坐在渔家院落里,品尝湖鲜美食,眺望湖光水色,欣赏渔歌水调,那真是过了一次神仙的日子啊。正吃得兴起,湖荡上传来了"咯、冬、代、唉,咯冬代唉……我代你咯冬代唉,咯冬代唉……"的秧歌曲,大家循声望去,几个渔家姑娘正嬉闹着向他们这边走来呢。原来,那是大凤组织的龟岛秧歌队。

许总、李总感到十分满意,许总说:"真太美了,景色美、湖水美、空气美、菜肴美。"

"还有人更美呢,真是乐不思蜀了。"李总补充说。

"那你就留下来吧。"许总说。

"要是允许,我就在旁边砌两间房子,每年来住几天,呼吸新鲜空气,休息一下,养养神,多美的事啊。"李总说。

"行啊,到九龟来投资,我们可以批地基给你砌啊。"向副书记说。

"李总啊,我看你们不要砌,我腾两间房子,装潢一下,给你们留着,你们来时,一个电话,我就开小艇去接你们。"大凤说。

正说着,电话响了。钟主任从办公室打来,找邓远航的。他今天找借口没过来陪,不是不想陪客商,而是怕白丽红,他一听说到大凤的渔家院落吃饭就头疼,因为白丽红在那里烧菜,每次他去,她都要揭他的老底,有时还骂他,所以,他现在尽量不到这儿来,除非方书记要来,他没办法不来,其他情况他会找借口推脱的。这会儿方书记叫他打电话问一下,项目谈得怎么样了，如果下午能定下来在九龟投资，他方书记下午就陪到底，如果没定，他下午就不陪，晚上再说。

钟玉保在电话里问："项目定没定下来？"

"人家私人掏腰包跑这么远投资，不要慎之又慎嘛，哪里这么快？先让人家玩好、吃好，然后才能谈项目的事，不要着急。"邓远航说。

邓远航这样一说，当他们回到九龟宾馆时，风言风语就刮到他的耳边了。

90

从龟岛回到宾馆，邓远航把客人送到房间休息，他自己来到大厅坐到沙发上息一会儿，等他们醒来后，带他们到场区几个厂看看。

刚坐下，二凤就来问了："邓主任，他们说你这次带的老板是假的呢？说你在那边蹲不下去了，想回家了，就花钱雇两个人装老板来敷衍一下。"

"老板有什么假不假的？"邓远航感到有这种声音很可笑。

"他们说看得出来的。"二凤说。

"从哪里看得出来？"邓远航感到疑惑。

"他们说看他们的吃说穿行就知道。你看他们吃，在桌上好像什么都没吃过似的，就对着我们那几个土菜穷吃，半斤重的螃蟹一人啃了两只。你说，他们要是浙江的大老板，什么海鲜没吃过，还在乎你几个小湖蟹、小野鱼？"

"海鲜跟湖鲜不一样的，再说一个人吃惯了一种味道偶尔尝到不一样的味道，表现出十分感兴趣是很自然的。就以这个来说人家是假老板，你说这些人是不是很可笑？"邓远航批驳她说。

"不是我说的噢，你让我把他的话说完。他说，从他们说的看，简直连个高中生都不如，许多知识不知道，说话水平太一般了，简直没法交流。他说，这种水平能做大老板？能赚大钱？"二凤接着说。

"不要说高中水平了，也不瞒你，人家夫妻两个都是小学没毕业，很小就出外谋生了。浙江一个字不识的做大老板的还有不少呢，不要坐家里凭自己的想象就去判断一个素昧平生的人。"邓远航说。

"真的啊？那像我这水平也能做个大老板啦？"二凤问。

“你现在就是大老板啊，在浙江，宾馆、旅社基本都是私人的，这九龟宾馆只要一改制，变成私营的，你不是大老板吗？”邓远航说。

“那就等改制吧。我接着说噢，他们说，看他们穿的，还不如我们这边人穿得好呢。你还穿套西装呢，那男的就穿个破夹克衫、牛仔裤、旅游鞋，那女的穿的还不如我这身上的质料好呢。”二凤说。

“那我告诉你能把你吓死，那男的万把元钱一套的西装、那女的万把元钱一件的大衣挂在家里呢，你这辈子买的所有衣服加起来有万把元钱啊？”邓远航问。

二凤把舌头一伸说：“我亲妈哎，吓死我了，一件衣服就是一个万元户啊？好，这个不谈。他们还说，他们那车子是好车子，但那车子是你租来的，多少钱租的，说马上等你报销发票时就水落石出了。还说你跟那个许总两人叽叽咕咕，关系很不正常。又说你是陪这一家人来游山玩水、吃吃喝喝的，根本不可能投资什么项目的。”

“你这些话是从哪里来的呢二凤？简直是一点头脑都没有。二凤你要知道大音无声、大风无影、大道无痕的道理，不要跟在人家后边说这些没影儿的胡话。”邓远航说。

二凤向两边看看说：“我是告诉你有这些话，你心里要有准备。这是中午吃饭时钟某人跟方书记汇报时说的，你心里有数就行。”

“那方书记什么态度？”

“他只是‘嗯’了几声，没说什么。不跟你说了，我走了，不要被他们看到又乱怀疑了。”二凤说着走出了大厅。

很快，许总、李总的行动就让那些无端的猜疑自然消失了。下午他们在场区看过后提出要与场部坐下来商谈投资的事，搞得场部有点措手不及，场长、副场长都不在，最后只好委托向副书记与他们谈。

起初许总、李总想把九龟服装厂买下来，这样子春节后就可以生产，但这个厂债务过大，厂里矛盾又多，客商只肯买房屋和设备，要把债务剥开，同时还要求将厂里干部职工都进行改制，然后由他们重新招工聘用，转为新的劳资关系。

邓远航想，人家这些要求还是比较合理的，人家只想承担他们应该承担的责任，就想桥归桥、路归路地把账算清，不愿陷入这个厂过去长期累积的矛盾纠纷中，以便集中精力搞好新厂的生产经营。因而他竭力劝向副书记朝这方面努力，可以答应人家的条件。

但是因为九龟湖农场的个别领导干部的思想还不如人家解放，还不知道用改革的办法处理一些矛盾，只要求人家把厂里的一切财产、债务、人员背过去，不给人家化解任何矛盾，人家难以接受，收购九龟服装厂便没谈成。

再谈重新建厂一事，向副书记几经与方书记、史场长通电话汇报，最终达成协议，五点半正式签协议。许总、李总同意在九龟新建一个服装厂，总投资两千万元，春节前办完所有手续，春节后开工，1993 年底建成投产。春节后，客方在九龟带五十人到浙江总厂跟班培训，将来作为九龟分厂的骨干力量。九龟场部负责整平四十亩土地（土地费用由场财政出），并通水、电、路和电信，春节前办好各项手续，并确定五十人的人选，春节后负责培训三百名缝纫工。其他优惠政策都按文件执行。

这是这次出去驻点招商第一个大项目签字协议，方书记、史场长都赶来参加仪式。主席台上站着十一人，一字排开，都佩戴着鲜花。许总、李总夫妇站在方书记两侧，然后是史场长、人大主任、政协主席和三位副书记、一位常务副场长，因为场委办是项目的引进单位，因而钟玉保也被安排站到了主席台上。

许总见邓远航与林老师带着他儿子坐在下边，先向他招招手，示意他上来，见他还不上来，便下台去拉他上台，还把自己胸前的鲜花摘下来插在邓远航的上衣口袋里。邓远航拿出鲜花又给她戴上，然后小声告诉她："这花，我一个月前就戴过了，现在该你戴了。站台是有规矩的，不能乱，台下是各部门负责同志，都看着你呢。我一会儿还要去拿东西，你快上去，领导都在等你呢。"许总没法，只好再次走上台去。

仪式由史场长主持，他介绍了项目的情况，肯定了邓远航在这个项目引进中的作用，然后是许总讲话。时间太急，她也没有什么准备。她就从在实验小学门口认识邓远航开始，讲到他如何做家教，辅导他儿子，又讲到他到她厂里如何帮他们提高管理水平等等，简直就是邓远航招商的事迹报告。下边的人听得非常入神，台上方书记、钟玉保早不耐烦了，心想叫你讲讲项目、表表态，怎么讲这些乱七八糟的东西，为某一个人歌功颂德呢，是不是邓远航背后买通了你许总啊？

最后方书记讲话。他说："这个项目在九龟落地，我们最要感谢的是李总、许总夫妇，我们最应该坚持的是场委、场部驻点招商的战略，最必须落实的是我们承诺的各项政策，最要强调的是各部门必须围绕大局、共同让这个项目开工,尽快建成、投产见效。”

十几分钟的讲话都留给了大道理,没有一句提到引资人邓远航的辛苦和努力。但邓远航心里很坦然,出去一个多月,能够没出什么问题回来,还能引个项目真是很满意、很满意了,比自己出去前所想的要好多了,在这种情况下,人家无功就是过,我无过就是福了。

送走许总夫妇,邓远航留下来不去了,他要在春节前办好各项手续。

91

第二天邓远航上班,钟玉保又交给他另外一项任务:“邓主任,年底大家都比较忙,我们办公室负责金融财税部门的‘双文明’考核,这几天你带李晓阳、小凤把办公室负责的这一组考核弄结束。”

因为邓远航上午与计委、经委、工商局联系好了,上午去这几个部门谈“服装厂”项目办手续的事,所以定下来下午开始到部门考核。

下午,邓远航带李晓阳、小凤跑了人行、工行和建行。路上,他们就向邓远航问起了他在浙江招商的情况。

“邓主任,你真有本事,一个多月就招来这么个大项目,早知道我当时还是跟你一起去,这不光一起回来,还这么风光。”小凤说。

“风光什么啊?你尽瞎说,昨天那么多人戴大红花站台上,就是没有真正的引资人。我那姐夫最不应该,他也有脸往那儿一站。”李晓阳说。

“这很好,大家都平衡了。”邓远航说。

“平衡?怎么个平衡法?”李晓阳不解地问。

“一个月前,欢送出去时,我戴红花,一个月后,我回来时,他们戴红花,大家轮流戴,不就平衡了嘛。”邓远航笑着说。

“你也太大度了,自己引个项目,让人家去戴红花。不过邓主任,我好像觉得你这次外去招商还挺顺利的噢。”小凤说。

“顺利?小凤,真如毛主席说的,不吃梨子不知道梨子的滋味啊。不谈别的,就那天他们把我丢下来,我那时的心情哪个能理解噢。晓阳,就你们车子开走后,我就开始倒霉了。”邓远航说。

“我们从那儿离开到杭州玩一天,又到上海玩一天,玩得倒蛮开心,一点不知道你倒什么霉啊。”李晓阳说。

“不谈了，包被人划了，从家里带的钱全被偷了。”邓远航说。

“啊？那你是怎么过来的啊？”小凤问着这话，眼泪都掉下来了。

“一言难尽。到了，以后再说。”邓远航说。

邓远航一行三人一下午跑了三个行，听了他们去年“双文明”建设的汇报，看了他们有关实绩的证明。在建行考核结束已到下班时间，建行佟行长非要留他们吃晚饭不可，缠了半天，邓远航还是坚持不留下来吃晚饭。佟行长没法，一人又揣了一只信封，邓远航又跟佟行长推来推去，像打架一样不肯收，最后硬被佟行长把信封塞进了他的包里，还低声对他说：“小意思，没的问题，你们钟主任也拿住了。”

在路上邓远航把信封打开一看，里边是二百元钱。当即问他们两人：“明天你们愿不愿把它缴给支部书记？”两人哪有不愿意的，都同意上缴。

早上上班时，邓远航把装有二百元的信封缴给支部书记洪光武：“这是昨天在建行考核时，建行给的，他们两个也都愿意上缴。”

还没等洪光武开口，在一旁的钟玉保看到了，把脸一摆说：“你们这样，你们光荣了，叫人家建行难看了。”

“我一个多月不在家，也不知家里有什么新政策了，也不知道现在这钱是该拿还是不该拿，你主任给我个明确指示。”邓远航回他说。

“所以你这个人不讨人喜欢的呢，这种事能给你个明确指示吗？我看你外出一个月，思想不是解放了，而是僵化了，人越来越木里木谷的了。”钟玉保说。

“思想是解放还是僵化，不是看这二百元钱拿不拿来定的。”邓远航说。

“我看上级文件你没学，外边的经验你也没学。”钟玉保说。

“怎么讲？”邓远航问。

“上级纪委规定，收受二百元以上的钱物要上缴，就是说二百元以下的可以不缴，人家建行也是码住上级规定给的哎，没有为难你哎，你倒为难人家了。再有，外边发达地区几百、上千元钱都照拿呢，这二百元钱人家还瞧不上眼呢。跟你说了你也不懂，不要把考核当成了不起的权力，眼睛瞪起来跟人家顶真，有多大意思啊？”钟玉保说完一甩袖走了。

邓远航在这里犯糊涂了，那这考核怎么考呢？总不能都是一百分，并列第一吧？就是这样，被考核的单位也不高兴啊？他们也不想做好做坏一个样啊。其实，昨天下午考核的三个行，建行得分是最高的，人行因为挂钩项目未完成被扣分，得分是最低的，他建行行长不给钱，邓远航也不会给建行加分或扣分，但是如果那二百元没有缴给支部书记，自己灌进口袋了，结果会怎么样呢？会影响他们的排名吗？

三天的考核结束了，他们财税金融这一组考核的结果是：财政局第一，税务局第二，建行第三，最后一名是人行。

听说自己最后一名，人行行长打电话给钟主任，钟主任来到大办公室以教训的口吻问邓远航："叫你不要顶真，你偏不信，这下事情出来了吧，你偏要弄个最后一名干什么？"

"钟主任，你指导指导，这一个组十个部门的考核，怎么考，才不出现最后一名呢？"邓远航问。

"不跟你说这些，你给人行的考核分加些上去。"钟玉保要求道。

"把人行分加上去了，中行最后了，中行行长再给你打电话要调分怎么办呢？"邓远航故意问。

"哪个先来电话先调，等他打电话来再说，你先把人行的分调上去。"钟玉保要求道。

"不好调。"邓远航说。

钟玉保愣了一会儿，心想，这小子出去一个多月，脾气没改多少反而更"长进"了不少，他也不晓得人行这行长跟方书记什么关系，同学唉，好，你能，我就让你能，看你能硬几天。于是他说："你不调，行！你狠，那人家什么原因最后的，你总要让人家晓得吧？"

"与分场挂钩的项目没完成扣的八分，经得起他来查。"邓远航说。

钟玉保没再搭理邓远航，掉头回自己办公室打电话告诉了人行。人行行长又亲自打电话给邓远航，邓远航向他耐心解释，再三请他理解，说几个人参加考核的，你这一项没有实绩，打零分，大家都知道，不好调。

人行行长说："他建行不是跟我一样啊，他挂钩怎么没扣分，我怎么一分没得啊？"

"人家挂钩有东西，你没有东西哎。"邓远航解释道。

"噢，有东西就满分，没东西就零分，你们这考核成了吃拿卡要喽！"人行行长说着挂了电话。

邓远航听着"嘟、嘟"的话筒心想不好，他肯定理解错了。他赶忙拨电话过去，想给他解释一下，可对方的话机一直是忙音，他便坐下准备等一下再拨。

刚坐下,方书记的话音已传过来了:“邓远航,你在外边一个多月没有好好学习啊?一回来就捅娄子!”

92

邓远航见方书记过来说这话,后边还跟着钟玉保,知道人行行长给他打过电话了,便站起来说:“他理解错了。”

“理解错了?我问你,人行给没给你东西?”方书记审问道。

“没给。”邓远航答道。

“建行给没给东西?”方书记继续审道。

“给了二百元钱。”邓远航答道。

“还是嘛,给东西就满分,不给东西就零分。邓远航你这是在哪儿学的作风,你在浙江就学的这个啊?完全的商人习气,权钱交易!给我做深刻检查!”方书记发火了。

“方书记,不是给不给东西的问题,是他挂钩项目没东西,分扣了,人家建行有挂钩项目完成的证明,凭这个东西才给满分的。”邓远航解释道。

“那建行给你的东西呢?”方书记自知理亏,但并不想让邓远航看出这一点,而是继续施压。

“上缴给洪主任了。”邓远航答道。

方书记有点尴尬,什么话也没再说便转身走了。钟玉保则用食指指着他说:“到底在外面镀过金了,刀枪不入啊,连书记都敢顶撞了。”

“你不要把话说这么严重嘛,我只是回答了书记问的问题,这也算是顶撞啊?”邓远航问道。

钟玉保没再搭腔也走了出去。

下午,人行行长给邓远航送来一张证明,是从他们挂钩分场开来的,证明人行在他们分场的挂钩项目已超额完成,上面还注明了项目的名称、投资总额、完成时间。邓远航拿过这张证明就想把他撕了,这明显是为了获取考核先进临时到分场里开的一张假证明,分场里也不负责任,他人行没给你完成扶持项目,你却证明他超额完成了,不是出卖原则、出卖良心吗?但是,我如果把这证明撕了,我又怎么能证明他人行是弄虚作假呢?书记、主任能证明,还是分场能证明?到现场去察看吗?分场一定会带你去看到这个项目,因为这个项目是存在的,只是它不是人行搞的项目,是从别人名下移花接木移给人行的。邓远航想到无力去证明人家是假的,光凭自己一个人的嘴说毫无作用,也无意义。于是,他把那张证明递给李晓阳说:“收起来,把人行分加上去吧。”

“这分加上去,人行就是财税金融组的第一了。”李晓阳说。

“那祝贺人行吧。从最后一名一下跃到第一名值得祝贺。”邓远航嘴上这么讲,但心里想的却是:这骗来的第一,有什么意思?这种考核又有什么意义?

过了正月十五,邓远航引来的服装项目正式开工了。开工那天,省农垦书记、省农垦组织部长都来参加了仪式。省农垦书记看到这个项目比较大,许总人也很实在,便对方书记说:“为了在全省农垦系统有一定促动作用,你们看把符合条件的引资人名单报给农垦组织部,把他提拔到副场级领导岗位上来。”

仪式结束后,方书记觉得上次为儿子办公司的事,钟玉保出了很大的力,办得很出色,这次把这个机会给他,也算是对他的回报和感谢吧。虽然,他对老父一脚之仇还在,但把他的副场级也拖了两年了,也算是解了一些恨,这次主要是看在儿子的分儿上,才丢开前嫌,把机会给他的,他能不能把握住,那我就不管了。于是他把这事跟钟玉保说了,要求他:“你得把办公室其他人的思想统一好了,不要把你报上去,别的引资人有意见。”

晚上场委办安排招待了浙江来的客商。吃过晚饭后,钟玉保说谈个事,把邓远航约到了办公室。

邓远航刚坐下,钟玉保一杯热茶已端到他的面前:“远航,来,喝杯浓茶解解酒。今儿个晚上没喝多吧?我今儿个是保护你的,没让你多喝噢。”

“哎呀,几年没喝到你这特级绿茶了,还没喝完啊?”邓远航知道他一喊他“远航”,且给他喝“特级绿茶”,准又是有什么事求他了,便跟他聊着闲话,以待他后边的话。

“这还是去年的,你要喜欢喝,还有一两个月,等新茶下来了,我送些个给你。”钟玉保说。

“不用不用,我对烟、酒、茶都不感兴趣,你还是自己留着喝吧。”邓远航说。

钟玉保心想,怎么跟他说那事呢?这家伙什么都不喜欢最难办。说话？说话没有由头；送礼？送礼无从下手。这辈子摆平过许多人，唯一遇到他，是我这辈子遇到的最无法、最无奈的人，他生下来好像就是为了锻炼我的能耐、我的手段和我的意志的。我不信他天衣无缝，他就是一块钢板，我也要像气割机一样，把他从中间割开一道缝来。有了，就从这儿开始。想到这儿，他站起来走到橱边，从里边拿出一套书送到邓远航手上。

邓远航接过来一看，是一套《辞源》，便问道："哎呀，这套书，你买它干什么？"他心想，他平时又不读古典书籍，买这套书装样子啊？瞎浪费。

"平时没的事翻翻，也长知识呢。"钟玉保说。

"这套书，十多年前，我还在读大学时就想买了，一是当时货源紧张，买这书还要开后门，二是当时钱也紧张，这书也太贵，就一直没买。"邓远航说。

"那这套书就送给你吧。"钟玉保说。

"还是你自己留着看吧，我要自己再去买吧，好歹现在书和钱都不紧了。"

"哎，拿去拿去，你不晓得我啊，我哪里看它啊，它看我还差不多，放在我这块也是乌龟吃大麦——浪费，反而把我橱子压坏了。"钟玉保笑着说。

"那我把钱给你。"邓远航不愿担他一套书的人情，因而说着便从口袋里掏钱。

钟玉保走过来按住他的手说："不要见外，这也不是我的钱买的，发票公家已报了。再说，你一个分管文字的主任，办公室花钱替你买套书还不是应该的嘛，天经地义。"

"那就谢谢了。我也不拿回去，就放在办公室用。"邓远航对钟玉保的态度已开始发生变化。

"客气什么？你谢我，我还要谢你呢。"钟玉保很自然地引向自己的话题。

"谢我什么啊？"邓远航问。

"你看，九个人出去驻点招商，我们办公室在九个人中是第一个有项目的，在几个项目中，我们办公室的项目最大，春节前办公室个个拿到了招商引资奖金，大家感谢你呢。今天上午那场面，省农垦书记亲自来剪彩，前所未有，我作为引资单位的一把手，我脸上感到光荣啊！你说我不应该感谢你吗？"钟玉保说。

"这是我应该的，要是你出去招商也是一样的。"邓远航说。

“远航，你这说得对，我要是出去招个项目回来，绝对跟你一样，不独吞果实，我一定会和大家一起分享喜悦、分享光荣、分享成果，谁需要用这成果就先给谁用，你说呢？”钟玉保问道。

93

邓远航想，他问这个话是什么意思呢？是不是有人要拿这个项目去评什么呢？比如先进、职称之类的。不管他，谁需要谁拿去用去，放那儿也放那儿，能帮人一把，让它发挥一下作用也未尝不可。于是他回道：“我想你会的吧？外单位现在有人要利用这个浙江项目，把这个项目拿去用啊？”

“也不是外单位拿去用，还是自己办公室的人用，只是先后不同而已。”钟玉保说。

“无所谓了，能把项目引回来就心满意足了，管那么多干什么？”

“你这个人真令我佩服，让我感动，这个时候真正体现出一个共产党员宽广宏大的胸怀。”钟玉保夸奖说。

“钟主任，你不要再兜圈子了，有什么话你就说吧，时间不早了，明天早上还有事呢。”邓远航催他道。

“哎呀，我的好兄弟，真正理解我的人，世界上只有一个，就是你。”钟玉保还在吊胃口。

“太闷了，快把人憋死了，我来把门开下来。”邓远航说着顺手拉开了门。

“你坐下，听我慢慢说。事情是这样的，上午省农垦书记不是来了嘛，他看了这个项目很高兴，说给你们引资单位两个副场级的名额，一个放开工时候，一个放竣工时候。方书记意思呢，说我是办公室主任先安排，等我提拔调走了，让你做办公室主任，另一个名额再安排给你。我有点儿不好意思，想把名额先给你，你看呢？”钟玉保一边胡编着一边把想说的事说了出来。

邓远航一听就知道他这话里注入了大量水分，他心想，你在哄三岁小孩呢，省农垦书记分计划物资呢？方书记又怎么可能在你面前把主任的位子封给我呢？你无非就是想利用这个招商项目落实自己的副场级呗，给你呗，这又有什么呢？再说，办公室的人早对他心存怨恨，他在办公室再不走，大家也要造反了，他走了，也许对大家都有利，都是机会。于是他显得十分精明而又大度地说："虽然项目是我引进的，但我是办公室派出去的，功劳是属于大家的，更属于你这个主要负责人的，我举双手赞成省农垦尽快提拔你到副场级岗位上去。"他这样说还寄予另一种期望，就是期望能与钟玉保改善关系，让钟玉保在可能的情况下推荐他接替他的位子。

"好，爽快！真正的高风亮节。我也向你表个态，你给我一杯，我还你一瓢，到时我保证向领导推荐，由你接我的班，其他任何人都别想，包括我的妹婿洪光武。你要不相信，我给你写个保证书。"钟玉保站起来拍着胸脯说，拍过胸脯就要去拿纸笔给邓远航写保证书。

邓远航上去拦住了他，心想，他要有这份良心，到时他至少不会脚下使绊子，他要没有这良心，你叫他写十份保证书也都是废纸。于是他说："不用那么麻烦了，君子协定，还要那玩意吗？"

两个多月后，省农垦组织部来考察钟玉保。

钟玉保又把邓远航约到他办公室了。

钟玉保又把一杯特级绿茶端到邓远航面前："这是今年的新茶，我还给你准备了一盒子呢。"说着到橱子那儿拿了一盒子今年新上市的特级绿茶给邓远航。

"行了，你客人多，还是你留着招待客人吧。我平时就喝白开水，给我也浪费了。"邓远航说着把那盒绿茶放到了钟玉保的桌上。

"哎，拿着，你不喝，留着招待客人嘛。你不晓得呢，客人来了，你递上一支好烟，倒上一杯好茶，人家顿时就对你不一样了。如果晚上再弄几杯好酒，那就是铁哥儿们喽。远航啊，不是兄弟说你，你在这一点上确实做得太差了，你要不是这一点差，你老早也应该是副处了。"钟玉保似乎有点推心置腹了。

"你看得真是准，我这方面真要比你差十万八千里呢。好，这茶叶就放我那边招待客人吧。多少钱，我来给你钱。"邓远航也夸了他一回。

"你看你又来了，你我之间讲什么钱啊？再说这也不摊我掏钱，都是财政付的账。"钟玉保说。

"那谢谢你了，我拿过去放桌上让大家抓抓吧。"邓远航说着拿上茶叶起身便向外走。

“哎、哎，等等，坐一会儿嘛，咱哥俩再聊一会儿嘛。”钟玉保把邓远航喊坐下，然后又说道：“上次感谢你，我的名单报上去后，明天省农垦组织部来考察了。”钟玉保今天约邓远航来有两个目的，一是想稳住邓远航。他怕他在到省农垦组织部同志那儿谈话时把浙江服装项目的真正引资人说出来，让上级领导认为他钟玉保是贪天之功为己功，从而取消他提副处的资格。同时，还怕他说出他的污点，当然也不知道他掌握多少，但只要他随口说几点也足以让上级暂停提拔他。二是想叫他做做办公室其他人的工作。这两年他觉得外边人对他都很尊重，反而办公室内部好些人反感他、反对他，甚至于他的亲戚洪光武、李晓阳对他也屡屡表现出不满情绪。他感到他在外边是处处笑脸相迎，一到办公室个个都是冷脸，看谁都是冷眼，好像他欠他们多少债似的。他怕组织部到办公室来考察他时，他们填表时给他打很多叉子，访谈时说不出他的优点，反而说出他不少缺点，那样就前功尽弃了。因为邓远航在办公室的威信高，那些小东西不知什么鬼气，都听他的，所以，想叫他也做做那些小东西的工作，不要在人家组织部同志那儿尽说他坏话。

听说省农垦组织部来考察他，邓远航说：“那是好事嘛，祝贺你啊。”

“谢谢，谢谢，可我心里总是过意不去。”钟玉保显得很诚恳地说。

“省农垦来考察你，是你自己努力的结果，众望所归嘛。”邓远航说过这话，脸就有点红了。他想，说他“是自己努力的结果”是事实，不是他自己“努力”找人，省农垦组织部怎么能来考察他呢？但说他“众望所归”真是折他寿了，自己也有拍马屁之嫌了。

“我过意不去，是有点对不住你。你看，浙江这个服装项目吧，我虽然是一把手领导，是间接引资人，但毕竟你是直接引资人，虽然你明年上半年机会就到了，但毕竟我比你先获得机会了。这让我内心老是过意不去。要不明天我跟省农垦组织部领导讲，还是考察你。”钟玉保非常平静地说。

“哈哈哈……”邓远航听到钟玉保如是说，不禁大笑起来，笑得钟玉保心里打不了底，直盯住他看。笑完，他对钟玉保说：“你以为省农垦组织部跑九龟买菜来啦，说换一个就换一个的啊？钟主任，我说你啊就什么也不要担心了，腿伸直了睡觉，我这边你绝对放心，我绝对不说一句对你不利的话。”

“哎呀，关键时候，还是老同学、老插子、老邻居支持你、帮助你啊。”钟玉保显得十分感激的样子说。

“行了,今晚放心睡个好觉,做个好梦。我走了。”邓远航不想跟他在这地方穷吹浪费时间,见事谈得差不多了便又要走。

“哎,等一下,等一下,兄弟还有一事相托。”钟玉保又把邓远航叫住。

邓远航再次回头,这次没有坐下,而是站在那里问:“还有什么啊?”

“我就直说了,想请你跟那几个小家伙打打招呼。”钟玉保说。

94

“跟哪几个小家伙打招呼?什么招呼?”邓远航不解地问。

“就是办公室那几个。不知什么鬼气,那几个看到我就像看到鬼一样,我一来,几个鬼东西都躲得远远的。他们都听你的,我想请你跟他们打个招呼,人家省农垦人来的时候,不要胡来,不能瞎说,人家走后,随他们怎么闹。”钟玉保说。

“这个,我恐怕不行,你恐怕要另外想办法。”邓远航心想,这是把责任全压到我身上,万一办公室这边考察对他不利,他不是要我承担责任吗?嘴长在他们脸上,笔握在他们手上,我又能影响他们多少呢?影响不了,不是要怪我吗?所以,他婉拒了。

“兄弟啊兄弟,这个你不能推,这个忙你一定要帮,帮不好我不怪你。”钟玉保近乎央求道。

“钟主任,我不是推托,我自己的手和口,我可以给你打包票,办公室其他人我确实不好说。这样吧,光武这几年跟一把手书记服务,在办公室威信比我强,又是支部书记,他做这个事更好些。你先找他说说看。”邓远航一面推辞一面又帮他推荐着人选。

看邓远航再三拒绝,钟玉保也只好作罢:“那好吧,我找光武看看,你也不能推卸责任,还要多费费心。”

“钟主任,今天你这么推心置腹,我再给你提个建议,不知道你想不想听?”邓远航没答应他的第二个要求,怕他又记恨在心,把刚改善的关系再弄僵,更重要的,是他从心里想他钟玉保赶快离开场委办,因而向他摆出一副无私帮助他的架势,主动帮他出点子。

“那感谢你啊,我求之不得呢。什么建议你快说!”钟玉保说。

“你要分析一下,人家来考察,访谈的人说话的分量是不一样的。你不要花这么多精力在办公室人员身上，你身边的人还能不维护你吗？其实，说话分量重的还是两套班子领导，他们一句不好的话能抵办公室人说多少好话呢。”邓远航一方面是帮他出点子，另一方面也是为办公室人员转移责任，不要他万一考察不好，怪罪到办公室人员的头上，会把办公室人往死里整。

“你这个提醒确有道理，非常及时，是要注意一下呢，这个我来。不过办公室这边还是要请你给我费点心，后院也不能起火啊，起火危害也大啊。”钟玉保仍对邓远航提出了要求。

一天时间，省农垦组织部对钟玉保的考察结束了。很快九龟的干部中就传出了钟玉保的种种去向，有的说钟玉保任场委委员、宣传部长，有的说他任场委委员、常务副场长，也有的人说就任场委委员，还兼办公室主任，因为方书记心里还没有场委办主任的人选。办公室人问到他任什么职务，他自己则说：“进冷库，总工会副主席兼管统战部。”

一个星期过去了，省农垦局委会已开过了，其他场区的干部都动过了，九龟湖农场一个没涉及，钟玉保原地不动。这出乎九龟人的预料，也让方书记处在非常难堪的境地。九龟干部背地里都说他方书记就知道为自己铺路，不管其他干部的死活，上任两年多，没提拔一个副场级干部。本来，他指望钟玉保能在“副场级”上给他带来零的突破，哪知这东西不争气，竟然考察没过关，据说两套班子中好几个领导在访谈中否定他，说他在场里建行政大楼和宾馆中插手工程项目，用他弟弟的公司销了不少钢材，现在又帮省里的一个公司接到了宾馆装潢的工程，还说给场委办招个女打字员，等于是金屋藏娇。说了不少，真真假假，到底是驴不走，还是磨不转，他自己也吃不准。但他由此对场委办是失去了信心，几个人都不上他的心想，唯一能培养的只有洪光武了。前些时候他父亲和汤副厅长又来了一次，据说这位副厅长又要升迁了，因而他觉得对洪光武也要抓紧培养了。

没多久，方书记便安排洪光武到省党校青年干部培训班学习两个月。

洪光武走后，他原来一摊事都丢给了邓远航。不过邓远航只承担了所有材料起草这部分，跟方书记跑基层这一块由钟主任亲自接过去了。

洪光武不在的这两个月，材料还出奇的多，光方书记的讲话就有十六个，其中二十页以上的讲话就是七个。在这期间，邓远航还给方书记写了两篇文章。方书记看了两篇文章十分满意，叫他尽快安排发表。

邓远航打算把一篇谈党建的发到省委《通讯》上，因而他直接寄给了省委办公厅文副主任。另一篇谈发展思路的准备发在省委办公厅的《快报》上，邓远航准备从机要科把这篇文章传过去。钟玉保自告奋勇说他这两天去省城，把方书记的文章亲自送过去。邓远航便把方书记谈思路的文章交给了钟玉保。

正因为邓远航这两个月的努力，方书记又开始恢复了过去他当场长时对他的正面评价。洪光武从党校学习回来，方书记也没像两个月前那样到哪里都带上他，而是有时喊邓远航，有时喊洪光武，但凡有材料要写必喊邓远航布置和商量，这使洪光武很不高兴。

这天，新一期省委《通讯》到了，同时到的还有一张方书记的稿费汇款单。洪光武翻阅时看到上面有一篇方书记的文章，便拿着这本《通讯》和那张汇款单去向方书记贺喜，也去献一番殷勤。

方书记拿着《通讯》翻了翻，然后接过汇款单向大办公室走来。走进大办公室，方书记把汇款单递给邓远航说："我不能又吃圆子又蘸糖哎，我得名了，利应该你得。哎，还有一篇，说《快报》上登的呢？"方书记更关心那一篇，因为《快报》是每天都要报给省两套班子领导的，省委书记是必看的，相对来说在《快报》上发表的东西更易被省委领导知晓，因而他对在《快报》上发表文章更感兴趣，也等待好久了。

"是啊，那一篇应该比这一篇更快些啊。我打电话问问看。"邓远航说着拨通了电话，方书记就等在旁边。

邓远航问："请问九龟湖农场委办上次送去的方书记的文章发没发？"

"什么时候送的？送给谁的？"对方问。

"大概有两个月了，我们钟主任送去的。"邓远航说。

"喊钟玉保来。"方书记叫道。

钟玉保过来问："什么事？"

"上次方书记的文章呢？"邓远航问。

钟玉保想了想说："记不得了，晓阳，去把我包拿来。"

很快李晓阳把他的包拿过来递给他。

钟玉保从包里翻出方书记那篇文章递给邓远航说："是这篇啊？"原来，两个月前他们几个向方书记借了一号车，说是到省委办公厅给他送材料，材料并没送出，到现在还睡在他包里呢。

邓远航刚要伸手去接，被方书记一把抢过去，然后用力撕成几片扔到钟玉保的面前，大声训斥道："人家说要发过去，你说要亲自送过去，亲自两个多月了，怎么还在你的包里呢？"

95

方书记的大声训斥，把办公室的人都吸引过来了，但谁也不敢吱声，整个大办公室里鸦雀无声。钟玉保手拎着包站在那里，像个做错事的小学生，不知说什么，做什么。

方书记见大家都围了过来，一甩手走了。

钟玉保见方书记走了才渐渐缓过神来，对着邓远航说："你就会没事找事、没事挑事，把书记火挑起来了，你快活了？把主任训了，你快活了？主任马上就给你当了？你就等着当吧！"说完他也甩手走了。

剩下的人为邓远航鸣不平："怎么是邓主任挑的事？明明是他自己做错了事，不认错，还往人家身上赖。"

"邓主任，你就不能说啊？老让人家泼你脏水啊？"

邓远航对他们说："大家都在火头上，什么说头？越说越火，火消了，事情自然明了了。各人干各人的事吧。"大家这才陆续散去。

不一会儿，李晓阳到邓远航办公桌前说："邓主任，钟主任那边来了几个人，他说他那边茶叶没有了，叫我把你桌上茶叶拿过去。"

"拿去吧，本来就是他的。"邓远航说。

"公家的，明明橱子里有新的，偏要来拿你的。给人家了，还带倒赌的，太小气了，等会儿我还拿过来。"李晓阳拿着茶叶边走边说。

"不用啦，放他那块儿吧。光武、鸣放、小凤，来，我们把起草扩大会报告的任务分一下。"邓远航喊道。

"我在省里学习紧张死了，苦死、累死了，头脑学得昏昏的，才回来不让我歇歇，当真还要我参加写啊？"洪光武说。

"还紧张死呢，喝酒喝死噢。上次我们跟钟主任去省里送材料，不是为看你，喊你出来喝酒，怎么可能把方书记的材料给忘送了呢？"小凤揭发道。

"是啊，你那学习苦什么啊？你自己上心了？我看你无非是摸摸门、认认人、喝喝酒、养养神嘛。”侯鸣放说道。

“好了，光武，你学习苦死了，人家在家工作的闲死了，好吧？你只要没把胃‘学’坏了就行了。来来来，分工：鸣放写第一部分，光武写第三部分，小凤写第二部分的第二节农业、农村工作部分，剩下的我来负责。12月中旬开会，还有不到一个月时间，12月10日前把你们的稿子交给我。”邓远航说。

几人领了任务，又听邓远航讲了提纲和要求便分头起草去了。

这段时间，钟玉保、洪光武都有一种失落感，他们想：没有想到光武离开两个月，方书记对他们俩和邓远航的看法竟然发生了天翻地覆的变化，对他们由亲近到疏远，对邓远航则由疏远到亲近，这是怎么发生的呢？当然肯定跟他们两个都有关系。从方书记这方面讲，这个人就是国民党团长儿子那种特性，脾气粗暴，说发火就发火，而且是无名火，你不知道他什么时候发火，也不知他为什么发火。至于邓远航，他们怀疑他在方书记身上下了功夫，他要不在背后使招子，方书记不会对他们冷落的。他们寻找着再次逆转的办法，决心来一次根本性的变化。

行政大楼建筑工地钢材快用完了，上面分配的钢材要过了元旦才能拿到货，如果最近再不进货，大楼将要停工，要停就要停一个多月。方书记很着急，他把商业、物资、城建等几个局长都骂了也没用，也没忙回来一根钢材。

钟玉保见方书记神思不定的样子，便主动请战，拍胸脯保证一周里第一批钢材到货。他通过省城的朋友，叫他弟弟用方书记儿子的公司进了一批钢材，不到一个星期货就进回来了。钟玉保请方书记去看到家的钢材。

大家围着钟玉保用五天时间就进回来的钢材赞不绝口。方书记也大加赞赏：“玉保啊，你这次立了大功了，速度之快、质量之高是我没想到的。用这种质量的钢材砌大楼，我们大家坐在里边办公也安全放心啦。物资、商业、城建，你们几个局长好好学学人家这种钻劲和交朋友的韧劲，玉保朋友多，这方面的能量就是不简单，其他人是没法跟他比的。”

钟玉保被夸得一时兴起，跑到那堆钢材上，脚踩着钢材说：“方书记，你看这钢材一点锈斑都没的，锃亮锃亮的，我不是说晦气话，要是焊个牢笼，你们哪个要是从里边跑得出去，我算你们好佬。哈哈哈……”说完自己先笑了起来，笑完看看大家，以为大家也会大笑的，一看傻了眼。

大家正面面相觑、噤若寒蝉呢。

方书记则掉头就走，边走还边骂道："你他妈的就是一张乌鸦嘴，恶言恶语。"

钟玉保辛辛苦苦，在大楼将要停工之时忙来了钢材，博得书记高调赞扬，但因一句自认为幽默的话导致前功尽弃。

洪光武不甘心大舅老爷的失败，积极与省委党校青干班的同学联系，要他们一定要帮他介绍一个大客商、好外商。个把月时间全身心地扑在寻找客商的事上，把邓远航交给他写扩大会报告的任务也不放在心上。第二天要到邓远航规定交稿子的日期了，他想现在写也来不及了，昨天省农垦扩大会刚开结束，下午他把省农垦扩大会报告找来，将其中的第三部分剪成几段贴到纸上，改了几个字，拿去打印了。

第二天，洪光武第一个把稿子交给了邓远航，交完稿子他就溜出去了。邓远航还夸了他一句："说是说，做是做，老同志就是不一样啊。"他坐下来读他的稿子时觉得写得不错，可看下去觉得似曾相识，再读下去，他把桌子一拍，在心里说："不就是前天才读过的省农垦扩大会报告的第三部分吗？你个小要饭的，尽做些偷工减料的事，你后边'省农垦号召各农场'还没改掉呢。"邓远航没法，只得自己重新写第三部分。

功夫不负有心人，洪光武天天与同学联系，终于有一天，省城的一个同学打来了电话。同学帮他介绍了一个日商，是一个华裔日本人，名字叫龟田二郎。同学把这个日商的手机号码告诉了他，让他自己主动跟这个人联系。

洪光武放下电话就去告诉钟玉保。钟玉保像是这个项目已经到手似的对妹婿说："可惜是个日本鬼子噢，美中不足。不管那么多了，只要来投资，我们就欢迎。走，现在就去跟方书记汇报。"

"哎，且慢且慢。八字还没一撇呢。我们得先跟这个日本鬼子接上头，看他投什么项目，投资多少。"洪光武拉住大舅老爷说。

"那怎么接头呢？"钟玉保问。

"我有他手机号码，我先去跟他打个电话联系一下。"洪光武说着就往外走。

"哎，就用我这电话打，不要被他们听到，弄得满城风雨的。"钟玉保拉住洪光武说。

电话一拨通，那边就传来了："恐你吃哇。"

"真日本鬼子!"钟玉保在一边捂着嘴小声说。

洪光武英语还能说两句,日语除了会说"米西米西""八格牙路"外,便一句也不会说了,他想这个同学也真是的,这个日商不会说中国话也不告诉我,要早告诉我,我就找个翻译跟他说呀。这到底怎么跟他说呢。正考虑着,对方又传来"恐你吃哇、恐你吃哇"。洪光武没法便回了一句"恐你吃哇"。

96

洪光武仿学了一句日语后学不下去了,干脆还是用中国话跟他讲了:"你好! 请问您是龟田二郎先生吗?"

"你好你好,我是龟田二郎,请问你是……"对方用中国话说。

"不是真日本鬼子,是个汉奸啊?"钟玉保捂着嘴小声说。

此后两人互问了一些情况,最后约定元旦前在省城面谈。

"这下向方书记汇报吧?"钟玉保询问道。

"行,最好争取方书记去跟他见面,有什么事,他好决定。"洪光武说。

"现在我们要考虑好了,怎么汇报,才能让他主动地要求去跟这个日本鬼子见面。"钟玉保说。

两人想了一会儿,洪光武说:"也没什么好办法,就说他有个大项目要到九龟投资,方书记听说有大项目,又是外资,估计他能去。"

"恐怕危险。他要问到什么大项目,总投资多少,我们都不知道,回答不出来,他恐怕不会去。"钟玉保说。

"那怎么办呢? 干脆就这样说,就说有一个日商手里有一些项目,他不信任其他人,希望书记跟他当面商谈。"洪光武说。

后来,他们按照这一想法向方书记汇报,方书记真答应了去与日商会面,时间安排在一星期后的12月31日。

1993年的最后一天,小雨夹雪,雪花在天上飘得精彩,但一落地便无影无踪。方书记一行到省城与日商会谈。考虑到邓远航有在外招商的经验,方书记把邓远航也带上。他让钟玉保和洪光武乘一辆车先去,把那个日商约到位,他和邓远航随后就到。虽然钟玉保不同意让邓远航插手这个事,怕他把他们的胜利果实摘去,但方书记叫带,他也没办法,只好忍气吞声。

下午三点半，他们在日商下榻的金陵饭店的房间里会谈。邓远航一见那日商就没什么好的印象，长头发到肩上边一点，皮肤白得像一张白纸，白纸中间泼了一摊黑墨，那是鼻子下边的一撮胡子，身穿一套和服，脚踩一双木屐，整个看上去就是一个日本人。

外边气温很低，室内空调温度则打得很高。他一讲话，让邓远航对他更反感。原来，他就是金陵人，前两年才加入日本籍的。金陵人你猪鼻子里插大葱充什么大象噻，日本鬼子在金陵大屠杀，金陵人恨死日本鬼子了，你自己是金陵人，还装个日本鬼子到金陵招摇过场，不是招惹金陵人的愤恨嘛。

一谈事情，让邓远航对他几乎没有一点好感了。那龟田并没有什么项目，他口口声声说项目很多，许多日本人为了谢罪都想到中国来投资，关键是要组织一个招商团到日本去谈，他负责找一百二十个左右的日商与他们洽谈项目，招商团一人接洽十个，也需要去十二人。最后的焦点就是费用，龟田开口就要二十万人民币，说什么负责招商团在日本的食宿、参观景点、邀请客商、安排会场等等。

这个数字一提出，洪光武当场吐了一下舌头，钟玉保是在心里直骂：狗日的日本鬼子，你狮子大开口啊，你划码些个要嘛，方书记还能答应，我们也还能到小日本去兜一圈，你这样不着边际地要，事情就得黄了。

果然如此，方书记听他说出这个价，就觉得这家伙赚中国人的钱也太狠了，便不想与他谈，但日本那一百二十个客商的洽谈会又让他不舍。在这种情况下，他觉得还是先冷一下看看再说吧。于是他放下茶杯说："钟主任，我还有点儿事，我先走了，你们两个在这儿跟他谈。龟田，欢迎到九龟去。"

见方书记要走，到嘴的大鱼岂能让他溜了？龟田慌忙上前拦住方书记说："方书记，不要急嘛，我只不过说个参考价，还是可以谈的嘛。我这次邀请的客商中有一个是日本川崎的老总，他想在中国建一个中小型的日本工业园，就等着人去谈，然后他来考察签约。这样吧，为了维护和发展中日友谊，为了促进中国九龟的发展，我义务跟你们搞这次招商活动，只收你们的成本费用15.36万元。"

乖乖，精确到小数点后两位，似乎真叫人相信他这是经过精确计算后的成本费。邓远航心想，这家伙太精了，他绝对不相信成本费用需要这么高，但他也没法计算这场活动到底需要多少钱，因为对日本的行情一无所知。

邓远航正想着，方书记已跟那龟田达成初步协议，以十五万成交了。方书记看中的是日本中小型工业园，他想，如果这个工业园真能落户到九龟，那九龟的发展就要发生根本性变化了。

晚上龟田没招待他们，他们也没请龟田吃饭。他们晚上被洪光武爸爸洪老院长请去吃饭了，自然又请了他的老部下监察厅、省农垦的几个领导作陪。晚饭一直吃到近十点，他们才往回走。

这顿晚饭实际上是钟玉保又送给洪老一只金龟后，洪老精心安排的。晚饭的效果很明显，1994 年元旦刚过，由于钟玉保在 1993 年最后一天引进了日本工业园项目，虽然是意向性的，但也算他的成绩了，再加上场委办引进的浙江服装项目竣工投产，省农垦组织部再次到九龟考察。

钟玉保也再次把邓远航约到办公室，又是一杯特级绿茶端到面前。

“远航，这是兄弟最后一次机会，这次你无论如何要全心全意地帮兄弟一把。除了服装项目最后再借给我用一次外，你还要跟那些小弟兄们认认真真打一次招呼。千万不能忽视那些小鬼，有时不给他们烧香，他们也不会放过你的哎。无论如何、无论如何，拜托、拜托！”钟玉保又一次向邓远航发出请求。

第二天上午，邓远航把副主任以下的几个人喊到机要科对他们说：“这次省农垦组织部又来考察钟主任了……”

还没待邓远航说完，下面就有人说：“邓主任，你不要说了，我们这次还给他全部打叉，还叫他过不去。”还有的说：“我们全部写邓主任，把他的名字划掉。”更有人说：“我们直接去宾馆向他们反映，驻点招商的政策为什么不兑现？为什么真正的引资人得不到提拔，而提拔弄虚作假的人？”

“哎哎，静一静，都不要说气话。我现在问你们，你们想不想钟主任在这儿做主任？”邓远航问。

“不想！”“早滚早好！”“我们要你做主任。”“坚决叫他走。”大家个个表达着自己的意思。

“好！大家意见非常一致，就是‘坚决叫他走’。现在叫他走的机会来了，大家千万再不要把这个机会放过了。怎么才能不放过这个机会？”邓远航问。

李晓阳抢着说："说他坏话。"

有人说："不行，要给他说好话。"

"对，大家记住，千万不要再说他坏话了，再说他坏话，他还是走不了，还像三座大山一样地压着你们。只有给他说好话，让他早点走。"邓远航说。

下面又说开了："要我说他好话就感到良心受到谴责。""我搜肠刮肚也想不起来，他有什么好话给我们说。""好，说好话，把他快点说走了，早点让邓主任做我们的主任。"

97

考察结束，总体还不错，但李晓阳告诉邓远航说："我都给他打的叉。"

小凤也说："我也是的。"

不过他们的不良评价并没有影响钟玉保的这次提拔，考察一个星期后，他被任命为九龟湖农场场委委员、宣传部长。

场委办的同志听到这个消息个个欢天喜地，不知谁上班时还专门带来一挂鞭在楼下点燃放了，大家都庆祝办公室昏庸的管理、沉闷的环境结束了。

可形势并没如大家所愿发展。

春节期间，钟玉保又把洪老院长和省农垦那位领导邀请到九龟玩了一趟。这次钟玉保请洪老向方书记说的事是这样的：钟玉保虽然到宣传部任部长了，但场委办主任还想再兼一段时间。他钟玉保来这么一招是出于两点考虑，一是留点时间把过去一些没来得及处理的账务处理干净，不留后患；二是给邓远航接任制造麻烦，给洪光武接任创造条件。

春节后，方书记要到省里开会，去日本招商就由向副书记带队，洪光武等十一人参加，总共十天时间。在这个时候他把主任丢了，光武不在家，不是给邓远航做主任创造机会吗？光武的路还没铺好，更没扫清。还有，小蔡小吃那儿吃的拿的送的，账都没结，打字室这里远远超过工资给蔡小花的钱还没处理，这些万一被邓远航知道了怎么逃脱？因而，在所有事情没安排好之前，这个主任的头衔不能丢。

场委办的人空欢喜一场,不少人说早晓得他还占着茅缸,那时就不应给他说好话,就应该实事求是地把他的老底子翻个底朝天算了。

钟玉保现在根本不管办公室那些小东西说什么了,他要抓紧时间做他的事呢。他拨通了深圳方元本的电话:“老弟啊,你春节不来家看看我,连个电话也不打给我,给我祝贺祝贺啊?”

“啊,有喜事啦?是发财了,升官了,还是又找了个亲家?”方元本回道。

“亲家要你帮我找呢,哈哈。这次感谢你家大哥啊,把我提委员了。”钟玉保说。

“那祝贺你,什么时候请我喝酒啊?”方元本问。

“哎,正要跟你商量这事呢。哎,我跟你讲,你家大哥为全场人民忙,也太累了,我想请他到深圳去看看,顺便休息休息。”钟玉保说。

“那好啊,欢迎啊,我全程安排。”方元本说。

“得有个理由,你大哥才肯去呢。”钟玉保说。

“理由?什么理由啊?就说到深圳玩玩,看看弟兄的。”方元本说。

“嗷,不行,必须有客商才能去,你把你二哥叫过来,再带个把港商,你在深圳再找几个老板就行了。”钟玉保交代道。

“行,一句话。”对方挂断了电话。

钟玉保立即去向方书记汇报。方书记听有港商、有大老板,决定去一趟深圳,争取近期在日资、港资的引进上有大的突破,为今年调离九龟奠定良好的基础。

3 月初,九龟湖农场委、场部两路招商人马出发了,一路是早几天出发的由向副书记带队,洪光武、经委主任、商业局长等参加的去日本的招商团,一路是方书记带队,钟玉保、邓远航、王石基等参加的赴深圳招商团,摆出一副“决战九四年,招商大突破”的架势,全力创造九龟湖农场新一年招商的良好开局。

方书记一行一下飞机就被早已在机场等候的方元本接住了,一行六人上了他的面包车,直驰酒店。

到了酒店各自先进房间。方书记住一间套间,他们三弟兄还有两港商在里边先随便聊聊。钟玉保住一单间,邓远航和王石基住一标准间,工商、税务两局长住一标准间。

在房间里,邓远航问王石基:“王总啊,这次是哪个通知你来的呢?”

“还有哪个啊，钟部长呗，惦记着我盖宾馆赚的钱呢。”王石基答道。

“这次有你联系的客商啊？”邓远航问。

“屁噢。”王石基答道。

“那叫你来干什么？看人家的建筑，开眼界啊？”邓远航好奇地问。

“屁噢。跟你们那两局长一样，是来付账的。”王石基说。

“叫你带多少钱的？”邓远航又问。

“这个数，二踢脚。”王石基竖起两个手指。

“两万？”邓远航吃惊地问。

“那还能少啊？胃口大着呢，一分钱也少不了。我是跟你说的，不要跟外头人说噢。”王石基说。

正说着，钟玉保在外面一边按门铃一边喊“秃子啊，秃子啊”。

王石基在房间里小声地对邓远航说：“收租子的来了。不讲良心的东西，喂他那么多食，还喊秃子、秃子，秃你妈的头啊？哎，来了。”王石基最后大声地答应了一句，拿着包开门出去了。

钟玉保从两个局长那儿一人收了一万元，从王石基那儿收了两万元，作为这次招商的活动经费。收完钱后，他数出个一万五用一只信封装好，然后把方元本单独喊到了他的房间。

“感谢你噢，老弟，这么热情的安排。”钟玉保说。

“一样的，我回去，你们不也是那么热情啊？哎，你这次提拔了，工资涨不涨啊？应该升官又发财吧？”方元本问。

“涨一些不多，干部靠那些个死工资发不了财的。”钟玉保说。

“那你这几年主任当得也是折折凑凑啊。”方元本说。

“要不是我脑袋瓜灵活些，不把我憋死啊？”钟玉保说。

“那马上邓远航当主任就要苦啦，他可没有你那头脑啊。”方元本说。

“慢，邓远航当主任？你听哪个说的？是不是听你大哥说的？”钟玉保觉得他这话有来头，刚才他们弟兄在那儿闲谈，是不是他哥跟他说的，如果从他哥嘴里说出来的，洪光武就没多大戏了。当然还要看是他方书记随嘴说的，还是组织部已拿了方案，如果是方书记随口说的，洪光武还有努力的空间，我也还有责任帮他扫清障碍，所以要问清楚。

“不是，是我这么想的，按照你们用人的规矩，应该排到他了。”方元本说。

“这些都不是一定的，主要看哪个有这个能力了。九龟有能力当场委办主任的多呢，洪光武就是一个。”钟玉保说。

“就你妹婿啊？要不是你妹婿我真不赞成他呢，插队时整天捧本《资本论》，好像有多大学问似的，还特别能吃醋，能当什么主任啊？”方元本不以为然地说。

“好，我们不烦那个神。喏，这个你拿着，这次有些不好开支的就拿这个充。”钟玉保说着把那只信封递给了方元本。

“哎，你还跟我这么客气干什么？我哥来，我招待还不是天经地义的啊？你还来这一套，拿去！”方元本说着把信封又塞给钟玉保。

98

“你听我说，你拿着，我还有事找你帮忙呢。”钟玉保又把信封放到他手上。

方元本拿着那信封站在那里说：“好，我听你说，看你说的有没有道理。”

“你把它放包里嘘，来个人看到还以为我行贿的呢。”钟玉保说着从方元本手里把那只信封拿过来，拉开他的皮包把信封塞进去再拉好皮包，又继续说：“哎，我问你，你们深圳有什么好玩的吗？”

“什么好玩的？你指的是哪个方面？吃，马上晚上带你吃豪华大餐。喝，吃过了带你们到茶社。”方元本说。

“不是吃，也不是喝。玩的、乐的。什么歌舞厅、浴室按摩啦一类的。”钟玉保说。

“到位还是不到位的？”方元本问。

“到位的。”钟玉保说。

“谁喜欢？”方元本问。

“王石基、邓远航。”钟玉保吹牛说。

“王石基我相信，邓远航他怎么可能。”方元本不相信地说。

“是的，在家里他就叫我打听这个事了。这次，我觉得要满足他们的心愿。”钟玉保说。

“行，吃过晚饭带你们去个好玩的地方。”方元本答应着钟玉保的要求。

“晚上先要把他们的酒喝足，色借酒胆嘛，酒不足，他们也不好意思做那活儿。晚上，我们两个联手把他灌足怎么样？另外……”说着，他把嘴靠到方元本耳朵讲了几句。

“好，我来打个电话安排一下。”方元本拿出手机躲到卫生间去打电话，安排了有关事宜。出来时，他仿佛又看到了插队时的钟玉保，不，比那时更阴险、更毒辣的钟玉保。

酒桌上，方元本、钟玉保与其他人喝酒只意思一下，却频频要与邓远航干杯。邓远航识破了他们的诡计，便偷偷在桌底下藏了一瓶矿泉水。开始跟他们喝的是真酒，后来趁他们不注意便开始倒矿泉水。他也不主动出击，只要他们来敬，他就陪他们喝。到酒宴结束，他分别跟他们一人喝了三满杯，整整喝了一大瓶矿泉水，足有一斤二两。喝得他们两人不停地夸他酒量大增，不敢再跟他喝。

其实，钟玉保和方元本两人想把邓远航喝多的目的是不一样的。钟玉保把他喝多是想让他更自觉地上他的钩，见他喝了那么多，心里暗自高兴。方元本良心未泯，想把他喝醉，以致他不能参加钟玉保安排的活动，让他从钟玉保设的套中解脱出来，见他喝了不少，估计他餐后不能参加他们的活动了，替他悬着的一颗心才放了下来。

邓远航全然不知他们二人对他的这些算计，他只是单纯地认为他们今天想把他灌醉，根本不知他们有更深的想法。

吃过晚饭回房间，方书记说打几把牌。邓远航去拿来扑克，钟玉保说不打，酒喝多了要休息，正好方书记二弟也说不打，他要跟大哥聊聊，邓远航便回自己房间看电视。

回到房间，王石基发起了牢骚：“他妈的，真是棺材里伸手死要钱。”

“怎么的啊？”邓远航问。

“又要去一万元。妈的，我成了他的提款机了。”王石基骂道。

“算了，人家帮你揽下宾馆的工程，你也赚了不少，花点小钱算了。”邓远航劝道。

“宾馆工程也不全是他的功劳，是赵书记帮的大忙，他就撮撮卵子，跑下腿儿。再说，工程的事早已感谢过了。”王石基气愤地说。

“你也不冤，他让你陪书记出差，就免费啦？不要出场费啊？全场那么多瓦匠头子呢，有几个陪书记出差的啊？你啊酒喝多了，不要再说了，小心被人家听到。”邓远航说这些话也只是让他心理平衡些，好受些。

正说着,有人按门铃了。王石基去开门。邓远航听是钟玉保、方元本的声音,赶忙往床上一躺,盖起被子装头疼。

“起来,起来,走,我们去喝喝茶。”钟玉保走到邓远航床边说。

“你们去吧,我酒喝多了,头疼。”邓远航头闷在被里说。

“你装什么装啊?我现在才发现你酒量大呢,你可以喝一斤半酒照跟领导写报告。刚才那点儿酒不在你的话下。起来,走!”钟玉保说着掀开了他的被子。

“喝什么茶啊?瞎花钱!宾馆里茶不能喝啊?”邓远航捂着头说。

“到深圳来,又不是让你来睡觉的。要睡觉,家里不能睡啊?花那么多钱到这块儿来睡觉,拿钱开心啊?你作为场委办的一个主任,到深圳来,要全面考察开放城市的各个方面,回去给领导写报告才有深度啊!走!”钟玉保跟他说了一通大道理想激他走。

“我明天去考察,今儿个头疼,你们去吧,回来跟我介绍介绍就行了。”邓远航仍然躺在床上坚持着。

“快起来,不跟你啰唆了,看来你是敬酒不吃吃罚酒了。”钟玉保说着把邓远航从床上拖了起来,帮他套上皮鞋,又从衣橱里给他拿来了上衣,帮他套起来,拖着他就向门外去。

“小秃子锁门,走,一起走!”钟玉保又回头喊道。

四人上了方元本的车,方元本开车。这下换了一辆轿车,外国进口的。

“哎,元本,你喝了那么多酒,能开车啊?”邓远航最后再施出一招,意思叫他说不能开就不出去了。

“有什么不能开的?我们行政科驾驶员哪个喝了酒不开车啊?喝七八两开车才快活呢。”钟玉保说。

说着,车子已驶上了街道。街两边高楼林立,霓虹灯闪烁。邓远航看着那些霓虹灯映衬着的招牌,都是什么“银行”“宾馆”“酒店”“卡拉OK”“迪厅”“歌舞厅”“桑拿”“按摩”“美容”“商场”等等之类的,心想:三产服务真繁荣啊。

邓远航看够了,想起妻子要买个照相机的事,便问道:“元本,你们这里能买到走私过来的照相机啊?”

“能买到,你要买,我明天带你去一个地方。我们这儿什么走私货没有啊?我这个车子就是走私货。便宜、质量好。瞎说没的用,人家老外做的东西就是精细,禁用。”方元本说。

“你不要吹,我说一个东西,你们这里保证没有走私的。”钟玉保说。

“你说什么没有?”方元本问。

“女人! 保证没有走私的。”钟玉保说。

“有啊。什么日本的、菲律宾的女人多呢。”方元本说。

“呆,伙家,你不要吹,你弄个洋的给我看看,我才相信。”钟玉保说。

99

“这好办,到时给你验收,只怕你受不了。”方元本说着把车开上了高速公路,速度也加快了。

“就凭我这身材,你就不用担心了。倒是邓远航和小秃子能掉下去,淹不死也要吃个闷鼻子。”钟玉保说。

“那怕什么?我们会游泳。倒是你这个旱鸭子,掉下去就灌一肚子水。”王石基反击道。

邓远航不愿听他们这些乱七八糟的对话,眼睛一直看着窗外。路上两排路灯一直向前延伸,估计这路到哪儿,灯也会到哪儿。简直是个不夜城,不知这该要多少钱?邓远航想,但也不用替人家操心,人家确实也有钱,能挣也能花,他不弄这么繁荣,也吸引不了人来啊。

车子开得飞快,但就这样也开了一个多小时才到目的地,车停在了一个大型歌舞厅门口。

邓远航看到“歌舞厅”几个字不肯下车,他说:“你们去玩吧,我坐在这里给你们看车子。”

“车子倒是不用你看。你看那边有专门的保安来回巡逻呢。”方元本说。

“下来,下来,不要因为你一个人扫大家的兴。”钟玉保说着就来拖邓远航。

邓远航被拖下车才知道这已经到东莞了,脚下是东莞一个叫厚街的地方。他随他们进了大门。大门两边站着两排穿着旗袍的女孩,一见他们进来,便一起弯腰鞠躬,齐喊“欢迎光临”。邓远航从来没有看过这阵势,被这么多女孩看得脸通红。钟玉保他们三个则头昂昂地向里走,方元本还伸手摸了一个女孩的脸。那女孩并不气恼，而是挺着胸笑着说："方老板，摸这里。"

方元本真的去捏了一把说："咄！全是海绵。"

这时，一个穿西装的男孩和一个穿旗袍的女孩，手上都拿着对讲机走过来。那男的说："方老板，都安排了，先上二楼。"说着便叫那女孩把他们引上二楼。

二楼的架势，邓远航更没见过。昏暗的灯光下，一溜排的穿着白毛领小红袄的女孩站在那里，一眼看不到边。那旗袍女孩带着他们转来转去，像走进了迷宫一样。现在再叫他走到一楼，他已不知道怎么走了。

旗袍女把他们带进一个房间，光线比走廊里更暗。他们刚在沙发上坐下，一串穿白毛领小红袄的女孩鱼贯而入，一字排开。邓远航数了一下，共十人。

"你们一人选一个。"方元本对他们三人说。

等了几分钟，见他们不选，方元本挥了一下手说："换一批。"

这十个小红袄出去后，又进来十个小红袄。

"来，选！"方元本再次催他们。

这次，钟玉保、王石基各选了一个，然后方元本也选了一个。"邓老板，你选一个噻。"方元本对邓远航说。

"我不要，我这破嗓子，人家跟我配不来，我就自己唱唱就行了。叫她们走吧。"邓远航说。

"这里边的，他看不中，你再给他换一批。"钟玉保对方元本说。

方元本又一挥手说："换！"

第二批剩下的七个小红袄出去，第三批又进入十个小红袄。

"这下选吧。你再不选，就再换，换到你满意为止。反正这里边几百个小姐呢。"方元本对邓远航说。

"你一点阶级感情都没有。这些阶级姐妹是来苦钱的哎，你不选，人家哪儿来收入呢？快选！"钟玉保说。

邓远航被逼得没法，就说："站门口那个吧。"

选好后，那九人出去，他们跳舞。邓远航也不会跳，就跟那个女孩坐在那里。

那个女孩剥了个橘子递给邓远航说："谢谢你选我，我有几天没上钟了，家里妈妈还等着钱治病呢。"

“你妈什么病?”邓远航觉得跟她聊聊也可以做些调查。

“白血病。”女孩说。

邓远航似乎听到女孩在嘤嘤啜泣,于是他问道:“选不上,你们就没有工资收入吗?”

“一分钱没有。”那女孩说。

“选上一个收多少钱?”邓远航问。

“你们付一百元一个,然后跟老板三七分成,老板抽三,我们拿七。”那女孩说。

“老板是什么人? 心太狠! 剥削得蛮厉害的嘛。”邓远航说。

那女孩拽一下邓远航的衣服,然后把头靠过来说:“不要说,这里就是带你们来的那个方老板开的。钱赚死了。”

“来的人多吗?”邓远航问。

“多得很啰。”那女孩说。

正说着,钟玉保过来,把他们两个的头一靠说:“亲一个!”

突然灯又被哪个关掉了,什么也看不到,只听到音乐声。邓远航从口袋里掏出一百元钱塞到那女孩手里说:“这是给你的,不要跟老板分。”

“我不要,他们会付钱的。”那女孩推着邓远航的手说。

“他们付他们的,这是专门给你的。快拿着,马上灯开了,他们看到。”邓远航说着把那女孩手拿过来,把钱放到她手心,然后把她的手握起来。

“谢谢,谢谢好人。你会升官发财的,你会长命百岁的。”那女孩说。

这时灯又亮了,音乐也停了,三对跳舞的也分开了。

“你们没做事啊? 还在这块谈情说爱啊? 谈出感情出来,你就要把人家带家去,不要做陈世美噢。”钟玉保说。

一个小伙子送来了一箱啤酒。

“喝酒、喝酒,拿骰子来。”方元本吩咐道。

四对男女各成一对,四个女的各拿着两只木碗,把骰子放进一只碗里,用另一只碗扣起来上下摇几下,停住,叫男的猜大小,猜对了女的喝一杯啤酒,猜错了男的喝一杯啤酒。他这里的骰子不是刻的点子,而是刻着几个“大”字和几个“小”字,以正面朝上的那个字为准。

邓远航老是猜错,连喝了好些杯啤酒,幸亏那女孩手下留情,给他杯子里只倒浅浅的一点酒,否则他非喝醉不可。

啤酒喝了一气,已到十二点多钟。邓远航说:“时间不早了,我们结束回去吧,再迟,方书记也不放心了。”

“等一会儿,等一会儿,不着急。你真是老土了,人家这地方就是夜生活,你也调查调查。再说,元本说给洋妞让我看的,不能说话不算数吧?”钟玉保说。

“好,灌了一肚子啤酒,要解小便了。走,上楼开个房间方便一下再说。”方元本说着带他们上了六楼。

到六楼,方元本说:“你们在厅里等一下,我去拿钥匙。”

100

不一会儿,方元本拿来四把钥匙,给那三人一人发了一把,他自己留一把。

邓远航拿过钥匙说:“开一个房间方便一下就行了,开这么多房间不是浪费嘛。我这个退掉,我到王石基房间。”

“你就拿着,到这块儿要听元本安排。”钟玉保说。

正说着又来了四个小姐。方元本拉过皮肤很白的小姐对钟玉保说:“这个日本人给你,她要付五倍钱的噢,你可要用足了的噢,你们去吧。”

钟玉保把那日本人带走后,方元本又把那三个女的做了分配。

邓远航待王石基也把分给他的那女的带走后,对方元本说:“进房间要女孩干什么? 你叫她走,我不要!”

“她给你引路开门的,否则你进不了房间。”方元本说着从邓远航手里拿过钥匙递到那小姐手里。

邓远航只得跟着那小姐后边走。

跟那小姐来到了606房间。小姐开了门,先让邓远航进去。

“行了,谢谢,钥匙给我,你走吧。”邓远航边对那小姐说边来关门。

那小姐挤进房间,把门反锁上,走进来坐到床上说:“你太累了,方老板安排我来帮你按摩按摩。”

“我不累,我方便一下就出去。”邓远航说。

“大哥,坐一会儿嘛,你让我吃点东西嘛。”那小姐边说边拆开桌上的点心递一块给邓远航,邓远航不要,她自己便吃了起来。

“你没吃晚饭?”邓远航问。

“我们一天只吃一顿,省钱啦。”那小姐说。

“这一顿什么时候吃?”邓远航问。

“我们凌晨三四点钟才能回宿舍睡觉,一直睡到中午,起来吃个中饭,洗洗梳梳去上班,晚上一顿就指望到客人房间吃呢。”那小姐边吃边说。

“要是没有客人呢? 那不是要饿肚子了吗?”邓远航问。

“正常都会有的,要真没有回宿舍喝杯牛奶,往床上一躺就睡着了。”那小姐说着又打开了一盒牛奶喝起来。

“你们做这些事,公安局就不来查吗?”邓远航问。

“这你不要怕! 查是查,但等他们人来,我们这里早已清场了。他们来看到的就是正常在旅社住宿休息的客人。”那小姐说。

“你们怎么知道人家什么时候查啊?”邓远航问。

“我们方老板神通广大,你放心,在这里做事包你安全。”那小姐说。

说话间,牛奶已喝完。她把空盒子往垃圾筒里一扔,便开始脱衣服。

邓远航见她脱衣服便制止她:“你要干什么? 赶快把衣服穿起来。”

那小姐没听他的,仍一边脱一边回答:“我洗个澡,你等一下。”不一会儿,身上已一丝不剩,光着身子走进了卫生间,拉上了门,里边传来哗啦啦的水声。

卫生间的门其实拉也是白拉。这卫生间的门和隔断都是厚玻璃做的,那小姐站在里边冲澡的身材外边房间的人看得清清楚楚。邓远航想,我得赶快离开这个房间,再不走就要犯错误、出问题了。但是人家在里边洗澡,我悄悄地走了,不跟她打招呼,她什么东西少了,或者是其他什么事赖着我,我浑身长满嘴也说不清楚啊。还是等她出来,把事情跟她讲清楚,赢得她的同情,让她心甘情愿地指引我走,这才是上策。

这时,房间的门响了一下,接着从门下边挤进来一张纸条。邓远航迅速过去拿起纸条,打开一看,上面写着:606 房间有摄像头。邓远航把纸条塞进口袋,下意识地抬头四下看看,也不知摄像头安在什么地方的。邓远航心里突然感到一阵紧张,怎么搞得像地下工作者似的? 这纸条是谁送来的呢? 钟玉保是不可能送这个纸条的,他自己就这喜好,现在说不定正跟那小日本女人云里来雨里去呢,况且他也巴不得我干这些丑事被他抓到,让人看我笑话呢,我必须坚决彻底地不让他得逞呢! 小秃子送的? 也不大可能,他们这些瓦匠头子在这些方面上是无拘无束的,是比较随意的，他哪里还有时间管你这些事？再说，他也不可能知道606房间里安了摄像头啊。知道这房间安摄像头只能是这个歌舞厅内部人，我们九龟来的人恐怕是没人知道的。

这内部的人，知道我的算足了也就是三个人。一个在里边洗澡呢，一个是刚才喝啤酒的那个穿白毛领小红袄的，再一个就是方元本。里边洗澡的这个是不可能送的，那个小红袄倒是有可能的。因为，邓远航选了她，让她有一份收入，中途又没对她非礼，且还给了她一百元钱，她为了感谢他，在得知摄像头的事后，便赶快把事情写在纸上悄悄地塞进了他的房间。方元本也有可能送。他是这里的老板，哪个房间有摄像头，他是再清楚不过的了。可是钥匙是他分的，为什么他明知606有摄像头，还要把606的钥匙给我呢？难道他想敲诈我？按道理也不会，过去我对他父亲、他本人从没有什么不到的地方，钟玉保才是他最恨的人呢。虽然他们在九龟时已冰释前嫌，但多少年累积的仇恨不是一次拥抱就消失得干干净净的。难道方元本是为了抓钟玉保的把柄而设的，但在分钥匙时误把606的钥匙错给了我，发现错了又叫人送纸条？

正想着，那小姐洗完澡光着身子出来拱进了被窝。

101

邓远航见那小姐进了被窝，便对她说："你起来把衣服穿起来，咱们走吧。"

那小姐感到莫名其妙，她伸出头来问："你是不是嫌我长得不漂亮？"

"不是，你长得很漂亮。"邓远航说。

"那怕我有病？我告诉你，我们每个月都查妇科的，你放心，我什么病也没有。"那小姐对邓远航说。

"你不要瞎想，我什么也不嫌你。"邓远航说。

"那你为什么不做？"那小姐问。

"你把衣服穿起来，我告诉你。"邓远航说。

"你不做，老板会罚我们款的。"那小姐仍赖在床上说。

"凭什么罚你款，你就说客人不愿做不就行了嘛。"邓远航说。

"客人进了房间，老板必须有收入的，你现在不做，老板没有收入，他会认为我们没服务好,把客人气走的。”那小姐说。

“好,你快起来穿衣服,我给你一百元钱。”邓远航说着从口袋里掏出一百元钱递给她。

那小姐接过钱对着灯光照了一下,然后起来穿衣服,边穿边说:“我还真没见过你这么怪的人呢,白嫩嫩的天鹅肉送到嘴边了还不肯吃。”

待她穿好衣服,邓远航才对她说:“走,快把我送到一楼大厅。”

“什么事啊,这么急?”那小姐说。

“有人设圈套想陷害我。走,赶快离开这个地方。”邓远航催她说。

那小姐这才在前边带路,把邓远航送到了一楼大厅。到了一楼,邓远航的心才安下来,一看时间,从进房间到出房间总共不到十分钟,但他就好像过了好长时间似的。他找个沙发坐下,在架子上把报纸夹拿下来一边翻阅一边等他们。

过了几十分钟,王石基下来了。又过了十几分钟,方元本也下来了。三个人便坐在那里等,一直等到下半夜两点多钟,钟玉保才由那日本女人引下楼,最后还互相说了句“沙要我拉拉”才分手。

“可以嘛,才两个多小时,就把日语学会啦?”方元本开玩笑地说。

“什么事也没干,就跟那女日本鬼子学了几句日语,学费还挺贵的,缴了五百元学费呢。”钟玉保说。

回到宾馆,洗洗上床已是凌晨四点多钟。

凌晨五点多钟,钟玉保房间的电话响了。开始他不想接,把头闷在被窝里继续睡。可是电话铃也太执着,响了停,停了响,好像就是要跟钟玉保比耐心似的,不接就响个不停。

钟玉保没法,拿起电话就骂了一句:“妈的,你死老子啦,这么早打电话啊?”

“钟老板吗?我这里有盘带子想请你来看一下啦。”一个操南方口音的人说。

带子,什么带子?是不是他们把邓远航嫖娼玩女人的丑事录下来了,现在把录像带拿来给我了?肯定是,他一想到邓远航这个带子马上就兴奋起来,立即坐起来说:“想看想看,到哪里看?”

“上一层楼,就在你这房间上面一个房间,有人在门口等你。”电话里边说。

“好,你等一下,五分钟就到。”钟玉保丢下电话就穿衣服,穿好衣服就去开门。门开下来又回头，从包里拿出两万元钱，一边口袋里放一万，精神愉悦地走了出去。他想，有这盘带子在手，这下光武的主任坐稳了，他邓远航永世不得翻身了。我手握这盘带子，还不着急一棍子把他打死，我要像猫玩老鼠一样，慢慢把他玩死，叫他什么时候送点儿钱给我，他就什么时候送钱给我，慢一步，差一分都不行，高兴起来叫他把他的小老婆献上来，他都不敢不献。想到这儿，他竟笑出了声。心中还说：元本啊，你这次可帮了大忙啦，后边我一定还要重谢你。

到了楼上走廊，看见一个身材魁梧的人站在那房间门口，想上去问，又有点胆怯。想到自己兜里有两万元钱，怕这深更半夜的如果是坏人设的套，钱被抢走，那就窝血了。怎么这么麻痹？还当过兵呢，这点警惕性都没有！正想掉头回自己房间，那男的喊了："钟老板，这边看录像带。"

钟玉保只得跟他走进房间。一进房间，门就被那魁梧的人反锁上了。房间里还有两个人，其中一个用南方话指着沙发叫他坐。

钟玉保见这架势有点心虚，头上也冒出了不少汗珠。退已经不行了，只有硬着头皮应付他们了。于是，他主动出击："是元本兄叫你们来的吧？"他想，方元本在这一带也是一霸，赫赫有名，他这样一问是想让他们感到他与方元本的关系不一般，从而使他们不敢对他胡来。

"什么元本啦？我们不认识的啦，我们只是因为客户要求来给你交货的啦。"那南方口音讲道。

钟玉保心里一惊，他们居然不认识方元本，这下难玩了。先问问再说："请问你们是哪路神仙？哪个客户跟你们订的货？"

"我们是人不是神的啦，一个人用你的房号，你的名字，给我们下单订货的啦？"那南方口音说。

"订的什么货？"钟玉保问。

"小意思啦，两盘带子的啦。"那南方口音说。

"带子，对，那就先放给我看看。"钟玉保又兴奋起来了，邓远航我看你平时一本正经、道貌岸然的，连个荤话都不跟我们说，这下我要彻底撕下你的伪装，看看你在那个房间里的丑态。

另一个人把放像机打开，电视机里立即出现了图像和声音。电视机里不停地喊"牙买带、牙买带"，显示的是钟玉保压住那个日本女人的画面。钟玉保一见这图像忙喊道："停、停，哪个叫你们拍这个的？胡闹！"

"客人要的啦？你先看下去嘛，还有的啦。"那南方口音说。

带子越放下去越不堪入目,声音也让人听得肉麻,比三级片还三级片。不用放,钟玉保都清楚下面是什么,都是自己做的事,都是自己演的,自己就是这黄色录像片的主角。得想办法把这个带子毁掉,不幸中的万幸是我来了,要是邓远航来拿到这个带子,那我就成了他爪子下的老鼠了,叫我往东我不敢往西,钟家两代人就都要败给他邓家了。

"好,不要放了,这一盘我认了,盘子拿下来给我收着,你们再放另一盘。"钟玉保说。

坐在放像机旁边的那人,退下610房间的带子,钟玉保刚要去拿,他则交给了那魁梧的人。

"一手交货一手交钱的啦,生意场上的规矩的啦。"那南方口音说。

"这一盘要多少钱?"钟玉保问。

"不贵的啦,这个数的啦。"那南方口音说着竖起了自己的巴掌。

"五千? 好,成交。"钟玉保心想真不算贵,还能承受。

"不对的啦,少个零的啦,小意思的啦。"那南方口音说。

102

"五万啦?"我的妈呀,你们这些狗日的还真会要啊,得跟他们还还价。于是他又说:"太多了,顶多两万。"

"你没诚意的啦,这是一口价的啦,一分也不能少的啦。"那南方口音说。

"几位大哥,抬抬手,放兄弟一马,日后小弟一定报答。"钟玉保央求道。

"不行的啦,你不要我们就走的啦。"那南方口音不为所动。

"大哥,大哥,少一点儿,少一点儿。"钟玉保仍在求情。

"不行的啦,现在拿是便宜的啦,天一亮就涨价的啦。"那南方口音说。

"好,大爷啊,大爷,我认了,五万就五万。放另一盘。"钟玉保突然想起,以后还可以拿邓远航的带子把损失的钱慢慢地弥补回来,至少还可以赚他一笔。

那放像的又放了606房间的带子。这带子一放让钟玉保大失所望,瘫坐在沙发上，头上的汗珠直往外冒。起初钟玉保看得还蛮带劲，看到他们进了房间谈了一些话，尽管邓远航叫那女的走，但那女的还是坚持留下来了。当看到那女的脱光了进卫生间时，钟玉保有点心花怒放了，心想好戏就要开始了。他还说了一句："妈的，他艳福还不浅呢，这小姐比我那个漂亮多了。"但看到下边就失望了，邓远航没脱衣服，也没进卫生间，而是向门口走过去，然后带子上就是一张空床了。再后来，那小姐出来拱进被窝，两人说了一会儿话，说话声被电视声音盖住了，说的什么也听不清楚，最后只见他们一先一后就走了。整个带子总共不到十分钟，所有画面没有看到一处邓远航碰那小姐一下的。

这让钟玉保大为恼火，他气愤地说："你们这是怎么拍的，怎么我的拍那么长，他的拍这么短？"

"人家没做事的啦，叫我拍什么嘛？"那南方口音说。

"不对，你们肯定被他买通了，把他下面的录像删掉了。要么就是他们躲在门口干事，你们摄像头没拍到。不行，我不付钱。"钟玉保心想，这个邓小二子多狡猾啦，躲在门口干事，快活过了还不留痕迹，他是怎么知道有摄像头的呢？我怎么没发现的呢，要是发现了不是也不花这冤枉钱了吗？

"这人从房间摄像头消失，确实就出门的啦，一分钟后一楼摄像头就有他的啦，没法子的啦，他就没做的啦。"那南方口音说。

"没做，他说要给一百元钱给小姐干什么啊？"钟玉保还想从什么地方找出邓远航嫖娼的证据。

"那是规矩的啦，进了房间就是一百元的啦。"那南方口音说。

"不行，你们把我这个也删掉。"钟玉保说。

"可以的啦，五万块的啦。"那南方口音说。

"我没有这么多钱。"钟玉保说。

"可以的啦，我们走路的啦。"那南方口音说着就起身要走。

钟玉保一把拉住他说："大爷，大爷啊，我认死你们狠。带子拿来。这是两万，还差三万，吃过早饭送到这块。"

"两万你先拿着的啦，五万来换带子的啦。"那南方口音说。

妈的，倒霉，碰到这些不讲理的，回去找钱。钟玉保心里一边骂着一边起身出门。

"等到八点半的啦。"那南方口音对着钟玉保的后背追了一句。

钟玉保回到房间往床上一躺，唉声叹气，倒透了霉，这三个小屁猴居然敲诈到老子头上来，狗日的心也太黑，这要在九龟，叫玉卫出手，早把你们几个铲平了。唉，现在远水解不了近渴了。妈的，下个套，邓远航没踩上去，倒把老子套上去了，他妈的，这是什么鬼气呢？先不谈这个，先得把这三个菩萨供好。不行，我得打电话给方元本，他是地头蛇，让他出面，就是摆不平那三个小屁猴子，至少也叫他们把价格降点下来。

拨方元本的手机，提示手机已关机。他妈的，买个鸟手机又不开机，装什么蒜啊？他看看手表，快六点了。掀一点窗帘，看看外边，天已有亮色了。又拨一次方元本的手机，还是关机。不行了，不能这么等了，再拖下去就要出事了。他呼的一下从床上起来，出去敲了邓远航他们的门。

敲了半天，王石基眯着个眼把门开了一条缝问："干什么？什么人这么急啊？死人啦？"

"开门噻。邓远航呢？"钟玉保问。

"他烧心血，睡不着，出去跑步去了。"王石基把门拉开来说。

"他倒蛮悠闲的噢，还有好心情去跑步噢。出事了！"钟玉保吓唬王石基说。

"出什么事啦，这么大惊小怪的？"王石基问。

"你过来，到我房间来我跟你说。"钟玉保说着回到自己房间。

不一会儿，王石基穿好衣服一过来就问："出什么事啦？你不要吓唬我噢。"

钟玉保把门关上说："秃子啊，你昨晚做的好事被深圳公安局发现了，要处理呢。他们派了三个便衣刚才找我去过了，现在在上面等回话呢。"

"不要睬他们，他们没抓到证据，你死不承认就行了。"王石基说。

"你以为在九龟啊？你是在深圳哎，强龙压不过地头蛇哎，他们把你一抓，往牢房里一关，到时你叫地地不应，叫天天不灵，家里建筑工地没人管，一天亏几万，他才不管你承认不承认呢。"钟玉保说。

"那他也不能不讲理吧？总要有个证据吧？不行，我马上就去打张飞机票回家了。"王石基仍嘴硬说。

"便衣在宾馆呢，你出不了宾馆大厅。再说，人家证据在手呢。他们刚才给我看了，有那几个小姐的供词，还有录像。"钟玉保说。

"录像？哪个录的？难不成那些小姐身上有录像头？"王石基问。

"嗯，房间里有录像头，赖不掉的，人家把录像放给我看了，在床上那个丑态，我看了都恶心。你那秃头还反光呢。”钟玉保说。

“那怎么办呢？找方元本啦，叫他去市公安局找人啊。”王石基说。

“关机，我不知打了多少遍了。不信我再打一遍给你看。”说着钟玉保又拨了一遍方元本的手机。“你看，还是关机。人家在楼上等回话呢。”

“那怎么办？”王石基说。

“早点接受人家处理呗，迟了被方书记他们晓得就完蛋了。”钟玉保说。

“怎么处理？”王石基口气软下来问。

“人家说两条路随我们选，一条路是每个人拘留六个月，第二条路是每人罚款一万元。”钟玉保说着看了他一眼，看他有什么反应。

“不要说六个月，就是六天我也受不了。我在外边一天要苦多少钱啊？在里边一天我要损失多少啊？”王石基说。

“那你意思是缴罚款？”钟玉保问。

“还有什么话说？当然是缴罚款啦，拿钱买平安啦。”王石基说。

“那你现在就去拿钱，我们一起上去缴罚款。哎，你带两万噢。”钟玉保说。

103

“不是一万吗？带两万什么意思？”王石基问。

“邓远航不是还有一万呢吗？他不在，你跟他这么好，先替他垫下子，等他回来叫他还给你。你不能眼睁睁地看他被抓去蹲牢房吧？”钟玉保说。

“带多少花多少，老婆伢子东西还没买呢。”王石基说着回去拿钱了。

待王石基一走，钟玉保赶紧从皮包里拿出三万元钱，锁上门，去喊小秃子一起到楼上缴钱换录像带。

他们上楼把五万元钱给那三个人，那三人说话也算数，把 610 房间的录像带给了钟玉保。后来想想，把 606 房间的录像带也一起丢给了钟玉保。

两人下楼时，钟玉保把其中的一盒录像带递给王石基说：“秃子啊，这个给你保管。”

“还要这个倒霉的东西做什么!”王石基说着拿过那盒录像带,举过头顶,然后猛地往下一摔,那盒录像带变成了两瓣,中间由磁带把两瓣相连在一起。王石基还不解恨,又上去踩了几脚。

钟玉保制止已来不及,便拾起那两瓣碎片对王石基说:“秃子啊,你呆啊?你不把这个拿着怎的跟邓远航要钱啊?”

是啊,没有证据怎么跟人家要钱呢?王石基赶忙从钟玉保手里拿过碎成两瓣的带子说:“对,这个值一万块呢。”

王石基回到宿舍,见邓远航跑步已回来,便对他说:“老弟,刚才我帮你垫了一万块钱,你有就给我,没带就回去给我。”

一万块钱?乖乖,抵我拿两三年工资呢,买什么东西要给我垫这么多钱呢?他想不通便问道:“你代我买什么啦,要一万元钱?”

“什么东西啊?喏,在茶几上呢。”王石基往茶几上一指说。

邓远航朝茶几上看看没有值钱的什么金银首饰之类的东西,便问:“就这个破带子啊?”说着走过去拿在手上仔细琢磨着,凭什么这两块连在一起的破磁带要一万元。

“不要动,不要动,动坏了真不值钱了。”王石基怕他弄坏,便制止道。

邓远航把那两瓣磁带“啪、啪”地往茶几上一摔说:“什么破玩意,能值一万元?你跟我说笑的吧?”

“真的,真的帮你垫了一万块。”王石基说。

“你个秃驴!你不征求我意见,凭什么帮我买这个破玩意,你一万元钱好来,我一万元钱好易得来的啊?我不要!你退回去!”邓远航站起来气愤地说。

“老弟,你不要生气嘍。听我慢慢说给你听嘍。”王石基把邓远航按到沙发上坐下,自己坐到另一个沙发上,把刚才发生的事跟邓远航说了一遍。

邓远航听完后心放了下来,便对王石基说:“小秃子啊,说你算账、打牌,你秃精,没有哪个算得有你那么精细的,但你一碰到钟玉保,你就是一头呆驴!你上他当了!我问你,你有没有看到这录像带里有你?”

“我连看都没看,哪个晓得有没有啊?那个时候那么急,几个便衣就在头顶上等,跟阎王爷催命的一样,我哪里还想到要看带子嘍。”王石基沮丧地说。

“这是连环敲诈,他钟玉保被那几个假便衣敲诈了,你又被钟玉保敲诈了。还有一盘带子呢?”邓远航问。

“他说那盘是他的,他拿去了,说这盘是我的,叫我保管。”王石基说。

“那我那盘呢? 不得我的带子,凭什么要我给一万元钱啊?”邓远航问。

“话也是这话啊,我凭什么跟你要钱呢? 真是窝血呢。”王石基无奈地说。

“行啦,你把这带子保管好,回去用胶布粘起来,在家里一个人先看一下,看里边到底是什么内容再说吧。但我可以明确地告诉你,我身正不怕影子斜,我昨晚任何事没做,别说有两盘带子,就是有二十盘带子也跟我无关。你代我垫的那一万元钱,你还是向钟玉保要,否则就撂下水了。”邓远航说道。

在深圳几天的招商结束了,成果是与方书记弟弟港商方元正谈了一个意向性投资项目,即总投资三百万美元的电子插件项目。

邓远航一到家,妻子黄洁青就告诉他:“外边人都说场委办主任是你做呢。”

“都是什么人说啊? 他们哪儿来的消息呢?”邓远航问。

“有领导干部,有一般干部,你们办公室的人都这样说。一些人看到我都主动跟我打招呼,说祝贺我老公当主任。好像你就已经是主任了似的。”黄洁青说。

“外边是外边人说,我们还要沉住气,没看到文,都不能算。这次在深圳,我找机会单独跟方书记谈了我个人的事。”邓远航说。

“他怎么说的?”黄洁青问。

“我先以办公室几个副主任都想外出为话头说的。”邓远航说。

“你怎么能这样说呢? 这样说,他以为你要外出,正好把你朝哪个局一安了事。”黄洁青埋怨丈夫说。

“不吵,听我说嘛。方书记说,你不是出去的问题,你要留在办公室担任重要职务呢。”邓远航对妻子说。

“难怪外边传你做主任呢,方书记这个态度很明朗嘛,他叫你‘担任重要职务’就是叫你当主任嘛。”黄洁青说。

“也不能这么肯定,方书记这个人,你吃不透,他既然想叫我当主任,为什么不直接就说当主任,而说担任‘重要职务’呢? 我怕他给自己留退路,因为他现在也已在忙着自己的升迁,正找人想往省城调呢。”邓远航说。

“那你这段时间千万要小心谨慎,千万不要出岔子,不要发脾气,就是钟玉保欺负你,你也要跟他笑,不能吵架。”黄洁青叮嘱丈夫说。

“唉,这次在深圳危险呢。”邓远航说。

“什么危险啊? 车祸啊?”黄洁青问。

“车祸啊? 人祸! 危险一辈子就完了。”邓远航把在深圳发生的事跟妻子说了一遍,然后说:“你说危险不危险? 我要是自制力不强一些,就掉进陷阱了,那还当什么主任啦?”

“那是谁要陷害你呢? 难道是钟玉保? 他为了使你当不成主任,把主任位子留给洪光武,才这样做的?”黄洁青问。

“按照他那个人的性格,他会做出那种事,但这次不大像是他做的,因为他自己被人家实实在在地录下去了,还被诈去了三万元呢。”邓远航说。

“啊? 这么多钱,他哪儿来这么多钱的啊?”黄洁青问。

“都是王石基的。”邓远航说。

“这个小秃子还就肯在他身上花钱嘛。”黄洁青说。

“互相利用而已。不说这些了,睡觉吧,明天还要写讲话稿呢。”邓远航说着拉灭了灯。

“又写什么讲话啊? 你这次可要下功夫写好了噢。”黄洁青说着抱住丈夫。

“嗯。场委工作会议。我肯定要用全部智慧写的。”邓远航搂着妻子说。

104

邓远航早上一到办公室,办公室的人都来跟他打招呼,似乎已好久没见,也似乎他就是办公室主任了。

李晓阳直接就说:“邓主任,其实你在我们心目中老早就是主任了,外边说的吵起来了,场委办主任就是你当。”

“人家归人家说,你们不要瞎说。场委会没开,谁说都不算数。”邓远航说。

“也是的，邓主任你也要注意，防止位子被人家抢去。”小凤说着还向外看看，生怕被人听到似的。

“哪个抢啊，哪个抢我跟他拼命。”李晓阳说。

“你又来了，你这样子反而会把邓主任的事弄坏了。”侯鸣放说。

待大家散了，侯鸣放看看只有小凤在，也没避讳便对邓远航说：“邓主任，刚才人多，我不好说，确有人跟你争这个位子呢，你千万不要以为这个主任当然是你的了，不努力下功夫是不行的，不是说‘不跑不送原地不动’吗？你不要太书生气了。我不瞒你，我找过赵书记了，我想下分场，办公室的环境太差了。”

要跑要送？往哪儿跑？往哪儿送？就是知道这些渠道，你又有多少资本送？这些不是你的性格，也不是你的优势。暂且不管，先问问什么人要来，看他们的竞争力在哪里。于是他问侯鸣放：“那你都听到有谁要到这儿做主任呢？”

“我听到的有我们办公室的洪主任，有石龟分场的董兴国，还有城关分场的党委书记。这些天，你们不在家，这些人跑疯了，找他们书记、委员。上次洪主任爸爸来，他就跟方书记提出来，首选当办公室主任，如果下分场，非书记不去。所以，人家跑，你不跑，你亏就吃大了。”侯鸣放说道。

在一旁的小凤也插嘴道：“我听说董兴国给某人一万元钱，叫这个人帮他跑办公室主任这个位子呢。”

“唉，哪个有本事哪个当去吧，到时也让我出去算了。我也不会那些鬼八道。我们这些人只希望书记、委员们能主持公道，能给我们一个公平竞争的环境就行了。”邓远航无奈地说。

说是这么说，可邓远航还是心有不甘，他不愿意百年一遇碰到这么个机会，又拱手让给那些采取不正当手段的人。他一边写场委工作会报告的提纲，一边还想着要不要找找人，找谁。一头脑的问题，以至于一上午讲话提纲也没弄起来。

下班时，丁和全副场长看到邓远航对他说：“听说方书记叫委员、场长推荐场委办主任人选呢。现在找方书记的人很多，竞争的人不少，你要努力争取啊。”

中午回家，邓远航把上午在办公室听到的和丁副场长跟他讲的向妻子黄洁青说了，妻子当即表态说：“吃过饭，我就坐客车到地区去找舅舅去。你在家找一些领导把自己个人的事说说,不要怕,不要太老实了,老实人吃亏。”

“你也不要专门去地区了,你舅舅又不是外人,叫你妈妈或者就你打个电话就行了。我这两天找些领导看看,跟他们谈谈,努力一下吧。”邓远航也有些坐不住了。

“也行,我这就打电话,你把锅看一下。”黄洁青说着就去打电话。

不一会儿,黄洁青过来说:“电话打过了,舅舅答应跟方书记说。喏,这个存折给你,上面有一万多块钱,你下午去把它取出来。不是说要送吗?这个钱给你送。”

邓远航把存折拿过来放到妻子的口袋里说:“你傻啊?你能跟人家比送钱吗?人家是拿公家的钱送,你是拿自己的钱送,你送得过人家吗?你这一万多元钱不是说替儿子买钢琴的吗?还是买钢琴吧。要真送出去也就像在九龟湖里打水漂一样,溅几个水花就没有了。”

黄洁青又从口袋里把存折掏出来放进丈夫的口袋说:“你听我一回,拿着,虽然不能跟人家公款比,但是你要是到关键时候送给关键的人,也许它会发挥大作用呢。伢子的钢琴钱我们再凑嘛。”

邓远航知道这是妻子向他表明的全力支持丈夫的一种态度,就暂且把存折收在自己这儿再说,从他心里讲他很感激妻子,她总是支持他的工作、他的进步、他的前程,但他绝不会用妻子为儿子积攒下来的钱去买进步、买前程,那样就是得到了也会让他羞愧一辈子。他想好了,主任不管做得成做不成,绝不动用这存折上的一分钱。

下午,邓远航上班在办公室写一会儿材料便放下笔,到门口看看有哪个书记的办公室开着的,看了两次,四个书记、副书记的办公室没有开的。第三次看时,赵副书记的办公室开了。他便把赵副书记信袋里的报纸和信拿着,以送信和报纸的借口走进了赵副书记的办公室。

“赵书记,钟主任也提拔了,我们从小都是你看大的,我个人的事还请你多帮帮忙呢。”邓远航红着脸说。

“啊,前几天小侯也来找过我了,我也帮他到组织部推荐过了。你的事,我一直也很关心的。前天我跟组织部长专门谈了一个多小时,把你的特长、优点都跟他说了。你放心,我会推荐你的。”

“谢谢,谢谢你这么关心我。”邓远航从赵书记那儿出来,心里舒畅多了。他想,自己老是怕跟领导谈自己的事,其实谈了,领导都很理解,你不跟他谈,他反而觉得你瞧不起他。

到办公室再坐下来写领导讲话,刚写一会儿电话铃响了。他去接电话,是小秃子王石基打来的。

“我不好到你们办公室去喊你,怕被钟玉保看到。你赶快到小蔡小吃来看录像带。”王石基在电话里说。

王石基这一说,把邓远航刚放松的心情又弄紧张起来了,难道录像带上会有我什么吗?难道这口袋里存折上的一万多元钱不跟领导姓,还要跟他姓王了?心里有点忐忑,但很快又恢复了平静,没做事就没做事,不怕!去看!

邓远航骑自行车来到小蔡小吃,门一推,见小秃子坐在那儿,便问:“你怎么不在家里看,跑这儿来看,泄露出去,你还想在九龟混啊。”

“家里我敢看吗?老婆发现不把我骂死啊。这我还是骗老婆说放像机坏了,我拿出来修,才拿到这儿的。”王石基说。

“看到你了吗?”邓远航问。

“哪里有啊?没有我,也没有你。”王石基说。

“我说你上当了吧?两万元钱撂下水了吧?”邓远航说。

“上当是上当了,但我可以把我的钱拿回来了,不但可以拿回那两万,还可以把以前给他的钱都叫他吐出来。”王石基说。

“又吹什么牛啊?哪天见过你有这本事的啊?”邓远航说。

“我是会吹牛,但我什么时候跟你吹牛的啊?你自己看噻,我告诉你,你都看不下去!”王石基说着打开了放像机。

电视机显出了钟玉保和那日本女人的画面,简直不堪入目。“关掉,关掉!”没等放完,邓远航就叫王石基关掉了放像机。

王石基关掉放像机取出录像带说:“你说我是不是得到宝贝了?”

105

邓远航神色凝重地对他说:“你大祸临头了,你还不知道。”

“明明是我可以轻松地拿回我失去的钱,怎么说我大祸临头了呢?”王石基不解地问。

“你轻松啊?你这辈子就不要轻松了!”邓远航说。

“你这人又太高深莫测了,你尽说些我不懂的话。”王石基说。

邓远航并不是故作神秘,故意吓唬他。他自己有切身体验,那天在宾馆后廊桥看到那一幕,让他大概有两年时间受排挤、受挤压,只得忍气吞声,夹着尾巴做人。我那还没承认看到,又没有影像资料在手,你这活灵活现的凿凿证据,把人逼急了不跟你拼命啊?再说那钟玉保是什么人?是心狠手辣的一个人,他还有一个弟弟养着一批小痞子,什么事都能干得出来,不要说你拿这个带子去诈他钱了,就是你说你看了这个带子,他就可能叫你永远说不了话,写不了字。你说这不是大祸临头是什么?他在想这事怎么办呢,能让王石基去背负这沉重的压力吗。

“兄弟哎,你倒说啊,祸在哪里啊?”王石基见邓远航坐那儿不吱声,便催道。

“很清楚的哎,你去诈他钱,他那种人是你诈得了的吗?到时候你诈他不成,反被他诈得你永远说不了话!”邓远航说。

“啊?他割了我舌头?”王石基担心地问。

“他大弟就是个痞子,干这事也不是不可能,甚至还能更惨。”邓远航说。

“杀人灭口?”王石基颤抖着说。

“你说呢?”邓远航反问道。

“他那种恶人完全做得出来啊。远航!你救救我吧,你快说我怎么办吧。”王石基惊恐地说。

“你冷静一点。我问你,这个带子还有什么人看过?”邓远航问。

“就我们俩,小蔡我都没让她看。远航你一定要救救我。”王石基上下牙齿磕碰着说。

邓远航沉思了一会儿说:“你也是的,这种带子叫我来看什么看!现在好了,就我们俩看过,不是你承担压力,就是我承担压力了。”

“兄弟啊,你要救救我啊,我有老婆伢子啊,有两个伢子啊,我要是出事,他们怎么得了啊。兄弟,你一定得救我,我日后一定重谢。兄弟啊,我给你跪下了。”王石基说这求救的话,好像就他有老婆伢子,人家邓远航没有似的。

“起来!看你那熊样子!这样吧,带子给我,我来处理!”邓远航说。

王石基拿出录像带正要递给邓远航又缩回来。他问:“你怎么处理?”

“明天我坐客车到省农垦去，把带子交给省农垦处理，把这种伤风败俗、违纪违法的人检举出来，清除出干部队伍。”邓远航说。

“那能不能判他死刑？”王石基问。

“光这个罪怎么能判死刑呢，顶多关几天就出来了，除非你去敲诈他，他把你杀了，才能判他死刑。”邓远航说。

“都什么时候了，你还开玩笑。那我这个带子不能给你。”王石基说。

“怎么啦？不让我救你啦？”邓远航问。

“你这哪是救我啊？你这是害我哎。”王石基不高兴地说。

邓远航心想，我好心把责任揽过来救他，他则说这种话，真叫人伤心。于是他说：“你这命值钱，我这不是救你，那我也就不知道怎么救你了。”

“你不是害我吗？他不判死刑，关几天就出来，那我还有皮啊？”王石基说。

“是我把带子送到省农垦的，他找我算账，怎么会找你算账呢？”邓远航问。

“你还说我呆呢，你比我还呆呢。带子是钟玉保亲手给我的，你去报案，他不知道是我提供的带子啊？到时候，你报案立功提拔，我遭报复家破人亡。兄弟啊，我求你了，这一步绝对不允许你走！”王石基说。

“那你说怎么办吧？”邓远航没好气地说。

王石基摸摸头说：“再想想，反正不能报案。”

“你那头摸这么长时间了，头都摸秃了，还没想起来怎么办啊？”邓远航说。

“这样吧，我们还是息事宁人吧。我们就当作不晓得这个事，对谁都不能说，特别是你，不要指望拿这个带子把人家搞倒，自己去举报立功。我和老婆伢子要有个三长两短的肯定就是你举报的。”王石基说。

“人吃五谷杂粮，哪个还没有个病啊灾的？你这一家子将来日子长呢，要出个什么事都赖到我身上，这合理吗？再说党的干部做这种龌龊的事，我没看到不说，我看到了还听之任之，你说我这个干部还能做下去吗？”

“一肚子祸水的人还做干部呢，你就眼睛里有这点灰，哪里就不能做干部啦？好了，我是小瓦匠出身，也不会讲大道理，这个事就算兄弟求你，你必须答应我，一点点都不能泄露出去。我给你跪下了。”王石基说着顺势往下一跪。

“起来，两个伢子的爸爸了，做这种下作的事，也不嫌给你儿子丢脸。”

“你不答应，我就不起来。”

“那你就跪着吧，我去上班了。”邓远航说着就要往外走。

这时蔡老板娘从后边过来，看到这情形，赶忙上前拉着邓远航说：“邓主任，什么事啊？你就放秃哥一把吧。”

“好，我放他，你叫他起来。”邓远航见老板娘来劝，也不好说什么事，只得附和她的话说道。

“好，蔡老板做证，你答应我的，我站起来，哪个反悔他全家就死光光。”王石基站起来说。

蔡老板娘很自然地上去边把王石基两膝盖拍拍边说：“哎呀，你就放心吧，人家可不像你说话不算数噢，我这么多年没看过人家邓主任说过一句假话的。”

“好，不谈了，我上班了。”邓远航说着走了出去。

王石基夹着皮包也追了过来，追上邓远航说：“兄弟，我也不是不让你去做党的好干部，只是时机没到，这个时候去举报，狐狸没打到反会落一身臊。这样子，我跟你约定好，等时机到了，我把这个带子给你，让你去立功受奖，做党的好干部去。”

“你又把我想歪了，你以为我去举报是为了那些名啊利的？我告诉你，我对这些真看得很轻的，我想的是如果让这些人继续留在领导岗位上是会把风气搞坏、把党的名声搞坏，那样就对不起这么多年党对我的教育，也对不起我自己的良心。”邓远航说。

“好好好，我晓得你是正派人。我保证让你对得起你的良心，你就等我通知吧，好吧？”王石基再次请邓远航确认他的想法。

王石基见邓远航没吱声，便又说：“我知道你这个人又不要钱又不要物，要不我早就揣钱给你了。但你总不能叫我在大街上给你下跪吧？”说着做出要下跪的样子。

邓远航没有制止他，他知道他只是做做样子而已，但这时也不能过于固执，而且这件事确实也很复杂，逼急了，他把录像带毁了，证据灭失了，举报就成了一句空话，因而还是要慎重考虑后再说，便答应了他。

106

赴日本的招商团很快也回来了，也带回来几个意向性合同，总算还有个念头。

洪光武回来的当晚就和妻子钟玉家到大哥家，把从日本买的电子血压仪送给钟玉保。

听了洪光武讲了些在日本的见闻后，钟玉保对他说："光武啊，你不来家我急死啦，生怕你不在家时，方书记把主任位子给了邓远航啊。"

"现在到什么程度了？"洪光武问。

"现在各种说法都有，也有说你的，但还是邓小二子呼声最高。我这次到深圳时想帮你一把的，结果失败了。"钟玉保说。

"失败了，什么事失败了？"洪光武问。

钟玉保把与方元本密谋设套，拍摄邓远航嫖娼的事说了出来，就是没说自己反被套的事。最后还说："套设得好好的，结果鬼使神差的，他已站到套边了，就是没进去，要是进去了，他这一辈子就完了。"

听到这事，钟玉家感到毛骨悚然，她很不高兴地插嘴道："哥，我希望光武当主任，但你们不能这样对待远航，他毕竟是我们一起长大的，我不想你们整人家，那样子，就是光武当上主任了，我脸上也不光彩。"

"我赞成玉家的意见，你们走你们的路，人家走人家的路，看哪个先到就行。不要结下什么仇啊怨的，弄得我们都提心吊胆的。"在一旁的李晓星也说道。

"咦，你们两个倒会替人家说话呢，是不是勾起了你们的旧情了？去，去，去，你们到里屋看电视去。"钟玉保把她们赶进里屋。

见两个女人进里屋了，洪光武说："哥，现在关键是要把水搅浑，这样浑水摸鱼，我可能会得到机会。"

"怎么把水搅浑呢？"钟玉保说。

"这些天我在日本时就想了，我先说出来，你看行不行噢。第一个，要多动员一些人去找方书记，跟他要这个位子，这水就浑了。在水浑的情况下，要想办法抬高我，压低他。"

"嗯，想得不错。但怎么抬你，又怎么压他呢？"钟玉保一边夸一边问。

“这第二个就是要找人。先要看看我们能找哪些人，然后再分分类，要分成支持我们的、中立的和对我们不快活的。对支持我们的，要请他们在各个场合抬我压他。比如马上不是要开场委工作会吗，讲话不是他邓远航写的吗，就请赵书记在两套班子讨论讲话时把讲话稿说得一无是处，在开会期间弄出岔子，请赵书记直接点他的名。对中立的人，像史场长，要尽量争取支持我们，至少不让他们倒向他那一边。对反对我们的也要找，像丁和全场长，至少让他们少说我的坏话。”

“还是你脑子管用，不愧是读《资本论》的。”钟玉保插话说。

“还有第三个，就是要适当地用一些阴招。虽然我们不用家家她们刚才反对的招数，但有些还可以用的。毛主席也说过，我们要用革命的两手，对付反革命的两手。这阴招他用，我们不用，我们就吃亏了。”

“那用什么阴招呢？”钟玉保问。

“这你比我懂，我还要跟你学呢。像什么‘人民来信’，不是你的拿手绝活嘛。”洪光武说。

“哎，这倒是我想起了，有盘录像带可以利用，把它寄到省农垦，就说他涉嫌嫖娼，等省农垦七查八查查清楚了，你早坐上主任的交椅了。”钟玉保说道。

两个人谈得很细很深，像研究作战计划一样，商讨了一晚上。

第二天上午，钟玉保给王石基打电话，叫他过来。

“你那盘带子呢？”钟玉保一见王石基面就开门见山地问。

“我在深圳宾馆里就把他剪剪砸砸，弄得碎碎的，从厕所冲走了。那东西跟地雷一样，多存在一天，就多一分危险，留它不是找死嘛。你那个呢，还没处理啊？赶快处理，不晓得哪一天炸起来不得了，家破人亡！”王石基说。

“我比你行动慢些，我回来剪剪砸砸扔九龟湖里了，你速度也太快了。哎，你在深圳就没给邓远航看看，把他一万块钱要过来啊？”那带子毁了，让钟玉保有点失望，“人民来信”写不成了。

王石基回他说：“那上边有我的丑事，多一个人晓得不危险嘛，万一他什么时候穷困了，来敲诈我，我不是捏住鼻子砸钱啊？再说宾馆哪有放像机啊？那一万块钱就当赌钱输掉的吧。哎，这事你千万不能跟邓主任说啊，不然，我就没法做人了。”

“彼此，彼此，你的嘴也要紧些，深圳的事绝不要跟任何人提。酒桌上，酒适可而止，防止酒后吐真言啊。”钟玉保叮嘱道。

钟玉保想，“带子”没法利用了，但“人民来信”还是可以写的，写些没影子的事让省农垦那些人查查，至少可以把邓远航这次提拔的事搁下来。正想着，他见赵副书记回自己办公室了，便跟了过去。

“哎呀，赵书记，你真是为党为人民鞠躬尽瘁啊，一大早下过分场又上来啦？太勤恳了。”钟玉保本来想拍马屁的，哪知拍到马腿上了。

赵副书记对他说的“鞠躬尽瘁”很不快活：“保子啊，你看你这个宣传部长当的，‘鞠躬尽瘁’这词能瞎说吗？你呀没事还是要多读点儿书，少说点儿话，不要一开口就被人家当笑料。像上次你说用砌场部大楼的钢材焊牢笼的事，多让人窝屈啊？方书记气得饭都不想吃。”

“是的，你说得对，我以后一定注意。哎，书记啊，你提到笑话，邓远航吃鲍鱼那才是笑话呢。”钟玉保转移话题说。

“噢，吃鲍鱼还能吃出笑话？”赵副书记问。

“嗯，你猜他怎么吃？丢人呢呀。当着一桌浙江人的面，现成的刀叉他不用，把头二两重的鲍鱼一咬一半吞下肚，接着又把另一半吞下肚。事后我问他鲍鱼什么味，他直摇头。哈哈哈，笑人吧？”

“是可笑，急吼吼的，太土了些，不会种田看邻居嘛。”赵副书记评价道。

“书记，我和光武都是你一手栽培的，晚上想请你赏光吃个饭呢，你能给面子吧？”钟玉保问道。

“好吧，如果晚上方书记不安排我接待任务我就去。”赵副书记说。

“那下午我再来请你。书记还有个事麻烦你的哎，就是光武做主任的事，他说为自己的事不好意思来找你。”钟玉保把话转上了正题。

“这个人还这么害羞呢啊？你们邓主任不是为自己的事照样来找我啊。”

“他也来找过你啦？赵书记那你要分清亲疏啊，我跟光武一直都是你的人啊，任何时候你指到哪儿我们打到哪儿啊。”钟玉保心想，这家伙下手比我们还快嘛，一定要把他布下的网给他剪碎破坏掉。

“这你放心，谁亲谁疏，我心里有数。想当年，我好心把家里省吃俭用的一篮子鸡蛋拎到他家，他爸爸当着那些毛伢子的面就把我一顿臭骂，我心里真窝血啊。他跟钟老不能比噢。你放心，我只是表面上应付应付他而已。”赵副书记说。

107

“是啊，再怎么着，官不打送礼人嘛，人家指着你什么啦？不要就不要，还臭骂人家，真是不近人情。赵书记，我爸爸叫我带话给你，说赵书记是老同志，说话最重要，除了请你替光武说好话，还要说邓远航不好的话。”钟玉保故意又把老头子搬出来。

“你叫钟老放心，我有机会肯定要说话的。”赵副书记说。

钟玉保从赵副书记那儿出来，看向副书记也到办公室了，便想进去把光武的事跟他说一下，后一想不行，才找过赵书记又来找向书记，被赵书记看到，他会不肯出力的，还是等赵书记走了再说吧。哪知赵副书记没走，向副书记倒先走了。钟玉保等了一天，他也没到办公室，快下班了只得喊赵副书记去喝酒，赵副书记又打电话喊了总工会的一个副主席，说两套班子推荐时，他们也可以帮上忙。

钟玉保这次没把酒席安排在小蔡小吃，他嫌那个地方环境不好，便把酒席安排到了他堂兄的茧棉公司里，里边才装潢过。他还叫蔡小花找了两个女孩来陪赵副书记他们。

他们这儿酒席准备开始时，董兴国在小蔡小吃也请人吃饭呢。

在小蔡小吃那个小房间里，董兴国一边等客人一边与王石基交谈着：“你要把赵书记给我说通了，必须让他到组织部长那儿推荐我。”

“这个包在我身上，我保证完成你的任务。”王石基拍着胸脯说。

“至于石龟中学教学楼的事，明天你就到我那儿去，我把校长喊得来跟你觌面，叫他当场跟你签合同。另外这五千元丢给你，你负责给赵书记。”董兴国说着从包里拿出一只信封递给王石基。

“这钱你拿起来，不要被人看到难看。教学楼工程弄下来，我还要给你钱呢。再说，你不晓得我跟赵书记的关系有多铁，你信不信？我现在一个电话叫他来吃饭，他再忙也要来。”王石基说。

“真的啊？那你打电话叫他来下子，当面把这个钱给他不是好吗？”

“叫你把钱收起来，他这个钱我来给。我现在就来打电话。”王石基说着掏出手机拨起了电话。

“好，那我把钱收起来，我也不给你钱，你也不要给我钱了，我们两清了，各人把自己的事办起来就行了。”董兴国说。

“好，电话打通了，他正在陪客，叫我们先开始，他过一会儿到。”王石基说。

两人正谈着，他们请的另一位客人、场招待所蒲副所长到了。

这是她第三次在这饭店的这个小房间里吃饭。她一来就风风火火地说：“上菜，上菜，不好意思，我只能坐一会儿，等一下我还有个饭局要去一下。”

董兴国立即喊蔡老板娘上菜。

酒喝了几杯后，董兴国向王石基递了个眼色说：“王经理，你再去看看还有什么菜。”

王石基会意，离开酒桌外去关上了门。

“蒲所长，这个一万元钱你拿着，感谢你一直以来对我的关心，这是石龟分场给你的奖金。”董兴国说着把一万元钱往二凤包里一塞。

“无功不受禄，我又没为你们分场做什么，哪能拿你们分场这么多奖金呢？”二凤说着把包里的钱拿在手上。

“以后做也一样啊，奖金先拿嘛。快收起来，被人看到不好。”董兴国说。

“以后能做什么事呢？”二凤拿着钱问。

“你看我能不能做场委办主任啊？”董兴国未敢直说叫她找方书记。

“我看你能。但跟我有什么关系啊？”二凤故作不知地问。

“得便时，在方书记面前帮我说几句好话。”董兴国只得直说。

二凤把钱递给董兴国说：“办公室主任竞争太激烈，我恐怕做不到。”

“又不是叫你打包票的，当不上不怪你，当上还要重谢呢。先拿着。”董兴国说着把钱再次放进二凤的拎包里，并拉好拉链递给她说：“你不是还有个饭局要去吗？你先走吧。”

二凤走后，董兴国又和王石基等赵副书记。

不一会儿，赵副书记真来了，还带来了钟玉保。

钟玉保进来看是董兴国和小秃子，就满脸的不高兴。他借着酒劲冲着董兴国说：“乖，现在把大哥忘了噢，晓得悄悄地请书记吃饭，不请我了。你哪里晓得赵书记是我大哥噻。”

董兴国哪里知道赵书记会把钟玉保带来,他一看到他进来就知道不好,便赶忙赔不是:“大哥不要生气,是我请晚了。只怪我在分场里开会开得太迟,上来就到你们办公室去找你,你们都不在办公室,只有邓远航和蒲科长在那儿写材料,我不想喊他们,便回家了,在路上遇到王经理硬把我拉到这里。来,我赔不是,先抽支烟。”说着从包里拿出两包好烟,一包给赵副书记,一包给钟玉保。

“你现在忙呢,九龟哪个有你忙啊?再忙,不能把大哥忘了,知道吗?你看我怎么对待我大哥赵书记的。大哥,我敬你一杯,你上上嘴就行。”钟玉保说着站起来对着赵书记把一杯酒干了。

“我知道、知道。我罚酒,我罚酒。”董兴国说着喝干了两杯酒。

四人又各自互敬了几杯酒后,董兴国站起来又向王石基递个眼色说:“我去看看还有什么菜。”

待董兴国走出门,王石基也站起来说:“这块他哪里有我熟噻,要什么菜让我来噻。”说着跟出了门。

两人在门外商量了一会儿,一人端了一个菜,一起走进来了。又互相敬了几杯酒后,王石基对赵副书记说:“赵书记,我那边有几个客人,能不能请你出个面,抬高抬高我的身价?”

赵副书记二话没说端起酒杯就跟王石基出去了。

剩下董兴国和钟玉保两人,董兴国迅速从包里拿出五千元钱往钟玉保裤子口袋里一塞说:“奖金、奖金。”然后又坐回自己的位子端起酒杯说:“钟主任,我这个人无根无底,发展到现在,这一辈子最感谢的就是大哥你。来,我再敬你一杯,你上上嘴,我干到底。”说完把杯中酒干了个底朝天。

“我是那种人吗?有什么事不要憋在肚里,要跟大哥说,大哥绝对不会推的。”钟玉保也干了杯中酒。

“大哥,我是有事找你,你现在是宣传部长兼场委办主任,能不能多表扬表扬我们石龟,让我们露露脸。比如马上要开场委工作会了,能不能在方书记报告里点点石龟,说一说我们的实绩?”

“小意思啦,包在大哥身上的啦,来干杯的啦。”钟玉保学起了港腔。

与此同时,王石基在外边也完成了揣钱的动作,并把董兴国求托的事完整地跟赵副书记说了一遍。

108

他们两桌酒席在进行时,邓远航和小凤还在办公室写讲话呢。写到六点半,天已黑透了,街上的路灯也亮了。

邓远航见此便一边收拾东西一边说:“小凤,回去吧,明天再写吧。”

“邓主任,你不要老在这里写材料,你也要花点时间在个人问题上了,人家都找人周旋起来了。”小凤关心地说。

“再说吧。找也就这么回事,他不想给你当这个主任,你再找人,他也会有办法推托掉。”邓远航说。

“你不要傻,那不一样的,你找了,他方书记就是不让你做这个主任,他也会有很大压力的。要不这样,我叫二姐去跟方书记说说。”小凤说。

“她说有用啊?”邓远航半信半疑地问。

“外边不是说她在方书记面前说话有用吗? 就试一试吧。”小凤说。

邓远航知道外边说的是指什么,他不好意思利用二凤这种关系为他说情,想了一会儿后对小凤说:“先不说吧,我另外想想办法,等实在没办法了再找她。”

邓远航他们下班走到门口又碰到了丁和全副场长。

“哎,正好,走,跟我去陪个客。”丁副场长对他们说。

“不了,讲话还没写起来,晚上还要抓紧写呢,过两天你们两套班子领导要讨论了。”邓远航说。

“不要老写报告了,写死了没的用,人家不把你放在眼里! 现在又传主任在分场书记中选了,欺人太甚了。你大胆地给我去找方书记,我告诉你已经有十来个人找人想坐场委办主任这个位子了。人家找,你不能找啊? 晚上到他家去!”丁副场长说。

待丁副场长走后,邓远航扶着车子站在那里看着丁副场长去的方向,久久不动也不说话。小凤想,邓主任这些天又写材料又为主任的事烦心,担心他出什么问题,就想陪他说说话,让他心里舒畅些,便说道:“老师,我今儿个请你吃晚饭,我们找个地方去吃个小吃。”

“不了,你也回去吧,等这次大会开过了,我请你吃饭。”其实,邓远航站在那里不动是在想问题。他想的是:一个小小办公室主任的位子空缺,为什么这么多人去争？而实际上还没空缺下来,人家还霸着不肯丢,还不知道人家什么时候愿意丢呢。到底这个位子什么地方吸引人呢？他正想着,还没想通,就听到小凤喊他了,便回答了她的话,说完骑上车就往家里奔。

一到家,妻子黄洁青就告诉他:“舅舅来电话了,说他跟方书记打过电话了。”

“方书记怎么说?”邓远航迫不及待地问。

“方书记也没有明确表态,他说,先要让大家推荐,然后还要集体研究。舅舅叫你好好工作。”黄洁青说。

“他妈的,他这完全是托词！这么多年九龟提拔哪一个干部叫两套班子推荐过的啊？‘集体研究’？哪次提拔干部不是他一言堂啊？上次场委会研究干部,外来的齐书记刚对一个一年中动了三次窝的干部提出异议,他马上把人家一冲,结果谁也不敢说话,动了一百多人,半个小时不到就全部通过了,这叫什么集体研究啊？蒙谁啊?”邓远航气愤地说。

“远航,你冷静一点,不要说气话。事情还没定,还是可以努力的。”黄洁青劝着丈夫。

“我知道,我冷静一点。但我不懂,平时写材料没有人沾边,怎么现在一下子这么多人要来办公室工作呢？唉……”邓远航深深地叹了一口气。

“那些人哪里是想来工作啊？他们是想来做官的。他们哪里知道办公室的艰辛啦？要是叫他们来吃这个苦,打死他们,他们也不会来的。”黄洁青分析道。

“对,你说得对。我想起来了,这么多人来争这个位子,他们是来争坐一号车的荣耀的,是来争能跃上一个台阶的跳板的,不是来争吃苦受累的。小青,这些年我真感到很累,感到身累心累,主要是心累。自己辛辛苦苦、埋头苦干,一些人却用不正当的手段来跟你抢位子。”邓远航深深呼吸了一口气。

“你也不要恨那些跟你争这个位子的人,你要理解人家,谁见到能更上一层楼的时候不向前,而向后退呢?”黄洁青劝丈夫说。

“这个我肯定理解的,我不理解的是这些年,我们九龟就提个钟玉保,抢,争,我谁也不怕,我最不能理解的是没有公平竞争的环境。”邓远航既赞成妻子的话又提出了不同意见。

“我觉得这不公平的事,你也要理解。天下不平的事太多了,也不是一天能解决的。”黄洁青再劝丈夫说。

“这我也理解,但不能因为一时解决不了,我们就不向这方面去努力,明明能做到相对公平一些的,却也以一时难解决为理由而放弃。”邓远航继续把妻子的话向前延伸着。

黄洁青觉得丈夫今天心里有怨气,不能跟他这样辩下去,便对他说:“远航,我原来非常希望你能当上这个主任,现在我的思想有所改变了,就是你当不当,你都是我的丈夫,我都会支持你。”

“谢谢你,你有这话我心里也安定些,从某种程度上讲我也是想为你争到这个位子。现在你这么想,那我还想问你一下,如果别人来当这个主任,我就准备离开办公室了,即使他们不让我离开,我也绝不再写材料了,行不行?”邓远航向妻子征求意见说。

“你放心,随你选择什么岗位我都支持你。但是有一条,在事情没有尘埃落定的时候,我们不能放弃努力。”黄洁青鼓励丈夫说。

“行,一言为定。你舅舅叫我好好工作,我听他的,我去写材料了,争取以最高水平完成这篇讲话。”邓远航说着就要去写材料。

“也不要这么积极,废寝忘食也没必要。先吃晚饭,吃过晚饭我让你找个人。”黄洁青向丈夫卖了个关子。

黄老师早在厨房喊他们吃饭了,他们这才去吃饭。

“找什么人?哎,刚才丁场长叫我去找方书记,而且要到他家去找,什么意思?”邓远航边吃边问妻子。

“意思不是很清楚吗?就是叫你去送。行,吃过晚饭我陪你一起到方书记家去送。”黄洁青说。

“送什么?”邓远航问。

“送钱啊,存折不是给你了吗?”黄洁青说。

邓远航从口袋里掏出存折递给妻子说:“存折在这块儿,给你。”

“这有什么用?现在又拿不到钱了,银行早关门了。”黄洁青说。

“那正好,就不送了呗。”邓远航说。

“这样吧,上次你舅舅带过来的两瓶好酒在这儿呢,晚上就拿那酒送去。如果嫌少,我这儿还有一只金龟一起送去。”一直在旁边没吱声的黄老师说。

109

黄老师说着去房间拿来小金龟放到他们面前又说:“这是我父亲传给我们的,你舅舅那儿应该还有一只。”

邓远航儿子一把抓过小金龟放到自己面前端详着。

黄洁青从儿子面前拿过小金龟放到邓远航面前说:“儿子乖,这是别人的,爸爸、妈妈马上要去还给人家。”

“哼,妈妈骗人,这不是人家的,是姥姥的。”儿子说。

邓远航把小金龟拿给儿子说:“先拿去玩玩,看看它长什么样。玩过了,还给姥姥。”

“不送人啦?”黄洁青说。

“两瓶茅台酒也够了,跟人家比多也比不过人家。小金龟送去也是白搭。”邓远航说。

吃过晚饭,邓远航问黄洁青:“你刚才说叫我找个人,找个什么人?”

黄洁青看着丈夫开玩笑说:“你的老情人!”

“又来了,要有情人早被他们抓住把柄搞下去了,还到现在呢。”邓远航说。

“跟你开玩笑哎。你打个电话给何萍浪,看她有什么办法。”黄洁青提醒说。

“噢,她呀,人家这个时候正是忙演出的时候,你是找不到她的。再说这个小事麻烦她去干什么啊?”邓远航说。

“好,不找就不找,那我们就去投手榴弹吧。”黄洁青边开玩笑边拎起了两瓶茅台酒。

平时夫妻俩外出,总是丈夫拎东西在前,妻子空手在后。今天却是妻子拎东西在前,丈夫空手在后。到方书记家门口时,邓远航不让妻子上前,而是把妻子拉到一棵大树后边朝方书记家门口看。就见一会儿方书记出来送客,一会儿又进去一个人,一会儿方书记妻子出来送客,一会儿又进去一个人。

邓远航和妻子躲在那里,进退两难,像是做小偷似的,生怕被人看到。

又等了好一会儿，邓远航还是下了决心，从妻子手里拎过两瓶茅台酒，拉着妻子说："走，回家，时间都浪费了，我还要写讲话呢。"

到家后，黄洁青埋怨丈夫："还有什么用？两瓶酒都送不出去，这么要面子还能当什么主任？"

"好啦好啦，不要气了。这方书记我在深圳已找过他了，他对我说的话也不错了，比跟你舅舅说的还好呢，再找他，他说的也不会超过这些了。我马上等这个讲话完成了，去找一下史场长和组织部长。"邓远航哄妻子说。

"那你明天记得跟何萍浪打个电话噢。"黄洁青叮嘱丈夫说。

第二天一早，方书记打电话来，叫赶快把讲话打印修改好，印四份发两套班子领导，明天上午讨论。

邓远航连忙去边打印边校对边修改，忙了一上午还没完成，把给何萍电话也打忘了，回家还被妻子说了一通。下午装订好讨论稿，邓远航准备给何萍浪打电话，因为办公室人太多，他怕有些话不好讲，便坐在那儿等，想等到没人的时候再打。

正等着时，省委办公厅电话来了，钟玉保赶忙去接，谁知人家说找邓远航，他气得把话筒住桌上一摔便走，也不说叫谁接电话。办公室一个也不去接，以为人家跟钟主任要什么情况，他不清楚，去办公室拿资料了。等了几分钟，钟玉保才过来说："哎，邓主任，你电话为什么不接啊，真是做官当老爷的啊，还要把话机拿给你啊？"

办公室里的人听了都漠然。

"啊？是我电话啊？"邓远航一听这话赶忙起身去接电话。

电话是省委办公厅文副主任打来的。文副主任说："你办公室人多，我说你听着。你告诉方书记，说我带两个秘书明天下午到九龟湖农场调研'产权制度改革'的事，叫他汇报。我这次实际专门为你事去的，你心里有数就行了，不要跟别人说。"

汇报材料没有问题，这次邓远航写的场委工作会报告的主题就是"以产权制度改革为抓手加快推进全场工业经济发展"，把这个讲话修改成汇报就行了。

不一会儿，省里又来了一个电话，又是钟主任抢着接，又不是找他的。他说："乖乖哎，今天什么日子啊，全是'损'里来电话。光武接电话。"

电话是省农垦办公室打来的，叫他告诉方书记，明天下午省农垦李副书记一行四人到九龟。

下班前丁副场长又打电话来,问:“怎么这次讲话稿还没讨论,就有人说这次讲话写得很差啊?”

“啊? 有这回事?”邓远航感到很吃惊。

“不碍事,你不要怕,但还是要重视一下。你明天不要自己读讲话,最好叫哪个秘书读,免得把矛头直接指向你。”丁副场长嘱咐道。

第二天上午两套班子会,讨论这次场委工作会的开法、时间和报告。先讨论报告,场委办蒲科长用四十多分钟很快读完了报告。

丁副场长第一个发言:“这是一个很好的报告,抓住了现阶段九龟工业经济发展的根本所在,十分明确地提出了改革的目标、思路和指施,而且提出的六条措施,非常实在,非常符合九龟实际,可操作性也非常强。我认为这个报告是场委办这几年所没见过的质量最好的报告。如果九龟真正按照这个报告落实下去,九龟一定会进入一个快速发展阶段。”

他这一开头,其他人发言也都顺着这个基调走,都是总体肯定、赞扬一番,然后提出一些字句上的小问题。

这让钟玉保很着急,这样下去不是给他邓远航加分了吗? 而且还贬低了前两年洪光武所写的材料。他在心里暗骂丁和全开了个坏头儿,早晓得这样自己就应该打头阵,把握住大方向,现在即使自己把这个报告说得一塌糊涂,也抵不了前边那些人的歌功颂德,只有寄希望于赵书记了,他是老同志,说话分量重一些,方书记也能听进去。他向赵副书记看看,赵副书记正坐在那儿闭目养神,像是不打算发言的样子。不行,只有自己先披挂上阵了。于是,他清了一下嗓子,然后说:“这个报告好是好,但问题也不少。”他没敢一开始就否定这份报告,因为前面赞扬声太强大了,如果自己跟大家硬拗着来反而会被大家孤立和瞧不起。说了这个开场白以后,他继续说道:“问题很多,因为时间有限,我就不一一说了,我就举几个例子。就是第三大部分,对领导提要求的部分。什么‘做人正,为政廉’,这些话报告里能用吗? 我们不会写,不能跟人家学吗?”

“钟部长,这句话还就是跟上边学的,省农垦书记报告中有呢。”丁副场长插话说。

“还有什么‘身体力行有中国特色社会主义理论’,这叫什么话? 完全是个病句,狗屁不通!”钟玉保继续说道。

“怎么不通? 是通的,可以这样说的。”坐在后排的邓远航辩解了一句。

110

“还通呢，怎么通法？亏你是石龟中学语文教师出身，说出去丢死人呢！”钟玉保把材料往桌上一拍大声说道。

“这话是通的。你认为不通，一是你平时习惯了把‘身体力行’四字单独成句，二是对‘身体力行’四字不了解，它本身就是一个动词，是‘亲自体验，努力实行、实践’的意思。省委、省农垦报告中都有。”邓远航又做了辩解。

“省里有也不通，这叫什么话？你把省里报告拿给我看！”钟玉保说。

这时，丁副场长举起了中央《决定》说：“不要吵了，钟部长，我把中央《决定》给你看，这上边也有这句话，我画下来了，你拿去看去。”

钟玉保拿过丁副场长画过的《决定》看了后嘴还硬，但声音低下来了：“这叫什么话嘿！”

“好，不吵了，以中央的为准。赵书记，你说说。”方书记见钟玉保也说不到点子上，便指名赵副书记发言。

赵副书记知道他没发言，方书记不好做最后总结，就等着书记点名，这样让大家感到他讲的意见分量重。不出所料，书记点他了。于是，他挪一下屁股说：“我水平低噢，没上过大学，现在他们大学生写的东西我们看不懂噢。以我这个水平看，这个报告写得太平，主要是内容与大帽子一致不起来。题目是‘创造新优势，实现新跨越’，但报告中没有写到哪些方面是‘创造新优势，实现新跨越’。”

史场长插话说：“老赵啊，你翻到第二部分，这儿有一大段专门写了创造三个新优势，在三个方面实现新跨越。”

“他写到这块儿哪个看到啊？还有，我是分管党建的，第三部分加强领导，还是要专门谈党建。不管是加强领导和谈党建，以前文件上有的、报告中说的，我们就不写不说，一个字都不用！要写出新意、全新的东西。我看报告还要大改大动，办公室还要充实写作力量，不行叫光武上。”赵副书记继续讲道。

邓远航心想，这话说得多官气，谁能写出“全新”的报告？一个字都不用，除非你重新造字！邓远航这么想，但没说出来，按道理领导发言他们是不应该说话的，除非领导问，他们才可以说。他今天已经说了不少了，现在不能再插嘴了，要沉住气。但是这赵副书记今天怎么啦？他说没讲到的，报告里都有，他既未听也未认真看。这个报告是专门讲工业企业产权制度改革的，他则要谈党建，报告里讲到了“在产权制度改革过程中不能淡化、弱化党建工作”一段，他却要求第三部分专门谈党建。最后还叫大改大动、充实写作力量，到底是何用意呢？他突然想起丁副场长说的，报告还未讨论，就有人说报告写得不行了，这在外边说的，大概不是他姓赵的就是那姓钟的了。他们今天的发言肯定是带有个人目的的，无非是在主任竞争白热化的时候，贬低我而抬高洪光武吧。

在邓远航心里想着两位领导奇怪的发言时，方书记总结了：“报告总体写得不错，没有什么大问题，把一些问题稍微拎起来讲就行了，没有什么大的改动。你明天修改一下，后天开会，上午参观，下午四家发言，然后我讲话，具体会务包括参观和发言的企业，请赵书记总牵头，安排布置一下。下面，两套班子留一下，由组织部搞一次推荐。”

邓远航他们离开会议室回到三楼大办公室。

小凤把手上的报告往桌上一掼说：“什么狗屁领导，好像要显示自己的高水平，其实一点水平没有，连正常的人格都丧失了。”

“算了，不要讲气话了，好歹大家对报告还是认可的，最后方书记的总结也还是公正的。报告是方书记做，他定了就定了。”邓远航说。

“我不是为了报告，报告随他做个什么样子我都不问，我是替你鸣不平。他们明显是针对你的。前边把你一贬，把洪主任一抬，接着就搞推荐，那种‘发言’的意图还不是司马昭之心，路人皆知啊？”小凤坐在那儿仍气呼呼地说。

“算了，你也不要气了，跟这种人生气也不值得。嘴长在他身上你堵也堵不住，好歹大家的眼睛是亮的，绝不是一两个人的恶劣表演所能蒙蔽的。”邓远航说。

“我也觉得这样，两套班子领导对你的印象还是不错的，我觉得上面推荐，你应该是第一。对此你有信心吗？”侯鸣放说。

“我有足够的信心，在两套班子领导中推荐，我能被推荐上。”邓远航信心十足地说。

很快四楼的推荐结束了，邓远航站在办公室门口，两套班子许多领导都跟他点头或微笑打招呼，似乎要向他暗示，他们推荐了他。只有钟玉保脸冷着对他说："通知几个主任到赵书记办公室开会，安排会务的事。"

邓远航喊了洪光武、侯鸣放到赵副书记办公室。"你不要参加会了，你回去修改报告，把报告负责好就行。"听赵副书记这么说，邓远航便掉头回办公室。

一到办公室，丁副场长就打电话来说："方书记对人不负责，过去用干部从不要人推荐，现在又想起来一出叫人推荐。又早早地把推荐的事说出去，等那些人把功课做足了来推荐，是带人玩哪。我跟你讲噢，我旁边的两个人都没推荐你噢。赵书记推荐的是他老乡董兴国，钟玉保推荐的是洪光武。"

邓远航对这两人不推荐他已早有心理准备，他根本就没把他们算在他的票箱里。他从紧估计，两套班子十八个人中，应该有十一个人推荐他。其实，这推荐到底有没有用还不知道，不管这推荐是否有用，找一下组织部部长是必须的。

中午吃过饭，他就在宾馆等。等到一点半，组织部长从餐厅陪客人过来了。待他送走客人回到宿舍时，邓远航跟了进去。

邓远航向组织部长简要地谈了个人的情况。听他说过后，部长也不绕弯子，直截了当地对他说："这次两套班子推荐，推荐你的人没有想象的多，虽然你票最多，但也只有四票，总共推出来十五个人，其中分场书记六人，部委办局负责人九人，票都分散掉了。当然，这些票不是绝对的，只要一把手认为你可以当这个主任，也是可以的，其他人的意见不是问题，关键是一把手。你现在要好好工作，让主要领导和几位书记感到你是不错的就行。不过省农垦已打电话过来，叫干部冻结了，说明方书记要走，下周可能就宣布班子。"

从组织部长那儿出来，邓远航心里极不舒服。虽然组织部长很交心地把话跟他说到位了，也向他暗示了努力方向，但他对人心不古非常气愤。平时，无论哪位领导叫他做事，他从不推托，就是再忙，他也会按时保质地把人家交代的事完成好。因为这个，再加上他的人品和能力的出众，两套班子领导对他都是啧啧称赞的。因而之前，他对由他们推荐办公室人选是充满信心的。然而结果让他大失所望，所以他痛心。但他知道为什么平时你对他好、他也对你好的人关键时候不拉你一把的奥秘所在。这个奥秘就是：战线拉得太长，水真的被搅浑了。一个主任空缺，十五个人被推为人选，说明什么？说明各人都有自己的亲疏，各人都有自己的圈子，推荐自己的人，推荐对自己好的人，推荐对自己有好处的人成了这次推荐心照不宣的标准。萝卜白菜各有所爱嘛。所以，你完全不要恨那些表面答应推你、转身就推他人的人，他能表面答应你，说明你这人在他心目中还占有一点空间，只是这点空间不足以让他心动而已。

心情虽不舒畅，邓远航还是回家改材料了，改到下午三点多钟便到宾馆等候省委办公厅文副主任一行。

111

邓远航刚到宾馆不一会儿，丁副场长也来了。因为丁和全是办公室老主任，与文副主任熟悉，方书记叫他先陪，下午先带文副主任看两个企业，明天汇报，他等一会儿来。

又一会儿，赵副书记、钟玉保、洪光武也来了，他们来等洪老院长和李书记。

邓远航见他们来便到大厅外边的路上一直向街上走，不一会儿看一辆挂省里牌照的轿车驶进宾馆，他又回头向宾馆大厅走。还没走几步，远远地已看到方书记在那儿跟洪老院长和李书记握手了。

方书记陪两位客人进了房间。

一进房间，洪老院长就对方书记说："祝贺你啊，方书记，你调到省级机关的事终于有了眉目，这事李书记跟你说。"

"洪老知道的，就洪老说就行了。"李书记谦让道。

"好，那我就不客气了。方书记啊，你这个事，李书记可费了心啦，上上下下地跑，终于初步确定你到省纪委任委员，副厅级，昨天省纪委打的报告已分别送给省委书记和省委组织部。"洪老院长说。

"哎呀，谢谢、谢谢，太感谢你们了。"方书记有些激动地说。

"不要谢我，好好谢谢李书记。"洪老院长说。

"李书记，永世不忘！晚上拿茅台敬你。"方书记说。

"哎，不要感谢我一个人啊，没有洪老，我还不认识你呢。"李书记说。

"那是肯定的。光武的事，上午两套班子已推荐过了，光武已推上来了，我这两天就安排考察，开场委会。你放心，洪老啊，我在这儿一天，就一定把光武的事办好。”方书记表态道。

他们叙谈正欢时，丁副场长、邓远航陪文副主任一行已到企业了解产权制度改革的情况了。

晚上，考虑到方书记要陪，邓远航把晚饭便安排在场部宾馆。

他们回到宾馆时，丁副场长叫邓远航先把文副主任他们带到餐厅去，他去联系方书记。不一会儿丁副场长就过来了，他把邓远航拉到一边说："方书记叫我们先陪他们，他自己等会儿过来敬酒。刚才，在大厅那边听说他调到省纪委去了，说是安排副厅级。"

"我听说下周要宣布班子，没听说他要调省里啊？这种人也配调省里工作？"邓远航很不理解。

"现在有什么配不配啊？好了好了，哪里管得了那么多？只是这种人对人太不负责，只晓得为自己找出路、跑官路，自己屁股一拍走路，哪管你九龟干部的前途？不谈了，不谈了，喊文主任他们来就席。"丁副场长说。

宾馆今晚有两桌省里客人，两桌在相隔不远的厅里进行。一桌由方书记、赵副书记、钟玉保、洪光武陪洪老院长和李书记，一桌由丁副场长、邓远航陪文副主任一行。

开席前，二凤把邓远航喊出来问："邓老师，这桌拿什么酒？"

"安排的什么酒？"邓远航问。

"你不能问安排，安排肯定是地产酒，九龟酒。我想人家上次那么诚心留我们，虽然没吃，但人家是热情的，这次人家到九龟来了，酒稍微拿好一点儿的。"二凤说。

"他们那边喝什么酒？"邓远航问。

"茅台。"二凤说。

"那我们也拿茅台。"邓远航说。

"那你去跟大老板说，这要他同意呢。"二凤说。

"你去问他一下，同意很好，不同意再说。"邓远航说。

"我不敢去问。"二凤推辞道。

"老师叫你办个事叫不动啦？你要记住，老师永远是你的老师，他领导一眨眼就不是你的领导了。快去！"邓远航拿出师爷的架子指派道。

二凤没法，只得去请示方书记。

邓远航站在厅门外看着二凤进了方书记他们的厅，不一会儿又从那厅里出来。

还没到邓远航面前，二凤远远地就抬起一只手直摇。邓远航知道是不同意的意思，等她一到跟前，就臭她说：“你有什么用？一个大所长酒都决定不了。”

“我说不去吧，把我臭骂一顿。叫执行规定拿九龟酒。”二凤说。

“不行！今个必须拿茅台酒！执行规定？他书记不带头执行，下面谁执行啊？”邓远航心里有一股怨气要向外发。

二凤从来没看过邓老师这种表现，竟敢对抗方书记的命令。她害怕邓老师吵起来不得了，便连忙安慰道：“老师老师，你不吵噻，今个学生请老师，酒钱全算学生的还不好吗？”

“好，你不要多说了，赶快叫人把酒拿来，里边等着呢。酒钱你也不要担心，今天由老师私人付了。你进去好好跟文主任喝酒就行了。”邓远航说着和二凤一起走进厅里。

“你们方书记管得也太宽了，喝什么酒都要向他请示，还有没有时间抓发展啊？”文副主任问邓远航。

“也不是什么酒他都管的，他就管几种酒，剩下来的时间还是不少的。”邓远航说的话，连自己都不知道是维护方书记还是讽刺方书记。

服务员很快拿来了茅台酒，正要开，被文副主任拦住了：“服务员不要开！远航，九龟湖啤酒方书记管不管？”

“文主任，这瓶茅台，方书记想管也管不了，它属我个人的私有财产。开！服务员。”邓远航说。

“不开，不开。远航，我不是开玩笑，我前天才打过乙肝疫苗，白酒不能喝，我们就喝点九龟湖啤酒吧。”文副主任一边说一边走到服务员那儿把白酒收了起来。

大家没法，只有开九龟湖啤酒。

席间，文副主任悄悄地问邓远航：“你下午叫我不要跟方书记说你的事了，什么意思？是不是你当主任的事有眉目了？”

邓远航摇摇头，然后对二凤说：“来，二凤，文主任上次就要跟你喝酒了，你不肯留下来，今儿个人家来了，你敬两杯酒噻。大杯子，倒满了的。”

“好，我敬文主任满满的两大杯。首先向你道歉，上次没留，这次又没喝白酒，敬杯酒，赔个礼。”二凤端着一杯啤酒走到文主任面前说。

没着，我听到邓主任喊你‘二凤’，怎么叫这么亲热？”文副主任问。

“她是我学生，从小也是看着她长大的，就这点儿亲热。她们是三胞胎，三只凤，这是二凤。哎，她可忙呢，出场不容易，不抓紧时间跟她喝两杯，她就要转场了。”邓远航说。

正说着，服务员来说那边喊蒲所长去呢。二凤急忙跟文主任喝完一杯啤酒走了。

“刚才你问我话，二凤在这儿不好说。请你不找方书记谈我的事，是因为他马上要走了，干部已冻结了。”邓远航说。

112

“走？他往哪儿走？”文副主任问。

“据说是到省纪委，安排副厅级。”邓远航回道。

“这种人能到省纪委？就我下午半天才跑两个企业，企业对他都颇有不满，我要在这儿几天，还不知道要听到多少反对他的声音呢。”文副主任说。

“在那边正陪着省农垦李书记呢，也许有戏。”邓远航指指南边说。

“远航，你也不要留恋这种人，这种人早走，对九龟、对你早一天有利。不过我还是认为他即使走，他也不适宜到省级机关，他不要以为陪省农垦李书记喝几瓶茅台就能调省纪委了。”文副主任说。

“据说省纪委调人的报告已到省委书记和省委组织部那儿，可能性还是蛮大的。”丁副场长说。

“我看也就是可能性了，没有现实性了。走，回去，明天就把九龟的情况在领导耳边说说。和全、远航，就不打扰你们了，我们今晚赶回去，明天还有事呢。”文副主任说走就要走。

丁副场长和邓远航感到有点突然，不是说明天还要看半天，吃过午饭走吗？怎么说走就要走？邓远航说：“怎么这么急？是我们招待不好？怪我怪我，我来赔礼。”说着就要喝掉杯中的啤酒。

文副主任拦住他说：“不是不是，真回去有事。这样，过两三个月我还来，多带点办公室的同志来调研。”

“那稍微等一下，方书记说来敬你酒呢。”丁副场长说。

“又没喝酒敬什么酒，让他好好把李书记喝好，好把他提拔到省纪委去。真走了，谢谢你们的热情招待。哎，远航，还是要一如既往地好好工作，这是根本，机会还会有的。再见。”文副主任说着起身走了出去。

二凤在那边几次提醒方书记过去敬酒，方书记都没理会，直到洪老、李书记挂起免战牌，主食上来了，他才叫二凤带他过来敬酒。二人过来一看，人去厅空，只有服务员在清理餐桌，方书记便气冲冲地向外走。

走到门外，刚好碰上回来拿包的丁副场长和邓远航，便劈头盖脸地把他们一阵臭骂后转身离开，刚走几步又回头骂道：“邓远航，你太无组织、无纪律！省里来人，你以为是你家亲戚啊？要喝就喝，要走就走，要拿茅台就拿茅台！行，既然你不要领导参加，场财政就不负担你宴请私人朋友，这桌酒席你自己付账！”

前边被一顿臭骂，邓远航已怒火中烧，现在他又说出这种话真让他忍无可忍，他便顶了一句：“方书记，我这桌酒席我付得起，我看你那桌酒席怎么付！不要人快走了，弄出事来走不掉！”

丁副场长赶忙拉住邓远航，劝阻他不要再说了。

这边二凤又连忙劝方书记，说那边客人要走了，请他去送客。他想说什么又没说，转头跟二凤走了，可心里还对邓远航说的话气愤不已，嘴里还是叽里咕噜说了一句：“他以为我走了没权了？等调到省纪委非整他不可。”

尽管邓远航心情不好，尽管他不再想给方书记写材料，但他还是认认真真完成了场委工作会讲话的修改。修改完，他喊小凤拿去给打字员改，小凤在外边答应着，叫把稿子放她桌上马上就来。

不一会儿，有人从小凤的桌上把邓远航修改过的讲话稿拿走了。邓远航抬头一看拿稿子的不是小凤而是钟玉保。望着钟玉保的背影，邓远航感到很奇怪，一个从来不写材料也不管你写材料的委员部长兼主任的人，怎么亲自要把修改稿拿给打字员，充当起了跑腿的呢？

正想着小凤进来问：“稿子呢？”

“你没叫钟主任帮你拿给打字员？”邓远航问。

“没有啊。我怎么能叫部长主任做这种低等工作呢？”小凤说。

“噢，钟主任怕你劳累，帮你拿过去了。你去校对一下，印之前再给我看一遍。”邓远航说。

小凤校对一遍后拿过来给邓远航看。邓远航才看到第二页，就发现讲话稿被人改过了。有人在总结前一阶段工作时，加上了“石龟分场董兴国书记身先士卒，立志改革，企业产权制度改革走在了全场前面”。看到这儿，邓远航知道了这是钟玉保加的，也明白了他要亲自把修改稿拿过去的真正意图，他就是要在方书记的讲话中加上自己的“私货”，加上表扬董兴国的“私货”，为董兴国竞争场委办主任的位子制造舆论。且不说他这个人值不值得在这次大会上表扬，就这句话加在总结当前九龟产权制度改革几种模式的地方也是非常不合适的。因此，邓远航拿起笔坚决果断地划掉了这句话，让报告恢复了原样。

第二天上午参观时，钟玉保看到董兴国便对他说：“哎，那天晚上你叫我的事给你办了噢。”

“噢，那谢谢你。是什么事来着？”董兴国问。

“嘿，你这个人什么记性啊，你交代我们个事，我们记在心里呢，要不代人家办好啊，心里就好像有个东西抓一样的。下午听书记讲话就晓得了，在第二页上，全场唯一一个点名表扬的就是你。”钟玉保说。

“噢，那太谢谢你了。晚上请你喝酒！哎，钟主任，这个事你要叫邓主任干，就像跟他借十万元钱一样的，而请你办就手到擒来，说办就办。”董兴国说。

“兴国啊，你不晓得啊，有的人也没见过个权，有点儿小权在手，乖乖隆的冬，当个命呢。这写材料算个什么东西，有的人也把它当个了不得的大权呢，放在手上有的玩呢。你叫他在报告上带个字，他能把你折腾得家破人亡。我这个人你是知道的，既不喜欢那个权，也不喜欢那个好权的，只要基层有要求，我们就尽量地去满足他们。像你有要在书记讲话中表扬句把的要求，这还不是小意思啊？我大笔一挥把你的问题就解决了。”

“太感谢你了，晚上无论如何请你赏光。哎，钟部长，我怎么听说方书记要调走了？”董兴国问。

“是的，方书记马上要调省纪委工作，副厅级。又是省级机关，又提拔，还有权，要查哪个查哪个，下边的人怕着呢。这是多爽的事啊，真是又吃粽子又蘸糖噢。我们什么时候也能摊一回就好喽。”钟玉保羡慕地说。

“你也不错哎，委员、部长、主任，粽子和糖不也都有啊？唉，主任这个位子你也忙死了，丢掉算了。”董兴国说。

“哎，不得人接哎，方书记叫我办公室的事还要问，别人问他不放心。像这次会，大事小事还是我在问，都要我亲自安排、亲自布置。他邓小二子什么事都不肯做。”钟玉保炫耀着自己贬损着别人。

上午在这儿跟董兴国吹着办公室大事小事都是他问，但下午开会出的差错，他则不敢站出来主动承担责任了。

下午开会一进会场，董兴国就急不可耐地拿出报告翻起来，从头翻到尾，也没翻到一个董兴国，连石龟都没有，他便拿着报告向已坐上台的钟玉保挥了挥。钟玉保明白他的意思，站起来正要下来找邓远航，却听到史场长喊他了。

113

“钟主任，主持词呢？谁写的啊？”史场长对钟玉保说。

钟玉保站在那里不知所措，还是赵副书记老到一些，他在台上用话筒喊道：“邓远航，邓远航呢？”

邓远航从会场后边走到前面站到旁边。

赵副书记见邓远航来了，又在话筒里讲道：“邓主任，你们主持词也不搞啊？”

“赵书记，你叫我就负责报告的，主持词没人叫我写啊。”邓远航解释道。

“还要人叫啊？程序性的东西还要人叫啊？”赵副书记又在话筒里喊着。

“你们总牵头、总负责布置哪个写的我不知道。”邓远航坚持辩解道。昨晚上在餐厅与方书记的顶撞，他回家没有跟妻子说，而是一个人闷在心里想，自己独自排解。但现在赵副书记和钟玉保的表演实在让他冷静不下来，他这个时候不想再忍耐了，越忍，这些人对你挤压越多，他们会随意地把他们不愿意承担的任务、责任、包袱甩给你，把他们想要的名啊利啊权啊紧紧地揽在怀里，甚至还能厚颜无耻地从你手上抢夺。当然，要在平时，他们这样无端地把责任推给他，他也就接受算了，他们嘴大，自己忍了算了。但在竞争主任的关键时刻，在他对主任位子还抱有一丝期望的时候，他们这么损他，真可谓是可忍孰不可忍。他们作为场领导干部，又是这次会议的总牵头、总负责，连这点小责任都不敢承担，还有什么官品、人品？

果然，邓远航义正词严的辩解，让赵副书记、钟玉保再无话可说，还是史场长为他们打了圆场：“这不是问题噢，正好从另一个方面也考验一下领导干部的应变能力，领导干部也要不断提高自己的能力和水平，不要什么讲话都要办公室写个稿子。现在开会。”

虽有会前的小插曲，但会议开得很好，与会人员普遍反映方书记在九龟的最后一次报告，也是他在九龟做得最好的一次报告。

大家都传他这两天就会调走，但几个“两天”过去了，也没见他走。

这边黄洁青则一直催邓远航去找史场长，邓远航也觉得应该去找一下。不管方书记走不走，他还是要去找一下史场长。人家毕竟是二把手，如果方书记不走，史场长说话也有分量，如果方书记走，史场长当书记，那更加有利。

这天下午上班，他打电话给场办，知道史场长没到办公室，丢下电话就到宾馆。

来到史场长宿舍，邓远航向史场长谈了自己的想法。

史场长对邓远航的态度倒是不错，首先跟他开玩笑说：“你那天当着那么多人面顶撞赵书记，没给他面子，胆子不小啊。”

“我那也是没办法，他在喇叭里无端指责一个无辜的人，要在平时或是换个地方，我不会那样的。”邓远航解释道。

“不过，你的脾气还不小，我看你发过两次脾气了。”史场长说。

邓远航心想不好，就这一点，史场长足以给我投反对票，谁要一个敢跟领导顶嘴发脾气的人当他办公室主任呢？

“上次是几年前石龟分场群众上访把我围住，你跟那个搂住我的人发火，把我解围出来。谁没有点脾气？谁没发过脾气？关键是对谁发，为什么事发。你两次发火我认为都恰到好处。”史场长说。

“谢谢史场长的理解。”邓远航说。

“不过你今天跟我提出的问题我不好给你一个满意的答复，我只能说你的想法和情况我知道了，别的也不好多说什么。场委办主任这个位子比较敏感，现在想当办公室主任的人又比较多，这些事要跟方书记和组织部门共同研究。我说这些，你理解吧？”

“理解，理解。史场长，你看我还要注意些什么呢？”邓远航谦虚地向史场长请教着。

“注意什么？你做得很好，大家对你印象不错的。那么多人没有投你的票，并不代表他们对你没有好印象，因为只准推荐一个人，这个时候一些人就会有私心了，当然你也不要怪他们，如果组织部把你的方案拿到会上，他们也不会反对你的。所以，你也不要刻意地去改变自己，继续保持过去的作风和干劲就行了。”史场长勉励邓远航说。

前边好些天方书记调走的事只传没动静，可邓远航找史场长谈过第二天上午，省农垦就来宣布了方书记调离九龟的决定，调到地区任统战部长，而九龟湖农场场委书记由谁接任却没宣布，只宣布史场长主持九龟湖农场场委工作，又给九龟干群留下了悬念。

这个决定宣布前，邓远航就有数了，昨天晚上省委办公厅文副主任已把电话打到了他家里，告诉他说：“你们方书记已不可能调到省纪委了。我回来的第二天，书记正好看纪委的那份报告，听说我从九龟回来了，便问我九龟的情况，我实事求是汇报了他在九龟人民群众中的形象。书记当即在纪委的报告上批示：此人不适宜调纪委，建议还在临近地区安排工作。现在安排的是你们湖上地区统战部部长职务。”

上午宣布，下午方书记夫妻就到办公室把该拿回去的东西拿回去。这时，钟玉保也不愿鞍前马后跟他跑了，就在大办公室吹牛，还透露晚上两套班子给方书记送行，场委办安排一个名额由洪光武参加。

邓远航不愿听他天花乱坠地胡吹，便对李晓阳、小凤说：“你们两个跟我来一下，帮方书记把东西搬楼下去。”

“乖，难怪你进步快噢，拍马屁拍的哎。你这样拍马屁，把我们全卖掉了。”钟玉保说着躲到自己办公室去了。

邓远航没理会他，带着李晓阳、小凤来到方书记办公室帮方书记夫妻俩搬东西。他们进来时，方书记妻子正在埋怨方书记：“你有什么用？平时围着你转的人多得跟苍蝇一样，现在呢，现在个个都离你远远的，连帮个忙的人都没的，还叫我这个老太婆楼上楼下地跑。”

“不好意思，方书记，刚才钟主任跟我们开会的，要不早来了。来，你们两个来把这些搬到楼下。”邓远航一边找借口向方书记解释，一边吩咐晓阳和小凤。

方书记只“嗯”了一声便只顾整理自己的东西。他妻子见邓远航来便客气地说：“哎呀，还是邓主任知理，谢谢你噢，邓主任。”

“不用谢，这是我们应该的。”邓远航说。

“应该的啊？他钟玉保不应该来帮忙啊？他提副场级不是我们家老方，他能提得了啊？”方书记妻子一边整理东西一边说。

“你跟他说这些有什么用啊？”方书记在一旁制止她说。

“没用啊，你提拔的人呢？现在到哪儿去啦？都是酒肉朋友哎，酒一喝称兄道弟，现在一失势，狗都不理。早晓得这样，像邓主任这样的人你多提几个，将来还有个想头，提钟玉保这些人有什么用!”方书记妻子没停止她的牢骚。

“你少说些好不好?”方书记说着拎了一只装满了的包下楼了。

他妻子看着他的背影对邓远航说：“你说他有什么用？尽受人家欺负。”

114

邓远航听方书记妻子说这句话感到很奇怪，一个堂堂的场委书记，一个在九龟能呼风唤雨的人不欺负别人就不错了，他怎么还被别人欺负呢？

方书记妻子见邓远航不吱声，知道他不理解她的话，便继续说道：“本来是想调到省级机关的，工作做得差不多了，说是调到省纪委，最后还是调到地区。上级就是这样，对人不负责，没办法，他叫你到哪里，只好去……”

晚上，邓远航下班故意迟一点儿，他想两套班子给方书记送行，有可能会叫他们场委办为方书记服务的人一起去参加，因为几年前送刘书记时就叫他去参加的，故而他迟一点儿下班，以等宾馆那边的通知。虽然从心里讲对方书记有怨气，但最后一次送行，他还是应该去一下，敬个酒，道个祝福，毕竟也为他服务了这么长时间。但下班时间已过了近半小时，也没等到电话，他便骑车回家了。

刚到家，机要科徐科长打电话来，说钟主任打电话叫到宾馆参加晚宴，为方书记送行。他这个时候则改变了想法，不想再去参加那个送行，他想让钟玉保难堪。他想：既然他下午在办公室只通知洪光武去，而不通知我去，现在才通知，迟了！我不去了！便叫徐科长回答说“邓远航家里没人接电话”。

九龟湖农场没有书记，史场长主持场委工作，其办公室仍设在场部那边。场委办钟玉保主任身兼两职，也不是天天到场委办这边来，他也没有在办公室几个副主任中明确一个他不在时能负责的人，也没给大家再进行分工，他仍像他插队做小队长那样，有什么事临时指派。几个副主任就像砌房子的瓦匠一样,每天早早上班,等待着瓦匠头子分派他们砌哪堵墙。但几个副书记和办公室的其他同志以及外单位的同志都认为钟玉保只是挂名的主任,而把邓远航当成主持工作的主任,有什么事总是来找他安排,请他协调。

这天,机要科的徐科长拿来一份省农垦的传真电报请邓远航签,邓远航说:"你先去看看钟主任在不在,不在再拿来给我签。"

徐科长跑了一圈没找到钟玉保,便又拿回来给邓远航签。

邓远航看了一遍后,便拿起笔来签上:"请史场长阅示。"并签上自己的名字。他刚把名字签好,一抬头,钟玉保已站在了桌前。

钟玉保看到传真电报,立刻把脸沉下来问:"电报什么时候来的?为什么不先给我看?"

"刚来的,刚才找你你不在。"徐科长说。

"刚来的,为什么不跟我联系,就给他看?我不在不能打我手机啊,我手机二十四小时开机,什么时候找不到我啊?我还没走,你们就不给我看,我孬好是个场委领导哎。你们瞧不起我,你们先把我主任职务免掉!混账东西,都瞎了眼了,不知道哪个大哪个小、哪个高哪个矮了!以后电报来了先给我看!"钟玉保大发雷霆,把徐科长一通臭骂。

邓远航实在看不下去他这种令人作呕的表演,正如你自己说的,你"孬好是个场领导"哎,你不能像一个泼妇一样的,去对待一个普通工作人员哎。人家是为了尽快地把省农垦的电报送到领导那儿,让领导尽早知道上级的指示精神,以便让上级精神得到尽快的落实,这又有什么错呢?你这么计较你先看我先看到底是为什么呢?他想不通为什么他做了场领导后反而更不能宽容办公室的人了,不是官越大心越宽吗?他怎么职务越大,心越小了呢?

其实,邓远航根本不知道钟玉保只是对他邓远航才会心小,对别人就不一定了,就如今天的电报,如果徐科长是先给洪光武看,那他钟玉保就不会是今天这种态度了,他一定会表扬徐科长:"徐科长,你这辈子做的最聪明的事就是这件事,继续努力,以后就这样,有电报来,我不在时就给光武看。"这些邓远航都没去想,他想到的是应该替徐科长说几句话。

于是,邓远航说:"钟部长,这不能怪徐科长,今天这事怪我。他找你没找到,是我提出来叫他给我看的,责任在我。"

钟玉保一听这话,心想正好,本来针对的就是你。刚才说人还要指桑骂槐，现在就直捣黄龙了。于是他阴阳怪气地说道：“我晓得背后捣鬼的总是你哎，别人没有你这么聪明哎。想主任这个位子，也不能这么急吼吼的哎，你以为先看一份电报就是主任啦？要是这样，我叫机要科把电报连续给你先看一个月，我看你能不能把主任这把交椅看了去。醒醒噢，不要痴心梦想了，我告诉你，场委办主任这个位子两三年后再想吧！我在这块儿一天，你还要听我一天，不要整天想到挤走我、推翻我！”

听了钟玉保这些话，真让邓远航气愤不已，你以为场委是你钟家的后院啊，爱怎么着就怎么着啊？你有本事找汤厅长让你继续霸住这把交椅，赖在办公室不走，那就让你赖在这儿吧，叫办公室给你准备一块墓地，让你在办公室主任的位子上工作终身吧，我得走了，该跟你分道扬镳了。于是，他说：“钟主任，你就是不当这个主任，我们也没说不听你的啊？你不要老是心理作怪，老是杯弓蛇影，疑神疑鬼的。你没听过惠子相梁的故事吧？你以为鹓鸰会抢那只腐鼠吗？我告诉你，你就抱着腐鼠啃吧！这个主任位子你就留着吧，别说是两三年，就是二三十年，你也可以坐下去，你愿坐多少年你就坐多少年，我不想这个位子，我也不陪你玩了。再见，办公室的事，从此以后你不要再找我了。”邓远航说着走出了大办公室。

“你甩什么甩啊？地球离了你就不转啦？早滚早好！你们，”钟玉保一个个指一遍继续说道，“你们还有哪个要滚的，趁早说，趁早滚，我全批！”

他话一说完，小凤二话没说走出了办公室。钟玉保说：“嗯，邓小二子的死党一个。”

话音未落，李晓阳也走出了大办公室。钟玉保骂道：“你他妈的，吃里爬外的东西。”

“钟主任，我得赶快去参加一个活动，我下去了。”侯鸣放找了个借口也走出了大办公室。

“钟主任，我去办电报了。”徐科长说着随后走出了大办公室。

钟玉保向大办公室左右一扫，只剩下洪光武了。他对洪光武说：“打虎还是亲兄弟啊，最困难的时候还是你支持我啊。”

“大哥，其实我是真有事要走的，我怕我走了就剩你一个人太尴尬，我才留下来没走。”洪光武说。

“走吧，你们都走吧！养你们这些人有什么用？平时一个个主任长、主任短的热乎呢，这关键时候，不管有事没有事，全都滚了，你们倒给我留个面子嘫!”钟玉保气愤地说。

115

“大哥,我有句话不知该说不该说?”洪光武问。

“说啊。”钟玉保说。

“这也不是大家不给你面子,实是你不给大家面子哎。你提委员部长时,大家都为你说好话,邓主任人家还帮你做大家的工作,你不但不感谢大家,反而在这儿指桑骂槐,骂得大家都不开心。”洪光武说。

“你以为邓远航做大家工作是为我啊?他是为他自己哎,他是为了把我拱走,他好占这个位子哎,你到现在还蒙在鼓里呢。”钟玉保提醒他说。

洪光武觉得这个大舅老爷像从小大脑受过伤似的,太整了,简直没法跟他讲道理。但他还得讲:“行了,那些不谈了。你现在已是场领导,即使还兼着个主任,办公室的事还是要超脱一些。像这个电报的事你完全可以交给邓主任去签批,多大个权啊?就是指派机要秘书送给哪个领导看的权哎。我甚至认为你赶快把这个主任辞掉算了。”

“这个主任我不肯丢,你以为是为了我自己啊?我是为了你哎,是为了给你创造条件,把你弄上这个位子哎。”钟玉保说。

“这个我感谢你,但我也不大喜欢用不正当的、阴险的手段去竞争这个位子,我要有本事做这个主任,我自己会去努力的。你现在事也多,我们在这儿打岔,再让你操心,我们也过意不去啊。”洪光武说。

邓远航走出办公楼时,天空中落下了雨滴。路上的行人有的就近避雨,有的打开了雨具。邓远航也退了回来,准备回办公室拿伞,上了几个台阶又退回来,站在门厅里对天空看了一会儿,雨虽不小,但一时还不至于把身上下透,因而毅然走进雨里,走出了场部大院。

在场部大门口,他又犹豫了会儿。向哪里去?向右拐回家?这么早下班,岳母黄老师肯定以为出什么大事了。不行,不能回去,回去给家人增加心理负担。于是,他还是向左拐,再向左拐,沿着宾馆外围走上了九龟湖大堤。

他站在大堤上眺望着雨中的九龟湖,湖上烟雨茫茫,湖中浊浪涛涛。他想,人生不就跟这九龟湖一样吗?有烟雨,有迷茫,有浊浪,有抑扬,当所有这些来袭时,要学九龟湖那种淡定和安然,要有九龟湖那样容纳万物的宽度和深度。他把视线从湖面移向大堤,雨水霏霏,清洗着坡上的植被,花草树木在风雨中争显本色,竞展真情。堤两边的高树遮护着大堤,只让少许雨水清洒着路面,洒出一条既有弹性又没有灰尘的道路伸向远方。

前面的路上,一个女孩打着雨伞向这边走来。远远看到那蓝色职业套裙,那盘在头上的发髻,那优雅的步态,虽被伞上滴下来的雨帘遮掩,但邓远航一眼便知那就是小凤。

小凤走到面前,什么话也没说,递给邓远航一把雨伞。邓远航打开雨伞才发现头发和身上早已淋湿了。

“老师,办公室的人除了洪主任都出来了。有的人虽然找了借口,但都离开了办公室,大家是支持你的。”小凤说。

“小凤,淋了雨后,我才觉得我今天的言行有些鲁莽。”邓远航说。

本来觉得邓主任挺有骨气才追随而来的小凤听了他这句话一时转不过弯来,便问道:“怎么? 被雨一淋就服软啦?”

邓远航摇摇头说:“不是,也不存什么服软不服软的问题。你想,在干部队伍中,如果一位领导是正派的,你就不存在服软服硬的问题,但如果他滥用职权,他权大,嘴就大,你不服不行。所以,你觉得今天跟那种人比服软服硬有意思吗? 没意思的! 根据他那种性格,让他这样没面子,他肯定逢人必说,见领导就要上我的烂药,最后的舆论对我们是极为不利的,弄不好就真的再也没有机会去竞争主任那个位子了。”

“嗯,想想是这么回事,那现在事已出了,能挽回吗? 还是听天由命,随它怎么发展吧。”小凤说。

“小凤,你要记住,以后不管遇到多大问题、什么困难,都要做最坏的打算,向最好的方面努力。”邓远航说。

“怎么努力?”小凤问。

“现在关键是争取主动。走,回去。你回去把事情分别跟向书记、齐书记实事求是地说一下,诚恳地做些检讨。我找史场长、丁场长也这样汇报一下。这样,钟玉保再到他们面前添油加醋上烂药,反而让领导感到他的丑陋。走,现在就去。”

邓远航来到史场长办公室,把刚才场委办发生的事简单地向史场长做了汇报,然后做了检讨:“史场长,这个事我有责任,我也太不冷静,不尊重领导,其实领导说就说几句,忍一下不就行了嘛,但还是没忍住,还是怪我。我就是来跟场长汇报一下、检讨一下。”

“邓主任,你有这种态度很好,这事也不怪你,放在哪个身上也忍不住。是哪个答应他主任还兼两三年的啊? 无组织、无纪律! 哎,我问你啊,他怎么老是盯着你,跟你过不去的呢?”史场长疑惑地问。

“这说来话也长了,算是两代人的事了。就我本人来说,他是领导,我从来没有给他送过礼,也很少当面夸奖过他,也没有那种百依百顺的态度,让他感到我对他不够尊重。但是我从来没在背后说他坏话、给他下绊子。最近,他变本加厉地对我使压,主要还是为‘主任’这个位子的事,他坚决不让我做这个‘主任’,想让他妹夫洪主任做,矛盾就加深了。”邓远航简要地叙述道。

“噢,我知道了。”史场长说。

邓远航尽早、主动找领导检讨果然奏效,此后钟玉保逢领导便说“邓远航什么事也不肯做,不想在办公室干了”等等之类的话,说得领导既嫌烦也不相信,有事还是找邓远航做,办公室的人除了上级有传真电报等他来签批以外,其他事也都是找邓远航处理或协调。

这样过了几个月,一转眼到了6月底,该考虑下个月场委扩大会的事了。邓远航这方面还是注意的,什么事他都会提前考虑在胸,到时叫你负责了,正好得心应手,不叫你做了,也不损失什么。因而,他已认真思考年中扩大会报告的提纲了。

恰巧场里也开始布置了。

这天下午,赵副书记召集场委办、场办搞文字的副主任、秘书开会布置场委扩大会报告的事。赵副书记先叫钟玉保讲要求。

钟玉保讲:“这次扩大会报告,我们来一次创新,口号是:引入竞争机制,提高起草水平。具体分工是:两办人员交叉混合,分成两个起草组,一组由洪光武负责,侯主任协助,场办两位秘书参加;另一组由场办一位秘书和场委办李晓阳、蒲星凤、邓远航组成,两组各写一份报告,由场委委员最后确定用哪个组的报告。”

116

钟玉保这样的布置说是创新,却让大家莫名其妙,不知就里。为什么要起草两份报告，浪费人力、劳民伤财？为什么第一组明确了组长，第二组不但没有明确邓远航为组长，还把他排在最后？这不是明显贬低人家嘛。大家正寻思着，邓远航已开始发难了。

“哪有这种布置的？好像不太正常。我表示自愿放弃竞争，让给光武他们第一组起草。”邓远航说。

“你说哪个不正常啊？我告诉你，这是史场长布置的，你爱听不听！”钟玉保生气地说。

他说这话，邓远航也有点相信，一是他还是办公室主任，经常朝史场长那儿跑，史场长有什么事肯定叫他传达；二是史场长思维敏捷超前，会走出一些出人意料的步子。

赵副书记起初也表示欠妥，后听说史场长叫的也就不说什么，只是说：“大家要重视，打起精神来，要知道史场长虽还没做书记，但这是他第一次做这个报告，马虎不得噢。就这样，大家按照钟部长的要求分头去做吧。”

“还有，两个组的初稿三天之内直接交给史场长。”钟玉保补充说。

邓远航起身就往外走，还没到门外就被与他一组的场办那位秘书拉住，因为钟主任没给这组安排组长，且把他排在第一个，他知道这样排不伦不类，责任得不到落实，报告写不出来，他承担不起。他说：“邓主任等一下。”然后他又对钟玉保说：“钟主任，你给我们第二组明确个组长吧。”

“你看你们，全是要官做，要什么组长嘛，就你们几个人一起弄呗。”钟玉保边走边说道。

“不行不行，钟主任，不得组长牵头不行，你就定一个组长吧。”场办那秘书盯在钟玉保后边要求道。

“那就你做第二组组长吧。”钟玉保说。

“不行不行，我一个场办小秘书怎么好领导场委办的主任、科长呢？钟主任，你重定个吧。”场办那秘书仍缠着钟主任说。

“场办有什么不能领导场委办的？现在史场长不是领导场委的吗？想通了，什么都是可以的。”钟玉保说。

赵副书记觉得不妥，便说：“场委扩大会报告，还是场委办牵头，第二组由场委办分管文字综合的邓远航主任负责。”

听赵副书记到这个时候说出这话，邓远航从心底苦笑了几声后，不紧不慢地拒绝道：“赵书记，我早已不分管文字综合，我不好承担这个责任了。”说着走进大办公室，坐到了自己的位子上。

钟玉保从外边追进大办公室，把手上的笔记本朝靠门口的小凤的办公桌上一摔，往小凤的椅子上一坐，便阴阳怪气、指黑骂白起来：“领导干部要有修养、有素质嘛。不要带着情绪来工作，不要这样甩下来嘛，着急也不能这么急。”

这一席话让邓远航义愤填膺，气在胸腹中膨胀，挤得他感到呼吸困难。他想把这满腹的怒气喷发出来，但他还是忍住了。他拿起桌上的茶杯站起来，走到门外，进了洗手间。他想借机避开一下。

哪知，邓远航走了，钟玉保也不讲了，邓远航一来，钟玉保又阴阳怪气地讲了起来：“你要是不写，不是就没人写了。这个世界上不是离开哪个就不转了。”

邓远航见他这样叮着不放，便不得不还击了：“写是写的人，看是看的人，你是会管理的领导，你不是会按分工来吗？既然已明确分工，为什么不按分工来呢？我要求按分工来，这难道错了？这也是甩你？你也太禁不住甩了！”

见邓远航顶嘴了，钟玉保有点乱了：“我怎么禁不住甩，我不像有些人占着茅缸不拉屎，我对得起我这个位子，我问心无愧。”

“你问心无愧啊？你心里有鬼！你长着一张乌鸦嘴，说什么道理都懂，说得比哪个都漂亮。就是背后干坏事，背后瞎讲瞎说，打人小报告，还以小人之心度君子之腹，疑神疑鬼，总以为别人对你做了什么，说了什么，满肚子鬼气。满嘴的仁义道德，一肚子男盗女娼！”邓远航心想，既然跟你开战了，我就把你抖个底朝天，抖臭你，气死你！

“随你说我什么，我已经看透了，什么都看透了，我已经是部长了，我还在乎主任这个位子啊？只有小人才盯着这个位子呢。”钟玉保由原来怒斥邓远航一下变成了为自己辩解了。

“不要口是心非了，你看透了？你要是看透了，那全世界个个都看透了！你看透了，到农垦找人，到省里找人打招呼不肯离开办公室干什么呢？不是自己打自己嘴巴吗？不是一个真正的伪君子吗？”子弹已出膛，邓远航也不想给他留任何面子了。

“我是什么伪君子啊？我是有什么话就说的人，我不像有些人那样封官许愿，但我是关心人的，是对你们负责的。”钟玉保招架着。

“你关心人？除了打字员蔡小花，你关心过谁啊？你对我们负责？场办连打字员都动了一遍，我们办公室动谁了？机要科徐秘书干机要快十年了，还是个副股，你对谁负责的，只对光武负责吧？"邓远航驳斥道。

"群众的眼睛是亮的，哪个好，哪个不好，群众知道，不是凭你嘴说的。"钟玉保已理屈词穷。

"你还在做梦呢，你以为群众尊重你那个职务是尊重你那个人啊？我告诉你个事实吧：在'四办'主任、副主任中，你的威信最低；在场委办中，百分之九十的人厌恶你、反对你。"邓远航狠狠地批驳着他。

钟玉保实在无话可说，便站起来往自己办公室走，边走嘴里边嘟囔着："你不愿干就滚蛋，我马上就跟场长汇报。"

大办公室里的人一直观看着两个人你来我往的开战，欣赏着邓副主任唇枪舌剑大战钟大主任，感到解恨解气，现在见钟大主任败下阵来，夹着尾巴溜了，便鼓起掌来。

小凤在一旁小声地说："哎呀，吓死我了，到现在心怦怦的呢。哎，邓老师，你刚才怎么没想起九龟湖的呢？"

"小凤，遇到这种情况，就是九龟湖她也会说：是可忍，孰不可忍。她也会卷起万丈浪涛的。好啦，到此为止。吵归吵，事还要做。晓阳、小凤，我们上楼讨论场委扩大会报告的提纲。"邓远航说着带上本子上楼了。

场委办舌战没两天，省农垦来宣布班子了：史场长任场委书记，丁副场长任代理场长，赵副书记任总工会主席，何胜浪任副书记。

新班子宣布的第二天，史书记已搬到场委办公。史书记搬进新办公室的当天下午，邓远航就把他起草的场委扩大会报告的初稿交到了史书记手上。

"噢，这么快啊？写好啦？"史书记有点惊讶地说。

"大家帮忙。史书记，你叫我们写两份报告的啊？"邓远航还是想不通为什么要写两份扩大会报告。

"对呀，就是想看看你们两人的思路和文字，各取所长嘛。洪主任那份呢？交稿时间到了，他怎么没来交呢？"史书记问。

117

"可能正在写着吧。"邓远航答道。

“喊他来，问问他写到什么程度了。”史书记说。

邓远航喊来洪光武，洪光武实事求是地汇报说：“还没动笔呢。”

“那好，我有数了，没有动笔就不要动了，就用邓主任这篇吧。记住，以后布置的任务一定要按时完成。你们去吧。”史书记的话很简单，却明显已看出两人在他心中不同的位置了。

邓远航、洪光武从史书记办公室出来不一会儿，钟玉保也进了史书记的办公室。

“史书记，你看办公室哪个给你服务呢？”钟玉保问。

“你看呢？你有什么人选啦？”史书记反问道。

“不晓得书记是想在场委办选，还是用原来场办的，还是从其他单位重新选一个？”钟玉保再问。

“到场委来了，当然用场委办的人啦。场委办都有哪些人啊？”史书记说。

“场委办现在是缺胳膊少腿，人手不齐。当时，方书记在时，我就跟他请示进人，他就是卡住不让进，弄得现在人员老化非常严重。”钟玉保埋怨着前任书记，反正前任书记也不在，也无法对质。

“办公室人员要相对稳定，不能像走马灯一样地换，但也要不断地补充新鲜血液，进一些年轻人。这方面你拿个进人计划给我。”史书记交代。

“人这样，钱也这样。方书记就难我们办公室，到现在还有几万元钱的打印费报不掉，用个钱难死了。”钟玉保向史书记诉苦道。

“这个方面我听到的跟你说的好像有不少出入，你那个打字费是一笔糊涂账。”史书记毫不客气地说。

“哪个说的啊？肯定又是邓远航到你这块儿打过小报告了，不要睬他瞎说，我们都是正规发票。”钟玉保说。

“你不要瞎猜疑，人家没打小报告。经费的事，你要把账目搞清楚，把不正当的东西剔出来，然后打个报告，我来跟财政局说一下。哎，说到现在，人的事你还没推荐嘛，是不是办公室确实没人？”史书记试探地问。

“有，有。”钟玉保说。

“有你说几个给我听听呀。”史书记要求道。

“我说几个我们场委办的噢。你看洪光武，理论水平最高，插队时候就研究过《资本论》；再说侯鸣放，外语水平最高，曾经是外贸公司的翻译；还有蒲星凤，长得最漂亮，普通话说得最好，能歌善舞。你看你选哪个?”钟玉保点了三个人让史书记选。

“就这几个啊?”史书记问。

“能用的就这几个,剩下的我也不敢推荐给你,我不能不对书记负责哎。”钟玉保说。

“你倾向于哪个?”史书记问。

“我倾向于洪主任,他曾经跟方书记服务过,没有出现过一次差错。”钟玉保推荐道。

“这人写材料怎么样?”史书记问。

“呱呱叫啊,办公室的材料基本上都是他弄的。”钟玉保说。

“不是说不少讲话稿都是邓远航起草的吗?”史书记问。

“这个人啊就剩一张嘴了,在办公室什么事不肯做,还到处煽阴风、点鬼火,到处捣蛋。”钟玉保说。

“玉保啊,我想跟你谈个事。”史书记通过刚才的对话已经知道眼前这个主任既不能公正地待人,又不会合理地管事,便产生了尽快叫他把主任位子让出来的念头。

“书记跟我客气什么? 有什么指示尽管吩咐!”钟玉保说。

“玉保啊,我们九龟的基层干部群众很有创造力,这些年出了不少典型,也出了不少经验,但是我们没有把这些总结宣传好。”史书记说。

钟玉保晓得说到自己头上来了,赶忙检讨说:“书记,是我没做好,这是我的责任,我下边一定做好,让您满意。”

“这不是你的责任,这是场委的责任。一个人的精力是有限的,但场委叫你同时管着两个重要部门,让你疲于奔命。我想让你集中精力把宣传部工作抓好、抓出成效来,你看怎么样?”史书记做着钟玉保的工作。

钟玉保心想,好你个史书记,比方书记还毒怪。你要免我这个主任,你就直说呗,绕这么大个弯子来诳我,我能怎么说?

史书记见他不吱声,便又说道:“再有,你跟洪主任是子舅关系,你又跟李晓阳是子舅关系,这种现象在场委办存在这么长时间很不正常。你不能再兼这个主任,必须回避。”

“是不是邓远航在你面前瞎嚼了? 我是跟光武子舅,但我们做事都是出于公心,我跟李晓阳也是子舅,但他是站在邓远航一边反对我的。”钟玉保说。

“所以,你向我推荐人选时,反对你的,你都没推荐,就很难有公心可说了。因而,你跟洪主任必须出来一个。”史书记说。

“如果您想让光武当主任,我立即就让。”钟玉保仍在讨价还价。

“玉保啊,受党教育这么多年,组织原则不知道啊？你可以推荐办公室主任人选,但你不可以拿这个做交易。”史书记讲道。

“那我没意见,我服从组织决定。”钟玉保无奈地说。

史书记最后确定暂时由邓远航服务他这一块。

钟玉保从史书记那儿回来心里很不是滋味,有点大势所趋的感觉。他史书记这不是明摆着让邓远航做办公室主任吗？就这样让他邓小二子轻松坐上这把交椅吗？钟玉保摇摇头,我什么时候就这样一点也不反抗、束手就擒的啊？不,绝不甘心,就是临死还要拖个垫背的,怎么也要打一枪出去,就是打不死他,也要把他打残了。

晚上,他把洪光武喊到他家商量这事。

“光武,你可能办公室主任做不成了。”钟玉保声音很低沉地说。

“那哪个做？邓远航？”洪光武问。

“嗯,可能。”钟玉保答道。

钟玉家在一旁听到这话就说:“哎,邓远航做就邓远航做呗,不是很好嘛,你确实也比不过人家,先让他做,他做过了,你不是就有机会了嘛。”

“家家你不懂,这些事都还没定,没定就可以努力,何况光武还是有较大优势的,有好机会,不能随随便便就放弃了。”钟玉保说。

“我也觉得可以努力一下,但现在要看看可能性有多大,如果史书记已经确定了,牛的身体已过去了,你还拽住尾巴要把它拖回来,那就算了。他做主任,我做副主任,我们肯定能配合好的。”洪光武说。

“你们这些人,全是软骨头！我们钟家从来都是不见棺材不落泪的硬汉子,必须出手,不达目的决不罢休。”钟玉保态度坚决地说。

118

“努力,我也是想努力的,只是人家大局已定,我们做无用功,没必要。”洪光武说。

“即使做无用功也是值得的！这样吧,我们分头努力,你打电话给你爸,叫他跟汤厅长这几天再来一趟。”钟玉保吩咐道。

“这个我可以做,你还有什么招子呢?”洪光武问。

“我啊,我主任还没免,我还可以利用这个身份给你创造一些便利,给他设置一些障碍。另外再花两毛钱寄封‘人民来信’,让他们折腾一会儿。”钟玉保说。

“‘人民来信’写什么呢? 没有什么好写啊!”洪光武说。

“怎么没有啊? 钱上也有,色上也有,多呢。”钟玉保掰着手指说。

“啊? 他还有这些问题啊? 我不相信。”钟玉家感到很惊讶。

“你还以为他是过去你心目中那形象呢啊? 市场经济啊,早变啦! 就是一块石头,在水里浸久了,它也要长出青苔来了。比如钱上,他在浙江招商时,回来用假发票报销。就这一点就可以治死他。”钟玉保说。

“这个没用的,抓不住人家的,发票是我批的我知道,他从浙江回来只报过一张几天的住宿费和生活补助费,其他什么费用也没有。”洪光武说。

“那他在浙江招商时嫖娼,跟浙江许老板、跟小凤都有不正当男女关系,不是可以写吗?”钟玉保说。

“都是无稽之谈,没有一点证据,连我都不相信。我要是史书记,收到这个信就往废纸篓里一摔了事。再说,你也不要糟蹋人家小凤了,小弟玉国正在拼命地追人家呢。”洪光武说。

“话也是这么个话。那怎么办呢? 总不能让他干干净净地一句话没的就坐上主任的交椅吧?”钟玉保说。

“我叫你们算了,不要在这儿没事找事,弄得两家怨大仇深的。过两年光武再当,不是一样啊?”钟玉家劝他们说。

“不行,光武,再动动脑筋,拿出当年你读《资本论》的本事,再想想。”钟玉保一边说一边也在思考,过了一会儿,他又说:“有了,这两方面我都可以给他弄到证据。这样子……”钟玉保把声音放低了跟洪光武说了一会儿。

没几天,果然洪老又带着汤厅长来到了九龟。原来的赵副书记、现在的总工会赵主席全程陪同,史书记陪他吃了一顿饭。

他们来过后,外边传的话也不一样了。本来大家以为邓远航做主任是板上钉钉的事,可现在又传出了原来几个人选竞争的说法。

邓远航回家时,妻子就把社会上传的话告诉了他,且说:“真烦人,书记也是的,赶快决断算了,把块咸肉一直挂那儿,把下边几只猫都喊瘦了。”

“小青，我现在已不想那个主任的事了，现在史书记人很公道正派，我干得有长进有收获，心情也很舒畅，有这样的工作环境，我当不当那个主任也无所谓，对得起党员这个称号就行了。”邓远航对妻子说。

“我也这么想，只要场里做事，为场里职工着想，干得舒心，家庭和睦，就不要头削尖了去钻，鸡争鸭斗地去抢，非要当那个主任干什么？”黄洁青说。

但第二天听到总工会赵主席说的话，又使邓远航心里动了起来。

赵主席问他：“史书记有没有跟你讲？”

“讲什么？”邓远航问。

“主任是场委办内部产生，但可能主任不叫你当了，把你安排到宣传部做副部长了。”赵主席说。

他这话，邓远航相信是真的，因为昨天洪老和李副书记又来九龟了，必然对史书记的决策产生干扰，使九龟干部的任免发生变化。邓远航心想，他这话已说得很明显了，主任在场委办内部产生，又不让我当，这个做主任的无疑就是洪光武了。他做主任，我没意见，只是把我调宣传部，让我又在钟某人的下面工作，对我打击太大，难道这辈子真就逃不掉他的手掌心了？

邓远航下班回家，把赵主席说的话跟妻子说了。

黄洁青当即很气愤地说：“我去找史书记，他老父亲来，场里就把方案变了。我们就不找人，也不能这么欺负我们啊？”

“你冷静些，不要你去，要去我自己去跟书记说，主任不当没问题，但不要再把我跟他钟玉保放一个单位。”邓远航说。

“哎，想起来了，这话是赵主席跟你说的，只可能他又是配合钟玉保在造舆论。而史书记又没跟你说，说明史书记并没决定，他要真决定了，他会找你谈一次，到时你再提这要求也不迟。你现在找他，等于主动退出主任竞争，他正好顺水推舟，给你安排到哪个局里算事。”黄洁青分析道。

“话也是这话，我就听天由命，顺其自然吧。”邓远航说。

两口子正谈着，电话铃响了，是省委办公厅文副主任来的电话，说他明天带七八个人到九龟调研，史书记那边他们已通知了，传真也发了，叫他心里有数就行了。这个电话刚挂了，机要科又打来电话，说史书记交代弄一份产权制度改革的汇报，明天早上一上班给他。

邓远航心想，这好办，上次有个汇报材料，把最近以来新的数据、做法、事例加上去就行了。因而,他对妻子说:“那我现在到办公室去弄材料了。”刚对妻子说完话,电话又来了。

“哎,是你啊。怎么这个时候打电话?有事吗?”邓远航问。

“你是不是晚上要到办公室去搞材料?”电话那边一个女声说。

“是啊,你怎么知道?”邓远航问。

“你不要问那么多了,你晚上到打字室千万要注意,千万千万不要碰蔡小花,有人想拍照呢。”电话那边的女声说完挂断了电话。

“哪个啊?嗲声嗲气的蛮亲热的嘛,又是哪个老情人啦?”黄洁青开玩笑说。

“钟玉家,她提醒我一个事。”说着他把钟玉家的提醒跟妻子说了。

“不用问,这肯定是钟玉保那个缺德鬼干的,想把你拉下水,为洪光武扫清障碍。”黄洁青分析说。

“这种伎俩能诓住谁啊?诓小孩还差不多,我就上他钩啦?”邓远航说。

“噢,不行,你不能不重视。不要以为是小伎俩,他这种人的心是狠毒的,他能舍得把他的小情人当诱饵,就不是真想让你得到她的。这个天这么热,大家穿得都少,只要她往你怀里一钻,人家几张照片一拍,你个主任的位子就拱手让人了。”黄洁青提醒他说。

“那我今晚就不到办公室弄材料了,我就在家里弄了。”邓远航说。

“家里又没有打字机,你写好了还是要拿到她那儿去打印。这样子,你不要怕,你照去写材料,快写好了前十分钟给我来个电话,到时我自有办法帮你。只要你自己不想尝人家小姑娘的鲜就没问题。”黄洁青最后还跟丈夫开了句玩笑。

与此同时,钟玉保正跟蔡小花在打字室里一起商量事情。钟玉保指导着蔡小花在接材料或邓主任在这儿校对材料时,从什么位置、怎么往他怀里钻。然后又拿出照相机练着从门外跑进来抢拍镜头的活儿。

他们练了几遍,都练得十分娴熟了。后来为自己先躲在什么地方颇伤脑筋,终于找到躲到办公室柜子里的方案。钟玉保试着躲进去,不一会儿就大汗淋漓地爬出来,直喊“闷死了,受不了,受不了”。最后决定在邓远航材料写得差不多时再躲进去,并把柜门留一条缝透气。

一切准备好了,只等鱼儿上钩了。

119

邓远航到办公室时,办公楼上除了机要科有人值班外没有其他人。他开了灯,又打开顶上的吊扇,让它呼啦呼啦地扇下一些风。然后从桌上那堆材料里找出上次产权制度改革的汇报材料看了一下,发现这个材料正是上次向文副主任汇报的材料,他想不能修修改改了,必须打乱了重来。于是他又重新列了一个提纲,并按照这个新提纲重新组织材料。

他一个人正专注地搞着材料,一只白嫩的手递过一杯热茶:"邓老师,喝杯热茶,容易把身上的热量带出来。"说完站在邓主任桌前看着。这蔡小花与二凤是高中同班同学,都是邓远航的学生,所以,她叫他邓老师。

邓远航抬头一看,蔡小花穿着一件吊带裙正眯着眼看他,身上一股浓烈的香水味直冲他的脑门。他想,这就是钟玉保用来套"狼"的饵料了,这个饵料大概是刚洗过澡,才穿得这么暴露。这样一个美女站在桌前,让我怎么下笔?于是他对她说:"你先到你打字室等,或者先去外面走一圈儿,我还有一会儿呢,等有一部分出来我就通知你。"

"那好,我在打字室等你。你写好了就拿过来。"蔡小花说着一转身,裙子一旋,洒下一阵香味走了出去了。

邓远航写了一会儿觉着口干,便伸手去拿蔡小花倒的那杯水,水端到了嘴边又放了回去。据说现在有一种迷魂药,喝了后会任人摆布,这是蔡小花倒的,钟玉保会不会指使她下药呢?还是不喝为妙。虽然汗淌得不少,嗓子也很干,但他一直坚持着不喝水。写了一部分,他喊蔡小花拿过去打,再写一部分,再叫蔡小花拿过去打,他本人始终不到打字室去,这是钟玉保事先没想到的,他只好又思考新的对策。

邓远航又写好一部分,再喊蔡小花过来拿时,那边则传来蔡小花的喊声:"邓主任,我脚扭了,不能动,麻烦你跑一趟。"

诡计!诡计来了,老师怎么能上你这个小黄毛丫头的当?"噢,那你歇一下,我还有一点儿写完了一起送给你。"邓远航在大办公室向蔡小花那边喊了一句。喊完,他拨了个电话回家,告诉妻子他写得差不多了。

不一会儿黄洁青来了,还把小凤也喊来了。他们三人一起把材料送过去,然后就坐在钟玉保办公室的沙发上聊天等蔡小花的材料。蔡小花打一部分出来，邓远航就校对、修改一部分，最后又完整地修改、校对一遍，出一份带走，待明天早上史书记看过再印。他们三人离开办公楼已近夜里十二点，而此时钟玉保在柜子里已躲了近两个小时，几近虚脱。

省委办公厅文副主任一行来九龟后，外边又传办公室主任的位置还是邓远航的。邓远航也不管外边人传什么了，只管安心地工作。

他今晚又要工作一大晚了，因为史书记晚上接待过客人，才把他喊去谈了上次他起草的扩大会报告的修改意见。

史书记酒也喝了不少，说话很兴奋，像有好多话要说似的。他对邓远航一再强调："这是我当书记后的第一个报告，必须给九龟干群留下深刻的印象，并能对今后几年的工作有深远的指导意义。当然，这也是你为新场委起草的第一份报告，班子成员从这篇报告中也会决定和改变对你的看法。明天下午三点钟两套班子讨论，就要拿出高质量的讨论稿。"

"史书记，你放心，我这次保证根据你刚才的要求，把你的思路融合到报告的各个方面，尽我最大的努力，让这次的报告成为新领导阐述新思路、发出新号召、提出新要求的凝聚九龟干群共识的报告。"邓远航表态说。

"远航，你要知道许多问题有时很简单，但如果让一些人插手后，把水搅浑了，问题就复杂了。你就说办公室主任这个位置，在方书记手里就空缺了，当时定下来多好？但是他没有定，一直拖到现在，时间拉得这么长，倒让一些人有了活动的空间，甚至给一些人制造了腐败的温床。你看前一段时间，咱们九龟多少人为了得到这个位子，场里找人，农垦找人，省里找人，最近甚至有的已到北京找人打电话来了。这些天，洪老、李书记、文主任相继到九龟，说是来调研，其实我知道他们的来意。洪老、李书记毫无避讳，直接为光武打招呼。文主任十分谨慎，没有直接说你的事，但他在讲话中多次夸奖你，明眼人一听也就明白了。"

听到这话，邓远航的脸通红，他确实没有请文副主任来为他说这个事，他也不知道，他跟他并不很熟悉，他怎么就主动地到九龟来为他的事找书记，他后来怀疑是关姐和何萍浪安排的，但他确实不知，于是他赶忙解释道："史书记，我确实没请他跟你说这个事。"

"噢，我不是要追究哪个，我是说上边这些人都给我的决策形成了很大的压力，但是，我这个人对这些压力都能顶得住，唯一难以顶得住的是湖上地区原组织部长黄老部长，从部队到地方，他一直是我的老上级，我非常尊重他，他只要来一个电话，我肯定要听他的，但他没有，他一次电话也没来过，这就是我为什么尊重他、要听他的原因。”

邓远航心想，他是小青舅舅啊，没请他给史书记打电话，倒是请他给方书记打过电话，难道他也没打？

史书记继续说：“但不管什么压力，包括还有人写来的‘人民来信’，我还是重事实，看实际，突出人才优先、人品优先，我们选人、用人必须要对九龟的发展负责，对九龟人民负责。远航，这就是我强调为什么要高质量完成这份报告的原因。你自己体会去吧。”

他到家时已是晚上十点多了，一到家，他一点儿都没敢耽搁就坐到桌前修改扩大会报告。

邓远航今天晚上花在这份扩大会报告上的精力、智慧前所未有，真是到了字斟句酌、反复推敲的程度。材料全部修改完成已是凌晨四点多，他只睡了一会儿就起床上班，把材料交给打字室。然后在办公室等着打印出来又修改了一遍，最后请侯鸣放、李晓阳、小凤负责校对，打印、装订四十份发给两套班子成员，让他们先看，准备下午讨论时发言。

邓远航到十点多才弄些东西吃了一口，躺到床上就睡着了。昨晚熬的时间太长，今天他太累了，一觉睡到下午两点多，赶紧骑车到办公室。

他到办公室把装订好的材料拿来一看，脸色顿时冷了下来，越要完美越得不到完美，排版又排错了一页，此时材料早已发到两套班子手里，还有半个多小时就要开会讨论了，这怎么补救？气得他把李晓阳、小凤劈头盖脸地一顿吵：“你们是干什么的，根本就没有认真校对，这不是水平问题，是态度问题，是严重的失职行为。”

“我们上午印好装订好后也发现了错误，当时钟主任在这儿，我们就向他请示了，问他是重印，还是发下去？他说发，我们才发的。”

邓远航无话可说了，有他钟大主任掺和，事情总要乱的。其实，他当时应该叫他们打电话给我，或叫重印，那事后我对他会感谢不尽的。可是他没有，他希望由我负责的事出的漏子越多越好，出的乱子越大越好。邓远航没再对他们俩说什么，而是叫小凤赶紧去打字室调整、打印一份新的送给史书记。

两套班子领导对报告反映很好，大家评价很高，材料要改动的很少。钟玉保在大办公室说：“为了祝贺报告的成功，我安排了一桌酒席，大家都到小蔡小吃，去为邓主任祝贺，一个都不能少。”

大家把报告印好装订好后，便分头到小蔡小吃去了。邓远航叫李晓阳、小凤去打字室单独打印一份给史书记明天大会上做报告用，特地交代他们："认真点，一张一张地数，一页一页地对，再出差错拿你们是问。"交代完，他刚要走，办公室电话响了。邓远航拿起话筒："噢，是秃子啊。钟主任叫你也跟我们一起吃饭啦？行哎，还热闹呢。什么？钟主任叫你给五千元钱给我？什么意思？他叫你不要跟我讲，直接给我就行了？噢，我知道了。"说完挂了电话。

这下他才知道，钟玉保怎么突然热情起来要安排酒席为他祝贺了，他是迫不及待、急不可耐了，他想叫小秃子把五千元钱往我口袋揣时，然后"咔嚓"一张照片拍下来，花两毛钱寄给史书记，再一次把水搅浑。邓远航感到这个人真既可恶又可笑，到现在还不死心。你也不想想，你这种小伎俩能玩住谁呢？谁又能上你的当呢？看来不断了你的邪念，你还以为自己很高明呢。想到这儿，邓远航到打字室对李晓阳说："你去小蔡小吃去吃饭，顺便告诉钟主任，说史书记喊我去陪客了，他们那边我就不去了，你们代我谢谢他。"

第二天，九龟湖农场委扩大会顺利结束。散会后，史书记对邓远航说："这次报告弄得不错，反响很好。但是你把我读的那一份二十七页到三十三页多了几张。"邓远航没作辩解，他知道李晓阳被他姐夫软化了。

晚上八点，场委委员们在四楼开会，研究一批干部。这时，空中电闪雷鸣，暴雨冲刷着九龟大地，九龟湖的汛期来了。

邓远航想，需要在第一时间应对了。

2013 年 11 月 22 日完稿于南京

图书在版编目(CIP)数据

第一时间 / 公常平著. — 北京 ：中国文史出版社，2021.3

(跨度小说文库)

ISBN 978 - 7 - 5205 - 2253 - 3

Ⅰ. ①第… Ⅱ. ①公… Ⅲ. ①长篇小说 - 中国 - 当代 Ⅳ. ①I247.5

中国版本图书馆 CIP 数据核字(2020)第 172501 号

责任编辑：薛媛媛

出版发行：**中国文史出版社**
社　　址：北京市海淀区西八里庄路 69 号院　邮编：100142
电　　话：010 - 81136606　81136602　81136603（发行部）
传　　真：010 - 81136655
印　　装：北京新华印刷有限公司
经　　销：全国新华书店
开　　本：720 × 1020　1/16
印　　张：23　　　　字数：359 千字
版　　次：2021 年 3 月第 1 版
印　　次：2021 年 3 月第 1 次印刷
定　　价：69.80 元